S. A. Lelchuk
Die Rächerin

Zu diesem Buch

Die Gegensprechanlage auf meinem Schreibtisch krächzte.
»Nikki? Hier ist ein Mann, der dich sprechen will.«
»Hat er gesagt, was er will?«
Ich vernahm undeutliches Lachen über die Sprechanlage.
»Tut das denn jemals einer?«

Auf einem der Monitore beobachtete Nikki, wie der Mann die Treppe zu ihrem Büro hinaufstieg. Normalerweise wurde sie von Frauen um Hilfe gebeten, Männer sah sie seltener in ihrer Privatdetektei. Noch dazu solche, die auf den ersten Blick leger wirkten, doch auf den zweiten eindeutig reich waren. Eben der Typ Teslafahrer. Was wollte so einer in ihrer kleinen Detektei?

S. A. Lelchuk hat einen B.A. in Englisch vom Amherst College und einen Masterabschluss vom Dartmouth College. Lelchuk lebt in Berkeley, Kalifornien und Hannover, New Hampshire.

S. A. Lelchuk

DIE RÄCHERIN
SIE FINDET DICH

Thriller

Aus dem amerikanischen Englisch
von Peter Beyer

PIPER

Mehr über unsere Autoren und Bücher:
www.piper.de

Wenn Ihnen dieser Thriller gefallen hat, schreiben Sie uns unter Nennung des Titels »Die Rächerin« an *empfehlungen@piper.de*, und wir empfehlen Ihnen gerne vergleichbare Bücher.

Deutsche Erstausgabe
ISBN 978-3-492-31519-7
Februar 2021
© Saul Lelchuk 2019
Titel der englischen Originalausgabe: »Save me from dangerous Men«
Published by arrangement with Flatiron Books. All rights reserved.
© der deutschsprachigen Ausgabe:
Piper Verlag GmbH, München 2021
Redaktion: Susann Harring
Umschlaggestaltung: zero-media.net, München
Umschlagabbildung: FinePic®, München;
Mark Owen/trevillion Images
Satz: Satz für Satz, Wangen im Allgäu
Gesetzt aus der Dante
Druck und Bindung: CPI books GmbH, Leck
Printed in the EU

Für meine Eltern, Alan und Barbara, für alles

WOCHE EINS

1

Die Bar war drüben in West Oakland. Sie befand sich in einem schlichten, flachen Betonklotz auf einem Parkplatzgelände. Ein Bud Light Neon-Leuchtschild warf blaues Licht auf ein Dutzend heruntergekommener Autos und Lastwagen, die davor parkten. Hier war ich noch nie gewesen, und wahrscheinlich würde ich auch nie wieder herkommen. Ich hielt am Rand des Parkplatzgeländes, knapp außerhalb des Lichtscheins. Dann ließ ich den Motor der roten Aprilia, auf der ich saß, absterben, stieg ab und ging hinein. Es war Freitagabend, noch ziemlich früh, kurz nach neun. Ein halbes Dutzend bärbeißig wirkender Männer lümmelte an der Bar herum, ein paar andere an den Tischen, zwei waren am Billardtisch zugange. Außer mir war nur eine einzige andere junge Frau anwesend. Sie war die eine Hälfte eines Pärchens, das sich in eine dunkle Ecknische gezwängt hatte, zwischen sich ein Krug Bier. Sie trug einen Nasenring. Waren die Dinger eigentlich so schmerzhaft, wie sie aussahen?

Ich stellte mich an die Bar. »Heineken.«

»Macht fünf Dollar.« Der Barkeeper, ein großer Kerl mit Wampe, Anfang fünfzig, ergrauendes Haar, stierte mich an und machte sich gar nicht erst die Mühe, es zu verbergen. Alle anderen in der Bar taten es ihm gleich. Sollten sie ruhig.

Ich griff nach dem Bier, genehmigte mir einen Schluck

und verschwand dann in der Damentoilette. Dort roch es nach Desinfektionsmittel und Bohnerwachs. Ich starrte in den angeschlagenen Spiegel und betrachtete mich kritisch. Ich war groß gewachsen, einen Meter siebenundsiebzig, und in den schweren Motorradstiefeln, die ich trug, noch größer. Ich zupfte mir mein goldbraunes Haar zurecht, das der Helm geplättet hatte. Kein Mensch wäre auf die Idee gekommen, mich als mager zu bezeichnen, aber ich hielt meinen Körper in Form. Ich überprüfte den Sitz meiner hautengen Stonewashed-Jeans, zu der ich unter einer schwarzen Lederjacke, deren Reißverschluss ich offen gelassen hatte, ein schwarzes Trägerhemd mit U-Ausschnitt trug. Ein Hauch Lidschatten um meine grünen Augen. Ein Hauch von rotem Lippenstift, den ich normalerweise nie trage. Ich sah genau richtig aus.

So konnte ich loslegen.

Ich schlenderte zum Billardtisch hinüber und schnippte einen Vierteldollar auf den Tisch. »Nächster«, verkündete ich.

Die beiden Spieler waren etwa in meinem Alter, dreiunddreißig. Sie warfen mir diesen gierigen Blick zu, den Männer Frauen zuwerfen. Raubtierartig geradezu. Es war, als wollten sie mich mit einem einzigen raschen Biss verschlingen. Es war, als hätte ich, statt nur auf sie zugegangen zu sein und sie angesprochen zu haben, an ihrem Ohrläppchen geknabbert und ihnen dabei etwas Unanständiges zugeflüstert. Der Größere der beiden hielt seinen Queue lässig in der Hand und wandte sich wieder dem Tisch zu. Er hatte eine schwarzsilberne Kappe der Raiders verkehrt herum aufgesetzt. Er zielte sorgfältig und versenkte die letzte Halbe. Dabei stieß er sie fester, als es nötig gewesen wäre. So etwas taten Männer liebend gern. Nur die wirklich guten Spieler waren imstande, der Verlockung eines angeberisch harten Stoßes zu widerstehen. Er zielte erneut. Dieses Mal stieß er ein wenig sanfter zu; die weiße Kugel prallte von der Acht ab und ließ diese langsam in eine Tasche gleiten. Gewonnen.

Er wandte sich wieder mir zu. »Du bist dran.« Er machte Anstalten, sich zu bücken und 25-Cent-Münzen einzuwerfen.

»Ich fordere heraus. Die Runde geht auf mich.«

Er hielt inne und zuckte mit den Schultern. »Wie du willst.«

Ich nahm meinen Quarter vom Tisch und holte drei weitere aus meiner Hosentasche. Dann stellte ich meine Handtasche neben mein Bier und bückte mich, um die Münzen einzuwerfen. Dabei spürte ich förmlich, wie alle in der Bar auf meinen Po in der hautengen Jeans starrten. Ich baute auf.

»Du weißt, wie man so eine Stange halten muss?«, fragte mich sein Freund mit einem anzüglichen Grinsen und der Betonung auf *Stange*. Er war kleiner als sein Kumpel, und sein fleckiges T-Shirt spannte sich über seinen Bierbauch. Er schien zu glauben, dass seine Frage das Verlangen in mir wecken musste, ihn lieber jetzt als gleich in die Toilette zu zerren, um ihm dort rasch einen runterzuholen. Ich machte mir nicht die Mühe, ihm eine Antwort zu geben. Stattdessen ging ich zur Wandhalterung mit den Queues, zog den heraus, der am geradesten aussah, und rollte ihn über den Tisch. Er hatte zwar schon bessere Zeiten erlebt, aber er würde genügen.

»Spielst du um Küsschen, Süße?«, fragte mein angehender Gegenspieler, der mit der Raiders-Kappe. Immer die gleiche bescheuerte Anmache, wahrscheinlich in jeder Bar des Landes. In jeder Bar auf der ganzen Welt.

Ich schaute zu ihm hoch. »Wenn ich mit jemandem herumknutschen will, gehe ich zum Highschool-Ball.«

»Machst wohl einen auf tough«, sagte er, so als wären wir gerade beim Flirten. »Aber über kurz oder lang wollt ihr doch alle das Gleiche.«

Ich hielt meinen Blick auf ihn geheftet. »Ich mache nicht auf taff. Ich spiele um Geld. Es sei denn, du willst bloß um Drinks spielen. Dein Tisch. Deine Entscheidung.«

Nach dieser Ansage blieb ihm keine Wahl mehr. »Normalerweise nehme ich Mädels nicht aus.«

Ich langte in meine Gesäßtasche und ließ einen Fünfzigdollarschein auf den Tisch segeln. »Kleiner hab ich's nicht.«

Er wechselte einen erstaunten Blick mit seinem Freund.

Alle Augen in der Bar waren auf uns gerichtet.

Gut so.

»Gebongt.« Er tastete in seiner Brieftasche herum und blätterte schließlich zwei Zwanziger und einen Zehner hin. »Ich habe Anstoß.«

Wenn es um Geld ging, regten sich bei den Leuten immer die Lebensgeister. Er legte einen guten Anstoß hin, versenkte zwei Volle und hatte danach eine Glückssträhne, bei der er noch einmal zwei versenkte, bevor er einen Bandenball auf mittlerer Distanz versiebte. Damit reihte er sich in die Riege solcher Billardspieler ein, wie es sie in jeder Bar mit einem Spieltisch gab. Nicht wirklich schlecht, aber auch nicht wirklich gut. Eben Durchschnitt. Das war okay. Beim ersten Spiel ging es nicht ums Gewinnen, sondern darum, herauszufinden, was der andere so draufhatte und wie wahrscheinlich es war, dass er sein Können auch umsetzte. Gewinnen war zweitrangig.

Ich nahm einen großen Schluck Bier und räumte den halben Tisch ab, ohne dabei ein Wort zu verlieren.

Sanft und ohne jede Hast. So, dass sich nach jedem Stoß eine gute Ausgangsposition für den nächsten ergab. Konsequent. Ein Schritt nach dem anderen. Nicht darüber nachdenkend, was ich gerade tat, sondern darüber, was ich als Nächstes tun wollte. Wenn die Kugeln aneinanderstießen, klickte es kultiviert. Wie viele Züge man vorausplanen kann, ist angeblich das Einzige, was beim Schach Amateure von Großmeistern unterscheidet. Beim Pool war das nicht viel anders, fand ich.

Als ich danebentraf, nahm er seinen Queue mit entschlossenem Blick in die Hand. Konzentriert. Er erkannte, dass er mehr als ein hübsches Ass in den Händen hielt, und wollte seine fünfzig Dollar nicht in den Wind schreiben. Konnte ich ihm nicht verübeln. Jemandem, der gerne Geld verlor, war ich bislang noch nicht begegnet.

Er stieß – und verfehlte sein Ziel. Die Nerven womöglich. Mittlerweile hatten wir immer mehr Zuschauer.

Ich fühlte mich gut, war locker und entspannt und versenkte die andere Hälfte der Halben. Dann tippte ich, ohne ein Wort zu verlieren, mit der Spitze meines Queues auf die Tasche in der gegenüberliegenden Ecke und zielte auf die Acht.

Dort versenkte ich sie mit einem sanften Stoß. Gewonnen.

Ich nahm sein Geld vom Tisch und steckte es ein. Meinen Fünfziger ließ ich auf der Bande liegen. »Möchtest du versuchen, dir dein Geld zurückzuholen?«

Jetzt wurde er sauer. »Zum Teufel, klar will ich das! Und dieses Mal mache ich ernst.«

»Dann raus mit den Moppen. Du hast verloren, du baust auf.«

Ich ließ meinen Fünfzigdollarschein an Ort und Stelle liegen, als kümmerte er mich nicht im Geringsten, und ging zur Bar. »Ein Gläschen Jameson und noch ein Bier.«

Ein alter Sack blickte lüstern zu mir herüber. Er trug ein Warriors-T-Shirt, und an seinem Kinn klebten Kartoffelchips-

Krümel. »Nett von dir, Süße. Das wäre aber nicht nötig gewesen, mir einen zu spendieren.«

Ich würdigte ihn keines Blickes, ließ ihn mit meinem Schweigen auflaufen. Prompt wandte er seinen Blick wieder dem Tresen zu und lief rot an, wie ich aus den Augenwinkeln bemerkte. Ich kippte den Whisky herunter, warf einen der soeben errungenen Zwanziger auf den Tresen und stolzierte mit dem Bier von dannen, ohne um Wechselgeld zu bitten.

Derweil hatte der Typ aufgebaut, dabei jedoch einen Zentimeter Raum zwischen der vordersten Kugel und dem Rest des Dreiecks gelassen. Da versuchte es wohl jemand auf die krumme Tour. Das bedeutete, dass er nicht daran glaubte, mich auf die faire Art schlagen zu können. Ich trat an den Tisch, nahm das Dreieck und baute, ohne ein Wort zu verlieren, neu auf.

»Muss wohl verrutscht sein«, nuschelte er peinlich berührt. Ertappt.

»Muss wohl«, echote ich. »Geld auf den Tisch.«

Erneut tastete er in seiner Brieftasche herum. Dieses Mal zog er kleinere Scheine hervor, und am Ende machten ein paar Eindollarscheine die Fünfzig voll. Ich genehmigte mir erst noch einen Schluck kaltes Bier und stieß dann an. Mittlerweile umringten die meisten Männer in der Bar den Tisch.

»Das Mäuschen hat ja mal einen Stoß am Leib.«

»Ob sie bei anderen sportlichen Übungen auch so gut ist?«

»Ich könnte den ganzen Abend lang zugucken, wie sie sich vornüberbeugt, so viel steht fest.«

Ich ignorierte die Kerle und besiegte den Typen mit der Raiders-Kappe erneut. Ich steckte sein Geld ein. Er war fix und fertig, steuerte eine Wand an und lehnte sich dagegen.

Jetzt wollte es sein Freund mit dem Bierbauch mit mir aufnehmen. Vielleicht, um Vergeltung zu üben, vielleicht, um noch ein bisschen länger in mein Dekolleté zu starren. Mir egal. Ich knüpfte ihm zwanzig Dollar ab, denn mehr hatte er nicht bei sich.

Dann sah ich ihn.

Er musste gekommen sein, während ich die letzte Partie eingetütet hatte, denn ich hatte ihn nicht eintreten sehen. Er lehnte am Tresen und hatte ein Bier vor sich stehen. Ich schaute auf meine Uhr. 22:40.

Ich ging zur Jukebox hinüber. Einige der Kerle folgten mir mit ihren Blicken. Ich zog erneut ein paar Quarter aus meiner Tasche und wählte einen Song der Rolling Stones. Dann kehrte ich zum Tisch zurück, wobei ich dieses Mal ein wenig die Hüften schwenkte. Genüsslich nahm ich einen großen Schluck Bier. »Wer ist dran?«

Ich schlug erneut jemanden, irgendeinen aus der Meute. Wer es war, kümmerte mich nicht. Der Mann, der gerade hereingekommen war, hatte es sich zwar an der Bar gemütlich gemacht, beobachtete jedoch neugierig die kleine Menschenansammlung um den Billardtisch. Auch mich betrachtete er staunend. Ich hatte seine Aufmerksamkeit.

Ich nahm mein Geld vom Tisch. »Ich muss was trinken. Der Tisch ist frei. Ich bin hier fertig.«

Ich kehrte zur Bar zurück, zog meine Jacke aus und setzte mich neben ihn, wobei ich einen unbesetzten Hocker zwischen uns frei ließ. Ja, er war es. Untersetzt, ein paar Jahre älter als ich, schwarzer Spitzbart, glanzlose Augen. Breite Schultern, blau-grüne Tätowierungen an beiden Unterarmen.

Ich fing den Blick des Barkeepers auf. »Noch ein Heineken. Und noch einen Kurzen.«

Dieses Mal kippte ich den Kurzen nicht direkt hinunter,

sondern ließ ihn auf dem Tresen stehen. Ich nippte an meinem Bier und starrte auf die abgenutzte Holzplatte. Jemand hatte Initialen in die Oberfläche geritzt. *RS & CJ auf immer.* Ob RS und CJ wohl immer noch ein Paar waren? Ich hätte auf Nein gewettet.

»Man sagt, alleine zu trinken ist eine schlechte Angewohnheit.«

Ich schaute zu ihm hinüber. Zum ersten Mal, seit er eingetreten war, sah ich ihm in die Augen. »Wer sagt das?«

Er lachte. »Irgendwer. Scheiß drauf. Ich habe keine Ahnung.«

»Dann trink einen mit.«

»Werde ich dann wohl mal tun.« Er nickte dem Barkeeper zu. »Ein Glas von dem, was auch immer sie hat, Teddy. Geht auf mich.«

»Nein«, korrigierte ich ihn. »Ich bezahle meine Getränke selbst.«

Überrascht schaute er mich an. »Mir ist noch nie ein Mädel begegnet, das einen kostenlosen Drink ablehnt.«

»Einmal ist immer das erste Mal.«

»Wahrscheinlich kannst du es dir ja leisten, nach dieser Nummer vorhin am Billardtisch.«

»Ich konnte es mir bereits leisten, als ich hier hereinspaziert bin. Und kann es immer noch.«

Erneut lachte er. »Du bist mir ja mal ein Energiebündel, was?«

»Du kennst mich nicht«, entgegnete ich.

»Aber ich könnte.«

»Könntest was?«

»Dich kennenlernen. Ein bisschen jedenfalls.«

»Wie?«

Nun war er es, der die Schultern zuckte. »Indem wir uns weiter unterhalten, schätze ich.«

Ich erhob mein Whiskyglas. »Prost.«

Wir stießen an und tranken.

»Ich habe dich hier noch nie gesehen«, warf er ein.

»Liegt daran, dass ich noch nie hier war.«

»Und warum heute Abend?«

Ich fuhr mit einem meiner rot lackierten Nägel durch das zerfurchte Holz vor mir und fragte mich erneut, was es mit RS und CJ auf sich hatte. »Ist das für dich wirklich von Belang?«

»Nicht wirklich.«

»Genau. Ich bin hier. Du bist hier. Warum nach einem Grund suchen?«

»Stimmt schon.« Er schaute zum Barkeeper auf. »Noch zwei. Für ihr Getränk bezahlt sie.« Er wandte sich mir zu. »Wer sagt, dass man einem alten Fuchs nicht noch ein paar neue Tricks beibringen könnte?«

»Bist du ein alter Fuchs?«

Er zwinkerte mir zu. »Noch nicht zu alt.«

»Dann sollten wir vielleicht versuchen, dir ein paar neue Tricks beizubringen.«

Noch mal zwei Jamesons. Wir tranken.

»Mir ist langweilig«, sagte ich, glitt von meinem Barhocker und ging los, ohne mich umzuschauen. Ich kehrte an die Jukebox zurück und legte einen langsameren Song auf, *Love Me Two Times* von The Doors. Dann fing ich an, in der Nähe des Musikautomaten mit langsamen Bewegungen zu tanzen. Alle Barbesucher hatten ihre Blicke auf mich gerichtet. Ich spürte, dass er hinter mir stand, fühlte es, als hätte ich Augen im Hinterkopf. Seine große Hand wiegte tastend meine Hüfte, nahm meine Bewegungen auf. Ich bremste ihn nicht, als er sich von hinten an mich presste. Ich biss die Zähne zusammen, ließ es aber zu. Wir tanzten den ganzen Song über gemeinsam.

»Du solltest mit zu mir kommen«, sagte er, als die Musik verebbte.

Ich schmunzelte ein wenig. »Ach ja?«

»Du hast getrunken. Du solltest nicht mehr fahren.«

Mein Lächeln wurde breiter. »Du passt auf mich auf.«

Er grinste. »Ich passe auf uns beide auf. Komm. Ich wohne bloß eine Meile die Straße runter. Ich habe eine gute Flasche Whisky, die wir uns genehmigen können.« Er legte eine bedeutungsvolle Pause ein. »Und ich habe Eier und Kaffee. Zum Frühstück.«

Ich starrte ihn offen an. »Jetzt sage ich dir mal was. Wir beide werden niemals zusammen frühstücken. Völlig ausgeschlossen.«

Seine Augen flackerten vor Zorn. »Das hättest du mir vor einer Stunde sagen können. Was für eine Zeitverschwendung!«

Er machte auf dem Absatz kehrt und steuerte die Bar an.

Ich ließ ihn drei Schritte weit gehen, bevor ich mich erneut meldete.

»Ich habe nicht gesagt, dass ich nicht mitkommen würde.«

Blitzschnell drehte er sich wieder um.

2

Ich fuhr ihm hinterher. Ich genoss es, die Nachtluft auf meiner Haut zu spüren, genoss das Gefühl des Lenkers in meinen Händen, genoss den festen Druck, mit dem der Wind in meine Lungen strömte. Mit einer Windschutzscheibe zu fahren verabscheute ich. Ich musste spüren, wie der Fahrtwind mich erfasste und beruhigte. Manchmal war mir, als wäre der einzige Platz, an dem ich inneren Frieden empfinden konnte, auf meinem Motorrad. Ob das nun ein erschreckender oder ein wahrer Gedanke war, vermochte ich nicht zu sagen.

Er wohnte in einem kleinen Bungalow im Craftsman-Stil in West Oakland, nahe den Hafenanlagen. Nahe genug, dass ich das Rauschen des Verkehrs auf dem Freeway hören und die Lichter des Hafens sehen konnte. Schwere Kräne und aufeinandergestapelte Schiffscontainer verdeckten jedoch das dunkle Wasser. Ein orangefarbenes Glühen erhellte den dunstigen, fahlen Nachthimmel. Auf der anderen Seite der Bay glitzerte das Lichtermeer der Stadt.

Ich sah, dass er in eine Auffahrt abbog, fuhr jedoch noch eine Querstraße weiter, bevor ich parkte. Dann schloss ich meinen Helm ans Motorrad an, verstaute meine Handschuhe in meiner Handtasche und ging zurück in Richtung des Hauses. Er wartete in der offen stehenden Eingangstür auf mich. »Wieso hast du nicht in der Einfahrt geparkt?«

»Ich parke nie in der Einfahrt von Fremden.«

»Wir werden nicht mehr lange Fremde sein.«

»Mag sein.«

Sein Wohnzimmer war schlicht eingerichtet. Zwei in die Jahre gekommene Sessel und eine schwarze Ledercouch vor einem Fernseher, auf dem der Sportsender ESPN lief. Ein Xbox-Controller auf dem Couchtisch, daneben diverse schmutzige Teller. Er stellte den Ton des Fernsehers ab, verschwand in der Küche und kehrte wenig später mit einer Flasche Whisky und zwei Gläsern zurück. Hatte er nicht etwas von gutem Whisky gesagt? Es war *Famous Grouse*. Mein Gott, was war für diesen Kerl denn dann schlechter Whisky?

Er ließ die Musik einer Rockband laufen, die sich anhörte wie ein billiger Abklatsch von Metallica – laut, aber talentfrei. Er schenkte uns ein und machte dann eine Geste mit der Hand. »Zieh dir einen Sessel heran. Sei nicht schüchtern.«

Ich genehmigte mir einen Schluck. »Ich sollte es langsam angehen lassen, sonst bin ich betrunken.«

»Ist betrunken sein etwas Schlechtes?«

»Kommt darauf an, was passiert, schätze ich.«

»Was willst du denn, dass passiert?«

»Wirst du schon sehen.«

»Mein Gott!«, rief er aus, halb amüsiert, halb genervt. »Sich mit dir zu unterhalten ist, wie einen Code zu knacken.«

Ich ignorierte ihn und schaute mich um. Dabei spürte ich, wie sich die Puzzleteile zu einem Ganzen zusammenfügten. Es war nach Mitternacht.

Gleich war es so weit.

Ich deutete mit dem Kopf auf die lavendelfarbenen Vorhänge vor dem Fenster. »Ich hätte nicht gedacht, dass du zum Innenarchitekten taugst.« An der Wand über der Couch hing ein Bild. Darauf war der Mann zu sehen, der jetzt vor mir stand, den Arm um eine Frau gelegt, beide lächelnd und mit einem Drink in der Hand. Sie trug ein schwarzes Kleid, er eine scharlachrote Krawatte über einem kastanienbraunen Hemd. Hinter den beiden liefen Leute umher. Vielleicht eine Party im Kreis von Arbeitskollegen oder ein Hochzeitsempfang. Irgendetwas Geselliges. Die Frau auf dem Bild war nicht besonders hübsch, ein wenig pummelig und hatte schlichte Gesichtszüge. Aber sie wirkte glücklich. Ihr Lächeln war echt.

Unangenehm berührt, folgte er meinem Blick auf die Vorhänge. »Die sind nicht von mir.«

»Mitbewohnerin? Freundin?«

»Klar, nennen wir sie Mitbewohnerin.«

»Ist sie hier?«

»Nein.«

»Kommt sie heute Abend noch zurück?«

»Nein, aber wen schert's?« Er schenkte sich erneut ein. »Was spielt das für eine Rolle?«

»Tut es wohl nicht.«

»Hör zu, ich will nicht unhöflich sein, aber ich habe eine anstrengende Woche hinter mir. Gequatscht habe ich genug. Willst du noch einen Drink, oder gehen wir gleich dort hinein?« Er deutete mit dem Kopf auf eine halb geöffnete Tür. Das Schlafzimmer.

»Ich sagte doch schon: Du wirst noch mitbekommen, was ich will.«

»Was sollen diese ganzen gottverdammten Rätsel?«, rief er. »Ich habe dich in einer Bar aufgelesen. Wir sind keine Highschool-Schnuckis mehr. Wir wissen, was wir wollen. Warum um den heißen Brei herum quatschen?«

»Du hast schlechte Laune«, bemerkte ich.

»Ich habe einen Steifen.«

»Ich nehme noch einen Drink.«

»Klar doch.« Er schenkte ein.

Ich nahm das Glas, trank, stand auf, zog meine Jacke aus und hängte sie über den Sessel. Mit dem Glas in einer Hand stand ich nun da in meinem schwarzen Tank Top, meiner Jeans und meinen Stiefeln. »Besser so?«

»Scheiße«, sagte er. »Du bist ein echter Knaller. Und ich bin ein echter Glückspilz.«

»Jetzt du.«

»Nun kommen wir der Sache schon näher.« Er kippte seinen Drink herunter und stand auf. Er war ein groß gewachsener Kerl, vielleicht einen Meter sechsundachtzig, mehr als neunzig Kilo, kräftige Statur. Er zog sich sein T-Shirt aus, und eine schwarze Brustbehaarung trat zutage.

»Weiter«, sagte ich.

»Wie du willst. Schüchtern war noch nie mein Ding.« Er öffnete seinen Gürtel, kickte seine Schuhe weg und zog sich die Jeans aus. In Boxershorts und Socken baute er sich vor mir auf. Das mit dem Steifen war kein Witz gewesen. Entspannt fläzte er sich wieder in seinen Sessel. »Komm zu mir, Kleines. Wir ziehen dir mal die Stiefel aus.«

Ich schaute ihn an.

Stellte mein Glas ab.

Holte meine Motorradhandschuhe aus meiner Handtasche und streifte mir den ersten über. Dabei achtete ich darauf, dass der gepanzerte Lederrücken sich perfekt über meine Knöchel spannte.

Er starrte mich an. »Bist du Lederfetischistin?«

Statt eine Antwort zu geben, zog ich mir den zweiten Handschuh über.

»Hör zu«, sagte er. »Ich weiß ja nicht, worauf du so abfährst, aber ich mache keine perverse Scheiße. Ich will nicht versohlt oder ausgepeitscht oder vornübergebeugt werden.«

Ich schaute zu ihm hinab. »Weißt du was?«

»Was?«

»Ich glaube, ich bin nicht in Stimmung.«

Wütend kniff er die Augen zusammen. »Machst du Witze?«

»Nee.«

»So eine Scheiße kannst du bei mir nicht abziehen.«

»Warum nicht?«

»Du bist mit zu mir gekommen, hast meinen Fusel getrunken, lässt mich meine gottverdammten Klamotten ausziehen. Meinst du vielleicht, ich schleppe dich ab, weil ich Konversation mit dir betreiben will?«

»Wo ist deine Freundin?«, fragte ich.

»Von wem redest du?«

»Ach ja, Mitbewohnerin«, korrigierte ich mich mit vor Verachtung triefender Stimme, während ich mit dem Kopf auf das Foto deutete.

»Wir haben uns getrennt.«

»Vögeln werde ich dich trotzdem nicht.«

»Meinst du das ernst?«

»Todernst.«

»Na schön«, sagte er. »Dann mach, dass du aus meinem Haus kommst, du durchgeknallte Schlampe. Mach schon, aber zackig.«

»Und was, wenn ich nicht gehe?«

Nun lag ein anderer Ausdruck auf seinem Gesicht. Ein gefährlicher.

Ein Blick, der sagte: *Wenn du weißt, was gut für dich ist, dann renne um dein Leben.*

Ich rührte mich nicht vom Fleck.

Er hatte die Hände zu Fäusten geballt und spannte den Kiefer an. »Mir reicht's jetzt mit deiner Schwanzfopperei. Ich weiß nicht, wer du bist oder was du willst, und es ist mir auch egal.«

»Sollte es aber nicht«, erwiderte ich. »Das ist der Punkt. Derlei Dinge sollten dir nicht egal sein.«

Er ging nicht darauf ein. »Ich weiß nur, dass du dich auf meinem Grund und Boden befindest. Und wenn du nicht in fünf Sekunden von hier verschwunden bist, befördere ich dich kopfüber auf den verdammten Bordstein, wo noch der Müll von gestern steht.«

Ich sah ihn gelassen an, ohne etwas zu erwidern.

»Ich meine es ernst.«

Ich blieb stumm.

»Fünf.«

Ich sagte keinen Ton.

»Vier. Drei. Ich meine es wirklich ernst.«

Ich schaute ihn weiter stumm von oben herab an.

»Zwei. Letzte Chance. Ich meine es ernst.«

Ich atmete ruhig ein und stieß dann langsam die Luft wieder aus. Ich spürte, wie mein Puls auf die mir vertraute Art und Weise zu pochen begann. Nun war es gleich so weit.

Gleich.

»Eins.«

Ich holte erneut Luft.

Stieß sie langsam aus.

»Okay, du hast es so gewollt.« Die Hände nach wie vor zu Fäusten geballt, machte er Anstalten aufzustehen.

Ich wartete, bis er sich halb aus dem Sessel erhoben hatte, die Beine angewinkelt, das Gewicht ungelenk nach vorne verlagert und aus dem Gleichgewicht.

In diesem Moment machte ich einen Schritt nach vorn und schlug zu.

Ich war Rechtsausleger und versetzte ihm mit meiner Linken einen heftigen Schlag. Ein kurzer Punch aus der Drehung, hinter dem mein ganzes Körpergewicht lag. Ich spürte, wie meine Faust mit einem malmenden Geräusch auf seine Nase krachte und der Knorpel wie ein Schwamm nachgab. Das war ein anderes Gefühl als bei einem Schlag auf den Kiefer, den Wangenknochen oder die Schläfe. Ich war es schon lange leid, mir die Knöchel aufzuschlagen. Die gepanzerten Motorradhandschuhe konnten einen Aufprall auf dem Asphalt bei einhundertdreißig Stundenkilometer dämpfen. Sie bewirkten Wunder. Mittlerweile trug ich kaum mehr blaue Flecken davon.

Er plumpste zurück in den Sessel und umklammerte sich mit beiden Händen die Nase. »Scheiße«, jaulte er. Seine Stimme klang gedämpft. »Du hast mir die Nase gebrochen.«

Ich rührte mich nicht vom Fleck, holte erneut Luft, stieß sie wieder aus, kontrollierte meine Atmung, meinen Puls, nahm jedes noch so kleine Detail wahr. Es war, als wäre ich auf Droge. Alles um mich herum nahm ich deutlich und klar wahr, jede Bewegung, jedes Geräusch. Ich wählte meine Worte mit Bedacht. »Bist du bereit für eine weitere Kostprobe? Oder brauchst du noch eine Minute?«

Bei dieser Bemerkung stand er wieder auf. Dieses Mal vorsichtig. Er ignorierte das Blut, das ihm aus beiden Nasenlöchern lief, und wandte seinen Blick nicht von mir ab. Als er es erneut versuchte, stürzte er nicht einfach auf mich los. Stattdessen täuschte er, als er auf die Beine gekommen war, einen überstürzten Angriff vor, machte dann aber einen Schritt nach vorn und führte einen schweren rechten Haken in Richtung meines Kopfes aus. Es war die Art Schlag, der einen bis in die folgende Woche hinein ohnmächtig werden lässt und bei dem man sich nach dem Aufwachen fragt, von welchem Bus man überfahren wurde.

Mühelos wich ich ihm aus.

Während er noch um sein Gleichgewicht rang, tauchte ich unter seinem Arm durch, unsere Gesichter keine zehn

Zentimeter voneinander entfernt. Ich schlug ihn vier Mal in zwei Sekunden. Ein heftiger Aufwärtshaken zum Kinn, ein kurzer rechter Haken auf die Schläfe, gleich oberhalb des Ohrs, um ihn vollends aus dem Gleichgewicht zu bringen. Dann verpasste ich ihm eine Linke auf die gebrochene Nase und gab ihm mit einem hässlichen Haken in seine alkoholgetränkte Niere den Rest.

Mit dem Gesicht nach unten schlug er auf dem Couchtisch auf.

Dieses Mal sagte ich nichts. Ich wartete aber auch nicht ab, sondern drehte ihm den linken Arm vom Körper weg und brachte mich sorgsam in Stellung. Dann stellte ich meinen bestiefelten Fuß etwa fünfzehn Zentimeter unter seine linke Achselhöhle und ließ den Absatz so fest herunterschnellen, wie ich konnte. Ein Knacken ertönte, und er schrie gellend auf. Ich schaute ihn an, wie er dalag. Keine Spur von Kampfgeist mehr. Er war erledigt.

»Hast du einen Festnetzanschluss?«, fragte ich.

Er gab keine Antwort, sondern lag nur stöhnend da und hielt sich die Seite.

»Hast du einen Festnetzanschluss?«, wiederholte ich.

Sein Atem ging stoßweise. »Du hast mir die verdammte Rippe gebrochen. O Gott, tut das weh.«

So kam ich nicht weiter. »Wenn du kein Festnetz hast, kann ich mir dann bitte mal dein Handy ausleihen?«

»Warum?«

»Um dir einen Krankenwagen zu rufen.«

»Nein. Warum hast du mich zusammengeschlagen?«

»Weil du es verdient hast. Kann ich jetzt das Telefon haben?«

Er rappelte sich langsam von dem zersplitterten Couchtisch auf. »In meiner Jeans.«

Ich ging hinüber zu seiner Hose und zog das Telefon aus

der Tasche. Für die Nummer, die ich anwählte, brauchte ich keinen PIN-Code.

»Neun eins eins, welchen Notfall möchten Sie melden?«

»Ein Mann hier«, gab ich durch. »Ich glaube, er wurde in eine Schlägerei verwickelt. Ich glaube, er hat dabei den Kürzeren gezogen.«

3 Ich hatte Hunger bekommen und fuhr durch die Gegend, bis ich ein paar Meilen weiter auf einen Schnellimbiss stieß, der vierundzwanzig Stunden geöffnet hatte. Drei Schwarze kamen gerade heraus und stiegen gut gelaunt in einen Jeep. Es war eines von diesen neueren Modellen, bei denen die Scheinwerfer sich zu schmalen Schlitzen verengen. Sie erblickten mich, als ich meinen Helm abnahm, und einer von ihnen rief: »Verdammt, Mädchen, du hast vielleicht *Stil*!«

Grinsend winkte ich ihnen zu, bis sie davonfuhren. Drinnen setzte ich mich in eine Bucht im hinteren Bereich. Außer mir waren kaum andere Gäste da. Es war nach ein Uhr nachts, nicht gerade die Zeit, in der es in einem Restaurant boomte; die Nachtschichtler waren bereits hier gewesen, um zu essen, die Betrunkenen würden erst anrücken, wenn die Bars in Oakland um 2 Uhr dichtmachten. Die Kellnerin kam praktisch sofort zu mir herüber, und ich bestellte Kaffee und ein großes Holzfäller-Frühstück – gewendete Spiegeleier, Würstchen, Schinken, Kartoffelpuffer, ein kleiner Stapel Pfannkuchen und gebutterter Sauerteigtoast. Ich las, bis das Essen kam, und fiel dann darüber her, nach wie vor in meine Lektüre vertieft. Ich bestellte mehr Kaffee und ließ mir mein Eiswasser drei Mal nachfüllen, woraufhin die letzten Auswirkungen des Whiskys allmählich abklangen.

An einem Tisch in meiner Nähe saßen vier Männer. Weiße, Ende zwanzig, Anfang dreißig. Ab und zu warfen sie Blicke in meine Richtung. Sollten sie ruhig. Ich aß weiter. Das Frühstück war lecker. Ich hatte Kohldampf.

Die vier Typen flüsterten miteinander und lachten. Offenbar war ich das Gesprächsthema. Schließlich kam einer von ihnen zu mir herüber. Er sah gut aus, war schlank gebaut und hatte einen tabakfarbenen Dreitagebart. Sein lockiges braunes Haar war kurz geschnitten, und er hatte eine Brille mit Drahtgestell auf der Nase. Er trug eine Cordjacke, und zu meiner Verwunderung erblickte ich eine kleine goldene Pappkrone auf seinem Kopf, wie Burger King sie an Geburtstagskinder verschenkte. »Bitte um Erlaubnis, mich der Bank nähern zu dürfen«, sagte er.

Ich hörte auf zu kauen und schob mein Buch beiseite. »Und warum solltest du das?«

Er trat einen Schritt näher. »Meine Freunde haben mit mir gewettet, du würdest nicht mit mir sprechen.«

»Klingt so, als hätten sie eine hohe Meinung von dir.«

Er kicherte. »Ich meine – du bist echt hübsch, und du konzentrierst dich offenkundig gerade wirklich auf etwas anderes. Meiner Erfahrung nach sind das schlechte Voraussetzungen, um mit einer jungen Frau ins Gespräch zu kommen. Für mich, meine ich, nicht für sie. Die Hübschen, die sich auf etwas konzentrieren, ignorieren mich normalerweise. Jede zweite, um ehrlich zu sein. Funktioniert einfach nicht besonders gut.«

Ich seufzte. »Hör zu. Du redest gerade mit mir. Und ich mit dir. Du hast eure Wette gewonnen. Du kannst zu deinen Freunden hinübergehen und ihnen sagen, dass das echt hübsche, konzentrierte Mädchen mit dir gesprochen hat.«

Ich nahm mein Buch und meine Gabel wieder in die Hände und widmete mich erneut den Spiegeleiern.

»Hör zu, ich wollte dich nicht belästigen.«

»Schon gut«, sagte ich zu ihm. »Du hast mich nicht belästigt.«

Dann überraschte er mich. »Die unendliche Resignation ist das Hemd, von dem in einer alten Sage erzählt wird. Der Faden ist unter Tränen gesponnen, von Tränen gebleicht, unter Tränen ist das Hemd genäht, aber nun behütet es besser als Eisen und Stahl.«

Ich ließ mein Buch erneut sinken, sodass der Titel wieder zu sehen war. *Furcht und Zittern.*

»Okay, du Held«, sagte ich. »Du bist Student an der Berkeley und kannst Kierkegaard zitieren. Aufbaustudium Philosophie?«

Nun war es an ihm, verblüfft zu sein. »Englisch, um ehrlich zu sein. Ich habe bloß ein Faible für längst dahingeschiedene dänische Existenzialisten. Woher weißt du das alles?«

»Weil du viel zu spät dran bist, um Professor zu sein, und für einen Studenten im Grundstudium bist du zu höflich. Und wärst du an der Stanford, würdest du in San Francisco ausgehen, nicht in Oakland. Bleibt also Berkeley.«

»Das sind jetzt eine Menge Mutmaßungen.«

»Jeder stellt Mutmaßungen an. Die Frage ist nur, ob sie zutreffen oder nicht.«

Er legte die Stirn in Falten. »Dann bin ich also ein offenes Buch? Keinerlei Geheimnis? Das ist deprimierend.«

»Eine Frage hätte ich schon.«

»Ja?«

»Die Krone«, sagte ich. »Daraus werde ich nicht schlau. Sehr geheimnisvoll.«

Verlegen rieb er sich den Kopf. »Ich habe heute meine Dissertation abgegeben. Wir feiern gerade.«

»Glückwunsch.«

»Tja, sie muss noch angenommen werden. Aber immerhin ist es ein erster Schritt.«

»Über wen hast du geschrieben?«

»William Hazlitt.«

»*The Fight*. Eines meiner Lieblingsbücher.«

»Wow«, sagte er. »Kein Mensch kennt heute mehr Hazlitt, außer vielleicht seine Sachen über Shakespeare. Aber *keiner* kennt *The Fight*. Bist du auch auf der Uni?«

»Nee. Bloß eine kleine Arbeiterin.«

»Und wo arbeitest du?«

»In einem Buchladen.«

»Hier in der Gegend? Die kenne ich alle.«

»Dann kennst du ihn vielleicht.«

Er schaute sich in dem nahezu menschenleeren Restaurant um. »Und warum bist du dann heute Nacht hier?«

»Du meinst, ich sehe nicht so aus, als hätte ich gerade eine Dissertation abgegeben?«

Er grinste und zeigte dabei weiße Zähne. »Dafür bist du viel zu nüchtern.«

Mit gelinder Verwunderung stellte ich fest, dass mir sein Lächeln gefiel. »Okay. Gut. Du darfst dich setzen.«

»Ich hatte gehofft, dass du mir das anbieten würdest«, gestand er und nahm Platz. »Ich bin Ethan. Und du heißt …«

»Nikki.«

»Du magst Kierkegaard?«

»Manchmal«, erwiderte ich. »Ich habe das Gefühl, er ist das Einzige, was mich zusammenhält.«

»Hör zu«, sagte Ethan. »Normalerweise gebe ich meine Telefonnummer nicht an fremde Frauen raus.«

Ich musste lachen. »Habe ich denn nach ihr gefragt?«

»Dein Blick verrät dich.«

»Ich verstehe.«

Er zwinkerte mir zu. »Ich mache jetzt mal eine Ausnahme. Nur dieses eine Mal.«

»Dann tu das.«

»Aber wir schlafen bei unserem ersten Date nicht miteinander!«, verkündete er mit strenger Miene. »Darauf bestehe ich. Das steht nicht zur Debatte. Ist mir egal, was du dazu sagst.«

Bemüht, nicht zu grinsen, nippte ich an meinem Kaffee. »Du legst die Bedingungen fest, ja?«

»Na ja, einer muss es ja tun. Wenn du jetzt bitte so freundlich wärst, mir dein Telefon zu leihen. Ich tippe dann meine Nummer ein, und dann kannst du mich praktisch jederzeit anrufen, wann du willst.«

»Ich habe kein Handy.«

Nun war er baff. »Jeder hat doch ein Handy. Meine Großmutter hat ein Handy, weiß aber nicht, wie man es einschaltet. Wirklich, ich übertreibe nicht, sie weiß nicht, wo die Power-Taste ist. Aber sie *hat* eines.«

»Tja, ich nicht.«

»Warum nicht?«

»Aus dem gleichen Grund, weshalb ich keinen Hamster habe. Weil ich beides nicht mag.«

Er stibitzte sich einen Kartoffelpuffer von meinem Teller und kaute nachdenklich darauf herum. »Nimm dich in acht. Allmählich mag ich dich wirklich.«

»Echt jetzt?«

»Komm«, sagte er. »Wir gehen miteinander aus, das wird lustig.« Er nahm sich eine Serviette und zog einen Kugelschreiber aus seiner Jackentasche. »Hier, meine Nummer. Wie erreiche ich dich, junge Frau ohne Handy?«

Er hatte blaue Augen. Sanfte Augen. Und er hatte wirklich ein bezauberndes Lächeln.

»Gut.« Ich nahm die Serviette, riss sie in zwei Teile, schrieb eine Telefonnummer und eine Adresse darauf und reichte sie ihm zurück.

Überrascht nahm er die Serviette entgegen. »Deine Adresse? Du kennst mich doch kaum.«

»Montag«, sagte ich. »Du kannst nächsten Montag zum Abendessen kommen, sieben Uhr. Wenn du möchtest.«

»Du lädst mich zum Essen ein? Eigentlich hätte ich dich zum Essen einladen sollen.«

»Tja, hast du aber nicht. Außerdem verspreche ich dir, dass ich eine bessere Köchin bin als du.«

»Woher willst du das wissen?«

»Nenne es wieder eine Mutmaßung.«

»Ich bin ein ziemlich lausiger Koch«, gab er zu. »Dafür esse ich gern.«

Erneut schaute ich auf meine Uhr. Fast halb drei. Es wurde Zeit.

Ich warf einen Zwanziger auf den Tisch und stand auf. »Ich muss jetzt gehen. Und übrigens …« Ich fuhr mit meinen Fingern über seine Jeanstasche, aus der sein Studentenausweis herauslugte. »Manchmal reicht es schon, die Augen aufzusperren.«

Und dann, weil ich einfach nicht widerstehen konnte, nahm ich ihm die Krone ab, setzte sie mir auf und ging aus dem Restaurant.

4

Zehn Minuten später war ich wieder vor dem Craftsman-Bungalow.

Erneut ließ ich mein Motorrad eine Querstraße weiter unten stehen. In den Häusern auf beiden Seiten der Straße brannte nirgends Licht. An den Bordsteinen standen reihenweise Autos, und der gelbliche Schimmer der Hafenanlage breitete sich gespenstisch am Horizont aus. Auf der Straße war es ruhig.

In Bezug auf Menschen, die im Krankenwagen von zu Hause abtransportiert wurden, war mir etwas Komisches aufgefallen: Sie dachten nie daran, die Haustür hinter sich abzuschließen. Das war einfach nichts, was ihnen in den Sinn kam. Sie hatten größere Sorgen. Auch Sanitäter schlossen nie die Tür ab. Das war nicht ihre Aufgabe.

Daher war ich nicht überrascht, als ich feststellte, dass die Haustür nicht abgeschlossen war.

Ich trat ein.

Er war noch nicht wieder zurück. An Freitagabenden herrschte in den Notaufnahmen in Oakland Hochbetrieb. Selbst mit gebrochener Nase und Rippe würde er sich ein bisschen gedulden müssen. Oakland war eine Großstadt, und zwar eine ziemlich gewalttätige. Nicht so schlimm wie früher, aber immer noch wurden Menschen angeschossen, überfahren, niedergestochen. Tag für Tag passierten alle möglichen schlimmen Dinge, und Freitagabende brachten das Schlechteste in den Menschen hervor. Für jemanden mit einer gebrochenen Rippe und einer gebrochenen Nase ließ man in der Notaufnahme nicht alles stehen und liegen. An einem Rippenbruch starb niemand. Aber ewig würden sie ihn dort auch nicht schmoren lassen. Schließlich war er ja nicht bloß mit einem verstauchten Knöchel aufgekreuzt. Ich ging davon aus, dass er eine Stunde, höchstens zwei warten musste, je nachdem, wie hektisch es in der Nacht zuging. Je nachdem, wie viele schlimme Dinge Menschen zugestoßen waren, denen ich wahrscheinlich niemals begegnen würde.

Er hatte etwas von Kaffee gesagt.

Ich durchstöberte die Küche und stieß auf eine Tüte Peet's, vorgemahlen. Es hätte schlimmer kommen können.

Ich brühte eine große Kanne in der Kaffeemaschine auf und richtete mich darauf ein zu warten.

Kurz vor halb vier hörte ich, wie die Tür aufging. Ich machte mir nicht die Mühe aufzustehen, sondern blieb im Sessel sitzen, als er hereinkam. Dass er in Begleitung der Polizei kommen würde, brauchte ich nicht zu befürchten, denn dass ihm ein Mädchen, das er zu sich nach Hause abgeschleppt hatte, den Arsch aufgerissen hatte, würde er niemandem aufs Butterbrot schmieren. Und das Letzte, was ihm in den Sinn kommen würde, war die Möglichkeit, dass ich immer noch da sein würde.

Oder zurückgekommen wäre.

Ich wartete, bis er die Tür geschlossen hatte. »Robert«, sagte ich dann und schaltete eine Lampe ein.

»Was zur Hölle!« Er machte einen Satz zurück. Seine Nase war zum Teil von einem weißen Verband verdeckt, und der Knochenbruch hatte ihm zwei blaue Augen beschert. Dort, wo er mit dem Kopf auf dem Couchtisch aufgeschlagen war, prangten Nähte auf seiner Stirn. Unter dem Hemd war er wahrscheinlich mit elastischen Binden bandagiert. Bei gebrochenen Rippen ließ sich kaum mehr machen, als sie verheilen zu lassen und nichts zu unternehmen, was dies vereiteln würde. Mit so einer Verletzung war nicht zu spaßen. Während er sprach, zuckte er vor Schmerz zusammen. Bei einem Rippenbruch schmerzte am Anfang sogar das Atmen. Er wich vor mir zurück. »Warum bist du hier?«

»Entspann dich«, sagte ich. »Ich werde dir nicht wehtun. Wir werden nur reden.«

»Du willst reden? Nachdem du mich so zugerichtet hast?«

»Ja, will ich. Setz dich. Bitte.«

Furcht und Wut standen ihm ins Gesicht geschrieben. »Du bist in meinem Haus und befiehlst mir, mich zu setzen?«

»Ich bitte dich, dich zu setzen. Ich habe dir nie irgendetwas befohlen.«

»Du wirst mir nicht wehtun? Das versprichst du?«

Ich stand auf, ging in die Küche und kehrte mit einem Becher wieder zurück, den ich ihm reichte. »Ich habe Kaffee gekocht. Ich hoffe, das ist okay.«

»Du hast Kaffee gekocht«, wiederholte er. Nun war er nur noch verwirrt.

»Ich dachte mir, wir könnten beide einen gebrauchen.«

Voller Misstrauen, so als hätte ich Blausäure hineingetan, nahm er den Becher entgegen. Wir setzten uns ins Wohnzimmer. Abgesehen von dem kaputten Couchtisch sah alles noch so aus wie zu dem Zeitpunkt, als wir gemeinsam hierhergekommen waren. »Was willst du?«, fragte er.

Ich öffnete meine Handtasche, zog ein paar Blatt Papier hervor und reichte sie ihm.

Als er die erste Seite sah, schaute er bestürzt auf. »Was ist das?«

»Der Name deiner Freundin ist Angela Matterson. Dein Name ist Robert Harris. Sie arbeitet als Sonderschullehrerin in San Leandro, und du bist Mechaniker bei Sharkey's Motors. Du bist seit zwei Jahren und sieben Monaten mit Angela zusammen.«

»Woher weißt du das?«

Ich ignorierte die Frage. »Vor sechs Wochen hattet ihr beide einen heftigen Streit. Die Sache ist eskaliert. Und da hast du sie geschlagen. Du hast sie übel zusammengeschlagen.«

Er starrte mich an. »Wer bist du?«

»Ich behaupte nicht, zu wissen, wer im Recht war. Es ist mir schnuppe, wer was gesagt hat. Aber diese Patientendaten aus dem Krankenhaus, die du gerade in der Hand hältst, belegen, dass du deine Freundin mit einem Nasenbeinbruch in die Notfallambulanz befördert hast. Den Rippenbruch hat sie sich zugezogen, als sie beim Versuch wegzulaufen auf der Eingangstreppe gestürzt ist. Der Polizei hat sie erzählt, sie wäre dabei gestolpert, und blieb bei dieser Aussage. Dass du sie verprügelt hast, hat sie nicht zugegeben.«

»Ich habe die Beherrschung verloren«, sagte Robert, nun mit eher gedämpfter Stimme. »Ich hatte ein schlechtes Gewissen deswegen. Ich hatte vorher noch nie die Hand gegen sie erhoben.«

Vielleicht stimmte das. Vielleicht auch nicht. »Nach ihrem Krankenhausaufenthalt hat sie Zuflucht in einem Frauenhaus gefunden«, fuhr ich fort. »Dort wurde sie beraten und ist dann hierher zurückgekehrt, um ihre Sachen abzuholen. Sie hatte beschlossen auszuziehen und ein neues Leben anzufangen. Sie hat diese Entscheidungen für sich getroffen.«

Er schaute mich an, sagte jedoch nichts.

»Aber als sie zurückkehrte, hast du sie schon erwartet.«

»Um mich zu entschuldigen! Um sie zu bitten, mir eine zweite Chance zu geben.«

»Du hast dich entschuldigt. Das ist unbestritten. Aber sie hat ihre Meinung nicht geändert, sondern ihre Koffer gepackt.« Ich stellte meine Tasse auf den Tisch. »Und da hast du ihr einen Revolver vor die Nase gehalten. Du hast ihr gesagt, du würdest sie aufspüren und etwas tun, was das, was du zuvor getan hattest, in den Schatten stellen würde.«

Ich verstummte, um ihn zum Widerspruch zu animieren.

Er wich meinem Blick aus. »So etwas hätte ich nie getan. Das war nicht ernst gemeint. Ich war bloß sauer. Ich wollte sie einfach zurückhaben.«

Und wieder: Vielleicht stimmte das, vielleicht auch nicht. Es spielte keine Rolle. »Klar. Vielleicht hast du nur gebluffft. Vielleicht hast du sie wirklich geliebt. Vielleicht liebst du sie immer noch. Ich weiß es nicht. Ich behaupte auch nicht, es zu wissen. Aber das, was du ihr gesagt hast, reichte aus, um sie in Angst und Schrecken zu versetzen. Und an dieser Stelle komme ich ins Spiel.«

Er biss sich auf die Lippe. »Ich war wütend. Aber ich würde ihr nie wehtun. Ich habe diesen Revolver nur zur Selbstverteidigung. Ich arbeite in einem üblen Stadtviertel, bin schon zwei Mal Opfer von Carjackern geworden.«

»Wie viel Percocet haben sie dir im Krankenhaus verabreicht?«

»Was?«

»Wie viele Schmerztabletten? Und wie viel Milligramm waren es? Hast du das mitbekommen?«

»Nur eine. Mehr wollten sie mir nicht geben, solange ich noch Alkohol im Blut habe.«

»Also hast du einen klaren Kopf? Nimmst alles bewusst wahr?«

Verwirrt schaute er mich an. »Ja, ich denke schon.«

»Gut.« Ich fasste erneut in meine Handtasche. Dieses Mal zog ich eine kleine schwarze Pistole heraus.

Die Leute reagieren unterschiedlich, wenn ich eine Waffe auf sie richte. Manche schreien auf, andere erstarren, wieder andere rennen Hals über Kopf davon. Es kommt zu allen möglichen Reaktionen. Robert begann, seinen Kopf ruckartig hin und her zu bewegen. Vor und zurück, wie eine Art grotesker Springteufel.

»Das ist eine Beretta Subkompaktpistole mit Hohlspitzgeschossen Kaliber 40 im Magazin«, erklärte ich ihm. »Subkompaktpistolen taugen nicht für weit entfernte Ziele, weil ihr Lauf zu kurz ist. Aber aus anderthalb Metern spielt das keine so große Rolle.«

»Du hast gesagt, du würdest mir nicht wehtun!«

Ich zog den Schlitten zurück, worauf sich der Hahn mit einem satten metallischen Geräusch spannte.

Als Sicherheitsfaktor baute ich immer nur darauf, dass sich keine Patrone im Lauf befand.

Seine ruckartigen Bewegungen gestalteten sich immer hektischer. »Bitte!«

Ich hielt den Lauf der Waffe eine ganze Weile auf ihn gerichtet. Mit einer einzigen fließenden Bewegung zog ich dann den Schlitten zurück, ließ die scharfe Patrone aus dem Lauf herausspringen und nahm die Pistole runter. »Ich will, dass du deine Situation begreifst. Wie sie eskaliert ist.«

»Bitte!«, flehte er erneut.

Ich ging zu ihm hinüber und legte ihm sanft eine Hand auf die Schulter. Dann drückte ich ihm etwas in die Hand. Die Patrone. Ein kleiner Messingzylinder, an einem Ende zugespitzt, noch immer warm von meiner Hand. »Ich will, dass du die hier aufhebst, Robert«, sagte ich und nahm wieder Platz. »Betrachte sie als Erinnerung an dein Kontaktverbot. Wenn du jemals wütend wirst oder einsam und dann mit dem Gedanken spielst, Angela aufzustöbern, dann möchte ich, dass du diese Patrone in die Hand nimmst, sie anschaust und dich an unsere Unterhaltung erinnerst. Denn solltest du jemals wieder versuchen, mit ihr zu reden oder sie zu treffen, dann werde ich dir genau so eine Patrone in den Kopf jagen.«

Stumm starrte er den länglichen Zylinder auf seinem Handteller an. Ich ließ ihn nachdenken.

Er schaute auf. »Ich verstehe«, sagte er schließlich.

»Gut.« Ich legte die Waffe beiseite.

»Also das in der Bar heute Abend, dieses ganze Spiel, du würdest mich wollen, das Flirten ... Du hast das hier die ganze Zeit über geplant, nicht wahr?«

»Ich habe nicht gelogen. Ich lüge nicht. Ich habe dir nicht ein einziges Wort gesagt, das unwahr gewesen wäre.«

»Du hast mich angebaggert.«

»Nein. Ich habe mich von dir anbaggern lassen. Und ich habe dich darüber mutmaßen lassen, was ich vorhatte.«

»Warum musstest du mich dann zusammenschlagen?«

»Du hast deine Freundin ins Krankenhaus befördert. Was mit dir passiert ist, deine Verletzungen, das ist ausgleichende Gerechtigkeit.«

»Warum bist du noch mal zurückgekommen?«

»Das ist eine Methode, die aus zwei Teilen besteht, Robert. Hätte ich dich nur verletzt, wärst du womöglich noch wütender geworden. Hätte ich nur eine Waffe auf dich gerichtet, hättest du mich womöglich nicht ernst genommen. So aber tust du es.«

»Wie ist Angela auf dich gekommen?«

»Darum geht es nicht. Es geht darum, dass ich auf dich gekommen bin. Es geht nicht mehr um sie. Es geht um uns – um dich und mich. Das ist es, was jetzt zählt.«

»Also hast du so etwas vorher schon mal getan.«

Darauf gab ich ihm keine Antwort.

»Du musst mich für einen echten Dreckskerl halten.«

»Ich bin mit Sicherheit besseren und ich bin definitiv schlechteren begegnet.«

»Ich habe sie wirklich geliebt. Vielleicht tue ich das immer noch.«

»Okay.«

»Was, wenn du mich nicht erwischt hättest? Wenn ich es in die Küche geschafft und mir dort ein Messer genommen hätte?«

Eine Tür geht auf. Ein Schritt vorwärts auf den sonnenbeschienenen Fußboden. Ein klebriger Fleck und der Geruch von Eisen. Staubkörner flimmern im Sonnenlicht, das auf die Wand fällt. Noch ein Schritt.

»Ich mag keine Messer. Ein Messer hätte nicht geholfen, Dinge zu klären.« Er ließ meine Worte auf sich wirken.

»Noch irgendetwas unklar?«, fragte ich.

»Nein.«

»Dann sind wir fertig miteinander.« Ich stand auf. »Es ist noch Kaffee da, falls du welchen möchtest. Ich habe die Maschine für alle Fälle eingeschaltet gelassen. Ruh dich ein bisschen aus. Und dann lerne eine andere kennen. Sei nett zu ihr. Oder genieße das Singleleben. Geht mich nichts an. Hört sich das gut an?«

Der Tonfall, mit dem er das eine Wort aussprach, war düster. »Gut.«

»Mich wirst du nicht wiedersehen. Es sei denn, du versuchst, sie aufzustöbern. Dann wirst du mich noch genau einmal wiedersehen.«

Während er ausdruckslos auf den kaputten Couchtisch starrte, ließ ich ihn allein und trat hinaus in die Nacht.

5

Ich fuhr auf dem Freeway in nördliche Richtung, bremste vor der Ausfahrt Berkeley ab, überlegte es mir dann aber anders, beschleunigte wieder und fuhr vorbei. Ich war noch nicht müde. Für die Strecke von Oakland nach Bolinas brauchte man normalerweise etwa anderthalb Stunden. Auf der Aprilia, nachts, ohne Verkehrsaufkommen, konnte ich sie in weniger als einer Stunde zurücklegen. Ich fuhr weiter bis zur Interstate 580, hielt mich dort Richtung Norden und nahm die Richmond Bridge über die Bay. Dabei genoss ich die Nacht, die Geschwindigkeit, den Fahrtwind. Nachdem ich die Schifffahrtskanäle überquert hatte, passierte ich den wuchtigen Klotz des Staatsgefängnisses von San Quentin, der an der Küste von Marin County aufragt.

Dabei versuchte ich, nicht an das zu denken, woran ich immer dachte, wenn ich an diesen blassen Steinmauern vorbeifuhr.

Und an wen ich dabei immer dachte.

Ich fuhr in einer Schleife erst hinauf und dann hinunter um Mount Tamalpais und legte mich dabei in die Haarnadelkurven, während der Lichtkegel meines Scheinwerfers die Nacht durchschnitt. In Höhe von Stinson Beach, als die Straße wieder schnurgerade verlief, drückte ich während der letzten Meilen aufs Tempo. Seit meiner Kindheit hatte sich Bolinas erheblich verändert. Vor allem waren die Häuser etwa zehnmal teurer geworden, da sich zu den Hippies und Künstlern die millionenschweren Hightech-Heinis gesellt hatten, die am Wochenende gerne einen auf Surfer-Sunnyboy machten. Diesen Kerlen saß das Geld so locker in der Tasche, dass sie ein paar Millionen Mäuse für eine kleine Bude am Meer hinblätterten, die nur wenige Jahrzehnte zuvor noch für dreißig oder vierzig Riesen den Besitzer gewechselt hätte. Dennoch war der Ort nach wie vor winzig und bewahrte sich trotz der ihm aufgezwungenen Veränderungen stolz seinen ursprünglichen Charakter.

Ich bog von der Hauptstraße in eine schmale, kurvenreiche Straße ab, die zu der Steilküste hoch über dem Meer hinaufführte. Auf halbem Weg hielt ich an, stellte den Motor aus und stieg ab. Dann ging ich leise auf ein blaues Haus zu, das in dem trüben Licht der frühmorgendlichen Dämmerung gerade noch zu sehen war. Es war ein kleines, einstöckiges Haus. Ein gepflegter Fußweg aus Pflastersteinen teilte die Rasenfläche in zwei Hälften. Ich bemerkte, dass im Vorgarten ein Kinderdreirad vergessen worden war. Bei der Vorstellung, ein Kind könne voller Eifer mit dem Rad über den Fußweg gefahren kommen, biss ich mir auf die Lippe. Ich konnte das Knirschen förmlich hören, das die Plastikräder verursachen würden, auch das glückliche Lachen im Hintergrund.

Ein fröhliches blaues Haus.

Ich stand da und schaute es an. Nirgends brannte Licht. Niemand war wach. Die Nacht war ruhig. Ich konnte die Wellen am Fuß der Klippen hören. Mich überkam das gleiche beklemmende Gefühl, das mich jedes Mal ergriff.

»Es tut mir leid«, flüsterte ich in Richtung Haus. »Es tut mir wahnsinnig leid.«

6   »Nikki? Nikki Griffin? Erzählen Sie mir doch mal ein bisschen etwas über sich, ja?«

»Über mich. Etwas Bestimmtes?«

»Egal. Was Ihnen gerade so durch den Kopf geht.«

»Das hört sich an wie eine Fangfrage. Wie in einem Bewerbungsgespräch.«

»Es ist keine Fangfrage. Fangen Sie doch am Anfang an.«

»Also schön. Mein Bruder und ich sind in Bolinas aufgewachsen. Meine Eltern waren so eine Art kalifornische Lebenskünstler, fuhren an den Wochenenden immer zum Fillmore, um dort Konzerte zu besuchen und danach bei einem Feuerchen am Strand Gras zu rauchen und Wein zu trinken.«

»Stehen Ihr Bruder und Sie sich nahe?«

»Ich versuche, auf ihn aufzupassen.«

»Und stehen Ihre Eltern und Sie sich nahe?«

»Können wir über etwas anderes sprechen?«

»Natürlich. Darf ich Sie etwas fragen, Nikki?«

»Klar.«

»Wie ist das mit der Gewalt?«

»Der Gewalt.«

»Ja.«

»Tja, neulich hätte ich um ein Haar einen Kellner verdroschen.«

»Einen Kellner? Wieso das denn?«

»Ich hatte einen Martini-Cocktail bestellt, und dann bringt er einen mit Wodka.«

»Wodka? War das ein Problem?«

»Gin. Wenn jemand einen Martini-Cocktail bestellt, dann bringt man ihm einen mit Gin. So läuft das. Nicht Wodka. Gin.«

»Aber Sie haben es nicht getan.«

»Ihn vermöbelt? Nee. Habe ihn bloß gebeten, mir einen mit Gin zu bringen. Das war jetzt sowieso mehr oder weniger bloß ein Scherz. Dass ich ihn schlagen wollte.«

»Freut mich sehr, das zu hören.«

»Aber irgendwie hatte ich schon das Bedürfnis. Ein bisschen jedenfalls. Wodka. Mein Gott!«

»Trinken Sie viel, Nikki?«

»Wieso fragen Sie mich das?«

»Bloß eine Frage – Sie wissen schon, Alkohol kann alle möglichen anderen Sachen triggern.«

»Andere Sachen?«

»Impulsives Verhalten und so weiter.«

»Hören Sie. Neunundneunzig Prozent meines Lebens bin ich nicht impulsiv.«

»Vielleicht sollten wir über dieses eine andere Prozent reden.«

»Ich will ja nicht unhöflich sein – aber kann ich jetzt gehen?«

»Wir können früher Schluss machen, es spricht nichts dagegen. Wir sehen uns dann nächste Woche, zur gleichen Zeit?«

»Klar. Nächste Woche. Gleiche Zeit.«

»Und, Nikki?«

»Ja?«

»Versuchen Sie, brav zu sein.«

Ich trat in das gleißende nachmittägliche Sonnenlicht hinaus, kniff die Augen zusammen und setzte meine schwarze Ray-Ban Aviator auf. Dann fischte ich aus meiner Handtasche den Lipgloss, der leicht nach Zitrusfrüchten schmeckte. Die Therapeutin praktizierte in ihrem Haus in North Berkeley. Sie hatte sich leger gekleidet, trug eine Bluejeans und einen ausgeblichenen Pulli. Wir hatten in ihrem Wohnzimmer gesessen, ich auf der Couch, sie in einem Sessel. Auf ihrem Schreibtisch standen gerahmte Buntstiftzeichnungen, wahrscheinlich das Werk ihrer Enkelkinder. Ein abgetretener Perserteppich lag auf dem Parkettboden, ein hohes Bücherregal war vollgestopft mit Werken prominenter Persönlichkeiten aus der Psychologie, dazu mit anderen, die mir nichts sagten. Die Einrichtung gefiel mir. Ein privates Zuhause war besser als gefliese Böden und Fragebögen auf einem Klemmbrett. Für so etwas wie eine Therapie. Auf der Straße vor ihrem Haus formten sanfte Wellen im Asphalt Rüttelschwellen. Farbenfroh gestrichene Häuser säumten die ruhigen Straßen, die Heckenschere eines Gärtners sirrte. Es war ein behagliches Wohnviertel, ein sicheres Viertel. Ende September war die Luft mild.

Ich zog mir ein Haargummi vom Handgelenk, band mir das Haar zu einem Knoten zusammen und setzte den Helm auf. Die schwere Maschine heulte auf, und selbst durch den gepolsterten Helm hindurch drang mir das Geräusch an die Ohren. Um den Fahrtwind zu spüren, ließ ich den Reißverschluss der Jacke offen. Ich schob den Schalthebel mit dem Fuß leicht nach oben, um den ersten Gang einzulegen, ließ die Kupplung los, rollte auf die Straße und fuhr in südlicher Richtung auf Oakland zu.

Ich hatte einen Job zu erledigen.

7

Der nackte Hintern des Mannes sah so bleich aus, als hätte er noch nie einen Sonnenstrahl abbekommen.

Ich richtete das schwarze Fadenkreuz aus und zielte damit genau auf seinen Allerwertesten.

Klick.

Ich machte mehrere Aufnahmen, wobei das leistungsstarke Teleobjektiv es so aussehen ließ, als wäre der Mann kaum einen Meter entfernt statt auf der anderen Straßenseite in einem Apartment im ersten Obergeschoss. Nun kam die Frau ins Bild. Sie hatte nur BH und Slip an. Die Wohnung war auf ihren Namen angemietet worden. Die Frau mochte etwa vierzig sein, vielleicht zwanzig Jahre jünger als der Mann. Sie hatte den Körper von jemandem, der sich einen nicht unerheblichen Teil seiner Zeit im Fitnessstudio abrackerte. Ob der Mann wohl die Miete zahlte? War das so eine Art Sugar-Daddy-Beziehung?, fragte ich mich beiläufig. Egal. So oder so, für mich spielte das keine Rolle. Wichtig war nur, dass die beiden hier waren, vor meinen Augen, zusammen. Aber eigentlich war die Frau zu hübsch für ihn.

Sie umarmten sich. Seine Hand liebkoste ihren Nacken unter ihrem blonden Haar.

Klick. Klick-klick-klick.

Durch das Teleobjektiv beobachtete ich, wie seine Finger an ihrem BH-Verschluss nestelten und ihn öffneten.

Klick. Klick.

Als sie sich vom Fenster auf das Bett zubewegten, verschwanden sie aus meinem Sichtfeld. Das war okay. Ich verstaute die große Kamera in meinem Rucksack und ging den Block entlang, um zu warten. In einem Kiosk holte ich mir einen Kaffee und eine Ausgabe des *Chronicle*. In der Zeitung standen die üblichen Schlagzeilen, allesamt negativ, wie es schien. Die Immobilienpreise stiegen sprunghaft an, Nordkorea feuerte Raketen ab, im Nahen Osten wurden die Menschenrechte verletzt. In der Rubrik *USA & Welt* prangte ein unscharfes Foto von einem kraushaarigen Mann mit einer Zahnlücke, eingeklinkt gleich neben einem weiteren Foto, nämlich der Totalen eines gelben Polizeiabsperrbands, das den Bereich um einen Leichensack markierte. Laut Bildunterschrift handelte es sich um den verstorbenen Sherif Essam, einen prominenten Blogger, der gerade einen Artikel über Menschenrechtsverletzungen der Regierung veröffentlicht, sich dann aber dazu entschieden hatte, lieber vom Dach eines dreißigstöckigen Gebäudes in Kairo zu springen. Für die Polizei ein glasklarer Fall von Selbstmord. Ich legte die Zeitung beiseite. Die Welt war ein deprimierender Ort. Das war nun nicht wirklich der bahnbrechendste aller Gedanken, aber einer, der mir häufig durch den Kopf schoss. Vielleicht lag das an meiner Arbeit.

In Anbetracht der Aufträge, denen ich nachging, bekam ich im Allgemeinen nicht die schönsten Seiten der Menschen zu sehen.

Apropos schönste Seiten. Ich stand auf. Selbst die leidenschaftlichsten Paare machten nicht ewig miteinander herum.

Als der Mann und die Frau die Wohnung verließen, bekam ich sie durch das Teleobjektiv wieder gestochen scharf vor Augen. Er trug einen marineblauen Anzug mit Nadelstreifen und roter Krawatte, womit er wie der erfolgreiche Anwalt daherkam, der er war. Sie trug Jeans und T-Shirt, ihr Haar war noch feucht von der Dusche. Ihre Gesichter waren gerötet. Sie waren glücklich mit ihrem Geheimnis. Er beugte sich zu ihr hinunter, um sie zu küssen.

Klick-klick-klick.

Es verblüffte mich immer wieder, wie einfach es war, Leute, die eine Affäre hatten, dabei zu erwischen. Rendezvous in Wohnungen, Verabredungen in Autos, Treffen in Hotels. Sie hielten sich für clever. Ich hatte zwar selbst noch nie eine Affäre gehabt, aber vielleicht gehörte der Nervenkitzel ja dazu. Das Verbotene. Spionspielchen. Herumschleichen, in einem anonymen Motel einchecken. Manche waren vorsichtiger als diese beiden, die Fotos dann schwerer zu bekommen. Aber zu bekommen waren sie immer. Die endlose Warterei, das Ausspionieren von Gewohnheiten und Vorlieben machte mir nichts aus, aber die Verletzung der Intimsphäre gefiel mir nicht. Dieser furchtbare Voyeurismus, Männer und Frauen zu beobachten und zu fotografieren, Frauen und Frauen, Männer und Männer, häufig während eines eindeutigen Sexualkontakts. Die Leute entschieden sich dazu, Affären zu haben. Das hatte nichts mit mir zu tun. Einige hatten es wahrscheinlich verdient, dass man ihnen verzieh, andere wahrscheinlich nicht.

Aber Job war Job, und wenn ich die Zeit dafür erübrigen konnte, übernahm ich derlei Aufträge. Es war verblüffend, was für Gewohnheitstiere die meisten Menschen waren. In ein oder zwei Wochen kam meist alles ans Licht. Wo sie aßen, arbeiteten, einkauften. Manchmal hatten meine Auftraggeber für mich schon E-Mails, Textnachrichten oder andere Beweise. Bei anderen bestand nur ein vager Verdacht, der sich zu einer Art Juckreiz auswuchs und sich nicht länger ignorieren ließ. Manchmal stellte sich heraus, dass da gar nichts war. Manchmal aber doch. Die Affären-Aufträge stellte ich grundsätzlich in Rechnung. Bei den Aufträgen von Frauen aus den Anlaufstellen war das anders. Untreue stand auf dem einen Blatt, gefangen, bedroht, verletzt zu werden – das stand auf einem ganz anderen.

Diese Frauen hatten es verdient, beschützt zu werden.

Ich beobachtete, wie der Mann in einen silberfarbenen Mercedes S 550 stieg. Der Lack glänzte, der Wagen war frisch gewaschen. Auf dem personalisierten Nummernschild stand LAW 1981. Ich machte mir zwar nicht viel aus Autos, aber es ließ sich nicht leugnen, dass dieses Gefährt zu den schöneren Exemplaren gehörte. Das Dach war gewölbt und stromlinienförmig, so als wäre das ganze Auto begierig darauf, einen Satz nach vorn zu machen. Der Mercedes fuhr los, und die Frau kehrte wieder ins Haus zurück.

An der nächsten Straßenecke, in der Nähe des Kiosks, hatte ich vorhin ein öffentliches Telefon entdeckt. Ich warf Münzen ein und wählte eine Nummer. Eine Frauenstimme meldete sich. »Hallo?«

»Brenda, hier ist Nikki.«

Eine Pause entstand. Die Frau am anderen Ende wappnete sich, so als stünde ihr jetzt die Mitteilung der Laborergebnisse durch den Arzt bevor. »Hi, Nikki. Gibt es etwas Neues?«

»Wollen wir uns auf einen Kaffee treffen?«

8 Sie kam aus San Francisco in die East Bay, sodass ich ein winziges Café gleich neben der Bay Bridge in West Oakland als Treffpunkt vorschlug, nicht weit von dem Haus, in dem ich Robert Harris einen Besuch abgestattet hatte. Auf einem Schild stand BAY COFFEE. Der Name ergab Sinn – drinnen gab es Kaffee, draußen war die Bay. Das Café befand sich in einem Gewerbegebiet, und nachdem hier jahrelang schwere Lkw auf dem Weg zum Hafen dahingepoltert waren, war das Straßenpflaster in einem höchst bedauerlichen Zustand. Einige Viertel von Oakland hatten sich schnell gemausert, andere ließen sich Zeit damit.

Brenda Johnson war eine elegante, hübsche Frau von etwa fünfzig. Ihr honigfarbenes Haar war professionell gestylt, ihre Hände manikürt. Sie trug Wildlederstiefel und eine dreiviertellange Burberry-Jacke, deren Gürtel sie modisch verknotet hatte. Sie beäugte das kleine Café mit bangem Blick, so als würde man ihr dort via Speisekarte schlechte Nachrichten übermitteln. Erneut kamen mir Laborergebnisse in den Sinn.

»Der Kaffee geht auf mich«, sagte ich. »Was nehmen Sie?«

Sie blinzelte und schaute mich an. »Bloß einen Cappuccino, wenn es so etwas hier gibt. Andernfalls Kaffee mit Sahne und Zucker. Danke, Nikki.«

»Ich bin in einer Minute wieder bei Ihnen«, sagte ich. »Wir können uns draußen hinsetzen.«

Am Tresen gab ich meine Bestellung bei einem hübschen schwarzhaarigen Mädchen Mitte zwanzig auf. »Macht ihr hier Cappuccino?«, fragte ich.

Sie nickte. »Klar.« Sie war schlank, hatte braune Augen und kleine weiße Zähne. Über ihrer rechten Wange breitete sich wie ein großes Muttermal eine braungelbe Verfärbung aus. Ich nahm Nikotingeruch und Tommy-Girl-Parfüm wahr. Das gleiche Zeug hatte ich während meiner gesamten Highschool-Zeit auch getragen.

»Einen davon und einen großen Schwarzen, ohne Zucker.«

Sie reichte mir die vollen Becher ohne Deckel, und als ich danach griff, um sie entgegenzunehmen, schwappten ein paar Tropfen Kaffee über und spritzten auf den Ärmel meiner Jacke. »Das tut mir schrecklich leid«, entschuldigte sie sich und wirkte dabei so entsetzt, als hätte sie gerade nicht bloß ein bisschen Kaffee verschüttet, sondern ein paar Millionen Liter Rohöl in ein Otter-Reservat gegossen. Auf ihrem dünnen Unterarm erblickte ich das Tattoo einer Rose, deren langer Stiel sich um ihn zu winden schien. In Abständen ragten Dornen heraus, so als hefteten sie den Stiel an ihren Arm fest.

»Schon gut«, sagte ich. »Mach dir keine Sorgen deshalb.«

»Da, lass mich mal machen.« Sie ergriff eine Handvoll Papierservietten und betupfte damit unbeholfen meinen Arm. »Es tut mir furchtbar leid«, sagte sie erneut. »Ich bin so was von tollpatschig.«

»Hey«, sagte ich perplex. »Ist keine große Sache. Echt jetzt.«

»Es ist bloß ... Heute ist für mich ein rabenschwarzer Tag. Ich weiß, das ist nicht Ihr Problem.«

»Kann ich irgendwas für dich tun?«

Die Frage war albern, und sie schüttelte den Kopf. »Ich komme zurecht. Danke, dass du mich nicht angeschnauzt hast. Du glaubst ja nicht, wie manche Leute so drauf sind.«

»Doch, das glaube ich.« Bei näherer Betrachtung sah der gelbliche Fleck auf ihrem Gesicht ganz und gar nicht aus wie ein Muttermal, sondern eher wie ungesunde, verletzte, irgendwie an angefaultes Obst erinnernde Haut. Als sie meinen Blick auffing, war es, als zöge sie sich in ihr Schneckenhaus zurück. Sie riss die Serviette, die sie in der Hand hielt, in kleine Fetzen, die daraufhin wie Schneeflocken auf den Tresen herabrieselten.

»Ich komme zurecht«, wiederholte sie.

»Ich bin Nikki«, stellte ich mich vor. »Wie heißt du?«

»Zoe«, erwiderte sie zögernd. Sie hatte einen leichten Akzent. Südamerikanerin. Das genaue Land konnte ich nicht heraushören, dazu reichten meine kümmerlichen Überreste Spanisch aus der Highschool-Zeit nicht.

»Wir können reden«, bot ich an. »Wenn du willst. Manchmal ist es gut, jemanden zu haben, mit dem man reden kann.«

Sie errötete, schüttelte stumm den Kopf.

Ich nahm die beiden Becher in die Hand. »Ich arbeite in einem Buchladen drüben an der Telegraph.« Ich reichte ihr eine Visitenkarte. »Ein paar von uns veranstalten da so eine Art Buchclub. Nächsten Freitagnachmittag treffen wir uns wieder. Vielleicht hast du ja Lust, auch zu kommen.«

Erneut lief sie rot an und wich meinem Blick aus. »Ich weiß gar nicht mehr, wann ich das letzte Mal ein richtiges Buch gelesen habe. Ich habe nicht einmal die Highschool abgeschlossen. Ich würde nicht dazu passen.«

»Du wärst überrascht. Vielleicht passt du wunderbar dazu.«

Sie nahm die Karte so vorsichtig entgegen, als bestünde sie aus hauchdünnem Glas, und schob sie sich in die enge Tasche ihrer Jeans. »Ich überlege es mir.« Mittlerweile bedeckten die winzigen Fetzen der Serviette den Tresen.

Spontan legte ich meine Hand auf die ihre und drückte sie ein wenig. »Viele der Frauen dort haben schon schwarze Tage erlebt. Denk mal drüber nach.«

Eine Straßenecke vom Café entfernt befand sich ein winziger Stadtpark. Auf einer Schaukel schwang ein kleiner Junge in einer roten Jacke vor und zurück, während zwei Mädchen Himmel und Hölle spielten. Staubpartikel aus Buntkreide wirbelten vom Asphalt auf und tänzelten im nachmittäglichen Sonnenlicht. Über uns dröhnte der Autoverkehr auf den Freeways, die sich in grauen Kreisen wanden. Die Bay Bridge streckte sich San Francisco entgegen.

»Ihr Mann hat eine Affäre«, begann ich. Es gab nicht wirklich eine gute Methode, wie man so etwas einleitete.

Sie legte sich beide Hände auf den Mund. »O mein Gott! Sind Sie sich sicher?«

Ich dachte über den Mann und die Frau nach, die ich durch das Fenster beobachtet hatte. »Ich bin mir sicher.«

»Ich kann es nicht fassen.« Sie fuhr sich mit der Hand durch das Haar. »Man glaubt, man wäre verrückt. Man *hofft*, man wäre verrückt. Ich meine, ich habe all die verrückten Dinge getan, die man dann tut. Ich habe heimlich seine Büroschlüssel nachmachen lassen, als wollte ich dort einbrechen und die beiden in flagranti auf seinem Schreibtisch erwischen. Ich habe seine Kleider auf ... ich weiß nicht einmal was abgesucht – Lippenstiftflecken oder Ohrringe. Ich habe *Sie* beauftragt.« Sie lachte. Es war die Art Lachen, die jemand ausstieß, dem soeben klar wird, dass er gerade versehentlich fünf Stunden nach Norden statt nach Süden gefahren ist. »Aber dann ... erfährt man, dass man nicht verrückt ist. Und irgendwie ist das noch schlimmer.« Sie stellte den Kaffeebecher auf dem Boden ab. »Er ist Anwalt, übernimmt ständig streng geheime Aufträge für diese ganzen blöden Hightech-Unternehmen und behandelt das wie Angelegenheiten der nationalen Sicherheit. Ständig fährt er in der Gegend herum oder verbarrikadiert sich bis spätabends in seinem Büro. Und jetzt weiß ich noch nicht einmal, ob er mich, was das angeht, die ganze Zeit belogen hat ...«

»Ich verstehe.« Ich fühlte mit ihr. Leute, die Affären hatten, vollführten alle möglichen Täuschungsmanöver, ohne darüber nachzudenken, dass sich ihr Partner deshalb allmählich so vorkommen konnte wie der Protagonist in Gogols *Aufzeichnungen eines Wahnsinnigen*. »Sie haben nichts Ungewöhnliches getan«, fügte ich hinzu. »Sie haben ein Recht darauf, es zu erfahren.«

»Wer ist sie überhaupt?«

Ich wartete einen Moment, bevor ich darauf antwortete. Es war nicht gut, sofort mit allem herauszuplatzen. Das hatte ich schon ganz früh bei einem Fall gelernt. Nachdem meine damalige Klientin erfahren hatte, dass ihr Mann mit seiner Sekretärin ins Bett ging, war sie in sein Büro stolziert, dem Vernehmen nach seelenruhig, plaudernd und lächelnd, um dann der unglückseligen Sekretärin einen Locher über den Schädel zu ziehen. Eine Stunde später hatte die Polizei sie zu Hause im Bett vorgefunden, wo sie sich bei einer Flasche Rosé Wiederholungen von *Grey's Anatomy* anschaute. Sie war wegen tätlichen Angriffs angeklagt worden und nur knapp der Anklage wegen eines Schwerverbrechens entgangen.

Daher übte ich mich nun in Zurückhaltung.

»Eine Frau, die als Personal Trainer für ihn arbeitet«, gab ich schließlich preis. »Aus seinem Fitnessclub.«

Ihre Augen flackerten vor Wut. »Dieser *Scheiß*kerl! Ich habe diesem aus der Fasson geratenen Arsch ein Personal-Training-Paket spendiert, damit er nicht mit fünfundsechzig an Herzinfarkt abnippelt wie sein Vater. Und er geht hin und *vögelt* seine Trainerin?«

Ich legte meine Hand auf die ihre, wieder einmal daran erinnert, dass sich unmöglich vorhersagen ließ, welche Worte welche Emotionen auslösen würden. »Ich weiß. So etwas zu erfahren ist nicht angenehm.« Das hier gehörte auch zu meinem Job. Man konnte nie lediglich der Überbringer einer Nachricht sein. Nicht, wenn man Nachrichten überbrachte, die den Verlauf eines ganzen Lebens verändern konnten. Therapeuten, Freunde, Familie – langfristig wandten sich meine Klienten anderen Menschen zu. Aber am Anfang? Da war bloß ich.

Brenda stand auf und wollte sich die Jacke ausziehen. Doch dabei verhedderte sich der Gürtel, woraufhin sie einen Fluch ausstieß und die Jacke auf den Bürgersteig pfefferte. Ihre Arme waren straff und fest. Ihre Stimme war weder das eine noch das andere. »Diesen Mistkerl schnappe ich mir. Er wird gar nicht *begreifen*, wie ihm geschieht. Können Sie es beweisen?«

Mit lautem metallischem Kreischen passierte uns ein Nahverkehrszug. Die Schienen verliefen zwar größtenteils unterirdisch, hier aber kamen sie vorübergehend an die Oberfläche, bevor sie als Verbindung zwischen Oakland und San Francisco wieder unter der Bay verliefen. Ich wartete, bis das Geräusch verebbte. »Ich habe Fotos.«

»Die will ich sehen.«

»Ich lasse sie Ihnen in den nächsten ein, zwei Tagen zukommen.«

»Ich will sie sofort sehen!«

»Bald, das verspreche ich.« Ich musste erneut an die Frau

mit dem Locher denken. Zwischen der Überbringung von Nachrichten und den Fotos ließ ich bewusst etwas Zeit verstreichen. Fotos konnten wie Sprengsätze wirken.

Sie ging auf und ab, machte dabei kleine, angespannte Schritte. Eines der Mädchen, die Himmel und Hölle spielten, schaute ihr neugierig zu. »Wir werden ihn jetzt sofort ausfindig machen, ihn und seine *Nutte*, und wir werden den beiden eine Lektion erteilen.«

»Setzen Sie sich doch erst einmal wieder«, schlug ich vor.

»Mir ist nicht nach Sitzen zumute!«, blaffte Brenda. »Ich habe Geschichten über Sie gehört, Nikki. Meine Nichte hat Sie empfohlen, Sie erinnern sich? Diejenige, die im Frauenhaus Brighter Future arbeitet. Ich will, dass Sie meinem Mann eine Lektion erteilen. Ist mir egal, wie viel das kostet, ich bezahle es. Ist es denn nicht das, was Sie tun?«

»Sie sind sauer. Das verstehe ich. Aber das kann ich nicht tun.«

»Ich *muss* …«

»Brenda. Hören Sie.« Sie hörte die Schärfe heraus, die jetzt in meiner Stimme mitschwang, und beruhigte sich. »Ich bin nicht in der Branche, in der einer dem anderen eine Lektion erteilt«, fuhr ich in sanfterem Tonfall fort. »Überlassen wir das Drama den Seifenopern. Derlei Gespräche nehmen kein gutes Ende. Was Sie jetzt im Moment brauchen, ist ein starker Drink, eine heiße Dusche und einen guten Scheidungsanwalt.«

»Aber jetzt mal von Frau zu Frau, Nikki … Sie müssen mir helfen.«

»Das würde Ihnen nicht helfen. Ernsthaft. Sie würden sich eine kurzfristige Genugtuung, aber auch alle möglichen langfristigen Probleme einhandeln. Glauben Sie mir.«

Brenda bückte sich langsam und hob ihre Jacke auf. Die spielenden Mädchen waren verschwunden, die Schaukel war verwaist. Brendas bonbonfarbener Nagellack hatte begonnen abzublättern – hier und da schaute eine unlackierte Stelle des Nagels hervor. Unter ihren Augen traten dunkle Ringe zutage. »Tut mir leid. Ich wollte nicht böse werden.« Sie rieb sich mit beiden Händen über die Schläfen. »Ich habe schlecht geschlafen.«

»Böse werden ist normal. Das verstehe ich.«

»Kann ich mir denken.« Sie klang erschöpft. »Ich sollte jetzt nach Hause fahren.«

Ich drückte ihr die Hand. »Sie werden das durchstehen.«

Fünf Minuten später war ich Richtung Berkeley unterwegs. Ich musste noch ein paar Sachen im Buchladen regeln und stellte mir danach einen Film und chinesisches Essen vor. Meine Samstagnachmittage verliefen eigentlich immer ruhig.

Eigentlich.

Die Begegnung mit Gregg Gunn stand mir erst noch bevor.

9

»Hi, Jess. Wie läuft der Laden?«

»Hey, Nikki! Es war ganz schön was los; die ganzen Kids von der Uni laufen sich gerade fürs Herbstsemester warm. Ich kann gar nicht glauben, dass der September fast schon wieder rum ist.«

Das Brimstone Magpie war ein Antiquariat an der Telegraph Avenue in Berkeley. Ich hatte Glück gehabt und das schäbige zweistöckige Gebäude gekauft, kurz bevor die Preise in der East Bay vollends durch die Decke gegangen waren. Mittlerweile hätte ich es mir nie und nimmer leisten können. Bis es zum nächsten großen Crash kommen würde, gewannen die Immobilien in der Bay Area immer weiter an Wert. Damals hatte ich gehofft, über die langfristige Vermietung des Gebäudes konstante Einnahmen erzielen zu können. Die große Ladenfläche auf Straßenniveau wurde von einer szenigen Bäckerei mit einem auf fünf Jahre angelegten Pachtvertrag und Expansionsplänen in Anspruch genommen. Dann kam die Rezession, und plötzlich wollte niemand mehr ein Gläschen Lemongrass-Schnaps für sechs Dollar oder glutenfreie Geburtstagstorten bestellen. Wenig später machte die Bäckerei dicht.

Da mir nun dieser Mieter verloren gegangen und kein anderer in Sicht war, fing ich damit an, den freien Raum zu nutzen, um Bücher zu lagern. Ich kaufte zu viele Bücher und bekam ständig neue dazu. Ich konnte nicht anders, denn ich liebte Bücher einfach. Ich stapelte Karton über Karton aus Garagenverkäufen oder Auflösungen von Sammlungen, holte die kostenlosen Bücher ab, die auf der Anzeigenwebsite Craigslist angeboten wurden, und stöberte in jeder Buchhandlung, an der ich vorbeikam. Daher musste ich irgendwann ein paar Regale aufstellen, dann noch ein paar mehr, dazu gesellte sich ein Sessel, damit ich mich mit einer Tasse Kaffee hinsetzen und schmökern konnte. Ich bezahlte doch sowieso für den verdammten Raum, dachte ich, da konnte ich ihn ruhig auch nutzen. An einem verregneten Wintertag dann rauschte eine Frau mit einem tropfnassen Schirm herein und fragte mich, wie viel denn die Ausgabe von *Bleak House* kosten würde, die sie von draußen gesehen hätte. Ich hatte noch nie im Leben ein Buch verkauft und schlug ihr vor, sie solle mir geben, was immer sie für angemessen hielt. Nach einem Blick in ihr Portemonnaie fragte sie, ob fünf Dollar in Ordnung seien. Aber ja!, antwortete ich. Sie bezahlte, ich gab ihr das Buch. Das war mein erster Verkauf. Danach schneiten immer mehr Leute herein, sowohl Einheimische als auch Studenten. Ich machte es mir zur Gewohnheit, eine Kanne Kaffee auf dem Tresen stehen zu lassen, und kaufte noch ein paar Sessel, stellte noch ein paar mehr Regale auf. Irgendwann wurde mir klar, dass ich mir wohl eine Registrierkasse zulegen sollte.

Das Timing war selten günstig. Als nicht nur das internationale Buchhandelsunternehmen Borders, sondern auch viele der unabhängigen Buchhandlungen das Handtuch warfen, kapierten mehr und mehr Leute, dass die Existenz von Buchläden nicht wirklich zu den Grundrechten zählte. In der gesamten East Bay wurde es trendy, bei lokalen Händlern zu kaufen. Meine Verkaufszahlen stiegen. Dabei machte ich mir nicht wirklich Gedanken über Cashflow und Jahresbilanzen, mir gefiel einfach die Vorstellung, dass die Leute bei mir hereinspazieren und schmökern konnten. Manche Kunden brachten Bücher mit, die sie mir verkaufen wollten, und jede Menge Lesestoff fand im Zuge irgendwelcher Immobilienverkäufe und Sammlungsauflösungen den Weg zu mir. Ich sprach mit Mitarbeitern benachbarter Bibliotheken und stellte Werbeplakate auf. Bald stapelten sich bei mir so viele Bücher, dass ich Lagerräume in Oakland anmieten musste, um in Regalen die Kisten zwischenzulagern, deren Inhalt ich noch nicht hatte sichten können. Ich stellte Teilzeitkräfte ein, und diese kamen und gingen, bis mir endlich klar wurde, dass ich für die Geschäftsführung jemanden in Vollzeit benötigte. Ich schaltete ein Inserat, auf das sich zwei Tage später Jess meldete. Sie stammte aus Los Angeles, war etwa in meinem Alter und hatte rabenschwarzes Haar. Als sie sich bei mir vorstellte, trug sie eine kobaltblaue Prada-Brille, Minirock und hohe schwarze Stiefel. Während dem, was gerade so als Bewerbungsgespräch durchging, outete sie sich als Lesbe mit einem Abschluss in Architektur, von dem sie nie Gebrauch gemacht hatte. Sie hatte eine Vorliebe für Single Malt Scotch und Tierrettung sowie eine Abneigung gegen billigen Kaffee, soziale Netzwerke und Lakers-Fans. Darüber hinaus eröffnete sie mir, sie erwarte nach dem ersten Jahr eine Beteiligung, keinerlei Micromanagement sowie die Erlaubnis, ihren Kater mit zur Arbeit zu bringen.

Ich stellte sie vom Fleck weg ein. Das war eine der besten Entscheidungen meines Lebens.

Wir kamen gut miteinander zurecht. Sie wusste, wann sie mich in Ruhe lassen musste, und nervte nicht alle naselang mit irgendwelchen hysterisch vorgebrachten Fragen, was die Bestandsaufstockung anging. Schon bald schmiss sie den Laden wesentlich effizienter, als ich es je getan hatte, kümmerte sich um die Buchhaltung und Versicherungen sowie tausenderlei andere Dinge, an die ich nie gedacht hatte. Das Geschäft zog an. Die Kunden mochten den Kaffee, die Lesesessel, die zwanglose Atmosphäre. Und ihnen gefiel Jess' Hang, jeden auf die Straße zu setzen, der während des Aufenthalts im Laden einen Anruf auf seinem Handy entgegennahm. Der Umsatz ging hoch. Nach einem Jahr machte ich sie zur Partnerin, was nicht nur am Verkaufserfolg lag, oder daran, dass wir gut miteinander zurechtkamen.

Jess begriff, dass ich manchmal Tätigkeiten anderer Natur erledigte. Sie begriff, dass manchmal eine Frau in den Laden kam, die etwas anderes benötigte als ein Buch.

Das war für Jess okay. Wir teilten gewisse Ansichten.

»Schon irgendwelche aufregenden Pläne fürs Wochenende?«, fragte sie, während sie sich von einem hohen Stapel frisch eingetroffener Taschenbücher abwandte, den sie gerade sortiert hatte.

»Heute Abend gehe ich ins Kino.« Als ich mich daran erinnerte, musste ich lachen. »Und wie es aussieht, habe ich Montag ein Date. Frag mich nicht, wie zur Hölle das passieren konnte.«

Jess grinste. »Wie zur Hölle konnte das passieren?«

Ich verdrehte die Augen. »Wieso erzähle ich dir eigentlich überhaupt davon?«

»Bist du auf Match, Nikki? Oder Tinder? Hast du es auf ein bisschen freie Liebe abgesehen?«

»Igitt. Ich bitte dich.« Ich ging hinüber zur Espressomaschine, einer Lavazza. Das große italienische Fabrikat aus Messing war der ganze Stolz unseres Ladens. Offiziell boten wir nur Kunden, die einen Einkauf tätigten, Espresso an, aber schlussendlich sahen wir das nicht so eng und spendierten einfach jede Menge kostenlosen Kaffee. »Willst du auch einen?«

»Immer doch.«

Ich bereitete zwei zu. Währenddessen bückte ich mich, um Bartleby, den Buchladenkater, zu streicheln. Er war ein grauer Stubentiger mit gelben Augen, und als ich ihn an seinem von der morgendlichen Sonne aufgewärmten Fell im Nacken kraulte, miaute er. Jess hatte ihren Worten Taten folgen lassen und brachte ihn jeden Tag in den Laden mit. Hier strich er um die Regale herum und hielt Nickerchen von gewaltiger Dauer, und dies aus nicht zu durchschauenden Katzengründen häufig direkt auf der Registrierkasse. Vielleicht gefiel es ihm mehr, alles im Überblick zu behalten, als er sich anmerken ließ.

Wir stellten uns an den Tresen und nippten an unseren Espressi. Entspannt durchstöberten Kunden die Regale oder setzten sich hin und lasen in Ruhe. Das durch die Fenster einfallende Sonnenlicht warf einen hellen Streifen auf den Fußboden. Jess ließ gerade eine Platte von Billie Holiday laufen, und die wunderschöne, verletzlich klingende Stimme driftete durch den Laden, begleitet von der entspannenden Instrumentalmusik einer Bigband. Mir gefiel das träge Tempo, das im Laden herrschte, die bedächtigen Bewegungen, die gedämpften Stimmen, die Gerüche von frischem Kaffee und gealtertem Papier, die Leute, die gemächlich und nicht wirklich zielstrebig zwischen den hohen Bücherregalen hin und her glitten wie Fische in einem Aquarium. Mein Buchladen war für mich ein Hort des Friedens – ein Frieden, der angesichts dessen, wie viel Chaos, Unberechenbarkeit und Leid dort draußen vor der Tür herrschten, umso wichtiger für mich war. Ein Großteil meiner Kindheit war alles andere als friedlich verlaufen, und dies in einem solchen Maße, dass ich jahrelang jede Hoffnung fahren gelassen hatte, ihn jemals für mich zu finden. Der Buchladen mochte eher zufällig entstanden sein, aber als ich die Kartons mit den Büchern hereingeschleppt und die Regale befüllt hatte, muss ich tief in meinem Inneren gespürt haben, dass ich mir dabei in Wirklichkeit das Refugium aufbaute, nach dem ich mich immer gesehnt hatte und das jemals zu finden ich gar nicht mehr so recht geglaubt hatte.

»Also? Wer ist er?«, drängte Jess.

Ich schüttelte den Kopf. »Ich wusste, ich hätte den Mund halten sollen.«

»Zu spät.«

»Na schön. Er ist ein graduierter Student.«

»Du hast dir einen Berkeley-Boy geangelt! BWL? Jura? Wirst du jetzt reich einheiraten und dich zur Ruhe setzen?«

»Englisch, bedauerlicherweise. Ich glaube, ich muss meinem Beruf weiter nachgehen.«

»Und was ist der Plan für euer erstes Date?«

»Ich habe ihn zu mir nach Hause zum Abendessen eingeladen.«

Jess lachte. »Du bist mir vielleicht eine. Ein Fremder, der gleich beim ersten Date zum Abendessen zu dir nach Hause kommt.«

»Stimmt«, sagte ich. »Weil er mir sicher etwas in meinen Drink kippt oder mich fesselt. Ich denke, ich werde es überleben. Aber falls du nichts mehr von mir hören solltest, sag den Bullen, sie sollen den Fachbereich Englisch nach Verdächtigen absuchen.«

»Oder ...« – sie zwinkerte – »... sie sollen das Schlafzimmer absuchen.«

»Mein Gott, jetzt übertreibst du aber.« Ich erblickte einen älteren weißhaarigen Mann, der in der Belletristik-Abteilung stand und unentschlossen wirkte. Er war tadellos gekleidet, trug polierte Halbschuhe aus feinem Ziegenleder, einen Blazer und eine gepunktete blaue Krawatte. »Kann ich

Ihnen behilflich sein?«, bot ich an, während ich auf ihn zuging.

Erleichtert wandte er sich zu mir um. Er hatte ein freundliches Gesicht und einen aufmerksamen Blick. »Mein Enkel hat Geburtstag. Ich fürchte, ich habe keinen Draht mehr zu dem, was zwölfjährige Jungen heute lesen. Aber seine Mutter hat mir deutlich zu verstehen gegeben, dass er schon alles von Rowling und Tolkien hat, was es gibt.«

»Was für ein Junge ist Ihr Enkel denn so?«, fragte ich.

»Sehr aktiv. Er ist bei den Boyscouts, mag Wildnis, Abenteuer – alles, was sich in der freien Natur abspielt.«

Ich dachte kurz nach, ging dann die Regale entlang und zog Bücher hervor. »Jack London, der Goldstandard. Hat im Übrigen ganz hier in der Nähe gelebt. *Wolfsblut*, *Ruf der Wildnis*. Von der Wildnis zur Domestizierung, mit allen Nachteilen, die dies unvermeidlicherweise mit sich bringt.« Ich arbeitete mich alphabetisch vor und griff mir ein weiteres Buch. »Gary Paulsen, *Allein in der Wildnis*. Damit liegt man nie falsch. Ein Klassiker über das Überleben in der Wildnis.« Mir sprang ein weiterer Titel ins Auge, und ich zog das Buch hervor. »*White Company*. Ritter und Schlachten.«

Er betrachtete das Buch. »Arthur Conan Doyle … Sherlock Holmes?«

»Das hier ist anders. Er wird es mögen, glauben Sie mir.« Ich war schon wieder entlang der Regale unterwegs und langte nach einem weiteren Schmöker. »Robert Louis Stevenson. *Die Schatzinsel* hat er bestimmt schon gelesen, aber versuchen Sie es mal mit *Entführt*.« Ich blieb bei S und überflog die dort einsortierten Titel. »Ernest Thompson Seton. Übrigens einer der Mitbegründer der Boyscouts. *Prärietiere und ihre Schicksale*.« Ich reichte dem Mann den letztgenannten Titel als Taschenbuch. Der Schutzumschlag war ausgefranst, und die Seiten waren sichtbar durchgearbeitet. Ich sah, dass ihm dies ins Auge fiel. »Keine Sorge. Ihr Enkelsohn wird glücklich damit sein.«

»Sie kennen sich aus mit Büchern«, kommentierte der Mann, während er bezahlte.

»Ist eben mein Revier. Würde ich als Floristin arbeiten, könnte ich Ihnen alles über Pfingstrosen erzählen.«

Die Falten um seine Augen gruben sich tiefer ein. »Irgendwie kann ich mir Sie nicht mit Pfingstrosen vorstellen.«

Ich packte die Bücher für ihn in eine Papiertüte und legte neben ein paar Lesezeichen noch die Quittung mit hinein. »Hoffentlich hat er Freude daran. Sagen Sie ihm herzlichen Glückwunsch von mir.«

Ich kassierte bei einigen weiteren Kunden ab und trank meinen Espresso aus. Aus dem hinteren Bereich des Ladens vernahm ich einen lautstark geführten Wortwechsel. Die ZEBRAS waren gekommen und saßen auf ihren Stammplätzen. Die ZEBRAS, das waren die *Zealous East Bay Rationating Amateur Sleuths*, eine Gruppe von Anwohnern der East Bay, die sich ein paarmal in der Woche hier trafen. Ihre erklärte Absicht war – wie sie auf ihren Visitenkarten fröhlich verlauten ließen – »Aufklärung von Verbrechen, Lösung von Rätseln und Herummäkeln an allem«, wobei sie ihren Schwerpunkt eindeutig auf Letzteres legten. Meines Wissens hatten sie noch nie irgendetwas gelöst, abgesehen von der Problematik, wer damit dran war, das Mittagessen zu bezahlen, und auch für diese Entscheidung brauchten sie in der Regel einen Monat. Zur Hochform liefen die ZEBRAS immer dann auf, wenn sie bei Unmengen von Kaffee und Snacks vom Kiosk um die Ecke lebhaft Debatten über Literatur führten.

»Übrigens, nicht vergessen«, sagte Jess, »diese Woche ist Bücherclub.«

Ich nickte. »Ich habe jemand Neues eingeladen. Sie heißt

Zoe. Keine Ahnung, ob sie hier aufkreuzen wird, aber falls ja, dann gib mal auf sie acht.«

Jess warf mir einen Blick zu.

Ich zuckte mit den Schultern. »Nur so. Sie sah jedenfalls so aus, als würde ihr ein bisschen Gesellschaft guttun.« Ich mochte den Bücherclub. Er setzte sich aus Frauen zusammen, die ich über meine andere Arbeit kennengelernt hatte: von der Englischprofessorin bis hin zu Frauen, die vor ihrem ersten Besuch noch nicht einmal eine Ausgabe des *People*-Magazins gelesen hatten. Gerade Letztere lagen mir besonders am Herzen. Es gefiel mir, ihnen dabei zuzusehen, wie sie sich für etwas total begeisterten, das ihnen bis dato immer als Zeitverschwendung madig gemacht worden war. Zum Beispiel, wenn eine Frau begriff, dass Bücher Situationen, Lektionen und Weisheiten bereithielten, die ihr eigenes Leben stärker betrafen, als sie es sich je hätten vorstellen können.

»Also gut«, sagte ich. »Dann widme ich mich mal wieder den Freuden der Büroarbeit.«

Jess' Stimme folgte mir. »Nikki?«

»Ja?«

»Es ist gut, dass du wieder auf der Suche nach einem Partner bist. Nach dem, was mit Bryan passiert ist, hatte ich allmählich befürchtet, dass du als Nonne im Kloster endest.«

»Tja, wir werden sehen. Das Kloster ist aber nach wie vor eine Option.« Ich trat auf eine Tür zu, auf der NUR FÜR ANGESTELLTE stand, wurde jedoch erneut aufgehalten. Nun war ich ins Visier der ZEBRAS geraten.

»Nikki, du musst da etwas für uns klären.« Dieses Anliegen wurde von Zach vorgetragen, einem bärtigen Biologie-Postdoktoranden der University of California, der hier immer mit Schildpattbrille und khakifarbenen Cargoshorts auftrat. Um die Bedeutung seiner bevorstehenden Frage zu unterstreichen, wedelte er mit seinem Bagel in meine Richtung.

»Ich habe zu tun, Zach.«

»Komm schon, es dauert auch bloß eine Sekunde.«

Ich wandte mich der Gruppe zu und tat mein Bestes, einen ungeduldigen Eindruck zu machen. »Na schön. Was gibt's?«

»Du bist auf einem Kreuzfahrtschiff, auf dem ein Passagier nach dem anderen abgemurkst wird. Der Mörder muss sich also auch an Bord befinden. Wen wünschst du dir als Bewohner der Nachbarkabine: Hercule Poirot oder Auguste Dupin?«

Darüber dachte ich nach. »Poirot. Seine Erfolgsbilanz kann sich sehen lassen. Außerdem liefert *Der Tod auf dem Nil* den Beweis dafür, dass er nicht seekrank wird.«

»Nicht schlecht. Aber lass uns Doppelt-oder-Nichts spielen«, schlug Laney Garber vor, während die silbernen Armreifen an ihren Handgelenken klimperten. Sie stammte aus Berkeley, besaß eine Kunstgalerie in der Nähe des Campus und war die einzige Frau, die ich kannte, die regelmäßig Pfeife rauchte. Wenn sie im Laden war, umgab sie stets der Duft von Tabak mit Apfelaroma. Sehr zu ihrem Leidwesen erlaubte ich ihr nicht, im Laden zu rauchen. Nichtsdestotrotz lag die Pfeife nun neben ihr, eine wunderschöne handgeschnitzte Meerschaumpfeife, die mich wegen des Rauchverbots vorwurfsvoll zu beäugen schien. »Deine Großtante hat dir ein Vermögen in Form von seltenen Edelsteinen hinterlassen, aber dein Faulenzer und Nichtsnutz von Schwager hat sich alles unter den Nagel gerissen und sich damit nach San Francisco davongemacht. An die Bullen kannst du dich nicht wenden, denn die sind alle korrupt wie der Teufel. Wie lauten Straße und Hausnummer von Philip Marlowe?«

Dieses Mal zögerte ich nicht. »Fangfrage. Marlowe arbeitet in L. A. Wenn dieser faule, diebische Schuft sich nach San Francisco davongemacht hat, rufe ich Sam Spade an.«

Damit erntete ich zustimmendes Nicken. Abe Greenberg, der Gründer der ZEBRAS und zudem mit deutlich über achtzig wahrscheinlich der Älteste unter ihnen, schaute auf, während er sich Frischkäse auf seinen Bagel strich und dabei mit der Präzision eines Chirurgen mit dem Messer hantierte. Er blickte auf eine lange Karriere als Physiker am nahe gelegenen Lawrence Livermore Laboratory zurück, und es hieß, er habe mehr über Kernforschung vergessen, als die meisten anderen in seiner Branche jemals gelernt hatten. Wenn es um Rätsel ging, schien er sogar noch versierter zu sein. »Okay, los geht's, und nun geht's ums Ganze. Man muss die gottverdammten Roten besiegen, bevor sie die Welt erobern. George Smiley oder …«

»Hör mir bloß auf. Smiley und sonst keiner. Was ist, kauft ihr jetzt ein paar Bücher oder sitzt ihr bloß rum und labert den ganzen Tag nur?«

Abe ignorierte mich gut gelaunt, schnitt Räucherlachs in briefmarkengroße Vierecke und legte diese auf seinen Bagel, so als kleistere er an einer Collage herum. Seine blauen Augen blitzten unter buschigen grauen Augenbrauen und einer Baskenmütze aus Cordsamt. »Lisbeth, warum so geschäftig? Möchtest du vielleicht unsere Kombinationsgabe in Anspruch nehmen? Wir brauchen alle irgendwann Hilfe.«

Ich fuhr mir mit einer Hand durch das Haar und bemühte mich, nicht zu lächeln. Falls ich je zuließ, dass Abe den Verdacht hegte, ich könnte ihn auch nur ein klein wenig charmant finden, würde er mich nie mehr in Ruhe lassen. »Eure Preise kann ich mir nicht leisten, Abe. Und hör auf, mich so zu nennen.«

»Lisbeth, wir sind für dich da, was immer du brauchst.«

»Heb mir einfach einen dieser Bagels auf.«

»Sesam, richtig? Dünner Aufstrich?«

»Du kennst mich zu gut.«

»Mich fragt er nicht, was meine Lieblings-Bagels sind«, warf Laney ein.

»Bei dem ganzen Pfeifenqualm, mit dem du die Luft vernebelst, würdest du einen Sesambagel nicht einmal erkennen, wenn er dich in den Allerwertesten beißt«, konterte Abe.

»Okay. Bedauerlicherweise müssen einige von uns arbeiten«, beendete ich das Gespräch. Die ZEBRAS hatten ihr eigenes Tempo. Wenn ich Zeit hatte, konnte ich mühelos eine Stunde mit ihnen herumscherzen, etwa indem wir versuchten, einander mit esoterischen Rätseln und detektivischen Anspielungen auf dem falschen Fuß zu erwischen. Aber heute war nicht so ein Tag. »Apropos arbeiten«, fügte ich spitz hinzu, »wir schließen bald.«

Augenzwinkernd legte sich Abe eine Hand ans Ohr. »Ich fürchte, ich werde allmählich ein wenig schwerhörig. Das Letzte habe ich nicht ganz verstanden.«

In gespielter Verzweiflung schüttelte ich den Kopf und ging die Treppe hinauf. Der Tag neigte sich allmählich seinem Ende zu.

Mein Büro im Obergeschoss war ganz schlicht mit ein paar Stühlen und einem ramponierten Metallschreibtisch eingerichtet. In einer Ecke stand ein Stahlsafe, daneben rangen ein paar Zimmerpflanzen ums Überleben. Ich hatte es zuvor mit einem Aquarium versucht, aber eines verhängnisvollen Morgens hatte der Kater dessen Bewohnern einen Besuch abgestattet. Danach kamen Jess und ich überein, dass ein Haustier reichte. Das rückwärtige Fenster ging zur Telegraph Avenue hinaus, und auf einem Aktenschrank standen vier aufeinandergestapelte Schwarz-Weiß-Monitore.

Ich war gern darüber im Bilde, was vor sich ging. Die einzige Dekoration bestand aus gerahmten Fotos und Porträts von meinen Lieblingsautoren: Thomas Hardy, Carson McCullers, Graham Greene, Flannery O'Connor, George Eliot. Es gefiel mir, in ihre Gesichter zu schauen. Manche Leute beteten, gingen in Synagogen, Moscheen oder Kirchen, um Beistand zu suchen. Ich hatte dafür meine Autoren. Weise Männer und Frauen, wenn auch schon lange tot. Mir gefiel der Gedanke, dass sie trotzdem als Orientierungshilfe dienen konnten.

Ich schenkte mir Scotch in einen Becher ein. Es war fast fünf, und um sieben Uhr begann eine Aufführung von *Frau ohne Gewissen*, die ich besuchen wollte. Vorher würde ich noch Zeitprotokoll und Abrechnung für Brenda Johnson fertig machen und dann losdüsen. Mein Lieblingschinese war nur einen Straßenzug vom Kino entfernt. Ich schaute aus dem Fenster und beobachtete die Passanten auf der Telegraph Avenue. Ein Pärchen ging Hand in Hand. Ein Obdachloser schob einen Einkaufswagen vor sich her. Eine Gruppe Studenten scherzte miteinander. Ein silberfarbener Tesla bremste ab und parkte auf der gegenüberliegenden Straßenseite. Diese Autos gab es in San Francisco und im Silicon Valley an allen Ecken und Enden, aber in Berkeley waren sie seltener. 100 000 Dollar für ein Elektrofahrzeug blätterte nun wirklich nicht jeder auf den Tisch.

Ein Mann mit Aktentasche stieg aus dem Wagen. Er schaute in Richtung Buchladen und überquerte dann, ohne auf den Verkehr zu achten, die Straße. Ich wandte mich wieder dem Zeitprotokoll zu. Zeiten, Kilometergeld, Standorte – die Details trieben mich in den Wahnsinn. Aber Scheidungsfälle landeten in der Regel nun mal vor Gericht, und ich war bereits mehr als einmal als Zeuge aufgerufen worden. Vor Gericht entschieden Dokumentation und Präzision.

Die Gegensprechanlage auf meinem Schreibtisch krächzte. »Nikki? Hier ist ein Mann, der dich sprechen will.«

»Hat er gesagt, was er will?«

Ich vernahm undeutliches Lachen über die Sprechanlage. »Tut das denn jemals einer?«

»Soll hochkommen.«

Auf einem der Monitore beobachtete ich, wie Jess mit dem Teslafahrer redete. Sie begleitete ihn bis zu der Tür mit der Aufschrift NUR FÜR ANGESTELLTE. Auf einem anderen Monitor verfolgte ich dann, wie der Mann mit forschen, energischen Schritten die Treppe heraufstieg. Dann verschwand er aus dem Bild, bis ihn die nächste Kamera an der Tür erfasste. Es klopfte. Ich stand auf und öffnete.

Ich wurde von einem breiten Grinsen und überschwänglicher Begeisterung begrüßt. »Nikki Griffin? Wie geht's? Ich bin Gregg Gunn. Nennen Sie mich Gregg.« Er schaute sich um. »Oh, Nikki. Wir verstehen uns bestimmt wunderbar, das spüre ich. Diese Straße – dieser charmante kleine Buchladen –, es sieht alles so wunderbar heruntergekommen aus.«

»Heruntergekommen«, wiederholte ich. »So habe ich es bei den Malern und Tapezierern in Auftrag gegeben. Na, dann treten Sie mal ein.«

So trat Gregg Gunn in mein Leben.

10

»Sie sollten wissen, dass ich auf dem Sprung bin. Ich wollte gerade gehen.«

»Ich brauche nicht lange!«, beteuerte mein Besucher und setzte sich unaufgefordert hin.

Das Erste, was mir an Gregg Gunn auffiel, war sein Elan. Seine Hände, seine Füße – der Mann war ständig in Bewegung. Er trug eine maßgefertigte Selvedge Jeans, schwarze New Balance Sneakers und ein blaues Button-down-Hemd. Er war Ende vierzig, durchtrainiert, hatte lockiges rotblondes Haar und war glatt rasiert. Vor langer Zeit hatte mir mal jemand gesagt, die beste Methode, den Kontostand eines Mannes einzuschätzen, sei ein Blick auf seine Schuhe und seine Uhr. Viele Reiche trugen gern bequeme Kleidung. Ein Anzug, auch wenn er aus edlem Zwirn war, hatte kaum mehr etwas zu bedeuten. Schon gar nicht im Silicon Valley. Gunns Sneakers waren nichts Besonderes. In Kombination mit Jeans und Button-down- oder Polohemd war das de facto die Uniform, die man im Valley trug, vom CEO bis zum Praktikanten. Seine Armbanduhr lugte unter der Manschette hervor. Mattgoldenes Ziffernblatt, Lederband.

Ich schaute noch einmal hin. Es war eine Patek Philippe. Das hieß, sie hatte wahrscheinlich in etwa genauso viel gekostet wie sein Auto. Das war definitiv nichts, was ein Praktikant am Handgelenk trug.

»Sie machen nicht viele Worte, was?« Er hob den Zeigefinger. »Warten Sie! Verraten Sie es mir nicht. ISTP, stimmt's?«

»Häh?« Irritiert schaute ich Gunn an.

»ISTP«, wiederholte er stolz. »Bestimmt sind Sie das, nicht wahr? Jede Wette.«

»IS-was?«

Er warf mir einen belustigten Blick zu, so als zöge ich ihn auf. »Sagen Sie mir jetzt nicht, dass Sie Ihren Typ nicht kennen!«

»Meinen Typ? Sie meinen, groß, dunkelhaarig, hübsch?«

Er lachte. »So etwas liebe ich! Sie sind wirklich ein ungeschliffener Diamant. Machen Sie irgendwann mal den Myers-Brigg-Typenindikator-Test, Nikki. ISTP-Persönlichkeitstyp, das garantiere ich Ihnen.« Leutselig schaute er sich um. »Ich weiß gar nicht mehr, wann ich zuletzt in einem Buchladen war. Und hier kommen immer noch Leute rein? Um Bücher zu kaufen?«

»So verrückt sich das auch anhört. Was kann ich für Sie tun?«

Sein Knie hüpfte auf und ab wie ein kompressorbetriebener Bohrhammer. »Gehe ich recht in der Annahme, dass Sie zuweilen ... delikate Aufträge erledigen?«

»Alles, was ich über delikat weiß«, erwiderte ich, »ist, dass es auf der Speisekarte bei meinem Lieblingschinesen steht.«

»Sie gelten als diskret.«

»In dieser Branche kommt man nicht weit, wenn man den Leuten vom *Chronicle* steckt, was man zum Frühstück hatte.«

Er hörte auf, mit dem einen Knie zu wackeln, und ließ nun das andere hüpfen. Seit er hereingekommen war, hatte er nicht eine einzige Sekunde lang stillgehalten. »Bei Rechtsanwälten gibt es da natürlich das Anwaltsgeheimnis.«

Ich nickte. Dieses Thema kam häufig zur Sprache. Die Leute suchten mich wegen ihrer privaten Probleme auf. Sie wollten, dass diese Probleme gelöst wurden. Und sie wollten, dass diese Probleme privat blieben.

»Aber Sie sind kein Anwalt.«

In einer Geste gespielter Ohnmacht breitete ich die Hände aus. »Tut mir leid, da muss ich Sie enttäuschen. Aber wenn Sie einen Anwalt brauchen, San Francisco liegt gleich um die Ecke. Bestimmt finden Sie dort den einen oder anderen.«

Gunn lachte. Nun hüpfte wieder sein anderes Knie, und zwar wie ein aus dem Takt geratenes Metronom. »Das Letzte, was ich brauche, ist ein weiterer Anwalt. Ich habe schon zu viele. Ich muss nur wissen, wie Sie mit Informationen umgehen, die von extrem vertraulicher Natur sind. Nennen Sie mich paranoid, aber man kann nicht vorsichtig genug sein.«

Ich lehnte mich auf meinem Stuhl zurück. »Sie sind in mein Büro gekommen. Sie brauchen etwas, sagen Sie. Vielleicht kann ich helfen. Vielleicht auch nicht.« Ich machte eine Geste mit den Händen, bei der ich die schlichten weißen Wände, die Zimmerpflanzen und die Second-Hand-Möbel miteinbezog. »Hier gibt es weder Megafone noch Mikrofone. Wenn ich vorgeladen werde? Ich sage es Ihnen klipp und klar: Einen Meineid leiste ich nicht. Nicht aus Liebe und nicht für Geld. Falls Sie also eine Leiche im Keller haben und sie gern verklappen möchten, sparen Sie sich die Zeit und gehen Sie woanders hin. Egal. Von den Leuten, die immer alles auf andere abwälzen wollen, habe ich schon seit der Grundschule die Nase voll. Reden Sie mit mir, oder lassen Sie es, Mr Gunn. Es spielt keine Rolle.«

Diese Worte ließ er auf sich wirken. »Okay. Ich werde Ihnen vertrauen.« Er hielt inne. »Aber ich muss Sie bitten, das hier zu unterschreiben.« Er öffnete seine Aktentasche, zog einen Stapel Papiere hervor und reichte ihn mir. Ich nahm die Seiten und blätterte sie durch. Es handelte sich um eine Vertraulichkeitsvereinbarung, nur dass diese hier ungefähr zehnmal so lang war wie üblich. Ich machte mir nicht die Mühe, sie durchzulesen, sondern schob sie einfach beiseite.

»Unterschreiben Sie das nicht?«

»Vielleicht ja, vielleicht nein«, antwortete ich. »Hängt von ein paar Dingen ab. Zum Beispiel, was genau ich Ihnen zufolge tun soll.« Ich tippte darauf, dass er erpresst wurde. Dafür schien er mir der Richtige zu sein. Eine männliche oder weibliche Prostituierte mit einem illegalen Video, vielleicht ein bösartiger Koksdealer – irgendein geschäftstüchtiger Typ ohne jede Moral, der erkannt hatte, dass er auf eine Goldmine in Gestalt von Mr Gregg Gunn gestoßen war.

Er erhob sich. »Okay«, sagte er. »Aber zunächst einmal sollte ich Ihnen die Zusammenhänge erläutern.«

Ich nickte. Dabei bemühte ich mich, der Verlockung zu widerstehen, auf meine Uhr zu schauen.

»Ich bin Geschäftsführer eines Unternehmens unten in Sunnyvale«, erklärte er. »Es heißt Care4 und will die Kinderbetreuung revolutionieren. Wir stellen Monitore und Sensoren her, die jedes Geräusch und jede Geste eines Kindes über eine cloudbasierte Wearable-Technologie an ein Elternteil livestreamen können.« Erneut langte er in seine Aktentasche und reichte mir dieses Mal einen kleinen weißen Gegenstand, der Ähnlichkeit mit einem Golfball hatte. An einer Stelle wies er eine leichte Einbuchtung auf, sodass man ihn auf eine Oberfläche legen konnte, ohne dass er wegrollte. »Bewegungs- und sprachgesteuert, längste Akkulaufzeit, die es auf dem Markt gibt, HD-Video, mehrere Mikrofone für Stereo-Audio, Weitwinkelobjektiv mit Digitalzoom.« Er klang so stolz, als spräche er von einem Kind.

»Sieht nett aus. Wenn ich mal Kinder habe, komme ich auf Sie zurück«, sagte ich, während ich den kleinen Ball in den Händen wiegte. In der Kugel war eine kleine, kaum sichtbare Linse. Ein Objektiv. Ich warf das Ding in die Luft und fing es wieder auf. Das Material fühlte sich an wie eine Art Polymer und war federleicht.

Ich wollte es Gunn zurückgeben, doch er schüttelte den Kopf. »Behalten Sie es als Souvenir. Ich habe noch jede Menge davon.« Er lächelte ungezwungen. »Ich verteile diese Lollys wie Visitenkarten.«

Ich zuckte mit den Achseln und legte das Ding auf ein Bücherregal in der Nähe. »Also verkaufen Sie Kameras?«

»Gewissermaßen. Wir definieren uns gern als Kommunikationsunternehmen, das mehr oder weniger zufällig in Sachen Hightech unterwegs ist. Wir verkaufen Kommunikation. Danach gieren die modernen Mütter und Väter heute – ständiger Kontakt, ununterbrochene Aufsicht. Allein in diesem Land werden jedes Jahr vier Millionen Babys geboren. Der Markt für Tagespflege und Kinderbetreuungsdienstleistungen in den USA ist mehr als fünfzig Milliarden schwer. Care4 befindet sich an der Schnittstelle von Technologie und dem grundlegenden humanitären Wert, den die Elternschaft ...«

Ich hatte das Gefühl, von ihm überrollt zu werden. »Ersparen Sie mir Ihre Verkaufspräsentation. Was immer ich für Sie tun kann, abkaufen werden ich Ihnen nichts.«

Verdutzt hielt er inne. Dann fing er an zu lachen. »Sie haben recht. Was wir tun, spielt keine Rolle, nicht wahr? Der Punkt ist der, dass riesige Geldbeträge auf dem Spiel stehen. Und leider war die Gefahr der Unternehmensspionage nie größer als in der heutigen Zeit.«

Ich schaute auf meine Uhr. Abendessen konnte ich streichen. Vielleicht könnte ich mir im Kino Popcorn besorgen.

»Chinesen und Russen sind die Schlimmsten«, fuhr Gunn fort. »Heute ist das Alltag. Überall auf der Welt stellen irgendwelche Banden fest, dass Cyberkriminalität viel ungefährlicher ist, als Heroin über eine Grenze zu schmuggeln.« Er klopfte sich auf das Knie. »Es ist ein Sumpf, Nikki. Alle wollen stehlen, betrügen, bestechen.«

An diesem Punkt hätte ich die eine oder andere Vermutung anstellen können. Tat ich aber nicht. Es ging nicht darum, einem Klienten auf die Nase zu binden, wie schlau man war, sondern darum, die Klappe zu halten und herauszufinden, was er von einem wollte.

»Vor Kurzem mussten wir einen schwerwiegenden Diebstahl geistigen Eigentums hinnehmen«, fuhr Gunn fort. »Dabei haben wir eine bestimmte Angestellte im Verdacht.«

»Und da komme ich jetzt ins Spiel.«

»Da kommen Sie jetzt ins Spiel, ja.«

»Eine Frage.« Auf ein Okay dafür wartete ich nicht. »Sie leiten ein großes Unternehmen unten im Valley, sitzen aber jetzt hier und reden mit mir. Warum gehen Sie nicht zu einer der großen Firmen, die auf solche Fälle spezialisiert sind?«

»Gute Frage.« Zum ersten Mal hörte er mit dem Herumzappeln auf. »Ich könnte zwar eine der großen Firmen beauftragen. Aber die sind Teil meiner Welt – wir bewegen uns in den gleichen Kreisen. Ich kann es nicht riskieren, auch nur dabei gesehen zu werden, wie ich einem von denen einen Besuch abstatte, weil man dann direkt vermuten wird, dass wir ein Problem haben. Mehr ist gar nicht nötig, um Gerüchte in die Welt zu setzen, nach denen wir in Schwierigkeiten stecken. Dort draußen sind überall Haifische, die ihre Kreise ziehen und nach Schwächeren Ausschau halten. Sehen Sie, Nikki, wir haben mehrere Finanzierungsrunden erhalten und stehen nun dicht davor, unsere letzten privaten

Investitionen vor einer Börsennotierung zu erhalten. Wenn die Investoren jetzt zurückschrecken, wäre das eine Katastrophe.«

»Und was soll ich für Sie tun?«

»Ich will, dass Sie diese Angestellte beschatten. Wir müssen in Erfahrung bringen, was genau sie sich angeeignet hat und wem sie es übergibt.«

»Warum feuern Sie sie nicht einfach?«

Gunn nickte, als habe er die Frage erwartet. »Ich wünschte, es wäre so einfach. Aber dann würden diejenigen, mit denen sie unter einer Decke steckt, nach einer anderen Schwachstelle suchen, bis sie jemand anderen gefunden haben. Wir müssen herausfinden, wer uns bestehlen will.«

Es war ein zäher Monat gewesen, und ich hatte Zeit. Ich zuckte mit den Achseln. »Geht klar.«

Gunn lächelte. »Wunderbar. Wie rechnen Sie ab?«

»Anzahlung vorab«, antwortete ich. »Danach Stunden- oder Tagessätze. Hängt davon ab, was ich tun muss, wie weit weg von zu Hause mich die Sache führt.«

Zum dritten Mal wandte er sich seiner Aktentasche zu. Dann reichte er mir einen prall gefüllten Umschlag. Als ich ihn öffnete, lachte mich ein Stapel grüner Scheine an. Ich zog einen davon aus dem Bündel hervor und erblickte eine 100 auf einer Ecke.

»Das sind zwanzigtausend Dollar. Reicht das für den Anfang?«

Meine Vorschüsse beliefen sich für gewöhnlich auf ein paar Hundert Dollar. So viel zum Thema Kino. »Kann ich Ihnen etwas zu trinken anbieten? Wasser? Scotch? Kaffee?« Ich fand, bei zwanzig Riesen hatte er einen Drink verdient.

Gunn schüttelte den Kopf. »Ich habe selbst etwas dabei.« Er zog eine Flasche hervor, die mit einer trüben grünen Flüssigkeit gefüllt war. »Kalt gepresster Saft. Das Gemüse stammt zu einhundert Prozent von einem nachhaltig wirtschaftenden Hof unten in Gilroy. Soll ich Ihnen mal eine Kiste von dem Zeug schicken lassen?«

»Nein, danke. Abendessen in flüssiger Form war noch nie mein Ding. Wie dem auch sei, verraten Sie mir jetzt noch, wen ich beschatten soll.«

Er nahm einen großen Schluck von dem kalt gepressten Zeugs, was immer es war. »Klar. Aber vorher müssen Sie mir wirklich dieses Dokument unterschreiben.«

Erzählte er mir alles? Natürlich nicht. Das taten Klienten für gewöhnlich nie. Mit ein bisschen Glück konnte ich den Job einigermaßen rasch abschließen und meine Karriere als Unternehmensdetektivin wieder an den Nagel hängen.

Ich nahm den Kugelschreiber entgegen, den er mir reichte, und griff nach den Papieren.

11

Jemanden zu beschatten war einfach und zugleich unglaublich kompliziert. Einfach, weil einem anderen zu folgen lediglich die Einhaltung grundlegender Regeln erforderte, vor allem, wenn dieser Jemand nicht den Verdacht hegte, beschattet zu werden. In einem Auto fährt man ihm hinterher. Zu Fuß geht man ihm hinterher. Steigt in denselben Bus. Setzt sich in dasselbe Restaurant. Kompliziert war es andererseits, weil Menschen unberechenbar sein konnten und wir in einer mobilen Welt lebten, in der Fortbewegung zunehmend einfacher wurde. Jemand konnte mal eben in ein Taxi springen und zu einer Amtrak- oder Greyhoundstation fahren. Oder zu einem Flughafen. Binnen weniger Stunden konnte jemand Tausende Meilen zurücklegen.

Und als Beschatter hatte man nur eine einzige Chance.

Ich lebte schon mein ganzes Leben lang in Kalifornien, war aber aus dem Silicon Valley immer noch nicht so recht schlau geworden. Es war eine nicht geplante Ansammlung von Städten, in deren ungefährer Mitte San Jose lag. Sunnyvale, Santa Clara, Cupertino, Mountain View, Milpitas, Palo Alto, Menlo Park. Alle mit den gleichen kleinen, nichtssagenden innerstädtischen Ladenzeilen und Restaurants. Endlos lange Gehsteige, endlos lange Schnellstraßen. Es war unmöglich zu sagen, wann man die eine Stadt verlassen und die nächste erreicht hatte. Ein Gebäude stand neben dem anderen, gewaltige Glaspaläste, karge Hügel. Häufig kam man an Ausschilderungen für irgendeine bekannte Firma vorbei, Yahoo!, eBay, Apple. Häufiger noch an hundert Namen, die einem gar nichts sagten. Eines Tages würden sie es vielleicht. Oder auch nicht.

Der Firmensitz von Care4 befand sich in Sunnyvale, in einem großen Gebäude am Rande einer monströsen Büroanlage, die bestimmt zehn weitere Unternehmen beherbergte. Wichtigstes Merkmal schien schwarz getöntes Glas zu sein. Auf dem Parkplatz standen jede Menge brandneue Automodelle. Technologieunternehmen bezahlten gut. Abseits der kühlen Brisen in Berkeley und des launischen Wetters der Bay war es heiß. Ich begann den Parkplatz zu durchkämmen, suchte nach einem bestimmten Modell mit einem bestimmten Kennzeichen. Die betreffende Angestellte, Karen Li, fuhr ein auffälliges Auto, nämlich einen offenen Porsche Boxster. Das Kennzeichen lautete 5LA7340. Ich fuhr die Reihen auf und ab. Es handelte sich nicht gerade um einen kleinen Parkplatz, aber es war auch kein riesiger. Ich durchkämmte hier keinen Flughafenparkplatz mit hundert verschiedenen, mit Buchstaben und Ziffern gekennzeichneten Bereichen. Ich erblickte ein rotes Cabrio, aber es war ein Mustang. Als ich ein paar weitere Reihen entlanggefahren war, sah ich ihn schließlich. Ein kleiner roter Roadster. Stoffverdeck, flott, sicher spaßig zu fahren. Zumindest so spaßig, wie irgendetwas auf vier Rädern nur sein konnte. Autos waren noch nie mein Ding gewesen. Ich hielt in der Nähe an und schaute mich um. Kein Mensch war zu sehen; offenbar waren alle Angestellten drin mit harter Arbeit beschäftigt. Ich schlenderte in Richtung des Boxsters und ließ im Vorbeigehen einen Kugelschreiber fallen, den ich in der Hand gehalten hatte. Er kullerte in die Nähe des Hinterrads. Ich ging an der Heckstoßstange des Boxsters in die Hocke und tastete mit einer Hand nach dem Stift, während ich mit der anderen unter dem Fahrzeug nach dem Fahrgestell langte. Ich spürte die kräftige magnetische Anziehungskraft am Unterboden.

Eine Minute später war ich wieder weg. Auf dem Nachhauseweg kam ich an einem kleinen Einkaufszentrum vorbei. Nagelstudio, Starbucks, Schnellrestaurants. In dem Starbucks bestellte ich Eiskaffee, kaufte mir eine Zeitung und richtete mich aufs Warten ein.

Früher hieß jemanden zu beschatten, sich dabei abzuwechseln. Heutzutage hingegen konnte ein ganz normaler Zivilist Sachen kaufen, die einen Stasi-Agenten vor Neid ganz krank gemacht hätten. Aufnahmegeräte und versteckte Kameras, Keylogger, die jeden Brief aufzeichneten und übertrugen, der auf einem Computer verfasst wurde. Und GPS-Tracker. Ich hatte nie das Bedürfnis verspürt, mir diese moderne Technologie zuzulegen. Nicht aus irgendeiner tiefschürfenden philosophischen Überzeugung heraus, sondern weil ich einfach nicht fand, dass mich Fitness-Tracker oder Toaster, die sich mit dem Internet verbanden, glücklicher machen würden. Aber Technologie hatte auch ihren Nutzen. Statt mir bei 26 Grad mit einem Feldstecher die Beine in den Bauch zu stehen, saß ich in einem klimatisierten Café und befasste mich gerade mit meinem zweiten Eiskaffee. Das Gerät, das ich eingesetzt hatte, war kaum größer als eine Streichholzschachtel und von einem witterungsbeständigen magnetischen Gehäuse umschlossen. Die Akkus hielten fast einen Monat, und das Gerät sendete an ein altes iPad, das Jess mir geliehen hatte. Auf dem Display war eine Karte zu sehen und auf der Karte ein Punkt.

Dieser Punkt bedeutete, dass Karen Li mit ihrem heißen

Schlitten nirgendwohin fahren konnte, ohne dass ich genau über ihren Standort informiert war.

Ich wartete fast drei Stunden, dann war Mittagszeit, und diverse Menschengruppen strömten in das Einkaufszentrum. Es handelte sich fast ausschließlich um Männer zwischen zwanzig und fünfzig. Fast alle waren Weiße, Chinesen oder Inder und trugen Jeans und Polohemden mit kleinen, eingeschweißten Ausweisen, die an einem Gürtel oder Schlüsselband befestigt waren. Es gab sie zu Zehntausenden, und sie bauten die neue Welt auf, die vor der Tür stand.

Dann ebbte der Ansturm wieder ab, und im Einkaufszentrum kehrte Stille ein. Ich schlürfte inzwischen meinen dritten Kaffee.

Plötzlich ließ das iPad einen Piepton erklingen. Der Punkt bewegte sich.

Ich stand rasch auf.

Als der Boxster das Einkaufszentrum passierte, saß ich auf meinem Motorrad und schaute die Straße hinunter.

Hinter dem kleinen roten Flitzer scherte ich aus.

Sie fuhr zügig auf der 101 Richtung Norden. Wir passierten das riesige Ames Research Center der NASA, dessen gewaltige Flugzeughangare mit ihren überdimensionalen Ausmaßen aufragten wie etwas aus einem Roman von H. G. Wells. Als wir Palo Alto erreichten, sah ich Hinweisschilder, die auf die Stanford University verwiesen, und kurz danach, als wir uns San Francisco näherten, auf den Flughafen der Stadt. Auf einer Plakatwand stand in fröhlichen bunten Farben PROGRAMMIERE – RETTE LEBEN. Eine andere, markiert mit einem süßen kleinen himmelblauen Logo, bewarb einen Cloud-Storage-Dienstleister, der angeblich besser war als andere Cloud-Storage-Dienstleister. Ich blieb ein paar Autos und eine Fahrspur vom Boxster versetzt zurück. Es war früher Nachmittag, und obwohl der Freeway wie immer vollgestopft war, floss der Verkehr reibungslos. Das erleichterte die Verfolgung. Während sie ein Fahrzeug lenkten, konzentrierten sich die Fahrer auf die Straße. Steckten sie hingegen im Stop-and-go-Verkehr fest, zappelten sie herum, reckten die Hälse und schauten sich um, um sich ein Bild von der Länge des Staus zu machen. Ohne sich dessen bewusst zu sein, verwandelten sich gelangweilte Menschen in Beobachter.

Als wir San Francisco erreichten, nahm der Boxster die Ausfahrt AT&T Park. Wir fuhren an riesigen Bannern der Giants und danach an dem hoch aufragenden Klotz des Stadions selbst vorbei. Der Lärm von gefühlt hundert verschiedenen Baustellen erfüllte die Luft. Am Himmel bewegten sich mehr Kräne als Wolken. Auf der King Street bremste der Boxster abrupt ab – sie schaute sich nach einem Parkplatz um. Ihr Wagen war zu nah, als dass ich noch unauffällig hätte abbremsen können, sodass ich beschleunigte und an ihm vorbeizog. Auf der rechten Straßenseite war ein freier Platz mit Parkuhr. Den ließ ich ihr und fuhr selbst noch einen Straßenzug weiter, stellte mein Motorrad zwischen zwei Lieferwagen ab und schlenderte dann ohne Eile zurück.

Meinen ersten Eindruck von Karen Li bekam ich, als sie aus ihrem Wagen stieg. Sie schien etwa in meinem Alter zu sein; eine hübsche Chinesin Anfang dreißig mit glänzendem schwarzen Haar und einer großen Sonnenbrille. Sie war stilvoll gekleidet, trug eine enge Jeans und eine Lederjacke und hatte sich eine schwarze Lederhandtasche über die Schulter gehängt. Zielstrebig betrat sie ein Café.

Ich überquerte die Straße und wartete volle fünf Minuten, während ich den Bürgersteig im Auge behielt, um es nicht zu verpassen, falls sie sich gleich wieder fortstahl. Wenn diese Frau Betriebsgeheimnisse mitgehen ließ, dann war sie mit Sicherheit äußerst wachsam. Als ich das Café schließlich betrat, hielt ich direkt auf die Kasse zu. Dort bestellte ich Kaffee und einen Bagel und kaufte mir eine Ausgabe der Zeitung, die ich am Morgen bereits gelesen hatte.

Karen Li saß alleine in einer Sitznische im hinteren Bereich mit Blick auf die Tür.

Ich suchte mir so weit wie möglich von ihr entfernt einen Platz am Eingang.

In meiner Nähe saßen ungefähr ein Dutzend Gäste. Ein Typ mittleren Alters las Zeitung, ein Mädchen im College-Alter hatte ein Lehrbuch vor sich aufgeschlagen, hier und da Pärchen, dann noch ein alter Mann, der ein Kreuzworträtsel ausfüllte. Eigentlich hätte Karen Li ganz gut in die Mischung gepasst, aber irgendetwas an ihr war anders. Sie las nicht, löste kein Kreuzworträtsel und aß auch nichts. Ein Kaffee und ein Blaubeer-Muffin standen unangerührt vor ihr. Sie war sichtlich angespannt und trommelte fortwährend mit den Fingern auf der Tischplatte herum. Ihre andere Hand hatte sie locker auf ihre Handtasche gelegt. Rastlos schaute sie auf ihre Uhr und trommelte dabei weiter mit den Fingern.

Nach zwanzig Minuten kamen zwei Männer herein. Einer trug eine Lederjacke und eine Bluejeans, der andere ein beigefarbenes Sakko über einem roten Polohemd. Beide waren über einen Meter achtzig groß, doch während der Kerl in der Lederjacke glatt rasiert war und tief liegende, trübe Augen sowie eine seiner Größe entsprechende Körperfülle hatte, war der in dem Polohemd dünn, hatte einen stoppeligen Van-Dyke-Bart und eine scharfe, hervorspringende Nase, die der Bugspitze eines Eisbrechers alle Ehre gemacht hätte. Während die beiden Kaffee bestellten, schauten sie sich um und wirkten dabei wie Beobachter, denen nichts entging. Ich spürte ihre Blicke über mich hinwegstreifen und zog den Kopf hinter meiner Zeitung ein.

Sie bezahlten ihre Kaffees und nahmen gegenüber von Karen Li Platz.

Sie war nervös. Aber sie kannte die beiden, das war offenkundig.

Augenblicklich begannen die drei ein intensives, eindringliches Gespräch. Ich zog es nicht einmal in Betracht, Fotos zu machen. Die beiden Männer unterschieden sich stark von Karen Li, gehörten mit Sicherheit nicht der Hightech-Branche an, sondern waren aus einem anderen Holz geschnitzt. Irgendwie strahlten sie etwas Gefährliches aus, vielleicht wie eine Pythonschlange, die eine Maus fixiert. Wer immer Karen Li war, dachte ich, und was immer sie geplant hatte, sie hatte sich gründlich übernommen. Hätte ich ihr einen Rat geben sollen, hätte ich ihr gesagt, sie solle das mit dem Diebstahl ganz schnell sein lassen und sich einen anderen Wohnort suchen. Eine andere Stadt, vielleicht sogar ein anderes Land.

Nach einer halben Stunde standen die beiden Männer auf. Sie blieb sitzen. Der in der Lederjacke beugte sich zu ihr hinunter und flüsterte ihr etwas zu, wonach die beiden an mir vorbei zur Tür gingen. Ein völlig normaler Anblick. Ein Café, drei Freunde, zwanglose Verabschiedung.

Wäre da nicht ein seltsames Detail gewesen.

Als sie das Café verließen, hielt der Mann in der Lederjacke ihre Tasche in der Hand.

Karin Li blieb noch einige Minuten sitzen. Dann schob sie ihren Kaffee beiseite und bedachte den Muffin mit einem verwirrten Blick, so als frage sie sich, wie er dorthin gekommen war. Als sie hinausging, konnte ich ihr Gesicht gut sehen. Sie war sehr hübsch. Braune Mandelaugen, feine Kinnpartie, ausgeprägte Wangenknochen und eine kleine Nase. Sie war zwar schlank, strahlte jedoch körperliche Vitalität aus, so als verbringe sie die Wochenenden mit Paddleboarding und Skifahren. Ich wartete noch ein paar Minuten und ging dann ebenfalls. Wohin Karin Li fuhr, war nicht von Belang. Ich würde es wissen. Ich dachte über etwas anderes nach: menschliche Gesichter und ihre Ausdrücke. In meiner Branche bekam ich überdurchschnittlich viele intensive Gefühlsregungen zu sehen. Trauer, Verwirrung, Wut, Betroffenheit, Lust. Normalerweise entsprach der Gesichtsausdruck der Situation. Erwischte man jemanden beim Fremdgehen, bekam man es mit Scham zu tun. Überführte man einen Dieb, sah man Angst. Gesichter spiegeln Gefühle wider.

Daher hatte mich Karen Lis Nervosität nicht überrascht. Für jemanden in ihrer Lage, jemanden, der in gefährliche Unternehmensspionage verwickelt war, der sich etwas zuschulden kommen ließ, war das normal. Sie war zwangsläufig nervös.

Aber ihre Miene hatte etwas anderes widergespiegelt. Karen Li hatte nicht ausgesehen wie jemand, der stahl. Sie hatte ausgesehen, als würde sie vor ein Exekutionskommando geführt. Ihre Miene hatte nichts als blankes Entsetzen ausgedrückt.

12

Grundlegende Kenntnisse des Kochens hatte ich mir notgedrungen während meiner Zeit auf der Junior Highschool angeeignet, und auf dem College, als ich außerhalb des Campus in einer Wohngemeinschaft mit Kommilitoninnen gelebt hatte, hatte ich meine Fähigkeiten dann verbessert. Mit Anfang zwanzig war ich hin und her vagabundiert, hatte eine Weile in Marin County mit einem älteren Typen zusammengewohnt, der an der Sonoma State University Lyrik unterrichtete und sich beim besten Willen nicht einmal ein Spiegelei in die Pfanne hätte schlagen können. Meine schönste Erinnerung an diesen Ort war eine Pfauenfamilie, die auf sein Grundstück gezogen war und dann keine Veranlassung mehr gesehen hatte, es wieder zu verlassen. Ich verfütterte jeden Morgen Blaubeeren an sie. Nachdem wir uns getrennt hatten, vermisste ich die Ex-Pfauen mehr als den Ex-Freund.

Wirklich Spaß machte mir das Kochen aber erst, als ich in eine Wohnung mit eigener Küche zog. Es war eine Einzimmerwohnung in West Berkeley, nahe am Wasser und ein paar Meilen vom Campus entfernt. Sie lag im Gewerbegebiet, inmitten von Kfz-Werkstätten, Lagerhallen und schrulligen Kunstgalerien mit Glasbläserei und Bildhauerei, und sie lag so nah an den Schienen, dass ich das Gehupe der Amtrak- und Güterzüge hören konnte, die dort entlangrumpelten. Vom Dach des Gebäudes aus konnte man einen Blick auf die Lichter und Wohntürme von San Francisco erhaschen. Ich hatte dort fast zehn Jahre lang gewohnt, während derer sich die Gegend merklich verändert hatte; in rasantem Tempo waren schicke neue Wohnbauten in die Höhe geschossen, dennoch bewahrte sich das Viertel weitgehend seine alte Identität.

Nachdem ich Karen Li bis zum Café gefolgt war, hatte ich einen Abstecher zum Buchladen gemacht, und als ich anschließend nach Hause kam, war es bereits nach achtzehn Uhr. Ich musste mich beeilen. Ich sprang unter die Dusche und nahm mir ein paar Minuten, um mir die Beine zu rasieren und die Haare zu waschen. Dann föhnte ich mir Letztere, bis sie rotbraun glänzten, und stellte mehr oder weniger gleichzeitig hastig einen Vorspeisenteller zusammen – Artischockenherzen, Oliven, Salami, Käse. Ich ließ mein Haar offen, zog meine Lieblingsjeans und einen dünnen Kaschmirpullover an, der an einer Schulter locker hinabhing, sowie zwei einfache Silberohrhänger. Dann trug ich noch ein wenig Rouge auf, um meiner von Natur aus hellen Haut etwas Farbe zu verleihen. Mein Teint hatte mich schon als junges Mädchen, das sich einzig und allein nach einer schönen Strandbräune sehnte, in den Wahnsinn getrieben. Das Telefon läutete. Einen kurzen Moment überkam mich Enttäuschung darüber, es könnte Ethan sein, der anrief, um mir abzusagen.

Den eingeschalteten Föhn noch immer in einer Hand haltend, nahm ich den Anruf entgegen. »Ja?«

»Ist da Nikki Griffin?«

Ich schaltete den Föhn ab. »Wer ist dran?« Das war mit Sicherheit nicht Ethan. Die Stimme war mir unbekannt und nuschelig. Vielleicht ein Betrunkener, der sich verwählt hatte.

Nur dass er explizit nach mir gefragt hatte.

»Sie haben sich vor Kurzem mit jemandem namens Greggor Gunn getroffen.«

Ich legte den Föhn ab. »Wer sind Sie?«

»Er hat mit Ihnen über eine seiner Angestellten gesprochen. Sie sollten wissen, dass mehr hinter der Sache steckt.«

»Tut es meistens.« Ich achtete sowohl auf die Stimme als auch auf die Worte. Es war eigentlich weniger ein Nuscheln, sondern eher ein sonderbarer, unnatürlich klingender Bass. Eine Stimme, die nicht wirklich menschlich klang. Ich schaute auf die Anruferkennung. Dort stand jedoch nur PRIVATE NUMMER. »Wenn Sie etwas zu sagen haben, dann spucken Sie es aus!«, forderte ich ihn auf.

Das Freizeichen erklang. Langsam legte ich den Hörer auf und sann darüber nach, warum ein Fremder, der einen Stimmenverzerrer benutzte, mich wegen eines Technologieunternehmens anrief und was das zu bedeuten hatte.

Durch das Küchenfenster sah ich, dass Ethan mit dem Fahrrad bis vor meine Haustür gerollt kam. Er trug einen Helm, einen Rucksack und die gleiche Cordjacke wie im Diner. Aus seinem Rucksack ragte ein Blumenstrauß hervor. Als er sich bückte, um sein Rad an das Tor anzuschließen, fielen die Blumen auf den Boden. Ich musste grinsen, als ich durch die Fensterscheibe sah, wie sich seine Lippen bewegten und er für mich unhörbar, aber doch unverkennbar wilde Flüche ausstieß. Er klingelte, ich drückte ihm auf, öffnete die Tür und hörte seine Schritte auf den Stufen. »Na, sieh mal einer an, wer da auftaucht.«

»Hallo! Die sind für dich.« Er überreichte mir den zerfledderten Strauß. Schwertlilien, mit freundlicher Genehmigung von Trader Joe's. Er beugte sich vor, und ich dachte schon, er wolle mich küssen, doch stattdessen umarmte er mich unbeholfen und zaghaft, um dann rasch einen Schritt zurückzutreten, als befürchtete er, ich könnte Anstoß daran nehmen. Ich konnte mich nicht daran erinnern, wann mir jemand zum letzten Mal Blumen überreicht hatte. Weil ich keine Vase auftreiben konnte, stellte ich die Blumen kurzerhand in eine Wasserkaraffe. Das musste reichen. »Was möchtest du trinken?«, fragte ich.

»Was trinkst du?«

»Martini.«

»Weißt du, was komisch ist? Ich weiß gar nicht, ob ich schon jemals einen Martini getrunken habe. Ich dachte, so etwas trinken bloß Leute in den Kurzgeschichten von John Cheever.«

»Tja, wir können nicht alle Probleme auf der Welt lösen«, sagte ich. »Aber das hier können wir lösen.«

Ich mixte uns zwei Martinis. »Ich dachte, da gehört Wodka rein«, kommentierte er.

Ich spießte Oliven auf einen Zahnstocher. Drei, denn eine war nicht genug, und zwei brachten Unglück. »Wenn du willst, dass aus uns etwas wird, sag das nie wieder.« Ich reichte ihm seinen Drink. »Gin. Prost.«

Vorsichtig nippte er daran und lächelte schließlich. »Irgendwie cool.« Er nahm noch einen Schluck. »Normalerweise sagen mir meine Freunde, ich soll ein Sixpack und einen Flaschenöffner bereithalten.«

»Vielleicht brauchst du neue Freunde.«

Neugierig ging er umher. »Plattenspieler ... kein Fernseher ... du hast keinen Jux gemacht, was das mit der Technologie angeht.« Vor einem Bücherregal blieb er stehen. »Wer ist das da? Der auf dem Bild.«

Ich schaute zu ihm hinüber. »Das ist mein Bruder. Brandon.«

Ein Foto von uns beiden. Vor Jahren. Gemeinsam standen wir auf Mount Tam, während uns die herrliche kalifornische Landschaft zu Füßen lag. Das Blau der Bay, das Grün von Tausenden Hektar Bäumen. Wir beide in verschwitzten ärmellosen Hemden, so breit grinsend, als hätten wir soeben den Everest erklommen. Die Augen meines Bruders klar und strahlend.

»Und das hier – deine Eltern? Das ist ein schönes Foto.«

Ich biss mir auf die Lippe und nahm schnell einen großen Schluck Martini. »Danke.« Um zu wissen, welches Foto er meinte, brauchte ich mir nicht den Hals zu verrenken. Wir vier, am Strand von Bolinas. Hinter uns das Meer. Mein Bruder fünf oder sechs, ich neun oder zehn. Meine Mutter blond, gertenschlank, hoch aufgeschossen, sonnengebräunt in einem Bikinioberteil und mit einer abgeschnittenen Jeansshorts. Mein Dad mit seinem langen, schwarzen grau melierten Haar, bärtig, mit nacktem Oberkörper und in einer lächerlichen Badehose mit Tupfenmuster. Wir vier. Zusammen.

»Ihr seht wirklich aus wie eine Familie. Du kannst von Glück reden.«

Ich gesellte mich zu ihm an den kleinen Tisch. »Iss was.«

Sorgfältig platzierte er ein Stück Käse auf einem Kräcker. »Du arbeitest also in einem Buchladen?«

»Eigentlich gehört mir der Buchladen.«

Er war beeindruckt. »Du steckst voller Überraschungen. Welcher denn?«

»The Brimstone Magpie, drüben an der Telegraph.«

Er nickte. »Dort war ich schon. Woher stammt der Name?«

»Aus *Bleak House*, dem ersten Buch, das ich jemals verkauft habe. Eine der Figuren, Großvater Smallweed, benutzt den Ausdruck als Fluch. Er hat mir immer schon gefallen. Woher kommst du?«, wechselte ich das Thema.

»Aus einem kleinen Ort in der Nähe von Bozeman. Ich

ging als Stipendiat auf die Montana State University, obwohl meine Eltern es nicht so mit höherer Bildung haben. Sie meinten, so etwas würde mich zu einem Schwulen, Kommunisten oder, schlimmer als alles andere, Liberalen machen. Ich hatte dann ein paar Professoren, die mir den Rücken gestärkt haben, dazu ein bisschen Glück, und schließlich landete ich auf der California State University. Dort bekam ich ein Stipendium, was sich immer noch zu gut anhört, um wahr zu sein. Mehr als zwanzigtausend im Jahr, um zu studieren und zu lehren.«

Mir kam der Umschlag mit den 20 000 Dollar in den Sinn. Für ihn ein Jahresgehalt. Aber ich wollte nicht an Gregg Gunn denken. Nicht an das merkwürdige Telefonat oder an den Job, den ich angenommen hatte, mit Motiven, die so undurchsichtig waren wie einer dieser kalt gepressten Säfte. Nicht jetzt. Nicht heute Abend. Ein plärrendes Signalhorn war zu vernehmen, und ein vorbeifahrender Zug ließ die Wohnung leise erzittern. Die Lautstärke des Huptons verriet mir, dass es sich um einen Güterzug handelte, nicht um Amtrak. Ich hatte mich an die Züge gewöhnt, sie machten mir nichts mehr aus.

Als das Geräusch verklang, stand ich auf. »Ich mache jetzt Abendessen.«

»Was gibt es denn?«

»Forelle *à la grenobloise*.«

»Forelle was?«

»Lass dich überraschen.« Ich nahm zwei silbrig glänzende Bachforellen aus ihrer Verpackung. Dann gab ich ein gutes Stück Butter in eine heiße Pfanne, schnitt Zitronen in Scheiben und bereitete Kapern vor, während ich darauf wartete, dass die Butter braun wurde. Zwischendurch rührte ich ein Pilzrisotto um, das bereits seit einer Stunde köchelte.

Die Forellen waren schnell gar. Zehn Minuten später stand das Essen auf dem Tisch. Ich öffnete eine Flasche Weißwein und schenkte ein.

»Das ist köstlich«, sagte er. »Und dieser Wein ist umwerfend. Obwohl ich gar nichts von Wein verstehe.«

»Guter Wein ist einfach Wein, den man mag.« Ethan mochte ich auch. Seine Begeisterungsfähigkeit, seine offenkundige Liebe zu Büchern. Und sein Lächeln. Ich ertappte mich bei der Frage, wie sich wohl seine Brust unter der Cordjacke und dem Hemd anfühlte.

Er schaute von seinem Teller auf. Seine Augen waren blau und schauten warmherzig. »Eine Frage.«

»Immer doch.«

»Angenommen, wir überspringen jetzt diese ganze, na ja, Unbehaglichkeit eines ersten Dates. Diesen Mist, bei dem wir versuchen, so zu tun, als wäre alles ganz entspannt. Was, wenn das hier jetzt, sagen wir, Date Nummer zehn wäre?«

»Zehn. Wow. Du bist echt ein Optimist.«

»Ich meine es ernst. Wie wäre das?«

Ich dachte darüber nach. »Wahrscheinlich würden wir uns über Bücher in die Haare kriegen«, sagte ich. »Dann würdest du mir womöglich Fragen über meine Arbeit stellen, die ich nicht beantworten wollen würde, sodass ich das Thema wechseln müsste. Nach dem Abendessen würden wir uns eine Flasche Wein und ein paar Decken schnappen und uns damit auf das Dach setzen. So könnte das Date Nummer zehn aussehen.«

Das ließ er auf sich wirken. »Warum würdest du nicht mit mir über deinen Job reden wollen? Ich liebe Buchläden.«

»Frag mich was anderes.«

»Geheimnisvoll.«

»Nein. Das ist es eben.« Mir war wichtig, dass er es begriff. »Die Leute halten ein Geheimnis für gut, für spannend. Nur dass es für gewöhnlich einfach nur heißt, dass etwas Schlechtes, etwas Böses dahintersteckt.«

»Willst du damit sagen, du bist böse?« Lasziv war das nicht gemeint.

»Ich glaube nicht, dass ich böse bin. Das hoffe ich jedenfalls. Aber der Teil von mir, den du nicht kennst, ist vielleicht etwas, das dir nicht gefallen würde. Es ist womöglich nicht einmal etwas, das mir gefällt. Aber vorhanden ist es trotzdem.« Ich verstummte. Auf einmal fühlte ich mich wie jemand, der sich unter Wasser zu diesem hellen Lichtpunkt vorkämpft, der Sonne und Luft bedeutete. Ich konnte nicht ewig unten bleiben und Miss Havisham spielen – jene Figur aus dem Dickens-Roman *Große Erwartungen*, die vorm Traualtar von ihrem Bräutigam verlassen wird und danach darauf besteht, ihr Hochzeitskleid für den Rest ihres Lebens zu tragen.

Er räumte den Tisch ab. An der Art, wie er sich dabei die Stiele der Weingläser vorsichtig zwischen die Finger klemmte und die Teller auf seinen Unterarm stellte, erkannte ich, dass er mal als Kellner gearbeitet haben musste. Niemand, der jemals gekellnert hatte, stapelte beim Abräumen die Teller übereinander. Ich stellte ihn mir zu Collegezeiten vor, in Montana, Freitagabend, vielleicht in der Spätschicht, wie er die Partys und Bierfässchen der Verbindungen ignorierte und stattdessen allein und erschöpft nach Hause zurückkehrte. Seine Mitbewohner waren wahrscheinlich irgendwo unterwegs und vergnügten sich, schleppten jemanden ab, betranken sich, taten all die sorglosen Dinge, die man auf dem College tut. Er hingegen allein, abgearbeitet, müde. Aber mit einem Ziel vor Augen. Dem Ziel vorwärtszukommen. Weg von den schlechten Dingen, hin zu den guten.

An wen von uns beiden dachte ich da eigentlich gerade?

»Hör zu«, sagte ich schließlich. »Lass das schmutzige Geschirr einfach stehen. Hol lieber die Decken dort von der Couch. Es ist schön draußen. Wir können uns ein Weilchen aufs Dach setzen.«

WOCHE ZWEI

13

»Nikki, wie ist es Ihnen ergangen?«

»Sie fangen bestimmt gleich an zu lachen.«

»Ich werde nicht lachen.«

»Okay. Ich habe da jemanden kennengelernt.«

»Sie haben jemanden kennengelernt.«

»Ich weiß, das hört sich jetzt total nach Highschool an.«

»Und Sie mögen ihn?«

»Ja. Ich habe ihn zum Essen zu mir nach Hause eingeladen. Wir haben uns ganz gut verstanden.«

»Das hört sich sehr nett an.«

»Darf ... darf ich Ihnen auch persönliche Dinge erzählen? Oder ist das schräg?«

»Natürlich dürfen Sie das.«

»Ich ... äh, habe mit ihm geschlafen.«

»Sie haben mit ihm geschlafen.«

»Ja. Und das entbehrt nicht einer gewissen Komik, denn wir hatten vorher darüber gescherzt, genau das nicht zu tun. Jedenfalls nicht beim ersten Date.«

»Und haben Sie es genossen?«

»Äh ... ja. Nein, wirklich, das habe ich. Sehr sogar. Es war ein schöner Abend.«

»Freut mich, das zu hören, Nikki. Und werden Sie ihn wiedersehen?«

»Wir besuchen am Wochenende mit noch einem anderen Paar, Freunden von ihm, ein Konzert in Oakland. Ich weiß gar nicht mehr, wann ich das letzte Mal ein Doppel-Date hatte. Was tun die Leute bei solchen Dates eigentlich? Vielleicht gehen wir hinterher ein Eis essen. Oder spielen Scrabble.«

»Weiß dieser Mann, mit dem Sie sich getroffen haben, dass Sie mich konsultieren? Und warum Sie das tun?«

»Warum ich Sie konsultiere?«

»Ja.«

»Sie meinen, nach dem, was passiert ist?«

»Ja.«

»Warum sollte ich? Ich habe ihn doch gerade erst kennengelernt. Es ist ja nicht so, als wäre ich dazu verpflichtet, ihm gleich alles auf die Nase zu binden.«

»Ich weiß, das ist jetzt erst unsere zweite Sitzung, aber wir haben darüber noch nicht gesprochen. Sie sind nicht freiwillig hier.«

»Als könnte ich das vergessen.«

»Ich will Sie nicht verärgern. Es geht mir nur darum, alle Elefanten aus dem Raum zu schaffen.«

»Klar doch. Die Elefanten.«

»Ihr letzter Freund, Bryan. So hieß er doch, oder?«

»Bryan. Ja. Sicher. Was ist mit ihm?«

»Ich denke, es ist wichtig, darauf hinzuweisen, dass Sie mit gewissen Neigungen zu kämpfen haben. Die Art, wie Sie auf gewisse Dinge reagieren.«

»Sollten Sie nicht auf meiner Seite sein? Bryan war ein Arschloch. Ich habe ihn beschützt. Ihn *beschützt*. Haben Sie das in meiner Akte gelesen?«

»Nikki, ich weiß, dass Sie sauer sind.«

»Lassen Sie mich ausreden, okay? Da wir nun mal die verdammten Elefanten vertreiben oder was auch immer. Wissen Sie, dass er nicht mal die Kaution hingeblättert hat, um mich aus dem Knast zu holen, nach dem, was passiert ist? Dass ich einen Tag in der Zelle verbringen durfte, während andere Häftlinge einen halben Meter vor meiner Pritsche gekotzt und ein Haufen schmieriger Wärter uns alle möglichen lustigen Dinge erzählt haben, die sie gerne mit uns angestellt hätten – steht das auch in meiner Akte?«

»Sie fühlen sich von Bryan verraten.«

»Ich beschwere mich nicht. Ich komme mit Schlimmerem zurecht. Ich *bin* mit Schlimmerem zurechtgekommen. Mit viel Schlimmerem.«

»Das glaube ich Ihnen. Aber was ich sagen will, ist, dass Probleme zu echten Problemen werden, wenn sie negative Auswirkungen auf Ihr Leben haben. Juristische Konsequenzen, das Ende einer Beziehung, Gesundheitsrisiken, Sicherheitsrisiken. Damit muss man sich auseinandersetzen. Warum wollten Sie das letzte Mal nicht über Ihre Eltern sprechen? Können Sie mir dazu etwas sagen?«

»Können wir Feierabend machen?«

»Ein bisschen Zeit haben wir noch.«

»Ich weiß.«

»Wir können früher Schluss machen, wenn Sie möchten. Wir sehen uns dann nächste Woche, zur gleichen Zeit?«

»Als wenn ich eine Wahl hätte.«

»Seien Sie artig, Nikki. Dann bis nächste Woche.«

14

Gregg Gunn hatte mich gebeten, mich mit ihm in einem Fitnessstudio in San Jose zu treffen, ein paar Meilen entfernt vom Care4-Firmensitz, vor dem ich die Beschattung von Karen Li aufgenommen hatte. Ich parkte vor dem großen gläsernen Gebäude und trat in ein sonnendurchflutetes Atrium. Zwischen Blumentöpfen mit Farnen stieß ich auf den Empfang, der sich gleich hinter einer Smoothie-Bar befand, auf deren Wände Zitronen und Orangen gemalt worden waren. Der Effekt war der, dass man sich hier wie in einem Betriebskindergarten vorkam. Überall schwirrten junge Mitarbeiter in weißen Polohemden und Khaki-Shorts herum, die alle lächelten und sich dabei mit der effizienten Präzision von Robotern bewegten. Gunn musste ihnen meinen Namen genannt haben, denn kaum hatte ich mich angemeldet, sprang ein gut aussehender junger Koreaner hinter dem Tresen hervor und erbot sich, mich nach oben zu führen. »Mr Gunn ist auf den Racquetball-Courts«, erklärte er. Mein Guide war im Collegealter, lächelte bis über beide Ohren, und seine Hemdsärmel spannten über seinen muskulösen Armen. Auf seinem Namensschild stand Kevin. Wir gingen an den Büros des Vertriebs vorbei, in denen eine Handvoll attraktiver Männer und Frauen gerade Telefonate führten oder sich einander zugewandt ernsthaft unterhielten.

»Sind Sie Trainer hier?«, fragte ich.

Kevin nickte eifrig. »Und wie! Trainieren Sie? Sie sehen so aus.«

»Wenn ich die Zeit dafür finde.«

»Fragen Sie nach mir, wenn Sie irgendwann mal einen Personal Trainer buchen wollen. Ich helfe Ihnen sehr gerne dabei, Ihre Ziele zu erreichen!« Wir erreichten die Racquetball-Courts im Obergeschoss. »Er ist auf Court drei«, erklärte Kevin. Zum Abschied ließ er ein Lächeln aufblitzen und schüttelte mir energisch die Hand. »Scheuen Sie sich nicht, mit mir Kontakt aufzunehmen!« Als er ging, musste ich wieder an Roboter denken.

Die hintere Wand des Racquetball-Courts war aus Glas. Ich schaute zu, wie Gunn drinnen hin und her sprintete. Er trug Sportkleidung und schlug kraftvoll zu, während er auf dem polierten Ahornfußboden von einer Seite auf die andere jagte und bei jedem Schlag weit mit dem Arm ausholte und über Kopf zuschlug. Durch das Glas drang kein Laut: Ich schaute zu, wie seine Sneaker lautlos über Holz rutschten und der Ball geräuschlos am Schläger abprallte. Als ich den Court betrat, warf Gunn mir über die Schulter einen Blick zu, hörte aber nicht auf zu spielen. »Nikki. Danke, dass Sie gekommen sind. Gibt es Neuigkeiten?«

Ich erzählte ihm in Kürze, dass ich Karen Li in San Francisco beobachtet hatte, ließ das mit dem sonderbaren Anruf, den ich in meiner Wohnung erhalten hatte, jedoch weg. Während ich redete, prügelte Gunn weiter auf den Ball ein, und ich gab mein Bestes, ihm dabei nicht in die Quere zu kommen. »Sind Sie sich sicher?«, wollte er wissen. »Haben Sie die Unterhaltung aufgezeichnet?«

»Nein.«

Er verpasste dem Ball einen harten Schlag und brachte sich für den Rückschlag in Position. »Warum nicht? Bezahle ich Sie denn nicht dafür? Nichts für ungut, Nikki, aber ich kann mich nicht bei allem, was Sie mir berichten, allein auf Ihr Wort verlassen. Ich brauche *Beweise*. Gerade Sie sollten das doch wissen.«

Als der Ball in meine Richtung kam, wich ich ihm aus. Gunns Schläger fegte knapp fünfzehn Zentimeter von meinem Kopf entfernt durch die Luft und ließ den blauen Gummiball auf eine Ecke zuschnellen. »Die Frau ist total verängstigt«, sagte ich. »Soll heißen, sie ist ultra-sensibilisiert. Vor hunderttausend Jahren sind wir wahrscheinlich deshalb nicht alle von Löwen gefressen worden. Hätte ich Fotos gemacht, wäre das aufgefallen. Und sobald das passiert, können Sie das mit dem Beschatten vergessen.« Das war keine Übertreibung. Von einem Profi beschattet zu werden war eine Erfahrung, die die meisten Menschen niemals machten. Das Gefühl war in der Regel zutiefst verunsichernd. Es konnte zur Folge haben, dass der- oder diejenige noch jahrelang unter dem Bett nachschaute.

Gunn machte einen Ausfallschritt, um den Ball mit der Rückhand zu nehmen, und donnerte ihn dann auf das Spielfeld. »Sie haben also mit eigenen Augen *gesehen*, dass die beiden Männer ihre Tasche mitgenommen haben. Sind Sie sich sicher?«

»Ja«, bestätigte ich, bemüht, nicht genervt zu klingen. Ich brachte mir in Erinnerung, dass der Kerl mir zwanzig Riesen gezahlt hatte. Bei diesem Sümmchen konnte ich ruhig mal den Papagei spielen.

Abrupt hielt Gunn inne und legte keuchend seinen Schläger hin. Der Ball rollte von uns weg. »Also hatte ich recht.«

»Das kann ich Ihnen nicht sagen. Jedenfalls noch nicht.«

»Natürlich hatte ich recht«, blaffte er, als hätte ich ihn als Lügner beschimpft. »Meinen Sie vielleicht, sie übergibt denen ihre Sachen für die Reinigung?«

»Wollen Sie, dass ich während des Wochenendes an ihr dranbleibe?« Ich hoffte, dass er Nein sagen würde. Es war das erste Wochenende im Oktober, und ich freute mich darauf, Ethan wiederzusehen. Ich wollte ihm nicht absagen. Vor allem nicht wegen Gregg Gunn.

Er schüttelte den Kopf und wischte sich mit einem Handtuch des Fitnessstudios den Schweiß ab. »Nicht nötig. Wir haben unten in Big Sur ein Firmen-Retreat. Sie wird die ganze Zeit dort sein.«

»Okay.« An dieser Stelle hätte ich gerne mehr gesagt. Zum Beispiel gefragt, warum die Frau, die ich beschattete, so wirkte, als stünde sie im dritten Stockwerk eines brennenden Hauses, wenn sie doch nur Dokumente stahl. Oder weshalb ein Mann, der einen Stimmenverzerrer benutzte, sich die Mühe gemacht hatte, meine Festnetznummer herauszufinden, um mich vor einer unbekannten Gefahr zu warnen. Oder Gunn noch einmal fragen, warum er mich überhaupt erst engagiert hatte, statt sich an eine der großen, etablierten Unternehmenssicherheitsfirmen zu wenden, die sich genau auf diese Art Fälle spezialisiert hatten. Außerdem hätte ich wirklich gern erfahren, wie genau er auf mich gekommen war und warum er beschlossen hatte, mir einen Vorschuss zu bezahlen, der mein übliches Honorar um ein Vielfaches überstieg. Dass er in den Gelben Seiten geblättert hatte, bis mein Name auftauchte, kaufte ich ihm nicht ab. Ich hätte nichts dagegen gehabt, ein wenig mehr über Gunn und sein Unternehmen in Erfahrung zu bringen. Es gab da einiges, was ich wissen wollte.

Aber ich hielt die Klappe.

Immer noch schwer atmend, trank Gunn aus einer Wasserflasche. Nach der körperlichen Anstrengung vor Schweiß glänzend, wirkte er müde, und seine Augen waren gerötet, als hätte er nicht gut geschlafen. Seite an Seite verließen wir den Platz und schlossen die Glastür hinter uns. »Gibt es da etwas in Sachen Karen Li, was Sie mir noch nicht erzählt haben?«

Er warf mir einen scharfen Blick zu. »Wieso fragen Sie das?«

»Vielleicht mag ich Fragen.«

Gunn wollte eine Bemerkung machen, hielt dann aber inne und zuckte mit den Schultern. »Es gibt wohl immer etwas, das uns entgeht. Ich haben Ihnen erzählt, was von Bedeutung ist.«

»Arbeitet Karen Li mit jemandem in Ihrem Unternehmen zusammen? Haben Sie noch jemand anderen im Verdacht?«

Gunn kniff die Augen zusammen. »Nicht, dass ich wüsste. Aber falls doch, werden Sie das hoffentlich herausfinden.«

»Und sonst ist da nichts, wovon ich wissen sollte? Darüber, wer sie ist oder was sie vorhat?«

»Ich habe Ihnen die wichtigsten Informationen gegeben«, erwiderte er. »Darauf sollten Sie sich konzentrieren.«

An der Tür zur Männerumkleide blieb er stehen. »Wir bleiben in Kontakt. Sorgen Sie dafür, dass ich Sie erreichen kann.«

Ich war auf dem Parkplatz vor dem Fitnessstudio gerade auf mein Motorrad gestiegen, als hinter mir zwei Mal ein Hupton erklang. Als ich über meine Schulter schaute, erblickte ich einen kleinen weißen BMW, eines dieser kastenförmigen Hybridmodelle. Genervt von dem ständigen Zeit-ist-Geld-Gehabe, das im Silicon Valley vorherrschte, klappte ich mein Helmvisier hoch. »Sie können den Platz haben«, sagte ich. »Geben Sie mir bloß noch eine Sekunde.«

Der Fahrer schaute mich durch das offene Wagenfenster an. Er war in Gunns Alter, Ende vierzig, doch sein Auftreten war ein völlig anderes als das des charismatischen Geschäftsführers. Sein braunes Haar wich in einer ausgeprägten Geheimratsecke von der Stirn zurück, und markante Augenbrauen umrahmten ein intelligentes, unsicher wirkendes Gesicht. Seine Unsicherheit war geradezu telegen. In einem Werbespot hätte er die Rolle desjenigen übernehmen können, der in Erwägung zieht, von einer Telefongesellschaft zu einer anderen zu wechseln, nachdem sein bester Freund ihm, während sie gemeinsam ein Baseballspiel anschauen, erzählt, was ihm alles durch die Lappen geht. »Ich will Ihren Parkplatz nicht«, sagte er. »Ich will mit Ihnen reden.« Seine Stimme klang sanft und bedächtig.

»Wenn Sie eine Frau anbaggern wollen, tun Sie das lieber im Fitnessstudio, nicht auf dem Parkplatz. Und hupen geht gar nicht. Kleiner Tipp fürs nächste Mal.«

Er lächelte nicht. »Ich baggere Sie nicht an, und wir können nicht den ganzen Tag hier rumstehen. *Er* könnte uns sehen. Er wird jeden Moment herauskommen.«

Ich schaute mir den Fahrer genauer an, doch er war mir völlig unbekannt. »Meinen Sie etwa ...«

»Folgen Sie mir«, sagte er. »Beeilen Sie sich.«

Normalerweise ließ ich mich nicht von wildfremden Männern auf einem Parkplatz ansprechen und mir sagen, wohin ich zu fahren hatte. Dieses Mal aber nickte ich zustimmend. Ich folgte dem weißen Wagen auf den Freeway Richtung Norden. Es war früher Nachmittag, noch bevor der mordsmäßige Berufsverkehr in der South Bay richtig übel wurde. In North San Jose nahm der weiße Wagen die Ausfahrt, und wir fuhren nun breite, mit Baukränen und neuen Apartmentanlagen gesäumte Straßen entlang. Selbst durch meinen Helm hindurch attackierte mich das lautstarke Scheppern niedersausender Hämmer aus den Reihen der mit orangefarbenen Westen bekleideten Männer auf

Baugerüsten und Arbeitsbühnen. Ich war erleichtert, als der BMW schließlich in eine schmale Straße abbog, die uns von dem Gewirr von Gebäuden wegführte, und dann brausten wir zwischen hohem, verwildertem Gras und sumpfigem Gewässer entlang, wahrscheinlich am südlichen Zipfel der Bay.

Der Wagen wurde am Straßenrand geparkt, und der Fahrer stieg aus. Ich bremste hinter ihm ab, stieg ab und stellte mich ihm gegenüber. Sorgen machte ich mir keine, denn der Mann vor mir strahlte keinerlei Gefahr aus. Er war ein wenig kleiner als ich und trug ein schwarzes T-Shirt, das er sich in eine High-Waist-Jeans gesteckt hatte, dazu weiße Socken und Ledersandalen. Seine Hände wirkten weich, seine Fingernägel waren akkurat geschnitten. Hier draußen, in dem, was als Wildnis durchging, erweckte er den Eindruck von jemandem, der sich in geschlossenen Räumen viel wohler fühlte.

»Ihr Name ist Nikki Griffin«, sagte er. »Sie sind Privatdetektivin.«

»Man hat mich schon übler beschimpft. Und Sie sind …?«

»Das tut nichts zur Sache.«

Irgendetwas an ihm kam mir bekannt vor, auch wenn ich mir sicher war, dass wir beide uns noch nie begegnet waren. Ich sprach eine vage Vermutung aus. »Sie haben mich neulich abends angerufen, nicht wahr? Bei mir zu Hause.«

Sein Blick huschte hin und her. »Ich weiß nicht, wovon Sie reden.«

»Sie haben einen Stimmenverzerrer benutzt. Sie wollten mich wegen etwas warnen.«

»Ich weiß nicht, wovon Sie sprechen«, wiederholte er kraftlos. Er zog ein orangefarbenes Plastikröhrchen aus einer Tasche, entnahm ihr zwei kleine weiße Tabletten und schluckte sie, ohne etwas dazu zu trinken. Ich erhaschte einen Blick auf das Etikett. Lorazepam. Jess bekam die Dinger verschrieben, weil sie unter Flugangst litt.

»Geht es Ihnen gut?«, fragte ich.

»Alles gut, alles gut«, versicherte er.

»Sie kamen noch gar nicht dazu, mir Ihren Namen zu nennen«, fügte ich hinzu.

»Nein! Ich bin mit diesen geheimnisumwitterten Aktionen nicht vertraut«, fuhr er etwas leiser fort. »So etwas geht mir total an die Nieren. Ich verstehe nicht, wie Leute wie Sie mit so etwas ständig klarkommen.«

»Dann nennen Sie mir Ihren richtigen Namen halt nicht, wenn Sie nicht wollen. Wir sind hier nicht in *Der Geheimagent*.«

»In was?«

»Conrad. Egal. Aber irgendeinen Namen muss ich Ihnen geben.«

Er zögerte. »Dann nennen Sie mich Oliver.«

»Okay. Also, Oliver, warum wollen Sie mich sprechen?«

»Sie haben einen Auftrag angenommen, den Sie nicht hätten annehmen sollen«, brachte er schließlich hervor. »Da steckt viel mehr dahinter, als Sie ahnen, und hier kommt wesentlich mehr auf Sie zu, als Sie bewältigen können.«

»Sie verstehen es wirklich, das Selbstbewusstsein einer jungen Frau aufzubauen.«

Er lächelte nicht. »Sie sollten sich aus dem Staub machen«, sagte er. »So schnell es geht. Weg von dem ganzen Schlamassel, bevor es zu spät ist. Denn ab einem bestimmten Punkt gibt es kein Zurück mehr.«

Allmählich ging mir diese ganze Nostradamus-Nummer auf die Nerven. »Ich dachte, Sie hätten mir etwas zu sagen. Etwas *Hilfreiches*.« Ich schaute mich in dem öden Grasland um, das der trockene Sommer braun gebrannt hatte. »So sehr ich die wunderschöne Aussicht und unser schillerndes Gespräch zu schätzen weiß.«

»Ich komme noch auf den Punkt.«

»Tja, also ein Tempolimit überschreiten Sie dabei nicht gerade.«

»Zuerst muss ich wissen, ob ich Ihnen trauen kann.«

Entschuldigend breitete ich die Hände aus. »Oliver, bitte. Wie soll ich das bewerkstelligen? Und außerdem ist das gar nicht mal so schlecht. Sie kennen mich nicht. Sie wären dumm, wenn Sie irgendetwas, das ich von mir gebe, per se für bare Münze nähmen. Aber klar doch, wenn Sie darauf bestehen – wie kann ich Ihr Vertrauen gewinnen?«

»Also, bis jetzt haben Sie da ziemlich schlechte Arbeit geleistet«, erwiderte er scharf.

»Wie lange arbeiten Sie schon bei Care4?«

Argwöhnisch wich er einen Schritt zurück. »Wer sagt, dass ich dort arbeite?«

»Sie wussten, dass Gunn im Fitnessstudio war, was bedeutet, dass Sie entweder Zugriff auf seinen Kalender haben oder im Studio arbeiten.« Ich erinnerte mich an den Bizeps und das Lächeln des charismatischen Koreaners, der mich zu den Racquetball-Courts hinaufgeführt hatte, und an diese ganzen dynamischen Vertriebsmitarbeiter, an denen wir vorbeigegangen waren. »Trainer sind Sie definitiv nicht, und ehrlich gesagt – nichts für ungut – sind Sie auch auf keinen Fall im Vertrieb beschäftigt, denn wenn Sie es wären, wäre der Laden schon pleite.«

»Sie wissen wirklich, wie man das Selbstbewusstsein eines jungen Mannes aufbaut«, konterte er.

Nun musste ich lachen. »Tut mir leid. Ich schätze, jetzt sind wir quitt. Was also tun Sie bei Care4?«

Sein kurz aufgeblitzter Humor verschwand wieder, und

er schaute auf das im Würgegriff von Unkraut liegende Sumpfgebiet. »Ich bin beim Sicherheitsdienst.«

»Mir scheint, Sie haben Dienstwaffe und Marke vergessen.«

»Nicht diese schwachköpfige Schlägertrupp-Scheiße. Ich meine die Sicherheit, die wirklich etwas zu bedeuten hat – Netzwerksicherheit. Sicherheit, über die sich die Leute wirklich Gedanken machen sollten.«

»Und was hat das mit mir zu tun? Sie haben mir gesagt, ich sollte mir Sorgen machen. Worüber genau?«

Er kniff die Lippen zusammen. »Wofür wurden Sie von Care4 engagiert?«

Ich wog rasch das Für und Wider ab, meine Karten auf den Tisch zu legen, und beschloss dann, dass ich ihm so gut wie sicher nichts sagen konnte, was er nicht ohnehin bereits wusste. »Um eine Angestellte zu beschatten. Karen Li. Um herauszufinden, ob und was sie aus der Firma stiehlt.«

Er nickte. »Haben Sie mit ihr gesprochen?«

»Natürlich nicht. Meinen Sie vielleicht, ich könnte einfach auf sie zugehen und sie fragen, ob sie Eier oder Haferbrei zum Frühstück hatte? So läuft das nicht.«

Er riss die Verpackung eines Schokoriegels auf, den er aus seiner Tasche gezogen hatte. »Was wissen Sie über Greggory?«, fragte er und biss in die dunkle Schokolade.

»Ich weiß, dass er Geschäftsführer eines Technologieunternehmens ist, das die Welt mit einem Babyphone nach dem anderen verändern wird. Hören Sie, Oliver, ich weiß Ihre Fragen ja zu schätzen, aber Sie können mich hier nicht den ganzen Tag lang im Dunkeln tappen lassen. Was wollen Sie mir erzählen?«

»Nicht erzählen. Zeigen.« Er griff durch das Fenster in sein Auto und zog ein Bündel zusammengefalteter Papiere heraus, das er mir reichte. Ich entfaltete sie und schaute fragend zu ihm auf. Kopien von Flugtickets.

Der Passagiername auf jedem von ihnen lautete Mr Greggory A. Gunn. »Sind die echt?«

Er nickte. »Ein paar Flüge lassen sich leicht verifizieren, wenn Sie mir nicht glauben.«

Die Flugziele sprangen ins Auge. Grosny, Tschetschenien, mit einem Zwischenstopp in Moskau auf dem Hin- und Rückflug. Eine dreitägige Rundreise nach Riad, Saudi-Arabien, und eine dritte Reise nach Kairo, Bagdad und Istanbul. Ich bemühte mich nach Kräften, mir die Flugnummern und -daten einzuprägen. Insgesamt waren es drei separate Reisen, alle in den letzten neunzig Tagen, alles Linienflüge. Es war Letzteres, was mich misstrauisch werden ließ. »Wollen Sie mir erzählen, Ihr CEO sei zu geizig, um privat zu fliegen? Haben Sie seine Uhr gesehen?«

»Im Gegenteil. Er fliegt eigentlich immer mit dem Firmenflieger. Nur auf diesen Reisen nicht.«

»Warum?«

»Schauen Sie sich die Destinationen an.«

»Habe ich.«

»Wenn man den Firmenflieger nutzt, kriegen andere viel einfacher raus, wohin die Reise ging.«

»Und was hat er dort getan?«

»Ich habe keine Ahnung.«

»Und wenn Sie mutmaßen würden?«

Oliver bedachte mich mit einem mürrischen Blick. »Ich dachte, das wäre Ihre Aufgabe, Detective.«

»Sie glauben, Karen Li hat etwas damit zu tun? Oder weiß etwas darüber?«

»Keine Ahnung. Und ich werde mich da auch nicht einmischen.«

»Was soll das Ganze denn dann hier?«

Allein schon die Frage schien ihn nervös zu machen. »Ich bin kein Held, aber ich habe auch nicht vor, im Gefängnis zu landen. Wenn meine Firma etwas Unrechtes tut, will ich da nicht mit reingezogen werden.«

»Warum gehen Sie nicht zur Polizei?«

»Um Flugreisepläne zur Anzeige zu bringen?« Er fuhr mit der Spitze seiner Sandale über das staubige Straßenpflaster und sah zu, wie sich kleine Spuren bildeten. »Hören Sie, befolgen Sie einfach meinen Rat, und gehen Sie fort. Bestimmt gibt es eine Million anderer Leute, die Sie dafür bezahlen werden, jemanden zu beschatten oder Aufnahmen zu machen oder was Sie sonst so tun. Lassen Sie sich da nicht hineinziehen. Das ist es nicht wert, das meine ich ernst.«

»Danke für den Rat. Fortsetzung folgt.«

Das gefiel ihm nicht. »*Nein!* Nicht Fortsetzung folgt! Das war jetzt ein einmaliger Gefallen. Glauben Sie nicht, wir würden jetzt eine ganze ... Vereinbarung treffen.«

Ich machte mir nicht die Mühe, darauf zu antworten. Während ich mir den Helm aufsetzte, unternahm ich einen weiteren Versuch. »Haben Sie denn gar keine Vermutung? Weshalb Ihr CEO diese Länder besucht? Er wirkt auf mich nicht wie jemand, der auf diese Art von Extremtourismus steht. Aber vielleicht täusche ich mich ja.«

Oliver machte Anstalten, etwas zu sagen, unterließ es dann aber. »Keinen blassen Schimmer«, verkündete er schließlich.

»Hat mich gefreut, Oliver.«

Ich fuhr los. Dabei dachte ich über die Flugziele nach und darüber, was sie gemeinsam hatten.

Und was der CEO eines Hightech-Unternehmens während seiner Besuche in den Brutstätten des Extremismus auf dieser Welt so unternahm.

15

Es mochte noch üblere Viertel in Oakland geben als Castlemont, aber die kannte ich nicht. Ich parkte auf dem Bürgersteig, gleich vor der Tür des sechsgeschossigen Mietshauses, das ich angesteuert hatte. Neben ihrer atemberaubenden Küste und ihren ausgedehnten Redwood-Wäldern rühmte sich die Bay Area auch mit der statistischen Tatsache, der am besten geeignete Ort im Land zu sein, um sich seinen Wagen klauen zu lassen. Etwa fünfzigtausend Autos verschwanden jedes Jahr. Ich richtete ein Stoßgebet gen Himmel, auf dass ich mein Motorrad bei meiner Rückkehr immer noch dort stehen sehen würde. Auf der anderen Straßenseite stand ein kleines weißes Haus, in dessen Vorgarten eine verrostete Schrottkarre auf blanken Felgen aufgebockt war. Auf der Veranda saßen zwei junge Männer und glotzten ungeniert zu mir herüber, während sie abwechselnd aus einer Flasche tranken, die in einer Papiertüte versteckt war. Irgendwo die Straße hinab kläffte ein Köter. Ich holte die Einkaufstüten aus den beiden verschließbaren Motorradkoffern und betrat das Haus.

Was als Eingangshalle galt, stank nach kaltem Zigarettenrauch und eingetrocknetem Erbrochenen. Meine Schuhsohlen blieben regelrecht an den verschmutzten Bodenfliesen kleben. Ich drückte den Fahrstuhlknopf. Nichts geschah. Ich drückte den Knopf erneut, gab dann aber auf und stieg die Stufen hinauf. Im dritten Obergeschoss angekommen, benutzte ich meinen Schlüssel, da ich wusste, dass die Tür abgeschlossen sein würde. »Hey!«, rief ich. »Ich bin's.«

»Nik?«

In der Wohnung war es dunkel. Vor den Fenstern waren schwere Rollläden heruntergelassen, Licht war keines eingeschaltet. Statt eines sonnigen Nachmittags hätte es auch mitten in der Nacht sein können. Das Mobiliar hätte in der Rubrik *Zu verschenken* von Craigslist angeboten werden und dann ein paar Jahre auf jemanden warten können, der es tatsächlich abholen kam. Eine übel ramponierte rote Couch, übersät mit Brandlöchern von Zigaretten, zwei Sessel, die so aussahen, als bauten sie sich gerade biologisch direkt in den Fußboden ab. Pizzakartons und wahllos dahin geworfene Kleidungsstücke lagen verstreut herum, dazu leere Dosen, zerknüllte Zigarettenschachteln und Schnapsflaschen – alles ganz wie aus einer Kurzgeschichte von Bukowski. Zigarettenstummel, manche in Aschenbechern, viele andere nicht. Auf dem Couchtisch stand eine billige Wasserpfeife aus rotem Kunststoff. Ich bemühte mich, die gleich daneben liegende Spritze zu ignorieren. Es stank nach Qualm und Schweiß und Bongwasser. Ich stellte die Einkaufstaschen ab und schaltete das Deckenlicht ein.

Brandon lag auf der Couch. In einem der Sessel lungerte ein Mann mit nacktem Oberkörper herum, etwa in meinem Alter. Er war in sich zusammengesackt und schlief. Er trug einen grasgrünen Irokesenschnitt und jede Menge Piercings im Gesicht. Auf dem Fußboden saß ein Mädchen mit wasserstoffblondem Haar, dessen Ansätze dunkel nachgewachsen waren, schief gegen die Wand gelehnt. Sie konnte sechzehn, aber genauso gut sechsundzwanzig sein, rauchte eine Zigarette und schaute träge zu mir auf.

»Wer bist du?«, lallte sie. Ihre stecknadelkopfgroßen Pupillen glänzten. Sie trug eine dunkle, zerrissene Jeans und ein dreckiges graues T-Shirt, auf dem in rosafarbenen, überdimensionalen Buchstaben das Wort PRINZESSIN stand.

Bei näherer Betrachtung kam ich zu dem Schluss, dass sie und der Irokese ebenfalls in die Rubrik *Zu verschenken* gepasst hätten. Nur dass die beiden wahrscheinlich viel länger hätten darauf warten müssen, abgeholt zu werden. »Du solltest jetzt gehen.« Ruckartig deutete ich mit dem Kopf zu dem Irokesen hinüber. »Alle beide. Sofort.«

»Hey, komm schon, Nik«, sagte Brandon. »Was tust du da? Ich habe sie eingeladen. Das sind meine Gäste.« Er brachte die Worte nur schwerfällig über die Lippen.

»Wer bist du?«, wiederholte das Mädchen starrköpfig. Sie rang nach Worten. »Du kannst nicht einfach hier ... hier hereinplatzen und uns sagen, was wir zu tun haben. Was gibt dir das Recht ...?«

Ich trat zu dem Irokesen hinüber. Er hatte eine Zigarette geraucht, die ihm irgendwann aus dem Mund oder der Hand gefallen war. Nun lag sie auf dem Boden und brannte sich allmählich in das Parkett hinein.

Ich trat sie aus. Dann schüttelte ich ihn an den Schultern. »Hey, aufstehen!«

Er gab keine Antwort. Ich schüttelte fester. Immer noch keine Reaktion. Ich griff nach einem seiner Ohrringe. Sein Ohrläppchen würde am empfindlichsten sein. Ich zog kräftig am Ohrring. Einmal, dann gleich noch einmal. So, als zöge ich an einem Glockenstrang. Langsam schlug er die Augen auf. »Was zum Teufel?«

»Du. Aufstehen. Geht mal spazieren.«

»Wer zur Hölle bist du?«

»Komm schon, Nik«, sagte Brandon. »Das sind meine Freunde.«

»Du hast mir einen Scheißdreck zu befehlen«, verkündete

der Irokese. Offenbar war er schlecht gelaunt aufgewacht. Er blinzelte und schaute mit winzigen Pupillen zornig zu mir auf. »Wir sind Freunde von ihm. Du hast gehört, was er gesagt hat.«

»Wohin sollen wir denn gehen?«, brachte das Mädchen mit ähnlich träger Stimme hervor. Sie saß immer noch auf dem Fußboden. Ihre Zigarette war heruntergebrannt. Trotzdem nahm sie erneut einen Zug. Ich fragte mich, wie wohl der Filter schmeckte. »Meinst du etwa, wir könnten irgendwohin?«

»Hängt einfach auf dem verdammten Bürgersteig ab«, schlug ich vor. »Was anderes tut ihr hier auch nicht. Nur dann eben dort und nicht hier.«

»So kannst du mit ihr nicht reden«, sagte der Irokese. Er machte Anstalten, sich aus dem Sessel zu erheben. Seine Stimme klang zwar nicht wirklich aggressiv, der Tonfall wurde jedoch gereizter.

Ich schaute zur Seite und holte Luft. »Brandon«, sagte ich, den Irokesen und das Mädchen ignorierend. »Die beiden hier sollten wirklich gehen. Sofort. Ich werde nicht noch einmal auf die nette Tour darum bitten.«

Brandon lachte. Er hatte ein gewinnendes Lachen, das in krassem Widerspruch zu seiner trostlosen Umgebung stand. Es war so etwas wie ein mit hoher Stimme vorgetragenes Gekicher, das dann aber in einen anhaltenden Raucherhusten überging. »Das ist ein Wink mit dem Zaunpfahl«, sagte er zu dem Irokesen. »Ich würde sie nicht wütend machen.«

»Sie sollte lieber *mich* nicht wütend machen«, sagte der Irokese. »Sie hat keine Ahnung, zu was ich fähig bin.«

Brandon lachte erneut. »Wenn du sie wütend machst, wirst du eine eeeechte Überraschung erleben. Ich würde dir empfehlen, auf sie zu hören, wirklich.« Er lachte abermals.

»Komm«, sagte der Irokese hochmütig zu dem Mädchen. »Ich habe das Gefühl, wir sind hier nicht mehr erwünscht.«

Ohne ihn weiter zu beachten, ließ ich es über mich ergehen, dass er vor mir innehielt, sich erneut eine Zigarette anzündete und mir ein Rauchwölkchen ins Gesicht blies. Ich regte mich nicht. Die beiden gingen. Die Tür knallte zu. Das Geräusch ihrer Schritte verklang.

»Warum musstest du sie rauswerfen, Nik? Sie haben keinen Schaden angerichtet.«

Nun waren wir beide allein, und es war ruhig in der Wohnung.

»Keinen Schaden?«, erwiderte ich und trat von der Wand weg. Früher war mein kleiner Bruder bildhübsch gewesen mit seinen unglaublich grünen, vor Elan flackernden Augen, seiner glatten, reinen Haut. Bei einer normal verlaufenen Kindheit hätte er an jedem Finger eine Freundin haben können. Die Mädchen wären bei ihm zu Hause vorbeigekommen, um sich bei den Hausaufgaben für Chemie helfen zu lassen oder sich eine CD auszuleihen, oder was immer Highschool-Mädchen anstellen, wenn sie jemanden ins Herz geschlossen haben. Spuren dieses früheren Brandon waren noch immer zu sehen, aber dafür musste ich genau hinschauen. Er war dünn und sah nicht mehr aus wie ein verspielter Teenager, sondern einfach nur ausgemergelt und kränklich. Er war fünf, sechs Zentimeter größer als ich und wahrscheinlich knapp zehn Pfund leichter. Er trug ein schwarzes, ärmelloses Trägerhemd und schmutzige blaue Mesh Shorts, und sein leicht sommersprossiges Gesicht war überzogen mit zotteligen Stoppeln. Auf seiner Wange klebte ein Pflaster, und sein braunes Haar war ungewaschen. Ich hätte heulen können. Am liebsten hätte ich ihm das Haar shampooniert und ihm mit einem in heißes Wasser getränkten Schwamm über die schmutzige Haut gerieben.

Seine grünen Augen funkelten nicht. Seine Pupillen waren klein, die Lider geschwollen.

»Hast du Hunger? Soll ich dir was zu essen machen? Ein Omelett? Gegrillten Käse?«

»Kein Hunger, Nik-Nik«, sagte er. »Aber danke.«

Ich schleppte die Einkaufstüten in die Küche. Hier hätte ich ohnehin nicht großartig kochen können. Im Spülbecken stapelten sich schmutzige Teller und verschimmeltes Essen, auf den fettigen Herdplatten stapelten sich Pizzaschachteln und leere Pappkartons vom Schnellimbiss. Eine Kakerlake huschte über die Arbeitsplatte und fand dann Zuflucht hinter dem Herd. Ich machte den Kühlschrank auf. Zwei Sixpacks Bud Light, eine Flasche Sriracha mit dem charakteristischen Hahn darauf, daneben ein halb verfaulter Kopfsalat. Das war's.

Ich holte das Putzmittel aus dem Unterschrank, in dem ich es aufbewahrte, entsorgte den Kopfsalat, wischte den flüssigen Moder weg, der darunter eine Lache gebildet hatte, und begann damit, Lebensmittel auszupacken, frisches Gemüse und Obst, Wurst aus dem Feinkostladen, Eier, Brot, Dosensuppen. Ich schrubbte Asche und angetrocknete Essensreste von den Tellern und füllte zwei große Hefty-Tüten mit Abfall. Die Laken im Schlafzimmer rochen säuerlich. Ich stopfte alles in eine weitere Abfalltüte, um die Sachen in die Reinigung zu bringen, und holte saubere Laken aus einem Regal im Wandschrank. Die Luft war verbraucht, daher öffnete ich eines der Fenster. Als ein schrilles Klimpern vom Nachttisch ertönte, fuhr ich zusammen. Es stammte von einem alten analogen Wecker, auf dessen leuchtend gelbem Ziffernblatt eine Mickymaus prangte. Ich schüttelte die Uhr und drehte die Zeiger, bis sie aufhörte zu lärmen.

Als ich ins Wohnzimmer zurückkehrte, war Brandon noch im selben Zustand, in dem ich ihn zurückgelassen hatte. »Dieser Wecker hat mich zu Tode erschreckt«, sagte ich. »Willst du einen neuen, der wirklich dann läutet, wenn du es willst?«

Energisch schüttelte er den Kopf. »Den haben mir Mom und Dad zum ersten Schultag geschenkt. Mom meinte, ich müsste nun selbst dafür sorgen, dass ich wach werde.«

»Tut mir leid«, sagte ich, mit einem Mal schuldbewusst. »Ich erinnere mich.«

»Vielleicht funktioniert der hier nicht mehr so richtig. Aber ich tue es ja auch nicht. Wir passen gut zueinander.«

Ich wechselte das Thema. »Bist du dir sicher, dass du keinen Hunger hast?«

»Trinken wir einen Schluck.«

»Trinken? Ernsthaft?«

»Wir sind beide über einundzwanzig.«

Ich sah meinen Bruder an, der auf der Couch herumhing. »In dir steckt ein Oblomow, nicht wahr – ein Faulpelz, wie er im Buche steht. Klar können wir was trinken. Warum nicht?« Ich ging in die Küche und öffnete die Verschlüsse von zwei Flaschen Bud Light. Mittlerweile hatte er sich aufgerichtet. Ich reichte ihm ein Bier. »Hier. Wie viel brauchst du?«

»Könnte ich tausend haben?«

»Um die Miete habe ich mich schon gekümmert. Wozu brauchst du zusätzlich noch einen Riesen?«

Er lachte. »Die Inflation, Nik. Betriebswirtschaftliches Basiswissen. Der Dollar ist nicht mehr das, was er früher mal war.«

»Verdammt, Brandon. Es geht nicht ums Geld. Wenn ich dir was gebe, fließt das eins zu eins in deine Arme.«

»In diesem Monat wird das anders sein.«

»Natürlich.«

»Bitte, Nik-Nik.«

»Komm mir nicht mit dieser Nik-Nik-Scheiße! Okay?«

So hatte er mich schon genannt, als er kaum alt genug gewesen war, um sprechen zu können. Wenn er um das Haus herumlief und mit mir Verstecken spielte oder mir am Strand hinterherjagte oder glücklich krähte, wenn er sich beim Damespiel eine Figur unter den Nagel riss. Nik-Nik. Seine ältere Schwester.

»Ich brauche was«, sagte er. »Ich kann nicht *nichts* haben. Was soll das schon schaden?«

Schaden. Schon wieder dieses Wort.

Ich biss mir auf die Lippe und zählte fünf Hundertdollarscheine ab. »Schaden? Dass ich eines Tages hierherkomme und ... kannst du nicht vorsichtig sein? Wer weiß, was in den Nadeln so alles drin ist.«

Er stieß ein weiteres vergnügtes Lachen aus und genehmigte sich noch einen Schluck Bier. »Das meiste, das man sich von einer Nadel einfangen kann, habe ich schon gehabt, Nik.« Sein altes Lächeln blitzte kurz auf. »Die verdammten Nadeln sollten Angst vor *mir* haben.«

Ich nahm einen gewaltigen Schluck aus meiner Flasche und spürte, wie mir das kalte Bier die Kehle herunterrann. »Hier. Mehr als fünfhundert kriegst du nicht. Nimm es.« Ich reichte ihm das Geld. »Naloxon. Hast du was davon hier?«

Brandon kicherte. »Eigentlich schon. Aber Eric – der Kerl, den du gerade rausgeworfen hast – hat sich neulich zu sehr mit dem Zeug vollgepumpt. Erst war er noch klar, im nächsten Moment voll weggetreten. Das, was ich noch hatte, habe ich dazu verwendet, ihn wieder zurückzuholen.« Kichernd wies er auf sein Heftpflaster. »Als er aufwachte, war er so wütend, dass er mir eine Kopfnuss verpasst hat.«

»Dieses Arschloch von Irokese war das?« Meine Hand krampfte sich um die Bierflasche. Wenn ich das gewusst hätte, hätte ich mir nicht die Mühe gemacht, an seinem Ohrring zu ziehen. Der Irokese wäre davon aufgewacht, dass eine Bierflasche auf seinem Schädel zersplittert wäre.

»Er hat es nicht so gemeint.«

Ich zog zwei Plastikfläschchen Nasenspray aus meiner Handtasche und legte sie in die Schublade des Couchtischs. Wenn man ein Opiat überdosierte, erwies sich Naloxon wortwörtlich als Lebensretter. Rettungssanitäter oder ein Krankenhaus waren dann nicht nötig. Allerdings wurde der Überdosierte dabei von einer Sekunde auf die andere in einen Zustand akuten Entzugs versetzt. Es kursierten alle möglichen Geschichten von Junkies, die wie von Sinnen genau die Sanitäter angriffen, die ihnen gerade erst das Leben gerettet hatten. Aber das Zeug wirkte geradezu märchenhaft. Eines Tages konnte eines dieser kleinen weißen Fläschchen meinem Bruder das Leben retten. »Wieso willst du nicht irgendwo wohnen, wo es netter ist? Ich könnte dir eine Wohnung in meinem Viertel besorgen.«

»Nö«, versetzte er leise lächelnd. »Die dunkle Schattenseite, das ist der Ort, an dem ich lebe.«

Ich stand auf, um pinkeln zu gehen. Dass ich meine Handtasche mit auf die Toilette nahm, bescherte mir ein schlechtes Gewissen. Zwar bezweifelte ich, dass mein Bruder, ohne mich zu fragen, Geld herausnehmen würde. Aber ein kleiner Teil von mir wollte nicht in die Verlegenheit kommen, es herauszufinden. Das Badezimmer war im gleichen Zustand wie das Wohnzimmer. Zigarettenkippen, Aschenbecher, leere Plastikbeutel. Das Einzige, was in der Sammlung fehlte, war Toilettenpapier. Ich benutzte ein Kleenex aus meiner Handtasche. Urplötzlich musste ich schluchzen. Es begann nicht langsam, war nicht so, als führten ein paar Tränen oder ein leises Wimmern zum Zusammenbruch. Es waren heftige, erstickende Schluchzer, die wie ein starker Gewitterschauer aus heiterem Himmel zuschlugen. Als ich mich wieder unter Kontrolle hatte, bespritzte ich mir das Gesicht mit lauwarmem Wasser und kehrte ins Wohnzimmer zurück. »Warum lässt du dir nicht von mir helfen?«

Er ignorierte meine Frage. »Du hast es geschafft. Schau dich an. Ich liebe dich. Du hast es geschafft.«

»Warum?«, fragte ich erneut. Es war, als sendeten wir auf unterschiedlichen Frequenzen, hörten einander dabei jedoch laut und deutlich.

»Du hast dem Schicksal getrotzt, Nik. Das war eigentlich keinem von uns vorherbestimmt. Aber du hast es geschafft.«

»Sag so etwas nicht.«

Langsam und bedächtig stand er auf. Da war es wieder, dieses wunderschön funkelnde Grün seiner Augen. Er legte die Arme um mich und drückte mich an sich. »Du passt auf mich auf«, sagte er. »So, wie du es immer getan hast.«

»Wie ich es immer *nicht* getan habe.«

»Doch, das hast du. Und du hast es durchgestanden. Ich habe es irgendwie nicht geschafft. Aber das liegt an mir, Nik.«

»Ich hätte dort sein müssen. Du warst dort.« Ich versuchte gar nicht erst zu verbergen, dass ich flennte, sondern drückte seine knochigen Schultern einfach so fest an mich, wie ich konnte. »Ich hätte dort sein müssen, Brandi.« Dieser Spitzname hatte ihn als Kind in den Wahnsinn getrieben. Brandi. Ein Mädchenname. Er hatte ihn gehasst, was natürlich zur Folge gehabt hatte, dass ich ihn nie mehr anders genannt hatte. »Lass mich dir helfen. Bitte. Ich melde dich irgendwo zum Entzug an. Und danach besorge ich dir eine Wohnung in meinem Viertel.«

Er erwiderte meine Umarmung. Ich spürte die fehlende Kraft seiner dünnen Ärmchen. Es war seltsam, nicht die Anwesenheit, sondern die Abwesenheit von Stärke zu fühlen.

»Ich weiß, dass du das tun würdest«, sagte er. »Aber das bin nicht ich. Das weißt du. Ich sitze in meinem Zug, du in deinem. Und ich bin wirklich glücklich, vor mich hin zu rattern und aus dem Fenster zu schauen und dich zu sehen. Aber wir sind auf verschiedenen Gleisen unterwegs, und daran können wir nichts ändern.«

Ich trat einen Schritt zurück und schaute ihm in die Augen. Seine schwarzen Pupillen waren jetzt größer. Ich wünschte, es hätte irgendetwas gegeben, was seine Worte irgendwie weniger wahr gemacht hätte. »Brauchst du etwas? Irgendetwas?«

Er grinste. »Ich könnte noch ein Bier vertragen.«

»Mein Gott. Etwas, das du *wirklich* brauchst?«

»Nö«, sagte er und setzte sich wieder auf die Couch. »Ich habe hier alles, was ich brauche.«

»Tja, ich für meinen Teil habe Kohldampf. Ich bestelle Pizza.«

Nun hellte sich seine Stimme auf, klang geradezu jungenhaft. »Eine Hälfte mit Schinken und Ananas? Bitte, bitte.«

Ich schüttelte den Kopf. »Auf einmal wird der Bursche munter.«

»Was soll's. Ich darf ja wohl meine Meinung ändern.«

»Du erlaubst nicht, dass ich dir ein Omelett mache, willst dann aber eine verdammte Pizza Hawaii.«

Seine Augen flackerten. »Omelett isst man zum Frühstück. Jetzt ist Mittagszeit. Nun mach schon hin!«

Ich boxte ihn sanft gegen die Schulter. »Halt deine verdammte Klappe, und borg mir mal dein Telefon. Schauen wir doch mal, ob wir einen Pizzadienst auftreiben können, der ausliefert, ohne eine Krise zu kriegen, wenn wir deine Adresse durchgeben.«

16

Ich stellte mein Motorrad zwischen einem weißen Lieferwagen und einem Volvo mit einem verblichenen Aufkleber der College Preparation School ab und ging in den Buchladen. Dort stellte Jess gerade im hinteren Bereich einen Kreis aus Stühlen auf. »Ach du Scheiße«, kommentierte ich. »Der Bücherclub.«

»Du hast es vergessen.« Sie lächelte.

»Ich hab gerade viel um die Ohren.« Da fiel mir etwas ein. »Hey. Wichtig. Wann warst du das letzte Mal auf einem Doppel-Date?«

Jess lachte. »Äh, letzte Woche. Wieso?«

»Was macht man denn da so?« Ich spürte, wie mir etwas um die Beine strich, und schaute nach unten. Bartleby, der Kater, schaute mit großen gelben Augen zu mir auf und miaute durchdringend. Ich bückte mich und kraulte ihn am Kopf. Prompt rollte er sich auf den Rücken, worauf ich erst seinen Bauch und dann das weiche graue Fell unter seinem Kinn kraulte, bis er vor Vergnügen schnurrte.

»Du bist ein hoffnungsloser Fall. Doppel-Dates sind wie normale Dates. Außer eben, dass noch zwei andere dabei sind.«

Ich schüttelte den Kopf. »Heute Abend habe ich eins. Ich bin total unvorbereitet.«

»So habe ich dich noch nie reden hören.«

»Entschuldigung, arbeiten Sie hier?«

Als ich mich umdrehte, erblickte ich eine sommersprossige Frau in einer fliederfarbenen Bluse. Sie hatte ein offenes, freundliches Gesicht und volle Lippen. »Wonach suchen Sie – kann ich helfen?«

»Ich bin auf einer Mission. Meine Tochter kann gar nicht genug von Krimis bekommen. Sie ist im dritten Jahr an der Highschool, verschlingt alles und will mal Schriftstellerin werden. Ich dachte, eine Krimiautorin wäre die perfekte Wahl, aber viel mehr als Mary Higgins Clark oder *Gone Girl* kenne ich nicht.«

»Kein Problem. Kommen Sie mit. Sie geht auf die College Prep?«

Die Frau warf mir einen überraschten Blick zu. »Woher wissen Sie das?«

»Und Sie fahren einen Volvo.«

Sie lachte. »Der Aufkleber auf dem Wagen, ich verstehe.«

In der Krimiabteilung angelangt, zog ich ein Buch nach dem anderen aus den Regalen. »Setzen wir auf ein breites Spektrum. Bieten wir ihr ein bisschen von allem. *Die Stunden vor Morgengrauen*, Celia Fremlin. Patricia Highsmith, *Zwei Fremde im Zug*; Joyce Maynard, *To Die For*; Margaret Millar, *Liebe Mutter, es geht mir gut ...*; Ottessa Moshfegh, *Eileen*, und *Das Gift der Lüge* von Lisa Unger.« Mir fiel etwas ein. »Oh ... und natürlich etwas von Sara Paretsky. Ich glaube, ich habe den ersten Band der Serie ... hier ist es. *Schadenersatz*.« Ich reichte ihr den Stapel. »Versuchen Sie es mal mit denen – wenn sie ihr gefallen, schicken Sie sie her, dann empfehle ich ihr noch ein paar andere.«

Während ich die Beträge in die Kasse eintippte, betrachtete die Frau die Titel neugierig. »Danke. Das sieht perfekt aus.« Sie nahm den Stapel Bücher an sich und verabschiedete sich mit einem Nicken.

»Fertig?«, fragte Jess.

»Sobald ich so weit bin, komme ich runter. Fangt schon mal ohne mich an.« Ich ging die Stufen zu meinem Büro hinauf. Dabei dachte ich an meinen Klienten Gregg Gunn und versuchte dahinterzukommen, was sich an der Sache komisch anfühlte. Einen Instinkt besaß man nicht grundlos. Seinen Instinkt zu ignorieren hieße eine wichtige Ressource zu verschwenden. So, als würde man nur deshalb, weil man seinem Sehvermögen traute, Geräusche ignorieren. Ich dachte an Karen Li. An den Ausdruck der Angst auf ihrem Gesicht. An den mysteriösen Oliver, der mich vor irgendetwas warnen wollte. An den Geschäftsführer eines Tech-Unternehmens, der geheimnisvolle Reisen unternahm, unerklärliche Ausflüge in gefährliche Regionen der Welt machte. An Leute, von deren Existenz ich bis vor einer Woche noch nicht einmal etwas geahnt hatte. Und jetzt war ich in das alles verwickelt.

Aber in was war ich eigentlich verwickelt?

Ich warf einen Blick auf die Monitore. Auf den Stühlen, die Jess unten aufgestellt hatte, nahmen nach und nach Frauen Platz. Ich würde zu spät kommen. Und danach musste ich nach Hause fahren, mich umziehen und wieder nach Oakland hetzen, um mich mit Ethan zu treffen. Stattdessen griff ich zum Telefon. Beim dritten Klingeln wurde abgehoben. »Ja?«

»Charles, hier ist Nikki. Du musst etwas für mich überprüfen.«

»Tier, Gemüse oder Mineralien?« Charles Miller hatte einen schrägen Humor.

»Einen Mann namens Gregg Gunn. Er leitet eine Firma namens Care4 unten in Sunnyvale. Die stellen Babyüberwachungsanlagen her. Und auch eine ihrer Angestellten, eine Karen Li. L-I.«

»Okay.« Eine Pause entstand. Ich wusste, dass er sich Notizen machte. »Irgendwas Besonderes?«

»Ich will bloß ein bisschen mehr über sie wissen. Was immer du rausfindest.«

»Gib mir ein oder zwei Tage.«

»Arbeitest du jetzt auch an den Wochenenden?«

Er lachte bitter. »Was denn, soll ich etwa den Kids beim Baseballspielen zuschauen?«

In seinem früheren Leben war Charles Miller investigativer Journalist in Houston gewesen. Dann hatte er den falschen Artikel geschrieben, indem er sich einen notorisch pressescheuen Milliardär vorgeknöpft hatte, der Geld in zwielichtige, schwer zurückzuverfolgende Stiftungen pumpte. Einer von den Zeitgenossen, die am Tag der Gerichtsentscheidung Citizens United vs. Federal Election Commission wahrscheinlich die Champagnerkorken hatte knallen lassen, nachdem die politische Einflussnahme auf Wahlen von Firmen und Gewerkschaften mithilfe von Geldmitteln legalisiert worden war. Als er zum Thema eines solch brisanten Artikels geworden war, hatte der Milliardär das nicht freundlich aufgenommen. Charles war beschattet, sein Telefon angezapft worden. Unbeirrt hatte er weitergemacht. Als die Story schließlich veröffentlicht worden war, wurde der Artikel zum Knüller. Noch am gleichen Tag hatte der Milliardär Klage eingereicht. Angesichts eines Streitwerts in neunstelliger Höhe war Charles gefeuert worden. Man ließ ihn im Regen stehen. Und da er in dem Rechtsstreit namentlich angeklagt worden war, ging es immer weiter. Ohne eine Zeitung im Rücken, die für das Anwaltshonorar aufkam, bestand am Ergebnis kein Zweifel. Nachdem sich dann auch der Wirbel um die Privatinsolvenz und die Scheidung gelegt hatte, landete Charles in der Bay Area. Vom Journalismus hatte er die Nase voll und suchte etwas Neues.

Wir beide hatte einander mehr als nur ein paar Gefallen erwiesen. Ich mochte ihn. Er war ein Eigenbrötler. Die meisten fanden das komisch, ich fand es in Ordnung.

Der kleine Stuhlkreis unten war mittlerweile voll besetzt, die Gruppe ins Gespräch vertieft. Als ich mich dazusetzte und mir aus einer Kanne eine Tasse Kaffee einschenkte, wurde ich mit allgemeinem Gemurmel begrüßt. Neben Jess waren noch sechs andere Frauen anwesend, von Anfang zwanzig bis Ende sechzig. Einige kannte ich besser als andere, jeder hatte ich irgendwann einmal geholfen. Unter ihnen entdeckte ich Zoe, die Bedienung aus dem Café, in dem ich mich mit Brenda Johnson getroffen hatte. Also hatte sie sich entschlossen, doch zu kommen. Sie saß stumm da in ihrem langärmeligen Pullover und hatte ihren Stuhl ein wenig vom Rest des Kreises zurückgeschoben. Der Bluterguss in ihrem Gesicht sah besser aus.
»Lässt Flannery O'Connor ihre Figuren immer so leiden?«
Wir lasen gerade *Die Gewalt tun*. Die Frage kam von Samantha. Sie war hinreißend, eine hoch aufgeschossene Schwarze, die sich einen orangefarbenen Hermes-Seidenschal hoch um den Hals gewickelt hatte. Sie hatte eine wunderschöne, rauchige Stimme und sang in den Jazzclubs der East Bay. Den Schal trug sie ständig. Ich war wahrscheinlich die Einzige im Raum, die die grässliche Narbe kannte, die der Schal verbarg. Und ich war die Einzige, die der Person begegnet war, die die Narbe verursacht hatte. Ein betrunkener Zwischenrufer in einem Nachtclub in Oakland war wütend geworden, als sie – nachdem er ihr eine Stunde lang zugerufen hatte, sie solle ihr Top ausziehen – einen harmlosen Witz über ihn gerissen hatte. Anscheinend war der Zwischenrufer ein harter Bursche aus der Nachbarschaft, und der Türsteher hatte beide Augen zugedrückt.

»Leiden schon, aber nicht ausschließlich leiden«, erwiderte ich. O'Connor war eine meiner Lieblingsautorinnen. »Ihre Protagonisten kämpfen. Mit sich, mit der Welt, mit ihrem Glauben und mit ihrer Identität. Damit, wer sie sind. Damit, woran sie glauben.«

Samantha nickte. »Das mit dem Kämpfen verstehe ich.« Einige der Frauen lächelten oder nickten verständnisvoll. Die Teilnehmerinnen dieser Gruppe hatten ebenfalls schon Kämpfe ausfechten müssen. Ich sah Zoe zum ersten Mal lächeln. Sie wirkte interessiert. Ich sah, dass Jess ihr eine Ausgabe des Buches in die Hand gedrückt hatte.

An jenem Abend, als Reaktion auf Samanthas Frotzelei, hatte der Zwischenrufer ein Longdrinkglas nach ihr geworfen. Es war an der Wand hinter ihr zerschmettert, sodass tausend kleine Glassplitter durch die Gegend flogen. Ich hatte ihr ein Geschirrspültuch auf den Hals gedrückt, bis der Krankenwagen eintraf. Nachdem er die Schreie vernommen hatte, hatte sich der Zwischenrufer aus dem Staub gemacht. Selbsterhaltungstrieb in seiner niedrigsten Form. Die Überwachungskameras waren ausgeschaltet gewesen und die Cops in Oakland mit Wichtigerem beschäftigt. Vielleicht hatten sie ihr Bestes gegeben, um den Mann ausfindig zu machen. Vielleicht auch nicht. Ich für meinen Teil hatte immer den Eindruck gehabt, dass, wenn es keine Leiche gab, die sauber und ordentlich neben einem rauchenden Colt lag, manche Cops plötzlich weit weniger Elan aufbrachten, den Dingen auf den Grund zu gehen. Ich hatte genug Cops erlebt, die mehr Vergnügen dabei empfanden, jemandem einen Strafzettel zu verpassen, als einen ungelösten Fall zu klären. Daher überraschte es mich nicht, dass die Suche nach dem Täter schließlich eingestellt wurde.

Ich stellte sie nicht ein. Und brauchte drei Wochen. Ich stellte hier und da in der Stadt Fragen. In Bars, Fitnessstudios, inoffiziellen Spielhöllen, Friseurläden, Spirituosengeschäften, Betrieben. Schließlich bekam ich einen Namen. Mit einem Namen wurde alles viel einfacher. Wenig später hatte ich eine Adresse zu dem Namen.

Hinterher war ich mir ziemlich sicher, dass der Zwischenrufer nie mehr mit Gläsern um sich werfen würde. Wahrscheinlich würde er gar nichts mehr so richtig werfen können. In ein paar Jahren mochte er vielleicht wieder imstande sein, eine Bocciakugel zu lupfen, obwohl er nicht den Eindruck gemacht hatte, Bocciaspieler zu sein.

»Nimm dir einen Keks, Nikki. Die habe ich heute Morgen frisch gebacken«, sagte Marlene und reichte mir einen Teller, auf dem sich Haferplätzchen türmten. Sie war eine fröhliche Frau mit breiten Hüften, die als Chefköchin in einem der beliebtesten Restaurants von Berkeley arbeitete, The Redwood Tavern, gleich an der nächsten Straßenecke. Marlene versäumte es nie, etwas Leckeres zu den Bücherclubtreffen mitzubringen.

»Ich darf nicht«, sagte ich entschuldigend.

»Jetzt erzähle mir nicht, *du* müsstest auf deine Linie achten!«, rief sie aus. »Wie stehe ich denn dann da?«

Ich hatte Marlene vor ein paar Jahren kennengelernt. Damals hatte sie gerade eine schwere Zeit durchgemacht und in einem Restaurant in San Francisco gearbeitet, das einem dieser Sterneköche gehörte. Er war der Typ gut aussehendes *enfant terrible*, der nicht nur sein eigenes Kochbuch herausgibt, sondern sich dann auch noch mit nacktem Oberkörper, einer Zigarette im Mundwinkel und einem mürrischen Gesichtsausdruck für einen Kalender ablichten lässt. Ein Genie in der Küche, aber alles andere als ein freundlicher Zeitgenosse. Jedenfalls nicht gegenüber seinen weiblichen Angestellten.

Ich hatte ihr dabei geholfen, ihre Zelte abzubrechen und weiterzuziehen.

»Ich bin nachher zum Abendessen verabredet«, erklärte ich. »Keine Kekse. Ich muss Appetit haben.«

»Ein *Date*«, stellte Jess klar. »Ein Doppel-Date. Und unsere arme Nikki ist in Angst und Schrecken versetzt.« Gelächter kam auf, und in einer theatralischen Geste legte ich mir eine Hand vor die Augen und glitt auf meinem Stuhl ein Stück nach unten. Ich mochte die Treffen des Bücherclubs. Zur Hälfte wurde über Bücher geredet, zur anderen Hälfte einfach nur geplaudert. Ich hatte es mir zur Regel gemacht, einige der Frauen, denen ich geholfen hatte, dazu einzuladen, mal im Buchladen vorbeizuschauen und in Kontakt zu bleiben. Aber die eigentliche Idee des Bücherclubs hatte Jess gehabt.

Die Tür ging auf, und jemand rief: »Arbeitet hier noch irgendwer?« Die Stimme gehörte einem etwa dreißigjährigen Hispanoamerikaner mit grüblerischem Blick und schwarzem Haar, das er mit Stylinggel auf gefroren getrimmt hatte. Stoppeln bedeckten seine Wangen, und sein Parfüm konnte ich selbst an meinem Platz riechen. Er hielt einen in Folie verpackten Strauß rote Rosen in der Hand.

Jess stand auf und eilte auf ihn zu. »Tut mir leid, bin sofort da! Welches Buch suchen Sie, kann ich helfen?«

Der Mann warf ihr ein breites Lächeln zu und gestikulierte mit den Rosen. »Ehrlich gesagt, können Sie mir helfen, meine Freundin zu finden.«

Nun schlug sie einen anderen Ton an. »Das hier ist ein Buchladen. Wir bieten nur Bücher an.«

Zoe war bereits auf den Beinen. »Was tust du hier, Luis?«

»Kann ich mit dir reden, Schätzchen?«

»Im Moment bin ich beschäftigt, ich habe keine Zeit zum Reden.«

Seine Stimme senkte sich zu einem flehentlichen Ton.

»Ich bin gekommen, um mich zu entschuldigen, Schätzchen. Das ist alles.«

Unsere Gruppe war verstummt. Es war einer dieser peinlichen Momente, in denen es unmöglich erscheint zu reden, ohne gleichzeitig mitzuhören. »Komm einfach kurz her«, bat er erneut. »Du weißt doch, dass ich dich liebe.«

»Nein, Luis.« Ihre Stimme klang entschlossen. »Lass mich in Ruhe. Ich bin beschäftigt. Ich meine es ernst.«

Wieder wedelte er mit den Blumen herum. »Na schön, Schätzchen. Ich wollte dir bloß die hier überreichen.« Seine Stimme veränderte sich, und seine Zuneigung verblasste zum Teil und wich Desinteresse. »Ich will dich nicht belästigen. Ich gehe dann eben wieder.«

Sie zögerte einen Moment. Ihr Blick verriet Unentschlossenheit. Es war wie bei einem Raucher, der sich vorgenommen hat aufzuhören und gleichzeitig eine Schachtel Zigaretten anstarrt. Als er sich abwandte, eilte sie zu ihm hinüber. »Dann gib sie mir halt.« Sie nahm die Blumen entgegen, wobei seine Hand ihr Handgelenk streifte. Sie zog ihre Hand langsam weg, worauf er die Finger ausstreckte, um ihr damit über die Haut zu streichen. Ich beobachtete, wie er mit den Fingern ihren Handrücken streichelte.

»Es tut mir leid«, wiederholte er. »Ehrlich. Das weißt du doch, Schätzchen. Du weißt, dass ich es nicht so gemeint habe. Du weißt doch, wie sehr ich dich liebe.«

»Ich bin beschäftigt«, sagte Zoe leise. »Lass mich in Ruhe.«

»Du siehst gerade so verdammt hübsch aus, Schätzchen. Kann ich mir dir reden? Bloß eine Minute? Dann kannst du wieder zurückgehen und dein Ding machen.«

Sie erwiderte etwas, das ich nicht verstehen konnte, und dann zog er sie zu sich heran und flüsterte ihr etwas ins Ohr. Sie schüttelte den Kopf und senkte den Blick, die Blumen in einer Hand haltend. »Komm schon«, schmeichelte er. »Ich habe für uns reserviert. Dein Lieblingsrestaurant, du weißt schon.«

»Ich bin mit Leuten hier«, erwiderte sie leise. »Meine Freundinnen. Du solltest nicht hier sein.«

Erneut flüsterte Luis ihr etwas zu und beugte sich dann zu ihr hinunter, um sie zu küssen. Sie drehte den Kopf, und der erste Kuss landete auf ihrer Wange. Der nächste, so rasch folgend wie die Kombination eines Boxers, landete auf ihren Lippen.

»Wie es aussieht, ist Nikki nicht die Einzige, die ein Date anstehen hat«, flüsterte Marlene.

Zoe schaute zu uns herüber. »Ich muss los«, murmelte sie. »Danke für alles.«

Statt etwas zu sagen, nickte ich ihr zum Abschied lediglich zu. Luis warf uns anderen erneut ein strahlendes Lächeln zu. Es war ein schönes Lächeln, das seine weißen Zähne zeigte und Grübchen auf seinen Wangen entstehen ließ. Ich hätte wetten können, dass er mit diesem Lächeln schon jeder Menge Frauen den Kopf verdreht hatte. »Tut mir leid, Ladies, ich hatte nicht vor, sie von hier wegzuschleifen«, entschuldigte er sich, nach wie vor lächelnd. »Ich schätze, ich komme einfach nicht ohne sie aus.«

Keine von uns reagierte darauf. Ich schaute den beiden hinterher. Er legte seinen Arm um ihre Taille. Zoe hielt die Blumen. Luis hielt Zoe. Jemand, der auf der Straße an ihnen vorbeigegangen wäre, hätte gedacht: *Nettes Pärchen*, ohne sich tiefer gehende Gedanken zu machen.

Ich wandte mich wieder der Gruppe zu. »Wie dem auch sei, der Titel – aus der Bibelstelle Matthäus 11, 12: ›Aber von den Tagen Johannes des Täufers bis heute leidet das Himmelreich Gewalt, und die Gewalt tun, reißen es an sich.‹ Reden wir darüber. Wer ist es, der hier Gewalt tut? Wer versucht, etwas an sich zu reißen?«

»Ich würde sagen, er reißt das arme Mädchen an sich«, raunte Jess.

Wie die anderen auch schaute ich unwillkürlich Richtung Tür. Hätte ich etwas unternehmen sollen? Mir war klar, dass ich, sosehr ich es vielleicht gewollt hätte, nicht durch die Welt stürmen und versuchen konnte, alles zu kitten, was in Scherben gegangen war. Und doch saßen hier um mich herum Frauen, die alle etwas gebraucht hatten. Unterschiedliche Dinge, aber am Ende doch das Gleiche. Wo war die rote Linie? Zerbrochene Dinge reparierten sich nicht immer von allein.

Vor allem nicht, wenn es jemanden gab, der alles daransetzte, dass sie zerbrochen blieben.

»Nikki?«

»Tut mir leid«, sagte ich. »Mir ist da gerade etwas durch den Kopf gegangen.« Ich wandte meine Aufmerksamkeit wieder der Gruppe zu, bemüht, mich auf die Diskussion zu konzentrieren. Im Hinterkopf versuchte ich einen fremdartigen Geruch zu verorten. Nach einer Weile begriff ich, was mich ablenkte.

Ich konnte immer noch einen Hauch von Luis' Parfüm wahrnehmen. Es hing schwer und bedrohlich in der Luft.

17

»Tut mir leid, dass ich spät dran bin«, entschuldigte ich mich. »Bin im Stau stecken geblieben.«

»Kein Problem, Nikki. Die erste Runde hast du verpasst, aber es werden noch eine Menge folgen.«

Ethan kam zu mir herüber. Er trug einen Blazer und eine Chinohose. Die Ärmel am Blazer reichten fast bis zu seinen Fingerknöcheln. Es überraschte mich, dass er mich auf den Mund küsste. Zu meiner noch größeren Überraschung hatte ich nichts dagegen einzuwenden. »Das sind Lawrence und Kathleen Walker«, stellte er vor. »Gute Freunde. Alles, was ich von Tennis verstehe, habe ich von Lawrence gelernt.«

»Und ich fürchte, das ist nicht viel, Ethan. Aber wir bleiben am Ball.«

Lawrence Walker war ein großer, kräftig gebauter Mann Ende dreißig mit gepflegtem, tiefschwarzem Haar, einem kurz geschorenen Bart und einer Brille mit Drahtgestell. Sein Erscheinungsbild hätte gut in die Zeit der Oktoberrevolution gepasst. Er trug einen grünen Kaschmirpullover, eine graue Flanellhose und braune Schnürhalbschuhe. Sein Akzent deutete auf die Ostküste hin. Seine Frau Kathleen war eine große Blondine etwa im gleichen Alter, vielleicht fünf Jahre älter als ich. Sie trug einen wallenden orangefarbenen Rock und eine Halskette aus schweren türkisfarbenen Steinen. Beide trugen einen Ehering aus Rotgold.

Ich begrüßte sie und übergab Lawrence eine Weinflasche.

»Ein Barolo«, sagte er beeindruckt. »Ich kann mir vorstellen, dass *du* Ethan das eine oder andere beibringen wirst.«

»Hat sie schon«, sagte Ethan und lächelte. Er wirkte glücklich. Glücklich und ein wenig beschwipst.

Sie bewohnten eine große Wohnung in Oaklands trendigem Viertel Lake Merrit. Die Bude meines Bruders war wahrscheinlich keine fünfzehn Autominuten entfernt, hätte aber auch auf einem anderen Stern sein können. Ich schaute mich um. Alles schrie laut nach Intellektualität und wies leise auf Geld hin. Es zeugte von Geschmack, aber auch davon, diesem Geschmack frönen zu können. Im Wohnzimmer standen hohe Bücherregale aus Eichenholz. Im Vorbeigehen erhaschte ich einen Blick auf ein Sammelsurium von Namen – Foucault, Marcus Aurelius, Guy de Maupassant, Puschkin, Tolstoi, Jean Genet, Anthony Trollope, Harold Bloom, Thomas Mann, Goethe, selbstverständlich die obligatorischen Sophokles, Euripides, Shakespeare, Chaucer und Joyce. Sie hatten alles abgedeckt – Literatur, Geschichte, Drama, Philosophie, Kulturwissenschaften.

Einer der Gründe, weshalb ich E-Reader hasste, lag darin, dass der Inhalt von Bücherregalen so viel über die Menschen verriet, denen sie gehörten. Hier lebte eindeutig ein Akademikerpaar, das wahrscheinlich mit der gleichen Geläufigkeit über griechische Tragödien wie über russische Literatur und französische Politikwissenschaften zu debattieren vermochte. Und das hier war eine Wohnung, deren Bewohner mit dem Zaunpfahl winkten: Sie wollten, dass jeder, der etwas von Büchern verstand, mitbekam, dass sie es ebenfalls taten. Ich schaute mir die Titel noch einmal an. Die Anteile waren mehr als perfekt, ein bisschen von allem, nicht zu viel von einer bestimmten Richtung. Eine sorgfältig zusammengestellte Ausstellung. Im Wohnzimmer stand eine Skulptur, ein zusammengekauerter Krieger, in der erhobenen Hand einen Speer haltend. Gemälde, eine Reihe von Akten, Saville, ein Tracey Emin, ein Modigliani. Insgesamt war das Wohnzimmer komfortabel eingerichtet – eine grau melierte Polsterliege, tiefe Sessel, ein markanter Esstisch mit Marmorsäulen als Tischbeine.

»Was kann ich dir zu trinken anbieten, Nikki?«, fragte Lawrence. »Wir genehmigen uns hier noch ein paar Cocktails und fahren dann rüber zum Fox Theater.«

Als ich mich setzte, wurde ich mir meiner Motorradstiefel auf dem Hartholzfußboden bewusst. Ich hatte nicht so recht gewusst, was ich anziehen sollte, und mich dann angesichts des kühlen Oktoberabends für Jeans und einen konservativen Rollkragenpullover entschieden. Ich strich mir mit der Hand durch das Haar, darauf hoffend, dass es durch den Helm nicht allzu zerzaust daherkam. »Solange es nicht aus einem Mixer kommt, bin ich schwer zu enttäuschen.«

»Mixer für Cocktails sind in diesem Haus verpönt, das steht fest«, sagte Lawrence. »Wir hatten zum Einstieg eine Runde Negronis und sprachen gerade über die Aussicht auf eine zweite Runde.«

»Ein Negroni passt gut, danke.«

»Ausgezeichnet. Und bitte greif zu.« Auf einer großen Holzplatte lagen diverse Käsesorten, Wurst und teuer aussehende Kräcker. Sogar eine zarte silberne Schale mit schwarzem Kaviar und einem kleinen Porzellanlöffel darin stand dabei. Die Walkers verstanden es, Gäste zu bewirten, und sie hatten auch die Mittel dafür. Lawrence trat an eine kleine Bar in einer Ecke des Wohnzimmers. Dort goss er Campari, Gin und süßen Wermut in ein Becherglas und rührte mit einem langstieligen Barlöffel energisch um. Ein Foto auf der gegenüberliegenden Wand sprang mir ins Auge. Lawrence mit blauem Kopfschutz und blauen Boxhandschuhen, die nach sechzehn oder achtzehn Unzen aussahen. Zu groß, als dass er Profi gewesen sein konnte, zumindest nach diesem Foto zu urteilen. »Wo hast du geboxt?«, fragte ich.

»Du bist *wirklich* eine gute Beobachterin. Bloß als Amateur, damals, im Osten. Als ich noch zu jung war, um es besser zu wissen.«

»Lawrence stellt sein Licht unter den Scheffel«, sagte Katherine. »Am Princeton hat er drei Jahre hintereinander an den New Jersey Golden Gloves teilgenommen.«

»Du musst mich für einen schrecklichen Barbaren halten, Nikki. Einen Cestus haben wir nicht benutzt, so viel steht fest.«

»Cestus?«, fragte Ethan und setzte sich neben mich. Dicht neben mich, sodass sein Bein das meine berührte.

»Kampfhandschuhe mit Lederriemen und Metalldornen«, erklärte ich. »Die Griechen und Römer wickelten sich die Riemen unterhalb der Knöchel um die Hände. Was bis dahin als Boxen durchgegangen war, verwandelte sich durch sie in eine blutige Angelegenheit.«

»Woher weißt du das alles?«, fragte Ethan. »Ich dachte immer, die *Golden Gloves* wären eine A-cappella-Gruppe.«

»Jemand hat mir mal Boxen beigebracht. Ist lange her. Bin ein bisschen eingerostet, schätze ich.«

»Hatte er etwas gegen Fußball?«, zog Ethan mich auf.

Ich erwiderte sein Lächeln. »Er wollte einfach nicht, dass ich ständig die Jungs verhaue.«

Lawrence kam mit zwei tiefroten Negronis auf Eis zu uns herüber. Eines der Gläser reichte er mir. Um den Glasrand kräuselte sich eine sorgfältig geschnittene Orangenspirale. Den zweiten Drink reichte er geistesabwesend Ethan, seinen Blick nach wie vor auf mich gerichtet. »Boxen *und* Buchläden? Nikki, du beeindruckst mich immer mehr.«

»Ich denke, ich habe Schwein gehabt«, stimmte Ethan zu.

Ich berührte ihn liebevoll am Knie, sagte aber nichts. Ich konnte mich gar nicht mehr erinnern, wann ich so etwas zum letzten Mal getan hatte, jemandem zärtlich das Knie drücken, es beiläufig liebevoll anfassen. Das fühlte sich gut an. Selbstverständlich. »Was macht ihr beide so?«, erkundigte ich mich.

»Ich lehre im Institut für Geschichte an der Cal, Katherine im Institut für Französisch. Der Gedanke, dass wir dreitausend Meilen westlich von dort gelandet sind, wo wir angefangen haben, verblüfft uns nach wie vor.«

»Für mich sind die Winter in Cambridge daran schuld«, sagte Katherine.

Lawrence lächelte. »Allerdings. Der kühle Wind von New England hat uns praktisch übers Land segeln lassen.«

»Harvard? Graduiertenkolleg? Dort habt ihr euch kennengelernt?« Das hatten sie mir gerade laut und deutlich zu verstehen gegeben. Geisteswissenschaften plus Cambridge gleich Harvard. Sie hatten es mir gegenüber bloß nicht *ausgesprochen*. So etwas war an der Ostküste die Regel, war mir aufgefallen.

Sie wechselten einen Blick und nickten. »Genau. Und was ist mit dir, Nikki?«

»Nikki leitet eine Buchhandlung«, verkündete Ethan stolz. »Ihr *gehört* eine Buchhandlung. Brimstone Magpie, drüben an der Telegraph.«

»Hast du jemals eine akademische Laufbahn in Betracht gezogen?«, wollte Katherine wissen.

Ich trank meinen Negroni aus. »Ich glaube, früher oder später habe ich alles mal in Betracht gezogen.«

»Stammt deine Familie aus Kalifornien?«

Ich ließ die Eiswürfel in meinem Glas klimpern und nickte vage. Dabei überlegte ich, wie ich das Thema wechseln konnte. Lawrence sah, dass mein Glas leer war. »Noch einer, kommt sofort.«

Erleichtert nickte ich. Als hätte sie mein Unbehagen wahrgenommen, nippte Katherine an ihrem Drink und brachte ein neues Thema auf. »Und wo habt ihr beide euch kennengelernt?«

»Beim Frühstück«, erwiderte ich.

»Wie reizend! Und wie schön, einmal eine andere Antwort zu hören als ›online‹. Lawrence und ich waren schon vor diesem ganzen Hype um eHarmony, oder wie diese Online-Flirtportale alle heißen, zusammen. Gott sei Dank. Die Vorstellung, hektisch diese ganzen beliebigen Gesichter durchzublättern, erscheint mir völlig trostlos.«

Einer der beiden musste schon von Haus aus Geld gehabt haben, dachte ich. Vielleicht beide. Die Wohnung war zu kostspielig möbliert. Und sie waren noch zu jung, um Lehrstuhlinhaber zu sein. Ob ihnen die Wohnung wohl gehörte? Oder wohnten sie zur Miete hier? Ich tippte auf Eigentum.

»Wir tun unser Bestes, um Ethan, nachdem er der Wildnis von Montana entkommen ist, die Zivilisation nahezubringen«, erklärte Lawrence gerade.

»Daher das Tennis«, sagte ich.

Seine Bemerkung gefiel mir nicht, wirkte auf mich ziemlich gönnerhaft. Ich warf einen schnellen Seitenblick auf Ethan. Er schien kein Problem damit zu haben. Vielleicht – der Gedanke ließ mich lächeln – hatte ich einen Beschützerkomplex.

»So ist es«, stimmte Lawrence zu. »Daher das Tennis.«

Es wurde eine weitere Runde Drinks gemixt. Dann wurde erst eine, danach eine weitere Flasche Wein entkorkt. Irgendwann öffnete Lawrence mit verschmitztem Lächeln eine geschnitzte Holzschatulle und zog einen kleinen Joint hervor. »Sündigt jemand mit? Immerhin kommt es dem Hörerlebnis zugute.«

Eine leicht vernebelte Stunde später geleitete Lawrence uns zur Tür, denn nun stand das Konzert an. »Wir nehmen ein Taxi. Wie es aussieht, verpassen wir das Vorprogramm«, sagte er. »Aber ich fürchte, sich jetzt ans Steuer zu setzen wäre nicht gerade verantwortungsbewusst.«

»Lass uns zu Fuß gehen, Liebling«, schlug Katherine vor und zog ihn kräftig am Arm. »Es sind kaum zwei Meilen, und es ist schön draußen. Die frische Luft würde mir guttun.«

Sie schauten sich zu uns um. Ich zuckte mit den Schultern. »Ist für mich okay.«

Wir folgten dem gewundenen Weg am Ufer des Lake Merritt entlang und hielten auf die Innenstadt von Oakland zu. Die abendliche Luft war kühl, und es herrschte kaum Verkehr auf der Straße. Nur ab und zu kam ein Auto vorbei. Der Mond stand als Sichel am Himmel. Ethan und Lawrence gingen voraus und unterhielten sich angeregt über das demnächst anstehende Spiel Cal gegen Cardinal. Als wir ihr Viertel verließen, wurden die Straßen düsterer, die Straßenlaternen seltener. Katherine sagte: »Lawrence und ich finden es wunderbar, dass Ethan dich kennengelernt hat. Wirklich.«

»Danke«, sagte ich. Das gehörte jetzt vermutlich zum vertraulichen Teil des Doppel-Dates. Ein Gespräch unter Frauen. Der Teil, bei dem die beiden Männer über Sport plauderten und die beiden Frauen sich irgendwas anvertrauten. Aber ich war guter Stimmung. Die Drinks und das Pot ließen mir den Kopf schwirren.

»Wir spüren, dass du einen Sinn für Kultur hast. Das ist so gut für ihn. Wir haben unser Bestes getan, um ihn in dieser Hinsicht weiterzubringen. Um ein Interesse zu wecken.«

Ich warf ihr einen Blick zu. »Er ist aber kein Versuchskaninchen für Habitat for Humanity.«

Sie nahm meinen Arm und drückte ihn gütig. »Nein, nein. Natürlich nicht.« Vertrauensvoll senkte sie die Stimme. »Ich will bloß sagen … ich weiß nicht, ob du das schon weißt, aber Ethan stammt nicht aus Verhältnissen, die ihm diesbezüglich viel geboten hätten. Er muss sich alles selbst erarbeiten. Vieles hat er schon erreicht. Mir gefällt der Gedanke, dass wir dabei helfen konnten. Das sage ich jetzt als seine wahre Freundin. Das verstehst du doch, Nikki.«

Und ob ich das verstand. Klar und deutlich. »Sicher doch. Ein moderner *Juda, der Unberühmte*, vom Steinmetz zum Gelehrten.« Da waren noch ein paar andere Dinge, die ich hätte sagen wollen. Tat ich aber nicht. Ich hatte gelernt, dass es für gewöhnlich Worte waren, die einem Ärger einhandelten.

Ein abwehrender Blick huschte über Katherines Gesicht. Sie machte Anstalten, etwas zu sagen, stolperte dann aber über etwas, ein Schlagloch oder einen Spalt in der Pflasterung. Ich bekam ihren Arm zu fassen und gab ihr Halt. »Die müssen diese Straßenlaternen reparieren«, sagte sie, hatte unseren Wortwechsel offenbar schon vergessen. »Sonst bricht man sich hier noch das Genick. Diese Stadt entwickelt sich zwar immer mehr, aber trotzdem.«

In der Ferne erblickte ich die Lichter und Gebäude der Innenstadt von Oakland, keine Meile mehr von uns entfernt. »Was zum Teufel ist das?«, vernahm ich Lawrences erhobene Stimme vor uns. Heiter klang er nun nicht mehr. Auch Katherine fiel sein veränderter Tonfall auf. »Was ist denn, Liebling?«, rief sie hörbar besorgt. Vor uns waren Lawrence und Ethan stehen geblieben, und ich sah ihre reglosen Silhouetten. Katherine beschleunigte ihre Schritte, fing vor lauter Sorge fast an zu laufen. »Alles in Ordnung, Schatz?«, fragte sie erneut, dieses Mal lauter.

Ich hielt mit ihr Schritt, blieb jedoch vorsichtig. Ich war den beiden nahe genug gekommen, um die Silhouetten weiterer Personen erblicken zu können, die vor uns standen und uns den Weg versperrten.

»Was ist denn?«, fragte Katherine. »Alles in Ordnung?«

Ich vernahm Lawrences Stimme, dünn und verängstigt, ihrer Zuversicht so beraubt wie ein Baum seiner Rinde. »Das ist ein Überfall.«

Als wir zu Ethan und Lawrence aufgeschlossen hatten, warf ich noch einmal einen Blick auf die Szene. Sie waren zu dritt. Kräftige Kerle. Seit den 60er- und 70er-Jahren war die Stadt wesentlich sicherer geworden. Das Geld der Tech-Unternehmen und die Gentrifizierung hatten die Einstellung zahlreicher zusätzlicher Polizeibeamter ermöglicht. Die Mordrate war gesunken, aber noch lange nicht so sehr, wie es wünschenswert gewesen wäre. Es gab mehr als dreitausend Überfälle im Jahr, und das in einer Stadt mit weniger als einer halben Million Einwohner. Das waren fast zehn am Tag, einer alle zwei Stunden. Man konnte die Uhr danach stellen. Vielleicht waren wir die Ersten, die diese drei hier ausrauben wollten. Vielleicht waren sie betrunken, und es war eine Mutprobe, eine spontane Entscheidung. Vielleicht hatten sie es aber auch schon hundertmal durchgezogen, und Menschen wie wir vier finanzierten ihren Lebensunterhalt.

Ich stellte mich neben Ethan, beobachtete die drei Männer und wünschte mir, ich hätte das Pot oder die letzte Flasche Wein nicht angerührt. Zwei Fragen drängten sich mir auf. Wie viele? Und welche Waffen? Meine erste Frage war schon beantwortet. Sie waren zu dritt. Es lag sonst keiner mehr auf der Lauer. Der Anführer war fast so groß wie Lawrence und schwerer als dieser. Er hatte ein Baseball-Käppi der Oakland Athletics aufgesetzt, trug Arbeitsschuhe und hielt etwas in der Hand.

Ein Messer.

Es handelte sich um ein Jagdmesser. Die untere Seite der Klinge war gezackt, die Spitze höllenscharf. Das Messer hatte eine etwa fünfzehn Zentimeter lange Klinge, die kalt schimmerte, und war die Art Messer, die man benutzen würde, um einen Hirsch auszunehmen und ihm das Fell abzuziehen. Die Art Messer, mit dem man einem menschlichen Körper im Handumdrehen alle möglichen schrecklichen und irreparablen Verletzungen zufügen konnte.

Bei Gewaltverbrechen wurde es, je länger sie sich hinzogen, immer wahrscheinlicher, dass dabei etwas aus dem Ruder lief. Um unmittelbare Bedrohung auszuüben, zeigten Straßenräuber in der Regel ihre Waffen. Sie hatten es auf Angst und Ehrfurcht abgesehen, das volle Programm. Wer einen Baseballschläger dabeihatte, wedelte damit herum. Wer ein Messer dabeihatte, fuchtelte damit herum. Wer einen Revolver trug, zog ihn. Gegen einen unbewaffneten Straßenräuber würden sich eine Menge normale, gewöhnliche Menschen zur Wehr setzen. Vor allem abends am Wochenende, wenn sie sich ein trügerisches Selbstvertrauen angetrunken hatten. Niemand war bereit, einfach so seine Habseligkeiten herzugeben. Aber die Zahl derer, die das Risiko eingingen, sich gegen einen bewaffneten Angreifer zur Wehr zu setzen und für ein paar Dollar erstochen oder erschossen zu werden – diese Zahl war viel geringer.

Also vielleicht keine Schusswaffen. Wahrscheinlich keine Schusswaffen. Genau ließ sich das aber nicht sagen. Noch nicht.

Ethan hielt meine Hand. Er zitterte, das spürte ich. »Mach dir keine Sorgen«, flüsterte er. »Sie werden dir nichts tun, Nikki. Uns wird nichts passieren.«

Der Typ mit dem Messer fuchtelte damit vor Lawrence herum. »Deine Brieftasche und deine Uhr. Aber zackig.«

Ich sah gespannt hin und fragte mich, was der große Ex-Boxer unternehmen würde.

Lawrence leckte sich über die Lippen. »Bitte«, sagte er. »Nehmt das Geld und tut uns nichts.« Er tastete mit seinen großen Händen an seinen Gesäßtaschen herum.

Katherine händigte derweil ihre Handtasche aus. Unaufgefordert zog sie sich Halskette und Ehering aus. Auf den offenen Handflächen bot sie den Schmuck an. Es sah aus wie bei einem Kind, das einem Pferd einen Apfel zusteckt. »Bitte«, sagte sie. »Bitte.«

»Halt's Maul, Schlampe. Halt dein verdammtes Maul.«

Ethan kam als Nächster an die Reihe. Er hielt dem Mann seine Brieftasche entgegen. Brav wie immer. »Hier, nimm.«

»Mach schon.« Der Kerl mit dem Baseball-Käppi versetzte Ethan einen heftigen Stoß.

Ich holte Luft und stieß den Atem dann wieder aus. Das wäre jetzt nicht nötig gewesen.

Schließlich wandte sich der Kerl mir zu. Er arbeitete sich rasch von einem zum anderen vor, wollte nicht den ganzen Abend hier verbringen. »Handtasche, Schlampe.«

Ich begegnete seinem Blick. Dabei atmete ich gleichmäßig. Tief einatmen, tief ausatmen. Meine Handtasche hing nach wie vor über meiner Schulter. Da war das vertraute Gefühl, wie mein Adrenalinpegel stieg. Atmen. Atmung kontrollieren. Ich spürte, wie meine Sinne sich schärften. »Es gibt da etwas Wichtiges, das du wissen solltest«, sagte ich ruhig zu ihm. »Ich mag keine Messer.«

Er starrte mich an. »Tja, das Ding hier ist jetzt gerade ungefähr fünf Zentimeter vor deiner verdammten Fresse. Also gib mir die verdammte Handtasche.«

Ich hörte, wie Ethan mir ins Ohr flüsterte: »Alles wird gut, Nikki. Tu einfach, was er sagt. Ich weiß, dass du Angst hast.«

»Leg das Messer weg«, sagte ich. »Bitte. Dann können wir das hier klären.«

Ich hörte, wie Lawrences Stimme geradezu explodierte, wütend, schneidend vor Panik. »Bist du wahnsinnig, Frau? Halt den Mund und gib ihm deine Handtasche! Willst du, dass die uns alle umbringen?«

Die Klinge schwebte dicht vor meinem Gesicht. So nahe, dass die beiden Seiten der Klinge vor meinen Augen verschwammen; es war so, als versuchte man seine eigene Nasenspitze zu fixieren.

»Letzte Chance, Schlampe. Wenn du deine Handtasche nicht rausrückst, schneide ich ein paar Stücke aus dir raus.«

Ich zuckte mit den Schultern.

»Okay. Wie du willst.« Ich hielt meine Handtasche in die Höhe. »Das wird dich sicher freuen. Ich habe Bargeld. Eine Menge sogar.« Ich langte hinein. »Hier. Ich gebe es dir.«

Ich ergriff ein Bündel Scheine, wohl wissend, dass es alles Hunderter waren.

Langsam zog ich meine Hand wieder heraus und ließ ihn das Geld sehen.

»Scheiße«, jubelte er. »So habe ich mir das vorgestellt. Das sieht gut aus. Gib alles her.«

Ich streckte die Hand aus, hielt ihm das Geld hin.

Er griff danach.

Ich öffnete meine Finger.

Die Geldscheine segelten zu Boden wie trockene Blätter im Herbst.

»Hoppla.«

Fluchend kniete er nieder und begann das Geld mit einer Hand vom Boden aufzuklauben. In der anderen hielt er nach wie vor das Messer, die glänzende Spitze immer noch auf mich gerichtet.

Ich schaute mich um. Alle Augen waren auf das Geld gerichtet. Diese Wirkung hatten Hundertdollarscheine auf Menschen. Selbst wer zehn Millionen Dollar auf dem Konto herumliegen hatte, würde trotzdem seinen Blick auf einen Hundertdollarschein heften, der zu Boden segelte.

Ich trat einen Schritt zurück und ließ meine Hand erneut in die Handtasche gleiten, bis ich gefunden hatte, wonach ich suchte.

Als ich meine Hand zum zweiten Mal herauszog, umklammerte sie einen gummierten Griff.

Dieser Gegenstand war in mehreren Staaten illegal, Kalifornien eingeschlossen. Außerdem war er in Situationen wie dieser verdammt nützlich. Ich drückte den Knopf des Schnappverschlusses, worauf ein leistungsstarker, dreißig Pfund schwerer Federmechanismus eine fünfzig Zentimeter lange Stahlrute aus dem Handgriff sausen ließ. Wie bei einem Springmesser. Sie schob sich schneller heraus, als ihr das Auge folgen konnte.

Die Metallspitze war beschwert. Im Endeffekt hielt ich einen stählernen Baseballschläger in der Hand.

Der Mann kniete immer noch auf dem Boden und suchte die letzten Geldscheine zusammen. Das ungewohnte Geräusch ließ ihn jedoch hochschauen. Instinktiv.

Aber nicht schnell genug.

Ich schöpfte Atem.

Stieß ihn aus.

Und schwang den Schlagstock, so fest ich konnte, in einem abwärtsgerichteten Bogen. Eine mit Bedacht ausgeführte, kontrollierte Bewegung.

Der Schlagstock traf ihn am Unterarm oberhalb des Handgelenks. Etwa dort, wo sich der Carpus mit einer Masse kleiner, empfindlicher Knochen, Nerven und Sehnen mit dem Radius verbindet.

Ich nahm in rascher Abfolge unterschiedliche Geräusche wahr.

Das laut vernehmbare Brechen von Knochen.

Das metallische Geräusch, mit dem das Messer auf das Pflaster schepperte. Stahl, der über Asphalt kratzte.

Das unmittelbar folgende Schmerzgeheul.

Und dann die schockierten Ausrufe von allen um mich herum.

Ich schaute zu ihm hinunter. Der Mann hatte sich zu einer Kugel zusammengerollt. Seine Kopfbedeckung war ihm heruntergefallen, und er umklammerte seinen Arm. Ich begriff, warum diese Schlagstöcke illegal waren, jedenfalls mehr oder weniger. Wenn sie einen Körperteil trafen, konnte das üble Auswirkungen haben. Die Hand des Mannes hing leblos hinab und blutete, war zu nichts mehr zu gebrauchen. Es würde lange dauern, bis er wieder Autogramme geben konnte.

Einen kurzen Moment herrschte allgemeine Verwirrung. Die Ereignisse konnten sich in alle möglichen Richtungen entwickeln. Nun galt es die Kontrolle zu behalten.

Ich holte tief Luft und stieß sie wieder aus.

Dann streckte ich den Schlagstock aus und deutete mit seiner Spitze auf die beiden anderen Männer.

Sie schauten mich an. Verängstigt, unsicher, nicht gänzlich begreifend, was da eben passiert war. Dann aber begriffen sie es allmählich und begannen zu verarbeiten, warum ihr Freund sich gerade auf dem Boden krümmte.

Ich sah eine Hand in Richtung einer Tasche gleiten. »Entscheidet euch«, sagte ich. »Wir alle müssen uns immer wieder entscheiden. Er hat es getan. Jetzt ist es an euch.« Um einen der beiden zu einer Reaktion herauszufordern, ließ ich den Schlagstock vage zwischen ihnen in der Luft schweben, eine Armlänge entfernt, sodass sie ihn nicht packen konnten. Ich war mir ziemlich sicher, dass ich schneller einen Schädel damit zertrümmern konnte, als sie den Arm heben. Oder zwei Schädel, wenn es denn sein musste. Darauf hätte ich eine Wette abgegeben. Vielleicht würden wir es herausfinden. Vielleicht auch nicht.

Entscheidungen. Sie standen uns allen frei.

Sie wechselten einen Blick. Dann schauten sie auf ihren Freund hinab, der immer noch auf dem Boden lag, die Geldscheine um ihn herum verstreut. Nach wie vor hielt er sich den Arm, stöhnend und fluchend, während der anfängliche Schock verebbte und ihn das volle Ausmaß des Schmerzes traf.

Die beiden machten auf dem Absatz kehrt und gaben Fersengeld.

Erneut schaute ich hinunter. Der Mann stellte keine Bedrohung mehr dar. Nicht einmal ansatzweise. Ich sah, wie sich das Messer schimmernd vom Asphalt abhob. Die scharfe Spitze. Die messerscharfe Klinge. Sägeförmige Auszackungen auf einer Seite, um durch Fleisch oder Knochen zu sägen. Ich schaute das Messer an, sah aber etwas anderes.

Sie macht einen Schritt ins Zimmer. Sieht den dunklen, nun größer gewordenen Fleck, der klebrig aussieht. Durch das Fenster fällt strahlender nachmittäglicher Sonnenschein. Auf dem Herd blubbert etwas in einem Topf. Ein seltsamer Geruch. Diesen Geruch hat sie noch nie wahrgenommen. Es ist kein angenehmer Geruch. Säuerlich, eisenhaltig. Kein Küchengeruch. Der Fleck breitet sich aus. Sie kneift die Augen im Sonnenlicht zusammen. Schaut auf den Fußboden.

Ich holte Luft und schaute auf das Messer hinunter. Dabei dachte ich daran, wie Ethan nach hinten gestoßen worden war. An Luis, heute Nachmittag. Ich erinnerte mich an alle möglichen Dinge, während ich das Messer betrachtete.

Das Messer.

Das Messer.

»Ich *sagte* doch, ich mag keine Messer!«, stieß ich hervor und schwang den Schlagstock ein zweites Mal.

Es war ein kräftiger Rückhandschlag voll auf die Oberlippe des Mannes.

Ein knirschendes Geräusch ertönte, und plötzlich purzelte die Hälfte seiner Frontzähne auf sein Sweatshirt. Die andere Hälfte war ihm wahrscheinlich die Kehle hinuntergerutscht.

Er bedeckte sich das Gesicht mit beiden Händen und fing leise an zu wimmern. Blut sickerte ihm durch die Finger. Er lag da und gab dieses Wimmern von sich.

Wie durch einen Nebel hindurch nahm ich wahr, dass Ethan mich berührte. »Nikki, hör auf. Es reicht.«

Lawrence hielt Katherine im Arm. Die beiden starrten mich an. Es war ein eigenartiger Blick. Beide hatten die gleiche Miene aufgesetzt.

Als wäre ich ein Tier.

Ich zog ein Clorox-Reinigungstuch aus einer Reiseschachtel in meiner Handtasche hervor, wischte das Blut von der Spitze und klappte den Schlagstock wieder zusammen. Dann kniete ich mich nieder und sammelte alles wieder ein, was uns abgenommen worden war, ohne dabei auf den Kerl am Boden zu achten. Er hatte sich in eine sitzende Position gerollt und lehnte an einem Feuerhydranten, während er sich mit seiner unversehrten Hand den Kopf hielt und leise vor sich hin nuschelte.

Ich reichte Katherine ihre Handtasche. Sie nahm sie wortlos entgegen. Es konnten nicht mehr als zwei Minuten vergangen sein. Das war etwa die gleiche Zeitspanne, die man benötigte, um sich die Zähne zu putzen oder ein Ei weich zu kochen. Ich schaute die drei an. »Wir könnten es immer noch rechtzeitig zum Konzert schaffen.«

Schwer atmend schaute Lawrence mich an. »Bist du wahnsinnig? Du hättest ihn umbringen können!«

»Oder er hätte dich umbringen können«, entgegnete ich. »Oder deine Frau.«

»Er wollte doch nur Geld! Er hätte uns nichts getan.«

»Es war nicht sein Geld. Und was er getan hätte, weißt du nicht.«

»Du könntest wegen Totschlags ins Gefängnis kommen«, sagte Lawrence. »Warum hast du ihn ein zweites Mal geschlagen? Bist du eine Soziopathin oder so etwas? Bist du krank?«

Nun trat Ethan vor. »Lass sie in Ruhe, Lawrence. Sie hat uns gerettet.«

Lawrence starrte ihn zornig an und flüsterte seiner Frau etwas zu. Daraufhin drehten sie sich um und entfernten sich von uns. Rasch und ohne sich noch einmal umzudrehen.

»Lass uns gehen«, schlug ich vor.

Ethan deutete mit dem Kinn auf die Gestalt auf dem Boden. »Willst du ihn einfach hier zurücklassen?«

»Was spricht dagegen?«, erwiderte ich träge. »Gehen kann er. Seine Beine sind unversehrt.«

»Ich würde mich wohler fühlen, wenn ich 911 anriefe.«

Ich zuckte mit den Schultern. »Wie du willst.«

Ethan zog sein Handy hervor und wählte. »Hier hat sich jemand verletzt«, sagte er. Er gab die Querstraße durch, sagte dann: »Nein, danke!«, und beendete die Verbindung. »Die haben mich nach meinem Namen gefragt. Bekomme ich Ärger, wenn sie es zurückverfolgen?«

»Spielt keine Rolle. Er wird nichts sagen.«

»Woher willst du das wissen?«

Ich schaute Ethan geduldig an. »Weil er uns gerade *ausrauben* wollte.«

»Oh.«

Kurz darauf erreichten wir die Innenstadt. Nun war es wieder ein ganz normaler Freitagabend. Neonlichter, Menschen, Autos, Gejohle, Gelächter. Normal. Ethan zitterte leise. Der Schock.

Ich legte meine Hand in die seine. »Wir sollten reden.«

18

Wir setzten uns in einen kleinen Donut-Laden, der rund um die Uhr geöffnet hatte. Der Geruch der Backwaren hing süß und aromatisch in der Luft. Ich holte uns Kaffee und ein paar Donuts, und wir setzten uns einander gegenüber in eine knallrote Nische. Die Neonbeleuchtung gefiel mir nicht, ich hätte mich in einer schummrigen, bequemen Bar wohler gefühlt. Aber irgendetwas bedeutete mir, dass jetzt Kaffee angesagt war. »Iss einen«, forderte ich ihn auf und schob ihm die Donuts hinüber.

Er nippte an seinem Kaffee. Die heiße Flüssigkeit ließ ihn zusammenzucken. »Ehrlich gesagt habe ich gar keinen Hunger.«

»Versuch es. Der Zucker wird dir guttun.«

Er nahm ein Stück eines mit Ahornsaft glasierten Donuts und biss hinein. »Tut mir leid«, sagte er. »Ich ... ich bin vorher noch nie überfallen worden. Ich glaube, das letzte Mal, dass ich jemanden habe zuschlagen sehen, war in der Highschool.«

»Und jetzt quält dich, was passiert ist?«

»Es war gruselig.«

»Absolut.«

Er schaute mich an. »Du leitest einen Buchladen.«

»Ja.«

»Aber ... du hast das jetzt gerade getan.«

»Ja.«

»War das gelogen? Das mit dem Buchladen?«

»Ethan. Ich erzähle dir jetzt dreierlei von mir. Danach kannst du mir Fragen stellen. In Ordnung?«

Er nickte.

»Erstens: Ich lüge nicht. Nie. Ich belüge dich nicht und auch sonst niemanden. Das ist einfach so.«

»Okay.«

Ich war noch nicht fertig. »Aber manchmal entscheide ich mich dazu, nicht die ganze Wahrheit preiszugeben. Anlügen werde ich dich nie. Aber wahrscheinlich werde ich dir auch nicht immer alles erzählen.«

Er nahm noch einen Bissen von seinem Donut. »Das scheint mir dann eine Art unvollständige Wahrheit zu sein.«

»Lass mich ausreden. Zweitens. Es gibt Seiten von mir, über die ich nicht spreche. Mit niemandem.«

»Du verkaufst dich wirklich gut.«

»Ethan?«

»Ja?«

»Klappe. Bitte. Okay? Hör mir einfach zu. Nur eine Minute.«

»Tut mir leid.«

»Und drittens habe ich manchmal zu kämpfen.«

»Kämpfen?«

»Mit bestimmten Anwandlungen.«

»Anwandlungen? Was meinst du mit Anwandlungen?«

»Hör zu. Ein Beispiel. Mein letzter Freund.«

Er stöhnte auf. »Bitte sag mir jetzt nicht, dass du mit deinem Ex schläfst. Das ist mir schon mindestens drei Mal passiert. Und das ist wirklich Scheiße. Man sollte meinen, es würde mit jedem Mal leichter, aber wie sich herausstellt, tut es das nicht. Es ist und bleibt im Grunde totale Scheiße.«

»Nein«, sagte ich. »Da gibt es keinen anderen. Definitiv nicht.«

Er schaute mich aufmerksam an. »Und was meinst du dann mit deinem Ex?«

»Ich schätze, das mit ihm endete, weil ich so reagiere, wie ich eben reagiere. Manchmal. In bestimmten Situationen.«

»So wie heute Abend?«

»Ja. So wie heute Abend.«

»Du meinst also ... gewaltsam?« Darüber dachte er nach. »Was ist beim letzten Mal passiert?«

»Wir waren in einer Bar. Irgend so eine Kaschemme. Wir genehmigten uns einen Drink und kümmerten uns um unseren eigenen Mist. Dann kamen ein paar Arschlöcher rein, die Ärger suchten.«

»Und dann?«

Ich nippte an meinem Kaffee und verlagerte mein Gewicht. »Sie haben erst ein paar andere Leute angepöbelt und wollten dann Streit mit Bryan anzetteln, meinem Ex. Machten dumme Sachen, haben einen Drink auf ihn gekippt, anzügliche Bemerkungen über mich gemacht. Der Barkeeper kannte sie, wollte sich nicht einmischen. Die haben uns einfach nicht in Ruhe gelassen, haben immer wieder versucht, ihn zu einer Reaktion zu provozieren.«

»Und?«

»Schließlich kam es dazu. Bloß, dass sie nicht *ihn* zu einer Reaktion provozierten.«

»Sie haben dich dazu gebracht zu reagieren«, schlussfolgerte Ethan.

Ich nickte. »Ja.«

»Was hast du mit ihnen gemacht?«

Ich schaute auf den gelben Linoleumtisch hinunter und hatte den weiß umrandeten schwarzen Kreis meines Kaffees und daneben den dunklen Kreis meines nicht angerührten

Schoko-Donuts direkt vor Augen. »Ich habe überreagiert. Im Nachhinein betrachtet.«

»Überreagiert?«

»Zwei von ihnen mussten stationär behandelt werden. Nichts Schlimmes. Aber trotzdem.«

»Stationär behandelt? Hast du dieses Ding da benutzt? Diesen Stock?«

Ich schüttelte energisch den Kopf. »Nein. Ich würde nie eine Waffe benutzen, wenn ich nicht selbst mit einer bedroht oder attackiert werde. Ich bin ein Verfechter angemessener Reaktionen.«

»Und wie bist mit du dann mit ihnen fertiggeworden?«

Ich schaute auf meine Hände. Irgendwie hatte ich mir den kastanienbraunen Nagellack auf meinem linken Daumennagel angeschlagen. Ich würde ihn neu lackieren müssen. »Es waren bloß ein paar betrunkene Arschlöcher. Es brauchte nicht viel.«

»Und was ist passiert?«

»Ich wurde verhaftet.«

»Verhaftet?«

»Zum ersten Mal in meinem Leben. Nach Sichtung der Aufzeichnungen der Überwachungskameras wurden die Anklagepunkte im Strafverfahren auf Ordnungswidrigkeit reduziert. Aber ich musste gerichtlich angeordnete Therapiesitzungen absolvieren. Wegen meiner … Probleme.«

»Die Gewalt.«

»Es ist nicht so, als wäre ich einer dieser Irren, die frei herumlaufen, Ethan. Ich laufe nicht in der Gegend herum und haue anderen den Schädel ein oder flippe einfach so aus. Ich habe noch nie im Leben eine Schlägerei angezettelt. Aber ich neige dazu … überfürsorglich zu reagieren. Gegenüber Menschen, an denen mir etwas liegt. Und manche Situationen lösen dann schlussendlich etwas aus.«

»Wie heute Abend?«

»Wie heute Abend.«

»Warum ist das so?«

»Stell mir eine andere Frage.«

»Okay. Hast du sonst noch was zu beichten?«

Ich musste lachen. »Ich glaube, für einen Abend reicht das.«

»Also arbeitest du an deinem … Problem. In der Therapie.«

»Ich schätze schon. Wenn man es denn so ausdrückt.«

Er nippte an seinem Kaffee. »Wer führt denn so eine … so eine Waffe mit sich? Diesen Stock, den du da herbeigezaubert hast.«

Ich seufzte. Genau dorthin führten Fragen. »Die brauche ich für meinen Job.«

»Ich dachte, dir gehört eine Buchhandlung.«

»Das ist auch so. Aber ich erledige auch noch andere Arbeiten. Nebenher. Nach Feierabend, sozusagen.«

Er lachte nervös. »Allmählich begreife ich, was du damit gemeint hast, nicht alles auf einmal erzählen zu wollen. Was tust du dann?«

»Manchmal helfe ich Leuten dabei, Dinge zu finden, nach denen sie suchen. Oder bringe Dinge in Erfahrung, die sie wissen wollen. Und manchmal … unterstütze ich Frauen. Frauen, die meine Hilfe brauchen.«

»Inwiefern Hilfe?«

»Ich helfe ihnen, aus Situationen rauszukommen, die nicht gut für sie sind. Ich helfe ihnen, Menschen zu entkommen, die schlecht für sie sind.«

»Und wie machst du das?«

»Ich rede mit diesen Menschen in einer Sprache, die sie verstehen.«

Dies ließ er auf sich einwirken. »Trägst du eine Schusswaffe?«

»Ethan«, sagte ich. »Alles zu seiner Zeit. Jetzt habe ich aber eine Frage an dich.«

»Okay.«

»Kommst du damit klar?«

»Ob ich mit was klarkomme?«

»Mit mir. Falls nicht, verstehe ich das. Bryan – mein Ex – konnte es nicht. Ich möchte es aber wissen. Denn wenn du es nicht kannst, bringt es nichts, weiter darüber zu sprechen.«

Er spielte mit Donutkrümeln herum, schob sie auf dem Tisch hin und her. »Ganz ehrlich, Nikki, ich bin schon ein bisschen erschrocken. Vor einer Stunde waren wir mit Freunden unterwegs zu einem Jazzkonzert. Und jetzt sitze ich hier mit einer Frau, die gerade vor meinen Augen drei Kerle mit Messern ausgeschaltet hat. Und irgendwie kommt es mir so vor, als hätte ich ein Date mit Dirty Harry. Kann ich mir das alles erst einmal ein wenig durch den Kopf gehen lassen?«

»Natürlich kannst du das. Und fürs Protokoll: Es war *ein* Kerl mit einem Messer. Außerdem habe ich viel schönere Beine als Dirty Harry. Wenn du da anderer Meinung bist, haben wir größere Probleme.«

Zum ersten Mal, seit wir uns hingesetzt hatten, lächelte er. »Dieser Punkt geht an dich.«

Damit war nun mehr oder weniger alles gesagt. Ich stand auf. »Ich gehe dann mal. Melde dich, wenn du willst.«

Als ich den Laden verließ, fühlte ich mich hundsmiserabel. Ich dachte wieder an Zölibat, an Einsamkeit. Dieses Mal wirklich. Dieses Mal für immer. Vielleicht war ich einfach nicht geschaffen für eine Beziehung. Vielleicht würde es nie mit jemandem funktionieren, der normal war. Mit jemandem wie Ethan.

Entscheidungen. Vielleicht konnten wir doch nicht alles selbst entscheiden, so sehr wir es uns auch wünschten.

Ich spürte, wie mich eine düstere Stimmung überfiel. Mir war klar, dass, nachdem ich zum Lake Merritt zurückgekehrt war, um mein Motorrad zu holen, ich nicht nach Hause fahren würde, egal, wie spät es war. Ich wusste, dass ich Richtung Norden fahren würde, Richtung Ozean. Zu dem kleinen blauen Haus oberhalb des Strands.

WOCHE DREI

19

»Wie ist es Ihnen ergangen, Nikki?«

»Dieser Typ da, den ich kennengelernt habe. Ethan. Ich glaube, ich hab's versemmelt.«

»Wie meinen Sie das?«

»Ich habe zu viel von mir preisgegeben.«

»Wurde jemand verletzt? Was ist passiert?«

»Wir waren auf einem Doppel-Date. Ein paar Typen wollten uns überfallen und ausrauben. So viel zu meinen kleinkarierten Fantasien vom Scrabblespielen.«

»Sind alle okay?«

»Einer von denen wurde leicht verletzt. Aber das hatte er auch verdient.«

»Haben Sie etwas damit zu tun?«

»Hören Sie. Mich haben schon viele Sachen um viel Schlaf gebracht. Aber dieser Typ jetzt? Nee. Er hat ein Messer gezogen. Ich habe ihm gesagt, dass ich Messer nicht mag. Und was tut er? Er wedelt mir damit vor dem Gesicht herum. Das war absolut unverantwortlich. Er ist selbst schuld.«

»Und Ethan … war er erschrocken, als das passiert ist?«

»Ja. Seine Freunde auch. Um ehrlich zu sein, waren wohl alle erschrocken. Nur ich nicht. Aber was hätte ich tun sollen? Tatenlos zusehen, wie wir ausgeraubt werden? Ein braves Mädchen sein und hinterher zwei Stunden flennen, während ihr Freund ihr über das Haar streicht und sie beruhigt? Ist das ehrlicher?«

»Halten Sie sich für selbstzerstörerisch, Nikki?«

»Natürlich nicht.«

»Aber Sie geraten in diese Situationen, in denen Sie … den Einsatz erhöhen.«

»Tue ich nicht. Das ist es ja gerade. Warum versteht das kein Mensch? Ich *passe* den Einsatz *an*. So habe ich das schon immer gesehen.«

»Sie werden von einer Gruppe Männer bedrängt, weigern sich, das Weite zu suchen, reagieren mit Gewalt. Sie werden von Straßenräubern überfallen, weigern sich, Ihre Habseligkeiten auszuhändigen, reagieren mit Gewalt.«

»Ich bin nicht selbstzerstörerisch. Ich mag das Leben. Ich habe für das, was ich besitze, hart gearbeitet.«

»Aber Ihre Reaktionen. Diese Kneipenschlägerei hat Sie eine Beziehung, Anwaltshonorar und Zeit gekostet. Dieser Straßenraub kostet Sie womöglich wieder eine Beziehung. Sind das positive Ergebnisse?«

»Ich habe die anderen *beschützt*.«

»Dieser Impuls, andere zu beschützen. Ihren ehemaligen Freund, jetzt Ethan … wollten diese Menschen die Art Schutz, die Sie anbieten?«

»Da war keine Zeit, ihnen einen Fragebogen vorzulegen.«

»Warum sind Sie so schnell bereit, Gewalt auszuüben, um diese Menschen zu beschützen?«

»Weil ich sie *gernhabe*.«

»War das Leben von jemandem in Gefahr?«

»*In dieser Welt geschehen üble Dinge. Sie brauchten mich.*«

»Wer brauchte Sie?«

»Vergessen Sie's.«

»Erzählen Sie mir mehr über Ihre Familie. Warum halten Sie sich dabei so bedeckt?«

»Weil ich nicht darüber sprechen will.«

»Warum weihen Sie mich in diese Seiten Ihres Lebens nicht ein? Sie haben einen Bruder. Während unserer ersten Sitzung sagten Sie, Sie kümmern sich um ihn. Beschützen Sie Ihren Bruder?«

»Ich sagte Ihnen doch, ich will nicht über ihn reden.«

»Dieser Drang zu beschützen. Wann fing das an?«

»Fragen Sie mich nicht danach.«

»Ich mache mir Sorgen um Sie, Nikki. Über Ihre Weigerung, sich dem zu stellen, was in Ihrer Vergangenheit geschehen ist – was immer es war.«

»Ich stelle mich dem jeden Tag. Sie haben ja keine Ahnung.«

»Ich habe viele Arten impulsiven Verhaltens studiert. In der Regel verschlimmert es sich im Laufe der Zeit. Alkoholkranke trinken mehr Alkohol, Drogenabhängige nehmen mehr Drogen. Menschen, die eine hohe Bereitschaft für risikoreiches Verhalten an den Tag legen, legen ihre Gewohnheiten nicht ab. Und ich mache mir Sorgen, Nikki, dass Sie irgendwann in einer Situation auf eine Art und Weise reagieren werden, die irreparable Folgen haben wird. Dass Sie etwas verursachen, was Sie nicht mehr zurücknehmen können.«

»Vielleicht *sollte* es manchmal irreparable Folgen geben.«

»Selbst wenn die Ihr Leben zerstören?«

»Ich bin nicht selbstzerstörerisch. Ich bin kein Psycho. Es gibt auf dieser Welt eben Menschen, die Hilfe brauchen.«

»Und Sie glauben, dass Sie ihnen helfen müssen.«

»Irgendwer muss es tun, denke ich.«

»Unsere Zeit ist um. Wir sehen uns dann nächste Woche, ja?«

»Als hätte ich eine Wahl.«

20   Ich traf mich mit Charles Miller auf dem Angelpier im Jachthafen von Berkeley. Es war windig und das Gewässer der Bay entsprechend kabbelig. Der lang gezogene Pier ragte wie ein ausgestreckter Arm in Richtung San Francisco. Charles saß auf einer Bank und beobachtete eine Frau, die einer Schar Tauben und Seemöwen Maiskörner zuwarf. Kleinere braune Spatzen hüpften emsig zwischen den größeren Vögeln umher. Charles war ein ungewöhnlich kleiner Mann, vielleicht einen Meter sechzig, und Ende fünfzig. Glatt rasiert, schütteres Haar, Brille mit Drahtgestell. Er trug eine Bluejeans und ein schlichtes weißes, sportliches Sweatshirt.

»Morgen, Charles.«

»Morgen, Nikki.«

Wir gingen den Pier entlang. Auf ihm standen Angler, einige für sich, andere in Gruppen von zwei und drei, die Kühlbehälter für ihren Fang jeweils neben sich auf dem Boden. Ich fragte mich, was sie wohl fingen, was da draußen in dem kalten Wasser herumschwamm. Jenseits der Bay konnte ich die Silhouette von San Francisco ausmachen. Über blassen Gebäuden ragte eine riesige Nebelbank auf. Die in dunstige Schwaden gehüllte Golden Gate Bridge konnte ich gerade noch erkennen. Ein Segelboot durchpflügte das Wasser, schräg zu einer Seite geneigt, während es gegen den Wind kreuzte. Ich deutete mit dem Kopf auf das Boot. »Was passiert, wenn die umkippen?«

Er folgte meinem Blick. »Dann plumpsen sie ins Wasser.«

Er entzündete sich einen braunen, streng riechenden Zigarillo. Charles liebte die Dinger. Er paffte, und die Spitze glomm auf. Kleine graue Rauchfähnchen stiegen auf. »Alles, was er dir erzählt hat, stimmt. Gunn ist ein klassischer Valley-Typ. Hat Stanford abgebrochen – streng genommen wurde er wegen schlechter Noten rausgeworfen, aber wen schert's –, machte dann einen auf Finanzwirtschaft in New York, kehrte zurück nach Kalifornien, gründete drei Start-ups, die allesamt pleitegingen. Konnte danach aber trotzdem genug Geld zusammenkratzen, um Care4 zu gründen. Nur eines ist komisch daran. Die warten gar nicht auf irgendwelche Investitionen. Das haben sie alles schon vor Jahren durchexerziert.«

»Vielleicht habe ich was falsch verstanden.«

»Wahrscheinlich. Hier, ich habe sogar das hier.« Erkennbar stolz reichte er mir zwei Fotokopien, auf denen der charakteristische Stanford Tree abgebildet war. Oben auf der ersten Seite befand sich ein verschwommenes Schwarz-Weiß-Foto von Gunn, wesentlich jünger, auf dem er ein breites, zuversichtliches Lächeln zeigte. Neben dem Foto standen Informationen zur Wohnsituation: ein Studentenwohnheim (Wilbur Hall), eine Zimmernummer und zwei andere Namen, sicher die seiner Mitbewohner, Martin Gilman und George Levinson. Die zweite Fotokopie war die eines Zeugnisses. Aus Bs und Cs im ersten Semester wurden Cs und zwei Fs im zweiten Semester. Offenkundig war Gunn zu dem Zeitpunkt, als er aufs College kam, nicht gerade der Typ gewesen, der Fleißkärtchen sammelte. Als ich mir das wenig beeindruckende Zeugnis anschaute, fragte ich mich, wie er es überhaupt dorthin geschafft hatte.

Mein Gesichtsausdruck muss meine Gedanken verraten haben. »Ein Tennisstipendium«, fügte Charles spitz hinzu.

Ich faltete das Papier zusammen und steckte es mir in die Tasche, während wir weitergingen. »Und was ist mit Karen Li?«

»Viel mehr als grundlegende Informationen konnte ich nicht rauskriegen. Geboren in Peking, kam 1990, als sie zehn war, in die Staaten und ist hier bei Verwandten aufgewachsen. Normaler Bachelor of Science in Informatik, normales Profil auf LinkedIn, nichts Ungewöhnliches. Ich habe Kontakt mit einem ehemaligen Chef von ihr aufgenommen. Er meinte, sie sei eine tolle Angestellte, unkomplizierte Kollegin, freundlich und als Programmiererin brillant. Mit Sicherheit nicht der Typ, der Wellen macht. Sie ist seit ungefähr fünf Jahren bei Care4. Das war's dann auch schon mehr oder weniger.«

Wir hatten das Ende des Piers erreicht. Ihm folgte ein Abschnitt Wasser, aber dann – vielleicht fünf, sechs Meter weiter draußen – war ein Stückchen eines anderen Stegs zu erkennen, den ich noch nie wahrgenommen hatte. Wie eine Insel. Niemand würde jemals darauf gehen. Er führte nirgendwohin, und nichts führte zu ihm. Er war einfach nur da. San Francisco selbst wirkte von hier nicht näher, aber als ich zurückschaute, erkannte ich, wie weit wir uns vom Ufer entfernt hatten. Das Segelboot war verschwunden. In unserer Nähe holte ein Mann etwas Kleines, Zappelndes ein.

»Danke, Charles«, sagte ich. »Ich weiß das zu schätzen.«

Er warf mir einen Blick zu. »Ich frage mich bloß, wofür die dich brauchen.«

Nachdem ich den Jachthafen von Berkeley verlassen hatte, fuhr ich direkt zum Buchladen. Dort angekommen, rief ich als Erstes Ethan an. Dabei war ich mir unsicher, ob dieser

Impuls richtig oder völlig daneben war. Ethan ging nicht ans Telefon. Halb erleichtert hinterließ ich ihm eine Nachricht. »Hey, hier ist Nikki. Ich wollte bloß sagen…« Das Telefon an die Wange gepresst, hielt ich inne. Da gab es so vieles, was ich ihm sagen wollte. »Ich hoffe, du hast einen schönen Tag.« Ich beendete die Verbindung und spürte, wie sich das vertraute Gefühl der Leere meiner bemächtigte, hörte förmlich, wie mir eine Stimme ein Leben in Einsamkeit verhieß. Wie mich ein Gefühl beschlich, dass ich das einzig Gute in meinem Leben zerstört hatte. Wie ich es immer schon getan hatte und immer tun würde.

Eine Frau von Mitte vierzig durchstöberte den Tisch mit den Buchempfehlungen der Mitarbeiterinnen, den wir im vorderen Bereich eingerichtet hatten. Sie strahlte etwas von einer Einsiedlerin aus, was mit meiner eigenen Stimmung korrespondierte. Zwar erweckte sie gar nicht den Eindruck, als suche sie Beratung, doch ich ging trotzdem auf sie zu. »Kann ich Ihnen helfen?«

Überrascht schaute sie auf. »Ich weiß nicht recht.« Für Berkeley war sie formell gekleidet, trug ein schiefergraues Kleid mit tiefem Ausschnitt und hatte sich sorgfältig geschminkt. Ihre Haare waren frisch frisiert, und an den Ohren trug sie Perlenohrstecker.

»Welche Art Bücher gefällt Ihnen denn?«

»In letzter Zeit bin ich kaum zum Lesen gekommen«, räumte sie ein. »Man blinzelt nur mal kurz, und schon sind ein, zwei Jahrzehnte vergangen. Ich kann bloß eine Handvoll Bücher als sommerliche Strandlektüre vorweisen.« Sie sagte es, ohne zu lächeln, wirkte dabei aber nicht unfreundlich.

»Bestimmt haben Sie weit mehr als das vorzuweisen.«

»Möchten Sie ein Glas Wein?«, bot sie völlig unvermittelt an. »Ich habe welchen dabei.«

»Es ist elf Uhr morgens«, brachte ich vor. Kaum hatte ich die Worte ausgesprochen, bereute ich sie auch schon. Mein Leben war von ungewöhnlicheren Zeiten und weniger festen Abläufen geprägt als das der meisten anderen. Es stand mir nicht zu, infrage zu stellen, wann diese Frau sich einen Drink genehmigen wollte.

Sie zeigte sich davon jedoch ohnehin unbeeindruckt. »Dann kommt er gerade recht zum Mittagessen.« Sie zog eine Flasche aus ihrer Handtasche hervor. Auf dem Etikett stand SAINTSBURY. Ich bemühte meine grauen Zellen, um dahinterzukommen, wieso mir der Name bekannt vorkam. »Hat das was mit George Saintsbury zu tun, dem Schriftsteller?«

Sie zuckte mit den Achseln. »Ich habe keine Ahnung. Er wurde mir in einem Weinladen unten an der Straße empfohlen.«

»*Notes on a Cellar-Book* – so hieß eines seiner Bücher. Es muss die gleiche Person sein.« Neugierig betrachtete ich die Flasche. Ein Pinot noir aus dem Napa Valley. Irgendwann musste ich da mal hinfahren. Mit Geschäften, die einen Bezug zu englischen Schriftstellern aus dem neunzehnten Jahrhundert herstellten, fühlte ich mich innig verbunden. Immerhin hatte ich selbst ja meine Brimstone Magpie. »Setzen Sie sich doch!« Ich deutete auf einen Sessel und organisierte zwei unbenutzte Kaffeebecher und einen Korkenzieher. Ich entkorkte die Flasche und schenkte ein. »Zum Wohl!«, prostete ich ihr zu. »Auf das eine oder andere.«

»Auf das eine oder andere«, pflichtete sie mir bei. Wir tranken. Sie stellte ihren Becher wieder ab und zupfte an einem der Schmuckringe, den sie dort trug, wo normalerweise ein Ehering gesteckt hätte.

»Was führt Sie in diese Gegend?«

Sie schaute erst auf den Wein in ihrem Becher und dann

hoch. Dabei blickte sie aus traurigen, intelligenten braunen Augen. Während sie in gemessenem, nachdenklichem Ton erzählte, ließ sie ihren Blick durch den Laden schweifen.

»Vor zwei Wochen hat mir mein Mann eröffnet, er werde gehen. Ich dachte im ersten Moment, er meinte zur Arbeit. Dabei meinte er zu einer anderen Frau. Streitgespräche, Paartherapie ... man könnte sagen, er hat alle Zwischenstopps ausgelassen. Er war im Schnellzug. Erster Halt glückliche Ehe, zweiter Halt gar keine Ehe mehr. Er ist Mathematikprofessor, und als ich heute Morgen aufwachte, war das Haus zu exakt fünfzig Prozent leer geräumt. Einer unserer beiden Hunde – weg, eines unserer beiden Autos – weg, sogar die Hälfte der Badehandtücher. Ich bin überrascht, dass die Matratze nicht in der Mitte gespalten war. Formelhaft. Eine Ehe geteilt durch zwei ergibt Scheidung.« Sie verschränkte die Finger und zog die Hände auseinander.

»Tut mir leid, das zu hören.«

»Es heißt ja, man soll nicht zulassen, dass einen derlei Dinge aus der Bahn werfen, auch wenn sie zwangsläufig genau dies tun. Also beschloss ich, mir schöne Sachen anzuziehen, eine gute Flasche Wein zu kaufen und mich zum Mittagessen in ein nettes Restaurant einzuladen. Bloß dass ich vergessen habe zu reservieren. Deswegen stehe ich jetzt auf einer Warteliste und warte, und das wird wohl auch auf den Rest meines Lebens zutreffen. Darauf warten, einen Platz zugewiesen zu bekommen, auf etwas Gutes warten. Und dann bekommt man doch nur von einer sehr jungen, sehr hübschen Tischdame furchtbar höflich gesagt, dass man nicht hereinkommen darf.«

Sie schenkte uns beiden nach.

»Um welches Restaurant geht es?«

»Das *Redwood Tavern*. Gleich die Straße runter.«

Ich stand auf. »Bin gleich wieder da.« Vom Tresen aus rief

ich im *Redwood Tavern* an, nannte meinen Namen und fragte nach Marlene. Ich wusste, dass sie dort sein würde. Sie war anders als diese Küchenchefs, die ein Restaurant eröffneten und sich dann in dem Moment, in dem es beliebt wurde, so rar wie möglich machten. Nach einer Minute in der Warteschleife kam sie in die Leitung. »Nikki?«

»Kann ich eine Freundin bei euch reinschleusen, die auf der Warteliste steht? Sie hat einen schweren Tag hinter sich.«

Die Antwort ließ nicht auf sich warten. »Schick sie gleich vorbei. Wenn sie hier ankommt, haben wir einen Tisch für sie gedeckt.«

Auf dem Weg zurück zu der Frau, die stumm mit ihrem Wein dasaß, hielt ich an einem Regal inne. »Fahren Sie los, und essen Sie zu Mittag. Sagen Sie denen, dass Sie hier waren.«

Sie war verblüfft. »Spielt das denn eine Rolle?«

»Lassen Sie sich überraschen.« Ich reichte der Frau ein Taschenbuch. »Nehmen Sie das auch mit. Ich fand immer, dass man, wenn man ein gutes Buch dabei hat, nicht alleine isst. *Tage des Verlassenwerdens* – kennen Sie es?«

Neugierig nahm sie das Buch entgegen. »Nein, ich fürchte nicht.«

»Irgendwie traurig, aber trotzdem gut. Vor allem das Ende könnte Ihnen gefallen.«

Das Telefon läutete erneut. Ich entschuldigte mich und nahm das Gespräch an, im Glauben, Marlene hätte noch etwas vergessen zu erwähnen und riefe zurück. »Brimstone Magpie.«

»Nikki? Sind Sie das?« Es war Gunn. Seine Stimme war rau vor Anspannung. »Karen Li. Sie ist verschwunden, und wir haben keine Ahnung, wo sie sich aufhält.« Er stieß seine Worte hastig aus. »Sie müssen sie ausfindig machen, Nikki.

Dieses Mal ist sie zu weit gegangen. Wir glauben, sie hat etwas äußerst Wichtiges gestohlen, und wir müssen uns vergewissern, ob es zutrifft.« Er verstummte, so als versuche er seine Worte zu ordnen und zu kontrollieren. »Sie müssen sie finden und aufhalten. Bevor es zu spät ist.«

21 Buster's World Class Bike Smog & Auto Repair befand sich in Vallejo, auf der anderen Seite der Carquinez Bridge. Selbst in der Bay Area war Vallejo so weit ab vom Schuss und so potthässlich, dass sich kein Mensch darum riss, hier ein Haus zu kaufen. Es war die Art Stadt, durch die man in der Regel nur auf dem Weg zu sonst wohin rauschte. Buster's World Class lag verborgen zwischen einem Burgerrestaurant und der Bude eines Kredithais. Weder bei dem einen noch bei dem anderen war ich jemals gewesen und hatte auch nicht vor, das zu ändern. Aber zu Buster's fuhr ich ab und zu. Ich ignorierte den kleinen Parkplatz auf der Vorderseite und fuhr stattdessen zur Rückseite, direkt in eine offene Werkstatthalle. In der einen Hälfte der Werkstatt standen Autos, in der anderen Motorräder. Zwei Autos schwebten auf Hebebühnen, ein paar andere standen auf dem Boden. Alle hatten ihre Garantiezeit deutlich überschritten. Die Motorräder hingegen waren neueren Datums. Ich sah eine Ninja und eine Ducati, ein paar Harleys und eine schwere Honda Gold Wing.

Als ich von der Aprilia stieg, kam einer der Mechaniker auf mich zu. Es war ein spindeldürrer Jungspund mit ungesunder Gesichtsfarbe und einer Meckifrisur. »Wenn Sie den Wartebereich suchen, der ist da hinten.« Sein Blick glitt ungeniert über meinen Körper, bis er an meiner Brust hängen blieb. Warum, wusste ich nicht. Meine mit Reißverschluss geschlossene Lederjacke ließ nicht gerade viel Haut sichtbar werden.

»Ich suche nicht den Wartebereich«, beschied ich ihm. »Ich suche Buster.«

Statt mich weiter ungeniert zu begaffen, deutete er mit dem Kinn in die Werkstatt. »Er ist beschäftigt, sollte jetzt lieber nicht gestört werden. Nur so als gut gemeinter Rat.«

Ich fand Buster auf einem Werkstattrollbrett liegend, mit dem Oberkörper unter einem blauen Acura Coupé. Nur seine Beine ragten hervor. Dass er es war, erkannte ich daran, dass er die gleichen beigefarbenen Timberland Arbeitsschuhe mit einer abgenutzten Stelle am linken Zeh wie immer trug. Ich trat gegen seinen Schuh, ohne mir die Mühe zu machen, dabei Zurückhaltung zu üben. Buster war kein Weichei und erwartete das auch nicht von anderen.

Von irgendwo unter dem Auto knurrte jemand: »Wer immer das jetzt war, sollte mir lieber mitteilen, dass ich den Jackpot der verdammten Powerball-Lotterie geknackt habe.«

»Du hast den Jackpot der verdammten Powerball-Lotterie geknackt, Buster.«

»Diese Stimme kenne ich. Sie verfolgt mich in meinen Träumen.« Er rollte unter dem Chassis hervor und schaute mich mit zusammengekniffenen Augen an, eine glimmende Camel im Mundwinkel. »Nikki Griffin, wie sie leibt und lebt? Was führt dich denn hierher in dieses Schickimicki-Viertel? Hast du dich nach der Abfahrt vom Freeway verfranzt?«

»Tee im Ritz«, sagte ich. »Hab die Kekse vergessen. Hoffte, du hättest ein paar übrig.«

Grinsend rappelte er sich hoch. Das war ein gewisser Aufwand, denn Buster war ein wahrer Riese. Er war Anfang vierzig und trug sein schwarzes Haar zu einem Pferdeschwanz gebunden, der zu seinem langen schwarzen Kinnbart passte. Er hatte Tätowierungen überall auf seinen bloßen Unterarmen und wahrscheinlich noch an vielen anderen Körperteilen. Er musste an die zwei Meter groß sein und weit über 100 Kilo wiegen, die Art von Kerl also, die so manchen Zeitgenossen nachts dazu bewegen würde, die Straßenseite zu wechseln. »Was willst du?«, fragte er. »Muss dein Vergaser gereinigt werden? Brauchst du neue Zündkerzen?«

»Ich hatte auf einen Kaffee gehofft.«

»Mit Kaffee kann ich dienen.«

Die Zigarette nach wie vor zwischen den Lippen, steuerte er den vorderen Bereich seiner Werkstatt an. Dabei humpelte er leicht. »Jimmy!«, rief er. »Ich mach Pause. Sag allen, die nach mir fragen, sie sollen die Luft anhalten und von einer Milliarde an rückwärts zählen.«

Der dürre Mechaniker, der mich mit den Augen ausgezogen hatte, nickte. »Klar doch, Buster.«

»Ach, und Jimmy?«

»Ja?«

»Wenn du der jungen Dame hier weiter auf den Hintern glotzt, wird sie dir viel übler und doppelt so schnell in den Arsch treten, wie ich es tue.«

Busters Büro war ein winziger, Klaustrophobie verursachender Raum, der von der Werkstatt abging, vielleicht zwei Meter fünfzig mal zwei Meter fünfzig. Es war einer der unordentlichsten Räume, in denen ich je gewesen war, und wies praktisch keinen einzigen Quadratzentimeter offene Fläche auf. Von Aktenschränken schien Buster nichts zu halten, sodass die diversen Papierstapel fast bis zur Decke hinaufragten. Neonbeleuchtung, schmutziger Linoleumboden. Ein Teil des kleinen Raums wurde von einem Schreibtisch aus Metall eingenommen, ganz hinten in der Ecke stand eine

Art Chefsessel aus Leder, in der anderen ein Metallklappstuhl. Auf einem schiefen Stapel mit Kaffeeflecken überzogener Papiere thronte in bedenklicher Position eine Mr. Coffee-Maschine. Überall lagen Zigarettenstummel und Asche herum. Ich musste grinsen. Es war erstaunlich, dass seine Hütte noch nicht abgefackelt war.

»Buster«, sagte ich. »Du solltest das Dienstmädchen feuern. Sie wird schlampig.«

Er lachte. Es war ein lautes, dröhnendes Lachen, welches das Büro noch mehr erfüllte als der ganze Krimskrams. »Irgendwie kann ich mir nicht vorstellen, dass hier ein Dienstmädchen arbeitet.« Er ging zur Kaffeemaschine, kippte aus einem riesigen roten 1,5-Kilo-Behälter gemahlenen Kaffee in den Filter und drückte den Startknopf. Ein orangefarbenes Licht ging an, und eine Sekunde später gab die Maschine ungesund klingende zischende und sprotzelnde Geräusche von sich. »Siehst du, Nikki? Für dich rolle ich den roten Teppich aus.« Er warf mir ein spöttisches Lächeln zu. »Eine frische Kanne für ein knackfrisches Mädel.«

Nun musste ich lachen. »Mein Gott, ich dachte, Folgers Kaffee kauft seit den 1950ern keine Socke mehr.«

Buster lehnte sich zurück und schob einen Stapel Papiere über den Schreibtisch, um Platz für seine breiten Ellbogen zu schaffen. »Tja, so lebt nun mal die andere Hälfte der Menschheit, hier draußen, wo sich Fuchs und Hase Gute Nacht sagen. Folgers aus Styroporbecher. Du bist von diesen Berkeley-Ökofreaks verdorben worden, das sehe ich dir an. Wahrscheinlich bist du jetzt auch Veganerin?«

»Da wir gerade von verdorben sprechen: Wann hast du dir den Chefsessel zugelegt? Jetzt brauchst du bloß noch ein Eckbüro. Mit einer wunderschönen Aussicht auf die Skyline von Valejo.«

Er grinste. »Schick, nicht wahr? Als ich vierzig wurde,

hat sich mein Rücken allmählich verabschiedet. Bin zu oft auf dem verdammten Boden rumgekrochen. Diese Klappscheiße hat es nicht mehr gebracht.« Die Kaffeemaschine stieß ein letztes, pfeifendes Sprotzeln aus, und er goss Kaffee in zwei Becher. Styroporbecher, wie angekündigt. Er nahm den seinen und zündete sich eine weitere Zigarette an, worauf sich der winzige Raum mit Qualm füllte. »Wenn du irgendwelche Sojamilch oder so etwas brauchst, kenne ich einen super Ort, wo es so etwas gibt, etwa dreißig Meilen die Straße runter.« Er streckte sich behaglich auf seinem Sessel aus und kratzte sich an den Stoppeln an seinem Kinn. »Man nennt ihn ... wie war das noch mal? San Francisco.«

Ich lachte und nahm einen Schluck. Der Kaffee war heiß. Das war das einzig Versöhnliche an ihm, aber wichtig. »Zu Weihnachten schenke ich dir eine neue Kaffeemaschine. Diese hier wird den Löffel noch vor dir abgeben.«

Ich hatte Buster ausgerechnet über seine Ex-Frau kennengelernt. Seine vierte Ex-Frau. Ironischerweise war sie diejenige gewesen, die mich engagiert hatte. Die Auflösungen seiner ersten drei Ehen hatten Buster gelehrt, dass gute Rechtsanwälte ihren Nutzen hatten. Auch hatte er gelernt, und zwar auf die harte Tour, dass jede Scheidung sein Vermögen um die Hälfte reduzierte, von Unterhaltszahlungen für Kinder gar nicht erst zu reden. Daher hatte er bei der vierten beschlossen, mit harten Bandagen zu kämpfen. Sein Anwalt bekam den Marschbefehl. Offenbar hatte Buster ihm eröffnet, dass, wenn er bei den Verhandlungen auch nur einen Millimeter nachgeben würde, er, Buster, noch am gleichen Abend bei ihm auf der Matte stehen und nach dem Grund dafür fragen würde. Buster war ein großer, Furcht einflößender Kerl. Sein Anwalt wollte also auf Teufel komm raus nicht klein beigeben.

Ich war damit beauftragt worden, Buster auf die sanfte Tour beizubringen, dass Anwälte zwar schön und gut waren beziehungsweise hätten sein können, hätte seine zukünftige Ex nicht spitzgekriegt, dass Buster aus seiner Werkstatt heraus einen florierenden Chop-Shop betrieb, mit anderen Worten einen Laden, in dem gestohlene Fahrzeuge zerlegt wurden, um ihre Einzelteile zu verhökern. Ich wollte gar nicht wissen, wie viele der in der Bay Area vermissten Autos Jahr für Jahr Buster's World Class durchliefen, ging aber davon aus, dass die meisten Autohändler grün vor Neid geworden wären. Ich hatte ihm beibringen müssen, dass es besser war, die Scheidungsvereinbarung vor Gericht nicht anzufechten. Die Ehe war nicht gut gelaufen. Zu viel böses Blut. Er wollte nicht, dass seine Frau seine Nebengeschäfte ins Gespräch brachte, was sie aber mit tödlicher Sicherheit getan hätte.

Am Ende gelangten wir an einen Punkt, an dem wir einander verstanden.

Die Scheidung kam durch. Busters Pensionierung wurde ein paar Jahre nach hinten geschoben, und ohne Zweifel betrieb er von da an seinen Chop-Shop noch intensiver, um den finanziellen Schlag zu kompensieren. Seinen eigenen Worten zufolge hatte er darüber hinaus der Institution Ehe abgeschworen und sich sterilisieren lassen. Aber manchmal trug er auch zu dick auf. Ob Busters Rohrleitungen noch funktionierten, ließ sich nicht mit Sicherheit sagen.

Er zündete sich eine weitere Zigarette an und füllte unsere Becher nach. »Was brauchst du?«

»Wochenendausflugspaket.«

»Kriegen wir hin.«

»Ich sehe schon die Leuchtbuchstaben«, sagte ich und machte eine weit ausladende Geste mit beiden Armen. »Buster's World Class Travel Agency. Stilvoll reisen.«

»Das *gefällt* mir. Es macht schon klick. Willst du nicht einsteigen? Du könntest stiller Partner werden.«

»Hast du was Komfortables für mich? Ich weiß nicht, wie weit ich fahren werde.«

»Harley wäre okay?«

»Absolut.« Ich lächelte wohlwollend. »Ich wollte mich immer schon mal fühlen wie ein Dickwanst im mittleren Alter.«

Buster schüttelte den Kopf. »Glaub mir, nach den ersten zehn Jahren ist der Zauber des Neuen verblasst.« Er schob seinen Sessel zurück und richtete sich schwerfällig auf. »Schauen wir uns die Kiste mal an.«

Wir kehrten in die Werkstatt zurück. Dort standen drei verschiedene Harleys, eine ältere Softail, eine der schweren Street Glides und eine Fat Boy S mit geschwärzten Auspuffrohren, matte schwarze Lackierung, kein Chrom, großer Motor. Ich deutete auf die Fat Boy. »Wahre Liebe, Buster. Es gibt sie also doch noch.«

Geringschätzig schüttelte er den Kopf. »Sag das mal, wenn du verheiratet bist.«

»Kann ich die haben?«

Er nickte. »Jemand hat sie vergangene Woche für eine Überholung vorbeigebracht, die sie nicht nötig hatte. Ein Arzt, der am Wochenende einen auf Draufgänger macht. Bring sie Freitag zurück, und alles ist gut.«

Es gab Situationen, in denen die Aprilia zu auffällig war oder ich nicht zwei Mal von der gleichen Person bemerkt werden wollte. Manchmal wollte ich auch nicht, dass jemand ein Nummernschild sah oder ein Motorrad beschreiben konnte, das man zu mir hätte zurückverfolgen können. Buster's war so etwas wie eine Bibliothek. Er bekam ständig neue Motorräder zur Reparatur rein. Ab und an borgte ich mir eins. Nicht zurückverfolgbar. Ein paar zusätzliche Meilen auf dem Tacho bekamen die Besitzer nicht mit.

»Hier.« Ich reichte ihm einen Umschlag. Darin waren fünf Hundertdollarscheine.

»Nicht nötig. Noch nie was von Freifahrten gehört?«

»Dieses Mal habe ich ein Spesenkonto.«

»Warum hast du das nicht gleich gesagt?« Der Umschlag wurde einkassiert. Ich stieg auf die Harley. Das war ein anderes Gefühl als auf der Aprilia. Der Lenker neigte sich nach hinten, der Vorderreifen entsprechend im schrägen Winkel nach vorn, der Sitz war viel näher an der Straße.

»Passt das für dich?«, fragte Buster.

Ich nickte. »Das passt. Was macht das Bein?«

»Ach, schon in Ordnung. Ich spüre bloß was, wenn es regnet.«

»Zum Glück lebst du nicht in Seattle.«

Er lachte erneut. »Ohne Scheiß. Schau dir nur an, was das mit Cobain gemacht hat. Und der Hurensohn hatte viel mehr Kohle zum Glücklichsein als ich.«

Als ich damals nach Feierabend in seine Werkstatt gekommen war, um ihm die schlechte Nachricht zu überbringen, dass er seine Scheidungsvereinbarung vor Gericht doch nicht würde anfechten können, war Buster nicht glücklich gewesen.

Ganz und gar nicht glücklich.

Die Scheidung hatte ihn gestresst, hatte er später erklärt. Die Anwälte stressten ihn. Die Vorstellung, eine Menge Geld zu verlieren, stresste ihn. Seine zukünftige Ex-Frau stresste ihn. Er hatte nicht gut geschlafen. Und er hatte immer schon ein Problem mit seinem aufbrausenden Temperament gehabt. Daher hatte er einen großen .354 Revolver aus Edelstahl gezogen, ihn auf mich gerichtet und mir fünf Sekunden gegeben, um seine Werkstatt zu verlassen.

Ich hielt ihm einen Vortrag darüber, dass nicht der Überbringer schlechter Nachricht dran glauben solle. Aber das hatte ihn nicht überzeugen können.

Er hatte angefangen zu zählen.

Hinterher war er dankbar dafür gewesen, dass ich ihm nur ins Bein geschossen hatte. Dabei hatte ich bewusst darauf geachtet, keine Knochen oder Arterien mit der Kugel zu durchschlagen, sondern sie ihm lediglich durch das Fleisch seines üppigen linken Oberschenkels zu jagen. Es stimmte – ich hatte Buster einen Gefallen getan. Er war derjenige gewesen, der eine Waffe gezogen hatte, und er wusste genauso gut wie ich, dass er die Situation bis zu dem Punkt hatte eskalieren lassen, an dem alles Mögliche hätte passieren können. Ein Schuss ins Bein war eine ziemlich vernünftige Lösung. Hinterher hatte ich ihn sogar ins Krankenhaus gefahren. Zwar hatte er mich während der gesamten Fahrt verflucht, gab später aber zu, es sei eine nette Geste gewesen.

Er hatte sich gut erholt. Zurückgeblieben war bloß ein ganz leichtes Hinken.

Als die Scheidung dann durch gewesen und die Angelegenheit erledigt war, hatte ich ein schlechtes Gewissen bekommen. Vielleicht, weil meine ehemalige Klientin – seine ehemalige Frau – *mich* wahnsinnig gemacht hatte. Sie war keine unkomplizierte Frau. Ganz und gar nicht. Und ich hatte nur fünf Wochen mit ihr zu tun gehabt, nicht fünf Jahre. Es war einer der wenigen Fälle gewesen, bei denen ich es bereut hatte, ihn angenommen zu haben. Fünf Jahre mit Busters Ex-Frau, und ich hätte mich wahrscheinlich schlimmer benommen, als er es getan hatte. Deswegen tauchte ich eines Nachmittags mit einer Kiste Johnny Walker Red Label in seiner Werkstatt auf. Als Entschuldigung. Wie sich herausstellte, hatte Buster, was immer er auch von mir halten mochte, mehr als nur ein Faible für Scotch.

Wir verbrachten den Nachmittag damit, in einem riesigen Cadillac Cabrio mit roten Flossen abzuhängen, der im hinteren Bereich der Werkstatt abgestellt war und der sich 1965 wie zu Hause angefühlt hätte. Der Wagen war bequem, hatte große, geräumige Schalensitze, und das Radio lief. Das Verdeck war unten, damit Buster Kette rauchen konnte, ohne mich zu nerven. Wir saßen da, arbeiteten uns an der ersten Flasche ab und genehmigten uns noch einen ziemlich großen Teil der zweiten, wobei Buster jeden meiner Schlucke mit zwei oder drei eigenen konterte.

Als ich schließlich auf wackeligen Beinen aus dem Cadillac stieg, waren wir irgendwie Freunde geworden. So etwas macht Scotch mit Leuten. Buster war ein guter Kerl. Zumindest mir gegenüber. Er war ehrlich. Das zählte. Wir blieben in Kontakt, taten einander ab und zu einen Gefallen. Hier und da mussten ein paar weitere Flaschen Scotch dran glauben. Die Leute, denen ich vertraute – Leute wie Buster, Charles und Jess –, halfen mir auf unterschiedliche Art und Weise. Ich zählte sie zu meinen Freunden, und allzu viele davon hatte ich nicht. Es war aber gut, wenigstens ein paar zu haben.

Die Harley erwachte mit einem tiefen Grollen zum Leben. Ich fuhr durch das offene Werkstatttor hinaus. Alles, was ich brauchte, hatte ich in einem Rucksack dabei. Als ich draußen war, checkte ich das iPad. Falls Karen am Steuer ihres Wagens saß, würde der GPS-Tracker mir verraten, wohin ich fahren musste.

Es war Zeit, Karen Li aufzustöbern. Zeit herauszubekommen, was sie hatte mitgehen lassen.

22

Ihr Porsche befand sich in San Francisco, sie fuhr Richtung Norden. Der Punkt auf dem Display rutschte immer weiter nach oben, Richtung Golden Gate Bridge und dem Freeway 101, der hoch bis Seattle führte. Also hatte ich die Wahl: Ich konnte einen Bogen schlagen, ihr folgen und versuchen, zu ihr aufzuschließen, oder eine Wette darauf abschließen, wo sie letztendlich hinwollte. Unmittelbar nördlich der Stadt gab es nicht so viele Möglichkeiten. Falls sie auf einen Freeway wollte, dann würde es der 101 sein.

Ich ließ es darauf ankommen und fuhr mit hoher Geschwindigkeit auf dem 37 um die San Pablo Bay herum, um danach auf den 101 zu stoßen. Es war ein kühler grauer Tag. Leichter Regen fiel, und Windböen erschütterten das schwere Motorrad. Als ich Novato erreichte, hielt ich an und warf erneut einen Blick auf das iPad. Karen Lis Boxster war nur wenige Meilen nördlich von mir, immer noch auf dem Freeway 101. Ich hatte also richtig geraten. Ich fuhr nun schneller und bahnte mir meinen Weg durch den Verkehr, bis ich den roten Porsche erblickte. Er fuhr konstant mit achtzig Meilen die Stunde auf der linken Spur. Das Verdeck war geschlossen. Ich glitt näher heran, bis ich Karen Lis schwarzes Haar hinter der kleinen Heckscheibe sehen konnte. Sie war es.

Zufrieden wechselte ich auf eine andere Spur und ließ mich ein paar Wagen zurückfallen.

Wir blieben auf dem 101 und fuhren durch die Hügellandschaften von Petaluma und Santa Rosa, vorbei an Weingütern und Weideflächen voller Schafe und schwarzer Kühe, die mit ihren kantigen, hageren Körpern dastanden wie Pappfiguren. Wir fuhren weiter Richtung Norden.

Dann passierte etwas Interessantes.

Ohne zu blinken, preschte das kleine rote Cabrio auf die rechte Spur. Ich tat es ihm nach. Immer noch einige Autos hinter ihm, sah ich die Bremslichter des Boxsters aufleuchten, als der Wagen eine Ausfahrt nahm. Urplötzlich brach er dann aus und fuhr, durchgezogene Linien und Rüttelstreifen überfahrend, wieder auf den Freeway. Andere Fahrer drückten auf die Hupe. Der Fahrer eines Sattelschleppers konnte dem kleinen Roadster nur knapp ausweichen und ließ ebenfalls seine laute Hupe ertönen.

Da ich selbst schon auf der Ausfahrt unterwegs war, machte ich mir nicht die Mühe, dem Porsche über den Trennstrich hinterherzufahren. Stattdessen nahm ich an der Kreuzung gleich wieder die Auffahrt auf den Freeway. Entweder hatte ich es gerade mit einer desorientierten Fahrerin zu tun gehabt, die um ein Haar die falsche Ausfahrt genommen hätte. Oder ich hatte das linkische Manöver einer Anfängerin mitangesehen, die versuchte, einen Beschatter abzuschütteln. Ein grundlegender Trick, etwa so, als stiege man in den Waggon einer U-Bahn und sprang dann, kurz bevor sich die Türen schlossen, wieder heraus, darauf bauend, ein Beschatter würde dann ebenfalls aussteigen oder bei dem Versuch ein solches Aufhebens machen, dass er erkannt wurde.

Interessant.

Ich entdeckte den Porsche, als er zum zweiten Mal vom

Freeway abbog, dieses Mal vorschriftsgemäß über die Ausfahrt. Ich folgte ihm, achtete jedoch darauf, mehr Abstand zwischen uns zu wahren. Je weniger Verkehr herrschte, desto leichter wurde man entdeckt. Ahnte Karen Li, dass sie beschattet wurde? Erkannt haben konnte sie mich nicht. War sie einfach nur vorsichtig?

Oder folgte ihr noch jemand?

Wir befanden uns nun auf der State Route 128, einer schmalen, zweispurigen Straße, die steil bergauf führte und sich dabei in Haarnadelkurven hin und her wand. Ich ließ den Porsche immer weiter davonziehen, bis er außer Sichtweite war. Sie hatte gar keine andere Möglichkeit, als der Straße zu folgen. Der Regen wurde stärker, die Tropfen klatschten gegen mein Helmvisier. Die Straße fiel steil in das Anderson Valley ab, und ich erhaschte einen Blick auf das rote Cabrio auf der flachen Wegstrecke, die vor mir lag. Wir fuhren durch eine Reihe kleiner Ortschaften, Yorkville, Boonville, Philo, vorbei an Wiesen, Weingütern und Werbetafeln von Kellereien und landwirtschaftlichen Betrieben. Dann durchquerten wir mit einmal einen Redwood-Wald, dessen hoch aufragende Bäume das karge Tageslicht fernhielten. So abrupt sie aufgetaucht waren, so schnell verschwanden die Redwoods auch wieder aus dem Blickfeld. Schließlich erreichten wir die Küste, wo sich das unruhige, metallisch blaugraue Wasser des Pazifiks bis zum Horizont erstreckte. Der Boxster fuhr den Highway 1 in nördliche Richtung. Hier am Ozean war es windiger; heftige Böen erschütterten die Harley, und ein Schlagregen peitschte auf mich ein.

Als wir die Ortschaft Mendocino erreichten, bremste der rote Flitzer und bog ab.

Ich fuhr weiter, bis ich außer Sichtweite war, und machte dann unerlaubterweise einen U-Turn. Kurz darauf war ich im eigentlichen Mendocino, mit Blick auf die hohen Klippen über dem Pazifik. Auf einer Seite der Hauptstraße befanden sich kleine Geschäfte, Restaurants und ein zweistöckiges Hotel. Die dem Meer zugewandte Seite bestand aus einer großen Wiese, durchzogen von Trampelpfaden, die zu den Klippen hinaufführten. An einem sonnigen, warmen Tag wimmelte es auf diesen Wegen wahrscheinlich von Wanderern und Familienausflüglern. Heute waren sie menschenleer.

Ich konnte Karen Li sehen. Sie hatte vor dem Hotel geparkt und stand im Regen. Sie hatte sich einen langen, schwarzen Regenmantel angezogen und spannte gerade einen schwarzen Schirm auf, bevor sie eine schwarze Handtasche aus ihrem Wagen holte. Seltsamerweise ging sie nicht in Richtung Stadt. Die gemütlichen kleinen Cafés und Pubs, die jeder andere nach einer längeren, verregneten Fahrt flugs angesteuert hätte, schien sie gar nicht wahrzunehmen, sondern brach in die entgegengesetzte Richtung auf. Ich sah zu, wie ihre schmale, schlanke Gestalt zu einem kleinen schwarzen Punkt wurde.

Sie hielt auf die hohen Klippen und die graue See zu.

Die meisten Leute erinnern sich eher an Details als an Gesichter. Ein blauer Hut, ein rotes T-Shirt – so etwas bleibt eher in Erinnerung als eine Augenfarbe oder der Körperbau. Das Hotel an der Main Street war im viktorianischen Stil eingerichtet: üppige Polstersessel, Läufer, ein knisterndes Feuer im Kamin. Ich steuerte die Toilette an, zog dort Kleider aus meinem Rucksack hervor und zog mich rasch um. Als ich wieder herauskam, hatte ich meine Stiefel gegen weiße Sneaker eingetauscht und trug eine blaue Laufhose sowie ein schwarzes, sportliches, schulterfreies Oberteil. Mein Haar hatte ich unter einem kirschroten 49er-Käppi zu einem Pferdeschwanz hochgebunden und mir ein Paar weiße Apple-EarPods in die Ohren gesteckt. Das nicht angeschlossene Kabel hatte ich in eine Bauchtasche an meiner Hüfte gestopft.

Vorgefahren war ich auf einer Harley, in einer ledernen Motorradjacke. Das war die eine Person.

Jetzt war ich eine Joggerin. Eine andere Person.

Ich schob den Rucksack unter eine Couch in der Lobby und trat in den Regen hinaus.

Während ich langsam lostrabte, spürte ich, wie mich der prasselnde Regen auf den Armen wie Nadelstiche traf. Meine Füße quatschten durch das nasse Gras, und die weißen Sneaker waren im Nu unwiderruflich verdreckt. Ich war mir nicht vollkommen sicher, ob ich beobachtet wurde. Falls Karen Li nach der idealen Stelle gesucht hatte, um zu erspähen, ob ihr jemand folgte, hätte sie keine bessere als diese flache, offene Landschaft wählen können. Ich stieß auf einen sich windenden Pfad, der sich bis zur Kante der Klippen hinaufschlängelte. Unter mir, vielleicht in hundertfünfzig Metern Entfernung, klatschte die aufgewühlte Brandung gegen zerklüftete Felsen; das Wasser bildete Strudel, weiße Schaumteppiche, die wirbelnd verschwanden, um gleich darauf erneut zum Vorschein zu kommen. Ich erhaschte einen Blick auf einen schwarzen Schirm weit vor mir. Hinter mir verschwand das Städtchen im Regen. Der Ozean brodelte und schäumte. Als wir uns dem Rand der Klippen näherten, wurde der Boden felsig und uneben.

Ich blieb stehen. Jetzt konnte ich sie sehen – ein regloser Punkt in der grauen Landschaft, ungefähr eine Footballfeldlänge entfernt. Eingerahmt von der grauen See, wirkte sie plötzlich wie eine fragile, gefährdete Figur aus der Literatur, irgendwo zwischen *Anna Karenina* und *Die Frau in Weiß*.

Sie war nicht allein.

Vor ihr standen zwei andere Personen.

Ich zog ein Fernglas aus dem Bauchgürtel und legte mich in das nasse Gras, ohne mich darum zu scheren, dass ich dabei schmutzig wurde. Ich war ohnehin schon pitschnass. Das Fernglas war klein, aber leistungsstark. Gesichter nahmen Konturen an. Es waren die beiden Männer, mit denen sie sich in San Francisco getroffen hatte. Auch sie trugen schwarze Regenmäntel und hielten jeweils einen Schirm in der Hand. Ich beobachtete, wie Karen Li ihre schwarze Tasche abstellte. Der schmalere der beiden hob sie auf, sagte etwas und ging weg. Nun redete der andere Mann.

Als er sich unvermittelt zu ihr vorbeugte und sie an ihren hageren Schultern packte, zog ich zischend die Luft ein. Sie stand mit dem Rücken zur Klippe. Ich konnte erkennen, dass sie zitterte, während er etwas zu ihr sagte. Hundertfünfzig Meter steil unter ihnen brodelten die Strudel, befanden sich Felsen und eisige Pazifikströmungen.

Ich erinnerte mich an die Wachsamkeit der beiden, an den Anflug von Gefahr, der im Café von ihnen ausgegangen war. An den Ausdruck des Schreckens auf ihrem Gesicht, als sie ging. Das war ein sehr sicherer, öffentlicher Ort gewesen. Nun stand sie wortwörtlich am Rand des Abgrunds.

Allein. Niemand sonst war in Sichtweite.

Niemand, der ihr helfen konnte.

Binnen weniger Sekunden hatte sich meine Rolle grundlegend verändert.

Ich musste Karen Li nicht länger beschatten. Jetzt musste ich ihr das Leben retten.

Unter idealen Bedingungen legte der schnellste Mann der Welt hundert Meter in knapp unter zehn Sekunden zurück, die schnellste Frau benötigte dafür etwa eine Sekunde länger. Auf einer Laufbahn schaffte ich die Strecke in weniger als dem Doppelten dieser Zeit, aber angesichts des nassen Grases und des tückischen Bodens bestand keine Möglichkeit, dass ich sie rechtzeitig erreichen konnte. Das brauchte ich aber auch nicht – der Mann musste mich nur sehen. Darüber, was danach passieren würde, machte ich mir erst mal keine Gedanken. Vielleicht würde er das Weite suchen, vielleicht aggressiv reagieren. Aber vor einem Zeugen würde er niemanden von einer Klippe stoßen.

Er würde entweder zwei Leichen hinterlassen – oder gar keine.

Ich rannte los und hielt so schnell ich konnte auf die beiden zu. Mein Herz pochte, mein Atem ging heftig.

Sie trat einen Schritt zurück.

Er machte einen Schritt nach vorn und umklammerte mit beiden Händen ihre Schultern.

Ich rannte schneller.

Sie wich ein einen weiteren Schritt zurück, war jetzt kaum mehr einen Meter vom Klippenrand entfernt.

Ich war nun so nahe, dass ich sehen konnte, wie der Wind an ihrem Regenmantel zerrte. Sie bewegte die Lippen, sagte etwas, doch ich konnte es nicht verstehen.

Dann erblickten sie mich.

Die Hände des Mannes fielen von ihren Schultern, und er trat von ihr weg.

Sie rückte langsam von der Kante der Klippe ab.

Ich hörte auf zu sprinten und warf ihnen, während ich zügig an ihnen vorbeijoggte, beiläufig einen neugierigen Blick zu, so wie jemand, der sich fragte, wieso um alles in der Welt zwei Menschen bei diesem Wetter so in der Gegend herumstanden. Beim Vorbeilaufen winkte ich ihnen flüchtig zu. Ein freundliches Hallo. Eine Geste, die besagte, dass ich mich daran erinnern würde, sie hier gesehen zu haben.

Der Mann wandte sich ab und eilte in dieselbe Richtung wie sein Partner.

Karen Li ging rasch in Richtung Ort.

Für Care4 war ich jetzt von keinem Nutzen mehr. Aber ich hatte ein Leben gerettet. Das schien mir ein guter Tausch.

Im Ort erblickte ich sie wieder, als sie in ihren Wagen stieg. Ich überquerte die Straße und ging zu ihr hinüber, nach wie vor in meinen verdreckten Joggingsachen. Es goss immer noch in Strömen.

»Karen«, sagte ich. »Ich denke, wir sollten uns unterhalten.«

23

»Sie sind mir gefolgt, nicht wahr?«

Wir setzten uns in zwei Schaukelstühle auf der großen Veranda des Hotels, in dem ich vor kaum mehr als einer Stunde in meine Joggingmontur geschlüpft war. Mittlerweile hatte ich diese wieder gegen meine ursprüngliche Kleidung eingetauscht.

Unter uns erstreckte sich der Pazifik, dessen graues Wasser am kaum sichtbaren Horizont in den gleichfalls grauen Himmel überging.

Karen Li trank heißen Tee mit Zitrone. Dabei umklammerte sie mit ihren kleinen Händen den Keramikbecher, als benötige sie seine Wärme. Erneut fiel mir auf, wie hübsch sie war. Ein blasses, feines Gesicht, kaum Make-up. Dunkle, ausdrucksstarke Augen und strahlend weiße, perfekt geformte Zähne.

»Sie haben mich verfolgt«, sagte sie erneut. »Wie lange tun Sie das schon?«

Ich nahm einen Schluck Kaffee aus meinem Becher. Ich hatte eine starke französische Röstung bestellt und trank ihn wie immer schwarz. Der Kaffee, den sie im Café des Hotels aufbrühten, war gut. So etwas war in Hotelrestaurants nicht selbstverständlich. Umso schöner war es, wenn man mal einen guten Kaffee ergattern konnte. »Nicht erst seit heute.«

»Sind Sie die Einzige, die mir folgt?«

»Meines Wissens ja. Mit Sicherheit kann ich das aber nicht sagen.«

Sie führte ihren Becher an die Lippen und trank. Dabei schaute sie nach wie vor auf das Meer hinaus. »Wer hat Sie beauftragt?«

»Fragen Sie mich etwas anderes.«

Sie zuckte mit den Schultern. »Spielt keine Rolle. Ich kann es mir schon denken.«

Ich sagte nichts. Ich beobachtete ein Paar, das aus der Eingangstür des Hotels trat. Die beiden stiegen die Stufen hinab, der Mann hatte den Arm um die Frau gelegt und flüsterte ihr etwas zu. Sie lachte und schmiegte sich in seinen Arm, während er einen eleganten blauen Schirm aufspannte. Sie wirkten glücklich. Ein Hochzeitstag vielleicht oder ein spontaner Ausflug. Ich dachte an Ethan und fragte mich, ob ich von ihm noch einmal etwas hören würde.

»Warum wollen Sie mit mir reden?«, wollte Karen wissen. »Wenn man Sie damit beauftragt hat, mir zu folgen, macht Ihnen das denn nicht einen Strich durch die Rechnung? Jetzt, da ich von Ihnen weiß?«

Die Frage war berechtigt. »Ich weiß nicht viel über Sie. Aber soweit ich es beurteilen kann, steht Ihnen das Wasser bis zum Hals. Vielleicht ist es an der Zeit, das zu ändern.«

Ihre dunklen Augen blitzten. »Was glauben *Sie* denn von mir zu wissen?«

Ich überlegte mir meine Antwort. Es war eine schräge Situation. Sie hatte recht. Ich arbeitete für Gregg Gunn. Er hatte mich bezahlt. Gleichwohl würde ich es nicht zulassen, dass jemand vor meinen Augen ins Jenseits befördert wurde. So etwas ließ sich mit zwanzig Riesen nicht erkaufen. Mit gar nichts. Karen Li übergab irgendwas an irgendwen. Und ich würde Gunn erzählen, was ich gesehen hatte, wofür er mich beauftragt hatte. Und Karen wäre in Sicherheit. Ich würde nicht einfach Däumchen drehen und zulassen, dass die Frau vor meinen Augen von einer Klippe gestoßen wurde. »Die machen sich Sorgen«, sagte ich. »Wegen deren Daten. Deren Betriebsgeheimnissen. Das ist logisch.«

Verwirrt schaute sie mich an, so als wolle sie herausbekommen, was genau ich damit meinte. »Sie glauben, Sie wüssten etwas über deren Geheimnisse? Sie haben ja keine Ahnung. Wer immer Sie sind.«

»Dann sagen Sie es mir.«

Sie lachte. Es war ein knappes, bitteres Lachen. »Das wäre schön, nicht wahr? Jemand anderen mit hineinziehen. Haben Sie mir gerade geraten, aus dem Wasser zu gehen? Oder hatten Sie vor, selbst mit hineinzuspringen?«

»Diese Männer da vorhin. Sie haben sich mit denen in San Francisco getroffen und ihnen dabei etwas übergeben. Was war es?«

Sie stellte ihren Becher ab. »Sie waren dort?«

Ich schwieg.

»Vergessen Sie's«, sagte sie. »Ich weiß gar nicht, warum ich überhaupt mit Ihnen spreche. Ich weiß nicht, warum ich hier sitze.« Sie fuhr sich mit der Hand durch ihr schwarzes Haar und machte Anstalten aufzustehen.

»Setzen Sie sich, Karen.«

»Sie befehlen mir, mich zu setzen?«

»Ich bitte Sie, sich zu setzen. Sie haben mir eine Frage gestellt. Ich werde sie beantworten.«

Langsam lehnte sie sich wieder zurück, geschlagen, so als wäre allein schon die Vorstellung, aufzustehen und von der Veranda in den kühlen, nassen Nachmittag hinabzusteigen, plötzlich zu viel, um es auch nur in Betracht zu ziehen. »Na schön«, sagte sie. »Beantworten Sie meine Frage.«

»Sie reden mit mir, weil ihnen etwas Angst eingejagt hat.

Heidenangst. Ich weiß nicht alles. Ich weiß, dass es etwas mit den Leuten zu tun hat, für die Sie arbeiten, und mit den Männern, mit denen Sie sich heute getroffen haben. Aber mit mir reden Sie nur aus einem einzigen Grund. Sie schweben in Gefahr. Und das wissen Sie.«

Ich warf ihr einen strengen Blick zu in der Hoffnung, dass sie widersprach.

Sie blieb jedoch stumm und biss sich auf die Lippe, während sie den Becher mit beiden Händen umklammerte. »Es geht nicht bloß um mich.«

»Wie meinen Sie das?«

Ihrem Gesicht war anzusehen, dass sie abwägte, wie viel sie preisgeben wollte. »Es geht nicht bloß um mich«, wiederholte sie. »Was ich versuche zu verhindern ... Menschen werden sterben. Viele Menschen. Unschuldige Menschen. Und wenn ich sie nicht aufhalten kann, wird es bald geschehen.«

»Wen aufhalten?«

»Care4 natürlich. Meine *Firma*.« Auf dieses letzte Wort legte sie besonderen Nachdruck. So, als beschriebe sie gerade die Form von Krebs, an der sie litt.

»Wenn Sie nicht vorhaben, deren Betriebsgeheimnisse zu verkaufen – wie sind Sie dann in diese Sache verwickelt worden?«

»Betriebsgeheimnisse verkaufen? *Das* hat man Ihnen erzählt? Sie glauben, ich mache das hier für *Geld*? Mein Gott. Wissen Sie eigentlich, wie viel einfacher es für mich wäre, mich einfach aus dem Staub zu machen?«

»Warum tun Sie es dann nicht? Warum gehen Sie ein solches Risiko ein?«

Ihre Stimme war von Wut verzerrt. »Wenn Sie mich wirklich kennen würden, dann wüssten Sie, wieso. Wenn Sie auch nur ansatzweise etwas über mich wüssten, würden

Sie es kapieren. Manche Dinge sind es wert, dass man für sie ein Risiko eingeht. Das haben mir meine Eltern auf eine Art und Weise beigebracht, die Sie nicht begreifen werden.«

»Vielleicht doch«, erwiderte ich. »Geben Sie mir eine Chance. Erzählen Sie es mir. Wie sind Sie in diese Sache hineingeraten?«

»Kümmert Sie das überhaupt?«, fragte sie, immer noch aufgebracht. »Wollen Sie das wirklich wissen?«

»Sonst würde ich nicht fragen.«

Die Anspannung in ihrer Stimme nahm ein wenig ab, und ihr Blick wurde weicher. »Es fing mit einer E-Mail an. Das ist alles. Bloß eine E-Mail mit einem komischen Betreff.«

»Eine E-Mail?«

»Jemand hat mich versehentlich bei einer Rundmail, die ich nicht bekommen sollte, in cc gesetzt.«

»All das hier geht auf eine E-Mail zurück? Das scheint mir extrem.«

»Es war gar nicht so sehr die E-Mail. Wäre es bloß die E-Mail gewesen, hätte ich es wahrscheinlich vergessen. Wir bekommen Hunderte und Aberhunderte am Tag. Es ist unmöglich, sie auch nur annähernd alle zu lesen.«

»Was war es dann?«

»Deren Reaktion. Es war, als wären sie in Panik geraten. Die haben meinen Account abgeschaltet, das Passwort zurückgesetzt und erzählt, das wäre eine routinemäßige Wartung, was eindeutig Blödsinn war. Als ich mich dann endlich wieder einloggen konnte, war die E-Mail gelöscht. Nur diese eine. Das war schon seltsam. Aber ein paar Tage später wurde es erst richtig gruselig. Da haben mich ihre Anwälte herbeizitiert und mir die Leviten gelesen. Ich konnte noch so oft beteuern, nichts Unrechtes getan zu haben – sie glaubten mir nicht. Danach wurde es noch schlimmer. Nach diesem Meeting hatte ich den Eindruck, beobachtet zu werden. Schließlich beschloss ich, dass, wenn sie so misstrauisch waren, ich mehr über die Sache herausfinden sollte, die sie so beunruhigte.« Sie kam zum Ende. »Manchmal wünsche ich mir, ich könnte das rückgängig machen. Denn je mehr ich in Erfahrung brachte, umso mehr begriff ich, was Care4 eigentlich tut.«

»Sie sprachen von einer seltsamen Betreffzeile. Wie lautete sie?«

Sie warf mir einen raschen, verhaltenen Blick zu und starrte dann wieder in ihren Becher. »Ist das eine Falle?«

»Keine Falle. Ich frage bloß.«

»*In Retentis*. Das stand im Betreff.«

Das ließ ich auf mich wirken. »Sie sagten, Menschen würden sterben. Wer wird sterben?«

Ihr Gesichtsausdruck veränderte sich, wurde geradezu feindselig. »Was interessiert Sie das? Sie wurden von Leuten beauftragt, die mich hassen. Und Sie glauben, Sie wüssten etwas. Aber ich versichere Ihnen – ganz gleich, wer Sie sind –, Sie wissen nicht einmal die Hälfte. Sie wissen nicht einmal ein *Zehntel* davon, was Sie tun, für wen Sie arbeiten oder auf was Sie sich da einlassen.«

»Wir arbeiten beide für die gleichen Leute«, merkte ich an.

Sie lachte wieder dieses kurze, humorlose Lachen. »Ich kenne die viel besser als Sie. Und sie sind viel gefährlicher, als Sie ahnen.«

»Ja? Erzählen Sie mir von ihnen.«

»Warum?«

»Damit ich Ihnen helfen kann.«

»Warum wollen Sie mir helfen?«

»Weil Sie Hilfe brauchen.«

»Sie wollen mir wirklich helfen?« In ihrer Stimme lag gleichermaßen Hohn und dessen Gegenteil. »Sie wollen mich vor diesen gefährlichen Leuten beschützen?«

Ich trank den Rest meines Kaffees aus. »Wenn Sie wollen, dass ich Ihnen helfe, Karen, dann sagen Sie mir, in was Sie da verstrickt sind. Wenn Sie meine Hilfe nicht wollen, bin ich in fünf Minuten raus aus dem Ort. So oder so, ich höre auf, Sie zu beschatten. Wenn Sie wollen, dass ich Sie in Ruhe lasse, sagen Sie es einfach.«

Sie schwieg. Da ich sonst nichts zu tun hatte, zählte ich gedanklich die Sekunden. Fast eine volle Minute verstrich, bevor sie wieder etwas sagte. »Ich wohne in den Narwhal Cottages.« Sie zog ein Portemonnaie aus ihrer Handtasche und öffnete es. Neben ihrem in Kalifornien ausgestellten Führerschein in einer durchsichtigen Kunststoffhülle erblickte ich Reihen bunter Plastikkarten. Sie schob eine rote Karte der Bank of America, eine gelbe Hertz-Karte und eine blaue Visacard beiseite, fand dann, wonach sie suchte, und reichte mir eine Visitenkarte, auf der die Silhouette eines Walfisches abgebildet war. An seiner Stirn ragte ein kleines Horn hervor.

»Kommen Sie heute Abend um zehn Uhr dorthin.«

»Wer wird sterben?«, fragte ich erneut. »Was haben Sie gemeint, als Sie das sagten?«

Sie ignorierte die Frage. »Die ganze Firma konzentriert sich gerade auf eine einzige Sache. Wenn Sie wissen wollen, was da vor sich geht, müssen Sie das begreifen.«

»Welche eine Sache?«

Sie hob ihren Becher an den Mund, stockte und stellte ihn wieder ab. Bis auf ein blasses, keilförmiges Stück teegetränkter Zitrone auf dem Boden war er leer. »Care4 steht dicht vor einem Durchbruch, den sich die Firma seit Jahren erhofft. Darauf haben sie die gesamte Zukunft des Unternehmens verwettet – und sie sind fast am Ziel. In diesem Moment treiben sie die letzte interne Fehlerbehebung voran. Am ersten November soll es in den Echtbetrieb gehen.«

»Am ersten November? Das sind kaum mehr als zwei Wochen von heute an.«

»Genau.« Ihr Blick schweifte von dem leeren Becher zu mir. »Wenn es erst einmal so weit gekommen ist, lässt sich das alles nicht mehr aufhalten.«

»Aufhalten? Was denn aufhalten? Für wen wird es dann zu spät sein?«

Sie verstummte für einen Moment, schien mit einer Entscheidung zu ringen. Dann sprudelten die Worte nur so aus ihr heraus. »Es wird zu spät sein für die Menschen, die …«

Plötzlich ertönte ein lautes Scheppern.

Ruckartig drehten wir unsere Köpfe in Richtung des Lärms. Karen sprang halb von ihrem Stuhl auf. Ein Kellner hatte einen Teller fallen lassen, der daraufhin auf dem Boden der Veranda zersplittert war. Das laute Geräusch hatte Karen offensichtlich aus ihren Gedanken gerissen, weg von dem, was sie im Begriff gewesen war zu sagen. Ihre Miene verschloss sich, war wieder von Misstrauen geprägt. »Mehr sage ich jetzt nicht«, erklärte sie. »Heute Abend erzähle ich Ihnen alles.«

»Warum nicht jetzt?«

Sie war so dicht davor gewesen, hatte so kurz davor gestanden, es mir zu berichten. Und falls das, was sie sagte, der Wahrheit entsprach, blieb kaum Zeit, etwas zu unternehmen. Je eher ich erfuhr, was Karen Li wusste, umso besser.

Sie schaute sich vorsichtig um. Der Kellner hatte eine Kehrschaufel geholt und kehrte damit die Porzellanscherben zusammen. »Mir gefällt es nicht, jetzt hier draußen zu sein und mit Ihnen zu reden. Wir sollten gar nicht hier sein. Es ist zu riskant, jemand könnte mühelos mithören. Die haben *Sie* auf meine Beschattung angesetzt – woher soll ich wissen, dass es nicht noch andere gibt?«

Ich schaute sie verständnisvoll an. Ihre Stirn durchzogen kleine Sorgenfalten, ihr Gesicht war angespannt, und ihre Hände bewegten sich fahrig. Ich fragte mich, wie viel sie wohl in letzter Zeit geschlafen hatte. Ungewöhnlich war ein solches Verhalten nicht. Menschen, die erfuhren, dass sie beschattet wurden, verfielen leicht in eine Paranoia, die sie nur schwer wieder ablegen konnten. Für eine Frau, die so verängstigt war wie Karen Li, mochte dieser friedliche Küstenort größere Gefahr bergen als ein Schlachtfeld.

»Wann, wenn nicht jetzt? Und können Sie beweisen, was Sie behaupten?«

Sie nickte. »Ich habe etwas versteckt. Nicht hier«, fügte sie hinzu. »Bei mir ist es nicht sicher. Mein Haus ist nicht sicher. Die Menschen, die ich kenne, sind nicht sicher. Aber wenn Sie mir beweisen, dass ich Ihnen wirklich vertrauen kann, dann erzähle ich Ihnen alles, was ich weiß.«

»Narwhal. Zehn Uhr. Ich werde dort sein.« Da ich die Besorgnis in ihren Augen sah, fügte ich noch hinzu: »Und wenn ich kann, werde ich Ihnen helfen.« Ich drückte ihr die Hand.

Ich stand auf, verließ die Veranda und ging auf die Ortschaft zu. Bei aller gebotenen Dringlichkeit – falls sie die Wahrheit sagte, wollte ich sie nicht allzu sehr drängen, mit dem herauszurücken, was sie wusste. Immerhin *hatte* ich sie ja beschattet. Ich hatte Geld von den Leuten angenommen, vor denen sie am meisten Angst hatte. Die Frau befand sich in einer beängstigenden Situation, und das hatte sichtbar seinen Tribut gefordert. Wenn sie mir vertrauen sollte, gehörte dazu auch, dass ich ihre Bedingungen akzeptierte, statt allzu ungestüm gleich alles auf einmal einzufordern. Ich würde um zehn bei ihr aufkreuzen, so wie sie es wollte, und wenn sie wirklich in Gefahr schwebte, würde ich sie aus der Stadt und irgendwohin in Sicherheit bringen.

»Eins noch«, rief sie mir hinterher.

Ich hielt auf den Stufen inne. »Ja?«

»Was immer Sie glauben, was immer Sie sich vorstellen: Es ist noch viel schlimmer.«

24

Die Narwhal Cottages waren über eine lange, sich windende Auffahrt erreichbar, die schräg vom Highway 1 hinaufführte. Ich ließ die Harley am unteren Ende der Auffahrt stehen. Der große Motor war zu laut. Wenn ich damit eine kurvenreiche Steigung hinaufführe, würde das jemand hören und sich später daran erinnern. Mit einiger Mühe bugsierte ich das schwere Motorrad von der gepflasterten Straße zwischen die Bäume, froh darüber, mich für das schwarze Modell entschieden zu haben. Ohne Chrom würde sie im Scheinwerferlicht schwerer zu erkennen sein; nicht gerade unsichtbar, aber schwer zu bemerken und leicht zu übersehen. Es war ein kühler Abend, doch die körperliche Betätigung, die das rasche Hochlaufen der steilen Auffahrt mit sich brachte, ließ mir warm werden. Der Regen hatte nachgelassen und war einem dichten Nebel gewichen. Wolkenschwaden zogen an einem diffus schimmernden Mond vorbei.

Als ich das obere Ende der Auffahrt erreicht hatte, befand ich mich weit über dem Meeresspiegel. An klaren Tagen wäre die Aussicht auf den Pazifik bestimmt grandios gewesen. Jetzt aber waren nicht einmal Sterne zu sehen. Ein wenig zurückgesetzt stand ein Haus, in dem sich wahrscheinlich Besucher anmelden konnten und es vielleicht auch ein Restaurant gab. Dahinter standen Cottages verschiedener

Größen zwischen den Bäumen. Jedes hatte einen Schornstein, was mich an die Behaglichkeit eines offenen Kamins denken ließ. Hinter einigen Cottages erblickte ich Redwood-Whirlpools. In ihnen konnten Pärchen bei einer Flasche Wein unter dem Sternenhimmel im warmen, blubbernden Wasser sitzen. Wieder dachte ich an Ethan, stellte mir uns an einem Ort wie diesem vor, wo wir so etwas taten. Es war eine schöne Vorstellung. Schön wie ein Märchen. Mehr aber auch nicht.

Nach dem Labor Day hatte die Nebensaison begonnen – reduzierte Übernachtungspreise, weniger Check-ins. An jedes Cottage grenzte ein Parkplatz, und kaum einer davon war belegt. Mitten in der Woche, schlechtes Wetter, kaum Gäste. Ich erblickte Karens Cabrio neben dem letzten Cottage, das am weitesten entfernt von der Auffahrt stand. Es war zu drei Seiten von hohen Bäumen umgeben. Ein Kompromiss. Kein Meeresblick, dafür die größte Privatsphäre.

Was immer Sie sich vorstellen: Es ist noch viel schlimmer.

Ich fragte mich, ob das der Wahrheit entsprach. Viele Leute, die sich an mich wandten, hatten große Angst vor irgendetwas. Manchmal waren sie zu Recht verängstigt. Manchmal waren ihre Ängste übertrieben. Ich verschaffte mir meinen Eindruck gern selbst. Das kleine Cottage wirkte unbewohnt. Die Rollos waren unten, kein Licht drang daraus hervor, kein Rauch quoll aus dem Schornstein.

Ich klopfte leise an. Keine Reaktion.

Klopfte erneut. Nach wie vor nichts.

Es war ein ruhiger Abend. Weit unten vernahm ich ein Motorengeräusch, ein Auto, das auf dem Highway 1 entlangfuhr. Es wurde lauter, um dann zu verklingen. Ich drehte den Türknopf ein wenig. Die Tür war nicht verriegelt. Ich öffnete sie. Drinnen lag alles im Dunkeln. Ich trat ein und schloss die Tür hinter mir. Tastete nach einem Lichtschalter und betätigte ihn. Eine urige, gemütliche Inneneinrichtung war zu sehen. Wandvertäfelung, eine geschlossene Tür, die vermutlich ins Schlafzimmer führte, eine Kochnische, daneben das Bad. Aus einem Radio ertönte Musik. Ein Schlager aus den 1940ern, Musik einer schmalzigen Big Band, ein Sänger, der etwas von Liebe und Herzeleid ins Mikrofon schmachtete. Auf einem Schreibtisch stand eine geöffnete Flasche Rotwein, daneben lag ein schwarzer Korkenzieher, auf dem das gleiche kleine Narwhal-Logo prangte, das auf der Visitenkarte gewesen war, die sie mir gegeben hatte.

Alles ganz normal.

Bloß dass Karen Li nicht hier war.

Ich ging im Wohnzimmer umher und schaute mich um. Keine Spur von ihr. Ich schaute im Badezimmer nach, sah eine elektrische Zahnbürste, ein paar Tiegel mit Make-up und Gesichtslotion, Kontaktlinsenflüssigkeit, eine Haarbürste. Jemand wohnte hier. Wassertropfen standen auf dem Waschbecken. Der Wasserhahn war in den letzten ein, zwei Stunden benutzt worden. Vielleicht aß sie noch im Restaurant zu Abend. Da es sich so nah an dem Cottage befand, hatte sie sich vielleicht nicht die Mühe gemacht, die Eingangstür zu verschließen.

Ich schaute mir noch einmal die Schlafzimmertür an. Plötzlich sträubten sich mir die Nackenhaare. Die Tür war zwar zu, aber nicht eingeklinkt. Sie ließ sich auch nicht mehr verschließen, denn jemand hatte sie aufgebrochen. Mit einem heftigen Schlag, vielleicht auch mit einem Tritt. Dort, wo das Messingschloss sich in das weiche Holz der Tür gegraben hatte, erblickte ich Schrammen.

Der Schlager plärrte in einem fort. Romantische Verse von Mondlicht und Liebespaaren.

Ich öffnete die Tür. Das kleine Zimmer war verwaist. In der Mitte stand ein breites Doppelbett. Niemand hatte darin geschlafen, die Laken waren makellos hergerichtet. Ein in die Wand eingelassener Kleiderschrank war leer, abgesehen von einem schwarzen Regenmantel, der dort hing wie eine Silhouette.

Keine Karin Li.

Ich spürte eine kühle Windbö und erschauderte. Sie drang durch ein Fenster ein, das sich in Kopfhöhe auf der anderen Seite des Zimmers befand, jenseits des Bettes. Das Fenster war geschlossen, doch als ich genauer hinschaute, erkannte ich, dass eine der Scheiben zerborsten war. Von dort drang die kühle Luft ein.

Ich ging um das Bett herum. Da sah ich sie.

Sie lag unterhalb des Fensters an der Wand zusammengesackt. Wer immer sie so zugerichtet hatte, hatte dafür einen stumpfen, schweren Gegenstand benutzt. Ihre linke Gesichtshälfte war unversehrt. Die schmale Augenbraue, die Stupsnase und das Mandelauge, wenn auch jetzt blutunterlaufen und unfokussiert. Ihre rechte Gesichtshälfte hingegen sah ganz anders aus. Zerstört. Blut hatte ihr schwarzes Haar verfilzt. Ich musste heftig schlucken, als ich dort, wo einmal ihre Wange gewesen war, weiße Knochensplitter erblickte. Auf dem Holzboden hatte sich eine Blutlache gebildet. Wohl wissend, dass es sinnlos war, bückte ich mich, um ihren Puls zu fühlen.

Sie hatte sich abgeschminkt, trug eine Flanell-Pyjamahose und ein ärmelloses Top aus Baumwolle, keinen BH. Bequeme Kleidung. Die Art Kleidung, die man anzieht, wenn man sich auf die Nacht vorbereitet, sich vielleicht noch im Bett ein Glas Wein genehmigt und einen Film anschaut, bevor man einnickt. Die Art Kleidung, die man anzieht, wenn der einzige Besucher, den man erwartet, eine andere Frau ist, die zum Reden kommt. Auf dem Boden in der Nähe sah ich eine Brille mit Drahtgestell, zerbrochen.

Sie hatte sich ihre Kontaktlinsen herausgenommen und es sich bequem gemacht, während sie auf mich wartete.

Weil ich versprochen hatte, ihr zu helfen.

Auf ihrer linken Schulter prangte ein rot-gelb leuchtender Bluterguss. Ich beugte mich dicht über sie. Am Deltamuskel auf dem Rücken sah die Prellung noch übler aus. Ihr linker Unterarm stand in einer unnatürlichen Position ab. Gebrochen wahrscheinlich.

Es war nicht schwer, sich vorzustellen, was geschehen war.

Schon jetzt war mir klar, dass es wahrscheinlich lange Zeit viel schwerer sein würde, es sich nicht vorzustellen.

Wer immer in das Cottage gekommen war, hatte keine Zeit mit Reden verschwendet, hatte sich nicht die Mühe gemacht vorzutäuschen, alles wäre in bester Ordnung. Sie musste an die Tür gegangen sein, nachdem sie wahrscheinlich ein Klopfen vernommen hatte. Sie hatte mich erwartet. Vielleicht hatte sie sich gefragt, warum ich so früh dran war. Vielleicht war sie erleichtert gewesen.

Dann hatte sie nicht mich vor der Tür angetroffen und sofort mehr oder weniger gewusst, was ihr bevorstand.

Ohne die Chance, die Eingangstür wieder zu verschließen, hatte sie sich von ihr entfernt. Vielleicht hatte jemand den Fuß in die Tür gestellt oder die Schulter gegen die Tür gedrückt, sodass sie sie nicht schließen konnte. Daraufhin war sie ins Schlafzimmer geflohen, weil es keine andere Fluchtmöglichkeit gab. Dort hatte sie die Tür verriegelt und dann verzweifelt versucht, durch das Fenster zu entkommen.

Wohl wissend, dass das ihre einzige Chance war.

Ich betrachtete ihre Hände. Ihre rechte Hand war um die Knöchel herum übel zerschnitten. Im Handteller steckte eine Glasscherbe. Ich schloss einen Moment die Augen und stellte mir ihren Gesichtsausdruck vor, als sie durch die

Scheibe geboxt hatte, zu übereilt, zu sehr in Panik, als dass sie zuvor versucht hätte, es zu öffnen. Die Glassplitter in ihrer Hand hatte sie wahrscheinlich kaum wahrgenommen. Da lag etwas auf dem Boden, neben ihrer linken Hand. Es war ein kleines, glänzendes Rechteck, vielleicht fünf mal sieben Zentimeter, zerknittert und zerknautscht, als hätte jemand es zusammengequetscht. Es war ein unscharfes Foto eines jungen chinesischen Paars, das in förmlicher Weise für die Kamera posierte. Die Frau hatte eine unverkennbare Ähnlichkeit mit Karen Li und hielt ein kleines Mädchen von etwa sechs oder sieben Jahren an der Hand. Ein Familienfoto. Wer immer hier gewesen war, konnte es nicht übersehen haben und hatte es eindeutig als unwichtig erachtet. Erneut schaute ich mich im Cottage um und malte mir dabei aus, wie Karen ins Schlafzimmer geflohen war. Vielleicht hatte sie das Foto in der Hand gehalten und es angeschaut, als sie an die Tür gegangen war.

Sie war nicht schnell genug gewesen.

In der Zwischenzeit war die Schlafzimmertür eingetreten worden. Eine sehr dünne Tür. Leichtes Holz, einfacher Messing-Drehknopf. Einen festen Tritt hatte sie womöglich überstanden, höchstens aber zwei.

Das Fenster war zwar klein, aber Karen Li war ja auch nicht gerade ein Riese gewesen. Wahrscheinlich hätte sie sich hinaufstemmen und hindurchzwängen können. Hinaus, in Sicherheit oder zumindest mit der Chance zu entkommen. Sie hätte die Chance gehabt, sich in dieser Situation die beiden kostbarsten Ressourcen zu sichern – Raum und Zeit.

Der erste Schlag musste sie an der Schulter getroffen haben, als sie gerade versuchte, durch das Fenster hinauszuklettern. Seine Wucht hatte sie wahrscheinlich von den Beinen gefegt, sie das Gleichgewicht verlieren lassen. Der

Schmerz musste sie orientierungslos gemacht haben. Womöglich hatte sie versucht, wieder aufzustehen. Vielleicht hatte sie zu diesem Zeitpunkt aber auch schon um ihr Leben gefleht.

Der Rest war offensichtlich.

Ich schlug die Augen auf, um sie dann wieder zu schließen. Sehen, ohne sehen zu wollen. Ihr Angreifer hatte erneut ausgeholt. Dieses Mal war sie ihm zugewandt gewesen. Sie hatte den Schlag kommen sehen und instinktiv die Arme hochgerissen. Dieser zweite Hieb hatte ihr den Arm gebrochen. Dann der dritte, derjenige, den sie nicht hatte parieren können. Vielleicht hatte sie die Augen geschlossen und ihn erwartet. Seine Wucht hatte sie endgültig umgeworfen, Brei aus ihrem Gesicht gemacht, Blut spritzen lassen. Ein brutaler Schlag, ausgeführt von jemandem – so gut wie sicher einem Mann – mit ungewöhnlicher Körperkraft.

Ich stellte mir den stämmigen Kerl vor, der sie heute Nachmittag am Meer gepackt hatte.

Ich schlug die Augen wieder auf. Mehr wollte ich mir nicht vorstellen müssen.

Eine hübsche, wehrlose Frau, die vor Schmerz schrie und um Gnade flehte. Psychologisch gesehen kein leichtes Ziel. Aus Furcht, zur Selbstverteidigung oder vor Wut konnten viele zuschlagen oder einen Schläger schwingen. Wenn sie provoziert wurden, konnten Menschen alle möglichen Dinge tun, die sie sich bis dahin nie hätten vorstellen können. Aber kaltblütig, mit roher Gewalt morden? Dafür musste man aus einem anderen Holz geschnitzt sein. Das musste entweder jemand gewesen sein, der psychisch schwer umnachtet war, oder jemand, der so etwas in dieser Art schon zigmal getan hatte.

Vielleicht auch beides.

Das war eine schreckliche Art, aus dem Leben zu scheiden. Die letzten Sekunden voller Schmerz, panischer Angst und Leiden. Wohl wissend, was geschah. Was geschehen würde. Mit ein bisschen Glück hatte sie den letzten, tödlichen Schlag nicht mehr gespürt, war vorher schon ohnmächtig geworden oder in einen Schockzustand gefallen. Ich hoffte es. Ich würde es wohl niemals erfahren.

Ich verbrachte fünf Minuten damit, in dem Cottage herumzugehen und dabei sorgfältig die Fingerabdrücke an allem abzuwischen, was ich angefasst hatte. Da war nichts, was es mir wert erschien, es mitzunehmen. Ihre Handtasche war weg. Nur eine kleine, offene Reisetasche mit ein paar Kleidern und Schuhen, dazu ihre Toilettenartikel im Bad. Ich sah ihren schwarzen Schirm, ordentlich zum Trocknen neben der Tür aufgespannt.

Was immer Sie sich vorstellen. Es ist noch viel schlimmer.

Sie hatte recht gehabt. Und ich?

Ich hatte sie nicht beschützt. Ich hatte sie nicht gerettet.

Ich hatte sie sterben lassen.

Ich warf einen letzten Blick auf die an der Wand zusammengesackte schwarzhaarige Frau und entschuldigte mich stumm dafür, sie so zurückzulassen. Und ich legte ihr gegenüber ein Versprechen ab. Dann war ich draußen, ging die vom Nebel umhüllte Auffahrt hinab und stieg auf das Motorrad. Über die beiden Männer von heute Nachmittag wusste ich nicht viel, aber ich kannte ihre Gesichter und war mir ziemlich sicher zu wissen, für wen sie arbeiteten. Das musste reichen.

Ich hatte Karen Li im Stich gelassen. Genau in dem Moment, als sie mich am meisten brauchte, hatte ich es zugelassen, dass sie einen ganz schrecklichen Tod erlitt. Daran konnte ich nichts mehr ändern. Aber sobald ich die Leute aufgespürt hatte, die das getan hatten, würde ich alles in meiner Macht Stehende tun, um ihre noch verbleibende

Zeit auf dieser Welt auf ein Minimum zu reduzieren. Und ich würde dafür sorgen, dass sie wussten, warum. Der kurvenreiche Abschnitt der Straße war zu Ende, und kalter Wind schlug mir entgegen. Das schwere Motorrad heulte auf, während ich weiterbrauste und der Scheinwerfer den dichten Nebel durchschnitt.

Erst als ich mich schon eine halbe Stunde südlich von Mendocino befand, ging mir auf, was ich vergessen hatte.

Der GPS-Tracker befand sich noch immer unter ihrem Fahrzeug. Das war eine direkte Verbindung zwischen mir und einem Mord. Für eine Umkehr war es zu spät. Das Risiko, dass die Polizei mich dort erwischte, konnte ich nicht eingehen. Würden sie den Tracker finden? Vielleicht nicht. Er war leicht zu übersehen. Dennoch beschlich mich ein unangenehmer Gedanke. Falls sie das kleine Gerät entdeckten, würden sie auch meine Fingerabdrücke darauf finden und, schlimmer noch, elektronische Daten, die direkt zu mir führten. Was hieß, dass, würde der Tracker entdeckt, ich so gut wie sicher unter Mordverdacht geraten würde. Mordverdächtig, und das auch noch ohne Alibi. Bestimmt hatte irgendjemand mich mit Karen Li in dem Ort gesehen, als wir Kaffee und Tee bestellt oder draußen auf der Hotelveranda gesessen hatten. Später war ich auch noch am Tatort gewesen, ungefähr zum Zeitpunkt ihres Todes. Ich hatte sie dort ohne erkennbaren Grund aufgesucht. Allein.

Das alles lief auf eine Sache hinaus.

Wenn ich die Männer nicht aufspüren würde, die sie getötet hatten, war es durchaus möglich, dass ich selbst des Verbrechens bezichtigt werden würde.

25

Nachdem ich die Harley am nächsten Morgen wieder bei Buster's abgegeben hatte, fuhr ich zum Hauptsitz von Care4. Viel geschlafen hatte ich nicht. Aber das war okay. Ein paar Schluck Scotch im ersten von drei morgendlichen Kaffees hatten mich mehr oder weniger in den Zustand versetzt, in dem ich sein wollte. Leicht verwegen, leicht unter Spannung und voller Energie, die Dinge anzupacken.

In der Lobby liefen auf riesigen Bildschirmen an den Wänden stumm Video-Loops mit unentwegt lächelnden Eltern und glucksenden Babys, allesamt glücklich durch Technologie miteinander verbunden. Auf anderen Bildschirmen waren ärmliche Dörfer, verschmutzte Straßen und Hütten zu sehen, Schwenks auf Krankenhäuser und dankbare Patienten. Bilder und Untertitel priesen die großzügigen Spenden an, die das Unternehmen überall auf der Welt in Projekte fließen ließ. In die Wand waren zwei strahlende, von hinten beleuchtete Worte eingraviert. WE CARE. Hinter dem Empfang saß ein Sicherheitsmann in einem schwarzen Jackett. Ohne mein Tempo zu verlangsamen, ging ich an ihm vorbei in Richtung Aufzüge, wobei meine Stiefel auf dem polierten Marmor klickten.

»Miss, warten Sie! Sie müssen sich erst anmelden.« Als der Wachmann sah, dass ich nicht stehen blieb, sprang er auf, um mich abzufangen. Es war ein großer Mann mit Spitzbart, hängenden Schultern und glänzendem Schädel.

»Ich habe einen Termin mit Ihrem Geschäftsführer.« Ich drückte den Fahrstuhlknopf, doch nichts geschah. Ich begriff, dass der Lift mit einem elektronischen Lesegerät ausgestattet war.

»Haben Sie nicht gehört? Ich sagte, Sie müssen sich erst anmelden.«

»Rufen Sie Ihren Boss an, wenn Sie wollen. Aber ich habe es eilig. Ich fahre jetzt hoch.«

Er legte mir die Hand auf meinen Arm. Und drückte zu. »Sie hören mir nicht zu. Sie müssen sich anmelden.«

Am Arm festgehalten zu werden hatte mir noch nie besonders gefallen. »Sie hören *mir* nicht zu. Ich fahre jetzt hoch. Und Sie sollten Ihre Finger von mir lassen.«

Sein Griff verstärkte sich, sodass es wehtat. »Sie fahren nirgendwohin.«

Vielleicht ließ mich der Scotch die Geduld verlieren. Vielleicht war es der feste Griff. Vielleicht war ich es auch einfach nur leid, nett zu sein. »Na schön, wie Sie wollen.«

Ich trat einen Schritt vom Fahrstuhl weg und spürte, dass sich seine Hand entspannte. Dann trat ich ihm fest gegen den rechten Fußknöchel und schubste ihn heftig beiseite. Vor Schmerz aufjaulend, stürzte er zu Boden. Ich beugte mich über ihn, riss ihm seine Sicherheitsplakette vom Gürtel und wedelte damit vor dem Lesegerät herum. Ein Piepen ertönte, und im nächsten Moment stand ich im Aufzug. Ich drückte die Taste für die oberste Etage.

Als die Türen wieder aufglitten, befand ich mich in der Vorstandsetage. Ich ging durch eine Reihe von Milchglastüren in einen Empfangsbereich, in dem eine andere Atmosphäre herrschte als in der öffentlich zugänglichen Lobby. Hier waren keine Bilder von Babys oder Krankenhäusern auf Monitoren zu sehen. Keine menschliche Wärme. Die Einrichtung war teuer und minimalistisch, monochrome Farben. An einer Wand aus schwarzem Marmor rann Wasser herab.

Ich ging direkt auf die überraschte Empfangsdame zu. »Ich möchte mit Gregg Gunn sprechen. Es ist dringend.«

Sie schaute mich misstrauisch an. »Mr Gunn befindet sich in einer Vorstandssitzung. Wer immer Sie sind, Sie stehen nicht in seinem Terminkalender für heute Morgen.«

»Wo ist er?«

»Das darf ich Ihnen nicht sagen.«

»Dann klopfe ich hier an jede Tür, bis ich ihn gefunden habe.«

Sie langte nach einem Telefon. »Ich rufe den Sicherheitsdienst.«

Ich wedelte mit der Plakette herum. »Wer, glauben Sie, bin ich wohl?«

Sie biss sich auf die Lippe. »Er ist im Meadows Conference Room.«

Ich ging an ihr vorbei den Flur entlang. Auf einigen der Türen standen die Nachnamen der dort Beschäftigten, andere waren mit Begriffen gekennzeichnet. Das waren die Konferenzräume. Ich kam an Forest, Grove und Copse vorbei.

Meadows war der vierte.

Ich ließ mich hinein.

Drinnen saßen drei Personen um einen langen Tisch. Die Sonne schien matt durch die getönten Scheiben. Gregg Gunn saß am Tischende, zu seiner Linken eine hoch aufgeschossene rothaarige Frau, ihr gegenüber ein großer, bulliger Kerl in einem königsblauen Polohemd, der aussah, als hätte er auf dem College als Offensivspieler im Footballteam gespielt. Alle drei starrten mich an. Die Mienen der beiden mir Unbekannten drückten eine Mischung aus Neugier und Feindseligkeit aus. Gunns Gesichtsausdruck war lediglich von Verwirrung geprägt.

»Nikki?«, haspelte er. »Was tun Sie denn hier?«

»Wir müssen reden.«

»Kann das nicht warten?« Er drehte eine Reihe von Papieren um und schob sie geistesabwesend zu einem neuen Stapel zusammen.

»Wenn es warten könnte«, erwiderte ich, »hätte ich Ihre Sekretärin angerufen und darum gebeten, mir irgendwann nächste Woche einen Termin zu geben.«

Er registrierte meinen Tonfall. »Na schön. Warten Sie in der Lobby. Wenn ich hier durch bin, können wir darüber sprechen, was immer so dringend sein mag.«

Ich setzte mich auf den Stuhl, der mir am nächsten war, und legte einen meiner in schmutzigen Stiefeln steckenden Füße auf den Tisch. »Ich bin eigentlich niemand, der viel verlangt«, sagte ich. »Ich war noch nie der hilfsbedürftige Typ. Ich will an meinem verdammten Geburtstag noch nicht einmal Blumen. Aber jetzt, in diesem Moment, müssen wir reden, und bevor wir das nicht getan haben, gehe ich nirgendwohin.«

»Wie zur Hölle ist sie an der Security vorbeigekommen?«, fragte der Muskelprotz in die Runde. Sein Gesicht war vor Zorn rot angelaufen, und sein beeindruckender Bizeps spannte sich unter eng sitzenden Ärmeln. Er erweckte den Eindruck, als wollte er mich am liebsten höchstpersönlich hinauswerfen. Ich fragte mich, ob er es versuchen würde.

Gunn hatte seinen Blick nicht von mir gelassen. »Reden worüber?«

Bevor ich antworten konnte, flog die Tür des Konferenzzimmers auf. Der Sicherheitsmann. Humpelnd und mit gerötetem Gesicht. In der Hand eine Pistole.

Nun wurde es so richtig interessant.

»Sie hat sich an mir vorbeigeschlichen«, sagte er.

Ich warf ihm seine Plakette zu. »Das Ding haben Sie verloren.«

Er warf mir einen hasserfüllten Blick zu und richtete die Waffe auf mich, wobei er sie mit beiden Händen hielt, einen Arm auf den anderen gestützt. Vielleicht war er mal Cop oder beim Militär gewesen. Vielleicht war er aber auch bloß ein Typ, der die Abende allein auf seiner Couch verbrachte und zu viele YouTube-Videos anschaute, darauf hoffend, eines Tages würde sein Moment als großer Held kommen. Ich schaute mir die Pistole näher an. Eine Glock 17. Leute, die keine Ahnung von Schusswaffen haben, kaufen sich eine Glock 17, so wie sich Leute, die keine Ahnung von Wodka haben, Grey Goose kaufen. Diese ganze Nummer mit Markenartikeln. Eine gute Marke, ohne Zweifel, aber eben nicht die beste. Die eine beste gab es nicht. Aber die Leute wollen glauben, es gäbe eine, deshalb kaufen sie Glocks, und da waren wir nun. Das Einzige, was die Glock von den meisten anderen halb automatischen 9-Millimeter-Pistolen unterschied, war die Tatsache, dass sie keinen Sicherungshebel aufwies, sondern eine Abzugssicherung hatte. Was es im Prinzip einfacher machte, jemanden zu erschießen, ob man das nun beabsichtigte oder nicht.

»Aufstehen!«, befahl er. »Und zwar langsam.«

Ich erwiderte seinen Blick. Meinen bestiefelten Fuß ließ ich nach wie vor auf dem Tisch ruhen. »Nein.«

»Sie kommen mit mir.«

»Wenn Sie das glauben, täuschen Sie sich.«

»Sie begehen Hausfriedensbruch.«

»Dann holen Sie einen Richter.«

Ich sah, dass sich der Griff seiner Hände um die schwarze Pistole verstärkte. »Wenn Sie nicht sofort aufstehen, schieße ich Sie nieder. Sie haben unerlaubt Privatgelände betreten.«

Nun musste ich lachen. »Wenn Sie eine unbewaffnete Frau im Konferenzraum Ihres Geschäftsführers erschießen wollen, tun Sie sich keinen Zwang an. Gibt bestimmt eine großartige Schlagzeile.«

»David«, schritt nun Gunn ein und trommelte dabei mit den Fingern auf den Tisch. »Sie sind melodramatisch. Nehmen Sie die Waffe runter.«

Der Wachmann senkte den Lauf seiner Pistole ein wenig. »Sind Sie sich sicher, Sir?«

»Nun, sie scheint Ihnen oder sonst jemandem im Moment nicht allzu viel zu nützen, oder?«, stieß Gunn hervor. Er schaute sich im Raum um. »Das Meeting ist vertagt.«

Die beiden anderen standen auf. Der große Kerl machte immer noch den Eindruck, als wollte er sich auf mich stürzen. Ich hoffte, dass er es nicht tun würde, denn die Lage beruhigte sich gerade ein wenig. Der Wachmann stellte sich in die Tür. »Brauchen Sie mich noch?«

Gunn schaute ihn an. »Ich glaube, David, dass, wenn ich Sie gebraucht hätte, dies vor ungefähr fünf Minuten gewesen wäre, als die Dame noch in der Lobby war. Ich brauche Sie nicht mehr.«

Glücklich wirkte der Wachmann nicht, denn diese letzten Worte konnte man so oder so verstehen. Er verließ den Raum, und nun waren Gunn und ich endlich allein.

»Nikki«, sagte Gunn. Seine Stimme klang kühl. Das war nun ein anderer Mann als der überschwängliche, energiegeladene Kerl, der in meinen Buchladen gerauscht war, als überbrächte er mir einen millionenschweren Auftrag. »Platzen Sie bei Ihren Geldgebern immer so herein? Ich kann nicht behaupten, dass mir diese Angewohnheit das Herz erwärmt.«

Ich zuckte mit den Schultern, nahm meinen Fuß vom Tisch und setzte mich aufrecht hin. Mein Stiefel hinterließ einen schmutzigen Streifen auf dem polierten Holz. »Sie waren bei mir im Büro. Da dachte ich, es wäre mal an der Zeit, Ihnen einen Gegenbesuch abzustatten.«

»Mit dem Unterschied, dass ich Sie angestellt habe. Sie arbeiten für mich.«

»Darum geht es ja gerade.« Ich goss mir ein Glas Eiswasser aus einem Henkelkrug ein und genehmigte mir einen Schluck. »Ich habe für Sie gearbeitet. Aber jetzt nicht mehr. Ich bin gekommen, um meine Kündigung einzureichen.«

Nun war er überrascht. »Was? Ich habe Ihnen eine beträchtliche Summe gezahlt, falls Sie das vergessen haben sollten.«

»Stimmt, das haben Sie.« Ich zog den besagten braunen Umschlag aus meiner Handtasche hervor und schob ihn zu ihm hinüber. »Zwanzigtausend Dollar. Vollständige Rückerstattung. Bis auf den letzten Penny. Ich stelle Ihnen nicht einmal die Spesen in Rechnung.«

Er betrachtete den Umschlag, rührte ihn aber nicht an. »Sie sind hergekommen, um zu kündigen. Wieso?«

»Sie haben mich damit beauftragt, eine Frau zu beschatten. Karen Li.«

»Ja. Und?«

»Karen Li ist tot.«

Er fuhr aus seinem Stuhl hoch. »Tot? Wovon reden Sie?«

Ich beobachtete Gunn genau. Falls er davon gewusst hatte, verstand er es bestens, es zu verbergen. Sein Gesichtsausdruck spiegelte eine gesunde Mischung aus Schock und Unglauben wider.

»Gestern Abend. Jemand hat ihr den Schädel eingeschlagen.«

»Jemand hat sie ermordet? Wovon reden Sie?«

»Sie haben mich damit beauftragt, eine Frau zu beschatten. Diese Frau wurde ermordet. Die Vorstellung von Blutgeld gefällt mir nicht besonders, und ich werde sie mit Sicherheit nicht länger beschatten. Ich kündige.«

»Sie ist tot?« Er wirkte verstört. »Sind Sie sich sicher? Woher wissen Sie das?«

»Ich weiß es eben«, sagte ich und stand auf. »Und jetzt wissen Sie es auch. Deswegen bin ich gekommen. Um es Ihnen mitzuteilen.«

Sein Blick schweifte im Raum umher und heftete sich dann wieder auf mich. »Beim nächsten Mal genügt eine E-Mail.«

An der Tür hielt ich inne. »Eins noch, Mr Gunn.«

»Ja?«

»Wegen Karen Li. Ich kannte sie zwar nicht gut, aber das, was ihr passiert ist, hat sie nicht verdient. Sie hat ein übles Ende genommen. Nicht gerade wie im Bilderbuch.«

Zum ersten Mal, seit ich ihm begegnet war, saß Gunn vollkommen reglos da. »Worauf wollen Sie hinaus?«

»Das, was ihr widerfahren ist, hat sie nicht verdient. Aber die Leute, die es ihr angetan haben – die werden bekommen, was sie verdient haben. Können Sie mir folgen?«

»Nein«, entgegnete er mit leiser Stimme. »Ich fürchte, ich kann Ihnen nicht folgen.«

»Ich werfe Ihnen nichts vor. Jedenfalls noch nicht. Aber eine Frau ist ums Leben gekommen.«

»So ist es«, sagte Gunn. »Aber was für Probleme sie auch gemacht haben mag, Sie sind verrückt, wenn Sie glauben, ich hätte gewollt, dass ihr so etwas zustößt.«

»Ich weiß nicht viel über Sie, Ihr Unternehmen oder das,

was Sie vorhaben. Aber wenn Sie etwas über die Umstände von Karens Tod wissen, dann sollten Sie es mir jetzt sagen.«

»Nikki«, sagte er. Seine braunen Augen blickten glanzlos und hart. »Sie sehen erschöpft aus, so als hätten Sie nicht geschlafen. Vielleicht sollten Sie nach Hause fahren und sich ein bisschen aufs Ohr legen. Oder sogar Urlaub machen. Hawaii ist schön in dieser Jahreszeit. Keine Touristen, leere Strände. Ich bezahle Ihnen das sogar – schnorcheln Sie ein paar Wochen, und bauen Sie Sandburgen, und dann schicken Sie mir die Rechnung. Ich übernehme das gern, Sie haben gute Arbeit geleistet.« Er beugte sich vor. »Aber diese verrückten Anschuldigungen, die Sie da machen, sollten Sie noch mal überdenken. Denken Sie an die Geheimhaltungsverpflichtung, die Sie unterzeichnet haben, und daran, was Sie mir da gerade unterstellen, bevor Sie durch die Gegend laufen und irgendwelche fehlgeleiteten Rachefantasien ausleben.«

»Hawaii«, sagte ich. »Eines Tages vielleicht. Bis dahin aber halte ich mich lieber an Kalifornien. Hier kann man reichlich Sandburgen bauen, ohne einen verdammten Flieger nehmen zu müssen.«

Gunn schob seinen Stuhl zurück und zuckte mit den Schultern. »Machen Sie's gut, Nikki.«

»Ich finde selbst hinaus.«

Während ich hinausging, dachte ich an das Dokument im Konferenzraum, auf das ich einen Blick erhascht hatte, bevor Gunn es umgedreht hatte. Eine Liste mit Aufzählungspunkten, auf der gerade noch das Datum 1. November oben erkennbar gewesen war, so als hätten sie gerade Punkt für Punkt einer Checkliste abgearbeitet. Ich hätte eine Menge dafür gegeben, noch ein paar Sekunden länger auf dieses Blatt Papier schauen zu können. Während ich zum Aufzug ging und wieder hinunter in die Lobby fuhr, sah ich keine

Menschenseele. Es war, als wären alle in dem Gebäude dermaßen beschäftigt, dass sie förmlich an ihren Schreibtischen klebten. Oder als hätten sie die Anweisung bekommen, sich von mir fernzuhalten. Zum x-ten Mal an diesem Tag wurde mir übel vor Selbstvorwürfen, weil ich Karen Li nach dem Treffen in Mendocino aus den Augen gelassen hatte.

Ich hatte sie nicht beschützt. Ich hatte sie nicht gerettet. Ich hatte ihre Angst als Paranoia abgetan. Nun war sie tot, und das auch noch, bevor sie mir ihre Geheimnisse hatte verraten können.

Menschen werden sterben.

Die ganze Firma konzentriert sich gerade auf eine einzige Sache.

Unschuldige Menschen.

Ich hatte ihr Vertrauen missbraucht, hatte die Gefahr verkannt, in der sie schwebte. Es war die schlimmste Fehleinschätzung, die ich hatte machen können, mit den schwerwiegendsten Konsequenzen. Ich war wertlos – immer dann in meinem Leben, wenn es am meisten darauf ankam, war ich für die Menschen, die mich brauchten, wertlos.

Als ich vom Parkplatz fuhr, musste ich heftig bremsen, um nicht mit einem silbernen Mercedes zu kollidieren, der vorbeifuhr, als hätte mich der Fahrer gar nicht bemerkt. Verärgert schaute ich mich um, als die schwere Limousine auf einem Behindertenparkplatz direkt vor dem Eingang von Care4 einparkte. Es war wohl einer dieser Fahrer, die nach dem Grundsatz handelten, dass den teuersten Fahrzeugen unbestritten Vorfahrt eingeräumt werden musste. Der Fahrer stieg aus. Einen behinderten Eindruck machte er nicht, als er einen schwarzen Aktenkoffer aus dem Kofferraum holte und damit in Richtung Lobby schritt. Er trug einen marineblauen Nadelstreifenanzug und eine knallrote Krawatte, was in der übertriebenen Zwanglosigkeit des Valley deplatziert wirkte. Irgendetwas an dem selbstgefälligen Gang des Mannes kam mir vertraut vor. Ich hatte diese Haltung schon einmal gesehen. Fotografiert, um genau zu sein – als er aus einem Apartmenthaus herausgekommen und mit einer Frau, die nicht seine Ehefrau war, genau auf dieses Auto zugegangen war.

Ich warf einen letzten Blick auf ihn und fuhr dann los. Dabei fragte ich mich, was Brenda Johnsons Mann wohl mit Care4 zu tun hatte.

26   Ich war jetzt seit fast achtundvierzig Stunden auf den Beinen, angetrieben praktisch nur von Adrenalin und Koffein. Zwar wollte ich immer noch nicht schlafen, aber ich wurde allmählich zu müde, um noch nachdenken zu können, geschweige denn etwas zu unternehmen. Ich sah ein, dass ich in meinem gegenwärtigen Zustand niemandem von Nutzen war, fuhr nach Hause und legte mich ins Bett. Als ich zwölf Stunden später aufwachte, fühlte ich mich wieder mehr oder weniger fit. Ich joggte, frühstückte und fuhr am späten Vormittag zum Buchladen.

»Wie findest du dieses Poster?«, wollte Jess wissen. »Ich weiß, es ist holzschnittartig.« Im vergangenen Jahr hatte sie immer mehr Lesungen örtlicher Autoren organisiert, und diese hatten sich als Besuchermagneten erwiesen. In letzter Zeit hatte sie Überstunden gemacht, um *Thrillers in the Fog* zu organisieren, ein neues Event, bei dem wir Krimiautoren aus unserem Stadtviertel vorstellten. Ich inspizierte das dreißig mal fünfunddreißig Zentimeter große Plakat, das sie gerade hochhielt – Grau- und Schwarztöne, ein verrostetes Stück der Golden Gate Bridge, das wie ein Dolch aus Nebelschwaden herausragte, der Schriftzug in der gleichen rostbraunen Farbe wie die Brücke.

»Super!« Es tat gut, wenigstens für kurze Zeit über etwas

anderes als Care4 nachzudenken.« »Wer steht bislang alles auf der Liste?«

Sie lächelte stolz. »Es wird der Hammer. Martin Cruz Smith und Laurie King haben definitiv zugesagt, bei ein paar anderen bin ich noch dran. Gute Chancen bei Joyce Carol Oates, wenn sie wieder hier am Cal lehrt.«

»Geht sie denn als Krimiautorin durch?«

Jess warf mir einen Blick zu. »Hast du nicht *DIS MEM BER* gelesen? Oder *Die Tote im Moor*?«

»Gutes Argument.«

»Entschuldigung?« Als ich mich umdrehte, erblickte ich ein rothaariges Mädchen in Flanellrock, schwarzen Strümpfen und Stiefeln. »Ich suche ein Buch für meinen Freund«, sagte sie. »Er fährt total auf Jazz ab, spielt Trompete, liest aber nicht besonders viel. Ich würde ihm gern Romane näherbringen.«

Erleichtert über den Themenwechsel, dachte ich darüber nach. »Warte mal. Ich glaube, ich hätte da das Richtige, falls wir es denn vorrätig haben.« Wenig später war ich wieder bei ihr und reichte ihr ein Buch.

»*1929*? Davon habe ich noch nie etwas gehört.«

»Ein historischer Roman, Bix Beiderbecke. Wenn er Jazz mag, verschlingt er das hier bestimmt.«

Nachdem das Mädchen gezahlt hatte, reichte mir Jess einen Umschlag. »Hätte ich fast vergessen. Entweder haben sie einen schnuckeligen neuen Briefträger eingestellt, oder Hochschulabsolventen stellen jetzt ihre eigene Post zu.«

»Danke.« Ich riss den Umschlag auf. Darin war ein Blatt mit ein paar Zeilen schräger, säuberlicher Schreibschrift.

Liebe mysteriöse Kein-Handy-Frau,
nachdem ich hinreichend über deine zahllosen Unzulänglichkeiten gewarnt wurde, möchte ich gerne Vollgas geben.

Ich dachte, wir könnten mal zusammen den Vietnamesen besuchen, den ich mag. Diese Woche, falls du nicht damit beschäftigt bist, Köpfe einzuschlagen.
PS: Das am Schluss war ein Witz (hoffe ich).

Der kurze Brief sorgte dafür, dass ich gute Laune bekam. Ich hatte Lust, mit Ethan zu Abend zu essen. Ich wollte Gregg Gunn und Care4 für ein paar Stunden vergessen, wollte nicht länger versuchen, dahinterzukommen, was Karen Li gemeint hatte, als sie davon sprach, etwas zu verstecken, wollte vergessen, dass es Leute auf dieser Welt und auch in dieser Stadt gab, die einer Frau wegen ein paar vermisster Dokumente den Schädel zertrümmerten.

Jess war noch nicht fertig. »Es war noch jemand hier, so ein kleiner Wicht, der nach Zigarren stank. Er meinte, du solltest ihn so bald als möglich kontaktieren.«

Charles Miller. Was er mir wohl mitzuteilen hatte?

»Und noch was. Dieses Mädchen, Zoe, aus dem Buchclub. Sie stand heute Morgen vor der Tür, als ich aufgemacht habe. Mir wollte sie nicht sagen, um was es ging, hat bloß gefragt, wann du hier sein würdest.«

»Sie ist hier? Jetzt?«

Jess nickte. »Sie macht nicht gerade den Eindruck, als wäre gestern ein Sahne-Tag für sie gewesen. Muss wohl ansteckend sein.«

Wir setzten uns auf ein Paar rote Sitzsäcke in einer Ecke des Buchladens. Die abgenutzten, knautschigen Säcke waren bequemer als die meisten der Tausend-Dollar-Ledersessel, auf denen ich Platz genommen hatte. Die über uns bis zur Decke reichenden Bücherregale strahlten eine beruhigende Geborgenheit aus, mit den Wänden eines Beichtstuhls vergleichbar – behaglich und sicher. Und es roch hier angenehm nach bedrucktem Papier und dem Leder der Buchrücken. Die Außenwelt schien auf die beste nur mögliche Art und Weise weit weg zu sein. Mir kam Gunns zu Anfang seines Besuchs geäußerte skeptische Frage wieder in den Sinn, ob die Menschen überhaupt noch Buchläden bräuchten. So, wie ich nun hier saß, gab unsere Umgebung die Antwort darauf. Ich fand, genauso gut hätte man einen Fliegenfischer, der knietief in einem kristallklaren Bach stand, fragen können, warum er denn nicht einfach in den Supermarkt ginge, um sich gezüchtete Tilapia zu kaufen.

»Tut mir leid«, sagte Zoe. Sie hatte geweint. Ihr langes schwarzes Haar war nicht geglättet und kräuselte sich. »Ich habe sonst niemanden, mit dem ich reden könnte. Ich hätte neulich nicht einfach so weggehen sollen. Ich hatte mich gut unterhalten.«

Da sie das Thema nun schon mal auf den Tisch gebracht hatte, wurde ich neugierig. »Woher wusste er, dass du hier warst?«

Zoe wirkte überrascht. »Durch mein Telefon, natürlich. Ich muss immer die Standortfreigabe aktivieren, damit er weiß, wo ich bin.«

Nach ihrer Antwort war meine Abneigung gegenüber Handys noch größer als vorher. »Er scheint dir nicht allzu sehr zu vertrauen.«

»Er hatte Freundinnen, die ihn hintergangen und betrogen haben. Er möchte eben wissen, wo ich bin.«

»Ist das für dich in Ordnung?«

»Ich wohne in seinem Haus, und er sorgt für mich und meine Kinder. Luis ist gut zu ihnen. Weißt du, wie schwer es ist, so einen Mann zu finden?« Sie fuhr sich mit einer Hand durch das Haar und zog zerstreut an einer Locke. »Wenn er jemals genug von mir haben sollte, wüsste ich nicht, was ich tun sollte.«

»Darf ich dich mal was fragen? Hat er dich schon mal angefasst?«

»Mich angefasst?«

Ich schaute sie an. »Du weißt, was ich meine.«

Sie wich meinem Blick aus. »Er sorgt für mich.«

»Es gibt noch andere Menschen dort draußen, die für dich sorgen würden. Ohne das andere. Und bis dahin lernst du, selbst für dich zu sorgen.«

Sie lachte. »Für dich mag das gelten, klar. Du kannst reden, bist bildhübsch, liest diese ganzen Bücher, bist wahrscheinlich aufs College gegangen. Aber ich? Ich habe die Highschool abgebrochen und habe zwei Kinder. Sicher, Luis dreht manchmal durch, aber das tun alle Männer. Das ist nicht seine Schuld.«

»Fühlst du dich sicher bei ihm? Hat er dich bedroht?«

»Es wird schon gut gehen.«

»Weswegen wollte er sich neulich entschuldigen, als er mit dem Blumenstrauß hierherkam?«

Sie schaute auf die Bücherregale. »Ach, nichts. Er hat bloß wegen etwas überreagiert und sich hinterher schlecht gefühlt. Es war meine Schuld, wirklich. Ich sollte inzwischen wissen, was ihn verärgert.«

»Ich könnte mal mit ihm reden«, schlug ich leise vor.

Sie war überrascht. »Du? Mit Luis reden?«

»Ich könnte ihm erklären, dass es vielleicht besser ist, wenn er dir ein wenig Freiraum gewährt.«

»Wo sollte ich denn hin?«

»Dabei könnte ich dir behilflich sein.«

Erneut fuhr sie sich mit der Hand durchs Haar, so als bereite ihr allein schon die Vorstellung Sorgen. Ich sah, wie ihre Finger eine Locke aufdrehten, sah, wie diese danach zurück in ihre Form sprang. »Er würde nicht auf dich hören.«

»Falls ich mit ihm rede, würde er auf mich hören.«

»Er hört auf niemanden. Warum sollte er auf dich hören?«

Um meinen Worten Nachdruck zu verleihen, legte ich ihr sanft eine Hand aufs Knie. »Luis würde auf mich hören, weil ich es ihn fühlen lassen würde.«

»Fühlen?«

Mir war wichtig, dass sie es begriff. »Ich würde es ihm so erklären, dass er dabei etwas fühlen würde, so wie er dich es hat fühlen lassen. Dann würde er es verstehen.«

Zoe lachte. »Gefühle ... Das glaube ich nicht. Er hat es nicht so mit sentimentalen Dingen.«

Ich lachte nicht. »Ich auch nicht.«

»Du kennst ihn nicht«, wiederholte sie. »Du warst schon so gut zu mir. Ich will nicht, dass du Ärger bekommst.« Sie schaute sich unbehaglich um. »Ich sollte jetzt zurück. Danke fürs Zuhören. Manchmal muss ich einfach unbedingt mit jemandem reden.«

»Du musst nicht gehen«, sagte ich zu ihr. »Du kannst noch bleiben.«

»Ich will keinen Ärger bekommen«, wiederholte sie.

Zoe eilte davon, und ich sah ihr hinterher. Sie hatte schon recht. Dass ich ihr anbot zu bleiben, war ja schön und gut, aber im Gegensatz zu ihr musste ich mir keine Sorgen darüber machen, was mich zu Hause erwarten würde. Vor meinem inneren Auge verschwamm ihre Silhouette und verwandelte sich in Karen Li, dann in Samantha, in Marlene, in all die Frauen, die ich im Lauf der Jahre kennengelernt und denen zu helfen ich versucht hatte. Ich sah Zoe hinterher, wie sie den Buchladen verließ. Und ich hasste mich dafür, dass ich mich fragte, ob sie ihn jemals wieder betreten würde.

Ich fuhr durch das Universitätsgelände von Berkeley, vorbei am verwaisten Footballstadion und dem großen Platz mit seinen Steinplatten und der gewaltigen Walfischskulptur, dem Wahrzeichen der Lawrence Hall of Science. Nun wurde die Straße steiler, und um den Anstieg zu bewältigen, gab ich Gas und brauste hinauf. Ich passierte braune Hügel und sich Hunderte Meter nach unten ausdehnendes viridiangrünes Buschwerk, ein riesiges Gebiet mit Wanderwegen und unberührtem Land, bis ich Charles' Honda Civic am Abzweig eines unbefestigten Weges entdeckte. Es war einer der zahlreichen Aussichtspunkte, die von der schmalen Straße abgingen. Charles saß auf einer Bank am Aussichtspunkt. Ein kleines Rauchwölkchen stieg von seinem Zigarillo auf und löste sich in Richtung des stahlblauen Himmels auf. Ich setzte mich neben ihn. »Ich hätte dich nie für einen Wandervogel gehalten.«

Er nickte mir zu. »Wer sagt denn was von Wandern? Ich erfreue mich einfach auf einer schönen Bank des Lebens.«

Wir saßen eine Weile stumm nebeneinander. Für Mitte Oktober war es noch sehr warm. Ein Habicht kreiste in der Thermik. Wir beobachteten ihn beide. Charles rauchte seinen Zigarillo zu Ende und drückte den Stummel dann auf dem Erdboden aus. »Du sagtest, dieser Kerl, Gunn, kam ursprünglich auf dich zu, weil er den großen Wach- und Sicherheitsfirmen nicht traut?«

»Genau.«

Charles schüttelte den Kopf. »Das ergibt keinen Sinn. Diese Firmen wären keine zwei Wochen im Geschäft, wenn sie nicht absolut diskret wären.«

Ich warf ihm einen Blick zu. »Um mir das zu sagen, hast du mich den ganzen Weg hier hinaufkommen lassen? Komm schon, Charles. Kundenverarsche. Pferde fressen

Äpfel. Was gibt es sonst noch Neues? Ich habe den Auftrag angenommen.«

Charles zog ein Zigarettenetui aus Messing und ein goldenes Zippo-Feuerzeug aus seiner Tasche. Er steckte sich einen weiteren Zigarillo an und paffte an ihm, sodass die Spitze orangefarben aufglomm. »Es war das Geld, das mir nicht mehr aus dem Kopf ging – die Finanzmittel. Warum dabei lügen? Eine nachvollziehbare Lüge wäre es, zu behaupten, sie hätten Geld, wenn sie in Wirklichkeit *keines* haben. Das hieße Stabilität ausstrahlen. Aber warum wahrheitswidrig behaupten, *keine* Finanzierung zu erhalten, wenn die in Wirklichkeit bereits durch ist? Welchen Sinn soll das ergeben?«

»Was ändert das?«

Charles ging nicht auf die Frage ein. »Ich habe mir das mit Gunn mal näher angeschaut. Er hat ein paar Jahre an der Wall Street gearbeitet, bis man ihn, wie schon gesagt, wegen Insidergeschäften drangekriegt hat. Vor Gericht ist er dann einen Handel eingegangen, hat Namen ausgeplaudert und ist mit einer Geldstrafe davongekommen. Was waren die Neunziger in New York doch für herrliche Zeiten, nicht wahr? Wenn man nicht gerade mit Crack gehandelt hat oder Drehkreuze übersprungen hat, konnte einem kaum was passieren.«

»Also ist der Typ, der mich beauftragt hat, ein Wirtschaftsganove? Tut mir leid, wenn ich damit deine Illusionen zerstöre, Charles, aber ich habe schon für finsterere Zeitgenossen gearbeitet.«

Charles zog an seinem Zigarillo. »Ein privates Unternehmen zu führen ist das eine. Wenn es um Geld geht, zeigt man im Valley für gewöhnlich Nachsicht. Aber bei einem börsennotierten Unternehmen ist das etwas anderes. Wenn es darum geht, Geld aus staatlichen Pensionsfonds, von Universitätsstiftungen oder kleinen Privatinvestoren einzustreichen, kommen alle möglichen Regulierungen und Kontrollen ins Spiel.«

»Soll heißen?«

»Wenn du Geschäftsführer eines börsennotierten Unternehmens bist, schauen dich die Leute schon schräg an, wenn du nur zu viele Strafzettel kassiert hast. Mit Gregg Gunn an der Spitze würde Care4 nie und nimmer einen Börsengang wagen.« Charles drückte Zigarillo Nummer zwei aus und legte den Stummel neben den ersten. »Daraufhin habe ich die Firma selbst mal genauer unter die Lupe genommen.«

»Die Babymonitore. Aber was sind eigentlich Babymonitore?«

Charles hatte es nicht so mit Redundanzen. Daher strengte ich meinen Grips an und lieferte die Antwort selbst. »Etwas, mit dem man beobachten kann. Sich vergewissern, dass Babylein schlummert. Sich vergewissern, dass die Babysitterin nicht ihren Freund empfängt, während man selbst gerade im Kino sitzt.«

»Etwas, mit dem man beobachten kann. Anders ausgedrückt ... Überwachung.«

»Überwachung?«

»Die stellen süße kleine Babykameras her, und es hört sich alles vertrauenerweckend und flauschig an. Eine Website mit lauter lächelnden Familien und allen möglichen Wohlfühlgeschichten, bei denen sie kundtun, wie sehr sie sich doch einer optimierten Kinderbetreuung widmen. Die haben sogar eine gemeinnützige Abteilung in der Firma aufgebaut, Gesundheitsfürsorge, weltweite Armut, dieser ganze Kram. Alles Augenwischerei.«

»Aber er hat mir sogar eine dieser Kameras gezeigt.« Ich dachte an die elegante weiße Kugel und die klitzekleine Linse. »Das verdammte Ding liegt immer noch irgendwo bei mir im Büro herum, bis ich jemanden finde, dem ich es schenken kann. Das ist real genug, oder nicht?«

»Klar, sie stellen Hardware her. Aber das ist unwichtig. Jeder treibt irgendeine chinesische Billigfabrik auf, in die er seine Produktion outsourcen kann. Kameras sind leicht herzustellen. Das wahre Geschäft von Care4 sind Überwachungs-*Software*-Systeme.«

So ziemlich zum ersten Mal im Leben wünschte ich, ich hätte der allgegenwärtigen Hightech-Welt, die ich normalerweise unbedingt zu ignorieren versuchte, mehr Aufmerksamkeit geschenkt. »Geht es bei Überwachung denn nicht im Grunde genommen bloß um Kameras?« Ich dachte an meine eigene Arbeit, bei der ich mit dem Zoom-Objektiv durch das Apartmentfenster Brenda Johnsons Ehemann fokussiert hatte. »Für meine Arbeit trifft das mit Sicherheit zu.«

»Du bist altmodisch, Nikki. Die Zeiten haben sich geändert. Schon mal was von CNN gehört? Nicht der Nachrichtenkanal«, fügte er hinzu. »Sondern die Technologie.«

Ich warf ihm einen Blick zu. »Bitte, Charles. Ich gehe noch nicht mal mit Typen aus, die für Google arbeiten.«

»CNN steht für Convolutional Deep Neural Network. Das ist ein künstliches neuronales Netzwerk, das in der Computervision verwendet wird. Im Grunde genommen prägt tiefes Lernen die Art und Weise, wie das biologische Gehirn neue Informationen erlernt, basierend auf dem, was es bereits weiß. Zeig einem Computer ein Foto von einem Hund, sag ihm, dass er einen Hund sieht, und wenn der Computer dann das nächste Mal einen Hund sieht, erinnert er sich daran und identifiziert ihn, ohne dass man es ihm erneut sagen muss. So, wie es bei einem Menschen auch wäre.«

Allmählich ging mir auf, worauf er hinauswollte. »Zeig also einem Computer ein Porträt …«

Er nickte. »Genau. Man kann ihm beibringen, das Gesicht beim nächsten Mal wiederzuerkennen. Die Technologie findet überall Anwendung, von der Markierung von Fotos auf Facebook bis zu autonomen Fahrzeugen. Care4 hat nun aber proprietäre Algorithmen entwickelt, die direkt auf die Überwachung größerer Flächen ausgerichtet sind, was seinen Kunden enorme Massen-Scan-Funktionen bietet. Sagen wir mal, ein NFL-Team möchte wissen, ob irgendwer, der seine Spiele besuchen will, lieber nicht dabei sein sollte. Das reicht dann von jemandem, der auf einer No-Fly-Liste steht, bis zu dem Betrunkenen, der auf dem Parkplatz Streit provoziert. Schließe ein Care4-Kamerasystem an, scanne jeden, der hereinkommt, und gib Fotos von denen ein, über deren Anwesenheit du informiert sein willst. Das System markiert sie sofort, und das Sicherheitspersonal pickt sie sich heraus. Ein Kinderspiel.«

»Wie hast du davon erfahren?«, wollte ich wissen.

Grinsend kratzte sich Charles an einer seiner dichten Augenbrauen. Er war stolz auf seine Arbeit. »So schwierig ist das gar nicht. Wenn du rauskriegen willst, was ein Unternehmen vorhat, schaust du dir zuerst die Leute an, die es einstellen will. Investigativer Journalismus 1.1. Ich habe Stellenanzeigen in einem halben Dutzend der großen Jobsuchmaschinen unter die Lupe genommen, habe mir im Cache abgespeicherte jahrealte Versionen von Webseiten angeschaut und dann sicherheitshalber noch ein paar Headhunter angerufen.« Mittlerweile war er mit dem nächsten Zigarillo zugange. Als dessen beißender Rauch mich einnebelte, rümpfte ich die Nase. »Vor etwas mehr als drei Jahren begann Care4 damit, aggressiv Informatik-Hochschulabsolventen einzustellen, Leute mit Doktortitel, die sich auf künstliche Intelligenz und neuronale Netzwerke spezialisiert haben. Das ist zwar nichts anderes als das, was viele andere Unternehmen hier in der Gegend auch tun, aber dass ausgerechnet Care4 solche Typen haben wollte, leuchtete mir angesichts dessen, was sie dort vorgeblich tun, nicht wirklich ein. Diese Tatsache erschien mir von Bedeutung, und deshalb habe ich tiefer gebohrt.«

»Und wer kauft so ein Zeug, von Sportvereinen mal abgesehen? Flughäfen? Polizeieinheiten?«

»Klar. Oder Regierungen.«

»Wofür? Antiterrorismus oder so etwas?«

»Das war auch mein erster Gedanke«, pflichtete er mir bei.

»Okay. Ich verstehe ja, warum Gunn lügen würde, wenn man ihn fragte, ob sie ins Ausland verkaufen. Öffentliches Image. Aber warum lügen, was den Börsengang angeht?«

Charles beugte sich zu mir vor. »Genau. Von Bedeutung ist nicht die Tatsache, dass er gelogen hat, sondern worin er gelogen hat. Gunn macht sich keine Sorgen über eine Angestellte, die ihn beim Börsengang ruiniert, denn er muss wissen, dass es nie zu einem kommen wird.«

»Und was wollen die stattdessen?«

»Soweit ich es sagen kann? Gar nichts. Offenbar sind sie glücklich und zufrieden damit, am laufenden Band Geld zu scheffeln und ansonsten unter dem Radar zu fliegen. Das Letzte, was sie wollen, ist, eine Aktiengesellschaft werden, vierteljährlich Pressekonferenzen abhalten, ihren Gewinn bekannt geben und herausposaunen, mit wem sie Geschäfte machen.«

Nun konnte ich eins und eins zusammenzählen. »Die haben nie vorgehabt, an die Börse zu gehen.«

»Und das bedeutet dreierlei. Erstens hast du es hier nicht mit irgendeiner kleinen Start-up-Klitsche zu tun. Care4 ist ein globales, gut etabliertes Unternehmen, das mit ruppigen, undurchsichtigen Kunden Geschäfte macht. Und anders als jedes andere Unternehmen, von dem ich je gehört habe, plustern die sich nicht auf, machen nicht auf größer und erfolgreicher, als sie es eigentlich sind – sie geben stattdessen vor, viel kleiner zu sein.«

»Okay, das war erstens.«

»Zweitens: Diese Frau, die du beschattet hast, Karen Li. Falls sie gar keine Angst davor hatten, sie könnte ihnen den Börsengang vermasseln – wovor hatten sie dann Angst? Was hat sie mitgehen lassen?«

»Charles, sie …«

Er war noch nicht fertig. »Drittens und womöglich am wichtigsten: Ein Unternehmen, das im wahrsten Sinne des Wortes Überwachungssysteme *herstellt,* mit Kontakten in der ganzen Welt – warum sollten die sich an dich wenden?« Er schaute mich aufmerksam und mit ernstem Blick an. »Du solltest an diese Frau herantreten, der du da folgst, Nikki, und herausfinden, warum Care4 so eine Heidenangst vor ihr hat und was sie versucht zu klauen.«

»Das ist das Problem.«

»Wieso Problem?«

»Diese Frau. Karen Li. Sie haben sie erwischt. Sie ist tot.«

27 In dieser Nacht schlief ich unruhig. Ständig grübelte ich darüber nach, was Karen Li wohl versteckt hatte und wie ich in den nächsten beiden Wochen herausfinden konnte, wo es sich befand. Allmählich hatte ich den Eindruck, dass es ein Ding der Unmöglichkeit war. Früh am Morgen gab ich den Versuch einzuschlafen auf. Ich zog mich an und steuerte eine Taqueria an der nächsten Straßenecke an. Wenn ich schon wach war und herumgrübelte, dann konnten Kaffee und Frühstück ruhig meine Begleiter sein. Ein richtiger Plan war das nicht, aber schon allein diese kleine Entscheidung getroffen zu haben fühlte sich gut an. Die Luft draußen war warm, der Himmel klar.

Sie schnappten mich auf dem Bürgersteig. Sie waren zu zweit, einer rechts, einer links. Sie drängten sich so dicht an mich, dass ich nicht treten konnte, und zerrten mich zu einer mit laufendem Motor wartenden schwarzen Limousine. Jemand in dem Wagen stieß die hintere Beifahrertür auf. Diese Nummer zogen sie nicht zum ersten Mal ab. Die ganze Vorstellung dauerte etwa fünf Sekunden.

Statistisch gesehen nehmen die Chancen, eine Entführung zu überleben, dramatisch ab, sobald man aus dem öffentlichen Raum verschwindet. Zum Beispiel also in dem Moment, in dem man auf den Rücksitz eines Autos gestoßen wird. Ich wartete ab, bis ich dicht vor der Wagentür war, bevor ich meinen Kopf ruckartig seitlich gegen das Kinn des Typen rechts neben mir stieß. Er schrie fluchend auf und spuckte Blut. Er musste sich auf die Lippe oder die Zunge gebissen haben. Derart ermutigt, trat ich ihm heftig auf den Fußrücken, entriss ihm meinen Arm und schwenkte ihn nach links, um dem Mann zu meiner Linken einen rechten Haken zu verpassen. Das hingegen funktionierte nicht so gut. Er zog die Schultern hoch und fing den Schlag ab, ohne meinen Arm loszulassen. Dann nahm er mich mit dem anderen Arm in den Schwitzkasten und drückte kräftig zu. Ich stach nach seinem Auge, verfehlte es jedoch. Mittlerweile hatte der andere Kerl aufgehört zu fluchen und packte mich erneut. Er zwängte sich hinter mich und verfrachtete mich mit roher Gewalt in den Wagen, wo mich der Typ zu meiner Linken bereits erwartete und am Nacken hereinzog. Die Choreografie hätte ihnen nicht unbedingt eine Anstellung im Bolschoi-Theater eingebracht, war aber effektiv. Sie hatten mich in ihrem Auto.

Der Mann zu meiner Rechten schlug die Tür zu.

Der Fahrer gab Gas. Da es keinen Sinn hatte, noch mehr Energie zu vergeuden – nicht jetzt –, zwang ich mich dazu, meinen Körper zu entspannen.

»Wegen Ihnen hätte ich mir fast die Zunge abgebissen!« Der Kerl rechts spuckte heftig Blut in den Fußraum und gab dann noch eine Bemerkung ab, die es nicht in die Medien gebracht hätte.

»Mit dem Reden klappt es doch noch prima«, warf ich ein.

Er fluchte erneut, doch darauf achtete ich nicht. Denn mittlerweile war es mir gelungen, einen Blick auf meine Entführer zu werfen. Dass ich schlimm in der Klemme steckte, hatte ich mir schon gedacht. Doch es war noch schlimmer – ich saß zwischen den beiden Männern, die ich in Mendocino gesehen hatte. Der Grobschlächtige links von mir trug die gleiche Lederjacke, die er in dem Café in San Francisco angehabt hatte. Er hatte ein rosiges Gesicht, einen Stiernacken und rotblondes Haar. Mit seinen schmutzig grauen Augen behielt er mich genau im Blick. Der zu meiner Rechten war dünner, hatte einen Van-Dyke-Bart und trug ein Sakko. Sowohl sein Haar als auch seine Haut hatten die Farbe von Bimsstein. Beide Männer trugen deutlich sichtbar Halfter unter der Jacke.

Ich saß eingeklemmt zwischen den beiden, die Karen Li getötet hatten.

Dass ich ihre Gesichter gesehen hatte, schien sie nicht zu beunruhigen.

Ebenfalls kein gutes Omen bei Entführungen.

Der Mann mit der Lederjacke durchwühlte meine Handtasche. Als Erstes stieß er auf die Beretta, dann auf die ausfahrbare Stahlrute und schließlich auf meinen Schlüsselbund, an dem eine kleine Dose Pfefferspray befestigt war. Er warf die Handtasche nach vorn auf den Beifahrersitz und sagte: »Wir müssen sie filzen.«

Der zu meiner Rechten starrte mich zornig an. »Versuchen Sie gar nicht erst, uns davon abzuhalten.«

»Sonst was?«

Ungeduldig schüttelte er den Kopf. »Sie sind wohl eine ganz Toughe, was?«

Der Lederjackenmann ließ seine Hände von oben nach unten über meinen Körper gleiten. Ich zwang mich dazu, es über mich ergehen zu lassen, allerdings wäre mir auch kaum etwas anderes übrig geblieben. Der Mann ging gründlich vor. Aber immerhin nicht wollüstig, das musste ich ihm zugutehalten. Er schreckte zwar nicht davor zurück, zwischen meinen Brüsten zu tasten, an meinen Hüften und zwischen meinen Schenkeln, aber das tat er, ohne dort innezuhalten oder zu fummeln oder sonst einen der unzähligen schmutzigen Tricks anzuwenden, die Männer beim Abtasten einer Frau anwendeten. Er fand alles. Den Schlagring in meiner Jackentasche. Den flachen schwarzen, lederbezogenen Knüppel, der in meiner Gesäßtasche steckte. Die winzige Deringer Kaliber .32 im Knöchelholster an meinem rechten Stiefel.

Der Mann in der Lederjacke warf mir einen Blick zu. »Auf wen haben Sie es abgesehen, Nikki?«

Ich ignorierte die Frage. »Sie kennen meinen Namen. Wie soll ich Sie nennen?«

»Nennen Sie mich Mr Rubin.«

Der Kerl zu meiner Rechten schaltete sich ein. »Mich können Sie Mr Jade nennen.«

»Wie geht es der Zunge, Mr Jade?«, fragte ich ihn.

Er fluchte. Ich lachte. »Mr Rubin. Mr Jade. Na klar doch, meinetwegen. Wohin fahren wir?«

Ich sah, dass wir den Freeway in südlicher Richtung entlangfuhren und dabei die östliche Seite der Bay umkurvten. Nach wie vor konnte ich den Gedanken nicht verdrängen, dass sie sich nicht die Mühe gemacht hatten, mir die Augen zu verbinden oder Masken zu tragen oder sonst etwas zu tun, was Leute taten, um später nicht identifiziert zu werden. Entführer gehörten im Grund genommen einer von zwei Kategorien an. Da waren diejenigen, die planten, ihre Opfer wieder freizulassen. Und dann waren da noch die anderen, die das nicht vorhatten.

»Nikki, wir werden Ihnen ein paar Fragen stellen«, begann Mr Rubin.

»Welche Art von Fragen?«

»Die einfachen.« Er legte eine Pause ein. »Natürlich nur, wenn Sie wollen, dass es einfach wird.«

»Und falls nicht?«

»Dann wird es schwerer.«

Ich sah zu, wie die Landschaft an uns vorbeiflog. Wir fuhren mit sicheren, unauffälligen 70 Meilen die Stunde. In einem langweiligen schwarzen Buick auf der Mittelspur. Nicht zu langsam, nicht zu schnell. Nie und nimmer würden wir die Aufmerksamkeit irgendeines unbeschäftigten Highway-Patrol-Beamten erregen. »Vielleicht stehe ich ja auf die harte Tour«, brachte ich vor.

Mr Rubin bedachte mich mit einem trägen, milde interessierten Blick. »Nein, Nikki, tun Sie nicht.«

»Und woher wissen Sie das?« Ich machte Konversation, wollte sehen, was sie erwidern würden. Worüber wir redeten, spielte eigentlich gar keine Rolle.

»Es gibt zwei Arten von Menschen«, erwiderte er. »Einmal die, die wissen, dass sie die harte Tour nicht mögen. Und dann gibt es die anderen, die glauben, dass sie sie mögen, aber schnell begreifen, dass es nicht so ist.«

»Was ist mit Karen Li? Sie wirkte nicht wie jemand, der die harte Tour mochte. Aber dann kam es bei ihr trotzdem dazu.«

Nun meldete sich Mr Jade zu Wort. Durch seine verletzte Zunge klangen seine Worte ein wenig nuschelig. »Über Karen Li reden wir noch, das verspreche ich Ihnen.«

Darauf reagierte ich nicht. Einen von ihnen konnte ich ausschalten. Was danach geschehen würde, stand in den Sternen. Der Wagen fuhr viel zu schnell, als dass ich hätte während der Fahrt hinausspringen können. Im besten aller Fälle konnte ich beide so überrumpeln, dass ich es schaffte, hinter den Fahrer zu gelangen. Möglicherweise konnte ich ihn würgen, ins Lenkrad greifen oder, darauf hoffend, keine irreversiblen Schäden anzurichten, die Handbremse ziehen. Im schlimmsten Fall würde mich einer der beiden erschießen. Oder der Wagen würde gegen eine Betonwand prallen oder über eine Leitplanke schleudern.

Ich beschloss abzuwarten.

Wir nahmen die Ausfahrt nach Oakland und fuhren in die Webster Street Tube, einen unter Wasser verlaufenden Tunnel, der Oakland mit Alameda Island verband. Nachdem wir ihn wieder verlassen hatten, steuerten wir Richtung Westen und fuhren dabei ruhige, gepflasterte Straßen entlang. Alameda Island lag zwischen Oakland und San Francisco und war zuerst von Pan Am und später von der Navy in Anspruch genommen worden. In jüngerer Zeit waren an seinem Westufer Brennereien aus dem Boden geschossen, deren Betreiber sich die riesigen verwaisten Hangars zunutze gemacht hatten, die für die Herstellung von Gin genauso ideal erschienen, wie sie es einmal für Flugzeuge gewesen waren. Die Straßen waren menschenleer, ein farbloses, gleichförmiges, von der Regierung erbautes Haus reihte sich an das nächste. An erinnerungswürdiger Architektur hatte das Militär kein Interesse. Die Leere war frappierend; es war, als führen wir durch ein verwaistes Filmset oder eine von der Pest befallene Stadt.

Vor einem Gebäude, das aussah wie alle anderen auch, hielten wir an. Verblichene blaue Farbe überzog die Betonfassaden, wie eine Polizeikaserne in einem Staat, der vor ein paar Jahren drastische Budgetkürzungen hatte hinnehmen müssen. »Wir steigen jetzt aus dem Wagen und gehen hinein, Nikki«, informierte mich Mr Rubin. »Mir ist klar, dass Sie Ihre Chancen abwägen. Wir sind zu dritt. Versuchen Sie es erst gar nicht.«

Ich gab keine Antwort. Es war sinnlos. Mr Jade stieg rasch aus, und Mr Rubin manövrierte mich in Richtung der offenen Tür, indem er seine massige Gestalt gegen mich drückte und mich zur Seite schob. Ich überlegte, ob ich versuchen sollte, auf den Fahrersitz zu klettern, doch der Fahrer hatte sich umgedreht und behielt mich im Auge. Von draußen packte mich Mr Jade am rechten Arm, während Mr Rubin meinen linken ergriff. Der Fahrer ging voraus und schloss eine einfache Metalltür auf. In dem stockdunklen Vorraum betätigte er einen Schalter, worauf alles in Neonlicht getaucht wurde. Er öffnete eine weitere Tür und betätigte beim Eintreten einen weiteren Schalter. Erneut flammten Leuchtstoffröhren auf.

Wir befanden uns in einem Raum, der exakt so aussah wie ein Klassenzimmer in einer Grundschule. Himmelblau gestrichene Wände, gefliester Boden, sogar eine Wandtafel und ein großer Metallschreibtisch standen im vorderen Bereich. Diesem gegenüber standen mehrere Reihen von Bürostühlen aus billigem orangefarbenem Plastik, an denen kleine, von rechts hereinragende Schreibpulte angebracht worden waren. Als Linkshänderin hatte ich sie deswegen seinerzeit umso mehr gehasst. Ich wandte mich Mr Rubin zu. »Sie lassen mich hier jetzt aber nicht den Zulassungstest fürs College ablegen, oder?«

Er lächelte nicht. »Hinsetzen.«

Ich schaute mich um, zuckte mit den Schultern und setzte mich. Anders als sonst in Klassenzimmern üblich, waren diese Tische am Boden fixiert. Der Stuhl war zu klein, sodass meine Knie gegen die Unterseite des Pults stießen, was die Sache unbehaglich machte. »Wenn das hier die harte Tour sein soll«, sagte ich, »dann haben Sie gewonnen. Wie kommen bloß Drittklässler mit dieser Folter zurecht?«

Mr Rubin setzte sich auf den großen Metalltisch, Mr Jade stellte sich an eine Seite, der Fahrer lehnte sich an die Tür. Alle drei beobachteten mich.

Bemüht, es mir so bequem wie möglich zu machen, verlagerte ich mein Gewicht auf dem Stuhl. »Wer von Ihnen hat Karen Li getötet?«

Sie tauschten Blicke aus. Dann wandten sie sich wieder mir zu und grinsten.

»Sind Sie verrückt geworden?«, fragte Mr Rubin. »*Wir* haben Karen Li nicht umgebracht.«

Er klang so, als meinte er es ernst. »Wer war es dann?«, forderte ich sie heraus.

Mr Jade stieß ein trockenes Lachen aus, trat näher und baute sich vor meinem Pult auf. Seine Lippe war angeschwollen, und er betupfte sie mit einem blutigen Taschentuch. »Sparen Sie sich den Scheiß, Nikki. Wir haben Karen Li nicht ermordet. Das waren *Sie*.«

28

Ich starrte sie an. »Wovon reden Sie?«

Mr Rubin kam auf mich zu. Dabei langte er mit einer Hand in die Innentasche seiner Lederjacke. Ich spannte mich an. Er zog einen Gegenstand aus seiner Tasche und legte ihn auf das Pult vor mir.

Der GPS-Tracker.

»Wir wissen, dass das Gerät Ihnen gehört«, sagte er.

»Und wir wissen, dass Sie die Frau beschattet haben«, fügte Mr Jade hinzu. »Wir haben Sie in San Francisco beobachtet.«

»Also sind Sie an dem Abend noch einmal zurückgekehrt«, sagte ich, während mir ein Licht aufging. »Zu dem Cottage. Sie haben sie umgebracht, und dann sind Sie noch einmal dorthin zurück – auf der Suche nach mir? Wegen dem, was ich gesehen hatte?«

Erneut wechselten sie einen Blick. »Nicht wirklich«, sagte Mr Rubin. Er zog einen weiteren Gegenstand aus seiner Jacke hervor und legte ihn neben den Tracker.

Plötzlich änderte sich alles.

Ich schaute auf ein goldenes Abzeichen mit einem goldenen Adler darauf. Auf der Vorderseite prangten drei Buchstaben.

FBI.

»Blödsinn«, sagte ich.

Mr Rubin warf mir ein humorloses Lächeln zu. »Für wen haben Sie uns denn gehalten?«

Ich dachte darüber nach, was sich ändern würde, falls ich wirklich zwei Bundesbeamte vor mir hätte. Ich war mir nicht sicher, ob das meine Lage verbesserte – oder im Vergleich dazu, falls sie stinknormale Auftragskiller gewesen wären, verschlechterte. »Werde ich verhaftet?«

»Das sollten Sie«, sagte Mr Jade und rieb sich die geschwollene Lippe. »Wegen tätlichen Angriffs auf einen Bundesagenten.«

Ich lachte. »Das war für Sie schon ein Angriff?«

»Immer sachte, Kämpferherz«, sagte Mr Rubin. Ich dachte erneut an die Situation am Meer in Mendocino. Seine Hände auf ihren Schultern, als ich auf die beiden zugesprintet war, um ihr das Leben zu retten.

»Ich habe gesehen, was Sie im Begriff waren, Karen anzutun«, sagte ich.

Er war verwirrt. »Ihr antun?«

»Sie waren im Begriff, sie von der Klippe zu stoßen.«

Ihre Reaktion fiel anders aus, als ich es erwartet hatte. Sie brachen beide in schallendes Gelächter aus. Sogar der Fahrer begann zu kichern. Es war wie bei einem Insiderwitz, den außer mir alle verstanden. »Was?«, fragte ich genervt. Ich mochte es nicht, wenn man mich für blöd verkaufte.

»Sie ins Meer stoßen?« Mr Rubin grinste immer noch. »Sie lesen zu viel Schundromane, Nikki. Ich habe die Frau getröstet. Sie stand am Rande eines Nervenzusammenbruchs. Sie wäre fast in Ohnmacht gefallen.«

»Blödsinn«, sagte ich. »Und kommen Sie mir nicht mit Schundromanen, wenn der Frau noch am gleichen Tag der Schädel eingeschlagen wird. Welche Rolle spielte sie eigentlich für Sie?«

Nun wich beiden das Grinsen aus dem Gesicht. Mr Jade

setzte sich an einen Tisch vor mir und schlug seine langen Beine übereinander. »Karen Li sollte unsere Kronzeugin werden.«

»Wie bitte?«

»Vergessen Sie's«, sagte Mr Rubin. »Wir haben Sie hierher gebracht, um *Ihnen* Fragen zu stellen.« Er wedelte mit dem GPS-Tracker vor meiner Nase herum. »Da wären also Sie in der gleichen Stadt wie die Verstorbene, am gleichen Tag. Wir wissen, dass Sie sie beschattet haben. Und dass Sie an diesem Nachmittag mit ihr gesprochen haben. Und wir können Sie mit dem Schauplatz ihres Todes an jenem Abend in Verbindung bringen. Verraten Sie es uns, Nikki – warum haben Sie sie ermordet?«

Ich dachte über alles nach, was sie bis dahin erzählt hatten. Mein Verstand riet mir, nur ein einziges Wort auszuspucken, nämlich »Anwalt«, und dann die Klappe zu halten. Aber sie machten mir gar nicht den Eindruck, als wären sie mit Hochdruck hinter mir her. Sie bohrten nach, waren aber nicht im Angriffsmodus. Sie wollten sehen, was ich verraten würde. Zu sagen, dass sie mich mit dem Tatort in Verbindung bringen konnten, war etwas anderes, als mir zu sagen, dass ich gesehen worden war. Was wahrscheinlich bedeutete, dass ich *nicht* gesehen worden war.

Ich traf eine Entscheidung. »Ich habe Karen Li nicht umgebracht. Aber das wissen Sie bereits.«

»Erzählen Sie mir nicht, was ich weiß«, entgegnete Mr Jade, während er seinen Kinnbart zwirbelte.

»Ich habe sie tot aufgefunden. Wir waren in ihrem Cottage verabredet. Ich kam zur vereinbarten Zeit dorthin. Da war sie bereits tot. Dann bin ich wieder weggefahren.«

Mr Jade kniff skeptisch die Augen zusammen. »Sie haben sie dort liegen gelassen? Nicht den Krankenwagen gerufen?«

Verächtlich schüttelte ich den Kopf. »Versuchen Sie nicht,

mir Schuldgefühle einzuflößen. Die Frau war tot. Soweit ich es wusste, waren der- oder diejenigen, die es getan haben, noch immer in der Stadt.«

»Das kaufe ich Ihnen nicht ab«, sagte Mr Rubin. »Warum waren Sie überhaupt dort?«

Erneut verlagerte ich das Gewicht meiner Beine unter dem Pult. Cops waren Cops. Halb schlau, halb dämlich. Die beiden hatten eine schön verborgene Falle ausgelegt und waren dann so stolz darauf geworden, dass sie ein kilometerhohes Denkmal errichtet hatten, um die Stelle zu markieren. »Das wissen Sie bereits. Ich wurde von der Firma, für die sie gearbeitet hat, Care4, mit ihrer Beschattung beauftragt.«

Mr Jade schaute mich an. »Warum sollten wir Ihnen das abnehmen?«

»Weil Sie wissen, dass es so ist.«

»Beweisen Sie es.«

»Als ich an so einem Pult hier zum letzten Mal gesessen habe, ging ich in die Grundschule. Ich mochte es damals nicht, und ich mag es heute immer noch nicht. Wenn Sie mich ein wenig in Ihre Karten schauen lassen, decke ich meine auf. Wenn nicht, verhaften Sie mich, oder rufen Sie mir ein Taxi.«

Sie wechselten einen Blick. »Sie wollen also *Zeigen und erzählen* spielen? Schön, Sie zuerst«, sagte Mr Rubin.

Ich stand auf. »Ich kriege gleich einen Krampf. Wie sind Sie überhaupt hier gelandet? Hat man Ihnen das Budget gekürzt? Können Sie sich San Francisco nicht leisten?«

»Ob Sie es glauben oder nicht«, knurrte Mr Rubin, »aber selbst die Regierung versucht, hier und da Geld einzusparen.«

Es war eine Wohltat, den beengten Raum verlassen und auf die Straße hinausgehen zu können. Wir schlenderten den von Schlaglöchern übersäten Gehweg entlang, vorbei an einem baufälligen Gebäude nach dem anderen, alle im gleichen verblassten Farbton. Auf der anderen Seite des Gewässers, Richtung Westen, war die Skyline von San Francisco zu sehen. Von Osten breiteten sich die Hafenanlagen Oaklands aus, hohe, sich als Silhouetten abzeichnende Kräne, Schiffscontainer, die zu hohen Türmen aufeinandergestapelt worden waren.

»Sie haben Ihren Spaziergang bekommen«, sagte Mr Rubin. »Nun reden Sie.«

Ich erzählte ihnen fast alles, ließ nur das weg, was mit Charles, Oliver und Buster zu tun hatte. Als ich fertig war, sagte ich: »Jetzt sind Sie dran. Was hat sie mitgehen lassen, und wovor hatte sie Angst?«

Mr Rubins Gesicht war verhärmt. »Ich bin mir wirklich nicht sicher, ob wir das weitergeben sollten.«

»Cops halten ihren Teil eines Deals immer ein«, sagte ich.

»Es handelt sich um eine laufende Ermittlung.«

»Na schön«, konterte ich. »Dann klopfen Sie aber nicht an meine Tür, wenn Ihnen noch eine Frage einfällt, die Sie vergessen haben zu stellen. Und ich werde nicht an Ihre Tür klopfen, wenn mir zufällig noch etwas einfällt, das ich vergessen habe Ihnen zu erzählen.«

Mr Jade starrte mich zornig an. »Bundesagenten Informationen vorzuenthalten ist eine Straftat.«

Ich erwiderte seinen bösen Blick. »Sie können mich mal mit Ihrer verdammten Straftat.« Ich ging los und schlug dabei grob die Richtung nach Oakland ein.

»Nikki!«

Ich ging weiter, ohne mich umzudrehen.

»Kommen Sie, Nikki! Warten Sie!«

Ich blieb stehen und wandte mich Mr Rubin zu. »Was?«

»Sie müssen das mit Care4 verstehen. Sie haben da in ein Wespennest gestochen.«

»Ich habe nirgends reingestochen«, erwiderte ich. »Das Wespennest hat in mich gestochen.«

»Karen Li hat keine Hightech-Geheimnisse auf dem freien Markt angeboten, oder welchen Bären Gregg Gunn Ihnen auch immer aufgebunden hat. Damit hatte sie nichts am Hut. Außerdem hatte sie Geld satt. Die Frau war sehr gut in ihrem Job und hat in einer Branche gearbeitet, die Talenten mehr Geld hinterherwirft als die NBA.«

»Was also hatte sie vor?«

Nun schaltete sich Mr Jade ein. »Sie hat etwas herausgefunden.«

»Werden Sie bloß nicht zu konkret.«

»Das ist das Problem – es gibt da viele Möglichkeiten. Wir glauben, dass Care4 alle möglichen Delikte begangen hat, von Embargoverstößen bis hin zu Bestechung. Wir bauen schon seit einiger Zeit einen Fall gegen sie auf.«

»Also hat Karen Ihnen geholfen?«

»Nicht von Anfang an«, sagte Mr Rubin freiheraus. Er kratzte sich am Hals. »Zuerst hat sie sich geweigert, meinte, sie habe doch nichts Unrechtes getan, und wir sollten jemand anderen finden und sie da raushalten. Dann, erst vor ganz kurzer Zeit, ist sie von sich aus wieder auf uns zugekommen. Sie hatte wieder etwas in Erfahrung gebracht. Etwas Schlimmeres – etwas, das so schlimm war, dass sie deswegen ihre Meinung geändert hat.«

»Und was war das?«

»Wir sind uns nicht sicher, aber es war wichtig. Eine extrem zeitkritische Information. Es war ihr gelungen, so etwas wie ein Beweisstück zu verstecken, aber wir haben keine Ahnung, um was es sich dabei handelt. Es könnte alles Mögliche sein, von einem Lagerhaus voller Goldbarren bis hin zu einem USB-Stick. Wir waren Ende der Woche mit ihr zur Übergabe verabredet.«

»Sie hat gar nichts darüber gesagt, um was es sich handelt?«

Menschen werden sterben. Unschuldige Menschen.

»Nur einen Namen. *In Retentis*. Eine Art internes Projekt. Wir wissen nur, dass es ausreichte, um sie in Angst und Schrecken zu versetzen.«

Zum zweiten Mal in dieser Woche hörte ich diesen seltsamen Begriff. *In Retentis*. Die Betreffzeile der E-Mail, die Karen zufolge alles ausgelöst hatte. »Können Sie nicht herausfinden, was das zu bedeuten hat?«

Während er sich gedankenverloren am Flaum seines Kinnbarts herumspielte, erwiderte Mr Jade: »So einfach ist das nicht. Karen zufolge wird das, worum es sich auch handeln mag, im Ausland geplant. Dort haben wir keine Befugnisse. Wir versuchen gerade, Vorladungen und Durchsuchungsbefehle zu erwirken, uns liegen aber nicht genug handfeste Beweise vor, die wir vor Gericht vorlegen können, um einen Prozess einzuleiten. Und das ist eine Katastrophe angesichts dessen, was laut Karen …«

Er fing einen Blick von Mr Rubin auf und brach mitten im Satz ab.

» … am ersten November geschehen wird«, vollendete ich. »Wenn wir es also nicht vorher herausbekommen, ist es zu spät.«

Sie schauten mich unbehaglich an, sagten aber nichts. »Stimmt's?«, hakte ich nach.

Ihre Blicke begegneten sich, und Mr Rubin zuckte kaum merklich mit den Schultern.

»Stimmt«, pflichtete Mr Jade bei. »Das hat sie Ihnen also auch gesagt?«

»Ja. Haben Sie wenigstens irgendeine Ahnung, worum es sich handeln könnte?«

Mr Rubin antwortete. »Wir wissen, dass der Geschäftsführer, Gunn, vor Kurzem alle möglichen finsteren Regionen in der Welt besucht hat.«

»Gegenden, in denen Schurken bei einer Tasse starken Kaffees Pläne schmieden, wie sie die nächste Autobombe in das nächste Gebäude befördern können«, fügte Mr Jade hinzu.

»Terrorismus?« Das war mir bereits durch den Kopf gegangen, doch ich war skeptisch. »Welchen Nutzen sollte eine amerikanische Hightech-Firma daraus ziehen, Terroristen dabei zu unterstützen, Menschen im Westen anzugreifen? Was ist daran gut für sie? Würde sie das nicht augenblicklich zum Staatsfeind Nummer eins unserer Regierung machen?«

Mr Jade nickte zustimmend. »Es ist nur eine Vermutung. Aber im Silicon Valley wird die Privatsphäre von Kunden um jeden Preis geschützt. Das ist schon legendär. Diese Unternehmen sind die Schweizer Banken des einundzwanzigsten Jahrhunderts.«

»Wir müssen alle möglichen Gerichte abklappern, bloß um die Daten eines gottverdammten iPhones auslesen zu dürfen«, warf Mr Rubin verbittert ein. »Als ob ein Verrückter, der gerade mit einem AR-15-Gewehr jede Menge Unschuldige in einem Büro niedergemäht hat, vor dem großen, bösen FBI beschützt werden müsste.«

Mr Jade war noch nicht fertig. »Unsere schlüssigste Vermutung geht dahin, dass Care4, womöglich unbeabsichtigt, in den Besitz von Informationen über eine Zelle oder einen Anschlag gekommen ist, darüber aber nicht reden will, weil das Unternehmen sonst das Vertrauen – und wichtiger noch die Einnahmen – seiner einträglichsten Kunden verlieren würde. Leute aus dem ehemaligen Ostblock, Oligarchen, Ölstaaten im Mittleren Osten, diese Art von Kunden. Auf keinen Fall würden derlei Gestalten es zulassen, dass Care4 in ihren Ländern Geschäfte macht, wenn sie befürchten müssten, die Firma gebe irgendwelche Informationen an den Staat weiter.«

Überzeugt war ich immer noch nicht. »Also hat bei Care4 jemand mehr oder weniger beschlossen, lieber eine Handvoll Westler abkratzen zu lassen, als einen vernichtenden finanziellen Schlag einzustecken?«

»So sieht unsere Theorie in etwa aus, ja. Damit rechnend, dass sie bei der besagten Entscheidung nie ertappt werden und auch keine aktive Steuerflucht oder Steuerhinterziehung begehen.«

»Und diese üble Sache, was immer es ist, dieser Anschlag, wird sich am ersten November ereignen?«

»Alles, was wir bislang in Erfahrung gebracht haben, weist eindeutig darauf hin.«

»Haben Sie sich mit anderen Diensten ausgetauscht? CIA, NSA?«

Mr Rubin nickte. »Klar, wir stehen in Kontakt mit den Kollegen. Aber im Internet wird pausenlos so viel von angeblich bevorstehenden Anschläge gepostet, dass sich in der Praxis unmöglich sagen lässt, was der Wahrheit entspricht und was nicht. Wer nicht wie wir eine solche Flut von Informationen prüfen muss, kann sich den Berg an Informationen, der jeden Tag auf unserem Tisch landet, kaum vorstellen. Kein Tag vergeht ohne absolut glaubwürdige Hinweise auf ein Dutzend verschiedene Anschläge, die noch an ebendiesem Tag irgendwo auf der Welt geschehen sollen. Von den meisten erfährt die Öffentlichkeit nie etwas. Einige erübrigen sich von selbst, andere werden vereitelt – und wieder andere ereignen sich.«

»Und was haben Sie jetzt vor?«

Mr Jade zog eine verdrießliche Miene. »Wir versuchen, jemand anderen aufzutreiben, der bereit ist zu plaudern.

Aber Karen Li war eine einmalige Quelle. Selbst unter den besten Umständen dürfte sie kaum zu ersetzen sein. Vor dem ersten November? Unmöglich. Bis dahin sind es keine zwei Wochen mehr. Wir wissen nicht, welche Art von Beweisen sie hatte. Was immer es war, es gibt keine Spur. Wir haben überall danach gesucht.«

Ich nickte geistesabwesend. Dabei dachte ich, dass »gesucht« dreierlei bedeuten konnte. Vielleicht hatte Karen gelogen. Vielleicht hatte Care4 gefunden und vernichtet, was immer es gewesen war.

Vielleicht hatten die beiden hier aber auch nicht an den richtigen Orten nachgesehen.

Sie machten zwar einen kompetenten Eindruck, aber übermäßig kreativ wirkten sie nicht gerade.

»Können wir auf Sie zählen, Nikki?«, fragte Mr Rubin. »Dass Sie uns helfen, wenn Sie mehr in Erfahrung bringen?«

Ich rollte mit den Augen. »Klar doch, ich werde Ihr Mann in Havanna. Graham Greene wäre begeistert.«

»Das ist nicht lustig«, bemerkte nun wieder Mr Jade. »Wir haben Sie heute erwischt. Und das bedeutet, dass es auch andere könnten.«

29

»Du, ich brauche mal kurz deine Hilfe«, eröffnete ich Jess.

»Klar. Kleinen Moment noch.« Sie bediente gerade einen unserer Stammkunden, Lennis. Der ältere Herr trug ein blaues Flanellhemd, und seine Kinnpartie war von stacheligen weißen Stoppeln überzogen wie ein abgeerntetes Getreidefeld. Er kam alle paar Wochen vorbei, räumte dann unsere Science-Fiction-Abteilung leer und erschnorrte sich nebenbei den einen oder anderen Schluck Bourbon. Als er mich sah, zwinkerte er mir zu, den Becher in der einen Hand, einen Stapel zerlesener Taschenbücher unter den Arm geklemmt. »Ihr macht hier wirklich tollen Kaffee.«

»Sollten Sie mit so etwas nicht bis nach Mittag warten?«

Er grinste. »Nach Mittag ist er vielleicht nicht mehr kostenlos.«

Jess tippte die Preise seiner Bücher in die Kasse ein, während ich ein *Geschlossen*-Schild an die Tür hängte. »Was hast du auf dem Herzen?«, fragte mich Jess, als wir allein im Laden waren.

»Erinnerst du dich an diesen Mann, der in den Laden kam, als wir vergangene Woche gerade zumachen wollten? Der mit dem Aktenkoffer, den du zu mir hochgeschickt hast?«

Sie dachte kurz nach und nickte dann. »Ja, vage. Ist ihm etwas zugestoßen?«

»Nicht wirklich. Er hat mich damit beauftragt, eine seiner Angestellten zu beschatten, eine Frau namens Karen Li. Das tat ich dann auch. Und jetzt ist sie tot.«

»O mein Gott, tot? Etwa ermordet? Was ist passiert? Wer hat das getan?«

»Ich weiß es nicht.« Während ich diese Worte aussprach, hatte ich die Bilder wieder vor Augen. Das Cottage. Das kaputte Fenster. Die schrecklich zugerichtete Leiche. Die eingeschlagene Fensterscheibe, die irgendwie die ganze Sinnlosigkeit und Verzweiflung symbolisierte, die der Sache innewohnte. Ich zwang mich dazu, die Erinnerungen aus meinem Kopf zu verbannen. »Sie hat etwas versteckt, von dem sie wollte, dass ich davon weiß. Ich muss herausbekommen, was es ist.«

»Und du wirst herausfinden, wie …?«

Ich legte einen Stapel Papiere auf den Schreibtisch zwischen uns. Jess schaute erst die Papiere und dann wieder mich an. »Sag jetzt nicht, Ethan lässt dich seine Dissertation redigieren?«

»Das sind Koordinaten von Standorten. Von dem GPS-Tracker, den ich an ihrem Auto befestigt hatte. Alle Orte, an denen sie vor Kurzem war. So werden wir finden, was immer sie versteckt hat.«

»Und was, wenn sie es versteckt hat, bevor du angefangen hast, sie zu beschatten?«

Ich dachte an den Ausdruck auf Karens Gesicht. Ihre Angst. »Das glaube ich nicht. Sie muss es kurz vor ihrem Tod versteckt haben. Nachdem sie es mit der Angst zu tun bekam wegen dem, was sie herausgefunden hat. Falls sie etwas versteckt hat, dann nicht an offensichtlichen Orten. Sie hatte den Verdacht, dass sie beobachtet wurde. Aber es muss irgendwo sein, wo sie es wieder hätte an sich nehmen können, ohne Aufmerksamkeit zu erregen.«

»Woher weißt du das?«

»*Wissen* tue ich es nicht. Nicht sicher. Aber mehr haben wir nicht.«

»Okay.« Jess zuckte mit den Schultern. »Sag mir, wo ich anfangen soll.«

Jedes einzelne Blatt war ein Ausdruck mit einer zeitgestempelten Ortsangabe. Ich ging eine nach der anderen in dem Stapel durch und las dabei die Adressen laut vor. Jess hatte derweil auf ihrem Laptop Google Maps geöffnet. Sie schaute jede Adresse nach, die ich vorlas; Nennungen, die sich wiederholten, ließ sie aus. Während wir uns durchackerten, nahm Karen Lis Leben mit gespenstischer Präzision Konturen an. Die meisten Menschen waren Gewohnheitstiere. Karen machte da keine Ausnahme. Wir legten alle Doppelungen auf einen Stapel. Das Büro von Care4, ihr Zuhause. Dort war ich bereits gewesen. Ein nichtssagendes Reihenhaus in San Jose, umgeben von Reihen identischer Häuser. Eine Neubausiedlung, die wahrscheinlich vor ein, zwei Jahren hochgezogen worden war. Ich hatte mir nicht einmal die Mühe gemacht, mir Zutritt zu verschaffen. Zu jenem Zeitpunkt musste die Polizei bereits drinnen gewesen sein. Andere womöglich auch. Jetzt blieb nur noch ihre Familie. Ihr kam die langwierige, traurige Aufgabe zu, Habseligkeiten an sich zu nehmen, die die Polizei beschlagnahmt hatte, Bücher und Tafelsilber, Jeans, Unterwäsche und Schuhe durchzugehen, Gemälde und Erinnerungsstücke, all diese trostlosen und sinnlosen Entscheidungen zu treffen – was man an Hilfsorganisationen gibt, was man wegwirft, was man behält.

Ich schloss die Augen und sah erneut das Cottage vor mir.

»Die armen Eltern«, sagte Jess, als hätte sie meine Gedanken gelesen. »Kannst du dir das vorstellen?«

»Ich glaube, sie leben nicht mehr«, sagte ich, an das Familienfoto denkend, das Karen umklammert hatte.

»Die arme Frau.«

»Machen wir weiter«, drängte ich. »Wir haben noch eine Menge Arbeit vor uns.«

Einige Adressen tauchten so häufig auf, dass wir einen zweiten Stapel damit anlegten. Diverse Restaurants, ein Starbucks und ein Weinlokal, beide in der Nähe ihrer Wohnung. Ich stellte mir vor, wie Karen allein an der Bar saß, ein Glas vor sich, vielleicht einen Laptop. Wahrscheinlich hatte sie noch ein zweites Glas bestellt, aber kein drittes mehr. Ohne lockerzulassen, spulten wir Moment für Moment ihres Lebens zurück. Ein Fitnessclub. Ein Yogastudio. Normale Orte für eine energiegeladene, erfolgreiche Frau von Mitte dreißig. All die Dinge, die Menschen taten, und die Orte, die sie aufsuchten, wenn sie lebendig waren.

In die dritte Kategorie kamen die Adressen, die zwar weniger häufig auftauchten, aber offenkundig nicht aus der Reihe tanzten, was Karens Gewohnheiten anging. Andere Restaurants und Bars, ein Spa in einem schicken Hotel, einige andere Apartmenthäuser, bei denen ich davon ausging, dass es sich um Adressen von Freunden handelte. Koordinaten ein Dutzend Meilen südlich von San Francisco, gleich neben der Bay, die sich als Standort eines Mietwagenzentrums herausstellten, das den Flughafen San Francisco bediente. Ein Krankenhaus, ein Kino, ein Nagelstudio. Eine gemeinnützige Einrichtung in San Francisco namens Tiananmen Lives, diverse Geschäfte, Parkhäuser und eine Handvoll willkürlicher Adressen, die nach Parkplätzen aussahen.

Der Stapel Papiere vor uns wurde fortlaufend kleiner.

Da war noch eine vierte Kategorie, nämlich solche Adressen, die wirklich etwas bedeuten konnten. Potenzielle

Verstecke. Bloß dass wir sämtliche Ausdrucke durchgingen, ohne dass uns etwas ins Auge fiel. »Und jetzt?« Jess klang erschöpft.

Ich schob meinen Stuhl vom Tresen zurück und massierte mir die Augen. »Mittagessen.«

Wir aßen in einem kleinen, mediterran angehauchten Laden eine Straßenecke entfernt vom Buchladen. Wir orderten Gyros Pita, Pommes und Salat und nahmen alles auf Plastiktabletts mit an einen Tisch. »Und ich dachte, es wäre spannend, wenn du in der Gegend herumläufst«, sagte Jess. »Wenn du deine freie Zeit so verbringst, halte ich mich lieber an den Buchladen. Ich lese lieber Gogol als Google.« Sie biss in ihr Pita und hielt es dabei mit Bedacht so, dass die Soße nach unten in die Papierverpackung tropfte. »Also. Was, wenn sie zu Fuß irgendwohin gegangen ist? Sie könnte das Auto einfach stehen gelassen haben.«

»Du bist nicht oft genug in der South Bay«, erwiderte ich. »Kein Mensch lässt seinen Wagen stehen. Das geht einfach nicht. Es ist hier noch schlimmer als in L. A.«

»Wie kann irgendwas schlimmer sein als in L. A.?«

»In L. A. gibt es eine U-Bahn.«

»Na schön, okay. Aber wie sucht man etwas, von dem man gar nicht weiß, um was es sich handelt? Du hast gesagt, der vierte Stapel sei der entscheidende. Wie findest du etwas, das gar nicht da ist?«

»Es ist da«, gab ich zurück. »Wir müssen bloß wissen, wie wir hinschauen müssen.«

»Du meinst, *wo* wir hinschauen müssen?«

Ich wischte mir das Kinn mit einer Serviette ab und kaute zu Ende. »Als ich noch klein war, besuchten meine Eltern jedes Jahr einen Sederabend, der von einem russischen Ehepaar ausgerichtet wurde, Mr und Mrs Berkovich. Sie schafften es in den Siebzigern aus der UdSSR raus und landeten schließlich in Bolinas. Sie haben immer gesagt, sie wünschten sich das genaue Gegenteil von Moskau, und Bolinas kam der Sache für sie am nächsten.«

»Sowjets – also haben die dir das ganze Hinterherspionieren beigebracht?«

Ich lachte. »Meine Güte, nein. Die beiden hätten miserable Spione abgegeben. Er war Maler, und sie hat Klavierunterricht gegeben. Aber der Sederabend ist ein Ritual, das ganze Mahl. Zu Anfang brach Mr Berkovich immer ein Stück Matze in zwei Hälften. Eine Hälfte wickelte er in eine Serviette und stahl sich dann vom Tisch weg, um sie zu verstecken. Der *Afikoman* heißt das. Später haben wir Kinder dann versucht, es zu finden, und wenn es uns gelang, haben wir eine Belohnung bekommen.«

»Ich bin in Südkalifornien aufgewachsen«, warf Jess ein. »Ich bin wahrscheinlich bei mehr Sederabenden gewesen als Moses. Aber das bezieht sich jetzt auf …?«

»Die Regel lautete, das Versteck musste immer vor aller Augen sein. Es war bloß eine Frage des *Hinschauens*.«

»Lass mich raten, wer es jedes Jahr gefunden hat.«

Ich lächelte. »Ich wollte jetzt nicht damit angeben. Aber falls Karen Li etwas versteckt hat, liegt es an uns, es zu sehen.«

»Die berühmte Nadel im Heuhaufen.«

Ich dachte an Mr Berkovich. »Nein, so ist es nicht. Was wir damals gesucht haben, wurde von einem Menschen versteckt. Eine Nadel in einem Heuhaufen ist etwas Zufälliges. Etwas zu finden, das versteckt wurde, ist das Gegenteil von Zufall. Weil es von einem *Menschen* versteckt wurde. Und Menschen können Dinge nicht zufällig verstecken, ganz gleich, wie sehr sie sich bemühen. Es geht immer ein Entscheidungsprozess voraus. Auswählen, verwerfen, auswählen. Es ist wie beim Ausdenken eines Passworts. Die Sicherheitsexperten raten einem immer, macht es total zufällig, nehmt einen Mischmasch aus Buchstaben und Zahlen. Aber keiner hört wirklich auf sie. Wir sind eben Menschen. Sich etwas total Zufälliges auszudenken ist ein Widerspruch in sich. Wenn man etwas Verstecktes finden will, geht es einfach nur darum, auszubaldowern, wie der- oder diejenige, die etwas versteckt hat, tickt.«

»Und was tun wir jetzt?«

»Wir grenzen es ein. Erstens: Es muss ein Ort sein, an dem sie physisch etwas verstecken konnte. In Mendocino hat sie mir gesagt, sie habe es nicht bei sich.«

»Okay, und was noch?«

»Zweitens: Sie war verängstigt. Sie musste davon ausgehen, dass man die offensichtlichen Orte durchsuchen würde. Drittens: Sie musste in der Lage sein, es wieder an sich zu nehmen. Also ein relativ kurzfristig zugänglicher Ort. Nicht irgendwo halb um die Welt oder in einem mit Zeitschloss gesicherten Banktresor. Und viertens: Sie musste dafür sorgen, dass in der Zwischenzeit kein anderer zufällig darüberstolpern würde.«

Jess dachte nach. »Vielleicht diese Starbucks-Filiale oder das Weinlokal, das sie mochte?«

»Möglich, aber das glaube ich nicht. Mit der Gastronomie ist das so eine vertrackte Angelegenheit. Dort sind zu viele Angestellte beschäftigt, die ständig Inventur machen, putzen, herumwuseln. Ich kann mir nicht vorstellen, dass ein Kunde etwas verstecken und sich dabei sicher sein kann, dass eine Hilfskraft oder ein Barista nicht zufällig darauf stößt.«

»Dann vielleicht das Kino? Unter einem Sitz oder so?«

»In diese Richtung sollten wir denken. Aber nein, kein Kino. Das würde sie nicht riskieren. Auch hier könnte allzu leicht eine Reinigungskraft oder ein Angestellter zufällig darauf stoßen.«

»Und was, wenn sie ein Flugzeug genommen und es Tausende Meilen entfernt versteckt hat? Sie ist zum Flughafen gefahren, weißt du noch?«

»Sie muss kurzfristig Zugriff darauf haben.«

»Im Haus einer Freundin womöglich? Bei jemandem, dem sie vertraute.«

»Sie war zu verängstigt. Sie hätte es nicht riskiert, dass jemand, den sie mochte, in die Sache mit Care4 verwickelt worden wäre.«

»Aber wie versteckt man ...« Aufgeregt schob Jess ihr Tablet beiseite. »Das Hotel mit Spa, das sie besucht hat. Ein Spa ist perfekt. Schließfächer, Kabuffs, Privatbereich, alle möglichen Verstecke. Und nach Geschlechtern getrennt. Schwieriger für die Trottel von Care4, einfach hineinzulatschen und herumzustöbern.«

Ich dachte darüber nach. »Wo war das noch gleich?«

»Das Ritz-Carlton, in Half Moon Bay. Dort waren wir mal an unserem Jahrestag. Ich glaube, das Konto dieser Kreditkarte ist immer noch überzogen.«

Ich dachte an Buster. Er würde sich kaputtlachen. Denn nun ging ich wirklich ins Ritz.

30

Wie bei vielen anderen Küstenstädten hatten irgendwann auch die Bewohner von Half Moon Bay den Fischfang gegen den Tourismus als Haupteinnahmequelle eingetauscht. Das Hotel war ein wuchtiger beigefarbener Steinpalast inmitten gepflegter Grünanlagen und Golfplätze, hoch über dem Ozean thronend. Es sah aus wie ein Ort, an dem Henry James begeistert eine seiner europäischen Kulissen angesiedelt haben könnte. Wir fuhren in Jess' altem schwarzen BMW Cabrio. Es war ein Wagen mit Schaltgetriebe, und sie fuhr einen heißen Reifen. Das Verdeck war unten, die Heizung wegen der nebelfeuchten Küstenluft eingeschaltet.

Nachdem wir das Auto auf dem Parkplatz abgestellt hatten, folgten wir den Hinweisschildern zum Spa. »Haben Sie einen Termin?«, fragte eine der Empfangsdamen, eine hübsche Frau im Collegealter mit perfektem Lächeln und perfekt manikürten Händen.

Ich schüttelte den Kopf. »Wir kommen auf Empfehlung einer Freundin. Wir wollten gern mit deren Masseurin sprechen.«

»Wir freuen uns über Empfehlungen!«, flötete die Empfangsdame. »Kennen Sie den Namen?«

»Nein. Aber meine Freundin heißt Karen Li. L-I.«

Sie gab den Namen in ihr System ein. »Sie hatte Kaitlyn.«

Sie klickte sich weiter durch. »Kaitlyn ist heute ausgebucht. Kann ich Sie vielleicht für jemand anderen einplanen? Sie sind alle großartig.«

»Wäre es okay, wenn wir ganz kurz mit ihr sprechen?«

»Ich glaube, sie hat gerade eine Pause zwischen zwei Terminen. Ich checke das mal.«

Wir warteten. Ich blätterte ein Magazin für Innendekoration durch, in dem perfekte Feuerstellen für den Außenbereich abgebildet waren sowie Swimmingpools, neben denen geometrisch angeordnete Strandkörbe standen. Würde sich doch nur jemand die Mühe machen, dachte ich, in Wartebereichen wie diesen nicht nur Hochglanzmagazine, sondern auch ein paar Taschenbücher auszulegen. Andererseits konnte man sich angesichts der allgegenwärtigen Smartphones nicht einmal mehr darauf verlassen, auch nur ein *Reader's Digest* vorzufinden.

Schließlich kam die Empfangsdame mit einer hoch aufgeschossenen Blondine wieder zurück, die uns anlächelte und dabei gebleichte Zähne zeigte. »Hey Leute! Ich bin Kaitlyn.«

Wir stellten uns einander vor. »Unsere Freundin war total begeistert von Ihnen«, sagte Jess. »Karen Li.«

»Hübsche Asiatin, Ende dreißig, sah aber jünger aus«, fügte ich hinzu.

Kaitlyn lachte. »Diese Beschreibung trifft auf etwa die Hälfte meiner Kundinnen zu.«

Ich gab eine genauere Beschreibung ab, worauf sie nachdenklich das Gesicht verzog. »Ich glauuuube, ich erinnere mich an sie.« Sie legte eine Pause ein, bemüht, eine Hilfe zu sein. »Ich glaube, sie hat die Perlglanz-Gesichtsbehandlung genommen. Oder? Wie dem auch sei, jetzt muss ich mich beeilen!«

Sie verschwand hinter der Tür, aus der sie gekommen war. »Und was nun?«, fragte Jess.

»Wo wir schon mal hier sind, können wir uns auch ein bisschen umschauen. Bestimmt haben die Tageskarten im Programm.«

In der Umkleide zogen wir bequeme Bademäntel und Schlappen an. Es war Nachmittag an einem Werktag, und der Umkleideraum war menschenleer. Es lief leise Musik, und die Beleuchtung war gedämpft und edel. An einer Wand standen über- und nebeneinander würfelförmige Spinde. Mehrere Schilder wiesen darauf hin, dass sie allabendlich geleert wurden. Auf keinen Fall konnte man in ihnen langfristig etwas verstecken. Auch im Rest der Umkleide würde sich so etwas als schwierig erweisen. Die Tresen waren steril, die einzigen Gegenstände darauf Haartrockner, Wattestäbchenbehälter und Tiegel mit Gesichtslotion. Noch während ich mich umschaute, kam eine Putzfrau, um den Behälter mit benutzten Handtüchern zu leeren. Ich zog kurz den Wäscheraum in Betracht, verwarf den Gedanken dann aber wieder. Der Wäscheraum wurde wahrscheinlich sowohl vom Hotel als auch vom Spa benutzt. Das war günstiger, als zwei separate Wäschereien zu betreiben, und bedeutete, dass er vierundzwanzig Stunden am Tag in Betrieb und durchgehend besetzt sein würde und Zimmermädchen dort ein und aus gingen. Ganz gleich, wonach wir suchten, dort würde es nicht sein.

Wir gingen durch eine Milchglastür hinaus und gelangten in einen kleineren Raum mit einem smaragdgrünen, in den Fußboden eingelassenen Whirlpool. In kleinen Wandnischen brannten Kerzen, und es lief fernöstliche Instrumentalmusik. Ich drückte eine Taste an der Wand, worauf die Düsen zum Leben erwachten. Das Wasser schäumte verlockend. »Wollen wir?«, schlug ich vor. »Immerhin haben wir für die verdammten Tageskarten bezahlt.«

Wir legten unsere Bademäntel auf einer Teakholzbank

ab und stiegen hinein. Das blubbernde Wasser fühlte sich gut an. Ich lehnte mich an eine der Düsen und spürte, wie der Wasserstrahl meinen Rücken massierte. »Vielleicht hat sie es irgendwo im Hotel versteckt«, brachte Jess vor. »Aber ich wüsste nicht, wo wir anfangen sollten.«

Ich dachte an den Wäscheraum und schüttelte den Kopf. »Zu viele Reinigungskräfte an allen Ecken und Enden. Da lässt sich unmöglich irgendwas verstecken, denn der springende Punkt ist bei denen ja, jedem Gast das Gefühl zu vermitteln, dass er der erste ist, der jemals herkommt.«

Jess ließ sich tiefer ins Wasser hinabgleiten, bis ihre Kinnspitze die Wasseroberfläche berührte. »Wie sollen wir das Ding finden, wenn wir wortwörtlich keine Ahnung haben?«

Ich dachte erneut über die Suche des *Afikoman* im Haus der Berkovichs nach. »Wir schauen, aber wir *sehen* nicht. Spas, Kinos, Restaurants – das sind alles nur Orte, die sie aufgesucht hat. Sie haben überhaupt nichts zu bedeuten. Auf diese Art könnten wir ein Jahr mit der Suche verbringen. Das wäre so, als buddele man willkürlich Löcher in die Erde, um zu sehen, ob man auf Öl stößt.«

Entnervt spuckte Jess einen Schluck Wasser aus. »Tut mir leid, aber ich kapier's nicht. Wir haben alle Orte berücksichtigt, an denen sie sich aufgehalten hat – jedenfalls alle, zu denen sie gefahren ist. Ich weiß schon, warum ich eine Buchhandlung leite und nicht ungeklärte Fälle löse, Nikki. Ich dachte, meine Idee mit dem Spa wäre genial. Sonst fällt mir nichts mehr ein.«

»Die Idee war auch nicht schlecht«, entgegnete ich. Jess hatte recht gehabt, was die Sederabende anging: Ich war es immer gewesen, die die sorgfältig versteckte Serviette mit den Matzen Jahr für Jahr gefunden hatte. Die älteren Jungs machte das wahnsinnig. Sie kapierten nicht, warum ihnen ein kleines Mädchen jedes Mal eine lange Nase machte. Zufall war das nicht. Während sie umherrannten und ihre jugendlichen Muskeln spielen ließen, um die Couch hochzuwuchten, oder in den Hüllen der Schallplattensammlung nachschauten, blieb ich einfach stehen und dachte nach. Und dann schaute ich mich nicht nach Verstecken um, die ich gewählt hätte, sondern nach Stellen, die Mr Berkovich aussuchen würde. Das machte den Unterschied. Dabei zog ich sowohl seine physischen als auch seine nicht physischen Merkmale in Betracht, die ich bei ihm im Laufe der Jahre beobachtet hatte; eine verschmitzte, spielerische Ader; er war ziemlich klein geraten, von Natur aus vorsichtig und hatte ein verletztes Knie, sodass es unwahrscheinlich war, dass er sich tief bücken würde. Außerdem war er sehr stolz auf seinen Einfallsreichtum. Wenn ich diese Dinge bedachte, verriet mir das eine Menge darüber, wo er etwas verstecken würde. Es lag alles vor meinen Augen, wenn ich nur *hinschaute*. Die Verstecke wurden von Jahr zu Jahr schwieriger, da Mr Berkovich immer entschlossener wurde, mich in Verlegenheit zu bringen.

Ich erriet sie aber immer. Weil ich wusste, wo ich suchen musste.

So wie jetzt. Die Antwort musste irgendwo in den Papieren sein, die wir durchgeackert hatten, irgendwo in Karen Lis Leben. Und ihr Leben hatte sich hier abgespielt. Sie war nicht in ein Flugzeug gestiegen, um es irgendwo Tausende Meilen entfernt zu deponieren. Davon war ich überzeugt. Und doch hatte Jess recht. *Wir haben alle Orte berücksichtigt, an denen sie sich aufgehalten hat – jedenfalls alle, zu denen sie gefahren ist.* Wir hatten alles in Betracht gezogen. Alle Orte, zu denen sie gefahren war.

Gefahren war.

Plötzlich wusste ich es.

»Der Flughafen!«, stieß ich hervor.

Jess war überrascht. »Der Flughafen? Ich dachte, du bist der Meinung, sie hat es nicht mit in ein Flugzeug genommen.«

Ich rief mir die Seiten mit den zeitgestempelten Standorten in Erinnerung, die wir durchkämmt hatten. »Nicht wirklich der Flughafen.«

»Wo dann?«

»Sie ist zu der Autovermietung gleich neben dem Flughafen gefahren.«

»Nikki. Wie lange ist es eigentlich her, dass du in ein Flugzeug gestiegen bist? So funktioniert das: Nimm einen Flug, miete ein Auto – was soll daran so besonders sein?«

»Genau«, stimmte ich ihr zu. »Nimm ein Flugzeug, miete ein Auto. Das ist normal. Aber Karen Li ist nicht in irgendeiner anderen Stadt aus einem Flugzeug gestiegen und hat sich einen Mietwagen genommen. Sie hat *hier* ein Auto gemietet.«

»Und?«

»Sie hatte ein eigenes Auto. Warum sollte sie eines mieten?«

»Vielleicht war ihr Schlitten hinüber?«

»Die Frau hat einen brandneuen Porsche gefahren. Das Autohaus hätte ihr einen Ersatzwagen gestellt. Außerdem, wenn das Auto wirklich kaputtgegangen wäre, wäre das mit Sicherheit noch in die Garantiezeit gefallen, also hätte die letzte Adresse, die der Tracker angezeigt hat, das Autohaus oder eine Reparaturwerkstatt sein müssen. Aber sie hat es nirgends in Reparatur gegeben.«

»Und was bedeutet das jetzt? Wenn sie aus irgendeinem Grund ihren Wagen nicht fahren wollte, warum ihn dann nicht unter einem Vorwand zum Autohaus bringen und sich dort einen Ersatzwagen nehmen? Oder einen in San

Jose mieten, wo sie wohnte? Warum sich diesen ganzen Aufwand antun, ein Auto am Flughafen zu mieten?«

Ich nickte. »Genau. Der Flughafen ist der letzte Ort, an dem man einen Wagen mietet, wenn man die Wahl hat, denn das ist nicht nur weit weg, sondern immer auch die teuerste Option. Hast du dir schon mal eine dieser ellenlangen Rechnungen angeschaut, mit einem Dutzend verschiedener Gebühren und Zuschläge? Reisende haben den Luxus der Auswahl nicht. Sie haben es eilig, sie kennen sich in der Gegend nicht aus, daher entscheiden sie sich für die naheliegendste Option. Will sagen, den Flughafen. Maximale Bequemlichkeit. Aber wer in seiner Heimatstadt ein Auto mieten muss, würde überall sonst hinfahren *außer* zum Flughafen. Warum sollte Karen Li *hier* einen Wagen mieten?«

»Ich schnalle es nicht. Warum?«

»Aus dem gleichen Grund, weshalb es uns entgangen ist. Wir haben es übersehen, genau wie sie es geplant hatte. Vielleicht glaubte sie, verfolgt zu werden. Vielleicht hatte sie sogar den Verdacht, dass jemand ihr Auto auf dem Schirm hatte. Sie hatte Angst. Miete dir aus heiterem Himmel einen Wagen, dann machst du dich verdächtig. Die Leute fragen sich, warum du das tust. Aber am Flughafen parken und zum Mietwagenverleih gehen? Das findet kein Mensch seltsam. Diese beiden Aktionen passen zusammen wie Popcornkaufen und Kino. Dinge, die stimmig zu sein scheinen, fallen uns nicht auf. Uns fallen Dinge auf, bei denen das nicht der Fall ist.«

Ich stieg bereits aus dem Wasser und langte nach meinem Bademantel. »Ihr Auto stand einen Tag lang am Flughafen San Francisco. Es deutet aber nichts darauf hin, dass sie je in einen Flieger gestiegen ist. Karen Li ist nicht zum Flughafen gefahren, weil sie irgendwohin fliegen wollte. Sie ist dorthin gefahren, um dort etwas zu verstecken.«

31

Am Flughafen San Francisco folgten wir der Ausschilderung zum Gebäude der Autovermietungen. Hier gab es einen Schalter nach dem anderen für die jeweils vertretenen Firmen: Avis, Enterprise, National, Hertz, Budget, Dollar. Es war jede Menge los, vor jedem Schalter hatte sich eine Menschenschlange gebildet. Reisende, von denen die meisten einen erschöpften oder verschlafenen Eindruck machten. Mochten sich die Menschen auch ganz unterschiedliche Dinge vom Leben wünschen, so hatten sie doch auch alle Gemeinsamkeiten. Zum Beispiel wollte keiner am Schalter einer Autovermietung Schlange stehen.

»Woher wissen wir, welche es gewesen ist?«, fragte Jess.

Darüber hatte ich mir schon Gedanken gemacht. Ich erinnerte mich daran, dass Karen die Narwhal-Karte aus ihrer Geldbörse gezogen hatte. An die farbigen Ränder ihrer Kredit- und Mitgliedskarten. An den gelben Streifen. »Hertz«, sagte ich. Wir schenkten uns die Schalter und Schlangen und steuerten stattdessen den Fahrstuhl an. Ich drückte die Taste für die von Hertz belegte Etage, und wir glitten hinauf.

»Was werden wir tun?«

»Zuerst versuchen wir es mit Plan A«, sagte ich.

»Was ist Plan A?«

»Das bin ich.«

»Und wenn Plan A nicht hinhaut?«

»Dann wird es komplizierter.«

Ich ging alleine ins Parkhaus und schlängelte mich durch Reihen blitzblank gewaschener Fahrzeuge, bis ich auf einen Hertz-Angestellten neben einem kleinen Stand stieß, der mit Schreibtisch, Computer und Telefon als behelfsmäßiges Außenbüro ausgestattet worden war. Der Hauptschalter befand sich sicher im Erdgeschoss, doch diese Art von Außenstelle hier oben sollte gewährleisten, dass Vielreisende und Teilnehmer von Prämienaktionen ihre Autos möglichst ohne Zeitverlust in Empfang nehmen konnten. Der junge Bursche von Hertz sah so als, als wäre er frisch vom College gekommen. Er trug ein weißes Button-down-Hemd und eine rote Krawatte, was ihn paradoxerweise jünger statt älter wirken ließ. Der Knoten seiner Krawatte saß ein wenig locker. Es sah süß aus. Am liebsten hätte ich sie ihm gerichtet. Stattdessen entschuldigte ich mich insgeheim dafür, wie gemein ich mich ihm gegenüber verhalten würde. »Meine Freundin hat hier neulich ein Auto gemietet und etwas Wichtiges darin vergessen. Ich muss es für sie abholen.«

Er wirkte unschlüssig. »Ist sie bei Ihnen?«

»Nein. Ich habe ihren Namen.«

»Ich weiß nicht genau, ob ich die Genehmigung dazu habe.«

Ich lächelte ihn an. »Wo ich herkomme, wird aus ›weiß nicht genau‹ am Ende ein ›Ja‹.«

Unsicher rieb er sich die Nase. »Wir dürfen Kundendaten nicht bestätigen oder dementieren. Das erklären sie uns hier gleich am ersten Tag der Ausbildung.«

»Es ist wichtig«, beharrte ich.

»Ich weiß nicht recht«, wiederholte er mit zögerlicher Stimme.

Obwohl ich mich immer schuldiger fühlte, erhöhte ich

den Druck. »Ich habe keine Zeit, noch einmal wiederzukommen.«

Den Druck zu erhöhen war ein Fehler gewesen, das merkte ich sofort. Er biss sich auf die Lippe und zupfte unbehaglich an seinem Namensschild, während er langsam zurücktrat. »Ich hole lieber mal meine Chefin.«

Da ich nichts anderes zu tun hatte, blieb ich, wo ich war, und schaute mir die Autos an. Ein groß gewachsener Inder war gerade dabei, sich zwischen einem roten Ford Fusion und einem schwarzen Hyundai zu entscheiden. Eine Familie schleppte Koffer zu einem beigefarbenen Kleinbus. Ein genervt wirkender Geschäftsmann in einem zerknitterten Anzug und abgewetzten Budapestern hielt auf eine Chrysler Limousine zu. Hinter Verkehrshütchen reihten sich derweil andere Autos vor der Rückgabestelle auf; Fahrer stiegen aus, Mitarbeiter gingen die Reihe entlang und scannten die Fahrzeuge mit tragbaren Lesegeräten. Ich fragte mich, wie viele Autos hier wohl am Tag vermietet wurden. Hunderte, mindestens. Sieben Tage die Woche.

In Begleitung einer älteren Dame kehrte der junge Mann wieder zurück. Die Frau war nicht so süß. Sie hatte gebleichtes, splissiges Haar und strenge, pinkfarbene Lippen. Ihrem Geruch nach hatte sie ihre letzte Zigarettenpause vor etwa fünf Minuten eingelegt, und sie sah so aus, als giere sie schon, seit sie aus dem Bett gestiegen war, nach der nächsten. Sie hatte ihre Füße in enge schwarze Pumps gequetscht und trug eine Strumpfhose. Sie machte sich gar nicht erst die Mühe, einen auf nett zu machen. »Wie ich höre, glaubt Ihre Freundin, in einem unserer Fahrzeuge etwas vergessen zu haben?«

Ich nickte. »Karen Li. L-I. Sie hat hier vor ein, zwei Wochen einen Wagen gemietet. Wenn nötig, kann ich das genaue Datum heraussuchen. Sie ist zurzeit nicht in der Stadt und hat daher mich gebeten, für sie nachzuschauen.«

»Ihre Freundin ist nicht bei Ihnen?«

»Nein.«

»Kundendaten geben wir grundsätzlich nicht weiter. Sagen Sie Ihrer Freundin, sie soll uns anrufen oder vorbeikommen, dann sind wir gerne behilflich.«

Die nette Tour zog hier offenkundig nicht. Also versuchte ich, wie der Typ Frau herüberzukommen, der sechshundert Dollar die Stunde in Rechnung stellte. »Ich bin nicht hierhergekommen, um meine Zeit zu verschwenden. Die Sache ist dringend.«

»Wonach suchen Sie denn? Beschreiben Sie es, dann schauen wir nach.« Die Frau war tough. Wenn sie ihre Pumps gegen Kampfstiefel eingetauscht hätte, hätte sie an der Landung der Alliierten in der Normandie teilnehmen können. Während er unseren Wortwechsel verfolgte, bewegte der junge Mann den Kopf hin und her wie ein Zuschauer bei einer Partie Tennis.

Das war genau die Frage, von der ich gehofft hatte, sie würde sie nicht stellen. Immerhin hatte ich ja keine Ahnung, wonach ich suchte. »Das ist privat«, beharrte ich, um dann noch hinzuzufügen: »Ich möchte Sie nicht in Schwierigkeiten bringen.«

Sie blinzelte nicht mal. »Lady, ich bin schon seit Anfang der Achtziger nicht mehr in Schwierigkeiten gewesen. Machen Sie sich um mich keine Sorgen. Keine Chance. Viel Glück noch, und wenn Sie nicht vorhaben, ein Auto zu mieten, die Tür ist gleich dort drüben.« Sie dackelte schon ab, bevor sie den Satz überhaupt beendet hatte.

Ich fuhr mit dem Fahrstuhl wieder nach unten. Ein Stück die Straße runter war eine Bushaltestelle mit einer Bank. Ich setzte mich darauf und sah zu, wie Flugzeuge zum Himmel hinauf- und von ihm herabglitten.

Wie es schien, hielten alle acht Minuten Shuttle-Busse an der Haltestelle. Ich zählte drei von ihnen, und ein vierter war in Sichtweite, als ein silberner Range Rover am Bordstein hielt. Neidisch beäugten mich die beiden anderen, die an der Haltestelle warteten, als ich von der Bank aufstand und einstieg. Ich machte es mir auf dem komfortablen Sitz bequem. Wer immer die Karre gebaut hatte, hatte für die Innenausstattung Leder mit eleganten Details aus Aluminium und Holz ausgewählt. Der Schlitten glitt geschmeidig dahin, der Motor war kaum hörbar. So ganz mein Fall war das nicht; ich mochte Motorengeräusche.

»Plan B«, sagte ich.

»Plan B«, stimmte mir Jess vom Fahrersitz aus zu.

»Wie ist es gelaufen?«

Ohne die Augen von der Straße zu lassen, lächelte sie stolz. »Genau so, wie du es vorausgesagt hattest. Kaum warst du weg, hat sie sich erst an einen Computer gesetzt und ist dann zu diesem Wagen hier gegangen. Sie und dieser junge Kerl haben ihn mindestens zehn Minuten lang auseinandergenommen.«

»Und gefunden haben sie nichts?«

»Nö. Danach habe ich ein bisschen gewartet, bin dann hineinmarschiert und habe in meiner besten Silicon-Valley-Mädchenstimme gesagt: ›O mein Gott, ich liebe diesen Range Rover! Mein Freund hat genau so einen in Orange!‹«

Ich zuckte zusammen. »Mehr will ich gar nicht wissen.«

Sie nahm die Auffahrt zum Freeway. »Den hier also hatte Karen Li gemietet.«

»Darauf würde ich wetten«, erwiderte ich. »Nach meiner kleinen Nummer vorhin hätte es sich die Abteilungsleiterin auf keinen Fall entgehen lassen, zumindest einen Blick hineinzuwerfen, um sich zu vergewissern, dass niemandem ein Brillantring hinter den Sitz gefallen ist.«

»Er stand in der Kategorie dieser ›Prestige Cars‹, also den Schlitten, die über dreihundert Piepen am Tag kosten.«

»Das war clever von Karen«, sagte ich. »Beim Warten habe ich mal darauf geachtet, wie schnell die Anmietungen über die Bühne gehen. Bei den normalen Autos herrscht ein ständiges Kommen und Gehen, aber bei der Kategorie von Mercedes und Range Rover ist niemand auch nur in die Nähe der Wagen gekommen. So große Autos brauchen die Leute für einen Familienurlaub oder eine Geschäftsreise überhaupt nicht. Je teurer ein Wagen, desto seltener mietet ihn jemand.«

Jess nickte zustimmend. »Umso höher war also die Wahrscheinlichkeit, dass er immer noch an Ort und Stelle stand, wenn Karen noch mal hier vorbeikommen würde.«

»Genau.«

»Und was jetzt?«

»Jetzt stellen wir ihn auf den Kopf.«

Ein paar Ausfahrten weiter fuhren wir vom Freeway ab und folgten der Ausschilderung zu einem Baumarkt. Dort fuhren wir in den hintersten Bereich des großen Parkplatzes. Ein paar Hispanoamerikaner lehnten an einer Mauer und beobachteten uns erwartungsvoll. Ich machte mir keine Sorgen darüber, dass wir Aufmerksamkeit auf uns zogen. Die Männer waren Tagelöhner, so gut wie sicher ohne Papiere. Gruppen wie diese versammelten sich in ganz Kalifornien in der Nähe von Baumärkten. Arbeit war ihr einziges Anliegen. Arbeiten – und auf keinen Fall die Aufmerksamkeit der Polizei erregen. Selbst wenn wir unseren SUV in Brand gesteckt hätten, hätten sie nicht die Cops gerufen.

Wir durchforsteten den Range Rover von einem Ende zum anderen. Dabei schaute ich an den offenkundigen Stellen nur halbherzig nach. Nach einem flüchtigen Blick ignorierten wir Handschuhfach und Mittelkonsole. Was immer

Karen Li hatte verstecken wollen, sie würde es nicht dort deponiert haben, wo eine Putzkolonne oder ein Kunde es zufällig finden konnte. Wir verbrachten eine halbe Stunde damit, innen wie außen jeden Zentimeter des Wagens zu durchkämmen.

Nichts.

Frustriert trat Jess einen Schritt zurück. »Sag mir doch gerade noch mal, woher wir wissen, dass überhaupt irgendetwas hier ist?«

»Es ist hier«, beharrte ich, darum bemüht, überzeugend zu klingen. Vielleicht hatte es einen absolut vernünftigen Grund dafür gegeben, für einen Tag einen Wagen zu mieten. Vielleicht war es ja auch gar nicht dieses Auto gewesen. Oder die von Care4 hatten schon entdeckt, was immer Karen versteckt hatte, und ließen mich nun einfach weiter herumwuseln. Es gab viele Möglichkeiten. Erneut musste ich an Mr Berkovich denken. Nicht, was versteckt worden war, sondern wer es versteckt hatte. Karen Li. Ich hielt mir vor Augen, was ich von ihr wusste. Sie war keine Drogenschmugglerin. Sie würde kein Geheimfach mit der Kettensäge in den Kofferraum sägen oder ein hohles Metallrohr auf das Chassis löten. Und es war ein Mietwagen. Sie konnte hier kaum die Sitze aufschlitzen oder ein Loch in die Türfüllungen bohren. Aber wichtiger noch, sie war Informatikerin. Eine Entwicklerin von Software, nicht Hardware. Ein Elektro- oder Maschinenbauingenieur würde sich vielleicht einiges auf seine Kenntnis der Physik einbilden. Sei es aus intellektuellem Stolz, sei es aus dem Wunsch heraus, etwas zu verstecken, würde er womöglich viel Gehirnschmalz darauf verwenden, ein Versteck zu ersinnen, das einem Schmuggler die Schamesröte ins Gesicht treiben würde. Überspitzt ausgedrückt, würde es einem Maschinenbauingenieur viel weniger darum gehen, was er eigentlich versteckte, sondern mehr darum, wie gut er es versteckte. So wie Windhunde auf einer Rennbahn hinter einem auf Schienen gleitenden künstlichen Hasen herjagten.

Aber nicht Karen. Sie hätte sich nicht die Mühe gemacht, einen Reifen zu wechseln oder ein Fach zwischen Innendecke und Wagendach einzubauen. So tickte sie nicht. Das wäre nicht ihre Art gewesen, etwas zu verstecken. Sie bewies ihre Kreativität größtenteils außerhalb der physischen Welt. Und Codes zu schreiben war schon kompliziert genug – ich hatte es oft genug mit Softwareentwicklern zu tun gehabt, um zu wissen, dass sie nicht auf überflüssige Komplexität standen. Für sie war so etwas gleichbedeutend mit Ineffizienz. Nichts trieb sie mehr in den Wahnsinn, als zusätzliche Codezeilen entwirren zu müssen, die gar nicht notwendig waren. Von ihrem ersten Java-Kurs an wurden sie darauf gedrillt, nach der einfachsten Lösung Ausschau zu halten.

Karen war schlau. Einfallsreich. Und sie hatte sich die Mühe gemacht, einen Wagen anzumieten, den sie nicht brauchte, und das an einem Flughafen, auf dem sie gar nicht gelandet war. Ihr musste klar gewesen sein, dass Mietwagen nicht gerade Privateigentum waren. Ein Fahrer konnte über einen Nagel fahren, ein Kind auf dem Rücksitz Limonade verschütten, Mechaniker oder professionelle Innenraumreiniger sich am Fahrzeug zu schaffen machen. Sie brauchte ein Versteck, das zwar zugänglich war, nicht aber durch einen Zufall zugänglich wurde. Unsichtbar, aber im Grunde genommen vor aller Augen.

Ich borgte mir Jess' Handy, schaltete dessen Taschenlampe ein und legte mich auf den Boden, um jeden Quadratzentimeter des Chassis zu überprüfen. Dann schaute ich mir erneut Reifen, Türen und Kofferraum an, zudem die Rückseiten von Gas- und Bremspedal und den Zwischenraum der Schiebedachscheibe. Ich öffnete die Motorhaube, um die Scheibenwischerflüssigkeit zu checken.

Nichts.

»Das war es dann wohl«, konstatierte Jess. »Es sei denn, sie hat es in den Tank geworfen.«

Ich schüttelte den Kopf. »Es würde korrodieren oder entdeckt werden.«

»Und was machen wir jetzt?«

»Ich weiß nicht recht.«

Einer der Tagelöhner kam auf uns zu. Er trug einen Handwerkergürtel, an dem ein Hammer und ein Schraubenschlüssel baumelten, um die Hüfte. »Brauchen Sie Hilfe, Miss? Haben Sie eine Panne?«

»Nein, danke«, erwiderte Jess. »Wir kommen zurecht.«

»Alles klar«, sagte er. »Sagen Sie Bescheid, wenn Sie Hilfe benötigen.«

Während der Mann wieder abzog, stieß Jess ein Lachen aus. »Wenn der wüsste.«

Ich sah zu, wie der Mann zurück in Richtung seiner Freunde ging, während ihm die Werkzeuge gegen die schmale Hüfte schlugen. Jess hatte recht. Wir brauchten zwar Hilfe, aber nicht die Art von Hilfe, die ihm vorschwebte. Wir hatten keinen Platten oder überhitzten Kühler. Es war nichts, wofür man einen Werkzeugkasten oder Fachkenntnisse über Pkws benötigt hätte. Denn auch Karen Li wäre das Problem nicht mit einer Hartmetall-Trennscheibe oder einem Schneidbrenner mit 3000 Grad Celsius angegangen. Wahrscheinlich war sie wie 99 Prozent aller anderen vorgegangen und hätte sich bestenfalls eines Hammers oder eines Schraubenziehers bedient.

Plötzlich hatte ich eine Idee. »Warten Sie einen Moment!«, rief ich dem Mann hinterher. »Haben Sie einen Schraubenzieher?«

Verblüfft drehte sich der Mann um. »Einen Schraubenzieher? Klar doch.«

Ich tastete in meiner Jeanstasche herum und zog einen Zwanziger hervor. »Borgen Sie mir den mal?«

Misstrauisch schaute mich der Mann an. »Geben Sie ihn zurück?«

»In fünf Minuten.«

Das war wahrscheinlich das am leichtesten verdiente Geld, das er je kassiert hatte. Er reichte mir den Schraubenzieher und ging zu seinen Freunden zurück. Sie lehnten sich wieder gegen die Mauer und beobachteten uns.

»Was war das denn jetzt?«, wollte Jess wissen.

Ich kniete mich vorne vor den Range Rover und schraubte das Nummernschild ab. In Gedanken erneut bei Mr Berkovich und seinen flachen, gefalteten Servietten, schob ich das dünne Metallrechteck beiseite.

Nichts.

Ich schraubte das Schild wieder an. Dann ging ich zur hinteren Stoßstange, tat dort das Gleiche und schob die dünne Metallplatte weg.

Bündig hinter dem schwarzen Kunststoff des Nummernschildhalters steckte ein weißer Briefumschlag.

»Ach du Scheiße!«, entfuhr es Jess. »Du hattest recht!«

Ich schraubte das Nummernschild wieder dran und gab dem Kerl seinen Schraubenzieher zurück, bevor wir wieder in den Range Rover stiegen. Der weiße Umschlag war eng mit Klarsichtfolie umwickelt worden. Wasserdicht. Das war clever. Mietwagen wurden ständig mit dem Hochdruckreiniger gewaschen. Ich knibbelte die zerknitterte Plastikfolie auf und öffnete den Umschlag vorsichtig. Innen befand sich ein Stapel Papiere. Kopien, die auf einem hochwertigen Farbdrucker ausgedruckt worden waren. Auf jeder Seite prangte ein Foto.

Gesichter.

Es waren Gesichter von Männern und Frauen, die bei alltäglichen Tätigkeiten abgelichtet worden waren, teils von Überwachungskameras, teils mithilfe von Teleobjektiven. Die meisten waren noch recht jung, etwa Mitte zwanzig bis Mitte vierzig. Auf den ersten Blick hatten sie nichts miteinander gemeinsam. Ein breites Spektrum an Ethnien war vertreten: Weiße, Schwarze, Südamerikaner, Menschen aus dem Mittleren Osten. Etwa dreißig insgesamt. Ein großer, bärtiger Mann, der einen Rucksack und eine Sonnenbrille trug. Eine Slawin Mitte zwanzig mit vollen Lippen und blauen Augen, die gerade aus einem Bus stieg und sich aufmerksam umschaute. Ein Mann mit Zahnlücke, der in einem Straßencafé einen Espresso schlürfte. Ein junger Mann im College-Alter mit einem flaumigen Oberlippenbart, der eine Aviator-Sonnenbrille und ein T-Shirt trug. Wir blätterten weitere Fotos durch. Ich konnte Schilder im Hintergrund sehen, von Läden, Straßen und Marken. Vor allem arabische Schrift, kyrillische und lateinische Buchstaben.

»Was sind das für Leute?«

Wir schauten uns weitere der Bilder an. »Ich weiß nicht genau.«

»Die Fotos sehen nach Polizeiüberwachung aus«, sagte Jess. »Meinst du, das sind Terroristen oder Kriminelle? Verschiedene Zellen? Was, glaubst du, haben sie vor?«

»Ich habe keine Ahnung.« Ich schaute mir den Umschlag noch einmal näher an. Als ich Tinte auf der Innenseite entdeckte, hielt ich inne. Ich faltete ihn auseinander. Zwei Worte: IN RETENTIS. Welche E-Mail Karen auch immer bekommen haben mochte und wonach auch immer die FBI-Agenten gesucht hatten, ich hielt es gerade in der Hand.

Menschen werden sterben. Unschuldige Menschen.

Unter den Worten standen drei Ziffern. 11/1.

Ein Datum in weniger als einer Woche.

Ein Durchbruch, den sich die Firma seit Jahren erhofft ... und sie sind fast am Ziel.

»Das ist Latein«, konstatierte Jess. »Habe ich in der zehnten Klasse abgewählt. Was bedeutet es?«

»*In retentis* ist ein juristischer Fachausdruck. Er bezeichnet Dokumente, die aus den regulären Gerichtsunterlagen zurückgehalten werden.«

Jess' Stimme klang besorgt. »Nikki. Wenn die so eine Art Anschlag planen, musst du das hier der Polizei übergeben. Falls eine Bombe hochgeht, wären wir beide Komplizen.«

»Ich weiß.«

Das Unbehagen in ihrer Stimme verstärkte sich. »Wenn Karen Li davon wusste und wenn die Leute auf diesen Bildern herausbekommen haben, dass sie es wusste ...«

Ich schwieg erneut. Mir war der gleiche Gedanke gekommen.

»Wie kannst du dir Gewissheit verschaffen? Gibt es jemand anderen in dem Unternehmen, an den du dich wenden kannst?«

Ich dachte nach. »Da ist vielleicht jemand, mit dem ich Kontakt aufnehmen könnte.«

32

Seit dem Tag, an dem er vor dem Fitnessstudio neben mir angehalten hatte, um mir Gunns Flugunterlagen zu zeigen, hatte ich Oliver nicht mehr gesehen. Die Vorsichtsmaßnahmen, die der seltsame kleine Mann für unser zweites Treffen vornahm, waren so durchdacht, dass man hätte darüber lachen können – gäbe es da nicht die tote Karen Li. Dadurch waren sie nicht zum Lachen. Dass er Vorsicht walten ließ, konnte ich ihm nicht verübeln. Ich hatte in Betracht gezogen, Mr Jade und Mr Rubin sowohl von Oliver als auch von den Fotos zu erzählen, aber irgendetwas hielt mich davon ab. Das lag teils daran, dass ich den beiden genauso viel Vertrauen entgegenbrachte, wie man es wildfremden Menschen gegenüber tut, die einen mal eben auf den Rücksitz eines Autos zerrten. Daran änderte auch die Tatsache, dass sie FBI-Agenten waren, nichts. Bundespolizisten waren dafür berüchtigt, ihre eigenen Ziele zu verfolgen. Manchmal entsprachen diese Ziele denen der Leute, mit denen sie zu tun hatten, manchmal nicht. Was Care4 anging, konnte es sein, dass wir das gleiche Ziel verfolgten, aber bevor ich etwas preisgab, wollte ich auf eigene Faust mehr herausfinden. Vor allem hatten sie nicht verhindert, dass ihre Kronzeugin praktisch vor ihrer Nase ermordet worden war. Ob das nun Pech, Desinteresse oder Inkompetenz war, spielte keine große Rolle. Wenn Oliver erfuhr, dass ich mit den beiden zusammenarbeitete, würde das das Ende unseres Kontakts bedeuten, und die ganze Firma würde wahrscheinlich vor Schreck die Schotten dichtmachen.

Daneben war aber noch etwas anderes ausschlaggebend: Ich hatte mich daran gewöhnt, mich im Leben nur auf mich selbst zu verlassen.

Ich würde das FBI einweihen, sobald ich dazu bereit war. Vorher nicht.

Olivers Anweisungen folgend nahm ich einen Zug zum San Francisco Ferry Building, wo ich um ein Uhr nachmittags eintraf. Der Terminal für Fähren war ein imposantes, rechteckiges Gebäude im Beaux-Arts-Stil. Die Fassade schmückte eine Doppelreihe Rundbögen, wobei drei große Zentralbögen einen Uhrenturm trugen, der sich mehr als siebzig Meter über die Wasseroberfläche erhob. Vor ihm befand sich eine palmengesäumte Plaza, während im Hintergrund die Fähren das Gewässer der Bay durchschnitten.

Ich suchte mir einen Platz in der *Hog Island Oyster Bar* und wartete dort wie vereinbart. Hier ließ es sich gut aushalten. Ich bestellte ein Dutzend Austern, genehmigte mir einen halben Liter Bier vom Fass und beobachtete die Austernschäler. Sie arbeiteten zu zweit. Der eine öffnete sie in gleichmäßigem Tempo und kam auf etwa drei Austern pro Minute. Der andere ging schneller vor, seine Technik wirkte durchdachter, flüssiger. Er machte keinerlei überflüssige Bewegungen und kam so auf etwa vier Austern pro Minute. Mit knappen, mühelosen Bewegungen seines Austernmessers schnippte er geöffnete Muschelschalen auf das Eisbett in der Auslage und die leere Hälfte in einen Abfalleimer unter der Bar.

Eine Stunde verstrich, in der mehr als vierhundert Austern geöffnet, verkauft und serviert wurden.

Dann kam eine Kellnerin auf mich zu und reichte mir

einen Zettel. »Ihr Freund hat gesagt, Sie haben das hier vergessen.«

Ich nahm den Zettel entgegen. Es handelte sich um einen Fährfahrplan mit eng beschriebenen Reihen von Stationen, Abfahrts- und Ankunftszeiten. Eine einzelne Zeile war mit einem blauen Kugelschreiberstrich umkringelt. Eine Abfahrt um 14:05 nach Sausalito, auf der anderen Seite der Bay. Ich schaute auf die Uhr. 13:59. Ich musste mich beeilen.

Ich war die Letzte, die an Bord ging, und während ich über den Steg eilte, wurden bereits die Motoren angelassen. Auf der Fähre gab es drei Decks. Das unterste, auf dem ich an Bord gegangen war, führte in den Bauch des Schiffs, und an einem Ende befand sich eine kleine Bar, in der sich die Passagiere drängten. Offenbar regten Schiffsreisen zum Trinken an. Eine Fähre über die Bay war nicht gerade eine Pazifiküberquerung, aber das Wasser war salzig genug, und wir glitten dahin – die wesentlichen Voraussetzungen waren vorhanden. Ich besorgte mir einen Kaffee und stieg die Stufen zum Mitteldeck hinauf. Währenddessen spürte ich, wie das Drehen der Schrauben das Deck erzittern ließ, während wir weiter Fahrt aufnahmen. Die Leute saßen auf Bänken oder liefen herum. Touristen von Einheimischen zu unterscheiden war einfach, nur Erstere machten Fotos. Es war ein heller, windiger Tag, und die schaumgekrönten Wellen türmten sich auf. Das Kielwasser hinter uns schäumte. Ich stieg zum Oberdeck hinauf. Hier war es weitaus windiger, und es verloren sich weniger Passagiere. Die meisten Bänke waren unbesetzt.

Ich entdeckte ihn an die Reling gelehnt, von wo er zusah, wie San Francisco allmählich in die Ferne rückte. Ich erinnerte mich an sein schmales Gesicht, an diese Mischung aus Intelligenz und Vorsicht. Er trug eine scharlachrote Windjacke mit dem Stanford-Baum und die übliche Kombination aus Socken und Sandalen. Aus seiner Tasche ragte die blaue Clipper-Card hervor, eine der Netzkarten für den Personennahverkehr in der Bay Area. »Hey, Oliver«, begrüßte ich ihn. »Da haben Sie sich ja einen schönen Tag für eine Bootsfahrt ausgesucht.«

»Ist Ihnen jemand gefolgt?«, wollte er wissen.

»Nein.«

»Sind Sie sich sicher?«

»Einigermaßen.«

Seine Mundwinkel spannten sich an, und er blickte sich um. »Das klingt jetzt nicht gerade beruhigend.«

»Wie sind Sie eigentlich auf Oliver gekommen?«, fragte ich. »Ausgerechnet auf diesen Namen. Sind Sie auch ein Fan von Dickens?«

»Was?«

»Sie wissen schon, *Oliver Twist*.«

Er warf mir einen verstörten Blick zu. »Ich verstehe nicht.«

Ich stützte mich mit den Ellbogen auf die Reling und schaute auf das Wasser hinaus. »Ich fand den Namen Oliver Twist immer genial. Später begriff ich, dass er bloß auf eine im Londoner Cockney-Akzent gestellte Frage zurückging: Olive 'er twist? Olive or twist? Einer der berühmtesten Namen in der Literatur entpuppt sich als die schnöde Frage eines Barkeepers, ob der Gast seinen Drink lieber mit Olive oder mit Zitronenscheibe haben möchte. Da frage ich mich dann immer: Gab es damals eigentlich schon Martinis, und wenn ja, wie hat Dickens sie getrunken?«

Oliver schüttelte den Kopf und begann, sich eine Orange zu schälen, die er aus seiner Tasche hervorgezogen hatte. »Ich lese Dickens nicht, und ich trinke auch nicht. Von daher verstehe ich nicht, was das mit mir zu tun haben soll.«

»Vorsicht, sonst bekommt man noch den Eindruck, Sie würden sich amüsieren«, warnte ich ihn.

Wutentbrannt warf er ein Stück Orangenschale über Bord. Ich sah ihr nach, bis sich ihre Spur im Wasser verlor. »Verschonen Sie mich mit Ihren Witzen, ja? Eine Frau, mit der ich arbeite – gearbeitet *habe* –, ist tot. *Tot*. Weil sie so ziemlich genau das gemacht hat, was ich gerade mache. Mit Leuten reden, mit denen man nicht reden sollte, über Dinge, über die man nicht reden sollte. Wenn Sie Ihre Kalauer anbringen wollen, dann suchen Sie sich jemand anderen dafür. Ich sollte gar nicht hier sein. Ich sollte mich so weit wie möglich von Ihnen fernhalten.«

Damit lag er nicht ganz falsch. »Tut mir leid. Sie haben recht. Keine Witze mehr.« Ich genehmigte mir einen Schluck Kaffee. Angesichts der kühlen Brise tat die heiße Flüssigkeit gut. »Dann erzählen Sie mir mal, worüber wir *nicht reden* sollten?«

»Über alles.«

»Dann wäre unser Gespräch schnell beendet.«

»Ich sollte nicht hier sein«, wiederholte er. »Die haben sie umgebracht.«

»Wer hat sie umgebracht?«

Sein Gesichtsausdruck war verhärmt und verängstigt. »Woher soll ich das wissen? Es kursierten Gerüchte, die Firma ließe Angestellte überprüfen. Und plötzlich wird sie tot aufgefunden. Danach haben die eine E-Mail versendet – mehr war sie ihnen nicht wert. ›Wir bedauern sehr, Ihnen mitteilen zu müssen, dass eine beliebte Kollegin verstorben ist …‹« Er rieb sich mit den Handballen die Augen. »Ich kann nicht glauben, dass ich hier bin.«

»Warum sind Sie es dann?«

»Wenn es so etwas wie eine richtige und eine falsche Seite gibt, dann will ich auf der richtigen stehen.«

»Dann erzählen Sie mir doch mal, was Sie über *In Retentis* wissen.«

Ich hatte die Worte wie einen Fastball auf ihn geschleudert. Seine Augen weiteten sich, und sein Blick richtete sich für den Bruchteil einer Sekunde auf einen Punkt zu meiner Linken. Dann normalisierten sich seine Gesichtszüge wieder. »In was?«

»Sie wissen schon«, sagte ich. »Oder Sie wissen es nicht. Ich bin es leid zu raten. Wenn Sie etwas wissen, dann erzählen Sie es mir. Wenn nicht, weiß ich nicht, warum wir hier überhaupt miteinander reden, denn das würde bedeuten, ich weiß mehr als Sie, und Sie können mir gar nichts erzählen.«

Seine Augen blickten misstrauisch. »Sie zuerst. Was wissen Sie davon?«

Ich zog ein Foto aus meiner Jacke hervor und legte es auf die Reling zwischen uns. Damit es nicht über Bord flog wie vorhin die Orangenschale, musste ich einen Finger darauf pressen. Das Bild zeigte eine Frau aus dem Mittleren Osten mit energischem Kinn und entschlossenem Gesichtsausdruck, die eine große Sonnenbrille trug. Wie ein Dealer am Blackjack-Tisch knallte ich ein weiteres Bild hin. Ein junger dunkelhäutiger Mann in Jeans und einem Fußballtrikot, der dabei abgelichtet worden war, wie er mit einem Becher in der Hand ein Café verließ. Ich legte ein drittes dazu. Dann ein viertes und ein fünftes. »Das ist das, was ich weiß.«

Aufmerksam betrachtete er die Fotos. Ich schaute mir noch einmal seine Clipper-Card an, deren oberer Rand aus der kleinen Seitentasche seiner Jeans herausragte. Leicht zugänglich, wenn man durch ein Drehkreuz eilte, während hinter einem jede Menge Pendler nachrückten. Keiner wollte derjenige sein, der erst noch in seiner Brieftasche herumtasten musste und damit die anderen in der Schlange aufhielt. Nach wie vor starrte Oliver die Bilder an. Ich ließ eine Hand von der Reling in Richtung seiner Jeanstasche fallen. Ein riesiges, hoch mit rostbraunen Containern beladenes Frachtschiff mit chinesischen Schriftzeichen auf der Bordwand fuhr von der anderen Seite der Brücke auf uns zu. Ich fragte mich, welche Fracht es wohl geladen hatte.

Oliver schob mir die Fotos wieder zu. »Ich habe nur vage Gerüchte gehört.«

»Für billigen Fusel oder vage Gerüchte bin ich mir nie zu schade.«

Er blieb sich treu und lachte nicht über meinen Spruch. »Die Firma ist, ohne es beabsichtigt zu haben, in etwas Großes verwickelt worden. Unsere Netzwerke waren mit irre vielen Kameras verbunden, wir haben irre viele Daten gesammelt, irre viel noch nicht ausgewertetes Bildmaterial, überall auf der Welt. Im Nachhinein betrachtet hätte man begreifen müssen, dass an irgendeinem Punkt bestimmte Interessengruppen an uns herantreten würden und das, was wir gesammelt haben, auf eine Art nutzen wollen, die wir nicht vorhergesehen hatten.«

»Interessengruppen?«

Widerwillig schüttelte er den Kopf. »Sie wollen, dass ich Ihnen das näher erläutere? Ich dachte, Sie wären so etwas wie ein Detektiv. Ausländische Regierungen und deren Vertretungen.«

»Vertretungen ... Sie meinen, Sicherheitsdienste? Terrorismusbekämpfung?«

Er nickte.

»Und Karen Li war darin verwickelt? Sie hat bei *In Retentis* mitgearbeitet, nicht wahr?«

Er schüttelte nachdrücklich den Kopf. »Sie hat es zufällig herausbekommen.«

Ich entspannte mich ein wenig. Er sagte die Wahrheit, zumindest, was diese Sache anging.

»Wie haben Sie überhaupt Wind davon bekommen?«, wollte er wissen.

»Spielt keine Rolle. Da gibt es einen Termin«, drängte ich. »Am ersten November soll etwas Großes passieren. Was ist es?«

Sein Kopfschütteln war eindeutig. »Ich weiß nichts von einem Termin.«

»Wer sind die Leute auf diesen Fotos?«

Er zuckte mit den Schultern. »Liegt das nicht auf der Hand?«

»Machen Sie mir eine Freude.«

»Hören Sie mir überhaupt zu?«, fuhr er mich ungeduldig an. »Über welche Länder reden wir hier – über welche Ecken der Welt? Das sind Brutstätten für Radikale und Extremisten, so wie stehende Gewässer Brutstätten für Moskitos sind.«

»Dann sind das hier also Terroristen? Die einen Anschlag planen? Ist es das, wovon Karen gesprochen hat, als sie sagte, dass Menschen sterben würden? Wird am ersten November etwas geschehen, das die Leute auf diesen Fotos planen, und gibt Care4 Informationen, in deren Besitz die Firma gelangt ist, nicht weiter?«

Diese Frage jagte ihm einen Schrecken ein. Nervös kaute er auf seiner Unterlippe herum. »Ein Anschlag? Wird es denn einen geben?«

Ich schaute ihm direkt in die Augen. »Wir sollten zur Polizei gehen. Diese Sache ist zu groß für uns.«

»Echt jetzt?« Er wirkte jetzt noch nervöser. »Die Polizei? Sind Sie sich sicher?«

»Ich denke, uns bleibt keine Wahl. Ich kenne da ein paar Leute und werde mich diese Woche mit ihnen in Verbindung setzen.«

Er leckte sich die Lippen. »Wann genau? Wird die Firma Wind davon bekommen, dass ich etwas damit zu tun habe?«

»Machen Sie sich keine Sorgen. Ihren Namen halte ich da raus.«

Oliver ließ meine Worte auf sich wirken. Wir näherten uns mittlerweile der Küste. Ich konnte die Hauptstraße von Sausalito erkennen, knapp über dem Meeresspiegel, vor der Brandung von großen schwarzen Felsen geschützt. Es war eine reizende Straße voller Antiquitätenläden und Eisdielen. Oberhalb des Städtchens ragten grüne, mit Eigenheimen durchsetzte Hügel steil auf. »Hören Sie«, sagte Oliver schließlich. »Ich darf hier nicht mit Ihnen gesehen werden. Das meine ich ernst. Ich gehe jetzt von Bord. Sie bleiben auf der Fähre und fahren zurück nach San Francisco. Falls jemand fragt, wir haben nie miteinander gesprochen.«

Die Fähre verlangsamte ihre Fahrt und näherte sich der Landungsbrücke. Unten konnte ich Menschen sehen, die eine Schlange bildeten, um an Bord zu kommen. Ohne ein weiteres Wort zu verlieren, steuerte Oliver auf die Treppe zu. Mein Kaffee war zwar kalt geworden, aber ich nippte trotzdem daran. Dabei verspürte ich eine Regung, mit der ich in meinem Berufsleben sonst nichts zu tun hatte: Selbstzweifel. In was auch immer ich da verstrickt worden war, es geriet allmählich außer Kontrolle, und jeder Schritt nach vorn warf offenbar neue, unlösbare Fragen auf. Es gab einfach zu viele fehlende Puzzleteile, zu vieles, das nicht zusammenpasste, und bis zum ersten November waren es bloß noch ein paar Tage.

Die Zeit lief ab.

Schlimmer noch: Ich wusste immer noch nicht, was passieren würde, wenn sie abgelaufen war.

33

Am nächsten Morgen unternahm ich einen langen Lauf in den Berkeley Hills. Allmählich keimte Verzweiflung in mir auf, und beim Joggen kamen mir häufig die besten Gedanken. Ich war jeder Spur, jedem Fitzelchen an Information nachgegangen. Es musste eine Möglichkeit geben, einen Schritt voranzukommen – aber wie?

Der Weg, den ich eingeschlagen hatte, stieg ein paar Meilen lang an, bevor er eine Schleife zog. Ich war mittlerweile weit oben und konnte zwischen den Hügeln und den Bäumen immer mal wieder einen Blick auf die Bay erhaschen. So, wie ich immer mal wieder einen Blick auf Care4 erhascht hatte. Bruchstücke, Fragmente. Aber das große Ganze konnte ich nicht erkennen. Ich passierte ein Wandererpaar, das mit einem angeleinten Golden Retriever vor sich hin trottete. Neidisch schaute der Hund mich an, als ich sie überholte. Der Weg wurde steiler, und ich zwang mich dazu, mein Tempo zu halten. Ich sprang über einen Ast, rannte schneller. Gregg Gunn hatte mich angeheuert, damit ich Karen Li beschattete. Danach. Karen Li wurde ermordet. Danach. Ich hatte die Fotos gefunden, die sie versteckt hatte. Bilder, die sie mir hatte zeigen wollen.

Und danach?

Erneut erhaschte ich einen Blick auf die Bay. Aus dieser Entfernung wirkte das Wasser ruhig und irgendwie unecht.

Diese Gesichter ... was hatte es damit auf sich? Was hatten sie zu bedeuten? Wenn ein Anschlag bevorstand, wo würde er ausgeführt werden, und welche Rolle spielte Care4? Bruchstücke. Ich hatte bloß unzusammenhängende Puzzleteile. Wie konnte ich das große Ganze in den Blick bekommen? Mein Fuß blieb an einer Wurzel hängen, und bevor ich mich's versah, fiel ich der Länge nach hin. Ich federte den Sturz mit den Handtellern ab, rollte mich zur Seite, setzte mich auf und lachte hysterisch über meine Ungeschicklichkeit.

Mit der Beschattung von Karen Li hatte für mich die Arbeit bei Care4 angefangen. Und nachdem ich sie tot aufgefunden hatte, war ich erneut dort aufgeschlagen. Kreisförmig. Eine Schleife, wie diese Laufstrecke jetzt. Mit flüchtigen Einblicken, aber ohne einheitliches Bild. Mein Besuch bei Care4, Gunn, der mich mit leiser Stimme warnte, ich solle es sein lassen. Aber was eigentlich sein lassen?

Dann war ich aus dem Gebäude von Care4 hinausgegangen, voller Hass auf mich selbst, weil ich Karen im Stich gelassen hatte. Ich war losgefahren und um ein Haar von einem Mercedes auf die Kühlerhaube genommen worden.

Der Mann in dem Mercedes.

Während ich nach wie vor auf dem Boden saß und mir den Schmutz vom Bein wischte, murmelte ich zwei Worte vor mich hin. »Brenda Johnson.«

Brendas Kontaktdaten waren im Buchladen, wo ich sämtliche Kundendaten aufbewahrte. Als ich an diesem Nachmittag dort ankam, fand gerade ein lautstarker Wortwechsel statt. Die Amateurschnüffler der ZEBRAS saßen in ihrer angestammten Ecke. »Du willst mir doch wohl nicht weismachen, Kay Scarpetta wäre einprägsamer als Carlotta Carlyle!«

»Es geht hier nicht um individuelle Macken und Eigenarten, sondern darum, welchen Platz im Pantheon sie einnehmen! Die Frau hat in knapp zwei Jahrzehnten fast fünfundzwanzig Romane rausgehauen!«

»Komm mir jetzt nicht mit ›Quantität geht über Qualität‹, Abe. Das ist unter deiner Würde.«

»Ich bin überrascht, dass du es jemals über die Hardy Boys hinausgebracht hast. Du hast das Gemüt eines Jugendlichen und wirst es auch immer haben.« Abe, der leidenschaftliche Gründer der ZEBRAS, unterstrich seinen Standpunkt, indem er die Seite der *Times* zusammenknüllte, die er gerade las, und damit Zach bewarf, seinen derzeitigen Kontrahenten. Die zerknüllte Seite prallte von Zachs Brille ab und purzelte auf den Boden.

Zach schüttelte den Kopf. »Wenn Worte versagen, greifst du zu körperlicher Gewalt. Klassisch.«

Ich hob die Papierkugel auf und glättete sie. »Zu Abes Verteidigung: Manchmal bringen Worte wirklich nichts.« Ich reichte ihm das Stück Zeitung zurück. »Dir ist deine Zeitung runtergefallen.«

Abe nippte an seinem Kaffee und schüttelte traurig den Kopf. »Entschuldige, Lisbeth. Wir hatten nicht vor, dein sensibles Zartgefühl einem solchen Chaos auszusetzen.«

Ich kniff ihm ins Ohr. »Wäre ich fünfzig Jahre älter, dann würde ich dich lehren, was Chaos ist!« Ich war schon im Begriff zu gehen, hielt dann aber inne. »Hey, lass doch mal gerade sehen.« Ich nahm die Zeitungsseite, die ich ihm gerade zurückgegeben hatte, wieder an mich, um einen genaueren Blick auf das kleine Foto eines Mannes zu werfen, den ich sofort an seinem lockigen schwarzen Haar und einer Zahnlücke erkannt hatte. Ich las den knappen Text unter dem Foto.

FAMILIE BEHAUPTET:
Tod von Antikorruptionsblogger kein Selbstmord

Sherif Essam, ein Kairoer Blogger, der sich der Aufdeckung von Korruption in Regierungskreisen nach dem Arabischen Frühling verschrieben hatte, wurde vergangenen September nach dem Sturz vom Dach eines Gebäudes tot aufgefunden. Seine Familie ist davon überzeugt, dass er nicht aus freien Stücken aus dem Leben geschieden ist. Laut Aussage von Freunden, Verwandten und Vertretern von Menschenrechtsorganisationen wäre Essam niemals in den Tod gesprungen. »Mein Mann hat es gewagt, mit dem Finger auf die Mächtigen zu zeigen und ihnen ein Verbrechen anzulasten. Wir haben Drohbriefe erhalten; er wusste, dass er in Gefahr schwebte ...«, sagt seine Frau Dina, 31. »Er hat seine Stimme laut erhoben. Deshalb haben sie ihn umgebracht.«

Als ich sein Gesicht das letzte Mal gesehen hatte, war es in einer anderen Zeitung abgebildet gewesen, zu der Zeit, als ich gerade die Affärenfotos für Brenda Johnson schoss. Damals war der Todesfall einzig und allein als Selbstmord tituliert worden. Ich fragte mich, was sich da geändert hatte. Das Gesicht kam mir noch aus einem anderen Zusammenhang bekannt vor, doch nun wurden meine Gedankengänge von Jess unterbrochen. »Gibt's was Neues?«, wollte sie wissen.

Ich rieb mir mit dem Handrücken über die Augen. »Frag mich was Leichteres.«

»Okay.« Sie dachte nach. »Wie läuft es mit Ethan?«

Ich dachte an den versuchten Überfall, die Unterhaltung in dem Donut-Laden und die Nachricht, die er mir hinterlassen hatte. »Es holpert ein wenig. Aber jetzt wird es wieder besser, denke ich. Hoffe ich.«

»Du magst ihn schon, oder?«

»Ja, tue ich.«

»Was Ernstes, vielleicht?«

Ich nickte, ein wenig über mich selbst überrascht. »Ja. Vielleicht was Ernstes.« Während ich die Worte aussprach, ging mir auf, wie sehr ich mir das wünschte. Ich nahm zwei saubere Kaffeebecher und goss uns beiden einen großzügigen Schluck Scotch ein. Wir setzten uns damit auf den Fußboden. Jess warf eine kleine Spielzeugmaus quer durch den Laden, damit Bartleby ihr wie wild hinterherjagen konnte. »Ich schwöre, er hält sich für einen Hund«, sagte sie, als der Kater wieder zu uns zurücktrottete, die Maus zwischen die Zähne geklemmt, und sie Jess auf den Schoß legte, damit diese das Spielzeug ein weiteres Mal warf.

Es fühlte sich gut an, mal ein paar Minuten über etwas anderes zu sprechen als über Care4. »Wie geht es Linda?« Jess' Verlobte war Kinderärztin. Wir trafen uns üblicherweise ein paarmal im Monat und aßen zusammen zu Abend. Ich hatte sie sehr ins Herz geschlossen. Für den kommenden Sommer war die Hochzeit geplant.

»Es geht ihr gut. Nur dass wir über Thanksgiving zu ihrer Familie runterfahren.«

»Ist das ein Problem?«

»Orange County. Ich werde mich vier Tage lang an herrlichem Wetter und teuren Restaurants erfreuen, in einem richtig großen Infinity-Pool schwimmen und jede Menge gezielter Fragen darüber zu hören bekommen, wie lange wir unseren unorthodoxen Lebensstil noch fortsetzen wollen.«

»Erzähl mir nicht, das wäre immer noch eine große Affäre. In Kalifornien?«

Sie genehmigte sich einen Schluck Scotch. »Bei Newport Beach-Republikanern? Aber hallo. Vor allem, wenn sie davon überzeugt sind, die Lebenspartnerin hätte es bloß darauf abgesehen, ihre Millionen zu erben. So ist das bei Leuten mit Geld. Hast du selbst keins, sind sie davon überzeugt, dass du unbedingt ihres haben willst. Und je energischer du es bestreitest, desto mehr sind sie davon überzeugt.«

Ich nahm die Gummimaus und warf sie. Dann schaute ich zu, wie der Kater so schnell über den Boden sauste, dass seine grauen Beine nur noch verschwommen zu sehen waren. Er hatte keinerlei Zweifel daran, wem oder was er da hinterherjagte, dachte ich neidisch. »Kannst du den Besuch nicht abblasen?«

»Nee. Thanksgiving, jedes Jahr. Das gehört zu dem Deal, den wir miteinander geschlossen haben. Obwohl ihr Vater mich nach wie vor nicht auf seinem verdammten Golfplatz duldet. Ist einer dieser Altherrenclubs, deren Mitglieder lieber ihren eigenen Tod akzeptieren als ein bisschen Diversität.«

»Tja, dann lass sie eben ihren Tod akzeptieren.« Ich kippte meinen Drink herunter. Die ZEBRAS packten gerade ihre Bücher und ihr übrig gebliebenes Essen zusammen. Kunden waren keine mehr im Laden. »Mach dich jetzt ruhig vom Acker. Ich mach dann allein die Schotten dicht.«

»Gleich«, stimmte Jess zu. »Muss nur noch ein bisschen Papierkram erledigen.«

Als ich oben war, suchte ich mir Brenda Johnsons Telefonnummer heraus. Falls ihr Mann Care4 einen Besuch abgestattet hatte, wollte ich erfahren, warum. Aber vorher wählte ich noch eine andere Nummer.

»Hallo, Fremder«, meldete ich mich.

»Nikki?«

»Vietnamesisches Essen«, erwiderte ich. »Woher wusstest du, dass das zu meinen Favoriten zählt?«

Ethans Stimme hellte sich auf. »Da ist so eine junge Dame, die mal zu mir gesagt hat, jeder stelle Mutmaßungen an. Es ginge bloß darum, ob sie zutreffen oder nicht.«

»Eine junge Dame? Soweit ich weiß, ist dies im Allgemeinen ein äußerst vertrauenswürdiger Typ.«

»Also ... hatte ich recht?«

Ich stellte ihm eine Gegenfrage. »Hast du heute Abend Zeit?«

»Klar doch«, erwiderte er überrascht. »Ich meine, ich muss dann meine Freunde beim Trivial Pursuit hängen lassen, was bedeutet, dass sie wahrscheinlich verlieren werden, aber sie werden darüber hinwegkommen. Ehrlich gesagt verlieren wir in der Regel sowieso. Ich schiebe es gerne auf die Fragen. Die sind einfach viel zu oberflächlich.«

»Sag mir, wo, dann treffen wir uns in einer Stunde«, schlug ich vor.

Als ich den Hörer auflegte, hatte sich meine Laune gebessert. Ich wollte ihn wiedersehen. Ich wollte mit ihm über Bücher sprechen oder lachen oder mich an seiner Schulter anlehnen, in den Arm genommen werden und kein Wort sagen. Keine Entscheidungen treffen. Ich wollte nicht einmal eine Speisekarte studieren müssen. Erneut nahm ich den Hörer ab und wählte dieses Mal Brenda Johnsons Nummer. Es ging niemand dran. Ich würde es später noch einmal bei ihr versuchen.

Treffen wir uns heute Abend um zehn.

Dann erzähle ich Ihnen alles, was ich weiß.

Zehn Uhr war zu spät gewesen. Zu spät für Karen, um es mir noch erzählen zu können.

Zu spät für mich, um sie retten zu können.

An jenem Nachmittag hatte ein Ausdruck von Angst auf ihrem fein geschnittenen Gesicht gelegen. In ihrem Blick hatten sich gleichermaßen Enttäuschung und Hilflosigkeit widergespiegelt. Enttäuschung, weil da so viel war, was ich nicht begriff. Hilflosigkeit, weil da so viel war, was sie nicht begriff.

Und ich hatte sie zum Sterben weggeschickt.

Ich schenkte mir einen weiteren Drink ein und ging noch einmal die Fotos durch. Mittlerweile hatte ich die Gesichter so oft angestarrt, dass es mir so vorkam, als würde ich sie alle kennen. Wer waren sie? Warum hatten sie vor, unschuldigen Menschen etwas anzutun? Ein hübscher Mann mit Strubbelkopf, der aus einer Moschee kommt. Eine schwarzhaarige Frau mit traurigen Augen und einem gequälten Gesichtsausdruck, ihr Pferdeschwanz mitten in der Bewegung hochschwingend. Ein schmächtiger Mann, der auf einem asphaltierten Parkplatz mit einem Fußball kickt. Eine Frau mit rundlichem, entschlossen wirkendem Gesicht und hoher Stirn, die in einem Restaurant sitzt, die Gabel auf halbem Weg zum Mund. Ein knallhart wirkender Typ in einem Mantel, der irgendwohin eilt, während er mit einer Hand eine Mappe umklammert hält.

Bei einem der Fotos hielt ich inne. Es war ein Mann mit einer Zahnlücke – der gleiche Mann, der auf dem verschwommenen Foto in der Zeitung gelächelt hatte. Ein Mann – laut Zeitungsbericht mittlerweile ein toter Mann. Was hatte das zu bedeuten? Wie hing es zusammen? Während ich das Foto anstarrte, hatte ich das Gefühl, dass die Antwort zum Greifen nah war. Ich verdrängte meinen Frust und zwang mich dazu, sämtliche Möglichkeiten logisch zu durchdenken.

Erstens: Er war das, wonach es aussah, nämlich ein Antikorruptionsblogger, und er hatte aus irgendeinem Grund

Selbstmord begangen, genau wie es die Zeitung berichtet hatte. Das war durchaus möglich. Familienmitglieder sträubten sich bekanntermaßen, den Selbstmord eines ihrer Liebsten zu akzeptieren. Ob zu Recht oder zu Unrecht – ein Selbstmord zwang einen dazu, sich selbst alle möglichen unbequemen Fragen zu stellen. Da war es weit einfacher, einen Todesfall als etwas Unfreiwilliges, ja sogar etwas Zwangsläufiges zu betrachten.

Zweitens: Er war zwar tatsächlich Journalist gewesen, aber seine Witwe hatte recht, und er war wirklich ermordet worden. Dafür konnte es eine ganze Reihe von Gründen geben. Vielleicht hatte er einfach den falschen Artikel geschrieben, und dieser hatte Wellen geschlagen. Oder er war mit irgendwelchen lokalen Gangstern aneinandergeraten, und es ging um eine Forderung oder ein Glücksspielproblem. Nur weil er zum Thema Korruption bloggte, wurde er dadurch nicht automatisch zum Heiligen.

Drittens: Er war überhaupt kein Blogger, sondern ein Schurke. Falls er einer Zelle angehört hatte, war es durchaus vorstellbar, dass er kalte Füße bekommen hatte und beim Versuch auszusteigen mundtot gemacht worden war. Oder Sicherheitskräfte der Regierung hatten sich ihn geschnappt. Selbst für die Verhältnisse im Nahen Osten waren ägyptische Sicherheitskräfte berüchtigt für ihre Gewalttätigkeit. In den vergangenen Jahren hatten sie Tausende getötet, oftmals aus nichtigem oder gar keinem Grund. Falls sie einen Blogger oder sonst jemanden auch nur im Entferntesten mit Dschihadisten in Verbindung brachten, wäre sein Leben keinen Pfifferling mehr wert gewesen, sobald sie seiner habhaft wurden.

Menschen werden sterben.

Karen Li hatte mir eröffnet, es sei noch weit schlimmer, als ich es mir vorstellen könnte. Falls da eine Verschwörung im Gange war und die Leute auf diesen Fotos etwas damit zu tun hatten – was war dann das Ziel? Mittlerweile war die letzte Oktoberwoche angebrochen, und ich wusste immer noch nicht, auf wen oder was sie es abgesehen hatten, welcher Durchbruch bei Care4 bevorstand und was diese Fotos damit zu tun hatten. Und wieso hatte ich das verstörende Gefühl, dass mir etwas entging?

Ich blätterte die Fotos weiter durch. Dabei bemerkte ich erneut die ausländische Herkunft der Personen und die unterschiedlichen Sprachen. Arabisch, Spanisch, Englisch, etwas Slawisches. Was wurde hier geplant? Was übersah ich?

Mehr denn je hatte ich das Gefühl, dass es etwas Wichtiges war.

Im Büro war es inzwischen dunkel geworden. Die Tage wurden kürzer, die Zeitumstellung rückte näher. Erneut versuchte ich es bei Brenda, erneut erreichte ich nur ihren Anrufbeantworter. Während ich darüber nachdachte, was ich im Restaurant tragen wollte, beschloss ich, es morgen wieder bei ihr zu versuchen. Ich wollte vor dem Abendessen noch in Ruhe duschen und ein wenig Make-up auftragen. Ich hatte Ethan eine Weile nicht mehr gesehen und wollte mich schick machen. Draußen auf der Telegraph Avenue herrschte reger Verkehr, und es waren eine Menge Fußgänger unterwegs. Auf der gegenüberliegenden Straßenseite hielt ein schwarzer Lieferwagen mit dunkel getönten Scheiben an und parkte in zweiter Reihe. Es war einer dieser großen Mercedes Sprinter, die gern als Flughafenshuttle genutzt wurden oder um die Tennisteams von Privatschulen herumzukutschieren.

Drei Männer in Anzügen stiegen aus dem Lieferwagen.
Kein Tennisteam.
Die drei näherten sich dem Zebrastreifen.

Einer von ihnen drückte den Knopf für die Fußgängerampel.

Sie warteten.

Ich schaute zu.

Die rote Ampel sprang auf Grün um.

Die drei Männer überquerten die Straße.

Vor meinem Motorrad blieben sie stehen. Ich hatte es auf dem Bürgersteig in der Nähe des Buchladens aufgebockt. Einer der Männer deutete mit dem Kopf darauf. So, als hätte er erwartet, etwas zu sehen, und es dann tatsächlich gesehen.

Sie setzten ihren Weg Richtung Buchladen fort.

Vage nahm ich ein splitterndes Geräusch wahr. Ich hatte den Becher, den ich in der Hand gehalten hatte, fallen gelassen. Rasch drückte ich auf den Knopf der Gegensprechanlage und sagte mit dringlicher Stimme: »Jess? Bist du noch da?« Dabei hoffte ich inständig, keine Antwort zu bekommen. Wenn es still blieb, bedeutete das, dass sie schon Feierabend gemacht hatte.

Die Männer hatten die Tür fast erreicht.

Jess' Stimme erklang in der Sprechanlage. Beiläufig, unbesorgt. »Ja, was gibt's?«

Mein Herz hämmerte. Gefahr. Nicht irgendwo. Nicht in der Ferne. Direkt vor mir. »Als ich dich eingestellt habe, musste ich dir etwas versprechen«, sagte ich. »Kein autoritärer Führungsstil. Du erinnerst dich?«

Sie war verwirrt. »Was redest du da?«

»Habe ich dir jemals befohlen, etwas zu tun?«

Nun war sie noch verwirrter. »Nikki, was soll diese ...«

»Jetzt befehle ich dir etwas. Du musst dich verstecken. Mach dich unsichtbar. Und ganz egal, was du hörst oder siehst, *rühr dich nicht vom Fleck*.«

Selbst durch den Lautsprecher der Anlage konnte ich die

jähe Furcht heraushören, die in ihrer Stimme mitschwang. »Nikki, was redest du da? Ist das ein Witz? Du machst mir Angst.«

»*Tu es einfach!*«, zischte ich. Die drei Männer drängten sich vor dem Eingang des Buchladens zusammen. Einer von ihnen trat vor und versuchte es an der Tür. Sie war nicht abgeschlossen.

Die drei traten ein.

Ich kletterte auf meinen Schreibtisch, den Umschlag mit den Fotos in der Hand. Eines der Deckenpaneele war lose. Ich schob den Umschlag in den Spalt, stieg wieder vom Schreibtisch herunter und öffnete meinen Safe.

Auf den Monitoren war zu sehen, wie sich die drei Männer im Laden verteilten.

Ich holte eine maßgefertigte Schrotflinte vom Typ Remington Pump-Action aus dem Safe. Den standardisierten Walnussholzschaft hatte ich entfernen und durch einen einklappbaren Metallschaft mit Pistolengriff ersetzen lassen. Lag besser in der Hand und war besser auf nahe Distanz. Rasch lud ich die Schrotflinte abwechselnd aus zwei verschiedenen Patronenschachteln. Dann warf ich einen Blick auf die Monitore. Der größte der drei Männer stellte sich an die Tür zum Büro im Erdgeschoss, die geschlossen war. Die beiden anderen waren in den Buchladen ausgeschwärmt. Der Mann an der Tür drückte die Klinke. Abgeschlossen.

Er machte Anstalten, sich wegzudrehen.

Erleichtert atmete ich auf.

Plötzlich wirbelte er herum und führte einen heftigen Tritt aus. Ich zwang mich, bei diesem Anblick nicht an die Schlafzimmertür im Narwhal Cottage zu denken, die mit genau diesem Kraftaufwand aufgetreten worden war. Der Mann betrat das Büro. Jess konnte ich nicht sehen, aber mein Blick schwenkte von dem Schreibtisch im hinteren Bereich des kleinen Raums über eine Couch, die an der Wand auf der anderen Seite der Tür stand, hin zu einem im japanischen Stil gehaltenen, schwenkbaren dreiteiligen Paravent, das eine Ecke des Raums akzentuierte. Unter oder hinter einem dieser drei Verstecke musste Jess hocken.

Musste. Eine andere Möglichkeit, sich zu verstecken, gab es nicht.

Die Augen des großen Mannes fokussierten den japanischen Paravent. Er ging einen Schritt auf ihn zu. Couch, Schreibtisch oder Schirm. Eine Chance von eins zu drei, dass Jess die falsche Entscheidung getroffen hatte. Wie bei einem Kartenspiel, bloß dass der Einsatz hier unfassbar höher war als in einem Casino.

Noch ein Schritt, und schon war er nur noch eine Armlänge entfernt.

Seine Hand schnellte nach vorn und riss den Wandschirm beiseite.

Nackte Wand.

Blieben noch zwei Verstecke.

Nun richtete sich der Blick des Mannes auf die Couch. Mit ihrer kastanienbraunen Polsterung auf kurzen, zylinderförmigen Beinen war sie gerade hoch genug, dass sich jemand hätte unter ihr verstecken können. Andererseits war sie so niedrig, dass jemand, der vor ihr stand, sich bis zum Boden bücken musste, um nachzuschauen, wer oder was sich unter ihr verbarg.

Der große Kerl trat auf die Couch zu und ging in die Hocke.

Eine Stelle war abgehakt, zwei blieben. Nun standen Jess' Chancen nur noch fünfzig zu fünfzig.

Verzweifelt erkannte ich, dass sich unter der Couch etwas regte, vielleicht ein Arm, den jemand verlagerte, damit er außer Sichtweite geriet. Sie war dort. Auch der Mann nahm die Bewegung war. Sich auf einer Hand abstützend, beugte er sich vor, um besser sehen zu können, wobei sich seine große Gestalt sichtbar anspannte.

Noch eine Bewegung.

Schläfrig trottete der Kater Bartleby unter der Couch hervor, und sein grauer Schwanz richtete sich auf.

Verärgert streckte der große Kerl eine Hand aus und schob Bartleby auf die harte Tour beiseite.

Bevor Jess ihn adoptiert hatte, war Bartleby im Tierheim gewesen. Was er vorher durchgemacht hatte, stand in den Sternen. Zwar war er von Natur aus gesellig, schätzte es aber auch, Raum für sich zu haben, vor allem, wenn er gerade ein Nickerchen gehalten hatte. Und unsanft geschubst zu werden schmeckte niemandem. Bartleby reagierte auf die rüde Behandlung, indem er seine Krallen heftig über die ausgestreckte Hand fahren ließ, und das in einer solchen Geschwindigkeit, dass ich es kaum mitbekam. Augenblicklich bildeten sich auf ihr tiefe, blutige Rillen. Der große Kerl schnellte hoch, und auf dem Monitor war zu erkennen, dass er Flüche ausstieß. Er holte zu einem gewaltigen Tritt gegen Bartleby aus, der jedoch bereits einen Satz zur Tür hinaus gemacht hatte. Während er sich die Hand hielt, jagte der Mann ihm hinterher und versuchte erneut, einen Tritt zu landen, doch dieser hatte noch weniger Chancen, sein Ziel zu treffen, als der erste. Nun war der Mann auf einem der anderen Monitore zu sehen, wie er zwischen den Regalen vor Schmerz oder Abscheu den Kopf schüttelte und sich die blutende Hand rieb. Vom Kater war nichts mehr zu sehen. Wahrscheinlich kannte Bartleby die Räumlichkeiten des Buchladens besser als ich. Wenn er nicht wollte, dass ihn jemand fand, dann würde es auch so sein.

Verärgert trat der große Kerl einen Tisch um. Bücher

flogen in alle Richtungen. Die Bürodurchsuchung war abgehakt.

Meine Erleichterung verging allerdings, als ich sah, wie sich die Männer neu gruppierten und die ins Obergeschoss führende Tür mit der Aufschrift NUR FÜR ANGESTELLTE musterten. Ich hatte sie nicht abgeschlossen. Auf dem nächsten Bildschirm war zu sehen, wie die drei Männer die Treppe heraufkamen. Entschlossen, aber ohne Hast. Jeder von ihnen hielt eine Schusswaffe in der Hand.

Nun war ich an der Reihe.

Mit angelegter Schrotflinte kniete ich mich hinter die offene Tür des Safes, deren Stahl den größten Teil meines Körpers abschirmte, während ich selbst freies Schussfeld auf die Tür hatte.

Der erste der drei Männer erreichte den oberen Treppenabsatz.

Beim Laden der Schrotflinte hatte ich wechselweise Schrot und Flintenlaufgeschosse verwendet, sechs Patronen insgesamt. Mit dem Schrot konnte man ein kreisförmiges, dreißig Zentimeter großes Muster durch knapp vier Zentimeter dickes Sperrholz stanzen. Die massiven Flintenlaufgeschosse wiederum konnten faustgroße Stücke aus Baumstämmen reißen oder den Angriff eines 500 Kilogramm schweren Grizzlys stoppen. Die Repetierflinte feuerte so schnell, wie ich den Vorderschaft bedienen und den Abzug betätigen konnte. Wenn es sein musste, konnte ich sechs Schüsse in weniger als drei Sekunden abgeben.

Ich atmete gleichmäßig. Einatmen, ausatmen. Mit dieser Übung versuchte ich, meinen Pulsschlag zu beruhigen.

Die Zeit schien sich zu dehnen, und meine Sinne schärften sich.

Der Erste, der durch die Tür kam, würde sterben.

Das stand fest. Ich würde eine 6,35-Zentimeter-Stahlkugel mit einer Geschwindigkeit von mehr als 450 Meter pro Sekunde durch seinen Körper jagen, bevor er auch nur einen Schritt gemacht hatte. Ob er Kevlar unter seinem Mantel trug oder nicht, spielte dabei keine Rolle. Kugelsicher war immer relativ. Die Flintenlaufgeschosse würden seine kugelsichere Weste durchschlagen wie billigen Jeansstoff.

Entscheidend würden die beiden ihm folgenden Männer sein. Es würde zu einem Feuergefecht kommen. Chaos. Kugeln aus allen Richtungen. Viel würde von ihrer Erfahrung abhängen. Wie sie reagierten, nachdem ihr Freund mit einem Loch in der Brust, durch das ein Softball passte, zu Boden ging. Ob sie in Panik verfallen würden. Der Ausgang wäre reine Glückssache. Die zufällige Geometrie, nach der Kugeln irgendwohin sausten. Sie waren zu dritt. Aber ich hatte eine Repetierflinte und eine Verteidigungsposition eingenommen. Das musste mir eigentlich eine reelle Chance verschaffen, die nächsten zwei Minuten zu überleben.

Der Anführer hatte die Tür erreicht. Ich spannte den Abzug der Flinte. Holte Luft. Stieß sie wieder aus.

Es war so weit.

Doch dann tat er etwas Seltsames.

Er kniete sich hin, als wolle er sich den Schuh zubinden. Ich sah, dass er seine Waffe auf den Boden legte. Dann stand er auf und langte in die Innentasche seiner Anzugjacke. Einen verstörenden Moment lang fragte ich mich, ob er eine Art Sprengkörper dabeihatte, den er einsetzen wollte. Etwas, das ich nicht in Erwägung gezogen hatte.

Dann schaute er in die Kamera über der Tür. Ich sah ein verhärmtes Gesicht mit spitzem Kinn und blassen Augen. Er hielt das, was er in der Hand hatte, dicht vor die Kamera. Es war ein Stück Hochglanzpapier. Ein Polaroid. Er streckte den Arm weiter hinauf. Allmählich füllte das Foto den Bildschirm aus. Dann begriff ich. Die Beleuchtung war nicht besonders, und die Bildqualität war bescheiden. Aber es handelte sich um ein Gesicht, das ich überall wiedererkannt hätte, ungeachtet schlechter Beleuchtung oder eines verschwommenen Ausschnitts. Es war ein Gesicht, das mir so vertraut war wie mein eigenes.

Ich schaute auf das Gesicht meines Bruders.

34

Mit der Repetierflinte im Anschlag durchquerte ich den Raum, öffnete die Tür und trat zurück. Die drei Männer pflanzten sich vor mir auf, ohne sich die Mühe zu machen, dem Lauf meiner Waffe auszuweichen. Auch hatten sie ihre Waffen nicht wirklich auf mich gerichtet. Ich würde nicht schießen. Und was noch schlimmer war: Sie wussten es.

»Nikki«, sagte der Anführer und trat in den Raum. Die beiden anderen folgten ihm. »Wir wollten uns mit Ihnen unterhalten.«

Der Lauf meiner Schrotflinte war kaum mehr als einen halben Meter von seiner Brust entfernt. »Wo ist er?«

»Dürfen wir reinkommen?« Der Mann sprach mit osteuropäischem Akzent.

Ich bewegte mich rückwärts. »Wo ist er?«, wiederholte ich.

»Alles zu seiner Zeit. Dürfen wir?«

»Machen Sie hier keinen auf höflich!«, blaffte ich ihn an. »Tun Sie nicht so, als wären Sie hier wegen einer Erstausgabe hereinmarschiert. Sie haben ihn in Ihrer Gewalt. Wo ist er?«

»Sie wirken besorgt. Ich hoffe, Sie erschießen mich nicht versehentlich.«

»Wenn ich Sie erschieße, dann mit Absicht, das verspreche ich Ihnen. Wo ist er?«

»Ihr Bruder befindet sich an einem sicheren Ort.«

Einer der beiden anderen grinste. »Er lässt seiner großen Schwester Grüße ausrichten.« Es war derjenige, der die Tür unten aufgetreten hatte. Mit Befriedigung registrierte ich die Kratzspuren von Bartleby, die sich leuchtend von seiner Hand abhoben. Er war der Jüngste und zugleich Bulligste des Trios, Mitte zwanzig, zwischen einem Meter neunzig und fünfundneunzig und mit dem entsprechenden Körpergewicht. Seine Statur und seine Haltung entsprachen der eines Abräumers in einer Eishockeymannschaft. Er war die Sorte Kerl, der gern die Fäuste fliegen ließ und enttäuscht nach Hause dackelte, wenn er keine Schlägerei anzetteln konnte. Sein Gesicht war übersät mit Aknenarben und sein langes Haar mit Gel eingefettet.

Ich ignorierte ihn und wandte mich dem Anführer zu. Er hatte hier das Sagen. »Was wollen Sie?«

»Wir wollen mit Ihnen reden.«

»Reden. Sicher.«

Seine blassen Augen blickten ausdruckslos, während er mit den Schultern zuckte. »Wir müssen Ihnen einige Fragen darüber stellen, was Sie wissen. Nennen Sie es gebührende Sorgfaltspflicht. Und dann, wenn die Antworten zufriedenstellend ausfallen, gehen wir alle glücklich und zufrieden wieder nach Hause.«

»Ich tue gar nichts, bevor ich nicht meinen Bruder gesehen habe.«

Er lächelte. »Etwas anderes hatten wir auch nicht erwartet.«

Erwartet. Mit einem Gefühl der Hilflosigkeit erkannte ich, dass alles, was ich tat und sagte, ihnen in die Hände spielte. »Na schön. Dann holen Sie ihn.«

»Wir fahren zu ihm«, korrigierte der Mann. »Legen Sie die Waffe hin. Sie können mit uns fahren.«

»Keine Chance.«

Seine Augen hatten eine unnatürlich blasse Farbe, blickten stechend und strahlten etwas Raubtierartiges aus. »Sie verstehen nicht. Vielleicht war ich zu höflich«, sagte er. Nun war sein Lächeln verschwunden. Er wählte die von seinem leichten Akzent geprägten Worte präzise und sorgfältig. »Lassen Sie es mich noch einmal versuchen: Legen Sie die Flinte hin und kommen Sie mit uns. Sonst wird unser Freund, der gerade bei Ihrem kleinen Bruder Babysitter spielt, ihm mit einer Bügelsäge unterhalb der Knöchel die Füße abtrennen.«

Bemüht, einen Ausweg zu ersinnen, dachte ich angestrengt nach.

Es gab keinen. Sie wussten es, und ich wusste es auch. Ich konnte zwar so tun, als hätte ich eine Wahl, aber in Wirklichkeit hatte ich sie nicht.

Ich zuckte mit den Schultern.

Zeit zu schinden hätte nichts gebracht. Je eher ich zu Brandon kam, desto besser. Ich legte die Flinte auf den Boden. »Na dann los.«

»Erst werden wir dich filzen«, sagte der Hüne. Noch während er sprach, begann er mich zu befingern. Im Gegensatz zu Mr Rubin fiel seine Leibesvisitation alles andere als anständig aus. Ich spürte, wie sich seine Hände an allen möglichen Körperstellen rieben, an denen ich von einem Wildfremden lieber nicht berührt werden wollte. Er nahm sich Zeit, fand Deringer, Knüppel, Schlagring. Er warf alles auf einen Stuhl und schaute mich grinsend an. »Was macht eine süße kleine Schlampe wie du nur mit diesem ganzen lustigen Spielzeug? Spielst du gern?« Sein übel riechender Atem drang in meine Nase. So, wie er sich verhielt, und so, wie er aussah, musste es für ihn als Jugendlicher nicht gerade leicht gewesen sein, ein Date zu ergattern.

Derweil nahm der Dritte im Bunde, ein kleiner Mann mit fülliger Statur und rasiertem Schädel, mein Büro auseinander. Als er den Aktenschrank umkippte, ertönte ein lautes Poltern. Nach ein paar Minuten kehrte er zurück, in der Hand meine Handtasche. »Nichts von Interesse für uns.« Meine kleine Erleichterung darüber, dass er die Fotos nicht gefunden hatte, wurde von meinem Zweifel gedämpft, ob das überhaupt eine Rolle spielte. Würde ich die Fotos jemals wiedersehen? Würde ich jemals erfahren, was Karen Li mir hatte erzählen wollen?

Sie führten mich nach unten und hinaus auf die Straße. Der kleine Mann, der mein Büro durchsucht hatte, setzte sich ans Steuer. Die Armaturenbrettbeleuchtung ging an. Der Hüne setzte sich hinter mich, der Mann mit den blassen Augen neben mich. Der Van ordnete sich in den fließenden Verkehr ein und glitt in die Nacht hinein.

Wir fuhren auf der Telegraph in südliche Richtung nach Oakland. Der Fahrer verhielt sich umsichtig, blieb unterhalb der Geschwindigkeitsbegrenzung, hielt schon bei Gelb an, bremste bereits ab, wenn sich ein Fußgänger auch nur einem Zebrastreifen näherte. Wir würden nicht herausgewinkt werden. Vermutlich hatten sie Brandon in ein Lagerhaus oder ein leeres Gebäude verschleppt. Um so eine Nummer zu planen, hatten sie es wahrscheinlich schon vor Tagen oder gar Wochen angemietet. Ich machte mir nicht die Mühe, etwas zu sagen. Wozu auch? Wir näherten uns den glitzernden Lichtern der Innenstadt von Oakland. Es war Donnerstagabend, die Leute waren unterwegs zu einer Happy Hour, zum Abendessen oder zu einem Konzert. Schließlich verblassten die Lichter hinter uns wieder, die Straßen wurden düsterer, der Verkehr ließ nach. Wir passierten einstöckige Gebäude, heruntergekommene Mietshäuser und verwitterte Brachflächen. Das war der Teil von Oakland, in den sich niemand aus der Hightech-Branche verirrte und in den auch kein Geld aus derselben floss. Ich kannte diese Gegend.

Ich begriff, wohin wir fuhren. Nicht zu irgendeinem Lagerhaus.

Sie hielten meinen Bruder an dem naheliegendsten aller Orte gefangen – in seiner eigenen Wohnung.

Der Van hielt am Straßenrand an. Der Fahrer ließ den Motor laufen und blieb am Steuer sitzen. Der Mann mit den blassen Augen machte die Tür auf, und der Hüne folgte mir hinaus. Dabei rückten sie mir dicht auf die Pelle und behielten mich im Auge. Als wir hineingingen, fuhr der Van weg. An der Decke der Eingangshalle war ein Wasserrohr gebrochen oder leckte. Träge, wie im Takt eines Metronoms, tropfte Wasser auf den Boden. Die Neonbeleuchtung flackerte. Mit einem langen, unbehaarten, hin und her peitschenden Schwanz huschte eine Ratte durch die Eingangshalle.

Wir stiegen die Treppe hinauf. Der Hüne vor mir, der Mann mit den blassen Augen hinter mir.

Keine Chance.

Auf den ersten Blick sah alles so aus wie immer. Das Durcheinander, der Geruch von kaltem Rauch, Brandon, wie immer auf der Couch sitzend. Nur dass jetzt seine Hände und Füße mit Klebeband fixiert waren. Ein Mann mit straßenköterblondem Haar und in einem dunkelgrauen Anzug saß neben ihm und war mit einem Spiel auf seinem Handy beschäftigt. Er schaute zu uns auf und legte das Telefon zur Seite. Er hatte ein solariumgebräuntes Gesicht, und seine Zähne leuchteten so weiß, als würde er jeden Morgen mit Bleichmittel gurgeln. Der Rest der Wohnung sah verwahrlost aus wie immer – überquellende Aschenbecher und leere Pizzaschachteln.

»Nik?«

»Brandon.« Als ich zu ihm hinübereilen wollte, packte mich der Hüne an den Schultern. Er besaß Bärenkräfte, hielt mich mühelos fest und lachte dabei auch noch. Ich zwang mich dazu, zu entspannen, wollte ihm nicht die Genugtuung verschaffen zu spüren, wie ich gegen ihn ankämpfte. Obwohl ich jede Gegenwehr eingestellt hatte, krallte er seine Finger weiterhin schmerzhaft in meine Arme. Der Mann mit den blassen Augen hatte meine Handtasche aus dem Buchladen mitgenommen. Nun warf er sie auf den Couchtisch und betrachtete milde interessiert die Beretta.

»Bist du okay? Haben sie dir wehgetan?«

Brandon lächelte. Ich erkannte den gleichen sanften Humor in seinen Augen wie früher. »Wehgetan? Nö, Nik. Mir war sowieso langweilig. Ich hab hier ganz allein herumgehockt und hatte niemanden, mit dem ich mich hätte unterhalten können.«

Ich wandte mich dem Mann mit den blassen Augen zu. »Wie soll ich Sie nennen?«

Sein Blick glitt von mir weg. Er zuckte mit den Achseln. »Nennen Sie mich Joseph, wenn Ihnen danach ist.«

»Lassen Sie ihn gehen, Joseph. Dann können Sie mit mir tun, was immer Sie wollen. Er hat mit all dem nichts zu tun.«

»Wir tun auch so schon mit Ihnen, was immer wir wollen. Es gibt keine Deals. Und er ist von Ihrem Fleisch und Blut und hat daher sehr wohl mit allem zu tun.«

»Was wollen Sie?«

Er warf mir einen intensiven, stechenden Blick zu, der nichts Gutes verhieß. »Mit wem haben Sie geredet, Nikki?«

»Wie meinen Sie das, geredet? Worüber?«

Joseph ging hinüber zum Couchtisch. Ich bemerkte einen großen Aktenkoffer auf dem Boden. Er stellte ihn auf den Tisch und öffnete ihn vorsichtig. Drähte. Rote und schwarze

Krokodilklemmen. Und ein Metallwürfel in der Größe eines Schuhkartons.

Eine Batterie.

»Ich habe mit niemandem gesprochen«, beteuerte ich. »Über nichts von dieser Sache.«

Er schüttelte den Kopf. »Vergessen Sie's. Sparen Sie sich Ihren Atem. Wir werden dieses Ding hier so oder so bei Ihnen anwenden. Und das werden wir die ganze Nacht über tun, mal bei Ihnen, mal bei Ihrem Bruder. Bis wir davon überzeugt sind, dass Sie uns nichts verschweigen.«

Der Riese grinste. »In der ersten Stunde hören wir gar nicht richtig zu. Das ist für uns bloß Geplänkel zum Kennenlernen.«

Ich erwiderte seinen Blick. »An diesem Teil jetzt hast du bestimmt deinen Spaß.«

Sein Grinsen wurde breiter. Er leugnete es gar nicht.

Sie bugsierten mich auf einen der Sessel. Sie brauchten etwa zwei Minuten, bis sie mir erst die Hände vor dem Körper, dann die Füße mit Klebeband fixiert hatten. Dabei gingen sie gründlich vor. Ich machte mir nicht die Mühe, Widerstand zu leisten, nicht einmal dann, als Joseph mir an beiden Armen Krokodilklemmen befestigte, direkt oberhalb des Klebebands, mit dem meine Handgelenke gefesselt waren. Ich schaute zu, wie die stummelartigen, gezahnten Klemmbacken sich in mein Fleisch gruben.

Er hielt etwas in die Höhe. Einen Zahnschutz aus Gummi, wie Boxer ihn trugen.

Ich betrachtete ihn. »Warum?«

»Sie müssen noch sprechen können. Wenn es so weit ist.«

Ich schüttelte den Kopf und bemühte mich, die in dem Gummi sichtbaren Bissspuren zu ignorieren. »Nein.«

Joseph starrte mich an. »Haben Sie mal gesehen, wie sich jemand die eigene Zunge abgebissen hat?«

Darüber dachte ich nach und öffnete dann gehorsam den Mund. Als ich das säuerliche Gummi schmeckte, fragte ich mich instinktiv, wie viele andere wohl schon mit diesem zwischen die Zähne geklemmten Mundschutz irgendwo gesessen hatten, während sich die Metallklemmen in ihre Haut bohrten und wohl wissend, was ihnen blühte. Als Brandon sich meldete, war jede Unbekümmertheit aus seiner Stimme verflogen. »Bitte, Leute. Tut ihr nicht weh. Macht es stattdessen bei mir.«

Ich wollte ihn ermahnen, er solle die Klappe halten, aber meine Stimme erklang nur gedämpft durch den Mundschutz, und ich brachte lediglich ein Nuscheln hervor. Der Hüne lachte. »Keine Sorge, Junkie. Du kriegst auch noch reichlich ab. Aber vorher bekommt deine arrogante Schlampe von Schwester eine kleine Kostprobe.«

»Bevor wir anfangen«, schaltete sich Joseph ein, »werde ich Ihnen einen Gefallen tun. Ich sage Ihnen etwas Wichtiges: *fünf Sekunden*. Verstehen Sie, was ich meine?«

Schweigend starrte ich die Wand vor mir an.

»So lange wird es beim ersten Mal dauern. Das ist jetzt das einzige Mal, dass ich Ihnen verrate, wie lange es dauert. Und es wird die kürzeste Zeitspanne der ganzen Nacht sein. Denken Sie daran, wenn Sie versuchen, bis fünf zu zählen.«

»Bitte!«, flehte Brandon erneut, dieses Mal lauter.

»Maul halten!« Der Mann in dem dunkelgrauen Anzug versetzte ihm eine schallende Ohrfeige. Der Kopf meines Bruders schnellte zurück. Ich fuhr in meinem Stuhl hoch, doch prompt fing der große Kerl wieder an zu lachen und drückte mich mühelos wieder herunter. Ich gab es auf, dagegen anzukämpfen, und konzentrierte mich stattdessen auf das, was mir bevorstand, bemüht, meine Gedanken weit weg zu lenken. Weg von diesem Raum und diesen Männern. Weg von dem Gummigeschmack in meinem Mund

und den kalten Klammern auf meiner Haut. Die drei starrten mich offen an, neugierig. So, als wäre ich eine Laborratte. Sie wollten sehen, wie ich es wegstecken würde. Der Große beobachtete mich mit besonderer Intensität, ja mit geradezu sexueller Vorfreude. Gierig, ungeduldig, so als führte ich gerade einen Striptease nur für ihn auf.

»Bereit?«, fragte Joseph. Die Drähte führten zu einem Bedienfeld, das er in beiden Händen hielt, so als steuere er mit einer Fernbedienung ein Flugzeug.

Ich gab keine Antwort.

Er nahm eine Einstellung vor.

Dann heftete er seinen Blick auf mich und betätigte einen Schalter.

Es war, als würde mir flüssiges Feuer durch Arme, Beine und Gesicht schießen. Mein Körper brannte innerlich. Sämtliche Poren meines Gesichts loderten. Meine Augen schienen aus ihren Höhlen zu springen, und ich hatte das furchtbare Gefühl, als würden meine inneren Organe gepackt und zu Brei gequetscht. Vage nahm ich wahr, dass sich meine Zähne in den harten Gummi in meinem Mund vergruben. Ich wusste nicht, ob eine oder hundert Sekunden vergingen. Raum und Zeit hatten aufgehört zu existieren. Da war nur noch Schmerz, sonst nichts.

Der Schmerz verflog so schnell, wie er gekommen war.

Ich nahm die Welt wieder wahr, nahm den Geruch von verbranntem Fleisch wahr und spuckte den Mundschutz aus. Mir wurde bewusst, dass ich schrie, und es gelang mir, damit aufzuhören. Doch das Schreien setzte sich fort, und ich begriff, dass das Geräusch von meinem Bruder stammte. Der große Kerl beobachtete mich jetzt mit noch größerer Gier. »Manche pissen sich sogar schon beim ersten Mal ein. Sie auch?«

Brandon schrie unentwegt. Der Mann in dem dunkelgrauen Anzug versetzte ihm rechts und links schallende Ohrfeigen. Brandon verstummte. Auf seinen eingefallenen Wangen bildeten sich leuchtende Flecken. Die Männer nahmen mir die Klemmen ab und befestigten sie an den Handgelenken meines Bruders. »Tun Sie das nicht«, sagte ich. »Er hat ein schwaches Herz. Das überlebt er nicht.«

Der große Kerl schaute mich an. »Ihr Junkie-Bruder sollte Gott darum bitten, ihm so schnell wie möglich einen Herzinfarkt zu bescheren, der ihm den Rest gibt. Das wäre dann der glücklichste Moment seines nutzlosen Lebens.«

Ich hatte bereits beschlossen, einen Versuch zu unternehmen, sie aufzuhalten. Und das wussten sie auch, das sah ich ihnen an. Egal. Die Beretta lag auf dem Couchtisch. Vielleicht würde es mir irgendwie gelingen, ihrer habhaft zu werden.

»Bist du bereit, Junkie?«, fragte Joseph. »Fünf Sekunden. Das Gleiche, was sie bekommen hat.«

Erneut fummelte er an einem Knopf herum. Seine Hand glitt auf den Schalter zu.

Ich holte Luft. Stieß sie wieder aus. Spannte mich auf dem Stuhl an …

Die Wohnungstür ging auf.

Überrascht drehten wir allesamt die Köpfe. Es war der Typ mit dem grünen Irokesenschnitt, Eric. Genauso perplex wie wir, blieb er im Eingang stehen. Der große Kerl reagierte schnell. Er machte einen Satz auf die Tür zu und schloss sie hinter Eric. Joseph sprang auf und starrte Eric an. »Wie bist du reingekommen?«

Eric schwenkte den Kopf Richtung Joseph und zündete sich langsam eine Zigarette an. Er war voll auf Droge. Seine Pupillen waren glänzende Stecknadelköpfe. In einer Hand hielt er eine aufgerissene Packung Twix, in der anderen eine fetttriefende McDonalds-Tüte. Bedächtig machte er zwei

Schritte in die Wohnung hinein. »Ich habe einen Schlüssel«, sagte er. »So also.« Er steckte sich seine Zigarette in den Mundwinkel und hielt wie zum Beweis einen Messingschlüssel in die Höhe.

»Du hast *ihm* einen Schlüssel zu deiner Wohnung gegeben?«, schnaubte ich. »Echt jetzt?«

»Er hatte keinen Platz zum Schlafen, Nik«, beteuerte mein Bruder.

»Was geht hier vor?« Misstrauisch schaute sich Eric um. Er musste sich gerade erst eine Spritze gesetzt haben. Das war leicht zu erkennen, denn er war nicht von nackter Panik gepackt. Jeder normale, nicht unter Drogen stehende Mensch hätte nach nur einem einzigen Blick hektisch versucht, aus der Tür zu stürmen. Doch so high Eric auch sein mochte, blind war er nicht. Während er den Anblick der drei Männer in sich aufnahm, legte sich ein vager Ausdruck von Besorgnis über sein Gesicht. »Ist das hier eine Razzia?«

Der Hüne lachte. »Das ist bloß Junkie Nummer zwei.«

»Hey, Mann!«, sagte Eric. »Zum Teufel mit dir! Ich bin kein Junkie.« Bedächtig nahm er einen Bissen von seinem Twix. Schokoladensplitter krümelten auf sein Hemd. »Was sind das für Leute, Brandon?« Er warf einen genaueren Blick auf meinen Bruder und erblickte Klebeband und Krokodilklemmen. Er war zwar high, aber nicht dumm, und urplötzlich meldete sich sein Selbsterhaltungstrieb, und das mit Macht. Sein Blick huschte hin und her. »Ich komme dann später noch mal«, verkündete er und schob sich rückwärts zur Tür.

»Warte!«, sagte Joseph. »Nimm das hier mit. Als Schweigegeld.«

Eric schaute zu ihm hinüber und erblickte ein Bündel Hundertdollarscheine, das ihm Joseph in der ausgestreckten linken Hand hinhielt. Fast schon an der Tür angelangt, blieb er stehen und schaute auf das Bargeld, das ihm entgegengehalten wurde.

Hundertdollarscheine.

Unwiderstehlich.

»Ich denke, du solltest dich schnell davonmachen, Eric«, riet ich ihm. »Sofort!«

Wie gebannt von dem Bargeld, ging er stattdessen auf Joseph zu. »Ist das alles für mich?«

»Alles für dich!«, lockte ihn Joseph.

Dann nahm er meine Beretta vom Couchtisch und schoss Eric in den Kopf.

Die Beretta war mit Hohlspitzgeschossen Kaliber .40 geladen. Das war eine ausgesprochen zerstörerische Munition. Die Kugel pustete Eric den Hinterkopf weg. Er war auf der Stelle tot. In einem Radius von mehr als anderthalb Metern spritzte Blut auf die zerschlissene weiße Tapete hinter ihm. Die McDonalds-Tüte fiel auf den Boden. Pommes purzelten aus dem fettigen Papier und lagen im nächsten Moment in einer Blutlache. Mein Bruder schrie: »Das hätten Sie nicht tun müssen!«

Ich versuchte mir darüber klar zu werden, inwiefern das jetzt die Situation veränderte. Der Schuss war zwar laut gewesen, aber in diesem Viertel waren Schüsse nichts Außergewöhnliches. Es kam ständig zu Schießereien unter Gangs und in der Drogenszene, und viele Bewohner hatten aus dem einen oder anderen Grund eine ausgesprochene Abneigung dagegen, es mit der Polizei zu tun zu bekommen. Natürlich bestand die vage Möglichkeit, dass jemand, der den Knall gehört hatte, dies melden würde, aber darauf baute ich lieber nicht. Diese drei Männer jedoch waren aus dem Ausland eingeflogene Söldner. Wahrscheinlich reisten sie um die ganze Welt, um diese Art von Job zu erledigen. Sie kannten sich hier in der Gegend nicht aus. Und sie hielten sich in einer Wohnung mit einer Leiche und ausreichend Beweismaterial auf, um wegen einem Dutzend verschiedener Anklagen lebenslang hinter Gitter zu wandern. Joseph musste etwa Mitte vierzig sein und machte den Eindruck, als hätte er in seiner Laufbahn schon jede Menge üble Scheiße angerichtet. Auftragsmörder wurden in der Regel nicht älter als vierzig, wenn sie nicht ein Minimum an Vorsicht walten ließen.

Nachdem die drei in dringlichem Ton miteinander geflüstert hatten, schienen sie eine Entscheidung getroffen zu haben. Joseph schaute zu mir herüber. »Ihr seid echte Glückspilze. Euch ist gerade eine sehr lange Nacht erspart geblieben.«

»Sie lassen uns gehen?«, fragte Brandon. Große Erleichterung schwang in seiner Stimme mit.

Der Hüne lachte. »Wenn ihr wollt, könnt ihr es so betrachten.«

»Was werden Sie tun?«

»Wir tun das, weshalb wir hergekommen sind«, erwiderte Joseph. »Wir werden euch dazu benutzen, eine Geschichte zu erzählen. Der einzige Unterschied ist der, dass wir gleich zum letzten Kapitel übergehen.«

Der große Kerl holte zwei weitere Gegenstände aus dem Aktenkoffer – ein kleines Lederetui in der Größe eines gebundenen Buches und einen schmalen, etwas mehr als einen halben Meter langen, in Tuch eingeschlagenen Schlauch. Joseph öffnete den Reißverschluss des Etuis. Eine Reihe von Spritzen hoben sich glänzend vom schwarzen Innenfutter ab. »Was ist das?«, wollte Brandon wissen.

Der Hüne kicherte. »Sollte dir bekannt vorkommen, Junkie.«

Joseph wandte sich meinem Bruder zu. »Eine synthetische Opiumverbindung. Von Heroin chemisch fast nicht zu unterscheiden. Ein toxikologischer Bericht wird nicht einmal einen Unterschied aufzeigen.«

»Wieso?«, fragte ich, während ich merkte, dass mir übel wurde.

Joseph schaute zu mir herüber. »Sie sind heute hier aufgekreuzt und haben Ihren kleinen Bruder mit einer Überdosis aufgefunden.« Ruckartig deutete er mit dem Kopf auf Erics Leiche. Die Blutlache um diese hatte sich vergrößert, Erics Gesicht einen scheußlichen, unnatürlichen Weißton angenommen. »Sie haben den Drecksack gesehen, der ihm das Zeug angedreht hat, haben eine Mordswut auf ihn bekommen, ihre Waffe gezogen und ihn an Ort und Stelle kaltgemacht.«

»Äußerst glaubwürdig. Und dann?«, forderte ich ihn heraus.

»Dann geht Ihnen auf, was Sie getan haben. Und Sie begreifen, dass Ihnen nur noch ein Ausweg bleibt.«

»Ja? Und der wäre?«

»Das liegt doch auf der Hand.« Er zeigte ein dünnes Lächeln. »Selbstmord.«

»Sicher. Das wird man für wahr halten.«

»Natürlich wird man das. Immerhin waren Sie schon eine Mörderin, bevor Sie hier aufgekreuzt sind, und Sie wussten, dass man ihnen dicht auf den Fersen ist.« Erneut warf er einen Blick auf Erics Leiche. »Der Kerl hier ändert nicht wirklich etwas daran. Ihr Bruder hätte sich sowieso heute Abend eine Überdosis gespritzt, und Sie hätten ihn sowieso aufgefunden. Und Sie hätten sowieso Karen Lis Blut an Ihren Händen gehabt.«

Jetzt war ich verwirrt. »Was?«

Joseph schlug das Tuch auseinander.

Wir sahen alle zu, wie er einen Gegenstand auswickelte.

Eine Brechstange.

Ein Ende war mit etwas befleckt, das aussah wie übergelaufener Lack. Ich begriff, und Joseph sah es mir an. »Jetzt kapieren Sie's, oder? Sie hatten ihr nachgestellt, und das ist dann außer Kontrolle geraten.«

»Mit so einem billigen Trick kommt ihr nicht davon.«

Der Große grinste. »Wir kommen mit viel, viel mieseren Nummern durch. Du würdest nicht fassen, mit was wir davonkommen. Das hier ist noch gar nichts.«

»Ich habe mit dem FBI gesprochen. Die wissen alles von Ihnen. Die wissen, wer ihr seid.«

Joseph schüttelte den Kopf. »Nein, die wissen, wer *Sie* sind.«

»Die werden dahinterkommen, dass ich es nicht gewesen bin.«

»Wie viel Mühe werden die sich geben, überhaupt genauer hinzuschauen? Wenn die Sie in diesem Slum hier finden, überall Drogen, mehr oder weniger direkt neben einem Toten, der mit Ihrer Waffe getötet wurde? Wenn die die Brechstange finden mit dem Blut dieser Frau, Li, überall darauf? Ich denke, für die wird das ein glasklarer Fall sein.«

An dem, was er sagte, war mehr dran, als ich zugeben wollte. Aber das spielte keine Rolle. Er jedenfalls war überzeugt genug davon, um seinen Plan voranzutreiben. Falls die Wahrheit dann irgendwann mal ans Licht käme, würden Brandon und ich wohl kaum mehr etwas davon haben.

»Wer von euch hat sie eigentlich umgebracht?«, wollte ich wissen.

Joseph zuckte mit den Schultern. »Was bringen solche Fragen?«

Ich schaute den Hünen an und dachte an den Buchladen, daran, wie er die Bürotür aufgetreten hatte. »Du?«

Er grinste mich an und stritt es nicht ab. »Wieso glaubst du das?«

»Weil du es gern tust. Das spüre ich.«

Mit diesem gierigen Ausdruck in den Augen schnellte sein Blick zu mir herüber. »Du glaubst, ich mache es gern?«

»Ja.«

Er trat einen Schritt näher. »Ich wünschte, wir hätten mehr Zeit. Mit dir könnte ich so viel Spaß haben.«

»Ganz ruhig, Victor. Wir haben noch Arbeit vor uns«, ermahnte Joseph ihn. Er nahm eine der Spritzen, setzte sich neben Brandon und suchte nach einer Vene in dessen dünnen Ärmchen. Ich sah zu, wie er erfolglos mit der Nadel herumstocherte.

Brandon lächelte fröhlich. »Tut mir leid. Die habe ich schon vor zehn Jahren zerstochen.«

»Schnauze.« Joseph versuchte sich am anderen Arm, doch auch dort ohne Erfolg.

Brandon kicherte, wobei seiner Unbekümmertheit ein Anflug von Hysterie innewohnte. »Ich versuche ja zu kooperieren. Wirklich.«

»Gottverdammter Junkie!«, fluchte Joseph. Frustriert trat er gegen den Couchtisch, woraufhin Aschenbecher, Abfälle und das geöffnete Lederetui auf den Boden fielen. Ich sah, dass eine der Spritzen herauskullerte und in der Nähe meines Fußes liegen blieb. Ich betrachtete sie. Es war ein dünner, durchsichtiger Zylinder, aus dem eine metallene Nadel herausragte. Auf dem Boden liegend, war sie fast unsichtbar.

Ich streckte meine zusammengeklebten Beine aus und glitt mit einem Fuß über die Spritze.

»Versuch es an seinem Bein«, schlug Victor vor. Keiner der drei schaute in meine Richtung, während ich die Spritze mit dem Fuß Zentimeter um Zentimeter zu mir heranzog. Sie starrten allesamt auf Brandon hinunter, als wäre er eine Art Sehenswürdigkeit. Joseph krempelte ihm ein Hosenbein hoch, sondierte den Bereich um den Fußknöchel und stach die Nadel dann vorsichtig in Brandons Bein. Der unfreiwillige Genuss ließ Brandons Augen weicher werden, und er sackte auf der Couch zusammen. Nach wie vor waren alle Augen auf meinen Bruder gerichtet, während dieser schwer atmend in die betäubende Wonne eintauchte, die ihm die Droge verschaffte. Kurz bevor sie sich von meinem Bruder wieder abwandten, bückte ich mich rasch.

Dann setzte ich mich wieder aufrecht. »Victor«, sagte ich. »So heißt du, ja?«

Der Hüne schaute zu mir herüber. »Warum?«

»Du warst es, nicht wahr? Du warst derjenige, der Karen das angetan hat.«

»Warum interessiert dich das so?«

»Was spielt das für eine Rolle?«

Er zuckte die Schultern. »Na schön, warum nicht. Klar doch.«

»Du warst es?«

Er nickte langsam. »Sie hat gefleht. Du hättest mal hören sollen, wie sie mich angefleht hat.«

»Und das hat dir so richtig gefallen.«

Er machte sich gar nicht die Mühe, es zu verbergen, und warf mir erneut diesen gierigen Blick zu. »Ich habe es *genossen*.«

Ich sah, dass hinter ihm Joseph das offene Etui wieder an sich nahm und eine weitere Spritze herauszog. Dass eine fehlte, schien ihm nicht aufzufallen. Zum ersten Mal in meinem Leben war ich froh, dass Brandon drogenabhängig war. Abhängigkeit bedeutete Toleranz. Und in diesem Moment bedeutete Toleranz Leben. Je mehr er vertragen konnte, desto länger würde er am Leben bleiben. Die Frage war nur, wie hoch die Dosis sein würde. Er konnte weit mehr vertragen als normale Menschen. Vielleicht eine zweite Spritze oder, mit viel Glück, auch eine dritte. Mehr als das würde wohl kaum irgendwer wegstecken. Und in dem Etui waren sechs Spritzen gewesen. Sie würden so lange etwas in seinen bewusstlosen Körper spritzen, bis seine Atmung aussetzte.

Wenn ich das verhindern wollte, musste ich mich beeilen.

Gute Optionen erkannte ich keine. Aber irgendetwas musste ich unternehmen. Selbst wenn das bei minimalen Chancen maximalen Schmerz bedeutete.

Ich traf eine Entscheidung.

»Tust du Frauen gerne weh?«, reizte ich Victor.

Er grinste und zeigte dabei einen schiefen Überbiss. Ich fragte mich, wie viele Frauen im Laufe der Jahre seine Annäherungsversuche abgewiesen hatten. »Ich tue *jedem* gern weh.«

»Stellst du dir vor, mir wehzutun?«

Er hörte die Herausforderung in meiner Stimme. Sein Blick schärfte sich, und seine Pupillen erweiterten sich ein wenig, so als wären sie hellem Licht ausgesetzt. »Ich denke, ich könnte alle möglichen Dinge mit dir anstellen.«

Ich schüttelte verächtlich den Kopf. »Blödsinn. Ich kenne Typen wie dich. Ihr seid Aasgeier, mehr nicht. Ihr macht Jagd auf leichte Beute. Zu mehr taugt ihr nicht.«

Sein Gesicht lief rot an. »Dir hat man wohl keine Manieren beigebracht, Schätzchen, was?«

Aus einer Intuition heraus setzte ich noch einen obendrauf. »Schätzchen? Das soll wohl ein Witz sein. Typen wie du haben mich immer schon um Dates angeschmachtet. Ihr seid Widerlinge, Geier. Typen wie dir lache ich immer in ihre hässliche Fratze, wenn ich ihnen einen Korb verpasse.« Ich schaute ihm direkt in die Augen und lachte verächtlich. »Genau wie ich dir jetzt in deine hässliche Fratze lache.«

Victor leckte sich über die Unterlippe. Seine Augen flackerten. »Genau in dem Moment, als es ein lockerer Abend für dich hätte werden können, machst du dir das Leben schwer.«

»Meinst du vielleicht, ich lege Wert auf locker? Mit einer Brechstange und bei einer 60 Kilo schweren Informatikerin, die um ihr Leben fleht, machst du einen auf dicke Hose. Was bist du doch für ein toughes Kerlchen.«

Victors Stimme nahm einen gefährlichen Ton an. »Das glaubst du?«

»Tief im Inneren bist du bloß ein erbärmlicher Feigling. Das sehe ich deinem hässlichen Gesicht an.«

Nun war sein Grinsen wie weggewischt. »Du hast gerade dafür gesorgt, dass dein letztes Stündlein auf Erden die Hölle wird.«

Hinter ihm hielt Joseph gerade die zweite Spritze in der Hand und sondierte das andere Bein meines Bruders. Wie ein Vampir. Ich schauderte. Ich musste mich beeilen. Victor war wütend, dicht vor dem Punkt, an dem ich ihn haben wollte. Aber noch nicht ganz.

»Lass mich raten«, fuhr ich fort. »In der Highschool, als die anderen Jungs Dates mit Mädchen hatten, Freundinnen gefunden, getanzt, Partys besucht und sich vergnügt haben – was hast du in dieser Zeit getan, Victor? Bist du durch die Gegend gelaufen und hast Katzen den Schwanz angezündet und Käfern die Flügel ausgerissen?«

Ich sah, wie sich der Ausdruck auf seinem Gesicht veränderte. Es lag an seinen Augen. Nur für einen Moment wurden sie verschwommen und unkoordiniert. So, als hätte er mich ganz vergessen, als ginge ihm etwas völlig anderes durch den Sinn. Dann schärfte sich sein Blick plötzlich wieder. In einer einzigen raschen Bewegung zog er ein Messer aus seiner Gesäßtasche, bückte sich und schlitzte mit der hässlichen dreieckigen Klinge das Klebeband auf, mit dem meine Füße aneinandergebunden waren.

»Was tust du da?«, rief Joseph.

Victor schien seinen Protest gar nicht richtig wahrzunehmen. »Sie muss ihre Füße ein Weilchen frei haben.«

»Sie muss doch eine gottverdammte Selbstmörderin abgeben!«

»Dann werfen wir sie vom verdammten Dach runter«, erwiderte Victor mürrisch. »Mir doch egal. Aber dieser Schlampe hat noch nie jemand mal so richtig das Maul gestopft, also tue ich das jetzt.«

»Wir müssen hier verschwinden.«

»Du hast mich schon mit der Letzten nicht spielen lassen. Dieses Mal will ich meinen Spaß haben.« Victors Ton war bestimmt, und er schürzte die Lippen. Unter anderen Umständen wäre es zum Lachen gewesen – es war, als stritte sich ein Elternteil mit einem bockigen Kind darüber, ob vor dem Nachhauseweg noch Zeit für einen Abstecher ins Spielzeuggeschäft blieb.

Nur dass das Kind ein über ein Meter neunzig großer Soziopath war.

Und ich das Spielzeuggeschäft.

Das machte die Sache weniger lustig.

»Na schön«, willigte Joseph ein. »Aber mach hin.« Als er eine Vene fand, stieß er einen befriedigten Grunzlaut aus. Brandons Körper versteifte sich, und seine Lider flatterten. Er war inzwischen völlig weggetreten. Ich bemerkte, dass sich sein Brustkorb nur noch nahezu unmerklich hob und senkte.

Victor schob sich das Messer wieder in die Gesäßtasche und packte mich. »Husch, husch, Schlampe. Dann feiern wir jetzt mal deine Hochzeitsnacht, die du nicht mehr erleben wirst.« Mit diesen Worten zerrte er mich Richtung Schlafzimmertür, wobei ich, um mit ihm Schritt zu halten, fast über meine eigenen Füße gestolpert wäre. Als er ins Schlafzimmer trat, versetzte er mir einen heftigen Stoß. Er war abartig kräftig. Da meine Hände immer noch vor meinem Körper fixiert waren, taumelte ich durch das Zimmer und knallte gegen die Wand. Im Lichtschein der Kleiderschrankbeleuchtung konnte ich erkennen, dass er sich das Jackett auszog und ein Schulterhalfter zum Vorschein kam. Aus diesem ragte verlockend der Griff eines Revolvers hervor.

Er kam auf mich zu. »Dann wollen wir doch mal nachschauen, was du unter der Jeans so trägst.«

Ich richtete einen kräftigen Tritt auf seinen Unterleib. Victor war für mich zwar nicht der Typ, der einmal Vater werden wollte, ich wollte diesbezüglich aber lieber auf Nummer sicher gehen. Hätte der Tritt gesessen, wäre das, was ich unter meiner Jeans trug, das Letzte gewesen, was ihn interessierte. Aber für einen so großen Mann war er überraschend flink. Er verlagerte sein Gewicht, zog ein Knie hoch und drehte sich zur Seite, sodass mein bestiefelter Fuß von seinem Oberschenkel abprallte.

Er leckte sich die Lippe und grinste höhnisch. »Billige Nummer.«

Erneut packte er mich, woraufhin ich ihn, so fest ich konnte, trat, dieses Mal gegen das Schienbein. Viel mehr konnte ich nicht ausrichten, da meine Hände aneinandergebunden waren. Er grunzte auf vor Schmerz und schlug mir von oben mit der Handkante auf die Schläfe. Zwar drehte ich gerade noch den Kopf weg, doch die Wucht seines Schlags ließ mich dennoch zurücktaumeln, und mir tanzten Sternchen vor den Augen. Ich platzierte einen weiteren Tritt, worauf er mir eine schallende Ohrfeige versetzte. Alles drehte sich, ich schmeckte Blut, und die Sternchen fingen an, wilder zu tanzen.

Er bekam mich zu fassen, und im nächsten Moment lag ich unter ihm auf dem Bett. Grob riss er mir mit einer Hand die Bluse auf, während er sich mit der anderen an meiner Jeans zu schaffen machte. Ich versuchte, ihn zu treten, doch er verlagerte sein Gewicht auf meine Hüfte und setzte sich auf mich. Vergeblich trat ich wie wild mit den Beinen um mich. Mit erregtem Blick zog er so heftig an der Vorderseite meiner Jeans, dass ich spürte, wie der Knopf aufsprang. Mir rauschte zu viel Adrenalin durch die Adern, als dass mir angesichts dessen, was hier geschah, schlecht geworden wäre.

»Wehr dich!«, verlangte Victor. »Ich will, dass du dich wehrst. Dann macht es viel mehr Spaß.«

Mit seiner Linken hielt er meine fixierten Handgelenke über meinem Kopf fest. Ich versuchte mit aller Macht, meine Arme zu befreien, doch angesichts seiner Stärke und seines Vorteils brauchte er sich nicht wirklich anzustrengen. Seine rechte Hand glitt an seine Hose. Ich hörte den Reißverschluss des Hosenschlitzes. Ein Reißverschluss. Eigentlich ein ganz normales Geräusch. In dieser Situation aber war es das übelste aller Geräusche. Ich fragte mich, wie viele Frauen vor mir schon gespürt hatten, wie Victor sich mit seinem ganzen Gewicht auf sie gelegt hatte, dieses Geräusch gehört und ähnliche Gedanken gehegt hatten.

Grinsend öffnete er mit einer Hand seinen Gürtel. »Jetzt wünschst du dir sicher, du hättest das Maul nicht so weit aufgerissen.«

Ich schwieg. Er verhöhnte mich, versuchte, mich zur Gegenwehr zu provozieren. Es hatte aber keinen Zweck, für nichts und wieder nichts Energie zu verschwenden. Während er nach wie vor mühelos mit seiner Linken meine Arme auf das Bett niederdrückte, beugte er sich vor und strich mit den Fingern seiner Rechten sanft über meine Wange. Ich spürte seine Haut auf meiner. Irgendwie fühlte sich das weit schlimmer an als seine Schläge. Heftig schluckend, zwang ich mich dazu, Ruhe zu bewahren, während seine Finger sich sanft einen Weg an der Unterseite meines Kinns und an meiner Kehle entlang bahnten. Als ich sie auf meinen Lippen spürte, versuchte ich unwillkürlich, ihn zu beißen. Ruckartig riss er die Hand weg, lachte und versetzte mir mit der rechten Hand eine klatschende Ohrfeige.

»Das war aber jetzt nicht nett für unser erstes Date.« Er wirkte beinahe gelassen, als er sich die Hose auszog, sich ein wenig nach vorn setzte, die Beine unter sich angewinkelt, mit Augen, die vor Erregung glitzerten. Erneut fuhr seine rechte Hand zu meiner aufgeknöpften Jeans hinunter, zerrte sie erst an der einen Hüfte, dann an der anderen herunter. Ich stemmte mich dem entgegen, stand jedoch auf verlorenem Posten. Victor musste nahezu doppelt so schwer sein wie ich. Solange meine Arme über meinem Kopf fixiert waren, konnte ich nichts unternehmen. Das war uns beiden klar.

Ein lautes Bimmeln ließ uns beide aufschrecken. Der alte Micky-Maus-Wecker meines Bruders auf dem Nachttisch klingelte, zu meiner Rechten, zu Victors Linken. Er riss den Kopf herum, und ich spürte, wie er sein Gewicht verlagerte und sich instinktiv wappnete, um sich einer möglichen Bedrohung entgegenzustellen. Fast genauso schnell identifizierte er die Quelle des Geräuschs und stieß einen Fluch aus, als er erkannte, dass er den Wecker mit der rechten Hand nicht würde erreichen können. Er zögerte einen Moment, und ich spürte, wie der Druck auf meine Arme nachließ, als er sich hinunterbeugte, um den Wecker mit seiner linken Hand zu ergreifen und gegen die Wand zu schleudern. Plastikteile flogen umher, und Victor langte zurück, um meine Arme wieder hinunterzudrücken. Victor war zu Recht davon ausgegangen, dass er, selbst wenn es mir gelang, ihn ein-, zweimal zu schlagen, wenig Grund zur Sorge haben musste, da ich mit dem Rücken auf das Bett gepresst und mit fixierten Handgelenken dalag. Selbst der härteste Schläger der Welt konnte auf dem Rücken liegend kaum etwas ausrichten, und Victor war zu schwer, als dass ich ihn hätte abwerfen können. Die ganze Sache hatte ihn nicht mehr als eine Sekunde gekostet.

Doch mehr als eine Sekunde brauchte ich gar nicht.

In dem Augenblick, in dem Victors Griff nachließ, riss ich die Arme hoch. Das Licht der Glühbirne im Wandschrank spiegelte sich auf der Spritze wider, die ich zwischen die Hände geklemmt hatte. Das Privileg, mir die am besten geeignete Stelle auszusuchen, besaß ich nicht. Und mir blieb auch nur ein Versuch. Ich ging das Risiko ein und stach die Nadel in die rechte Seite von Victors Hals. Dort verliefen alle möglichen wichtigen Adern – die äußere Halsvene, die äußere Halsschlagader. Die Nadel durchstach seine Haut genau in dem Moment, in dem er seine Hand wieder hinaufschnellen ließ, um meine Handgelenke zu packen.

Als seine Hand die meine berührte, drückte ich den Kolben.

Die Wirkung setzte augenblicklich ein. Victor verdrehte die Augen, und seine Hand erschlaffte. Er wollte etwas sagen, vermochte es jedoch nicht. Er sackte auf dem Bett zusammen wie ein nasser Sack. Ich verschwendete keine Zeit mit dem Zuschauen, sondern tastete bereits in seiner Gesäßtasche nach dem Messer. Ich klappte es auf und klemmte mir den Griff zwischen die Knie. Meine Position war zwar instabil, aber die Klinge war scharf.

Das Klebeband löste sich, und meine Hände waren frei.

Ich stand auf und atmete tief ein, bemüht, den Adrenalinschub, der durch meine Adern schoss, zu kontrollieren. Ich zwang mich dazu, nicht darüber nachzudenken, was mir soeben um Haaresbreite erspart geblieben war. Dafür würde später noch Zeit sein. In rascher Abfolge öffnete und schloss ich die Hände mehrmals, um die Durchblutung meiner Finger anzukurbeln. Das Klebeband war straff gewickelt gewesen. Für das, was nun anstand, würde ich ruhige Hände benötigen.

Mein Blick wanderte von Victor zur geschlossenen Tür und wieder zurück.

Sie hatten ihre Chance gehabt.

Nun war ich an der Reihe.

Josephs Stimme schallte durch die Tür. »Mach hin, Victor. Wir haben nicht die ganze Nacht Zeit. Nun mach sie schon fertig. Wir müssen los.«

Ich musste rasch handeln. Victors Gesichtsausdruck wirkte friedlich, geradezu glückselig. Die Dosis in der Spritze war hoch gewesen. Victor war zwar weit schwerer als mein Bruder, aber er besaß nicht dessen Toleranz. Er war weggetreten, schwebte in einer anderen Welt. Ich beugte mich über ihn und öffnete sein Holster. Sein Revolver war eine HK45 von Heckler & Koch. Das würde gut hinhauen. BMW, Siemens, H&K – man konnte darauf bauen, dass die Deutschen bessere Autos, feiner kalibrierte wissenschaftliche Geräte und Revolver herstellten als irgendwer sonst. Das war eben deutsche Wertarbeit.

Im Lichtschein der Wandschrankbeleuchtung hielt ich inne, zog den Schlitten zurück und überprüfte die Kammer.

Das messingfarbene Ende einer Patrone Kaliber .45 ragte heraus.

Ich überprüfte die Trommel. Sie war voll.

Ich entsicherte die Waffe.

Dann starrte ich ein paar Sekunden auf die Glühbirne im Wandschrank und zwang mich dazu, dabei nicht zu blinzeln. Im Wohnzimmer würde es hell sein. Wenn ich die Tür öffnete, wollte ich nicht, dass meine Augen Zeit benötigten, um sich anzupassen.

Ich holte tief Luft.
Atmete wieder aus.
Nun war ich dran.
Ich öffnete die Tür.

In der ersten Sekunde lag der Vorteil auf meiner Seite. Das lag sowohl am Überraschungsmoment als auch daran, dass das Wohnzimmer hell erleuchtet war, während ich dank der Dunkelheit des Schlafzimmers nur schemenhaft zu erkennen war. Auf der anderen Seite des Wohnzimmers saß jemand in einem der Sessel hinter einer hochgehaltenen Zeitung. Ich erkannte den verzierten Schriftzug mittig oben auf der Titelseite, die ich anschaute. Der *San Francisco Chronicle*. Wer hinter der Zeitung saß, vermochte ich nicht zu sagen, ich sah nur jeweils eine Hand an jedem Seitenrand.

Es spielte keine Rolle.

Ich feuerte einen einzigen Schuss durch das O in *Francisco* ab. Genau in die Mitte zwischen den Händen. Das Zeitungsblatt färbte sich rot, und der Griff um die Zeitung löste sich. Die Seiten flatterten herunter. Der braun gebrannte Typ in dem schwarzgrauen Anzug kippte zur Seite; sein offener Mund zeigte seine weißen Zähne wie bei einem breiten Gähnen. Dort, wo zuvor der obere Nasenrücken gewesen war, klaffte ein Loch.

Als ich ins Wohnzimmer trat, hörte ich jemanden fluchen und sah, wie Joseph sich zur Seite warf. Mir der Stelle bewusst, wo Brandon auf dem Rücken lag, gab ich zwei Schüsse auf Joseph ab. Beide verfehlten ihr Ziel. Er rollte sich hinter einen Sessel. Dorthin zielend, wo ich seinen Kopf vermutete, feuerte ich zwei Mal in den Sessel, wobei ich davon ausging, dass die großen .45 Patronen ein wenig Polsterung und billigen Stoff mühelos durchschlagen würden.

Die Reaktion ließ nicht auf sich warten. Eine ganze Salve durchsiebte den Putz an der Wand über mir. Ich sprang in die Küche und warf mich zu Boden. Rasch kroch ich weiter, da ich nicht an der gleichen Stelle verharren wollte.

Zwei weitere Kugeln schlugen genau dort in den Fußboden ein, wo ich gerade noch gelegen hatte.

Auf dem Bauch liegend, erblickte ich den Teil einer Schulter, die hinter dem Sessel hervorlugte. Ich zielte über Kimme und Korn so lange, bis ich den Arm klar im Visier hatte. Sanft betätigte ich den Abzug und wurde mit einem Schmerzensschrei belohnt.

Drei weitere Kugeln schlugen in die Wand ein, während ich mich zur Seite rollte. Eine zerschmetterte als Querschläger die Deckenlampe der Küche. Um mich vor den herabregnenden Scherben zu schützen, riss ich die Arme über den Kopf. Dann hörte ich hastige Schritte. Mit gezückter Waffe stand ich auf und lugte ins Wohnzimmer. Die Wohnungstür stand offen. Misstrauisch, es könne sich um einen Trick handeln, schaute ich hinter dem Sessel nach. Kein Joseph. Auf dem Fußboden war Blut. Eine gesprenkelte rote Spur führte zur Tür. Er war verschwunden.

Ich benutzte Victors Messer, um das Klebeband durchzuschneiden, mit dem Brandon fixiert war. Meinem Bruder ging es schlecht. Neben ihm lagen drei leere Spritzen. Sein Atem ging schwer, und seine Lippen waren blau angelaufen. Um seine Mundpartie waren getrocknete Speichelspuren, und er war bleich im Gesicht. Ich zog ihm ein Lid hoch. Seine Augen waren glasig und blickten ausdruckslos. Ich presste meine Finger an seinen Hals und fühlte einen nur schwachen, unregelmäßigen Puls.

Eine Überdosis, wie sie im Buche stand.

Innerlich ein Stoßgebet aussprechend, zog ich die Schublade des Couchtischs auf. Die beiden weißen Naxolon-Sprühfläschchen, die ich ihm bei meinem letzten Besuch mitgebracht hatte, lagen noch dort. Vorsichtig sprühte ich ihm ins rechte Nasenloch. Zum zweiten Mal binnen weniger Minuten betätigte ich einen Kolben.

Fluchend und wild mit den Armen um sich schlagend, setzte Brandon sich auf.

Einen überglücklichen Eindruck machte er nicht, aber mein Bruder war am Leben. Sehr sogar.

Ich brauchte ein paar Minuten, um ihn zu beruhigen. Als er schließlich Ruhe gab, schaute er sich um und nahm mein blutverschmiertes Gesicht, die Leichen, die Blutflecken und die Einschusslöcher in Sesseln und Wänden wahr. Verunsichert schaute er mich an. »Nik?«

»Ja?«

»Ich glaube, meine Mietkaution geht flöten.«

Ich drückte ihn fest an mich. »Du meinst wohl *meine* Mietkaution, du kleiner Scheißer.«

35

Ich nahm Brandons Telefon und wählte eine Nummer, die ich auswendig kannte. »Jess.«

Ihre Stimme klang verängstigt. »Nikki, alles in Ordnung bei dir? Was waren das für Leute? Was ist passiert?«

»Ich gebe dir jetzt gleich eine Adresse durch. Du wirst dort draußen vor der Tür meinen Bruder stehen sehen. Bring ihn in einem Hotel unter. Meine Wohnung ist nicht sicher. Er wird sich übergeben müssen. Du musst ihm helfen, das durchzustehen.«

Sie zögerte keine Sekunde. »Bin schon unterwegs.«

»Komm auf keinen Fall hoch, wenn du da bist. Das ist wichtig.«

Ich gab ihr die Adresse durch, beendete das Gespräch und wandte mich meinem Bruder zu. »Warte draußen auf sie.«

Seine Stimme klang schwach, aber er konnte aufstehen. »Was wirst du in der Zwischenzeit hier tun?«

»Du musst jetzt verschwinden, Brandon«, sagte ich. »Sofort.«

Er registrierte meinen Tonfall und ging.

Ich brauchte ein paar Minuten, um Victor mit Klebeband zu fesseln. Angesichts seiner Bärenkräfte ging ich dabei äußerst penibel vor. Selbst mit gefesselten Händen und Füßen konnte er einem, wenn er bei Bewusstsein war, schwer zu schaffen machen. Ich wickelte ihn ein wie eine Mumie, begann bei seinen Fußknöcheln, arbeitete mich von dort hinauf bis zu seinen baumstammdicken Oberschenkeln, wickelte beide Arme seitlich mit ein und klebte ihm schließlich einen schönen breiten Streifen auf den Mund. Am Ende hatte ich fast das ganze Klebeband verbraucht. Das war okay. Außer Victor fiel mir niemand ein, bei dem ich es noch hätte brauchen können.

Ihn aus dem Schlafzimmer ins Bad zu bugsieren kostete mich eine Menge Kraft. Der Mann war ein Riese mit enormem Gewicht, und sein schlaffer Körper war wie ein nasser Sack. Selbst als er mit dem Kopf heftig auf den Holzboden und danach auf die Fliesen aufschlug, gab er keinen Laut von sich. Ich hob erst seine Beine über den Badewannenrand, um dann seinen Oberkörper hinüberzuwuchten. Er plumpste in die Wanne und lag dort mit leerem, nach oben gerichtetem Blick auf dem Rücken.

Ich steckte den Gummistopfen in den Ablauf und drehte den Hahn auf.

Ich tätigte einen weiteren Anruf. Es war erneut eine Nummer, die ich auswendig kannte. Und erneut meldete sich eine mir vertraute Stimme.

»Nikki hier. Du musst mir einen Gefallen tun. Ich gebe dir gleich eine Adresse durch. Komm dorthin, so schnell wie möglich. Und bring einen Wagen mit, den du aus tiefstem Herzen verabscheust.« Auch wenn Schüsse hier in der Gegend möglicherweise auf der Tagesordnung standen, wollte ich die Sache nicht mehr in die Länge ziehen als nötig. Nicht angesichts dessen, was geschehen war. Und nicht angesichts dessen, was ich gleich noch tun würde. Je schneller ich die Wohnung verließ, desto besser.

Eine kurze Pause entstand. Dann sagte die Stimme: »Ich bin in einer halben Stunde da.«

»Eins noch«, fügte ich hinzu. »Das Auto, mit dem du

kommst – achte darauf, dass es einen geräumigen Kofferraum hat.«

Ich ging ins Bad, setzte mich auf den Toilettensitz und schaute zu, wie der Wasserspiegel stetig anstieg. Dabei dachte ich an Karen Li, an das, was im Cottage geschehen war. Der Wasserspiegel stieg weiter. Er überschwemmte jetzt seine Ohren und näherte sich der Höhe seines Mundes und seiner Nasenlöcher. Seine Augen blickten nach wie vor ausdruckslos. Er machte keinerlei Anstalten, gegen seine Lage anzukämpfen, wirkte, als wäre er auf Seidenkissen gebettet und würde mit Palmwedeln kühle Luft zugefächert bekommen. Gestrandet auf einem anderen Planeten, erfüllt von der wunderbaren, undurchdringlichen Wonne des Heroins.

Er würde ertrinken, ohne auch nur mitzubekommen, dass er unter Wasser war.

Erneut musste ich an Karen Lis Ende denken. An die Schnittwunde in ihrer Handfläche. An das zerborstene Fenster, das beinahe ihre Rettung gewesen wäre. Die blutbefleckte Brechstange. Ihren gebrochenen Arm und ihr übel zugerichtetes Gesicht. Daran, dass sie um Gnade gefleht haben musste, wo es keine für sie gab.

Ich warf erneut einen Blick auf Victor. Sein Gesichtsausdruck wirkte heiter.

Irgendwie erschien mir das nicht fair.

Ich stellte den Hahn ab.

Ich ging ins Wohnzimmer, kehrte zurück und packte Victor hinten an seinen langen Haaren. Ich hielt seinen Kopf hoch und jagte ihm den Inhalt des zweiten Fläschchens Naloxon ins Nasenloch. Auch bei ihm zeigte sich die Wirkung augenblicklich. Er begann in der Wanne herumzuzappeln wie ein riesiger Fisch am Haken. Seine gefesselten Beine verursachten laute, dumpfe Geräusche, als er sie gegen die Wannenseiten schlug. Ich war froh, zusätzliches Klebeband benutzt zu haben. Sein Verlangen, aus der Wanne zu kommen, war extrem. Und er war bärenstark.

Ich trat an den Wannenrand und schaute hinunter. Er rollte den Kopf hin und her und starrte mit geröteten Augen zu mir herauf. Bei vollem Bewusstsein. Angesichts des plötzlichen Entzugs, den das Naloxon bewirkte, musste ihm kotzübel werden. Er nuschelte etwas unter dem Klebeband. Was er sagen wollte, konnte ich nicht verstehen, aber was gemeint war, kam rüber – er wünschte mir nichts Gutes. Als ihm bewusst wurde, in welcher Lage er sich befand, verstärkte sich das Zappeln. Sein Kopf fuhr ruckartig nach hinten und nach vorne und schlug heftig gegen beide Seiten der Wanne. Es schien ihm nichts auszumachen. Wasser spritzte auf den Fußboden.

»Victor«, sagte ich.

Als er seinen Namen hörte, rastete er aus. Mehr Zappeln, mehr Nuscheln, mehr Spritzer.

»Victor. Pass auf. Bitte. Ich rede nur ganz kurz. Dann lasse ich dich in Ruhe.«

Wütend schaute er zu mir auf.

»Wer hat euch angeheuert, Victor?« Ich beugte mich hinunter und riss das Klebeband von seinem Mund. Dann wartete ich, bis ihm die Kraftausdrücke vorübergehend ausgingen.

»Wer hat euch angeheuert?«, wiederholte ich meine Frage.

Wie sich herausstellte, hatte er immer noch Schimpfwörter übrig. Das war okay. Ich konnte warten.

»Wer hat euch damit beauftragt, Karen Li umzubringen? Wer hat euch den Auftrag gegeben, mir zu folgen?«

Wutentbrannt starrte er zu mir auf. »Weiß ich nicht. Joseph kümmert sich um das Organisatorische.«

»Irgendwas weißt du doch bestimmt. Komm mir ein bisschen entgegen.«

»Uns beauftragen viele. Wir erledigen eine Menge Jobs. Joseph kümmert sich um die Buchungen.«

Ich hielt die Heckler & Koch hoch, sodass er sie sehen konnte, und schenkte ihm dann von oben herab ein breites Grinsen. »Bestimmt wünschst du dir jetzt, du hättest eine kleine, schnuckelige .22er dabeigehabt, nicht wahr? Statt dieser Kanone hier?«

Zornig starrte er mich an. Ich hatte nicht den Eindruck, dass er begriff, was ich damit sagen wollte.

»Wie kommst du an meinen Revolver?«, wollte er wissen. »Wo ist Joseph. Wo ist Theo?«

»Joseph ist gegangen«, erwiderte ich. »Er hatte es auf einmal eilig. Theo ist wohl noch hier.«

»Ich will mit den beiden reden.«

»Wer hat euch angeheuert, Victor?«

»Fahr zur Hölle, Schlampe!«, stieß er aus. »Ich habe keine Angst vor dir.«

»Victor. Bitte. Ein klein wenig gesunder Menschenverstand. Bist du dir sicher, dass du mit jemandem, der eine .45er auf dich richtet, in diesem Ton reden solltest?«

»Fahr zur Hölle«, wiederholte er. Dann fügte er noch ein paar Worte hinzu, die »Schlampe« weit in den Schatten stellten.

Ich schoss ihm in den linken Fuß.

Die Kugel durchschlug etwas, das vorher ein schwarzer Budapester Größe 45 gewesen sein musste. Blut, Leder- und Hautfetzen besprenkelten beide Seiten der weißen Wanne. Das wenige Wasser, das sich noch in der Wanne befand, färbte sich rasch rot.

Victor war ein zäher Bursche. Nach einer langen Minute bekam er das Schreien unter Kontrolle, und mit einiger

Mühe hörte er wenig später sogar ganz auf zu stöhnen. Sein Gefluche hätte er wahrscheinlich ewig fortgesetzt, doch nun richtete ich den Revolver ein zweites Mal auf ihn, dieses Mal auf seinen rechten Fuß. Was von seinem linken Fuß übrig geblieben war, blutete ins Badewasser. Die .45er war ein großkalibriger Revolver.

»Du warst gerade im Begriff, etwas zu sagen.«

»Du hast auf mich *geschossen*, verdammt noch mal! Du hast auf mich *geschossen*.«

»Einen Fuß hast du ja noch, Victor. Falls es dich interessiert.«

»Okay! Warte!« Er holte Luft und verzog dabei vor Schmerz das Gesicht. »Ich sagte doch, Joseph kümmert sich um die Buchungen. Ich weiß nicht, mit wem er gesprochen hat, nur dass es jemand von der gleichen Firma war, die dich angeheuert hat. Care4. Wir wussten, dass du Karen Li nach Mendocino gefolgt bist, denn das sind wir auch. Mehr weiß ich nicht.«

»Warum habt ihr mir an dem Abend in dem Cottage nicht aufgelauert?«

Der Schmerz schien heftiger zu werden. Victor spannte seine Kiefermuskulatur an und holte zischend Luft. »Wir wussten nicht, dass du wirklich ins Cottage kommen würdest. Wir gingen davon aus, du würdest Abstand halten. Das hatte man uns gesagt. Zu diesem Zeitpunkt lauteten unsere Anweisungen, uns um sie zu kümmern. Zu der Zeit hatte uns noch niemand den Auftrag erteilt, gegen dich vorzugehen. Das kam erst später.«

»Hast du schon vorher einmal für Care4 gearbeitet?«

»Nein.«

»Joseph?«

»Keine Ahnung.«

»Lügst du mich an?«

»Nein!«

Ich drehte den Wasserhahn wieder auf und beobachtete Victors Gesichtsausdruck, während das Wasser wieder anstieg. »Und du erinnerst dich ganz sicher nicht, wer euch angeheuert hat?«

»Ich sagte es doch! Darum kümmert sich Joseph. Ich erledige bloß die Aufträge.«

»Okay, Victor. Das reicht.« Vielleicht sagte er die Wahrheit, vielleicht auch nicht. So oder so hatte er nichts mehr anzubieten. Schade nur, dass nicht auch Joseph hier war. Er wusste sicher mehr. Ich klebte Victor ein frisches Stück Klebeband über den Mund. Angesichts seiner Zappelei erwies sich das nun als schwieriger, aber ich bekam es hin. Als ich aufstand, war ich klatschnass von dem herumspritzenden Badewasser.

»Deine letzten Minuten gehören ganz dir«, beschied ich ihm. »Worüber du nachdenken solltest, kann ich dir nicht vorschreiben. Aber ich hoffe, du begreifst, dass Karen Li das, was du ihr angetan hast, nicht verdient hat.«

Ich ignorierte das zunehmend verzweifelt klingende Flehen, das unter dem Klebeband zu vernehmen war, verließ das Badezimmer und machte die Tür zu. Während der ersten Minuten hörte ich anhaltende dumpfe Geräusche und Geplatsche. Victor war ein kräftiger, widerstandsfähiger Mann. Er verspürte nicht das geringste Bedürfnis, sich mit dem, was ihm gerade widerfuhr, abzufinden. Aber manchmal hatte man einfach keine Wahl.

Schließlich verebbten die Geräusche. Wenig später war es mucksmäuschenstill im Bad.

Ich schmeckte Blut. Durch die Ohrfeigen von Victor hatte ich Platzwunden in der Mundhöhle, und meine Lippen schwollen bereits an. Ich trieb ein paar Papiertaschentücher auf und steckte sie mir seitlich in den Mund, damit sie das Blut aufsaugten. Das war ein alter Boxertrick, den mir ein Cutman mal verraten hatte. Dann blieb ich still sitzen und wartete.

Wenig später klopfte es an der Wohnungstür.

Mit dem Revolver in der Hand machte ich auf.

Buster trug eine schwarze Jeans und eine schwarze Lederjacke. Er hatte sich sein schwarzes Haar zu einem Pferdeschwanz gebunden und sah aus wie ein riesiger, finsterer Cowboy. Die meisten Menschen, die beim Öffnen der Tür Buster vor sich erblickten, hätten wochenlang Albträume geplagt. Ich verspürte eine solche Erleichterung, dass ich ihn am liebsten umarmt hätte. Er trat ein, schaute sich um und stieß dann einen Pfiff aus. »Mach dich nie mehr über das Chaos in meinem Büro lustig«, sagte er. Er starrte mich an und ließ meinen Gesichtsausdruck und meine zerfetzte und durchnässte Kleidung auf sich einwirken. »Du siehst aus, als wärst du von einem verdammten Pferd getreten worden.«

»Du solltest mal die anderen sehen.«

Er schaute sich um und blickte auf die beiden Leichen auf dem Fußboden. Eric und der Kerl mit dem *Chronicle*, die blutige Zeitung nach wie vor auf seinem Schoß.

»Du meinst diese beiden hier?«

Ich holte zwei Dosen Bier aus dem Kühlschrank, reichte Buster eine davon und riss den Verschluss der anderen auf. »Wie groß ist dein Kofferraum?«

Er grinste verschmitzt. »Groß genug für zwei.«

»Drei«, korrigierte ich ihn. »Er muss groß genug für drei sein.«

Erneut schaute er sich um. »Ich war noch nie gut in Mathe. Aber eins und eins kann ich schon noch zusammenzählen.«

Ich deutete mit dem Kopf auf die geschlossene Badezimmertür.

Buster folgte meinem Blick, trank die Hälfte seines Biers aus und zuckte mit den Achseln.

»Es wird ein wenig eng werden. Aber von denen wird sich wohl keiner beschweren.«

Keine halbe Stunde später hatten wir die Wohnung verlassen.

»Soll ich dich irgendwohin mitnehmen?«, bot er an.

»Das wäre nett. Die haben mich sozusagen gekidnappt.«

Mit seiner großen Hand tätschelte er mir die Schulter. »Und das tut ihnen jetzt bestimmt sehr leid.«

WOCHE VIER

36
»Nikki, was ist denn mit Ihrem Gesicht passiert – hatten Sie einen Unfall?«

»So könnte man es auch nennen.«

»Brauchen Sie Hilfe? Sind Sie zur Polizei gegangen?«

»Die Polizei kann mir in diesem Fall nicht helfen.«

»Ich dachte, genau dafür ist die Polizei da.«

»Das wird schon wieder.«

»Darf ich etwas dazu sagen, Nikki? Auch wenn es Sie möglicherweise verärgert?«

»Es war eine ärgerliche Woche. Das passt dann dazu.«

»Ich habe mir erlaubt, ein wenig zu recherchieren. Nichts Ausgefallenes, bloß ein paar grundlegende Internetrecherchen mit Ihrem Namen. Da habe ich Artikel gefunden, archivierte Zeitungsartikel von vor zwanzig Jahren.«

»Ach ja?«

»Das mit Ihren Eltern tut mir sehr leid. Darf ich fragen, was im Anschluss daran mit Ihnen passiert ist?«

»Darüber spreche ich nicht.«

»Das haben Sie sehr deutlich gemacht. Aber warum erzählen Sie mir nicht wenigstens ein bisschen was aus dieser Zeit? Sie können jederzeit wieder aufhören.«

»Das haben mir andere auch schon angeboten. Danach. ›Erzähl es uns ruhig, erzähl uns ein bisschen, wir sind hier, um dir zu helfen.‹ Aber es war zu spät, als dass sie hätten helfen können. Zu spät, als dass man mit Reden noch etwas hätte ändern können.«

»Ich gehe davon aus, Sie meinen jetzt andere Therapeuten? Nachdem es passiert war? Vielleicht ist das heute anders.«

»Anders? Inwiefern? Ich hatte keine Wahl, ich musste mich mit denen treffen. Genau wie ich jetzt keine Wahl habe und mich mit Ihnen treffen muss.«

»Fünf Minuten, Nikki. Reden Sie fünf Minuten mit mir, dann gehen Sie. Um mehr bitte ich Sie nicht.«

»Fünf Minuten? Dann kann ich gehen?«

»Ja.«

»Okay. Einverstanden. Fünf Minuten. Warum nicht? Ich war zwölf, als es passiert ist. Mein Bruder war drei Jahre jünger. Verwandte väterlicherseits gab es keine; meine Mom hatte eine Schwester, mit der sie sich auseinandergelebt hatte, irgendwo oben in Oregon. Daher waren wir zunächst Mündel des Staates, bis sie verschiedene Familien fanden, die uns adoptierten. So wie Hundewelpen, schätze ich. Es war einfacher, eine neue Familie für jeweils einen von uns zu finden als eine für uns beide.«

»Wie ging es dann weiter?«

»Ich lebte ein paar Jahre bei einer Familie in Stockton. Wir hatten einen schlechten Start, und es endete ganz übel. Daraufhin landete ich in Davis, bei neuen Pflegeeltern. Die waren anders. Ich lebte bis zum College bei ihnen, und als ich nach Berkeley kam, zahlten sie teilweise sogar mein Schulgeld. Ich verdanke ihnen eine Menge.«

»Und Ihr Bruder?«

»Brandon landete in Fresco, in einer streng religiösen Familie. Iss deine Erbsen auf oder ab ins Bett, so in dieser Art. Angesichts dessen, was er durchgemacht hatte, war das für ihn der schlechtestmögliche Ort.«

»Geht es Ihrem Bruder heute besser?«

»Er hat es schwer. Drogen. Abhängigkeit. Mit jeweils einundzwanzig erbten wir beide ein bisschen Geld. Aus dem Nachlass, der hauptsächlich aus dem Verkauf des Hauses bestand. Großartige Ersparnisse hatten meine Eltern nicht gehabt. Das Haus wurde verkauft, bevor die Preise in Bolinas durch die Decke schossen. Aber ein bisschen was war es immerhin. Ich erwarb ein Gebäude und gründete ein Unternehmen. So etwas hat mein Bruder nicht getan.«

»Was ist mit Ihnen, Nikki, jetzt im Moment? Stecken Sie in Schwierigkeiten?«

»Ich bin da in etwas hineingeraten. Jetzt muss ich mich wieder herausziehen. Dafür bleibt mir eine Woche.«

»Und wie tun Sie das?«

»Das weiß ich noch nicht.«

»Hoffentlich finden Sie einen Ausweg.«

»Das hoffe ich auch. Falls ja, sehen wir uns nächste Woche.«

»Und wenn nicht?«

»Dann wohl nicht.«

37

Ich aß einen Salat in einem der angesagten neuen Läden im Zentrum von Berkeley und dachte über die Fotos mit den Porträts nach. Ich hatte mir die *In Retentis*-Fotos so oft angeschaut, dass ich sie mir allmählich eingeprägt hatte. Es war wie bei den Fotos von mutmaßlichen Terroristen, die das US-Militär nach dem Einmarsch in den Irak auf Spielkarten gedruckt an die Soldaten verteilt hatte. Ich fragte mich, ob eines der Gesichter, die ich gesehen hatte, auf einer dieser Karten geprangt hatte. Eher nicht. Das war nun fast fünfzehn Jahre her, und Terroristen waren nicht gerade für Langlebigkeit bekannt. Diese Leute waren mit Sicherheit nicht mehr am Leben, sondern ersetzt worden durch andere, die genauso bereitwillig ihr Leben hingaben, um andere zu ermorden. Erster November. Die Tage verstrichen. Weniger als eine Woche. Was hatte Karen Li mir mitteilen wollen? Was entging mir hier?

Ich schob meinen Teller beiseite. Gesichter. Wer waren diese Menschen?

»Nikki?«

Als ich aufschaute, erblickte ich Ethan. Er war mit einer Gruppe von Freunden hereingekommen. Ich stand auf, um ihn zu begrüßen. Ein jähes Schuldgefühl überkam mich, als ich mich an unsere Verabredung beim Vietnamesen erinnerte. Angesichts dessen, was an dem Abend alles vorgefallen war, hatte ich unsere Verabredung total verschwitzt. »Ich wollte dich neulich nicht versetzen, tut mir leid.«

»Klar doch. Kein Problem.« Sein Tonfall deutete auf das Gegenteil hin. »Wie dem auch sei, ich bin mit Freunden unterwegs. Ich hab dich entdeckt und wollte nur kurz Hallo sagen.« Er machte Anstalten, sich abzuwenden, um wieder zum Tresen zu gehen. »Man sieht sich.«

»Ich wollte nicht einen auf Pamela Flitton machen, ehrlich!«, rief ich ihm hinterher. Er war der erste und einzige Kerl, mit dem ich je ausgegangen war, bei dem mir eine Anspielung auf Anthony Powell nicht so vorkam, als werfe man Perlen vor die Säue.

Er wandte sich um und konnte sich ein mattes Lächeln nicht verkneifen. »Keine Sorge, die hat vielen Männern das Herz gebrochen. Du hast nur meines gebrochen. Von ihr bist du noch weit entfernt.« Er warf einen näheren Blick auf mich, und sein Lächeln erstarb. »Nikki, wie siehst du denn aus? Bist du okay?«

»Mir geht es gut«, erwiderte ich. Das Letzte, was ich jetzt zum Thema machen wollte, war mein Gesicht, das nach meiner kürzlichen Begegnung mit Victor zerschrammt und geschwollen war. »Ehrlich«, fuhr ich fort. »Es tut mir leid. Ich habe eine wirklich gute Ausrede.« *Die Männer, die mit Revolvern bewaffnet die Stufen im Buchladen hochstürmen. Victor, der auf mir liegt und mir mit seinem Körpergewicht den Atem raubt. Finger, die mir ekelerregend über die Haut streichen.*

»Hat diese Ausrede etwas mit diesen blauen Flecken zu tun?«

»Lass uns über etwas anderes reden.« *Das Geräusch des Reißverschlusses. Der Rückstoß des Revolvers in meiner Hand. Victor, der zornig aus dem roten Badewasser zu mir heraufstarrt.*

Ethan bedeutete seinen Freunden vorzugehen. »Hat wieder jemand versucht, dich *auszurauben*?«

»Hey! Das ist nicht fair.« *Joseph, der sich mit der Nadel in der Hand über meinen Bruder beugt. Die nervtötenden dumpfen Schleifgeräusche, mit denen schwere Körper endlos lange Treppenfluchten entlanggezerrt werden.*

Er nickte. »Tut mir leid. Du hast recht. Das war nicht fair.« Er war noch nicht fertig. »Hör zu, Nikki. Ich mag dich, und zwar sehr. Aber wenn uns immer etwas in die Quere kommt, sollten wir uns das jetzt vielleicht einfach eingestehen, bevor, nichts für ungut, wir zu weit gehen.«

Ich war entsetzt darüber, wie sehr seine Worte ins Schwarze trafen. Als ich ihm antwortete, klang meine Stimme gepresst. »So ist das nicht. Wir werden so viel stinknormale Zeit miteinander verbringen, dass du dich zu Tode langweilen wirst. Stundenlanges Boggle-Spielen wird dabei noch das Spannendste sein.« *Blut vom Boden aufwischen, Kugeln aus den Wänden herauspulen.*

Er lachte nicht. »Das glaube ich nicht. Steckst du in Schwierigkeiten?«

»Mit ein paar Schwierigkeiten kann ich umgehen.« *Der Geruch, der der Wanne entströmte. Der große linke Zeh, der im Abfluss steckt, nachdem der letzte Rest des roten Wassers den Abfluss hinuntergewirbelt war.*

Statt die Anspannung zu lösen, verschlimmerte meine lässige Antwort alles nur noch. Er bemühte sich, leise zu sprechen, doch seine Stimme überschlug sich regelrecht vor lauter Enttäuschung. »Dann kapiere ich es wohl einfach nicht. Ich meine, du bist dermaßen belesen, kennst dich aus mit Essen, mit allen möglichen Sachen; du bist hübsch und witzig und charmant; wir hatten eine tolle Zeit zusammen. Aber da gibt es bei dir noch diese andere Seite – diese dunkle Seite. Eine Furcht einflößende Seite. Die Gewalt, diese Situationen, in die du dauernd hineinschlitterst, von denen ich nicht einmal etwas weiß – ich habe ehrlich gesagt gar nicht das Gefühl, zu wissen, wer du wirklich bist. Und wenn ich das Gefühl habe, dass ich immer herumrätseln werde, wie soll das hier funktionieren? Wie kann das mit *uns* funktionieren?«

Ich trat näher an ihn heran und ergriff seine Hand. »Ich will, dass es funktioniert. Was willst du von mir wissen? Ich werde es dir erzählen.«

Er wich zwar nicht zurück, doch seine Hand blieb schlaff in der meinen. »Ich will *dich* kennenlernen, Nikki. Ich meine jetzt nicht, dass ich alles auf einmal wissen will, ich meine auch gar nicht alles. Ich bitte dich nicht, mir deine E-Mail-Passwörter zu verraten oder deine Konten mit mir zu teilen. Aber damit das mit uns funktioniert, muss ich das Gefühl haben, dich zu verstehen. Und das tue ich im Moment nicht.«

»Okay«, sagte ich. »Wenn du willst, erzähle ich dir von mir.«

Erneut warf er einen Blick zu seinen Freunden hinüber. Dann fügte er hinzu: »Aber nicht hier. Komm mit mir.«

Wir setzten uns auf die Wiese in der Nähe der Universitätsbibliothek. Hinter uns befand sich der breite Treppenaufgang des aus weißem Stein erbauten viereckigen Campanile. In der Nähe spielte eine Gruppe von Studenten Frisbee. Andere hatten es sich mit Büchern und Decken auf der Wiese bequem gemacht. Ethan hatte mir eine Hand auf das Bein gelegt, während er darauf wartete, dass ich anfing zu reden.

»Es hat alles an einem Samstag angefangen, als ich in die sechste Klasse ging«, begann ich schließlich. »Das war in Bolinas, wo wir damals gewohnt haben.« Ich verspürte den schwindelerregenden Nervenkitzel, den man bei der Enthüllung eines großen Geheimnisses empfindet. So, als stünde man auf dem Dach eines hohen Gebäudes und bereite sich auf den Sprung vor. »Ich war unten am Strand und spielte mit Freundinnen. Danach gingen wir alle nach Hause, um zu Mittag zu essen. Aber auf dem Rückweg beschloss ich, mir noch ein Eis zu genehmigen, und legte deswegen in einem Laden in der Stadt eine Pause ein. Ich weiß noch, dass ich Schokoladeneis bestellt habe, zwei Kugeln in einer Waffel, und dann noch eine Tüte Geleebohnen für meinen Bruder, denn die mochte er am liebsten.«

Nach einer kurzen Pause fuhr ich fort. »Dieses Eis hat mir das Leben gerettet.«

Er nahm meine Hand in die seine. »Das Leben gerettet?«

Ich antwortete nicht darauf, sondern fuhr einfach mit meiner Geschichte fort. »Meine Eltern hatten Freunde zum Abendessen eingeladen – meine Mom hat total gern gekocht, total gern Gäste bewirtet. Ich weiß noch, dass ich, als ich nach Hause kam, Meeresfrüchte und Safran roch und hörte, wie es in einem Topf blubberte. Aber davon abgesehen war kein Laut zu vernehmen.« *Ein seltsamer Geruch, der sich mit dem Safran vermischt. Ein fremder metallischer Geruch.* »Dann schaute ich nach unten und sah etwas auf dem Fußboden.« *Eine rote Lache, die sich auf dem Linoleum ausbreitet. Ein silberner Keil, zum Teil von der sich vergrößernden Lache bedeckt.*

»Was lag auf dem Fußboden?«, fragte Ethan leise nach.

Ich sagte nichts, weshalb er nach einem kleinen Moment erneut fragte: »Was lag da?«

»Ein Fleischermesser.«

Der Anblick, der von klickenden Geräuschen untermalt wird. Geleebohnen, die auf den Fußboden purzeln. Bunte Ovale, die davonrollen und dann, als sie in die zähflüssige rote Lache geraten, langsamer werden. Mit angespannten Kiefermuskeln fuhr ich fort. »Meine Mutter lag in der Küche. Hinter dem Tresen. Mein Vater lag im Wohnzimmer. Jahre später habe ich den Polizeibericht gelesen. Er hat wohl meine Mom schreien hören und ist nach unten gerannt. Sie haben ihn sofort niedergestochen, aber er konnte noch bis ins Wohnzimmer kriechen.« *Bruchstücke der Erinnerung, ungleichmäßig wieder zusammengeheftet. Schwer zu sagen, welches Stück wohin gehört. Hinknien. Berühren. Weinen. Dann der zufällige Blick hinüber ins Wohnzimmer. Ein noch größerer Schock. Ein Augenpaar, das mich anstarrt.* »Mein Bruder lag auch im Wohnzimmer, war unter die Couch gekrochen. Dort hatte er sich die ganze Zeit über versteckt.« *Später erklärten mir Erwachsene, dass er nicht stumm war, weil er wütend auf mich wäre, sondern weil das, was er gesehen hatte, ihm wortwörtlich die Sprache verschlagen hatte.* »Es dauerte einen Monat, bis er wieder etwas gesagt hat. Und während all das passierte, war ich in der Stadt und aß Schokoladeneis. Seitdem kann ich kein Schokoladeneis mehr essen.«

Als meine Familie mich am meisten gebraucht hätte, habe ich sie im Stich gelassen.

Sie alleingelassen und sterben lassen.

Ethan schlang seine Arme um mich und fragte: »Wer hat das getan?«

Ich entzog mich ihm, wollte nicht gehalten oder auch nur berührt werden. Von keinem. Nicht in diesem Moment. »Zwei Männer aus Hercules, einer kleinen Stadt in der East Bay. Jordan Stone und Carson Peters.«

»Warum?«, fragte er. »Was hat sie dazu veranlasst?«

Mir wurde es zu viel. »Das reicht für heute«, erklärte ich. »Wir können ein anderes Mal weiterreden. Aber das ist ein Erlebnis, das mich geprägt hat. Ob's dir gefällt oder nicht.«

»Ich hatte ja keine Ahnung, Nikki«, sagte er. Es war, als würde ich seine Worte von Weitem hören.

»Wie denn auch? Ich rede ja nicht darüber. Aber wie du

schon sagtest, du hattest ein Recht darauf, es zu erfahren. Und ich habe es dir erzählt, weil ich will, dass das mit uns etwas wird.«

Ich stand auf.

»Habe ich etwas falsch gemacht?«, sagte Ethan und stand nun ebenfalls hastig auf.

Ich rang mir ein Lächeln ab. »Nein! Überhaupt nicht. Aber ich glaube, ich möchte jetzt lieber allein sein.«

Immer noch tief in Gedanken versunken, ging ich die zwei Meilen vom Campus in Berkeley zu Fuß zurück. Das war das Problem, wenn man Erinnerungen preisgab. Sie konnten wie ein Geist sein, den man aus der Flasche gelassen hatte. Einmal freigelassen, zogen sie sich nicht immer auf Kommando zurück. Zum Zeitpunkt des Doppelmords war Jordan Stone erst siebzehn Jahre alt gewesen, ein unauffälliger Highschool-Schüler im vierten Jahr. Peters war da schon ein ganz anderes Kaliber: ein paar Jahre älter, ein Schulabbrecher, der wegen diverser Gewaltdelikte und Drogenmissbrauchs polizeibekannt war. Die beiden hatten vorgehabt, sich nach ein paar Einbrüchen nach Mexiko abzusetzen. Als könnten sie einfach von Tür zu Tür gehen und Häuser leer räumen, um danach genug zusammengerafft zu haben, um sich zur Ruhe zu setzen. Bevor sie sich unser Haus vorgenommen hatten, waren sie in zwei andere eingebrochen – deren Bewohner hatten Glück gehabt, waren nicht im Haus gewesen. Unseres war als drittes an die Reihe gekommen.

Die Cops schnappten die beiden zwei Tage später, unten in Salinas, als sie mit einem Baseballschläger und einem Fleischerbeil eine Tankstelle überfielen. Der gesamte Beutezug hatte ihnen ein gestohlenes Auto, ein bisschen Schmuck und Bargeld sowie eine Chipstüte Flamin' Hot Cheetos eingebracht.

Im Gegenzug hatten sie einen verletzten Tankwart, einen hohen Sachschaden und die Leichen meiner Eltern zurückgelassen.

Gemetzel im Surferparadies hatten die Zeitungen das Verbrechen betitelt. Ein hochkarätiger Anwalt aus San Francisco bot an, Jordan Stone pro bono zu verteidigen, da ihm die kostenlose Aufmerksamkeit der Medien mehr wert schien als ein Honorar. Praktisch über Nacht brachte er einen Deal unter Dach und Fach, und dazu ein neues Narrativ: ein naiver, leicht beeinflussbarer Junge, der unter den Charles-Manson-artigen Einfluss des Älteren geraten war. Auch ihr Erscheinungsbild entsprach diesem Klischee. Ein billiges Hemd und eine Krawatte konnten die ominösen Tätowierungen am Hals von Carson Peters, seine kalten Augen und seinen rasierten Schädel nicht kaschieren. Er war zum Tode verurteilt worden, was in Kalifornien lebenslang bedeutete. Gegenwärtig bewohnte er eine komfortable Einzelzelle in San Quentin, was die Steuerzahler etwa 150 000 Dollar im Jahr kostete.

Jordan Stone dagegen sah aus wie ein verschreckter Teenager. Blonde, in die Stirn fallende Locken, blaue, tränennasse Augen. Er war bis zu diesem Zeitpunkt noch nie mit dem Gesetz in Konflikt geraten, eine rosarote Zukunft lag vor ihm, nur dieser einzige Fehltritt. In der Leichtathletikmannschaft seiner Schule war er ein Vorzeigeathlet gewesen. Vor Gericht standen seine Leumundszeugen bis um den Block herum Schlange, von seinen Ex-Freundinnen bis hin zu seinem Geschichtslehrer. Seine Eltern und Geschwister – die alle noch quicklebendig waren – erzählten herzerweichende Geschichten über sein großzügiges und freundliches Wesen.

Das Gerichtsverfahren lehrte mich, dass Menschen klar verteilte Rollen brauchten. Außerdem hatten sie gern andersartige Menschen vor sich – Menschen mit einem ihnen fremden sozialen Hintergrund – und glaubten dann, sie würden sie kennen. Nach dem Verfahren wanderte Peters in den Todestrakt und legte von dort ewig und drei Tage lang Rechtsmittel ein. Jordan Stone bekannte sich der fahrlässigen Tötung schuldig, kam in den Jugendstrafvollzug und wurde mit achtzehn ins Staatsgefängnis verlegt. Dort holte er seinen Schulabschluss nach, nahm an den Gottesdiensten in der Kapelle teil und gab Mithäftlingen Nachhilfeunterricht.

Er tat alles, was man von jemandem erwarten würde, der sich rehabilitieren möchte.

Er war ein Vorzeigehäftling, entschied der Bewährungsausschuss einhellig.

Nach dem Gerichtsverfahren wurde ich ein paar Jahre lang hin und her geschoben, kam von einem strengen staatlichen Heim zu Pflegeeltern, die aus meinem Gedächtnis zu tilgen ich mich immer noch sehr bemühte. Schließlich landete ich bei einer zweiten Pflegefamilie in Davis, bei Elizabeth und Jeff Hammond. Als ich dort ankam, rechnete ich mit dem Schlimmsten. Aber die Hammonds waren anders. Sie war Bibliothekarin, und in jenem Sommer ging ich jeden Tag zur Bibliothek, um zu lesen. Die Bibliothek befand sich in einem bescheidenen einstöckigen Gebäude, und ich fühlte mich dort bald heimischer als irgendwo sonst seit langer Zeit. Der Geruch von altem Papier und Ledereinbänden, von frischer Tinte und dem Zedernholz des Zeitungshalters, das Sonnenlicht, das durch die Fenster in den Lesesaal einfiel und Staubkörnchen in einem stummen Tanz durch die Luft wirbeln ließ. Dieses Gefühl, allein zwischen hohen Regalen umherwandern zu können, keinen Gedanken an die Außenwelt verschwendend, den Hals zur Seite gereckt, damit ich die sich kaum von den dunklen Buchrücken der Hardcover-Ausgaben abhebenden Titel besser lesen konnte, bei jedem Schritt die Freuden eines Einzelgängers verspürend, vermischt mit der Begeisterung eines Pioniers ob einer jeden neuen Entdeckung.

Diesen Sommer, den letzten vor meiner Highschool-Zeit, verbrachte ich zum Großteil in der Bibliothek. Ich las sämtliche klassischen Kinderbücher noch einmal: die Serie *Unsere kleine Farm*, *Der geheime Garten*, *Little Women*, *Black Beauty*. Ich verschlang *Der Schweizerische Robinson* und wunderte mich, wieso es darin keine Tochter gab, stellte mir meine eigene Familie vor, gestrandet irgendwo auf einer Insel, für immer getrennt von mir. Dann *Insel der blauen Delfine*, wobei ich mir vorstellte, auf einer ähnlichen Insel zu leben, erneut allein. Schließlich entdeckte ich *James und der Riesenpfirsich* und sann immer wieder über den Anfang nach – die Eltern von einem umherwütenden Nashorn niedergetrampelt, in einem Moment lebendig, im nächsten brutal aus dem Leben gerissen, ein kleiner Junge, der zu zwei fürchterlichen Tanten geschickt wird, wo er geschlagen und missbraucht wird, bevor er befreit wird und die Welt erkundet. Ich schmökerte stundenlang in *Merkwürdiges aus dem Frankweiler-Geheimarchiv*, stellte mir verzückt vor, ich wäre Claudia Kincaid, würde mit meinem Bruder nach New York ausbüxen und dort mit ihm untertauchen.

Später wandte ich mich der Abteilung Erwachsenenliteratur zu und las erneut Dutzende und Aberdutzende Bücher, schmökerte begierig über Zeitzonen und Zeitperioden hinweg. Nie unterhielt ich mich dabei aus freien Stücken mit jemandem. Mir war es unangenehm, wenn Bibliotheksbesucher einen Kommentar zu meiner Konzentration oder dem beeindruckenden Umfang des Buches abgaben, das ich gerade in der Hand hielt, so, als wäre ich ein Hund, der einen besonders großen Knochen ausgegraben hatte. Gespräche ließen es mir unbehaglich zumute werden. Fremde ließen es mir unbehaglich zumute werden. Erwachsene ließen es mir unbehaglich zumute werden. Ich hasste das Gefühl, angeschaut oder bemerkt zu werden, und machte es mir daher zur Gewohnheit, die Bücher nicht etwa in den behaglichen Sesseln im Lesesaal zu lesen, sondern zog es vor, mich auf den dünnen Teppichboden in eine Ecke zu setzen, fernab von allen anderen.

An diesem Punkt in meinem Leben traute ich nur Büchern. Sonst traute ich nichts und niemandem. Nicht einmal mir selbst.

Eine bestimmte Art von Lektüre zog mich mehr an als alle anderen. Ich las *Sturmhöhe, Der Glöckner von Notre Dame, Der Graf von Monte Cristo, Carrie*. Schon damals machte ich mir Gedanken über Menschen, denen Unrecht zugefügt wurde, und über Menschen, die Unrecht zufügten. Schon damals stellte ich mir die Frage, ob man dadurch, dass man schlechten Menschen etwas Schlechtes antun wollte, selbst so wurde wie sie und ob mir das etwas ausmachen würde. Schon damals dachte ich über Carson Peters und Jordan Stone nach. Über die Figuren in den Büchern, die ich las, und die vielen, vielen anderen Menschen, die dort draußen in der Welt lebten und Böses ersannen. Ich hasste es, ein schlaksiger Teenager zu sein, der noch nie irgendjemanden gerettet hatte.

Ich hatte meine Eltern sterben lassen. Ich hatte meinem Bruder nicht helfen können.

Ich hatte alle Menschen in meinem Leben, die wichtig für mich waren, im Stich gelassen.

Was mich von all diesen Charakteren in meinen Büchern unterschied, war die Tatsache, dass ich im Gegensatz zu ihnen nicht in der Lage war, mir selbst zu helfen, geschweige denn jemand anderem. Damals empfand ich ganz unterschiedliche negative Emotionen, aber am schlimmsten war die Hilflosigkeit. Die hasste ich. Immer, wenn ich morgens die Augen aufschlug, dachte ich daran, wie Jordan Stone und Carson Peters ihre Augen aufschlugen. Ich stellte mir vor, wie sie frühstückten, herumspazierten, redeten und lachten. Ich selbst redete kaum mit irgendjemandem. Die meiste Zeit las ich, dachte nach und verlor mich in Erinnerungen. Doch je mehr ich las und die Sommertage verstrichen, desto mehr verblasste mein Selbsthass. Das verdankte ich Büchern. In diesem Sommer retteten mich Bücher. Wäre es nach mir gegangen, hätte ich die Bibliothek nie wieder verlassen.

Stattdessen endete der Sommer, und die Schule fing an.

Vom ersten Tag an fiel es mir schwer, Freundschaften mit den anderen Mädchen zu schließen. Über Jungs zu sprechen oder über die Biologie-Hausaufgaben zu jammern erschien mir ein Ding der Unmöglichkeit. Ich täuschte es vor, wünschte, es hätte mich interessiert, aber mein Desinteresse wurde trotzdem registriert. Ich trat dem Fußballteam bei und hasste die Kickerei. Gerüchte über mich kursierten. Obwohl ich hübsch und sportlich war, wurde ich als Einzelgängerin gebrandmarkt, als Außenseiterin, als Sonderling. Die Probleme begannen schon in diesen ersten Wochen als Neuntklässlerin. Ein Junge tönte damit herum, dass die Leute, bei denen ich lebte, gar nicht meine richtigen Eltern seien. Noch am gleichen Nachmittag begleiteten mich die Hammonds zum Rektor, der uns im Gespräch erklärte, Schürfwunden vom Spielplatz gehörten zum Alltag, nicht aber, dass ein Junge mit abgebrochenem Zahn und Verletzungen, die genäht werden mussten, aus der Schule nach Hause kam, selbst wenn er einen Streit vom Zaun gebrochen habe.

Die Hammonds fuhren mich wieder nach Hause und sprachen mit mir über Selbstbeherrschung. Ein paar Wochen später wurden sie erneut in die Schule zitiert. Anderer Junge, andere Einzelheiten, mehr oder weniger gleicher Ausgang. »Nikki hat eine schreckliche Tragödie durchgemacht«, erkannte der Rektor an. »Und wie ich hörte, war die Erfahrung mit ihren ersten Pflegeeltern ... sehr schwierig und nahm kein gutes Ende. Wir wollen ja alle helfen, aber sie hat dem Jungen einen angespitzten Bleistift mehr als zwei Zentimeter tief in den Arm gebohrt. Er kann von Glück sagen, dass kein Nerv dabei verletzt wurde. Was, wenn es sein Auge gewesen wäre?«

An diesem Abend saßen die Hammonds noch länger am Esstisch und unterhielten sich mit gedämpften Stimmen. Bevor ich an jenem Abend ins Bett ging, packte ich meine Siebensachen. Am nächsten Morgen erschien ich mit meinem fertig gepackten Koffer beim Frühstück. Die beiden wechselten Blicke. »Wohin willst du denn, Nikki?«, fragte Elizabeth.

»Ihr wollt mich bestimmt zurückschicken«, erklärte ich. »Also habe ich alles vorbereitet.«

Damit, dass sie in Tränen ausbrechen würde, hatte ich nicht gerechnet. Sie schlang ihre Arme um mich. »Das werden wir niemals tun«, schniefte sie. »Das verspreche ich dir.«

Statt dass ich wie immer in die Bibliothek ging, holte mich an diesem Tag Jeff Hammond von der Schule ab. Wir fuhren zu einem schäbigen Gebäude, auf dem ein Sperrholzschild mit der Abbildung zweier roter Boxhandschuhe prangte. Drinnen befand sich auf dem blauem Fußboden ein viereckiger Boxring, von drei übereinandergespannten rot gepolsterten Seilen umgeben. In ihm umkreisten einander gerade zwei ältere Jungs und verlagerten ihre Körper dabei geschickt, während ihre behandschuhten Hände nach vorne stießen und sich wieder zurückzogen. Ich nahm die zylinderförmigen schweren schwarzen Säcke wahr, die mit Isolierband geflickt worden waren. Vor einem Spiegel stellte sich ein Mann seinem Spiegelbild, duckte sich ab und bewegte sich hin und her. Ein anderer sprang Seil.

Damals wusste ich es noch nicht, aber Jeff Hammond hatte als junger Mann in der Navy geboxt. »Nikki«, begann er. »Das Boxen ist Hunderte von Jahren alt, es war zu Anfang ein gewalttätiger Zeitvertreib, bei dem immer die größeren, stärkeren Männer gewannen. Aber dann begannen andere Männer, Taktiken auszuarbeiten, Techniken einzuüben. Und daraufhin zogen die stärkeren, gewalttätigeren Männer gegenüber den technisch versierteren Boxern den Kürzeren. In Sporthallen wie diese sind schon viele aggressive Männer gekommen und haben gelernt, ihre Gefühle unter Kontrolle zu bekommen. Ich denke, es wäre gut, wenn dir das auch gelingen würde.«

Ich schaute mich noch einmal um. »Das sind alles Männer hier.«

Jeff Hammond folgte meinem Blick. Die Trainer, die Boxer – alles Männer.

Dann schaute er wieder mich an. »Was willst du damit sagen?«

Ich dachte kurz nach. »Ich weiß nicht.«

An diesem Tag zeigte er mir, wie ich meine Hände mit Klebeband bandagieren musste. Er reichte mir ein Paar Stoffbandagen mit Klettverschluss und bandagierte mir damit die Hände. Er begann an den Handgelenken, dann kamen Handrücken und schließlich die Knöchel an die Reihe. Als er fertig war, wickelte er die schwarzen Stoffstreifen wieder ab, fing wieder von vorne an, und ließ es mich dann selbst probieren. Zehnmal, zwanzigmal. Bis ich mir die Hände mit geschlossenen Augen hätte bandagieren können.

An diesem Abend schlief ich mit den Handbandagen neben mir auf dem Bett ein.

Am nächsten Nachmittag war ich wieder in der Sporthalle. Jeff zeigte mir, wie ich meine Füße zu platzieren hatte, wie ich die Fäuste halten musste, wie ich mich am geschicktesten bewegte. Ich war Linkshänderin. Es war das erste Mal, dass ich den Begriff »Rechtsausleger« hörte. In der ersten Woche ließ er mich keinen einzigen Schlag ausführen. Einen Monat lang zog ich keine richtigen Boxhandschuhe an. Als der Winter kam, sparrte ich, und zwar in aller Regel mit älteren, größeren Jungs. Ich hatte ein natürliches Talent und lernte schnell dazu. Schließlich trat ich bei Amateurwettbewerben an. Die Probleme in der Schule hörten auf.

Brandons gesetzlicher Vormund konnte ich erst werden, als ich achtzehn wurde. Doch da war es schon zu spät. Dem Trinken, dem Pot und dem Ungehorsam war Härteres gefolgt, schlimmeres Fehlverhalten. Das Argument, es seien doch bloß Einstiegsdrogen, zog bei mir nicht. Ich fand, welche Einstiegsdrogen Brandon auch immer genommen hatte, es war schon zu lange her. Was jetzt zählte, waren nur die Symptome. Bevor er mit der Highschool begann, riss er drei Mal von zu Hause aus. Als ich mein Studium in Berkeley aufnahm, ging Brandon praktisch nicht mehr zur Schule. Er war über den Punkt hinaus, an dem ich noch eine Idee gehabt hätte, wie ich ihm helfen konnte.

Als ich das letzte Collegejahr erreichte, kam er bei Heroin an.

Ich bemühte mich nach Kräften, ihm aus seinen Schwierigkeiten herauszuhelfen. Er schaffte es, an meiner Abschlussfeier teilzunehmen, saß neben den Hammonds im Publikum, während ein Wust von wichtigen Rednern die ganzen großartigen Dinge erklärten, die wir nun unternehmen würden. Alle klatschten. Die Leute mochten Narrative, vor allem, wenn sie mit ihrem eigenen Erfolg zu tun hatten. Was mich anging, hatte ich keine Ahnung, was ich nach dem College tun wollte. Keine Ahnung, was ich gut konnte oder welche Richtung ich einschlagen sollte. Keine Ahnung, was ich mit meinem Leben anfangen sollte.

Es war eine Frau mit einem gequälten Ausdruck in den Augen und einer in die Brüche gehenden Ehe, die mir diese Dinge aufzeigen würde. Eine Frau und, natürlich, ihr Ehemann.

Wieder zurück in meinen eigenen vier Wänden, verdrängte ich all die Erinnerungen. Ich schenkte mir ein Glas Wein ein, setzte mich auf die Couch und sah zu, wie das helle Tageslicht, das den Raum erfüllte, von abendlichen Schatten nach und nach verdrängt wurde. Ich stand auf, um mir nachzuschenken, kehrte zur Couch zurück und saß dann stumm in fast völliger Dunkelheit da. Die Vergangenheit spielte keine Rolle. Nicht jetzt. Jetzt brauchte ich Antworten. Was bedeutete, dass ich eine weitere Frau besuchen musste, eine weitere in die Brüche gegangene Ehe, die weitere Geheimnisse barg.

Und einen weiteren Ehemann.

38

Die Johnsons wohnten in Pacific Heights, einem Schickimickiviertel von San Francisco mit hoch über der Bay thronenden Wohnhäusern. In keiner anderen amerikanischen Stadt gab es Straßen, die so steil anstiegen wie die, in der die Johnsons wohnten. Ihr Haus war ein großes viktorianisches, auf der Kuppe eines Hügels thronendes Gebäude. Mit Vorhängen versehene Panoramafenster blickten auf die Stadt. Jetzt, in den letzten Oktobertagen, wurde es kälter. Halloween-Dekorationen waren angebracht worden, Schals und Kopfbedeckungen häufiger zu sehen. Ich hatte an diesem Morgen auf mein Gesicht im Spiegel gestarrt und dabei die gleichen Ringe unter den Augen entdeckt, die gleichen Sorgenfalten, die ich auf Karens Gesicht in Mendocino erblickt hatte. Ich schlief nicht gut. Ständig schwirrte mir Care4 im Kopf herum. Die Sache setzte mir zu. Zu viel lag im Dunkeln, es gab zu viele unbekannte Größen. Ich brauchte Zeit, die ich aber nicht hatte.

Brenda Johnson war überrascht gewesen, von mir zu hören, hatte jedoch bereitwillig vorgeschlagen, mich bei ihr zu Hause zu treffen. Ich wartete draußen und entdeckte sie schließlich, wie sie die Straße entlangging und auf mich zukam. Sie musste aus dem Fitnessstudio kommen, denn sie trug weiße Sneaker, pflaumenfarbene Leggings und eine stilvolle Sportjacke aus irgendeinem elastischen Textilverbundstoff. Es war jene Art Jacke, die mit Bezeichnungen wie »schweißaufsaugend« und »atmungsaktiv« von allen möglichen Labels an Jogger und Yogastudios vermarktet wurde. »Athleisure«. Das Wort, von unbekannten Werbefuzzis ersonnen, war mittlerweile in aller Munde.

»Hi, Nikki!«, begrüßte sie mich. »Schön, Sie zu sehen.«

Ich freute mich darüber, dass sie gut aussah – strahlend, gesund und selbstbewusst. Das genaue Gegenteil von der besorgten, verunsicherten Frau, der ich einen Monat zuvor gegenübergestanden hatte. Ich hielt ein Papptablett hoch, in dem zwei große Becher steckten. »Ich habe Kaffee mitgebracht. Könnte aber schon ein bisschen kalt geworden sein.«

Bevor wir uns in das geräumige Wohnzimmer setzten, öffnete sie die Jalousien, worauf sich ein herrlicher, sich bis hinaus auf die Bay erstreckender Ausblick eröffnete. Der Raum war ideal für die Unterhaltung und Bewirtung von Gästen. Die Einrichtung war offenkundig das Werk eines professionellen Innenarchitekten. Die Gemälde passten fast zu gut an die Wände, so als wären sie hauptsächlich wegen ihrer Proportionen ausgewählt worden. Das Haus hatte einen offenen Grundriss; eine großzügig dimensionierte Küche wurde lediglich von einer Kochinsel aus Granit vom Wohnzimmer abgetrennt. An einer Wand stand ein Bücherregal. Unter den Büchern fanden sich sowohl ledergebundene Gesetzestexte als auch Sachbuchtitel wie *Eat Pray Love: Eine Frau auf der Suche nach allem quer durch Italien, Indien und Indonesien*; *The Secret – Das Geheimnis*; *Rückkehr zur Liebe*; *How to Sleep Alone in a King-Size Bed*. Ich nahm mir vor, Brenda ein paar Romane zukommen zu lassen.

»Wie ist es Ihnen ergangen?«, fragte ich.

Sie machte es sich mir gegenüber an einem Couchtisch aus Glas bequem. »Es hat sich vieles verändert. Aber es geht mir besser. Wirklich viel besser. An einiges muss ich mich wohl einfach erst gewöhnen.«

»Wohnt er noch hier?«

»Silas?« Mit meiner Frage entlockte ich ihr das erste Lächeln. »Ich habe noch in der gleichen Woche, in der Sie und ich uns getroffen haben, die Schlösser auswechseln lassen. Sie hätten mal sein Gejammer hören sollen, als er festgestellt hat, dass sein Schlüssel nicht mehr passt. Ich glaube, er hat sich erst mal in einem Hotel einquartiert. In einem dieser schicken Häuser am Union Square, in denen man sich fühlt, als wäre man im Bauch der *Titanic* begraben. Ich hoffe, die haben vergessen, den Asbest zu entsorgen.«

Ich lächelte, erwiderte jedoch nichts. Sie hatte noch mehr auf Lager.

»Wie sich herausstellte, war seine Trainerin nur die Spitze des Eisbergs. Ich habe noch mehr herausgefunden. Noch viel mehr. Er hatte mehr oder weniger während unserer gesamten Ehe Techtelmechtel mit anderen Frauen.« Angewidert verzog sie das Gesicht. »Von Hostessenservices und weiß Gott noch was gar nicht zu reden.«

»Tut mir leid, das zu hören.«

»Ist schon gut – es ist besser, Bescheid zu wissen.« Sie lächelte erneut. »Bis die Scheidung durch ist, wird es natürlich noch ein Weilchen dauern, aber danach kann ich ein neues Leben beginnen.« Sie rührte in ihrem Kaffee, obwohl sie ihn schon drei Mal umgerührt hatte. »Nochmals danke für Ihre Hilfe, Nikki. Und auch dafür, dass Sie … meinen unüberlegten Auftrag nicht angenommen haben. Ich weiß, das mit meiner Rachsucht war keine gute Idee. Vielleicht hat es sich deswegen so gut angefühlt, darum zu bitten.«

»Sie waren wütend«, sagte ich. »Sie hatten jedes Recht der Welt, wütend zu sein. Ich kann das nachvollziehen.«

»Danke für Ihr Verständnis.«

»Darf ich Sie etwas fragen? Wie viel hat Silas Ihnen von seiner Arbeit erzählt?«

Sie war überrascht. »Von seiner Arbeit? Sie meinen, von seiner Tätigkeit als Anwalt?«

»Ja.«

Sie dachte nach. »Ein bisschen schon, im Laufe der Jahre, aber nie wirklich viele Einzelheiten. Ehrlich gesagt hörte sich Gesellschaftsrecht, das er praktizierte, langweilig an. Er hat immer gern mit den Namen bekannter Persönlichkeiten angegeben, und er hat ja auch wirklich für eine Menge hochkarätiger Leute und Unternehmen gearbeitet. Aber über die Arbeit selbst hat er mir nicht viel erzählt. Hat nur damit geprahlt, dass wir dank seiner Arbeit zu irgendeiner Filmpremiere oder zu einem Sportereignis eingeladen wurden oder so.«

»Hat er jemals von einer Firma namens Care4 gesprochen? Vor allem in den letzten Monaten?«

»Nein, ich glaube nicht. Warum, ist etwas passiert?«

»Nichts, worüber Sie sich Sorgen machen müssten.«

Sie überdachte meine Worte. »Das heißt also, jemand *anderes* muss sich Sorgen darüber machen.«

»Schon möglich.«

Brenda legte den Löffel, mit dem sie ihren Kaffee umgerührt hatte, klimpernd auf einer Untertasse ab. Getrunken hatte sie immer noch nicht. Der Pappbecher wirkte auf dem gläsernen Couchtisch, neben der Porzellanuntertasse und dem silbernen Teelöffel, fehl am Platz. »Darf ich Klartext mit Ihnen reden, Nikki?«

Ich nickte. »Für Klartext bin ich immer zu haben.«

»Gut. Mein Mann ist ein Stück Scheiße. Er hat mich mehr als zwei Jahrzehnte lang belogen und betrogen. Er hat jedes Ehegelübde, das es nur gibt, zigfach gebrochen, und ich wünsche ihm die Krätze an den Hals.« Ihre Augen blickten hart und entschlossen. »Sie wirken auf mich nicht wie jemand, der mal eben so auf einen Kaffee hereinschneit. Sie sind gekommen, um mich um etwas zu bitten. Tja, Sie haben mir seinerzeit einen Gefallen erwiesen – einen großen Gefallen. Sie haben mir geholfen, die Wahrheit in Bezug auf meine Ehe zu erkennen, und als ich in den Trümmern meiner Ehe stand, haben Sie verhindert, dass ich überreagiere.« Sie beugte sich zu mir vor. »Ich möchte Ihnen diesen Gefallen gerne erwidern. Ich weiß nicht, was Sie wollen oder was Sie vorhaben oder was das mit meinem Mann zu tun hat, und ehrlich gesagt ist mir das auch egal, solange es seine Lebensqualität nicht verbessert. Was immer ich für Sie tun kann – einfach raus damit.«

Durch die nach Osten gerichteten Fenster fiel gleißendes Sonnenlicht ein. Ich rutschte ein Stück zur Seite, damit es mich nicht blendete. »Als wir uns das letzte Mal unterhalten haben, sprachen Sie davon, dass Sie den Schlüssel zum Büro Ihres Mannes haben duplizieren lassen. Haben Sie ihn immer noch?«

Sie war überrascht. »Dass Sie sich daran noch erinnern! Ja, ich glaube schon. Einen kleinen Moment.« Sie stand auf und ging zur Kücheninsel hinüber, auf der ihre Handtasche lag. Sie durchwühlte sie und zog schließlich einen einzelnen Messingschlüssel hervor. Auf einer Seite waren die Worte NICHT DUPLIZIEREN eingraviert.

»Weiß er, dass Sie den haben?«

»Ich habe es heimlich getan.« Sie lächelte. »Ich habe ewig gebraucht, um einen Schlüsseldienst zu finden, der es trotz des NICHT DUPLIZIEREN tun wollte. Ich musste dem Mann hundert Dollar extra in den Rachen werfen. Warum fragen Sie?«

»Sie haben recht«, sagte ich. »Ich bitte Sie wirklich um einen Gefallen. Darf ich mir diesen Schlüssel mal ausleihen?«

39

Die Leute waren zuweilen schon sonderbar. Häufig wollten sie, dass etwas geschah, ohne sich über das Wie großartig Gedanken machen zu müssen. Ein gutes Beispiel dafür waren Büros: Leute, die in Büros arbeiteten, wollten, dass sie sauber waren, wollten aber nicht ernsthaft beim Vorgang des Saubermachens zuschauen. Dies lag zum Teil an Bequemlichkeit. Niemand wollte ein wichtiges Telefonat führen, während im Hintergrund ein Staubsauger röhrte. Aber nach meinem Dafürhalten steckte noch mehr dahinter. Den Leuten war es lieber, nicht darüber nachzudenken, wie jemand eine Toilette schrubbte oder den Fußboden wischte. Sie wollten einfach, dass die Toilette makellos sauber war und die Bodenfliesen so glänzten, als wäre noch nie jemand darauf herumgetrampelt. Von daher leuchtete es ein, dass Raumpflege nachts vonstattenging. Je weniger Leute dem Reinigungspersonal begegneten, desto glücklicher waren alle Beteiligten. Die Reinigungskräfte konnten effizienter ihrer Arbeit nachgehen, und die Angestellten konnten morgens hereinspazieren, ohne sich über Kaffeeflecken oder schmutzige Spülbecken Gedanken machen zu müssen. Eine Vereinbarung, von der beide Seiten profitierten.

In einer Anwaltskanzlei hingegen arbeiteten viele Mitarbeiter bis spätabends. Die Junior-Gesellschafter machten relativ früh Feierabend, die Senior-Gesellschafter noch früher, aber die gierigen jungen Mitarbeiter, auf denen die Bürde abrechenbarer Stunden lastete, gierten förmlich danach, auf der Jagd nach Beförderungen mittels spätabendlicher E-Mails und Ausstempelzeiten ihren Wert unter Beweis zu stellen. Bis neun, zehn, vielleicht elf Uhr abends zu arbeiten war für Mitarbeiter im Alter zwischen zwanzig und dreißig kein Problem. Siebzig, achtzig Stunden oder mehr in der Woche zu arbeiten war die Regel.

Die Firma, die die Büroräume von Gilbert, Frazier & Mann reinigte, war wahrscheinlich Abend für Abend in einem Dutzend unterschiedlicher Unternehmensbüros tätig. Der Putztrupp ging effektiv vor. Sechs von ihnen waren in zwei Minibussen unterwegs. Ihre Arbeitsmaterialien hatten sie dabei, und sie begannen bei Gilbert, Frazier & Mann zwischen dreiundzwanzig Uhr und dreiundzwanzig Uhr dreißig. Die Kanzlei belegte drei Stockwerke eines Wolkenkratzers im Finanzviertel von San Francisco. Es war eines jener Gebäude, in denen während der Geschäftszeiten im Foyer Securitymitarbeiter zugegen waren und sich Besucher grundsätzlich anmelden und in eine Liste eintragen mussten. Nach Geschäftsschluss verließ man sich in diesem Gebäude auf elektronische Lesegeräte und Magnetstreifenkarten.

Als die letzte der sechs Reinigungskräfte das Gebäude betreten hatte, trat ich um die Ecke und wartete, bis die Glastür wieder zugeklappt war. Dann versetzte ich ihr geräuschvoll einen Tritt. Autsch. Ich war es gewohnt, mit Motorradstiefeln zuzutreten, nicht mit offenen, hochhackigen Pumps. Das Geräusch bewirkte, dass sich der Letzte der sechs umdrehte. Ich trat ein zweites Mal gegen die Tür, ungeduldig, so als würde ich mich darüber ärgern, auch nur eine Sekunde aufgehalten zu werden. Der Mann kehrte an die Tür zurück und öffnete sie. Es war ein kurz geratener Hispanoamerikaner in einem Giants-Sweatshirt und einer ausgebeulten Jeans. Ich trat ein und bedachte ihn dabei mit einem angedeuteten Nicken. »Danke.«

Er holte Luft, um etwas zu sagen, änderte dann aber seine Meinung. Ich trug einen schwarzen Rock mit Bluse und einen Blazer. Die Haare hatte ich mir hochgesteckt und die Arme um einen großen Pappkarton geschlungen, der dermaßen voll war, dass die Deckelklappen nicht richtig schlossen. Zielgerichtet schritt ich durch die Lobby, bis ich mitten in der Putzkolonne stand, die auf den Aufzug wartete. Sie beäugten mich. Eine von ihnen flüsterte einem anderen etwas auf Spanisch zu. Die beiden schienen uneins, ob sie mich etwas fragen sollten oder nicht.

»Entschuldigung, Ma'am, arbeiten Sie hier?«, fragte der andere schließlich.

Ohne ihn dabei zu beachten, nickte ich kurz angebunden. Eine knappe, ungeduldige Geste, mit der ich zum Ausdruck brachte, dass ich mit weitaus wichtigeren Dingen beschäftigt war. Neben dem Aufzug hing ein Hinweisschild. Gilbert, Frazier & Mann belegten das zehnte, elfte und zwölfte Stockwerk. Während ich vor dem Aufzug stand, zog ich eine Hand unter dem Karton hervor, balancierte diesen auf meinem Knie und bemühte mich währenddessen, eine Plastikkarte am Schlüsselband zum Lesegerät zu bugsieren. Nach einer leichten Übung konnte das in ihren Augen nicht aussehen. »Scheiße!«, fluchte ich, als der Karton, den ich festhielt, mir zu entgleiten drohte. Ungeschickt versuchte ich ihn wieder zu fassen zu bekommen, war aber nicht schnell genug. Der Karton krachte auf den Boden, und mehrere Aktenordner purzelten heraus. Dokumente verteilten sich auf dem Boden. »Verdammt!«, stieß ich nun noch gereizter aus und kniete mich nieder, um die Papiere aufzuheben. »Halten Sie mal auf, ja?«, rief ich, als die Aufzugtüren auseinanderglitten.

Nach einer Bitte klang das nicht wirklich. Sie hielten mir die Tür auf, während ich die Dokumente wieder in den Karton stopfte. In der Aufzugkabine war es sehr eng. Ich presste den Karton gegen die Kabinenwand, um eine Hand frei zu haben, und drückte den Knopf für die zwölfte Etage. Silas Johnsons viktorianisches Haus in Pacific Heights war zu luxuriös, als dass er hier etwas anderes als Senior-Gesellschafter sein konnte. Und als solcher würde er im obersten Stockwerk residieren. Der Reinigungstrupp stieg im zehnten aus, wo ich Empfangsbereich und Teeküche vermutete. Das war das Stockwerk, dessen Reinigung die meiste Zeit in Anspruch nehmen würde.

Im zwölften Stock war die Deckenbeleuchtung ausgeschaltet, und im Flur war es stockdunkel. Hier oben machte niemand Überstunden. Ich stellte meinen Karton im Treppenhaus neben dem Aufzug ab und zog eine helle LED-Taschenlampe aus meiner Handtasche. Auf die Hartholztüren der Büros waren Namensschilder aus Messing geschraubt worden. Die Abstände zwischen den Türen waren groß. Hier oben, im Stockwerk mit den Büros der Gesellschafter, waren die Räume großzügig bemessen. Ich beeilte mich, denn ich hatte nicht vor, mir die ganze Nacht hier um die Ohren zu schlagen. Als ich Silas Johnsons Büro ausfindig gemacht hatte, kam der Schlüssel zum Einsatz, den seine Frau mir überlassen hatte. Drinnen schaltete ich nicht die Deckenbeleuchtung ein, sondern benutzte stattdessen meine Taschenlampe. Ich schwenkte ihren Lichtstrahl erst in die eine, dann in die andere Richtung, um den Raum einmal ganz zu erfassen. Es handelte sich um ein großes, komfortables Büro, dessen Einrichtung im Wesentlichen aus einer schwarzen Ledercouch und einem wuchtigen Schreibtisch aus Mahagoniholz bestand. In einem Bücherregal standen die gleichen Gesetzestexte, wie ich sie schon im Haus der Johnsons gesehen hatte, ledergebundene Titel mit Goldschnitt, die glänzten wie Goldstücke, während ich den Lichtkegel über die Buchrücken huschen ließ. An der hinteren Wand stand ein Registraturschrank. Fünf Schubladen, allesamt verschlossen. Ich versuchte es erst gar nicht mit meinem Schlüssel, da ich schon auf den ersten Blick erkannte, dass er viel zu groß war.

Viel beschäftigte Anwälte benötigten schnellen Zugriff auf ihre Dokumente. Und in einem abgeschlossenen Büro in einem Gebäude, in dem auf Sicherheit großen Wert gelegt wurde, machten sich die Mitarbeiter keine großen Sorgen, dass etwas entwendet werden könnte. Ich ging zum großen Schreibtisch hinüber. An seiner linken Seite befanden sich übereinander Schubladen, die allesamt geschlossen waren, zudem wies er eine schmale Mittelschublade auf. Wenig überrascht stellte ich fest, dass diese mittlere Schublade nicht abgeschlossen war. Der dünne Lichtstrahl meiner Lampe fiel auf den üblichen Bürobedarf: Büroklammern, Gummibänder, Heftklammern, Kugelschreiber. In einer Ecke der Schublade lagen zwei kleine silberne Schlüssel. Einer von ihnen passte in das Schloss des Registraturschranks.

Ich verbrachte eine Stunde damit, die Dokumente in den Schubladen des Registraturschranks zu durchkämmen. Nach den Daten zu urteilen, handelte es sich um aktuelle Fälle. Sicher gab es in der Kanzlei ein Archiv, in dem die Akten der Fälle aus den vergangenen Jahren oder Jahrzehnten gelagert wurden. Ich arbeitete, so schnell ich konnte, und hielt dabei Ausschau nach jedweder Erwähnung von Care4, Gregg Gunn oder *In Retentis*.

Nichts.

Auf dem Schreibtisch herrschte Unordnung, er war regelrecht begraben unter einem Berg von Dokumenten. Es war zwar unwahrscheinlich, dass sensible Unterlagen derart ungeschützt herumliegen würden, aber ich durchforstete trotzdem alles.

Nichts.

Dann nahm ich mir den Papierkorb vor und bekam dabei ein braun gewordenes Apfelkerngehäuse, diverse leere Dosen Diet Coke und ein Exemplar des *Wall Street Journal* in die Finger.

Die drei übereinanderliegenden Schubladen des Schreibtischs waren ebenfalls verschlossen. Ich versuchte es mit dem zweiten Schlüssel aus dem Schreibtisch. Er passte. Ich begann mit der untersten Schublade. In ihr stieß ich auf eine fast leere Flasche achtzehn Jahre alten Single Malt Whisky von Macallan. Billiger Fusel war das nicht. Dahinter lagen zwei ungeöffnete Flaschen des gleichen edlen Tröpfchens. Die Versorgungslage schien gesichert. Zwei Lowball-Kristallgläser waren geschickt neben diversen Ausgaben von *Penthouse* und *Playboy* verstaut worden. Die sonnengebräunten, retuschierten Damen auf den Titelbildern mussten in etwa das gleiche Alter haben wie der Scotch, und auch die Farbe ihrer Haut war diesem ähnlich.

In der mittleren und oberen Schublade befanden sich weitere Akten. Ich überflog sie, so schnell ich konnte. Die Art der jeweiligen Fälle auch nur ansatzweise zu begreifen hätte weit länger in Anspruch genommen, aber schlichtweg festzustellen, welche Leute und Unternehmen involviert waren, stellte kein Problem dar.

In der obersten Schublade entdeckte ich die Care4-Akte. Es waren drei Ordner, mit einem Gummiband zusammengehalten.

Ich hatte gerade den ersten Ordner aufgeklappt, als die Bürotür aufging.

Ich huschte unter den Schreibtisch und schaltete meine Taschenlampe aus, als auch schon die Deckenlampe aufflammte. Angesichts der Helligkeit kniff ich, unter dem Schreibtisch kauernd, die Augen zusammen. Der Frontplatte verdankte ich es, dass ich nicht zu sehen war – solange niemand um den Schreibtisch herumkommen würde.

Sie hatte aber auch den Effekt, dass ich nicht sehen konnte, wer da gerade hereingekommen war.

Das war ein verstörendes Gefühl.

Schritte näherten sich, und ich erhaschte einen Blick auf einen ausgetretenen weißen Sneaker, der unter dem Saum einer locker sitzenden Jeans hervorschaute. Ich entspannte mich ein wenig. Anwälte, die Limousinen der Mercedes S-Klasse fuhren, trugen keine ramponierten Nikes. Wenn sie denn überhaupt Sneaker trugen, dann nur brandneue. Ich versuchte zu antizipieren, welche Richtung diese Sneaker als Nächstes einschlagen würden. Der Papierkorb. Die Reinigungskräfte würden sich von Büro zu Büro vorarbeiten und die Papierkörbe entleeren. Kein Mensch wollte morgens mit der Arbeit beginnen und dabei den Geruch eines verrottenden Apfelgriebs in der Nase haben. Ich verhielt mich mucksmäuschenstill. Ich hatte die Sneaker der Reinigungskraft schon fast vor der Nase und vernahm ein leises Ächzen, als der Mann sich bückte. Der Papierkorb stand keine dreißig Zentimeter von meinem Kopf entfernt, lediglich durch die Seitenwand des Schreibtischs von mir getrennt. Ich hielt den Atem an und rührte mich nicht vom Fleck. Ich hörte, wie der Abfall in eine Tüte geleert wurde, vernahm das Rascheln von Papier und dann das eher dumpfe Aufprallen eines Gegenstands. Das Apfelkerngehäuse. Ich hörte Plastik rascheln. Eine neue Mülltüte wurde aufgeschüttelt.

Dann Stille. Ich konnte die Sneaker nicht mehr sehen.

Die nächsten fünf, sechs Sekunden zogen sich schier endlos hin. Endlich vernahm ich wieder Schritte. Sie entfernten sich von mir. Der Mann schaltete das Licht aus, und der Raum wurde wieder in Dunkelheit getaucht. Die Bürotür wurde geschlossen. Ich stieß den Atem aus. Langsam stand ich auf, schaltete erneut die Taschenlampe ein und setzte mich auf den ledernen Schreibtischsessel, die Akte vor mir ausgebreitet.

Es wurde Zeit für ein wenig Lektüre.

Gilbert, Frazier & Mann vertraten schon seit ein paar Jahren Care4 und hatten dabei offenkundig alle möglichen juristischen Dienstleistungen übernommen. Als derjenige Gesellschafter, der für Care4 zuständig war, war Silas Johnson an vielen dieser Vorgänge beteiligt gewesen. Es lag auf der Hand, dass die Ordner, die ich mir gerade vorknöpfte, alles andere als vollständig waren. Wahrscheinlich gab es noch Tausende oder Zehntausende weiterer Dokumente, überall verteilt irgendwo auf den drei Stockwerken der Kanzlei. Diese Ordner hier gewährten nur einen groben Überblick. Ich erfuhr, dass Silas Johnson mitgeholfen hatte, das Unternehmen nach seiner Gründung durch die Phase der Eigenkapitalfinanzierung zu begleiten. Ich widmete mich dem zweiten Ordner, in dem Rechtsstreitigkeiten und Probleme mit Mitarbeitern dokumentiert waren. Bei einem Fall, der vor Gericht gelandet war, ging es um Betriebsgeheimnisse eines konkurrierenden Unternehmens. Diverse Vertragsstreitigkeiten waren durch ein Schiedsgericht beigelegt worden. Was seine Angestellten betraf, zögerte Care4 nicht, seine Anwälte mit harten Bandagen kämpfen zu lassen. Der nächste Ordner war dünner und beinhaltete im Wesentlichen Finanz- und Steuerangelegenheiten. Hier tauchten die Namen anderer Anwälte auf. Silas Johnson hatte nicht direkt mit Steuerrecht zu tun. Für diesen Themenbereich war eine andere Abteilung zuständig.

Nach einer Stunde hatte ich nicht den Eindruck, etwas Neues über das, wonach ich suchte, in Erfahrung gebracht zu haben. Silas Johnsons Tätigkeit war offenkundig exakt so, wie seine Frau sie beschrieben hatte – langweiliges Gesellschaftsrecht. In den Akten hätte es auch um jedes andere Unternehmen gehen können. Es gab nichts Ungewöhnliches. Keinerlei Erwähnung von *In Retentis*, keine seltsamen Fotos, ermordeten Angestellten oder strafrechtlichen Ermittlungen. Nichts Geheimnisumwittertes oder Illegales. Tatsächlich waren das Skandalöseste, auf das ich am ganzen Abend gestoßen war, die *Penthouse*-Magazine. Ich würde die Sache noch einmal anders angehen müssen. Silas Johnson war ein lausiger Ehemann, als Anwalt hingegen schien er langweilig und kompetent zu sein, sonst gar nichts.

Als ich die Gummibänder wieder um die drei Ordner spannte, hielt ich mit einem Mal interessiert inne. Da befand sich noch ein vierter Ordner in dem Stapel. Da er vollkommen leer war, hatte ich ihn zunächst gar nicht bemerkt. Es war ein olivgrüner Aktenordner, der rein gar nichts enthielt. Die Art Ordner, die für ungefähr siebzig Cent über den Ladentisch gingen. Ein einfaches Ablagesystem, in dem man Dokumente abheften konnte.

Oder dem man Dokumente entnehmen konnte.

Vielleicht hatte dieser Ordner gar nichts zu bedeuten. Vielleicht aber waren ganz andere Dokumente darin gewesen. Dokumente, die Silas Johnson keinem verschlossenen Schreibtisch in einem verschlossenen Büro in einem verschlossenen Gebäude anvertrauen wollte. Dokumente, bei denen es nicht um langweiliges Gesellschaftsrecht ging, wie sie jede Firma im Land routinemäßig abheftete. Dokumente, die der Anwalt extrem nahe bei sich haben wollte. Ich schloss die Schubladen wieder ab und achtete darauf, alles genau so zu hinterlassen, wie ich es vorgefunden hatte. Als ich fertig war, bestand der einzige Unterschied zu dem Zeitpunkt, an dem ich hereinspaziert war, in dem jetzt leeren Papierkorb, der mit einer neuen Abfalltüte ausgestattet war und für den nächsten Tag bereitstand.

Die Reinigungskräfte waren schon lange weitergezogen. Unterwegs zum nächsten Gebäude, der nächsten Station ihrer langen Nacht. Der Pappkarton stand noch immer im Treppenhaus, wo ich ihn abgestellt hatte, und im roten Schimmer der Notbeleuchtung trug ich ihn die Stufen hinab.

Und dachte über meinen nächsten Schritt nach.

40

Das Kingston Hotel befand sich einen Häuserblock vom Union Square entfernt an der Geary Street. Es ging ein grandioser Art-déco-Charme von ihm aus; es herrschte nicht der elegante, minimalistische Luxus neuerer Hotels vor, sondern ein verschnörkelterer Stil, wie aus einer Geschichte von Dreiser oder Fitzgerald. Der Fußboden der Lobby im Erdgeschoss bestand aus weißen und schwarzen Marmorfliesen, man kam sich vor wie auf einem Schachbrett. Kristallleuchter hingen an der Decke, und an den Wänden waren Ölgemälde in goldenen Bilderrahmen. Es war exakt die Art Hotel, fand ich, in der ein reicher Anwalt mittleren Alters absteigen würde, nachdem er aus seiner Wohnung geworfen worden war.

Viel wusste ich über Silas Johnson nicht. Immerhin war ich sicher, dass er Frauen zugetan war und sich ab und zu gern einen Drink genehmigte. Das war schon mal ein Anhaltspunkt. Daher war ich nicht überrascht festzustellen, dass er Stammgast in der Hotelbar war. Von der Lobby hatte man freie Sicht in die Bar, und das entsprach einer grundlegenden architektonischen Strategie: Je mehr Gäste etwas von einem Ort sehen konnten, desto mehr von ihnen würden diesen Ort auch aufsuchen. In der Lobby standen reichlich Sofas und Sessel, und so konnte ich hier problemlos und unauffällig meinen Beobachtungsposten beziehen.

Am ersten Abend baggerte der Anwalt erfolglos eine hübsche Inderin etwa in meinem Alter an, die mit einem Laptop und einem Glas Weißwein an der Bar saß. Eigentlich besagte ein ungeschriebenes Gesetz, dass jemand, der an einem Laptop arbeitete, es im Allgemeinen nicht darauf abgesehen hatte, abgeschleppt zu werden. Wer vor einem Laptop saß, wollte arbeiten, sich konzentrieren. Entweder war Silas Johnson mit diesem Gesetz nicht vertraut, oder es scherte ihn nicht. Vielleicht betrachtete er es aber auch als Herausforderung. Ich beobachtete, wie er ihr via Barmann ein Glas Champagner spendierte.

Die Frau trank den Champagner, schien aber nicht wirklich an der Person interessiert zu sein, die ihn spendiert hatte. Prompt zeigte sich auf dem Gesicht des Anwalts Verärgerung. Silas Johnson stand offenbar auf Frauen, die sich bei ihm bedankten, nachdem er ihnen unaufgefordert Blubberwasser hatte zukommen lassen. Ein paar Minuten verstrichen. Ich beobachtete, wie er sich zu ihr vorbeugte und etwas sagte. Ihre Gesichtszüge erstarrten zu dem höflichen Lächeln, das sich Frauen überall auf der Welt in einer solchen Situation abringen. Mir fiel das Funkeln eines Diamanten an ihrer linken Hand auf. Vielleicht hatte der Anwalt es ebenfalls bemerkt. Vielleicht aber auch nicht. Selbst Männer mit den besten Absichten übersahen derlei Details gern. Und Silas Johnson schien mir nicht der Mann mit den besten Absichten zu sein.

Auch war er wohl nicht der Typ Mann, der einen Wink mit dem Zaunpfahl verstand. Er kippte den Rest seines Manhattan-Cocktails herunter, bestellte einen neuen, sagte noch etwas zu ihr und klopfte dabei einladend auf den unbesetzten Barhocker neben sich. Ganz so, als riefe er einem Hund »Sitz!« zu. Dieses Mal schlich sich Verärgerung in ihr Lächeln, und sie schüttelte den Kopf. Sekunden später stand die Inderin auf und setzte sich samt Laptop und Drink ans andere Ende der Bar.

An diesem Abend ging Silas Johnson ohne Begleitung auf sein Zimmer.

Am nächsten Abend war er an gleicher Stelle wieder aktiv. Dieses Mal herrschte in der Bar etwas mehr Betrieb. Der Anwalt ließ seinen Blick über mehrere Frauen im Barbereich schweifen, sprach aber keine von ihnen an. Immer wieder schaute er auf seine Uhr. Als er seinen ersten Manhattan intus hatte, kam eine groß gewachsene Blondine in einem engen schwarzen Kleid herein gerauscht. Sie musste etwa dreißig Jahre jünger als der Anwalt sein, hatte knallrot lackierte Nägel und reichlich Lidschatten aufgetragen und stolzierte auf Stilettoabsätzen herein, die so hoch waren, dass sie damit den Pazifik hätte durchwaten können, ohne sich die Frisur zu ruinieren. Lächelnd stand der Anwalt auf. Die Frau trat auf ihn zu, und er gab ihr einen Kuss auf die Wange. Sie setzte sich neben ihn.

Er genehmigte sich einen zweiten Manhattan, während sie drei Wodka Soda niedermachte, einen nach dem anderen. Das konnte ich ihr nicht verübeln. An ihrer Stelle hätte ich doppelt so viele getrunken. Er flüsterte der Frau etwas ins Ohr, worauf beide mit ihren Drinks in der Hand aufstanden.

Ich beobachtete, wie er die Rechnung unterschrieb.

Und wie die beiden die Bar verließen und zu den Aufzügen gingen.

Das war der zweite Abend.

Am dritten Abend sprach er mich an.

Ideal war die Situation ganz und gar nicht. Ich bevorzugte es, jemanden mindestens eine Woche zu beschatten, bevor ich in Kontakt trat. Ein, zwei Abende reichten nicht annähernd aus, um etwas über die Gewohnheiten von jemandem in Erfahrung zu bringen. Ich zog es vor, jemanden dabei zu beobachten, wie er mit dem Menschen, mit denen er zu tun hatte, interagierte, um seine Gewohnheiten kennenzulernen. Aber der Luxus Zeit war mir nicht vergönnt. Heute war der neunundzwanzigste Oktober, und ich hatte immer noch keinen Schimmer, was am ersten November geschehen würde. *Menschen werden sterben.* Diese Worte schwirrten mir im Kopf herum, und allmählich befürchtete ich schon durchzudrehen. Mir wurde immer mehr klar, wie es Karen Li in den letzten Wochen ihres Lebens zumute gewesen sein musste. Mit zu viel Ungewissheit und zu viel Stress. Meine Gedanken drehten sich nur noch um Care4. Was immer Silas Johnson in seinem Besitz hatte oder wusste, ich konnte nicht länger warten, um es herauszufinden. Ihn auch nur zwei Tage zu beobachten hatte alles schon zu sehr in die Länge gezogen. Ich musste jetzt handeln.

Der erste Hinweis darauf, dass er Interesse an mir hatte, zeigte sich in Form einer Sektflöte, die vor mir abgestellt wurde. Der kleine Kristallkelch landete leise klirrend vor mir auf dem verzinkten Bartresen. Ich schaute fragend auf, schwenkte meinen Blick vom dem golden perlenden Inhalt des Glases zum Barmann, der es dort platziert hatte. »Habe ich das bestellt?«

Desinteressiert schüttelte er den Kopf. Sein Gesichtsausdruck war weder golden noch perlend. Er war ein dürrer Mann mit hoher Stirn, einer großen roten Nase und einem mausgrauen Schnurrbart. Wie alle Hotelangestellten war er förmlich gekleidet, trug ein weißes Hemd, eine schwarze Smokingweste und eine kastanienbraune Fliege. Es war eine Ansteckfliege, und die Weste war ein wenig zu groß für ihn. Er erweckte den Eindruck, als habe er so eine Situation schon eine Million Mal erlebt und als rechnete er damit, sie auch noch eine weitere Million Mal zu erleben. »Von dem Gentleman dort hinten an der Bar«, erklärte er.

Er deutete mit dem Kopf auf Silas Johnson.

Ich folgte dem Blick des Barmanns und begegnete zum ersten Mal dem des Anwalts. Er saß auf seinem üblichen Platz und hatte seinen üblichen Drink vor sich. Er wirkte ein wenig mitgenommen, war jedoch durchaus ansehnlich und erweckte den Eindruck, wohlhabend zu sein. Seine braunen, tief liegenden Augen blitzten streitlustig und gerissen. Er trug einen grau melierten Spitzbart und hatte einen kantigen, großen Kopf. Den Knoten seiner Krawatte hatte er gelockert, und sein kariertes blaues Sportsakko war nicht zugeknöpft, sodass sein Bauchansatz sichtbar wurde, an dem seine persönliche Trainerin offenkundig nicht viel hatte ändern können. Er schenkte mir ein breites Lächeln und erhob sein Glas. Da ich auf dem Parkplatz von Care4 einen Vollvisierhelm getragen hatte, machte ich mir keine Sorgen darüber, dass er mich wiedererkennen könnte. Zwar hatte ich die beiden letzten Abende schon in der Lobby verbracht, aber die Aufmerksamkeit des Anwalts war anderweitig in Anspruch genommen worden. Er hatte mich auch dort nicht wahrgenommen.

Ich nickte ihm zu, ohne meinerseits das Glas zu erheben, und widmete mich wieder meinem Buch. Ich blätterte um und nahm einen Schluck von meinem Rotwein. Der Champagner stand unangetastet auf dem Tresen. Ohne mir Gedanken ob der verstreichenden Zeit zu machen, las ich noch einige Seiten. *Bildnis einer Dame* war eines meiner Lieblingsbücher. Ich nippte erneut an meinem Wein. Ich trug mein Haar offen und hatte ein einfaches schwarzes Kleid angezogen, das meine Rundungen betonte.

Schließlich vernahm ich seine Stimme. »Dieser Champagner kostet dreißig Dollar pro Glas. Wollen Sie ihn gar nicht probieren?«

Erneut schaute ich auf. Er beugte sich zu mir vor, hatte

seine Stimme leicht erhoben und grinste mich an, wie um mir zu signalisieren, dass es ihm nichts ausmachte, dreißig Dollar für einen Drink zu verschwenden. Ich ließ meinen Blick vom Anwalt zum Champagnerglas schweifen. »Ich weiß es noch nicht. Immerhin weiß ich, dass er da steht, falls ich ihn trinken möchte.«

Er warf mir einen Blick zu, um dahinterzukommen, ob ich kokettierte oder unverschämt war. Mein Tonfall ließ weder auf das eine noch auf das andere schließen, war rein sachlich gewesen. Ich vertiefte mich wieder in meine Lektüre. »Vielleicht trifft Champagner ja nicht Ihren Geschmack«, rief er mir über den Tresen hinweg zu. »Möchten Sie vielleicht etwas anderes?«

Ich bedachte ihn mit einem höflichen Lächeln und deutete mit dem Kopf auf meinen Wein. »Ich habe bereits etwas anderes.«

Ich las weiter. Heute war wieder nicht so viel los; die Hotelgäste, die sich nach dem Essen noch einen Absacker genehmigt hatten, hatten sich längst wieder zurückgezogen. Die Bar war fast völlig verwaist, es gab hier keine andere Frau ohne Begleitung. Niemand sonst, dem der Anwalt teuren Champagner hätte spendieren können.

Nur ich.

Er sprach mich erneut an, versuchte es dieses Mal mit einer anderen Taktik. »Was lesen Sie da?«

»Das hier?« Ich schaute auf, so als kostete es mich viel Mühe, mich von meiner Lektüre loszureißen. »*Bildnis einer Dame*. Kennen Sie es?«

Ohne echtes Interesse erkennen zu lassen, schüttelte er den Kopf. »Leider nicht. Aber ist ja ein ganz schön dicker Schinken. Sieht noch übler aus als das, was ich mir in Verfassungsrecht in den Kopf prügeln musste.«

»Wollen Sie mir damit zu verstehen geben, dass Sie Anwalt sind oder dass ich mich für leichtere Lektüre entscheiden sollte?«

Er grinste. »Ich schlage gern zwei Fliegen mit einer Klappe.« Er ließ diesen Satz einen Moment in der Luft stehen und fuhr dann fort: »War nur ein Spaß. Ich würde Ihnen nie vorschreiben, was Sie lesen sollten.«

»Oder was ich trinken sollte.« Ich widmete mich erneut meinem Buch.

Eine Seite Henry James zu lesen ging ohnehin nicht gerade flott, aber bis er mich das nächste Mal ansprach, schaffte ich nicht einmal einen Absatz. »Sie sind so weit weg. Es kommt mir so vor, als müsste ich brüllen, um mich mit Ihnen unterhalten zu können.«

»Würden Sie nicht versuchen, sich mit mir zu unterhalten, hätten Sie das Problem nicht.«

Er lächelte. »Aber dann würde ich mich nicht mit Ihnen unterhalten.«

»Immer diese logische Beweisführung«, kommentierte ich. »Vielleicht sind Sie ja wirklich so ein Anwalt.«

»Nicht bloß *so ein* Anwalt. Wie es der Zufall will, bin ich ein wirklich guter Anwalt.«

»Dann werde ich Sie ganz bestimmt anrufen, wenn ich das nächste Mal wegen Geschwindigkeitsüberschreitung angehalten werde.«

Das gefiel ihm nicht. Humor zog häufig den Kürzeren gegenüber Dünkel. »Ich bin Gesellschafter in einer Kanzlei, die sich mit Angelegenheiten befasst, die ein klein wenig bedeutender sind als Strafzettel für zu schnelles Fahren. Kommen Sie, setzen Sie sich doch zu mir«, drängte er. »Ich verspreche Ihnen, ich bin interessanter als Ihr Buch.«

»Da legen Sie die Messlatte aber ziemlich hoch«, warnte ich, bevor ich aufstand und neben ihm Platz nahm. Mit triumphierender Miene bestellte er einen weiteren Manhattan. »Und noch etwas für sie, was immer sie haben möchte«, wies er den Barmann an.

Die Drinks wurden serviert, obwohl mein erstes Glas Wein immer noch mehr oder weniger voll war.

»Also«, sagte Silas. »Ich gehe mal schnell für kleine Jungs, und dann erzählen Sie mir alles über sich.«

Männer, die statt Toilette »für kleine Jungs« sagten, hatte ich irgendwie noch nie leiden können. Vielleicht würde ich eines Tages mal eine Ausnahme machen, aber nicht heute Abend. Der Anwalt erhob sich von seinem Hocker und steuerte die Toiletten in der Lobby an. Ich blieb an Ort und Stelle sitzen, die beiden Drinks vor mir.

Silas' Manhattan-Cocktail hatte eine granatrote Farbe. Um den Glasrand kräuselte sich eine schmale Orangenspirale. Ich schaute zum Barkeeper hinüber. Er war auf der anderen Seite des Tresens gerade damit beschäftigt, Gläser aus einer Untertischspülmaschine zu räumen. Unauffällig schüttete ich das Pulver aus einer kleinen weißen Kapsel in den Manhattan. Es löste sich augenblicklich auf und hinterließ lediglich eine leichte Trübung in dem Drink. Ich sah mich erneut um. Niemand in der Nähe schaute in meine Richtung. Die ganze Angelegenheit hatte vielleicht fünf Sekunden in Anspruch genommen.

Silas kam zurück. »Immer noch hier«, stellte er grinsend fest. »Ich war mir nicht sicher, ob Sie nicht wegrennen würden.«

»Vor jemandem wegzurennen war eigentlich noch nie mein Ding.«

Der Anwalt nahm wieder Platz und erhob sein Glas.

Ich beobachtete, wie sich der Rand seines Glases seinem Mund näherte.

Kurz bevor es seine Lippen berührte, verharrte er mitten in der Bewegung und warf mir einen seltsamen Blick zu.

Er stellte das Glas wieder auf den Tresen.

»Ist alles okay?« Ich stellte die Frage in einem beiläufigem Ton, führte mir dabei jedoch noch einmal die letzten Minuten und die letzten Abende vor Augen und überlegte fieberhaft, ob er etwas bemerkt oder mich wiedererkannt haben konnte. Aber wodurch hätte ich mich verraten?

Seinen Blick nach wie vor auf mich geheftet, schob er das Glas auf dem Tresen hin und her. »Ihr Gesicht«, begann er schließlich.

»Mein Gesicht? Was ist damit?«

Er kniff die Augen zusammen, als überlegte er, wo er mich unterbringen sollte. So, als vollzöge sich da gerade mit einiger Verspätung ein Wiedererkennungsprozess. Je nachdem, was er nun von sich geben würde, musste ich entweder bluffen oder aus dem Hotel verschwinden, und zwar schleunigst. Um mir dann zu überlegen, wie ich bekommen konnte, was ich haben wollte, nachdem nun auch noch ein äußerst misstrauischer Anwalt im Spiel war, der im Auftrag seiner Mandanten alle möglichen Fragen stellen würde. Das würde aus einem extrem schwierigen Unterfangen ein hoffnungsloses machen.

Er deutete mit dem Finger auf mein Gesicht. »Diese blauen Flecken da – was ist passiert?«

Mir fiel ein Stein vom Herzen, als ich begriff, dass ihm lediglich die Prellungen aufgefallen waren, die mir Victor in der Wohnung meines Bruders verpasst hatte. Sie waren zwar schon ein wenig verblasst, und ich hatte das Gröbste mit Make-up übertüncht, aber die Schwellung war immer noch zu sehen. »Ausgerutscht und hingefallen«, erklärte ich entschuldigend. »Ich fürchte, ich bin manchmal ein bisschen ungeschickt.«

Der Anwalt setzte ein mildes Lächeln auf. »Jetzt brauchen Sie sich keine Sorgen mehr zu machen. Ich bin ja hier und kann Sie auffangen.« Erneut erhob er sein Glas und kippte nun gleich die Hälfte seines Drinks herunter. Prompt legte er die Stirn in Falten und zog ein Gesicht, als hätte er in eine Zitrone gebissen. »Den hast du viel zu bitter gemacht, Brian!«, rief er in Richtung des Barmanns. »Mix mir einen neuen, ja?«

Der Barkeeper kam zu uns herüber und räumte den beanstandeten Drink ab. Er kippte den Inhalt in das Spülbecken, mixte einen neuen Manhattan und stellte ihn vor den Anwalt auf den Tresen. »Tut mir leid. Ich hoffe, der hier schmeckt Ihnen besser, Sir.«

Probeweise nippte Silas an dem Drink. »Viel besser«, konstatierte er. Dann wandte er seine Aufmerksamkeit wieder mir zu. »Wo waren wir stehen geblieben?« Er beantwortete seine Frage selbst. »Ach ja. Sie wollten mir alles über sich erzählen.«

Wie viele andere Männer hatte auch er die Angewohnheit, das Gegenteil von dem zu sagen, was er wirklich meinte. Mir war gar nicht danach, über mich zu sprechen, aber in diese Verlegenheit kam ich gar nicht, denn tatsächlich wollte der Anwalt nur über sich sprechen. Und das tat er nun auch. Ich erfuhr alles über die bedeutenden Fälle, die er übernommen hatten, die enormen Vereinbarungen, die er aushandelte, und das nicht minder enorme Honorar, das er dafür einstrich. Er beklagte sich über die Behandlung, die ihm seitens seiner undankbaren Noch-Ehefrau zuteil wurde, von seiner bevorstehenden Scheidung und auch davon, wie ungerecht es doch sei, dass er seiner Frau eine solche Stange seines hart verdienten Geldes würde überlassen müssen. »Die hat mich beschatten lassen!«, jammerte er, so, als wäre er immer noch fassungslos deswegen. »Ich wurde sogar fotografiert! Können Sie sich das vorstellen?«

»Ich glaube, ich kann es mir vorstellen.«

Er bestellte sich einen weiteren Drink und wechselte dann das Gesprächsthema. Ich nippte immer noch an meinem ersten Glas Wein. Er quasselte in einem fort, teilte mir seine Ansichten über alles Mögliche mit, etwa, warum die Partys des Sundance Film Festivals überbewertet seien, bis hin zu den Fehlern, die in der Außenpolitik begangen würden. Er brabbelte von den wunderschönen, exklusiven Urlaubsreisen, die er unternahm, und welch vorzügliche Warriors-Sitzplatz-Karten er bekam, seit er vor Ewigkeiten mal einen Freund der Kanzlei-Eigentümer bei einem Fall vertreten hatte. »Wenn Sie Ihre Trümpfe gut einsetzen«, endete er schließlich seinen Sermon, »können Sie mich vielleicht mal begleiten und sich mit mir ein Spiel anschauen. Das würde Ihnen bestimmt gut gefallen.«

»Ich versuche immer, meine Trümpfe im richtigen Moment einzusetzen«, versetzte ich mit sanfter Stimme und nun tatsächlich ein wenig kokett.

Er trank seinen Drink aus und wandte sich mir zu. Er wirkte leicht angesäuselt, sein Gesicht war gerötet. »Sie sind wirklich sehr, sehr hübsch.«

»Danke.«

»Was tut eine wunderschöne Frau wie Sie ganz allein in einer Bar?«

»Das wollen Sie wirklich wissen?«

»Ja.«

Ich schaute ihm direkt in die Augen. »Ich habe Sie beobachtet.«

Das schmeichelte ihm. »Echt jetzt? Sie haben mich beobachtet?«

Ich nickte. »Ich habe Sie so aufmerksam beobachtet, wie Sie es sich gar nicht vorstellen können.«

Das schien ihm sogar noch mehr zu gefallen, und nun

zog er mich mit seinen Augen aus. »Ich bewohne eine wunderschöne Suite hier oben im Hotel«, säuselte er. »Die schönste Suite, die sie haben. Komm doch noch auf einen Drink mit zu mir hoch.«

»Ein Drink«, wiederholte ich. »Ich denke, das lässt sich einrichten.«

Sein Gesicht hellte sich auf. Er war glücklich. Der Abend verlief zu seiner Zufriedenheit. »Perfekt.« Erneut rief er dem Barkeeper etwas zu. »Die Rechnung, Brian. Und bring mir noch eine Flasche Champagner und einen Eiskübel, ja? Veuve, nicht Dom«, fügte er mit leiserer Stimme hinzu. Bei all seiner Prahlerei schien der Herr Anwalt doch nicht abgeneigt, hier und da ein wenig sparsam zu sein, wenn er damit auch ans Ziel kommen würde.

Während Silas die Rechnung abzeichnete, stellte der Barmann eine Champagnerflasche mit gelbem Etikett in einen silbernen Eiskühler. Er füllte Eiswürfel in den Kübel, faltete dann eine weiße Serviette zu einem schmalen Rechteck und drapierte sie um den Rand des Behälters. Eine nette Geste. Der Anwalt schien dafür nicht viel übrigzuhaben. Er griff sich den Kübel mit einer Hand und meinen Arm mit der anderen. »Auf geht's!«, verkündete er.

Er hatte recht – seine Suite war wirklich wunderschön. Ob es die beste im ganzen Hotel war, konnte ich zwar nicht sagen, aber es war eine hübsche, große Ecksuite im obersten Stockwerk, mit einem großzügigen Essbereich und einem Wohnzimmer, das erheblich geräumiger war als das meine. Ein Balkon gewährte einen Blick auf das Lichtermeer der Stadt. An einer Seite schloss sich das Schlafzimmer an. Hinter Tüllgardinen, die vor den bodentiefen Fenstertüren hingen, lauerte ein breites Doppelbett. Ohne Vorwarnung umarmte Silas mich und versuchte mich auf unappetitliche Weise zu küssen. Mit einer Hand begrapschte er dabei meinen Po. Ich schob ihn von mir. »Ich dachte, du lädst mich auf einen Drink ein.«

»Natürlich«, versetzte er, ohne dabei allzu abgeschreckt zu wirken. Er zog sich Sakko und Fliege aus und hantierte mit der Champagnerflasche herum. Derweil schaute ich mich ein wenig um. Es war offenkundig, dass er die Suite schon eine Weile bewohnte. Seine Präsenz war nicht zu übersehen. Überall lagen Kleidung und Taschen herum. Interessiert stellte ich fest, dass auf dem Schreibtisch jede Menge Dokumente lagen und neben dem Schreibtisch eine Aktentasche stand. Im Schlafzimmer befanden sich womöglich noch mehr Dokumente. Viele Menschen arbeiteten im Bett, vor allem in einem Hotel. Vielleicht kam Silas schon ganz früh am Morgen in die Gänge, bequem in der Horizontalen, das Tablett vom Zimmerservice mit frischem Kaffee in Reichweite.

Der Anwalt kämpfte nach wie vor mit der Champagnerflasche. Er hatte die Goldfolie abgemacht und zerrte gerade halbherzig am Korken.

»Du machst den Eindruck, als tätest du dich mit dem Verschluss schwer.«

»Ja«, sagte er. »Aber ich komme zurecht ...« Er sprach mit schwerer Zunge, klang müde. Er fummelte so lange an dem Korken herum, bis er um ein Haar die Flasche fallen gelassen hätte.

»Gib mal her, ich helfe dir.« Ich nahm ihm die Flasche aus den Händen, ohne dass er Einwände erhob. Mit glasigen Augen, das Hemd zur Hälfte aufgeknöpft, schaute er mich an. Zum Glück hatte er sich noch nicht an seiner Hose zu schaffen gemacht. Er hatte eine dichte Brustbehaarung, an die ich mich aufgrund meiner Fotos erinnerte. Ich drehte leicht am Korken, um ihn zu lösen, presste dann den Daumen unter seinen Rand und übte Druck aus. Ich dachte an seine Hand, mit der er meinen Hintern auf die gleiche besitzergreifende Art und Weise begrapscht hatte, mit der er auch den Eiskübel an sich gerissen hatte.

Mit einem lauten Knall schoss der Korken heraus. Wie es der Zufall wollte, war der Flaschenhals auf Silas gerichtet gewesen. Der Korken prallte an seiner Nase ab.

Verwirrt rieb er sich den Zinken. »Autsch!«, stieß er hervor. »Das hat wehgetan.«

»Tut mir leid. Ein dummes Missgeschick. Setz dich doch«, schlug ich vor.

»Es geht mir gut«, erwiderte er, ließ sich aber trotzdem von mir ins Schlafzimmer geleiten.

Dort ließ er sich auf den Bettrand plumpsen und schaute mir zu, wie ich ein Wasserglas auftrieb, Champagner in das Glas goss, bis es randvoll war und es ihm dann reichte. »Prost. Austrinken.«

Der Anwalt nahm das Glas fügsam wie ein Kind entgegen und trank.

Ich beobachtete ihn. Er schwitzte und hatte die Augen halb geschlossen.

»Trink!«, drängte ich. »Du hast es fast geschafft.«

»Trink«, wiederholte er und führte sich das Glas erneut an die Lippen. »Trink … trink.«

»Braver Junge.« Ich strich ihm über das Haar. Er hatte beinahe ausgetrunken, als seine Hand erschlaffte und das Glas ihm aus der Hand auf den Schoß fiel. Champagner nässte seinen Schritt. Mit nun vollends geschlossenen Augen kippte er seitlich auf das Bett und atmete schnaufend. Ich hob das Glas auf und stellte es auf den Couchtisch. Dann warf ich einen langen, prüfenden Blick auf den Anwalt. Mittlerweile schnarchte der Mann. Ich legte seine Füße hoch aufs Bett, damit er nicht herunterrutschen konnte. Silas Johnson machte den Eindruck, als hätten die Trompeten von Jericho im Schlafzimmer erschallen können, ohne dass er auch nur geblinzelt hätte. Er würde mit einem mordsmäßigen Kater aufwachen, aber davon abgesehen würde es ihm gut gehen.

Ich machte mich an die Arbeit.

In knapp einer Stunde hatte ich jedes Dokument in der Suite überflogen, beginnend mit denen im Aktenkoffer. Offenbar arbeitete der Anwalt an mehreren Fällen gleichzeitig. Einige Namen waren mir nach der Durchsuchung seines Büros schon geläufig, andere nicht. Aber über Care4 fand ich nichts. Ich achtete darauf, jedes Dokument wieder exakt an den Platz zurückzulegen, an dem es gelegen hatte. Dass Silas Johnson den Verdacht hegte, sein Zimmer sei durchsucht worden, war das Letzte, was ich wollte.

Bei der zweiten Durchsuchung der Räumlichkeiten zog ich ihm die Hose aus und schaute in seinen Taschen nach. Ich durchforstete seine Brieftasche und fand darin Platin-Kreditkarten, eine Chipkarte für die Zimmertür, diverse Versicherungs- und Mitgliedskarten, einen Führerschein, zwei Kondome, ein dickes Bündel Bargeld und mehrere gefaltete Zettel mit Telefonnummern, vermutlich die Früchte seiner Champagneranmache in der Bar. Außerdem fiel mir sein Autoschlüssel in die Hände. Der Mercedes. Ich erinnerte mich daran, dass er ein neueres silberfarbenes Modell gefahren war. Ein S 550. Die Vorstellung, das Auto durchsuchen zu müssen, rief nicht gerade Begeisterungsstürme in mir hervor. Bestimmt stand es in der Hotelgarage. Ich mochte keine Tiefgaragen, denn dort wimmelte es von Kameras. Sich in einem Hotelzimmer aufzuhalten war die eine Sache. Falls sich irgendwer Bildmaterial der Überwachungskameras anschaute, wäre darauf nur zu sehen, dass ich in Begleitung eines überaus willigen Hotelgastes eingetreten und später alleine wieder herausgekommen war. Daran ließ sich nur schwer etwas aussetzen. Aber eine Tiefgarage, das war etwas anderes. Auf den Aufnahmen wäre eine Frau zu sehen, die ein Auto öffnete und durchsuchte, das nicht das ihre war. Gar nicht zu reden von den Problemen, die auftreten konnten, falls die Monitore in Echtzeit von Securityleuten gecheckt wurden. Dann blühte mir richtiger Ärger. Aber ich hatte nicht wirklich eine Wahl.

Ich nahm die Chipkarte für das Zimmer aus seiner Tasche an mich. Ganz gleich, was ich finden würde, ich würde auf jeden Fall in die Suite zurückkehren müssen, um den Autoschlüssel wieder dorthin zurückzulegen, wo ich ihn gefunden hatte.

Ich war schon auf halbem Weg zur Tür, als ich den Safe entdeckte.

Er befand sich im Wandschrank. Es war ein standardmäßiger Hotelsafe, schwarz lackiert, ein mit Dübeln an der Wand befestigter Stahlschrank, verborgen hinter einer Reihe dunkler Anzüge. Es handelte sich um eine Basisausführung mit einem Ziffernblock und einer kleinen Digitalanzeige. An der Vorderseite des Safes klebte ein kleiner, viereckiger Zettel mit einer einfachen Anleitung, wie man einen Code programmieren und freischalten konnte.

Bei der Konstruktion von Hotelsafes galten zwei Regeln: Sicherheit und Bequemlichkeit. Sie mussten ein Mindestmaß an Schutz bieten, gleichzeitig aber musste gewährleistet sein, dass sich der Entriegelungsvorgang als nicht so vertrackt erwies, dass hordenweise verärgerte Gäste die Rezeption stürmten, weil sie ihre Kombination vergessen hatten. Hotelsafes waren nicht einmal mit den besseren Modellen für den Privatgebrauch vergleichbar, sondern erfüllten lediglich die standardisierten Bedingungen der Hotel-Versicherungen. Dieser hier war mehr oder weniger Durchschnitt. Der Anleitung zufolge bestand der Code aus vier Ziffern. Entscheidend war, dass er keine Abschaltfunktion hatte, der

Safe also nicht nach einer bestimmten Anzahl von Fehleingaben blockieren würde, wie es zum Beispiel bei einem iPhone der Fall war. Vier Ziffern konnten sich Gäste weit leichter einprägen als sechs oder acht. Vier Ziffern ließen sich auch einfacher erraten, denn es gab exponentiell viel weniger Kombinationen.

Aber selbst vier Ziffern bedeuteten bereits zehntausend mögliche Kombinationen.

Das war eine Menge. Viel zu viel, um sie eine nach der anderen auszuprobieren.

Die ersten Minuten verbrachte ich damit, all jene üblichen Kombinationen auszuprobieren, die die Leute verwendeten, wenn sie in Eile oder selbstgefällig waren. Eine Handvoll Kombinationen deckte einen großen Teil der PINs und Passwörter ab, welche die Leute sich aussuchten. Ich begann mit den nächstliegenden Zahlen. 0000 und 0101 und 1010 und 1111 und 9999 und 1234 und 4321.

Keine funktionierte.

Dann kamen weitere übliche Verdächtige an die Reihe. 2222, 3333 bis hin zu 8888. Ich knöpfte mir aufeinanderfolgende, leicht einprägsame Kombinationen vor: 2345, 3456, 4567, 5678, 6789, 7890. Dann andersherum: 0987, 9876. Ich versuchte es mit jeder Zahlenfolge, die man sich leichter einprägen konnte als eine zufällige Gruppe von vier Ziffern.

Doch jedes Mal zeigte lediglich ein blinkendes rotes Licht eine Fehleingabe an. Falls Silas Johnson sich für eine zufällige Kombination entschieden hatte, kam ich nicht drauf.

Bei der nächsten Versuchsphase baute ich persönliche Daten ein. Ich zog seinen Führerschein aus seiner Brieftasche und versuchte es mit seinem Geburtsdatum, vor und zurück. 6/2/1956 übersetzte ich in 6256 oder 6591. Nichts. Seine Hausnummer lautete 1004, und ich versuchte es damit, rückwärts, vorwärts und bunt durcheinander. Ich probierte es mit Ziffern aus den Nummern seiner Kreditkarten und der Chipkartennummer seiner Krankenversicherung und sogar mit Kombinationen, die sich aus den Telefonnummern in seiner Brieftasche ergaben. Das Datum seiner Hochzeit kannte ich nicht, aber das spielte auch keine Rolle. Für kurz vor der Scheidung stehende Frauenhelden, die gerade aus ihrer Wohnung geflogen waren, war ihr Hochzeitstag nicht von Belang.

Nichts funktionierte. Ich schaute auf die Uhr. Mehr als zwei Stunden waren vergangen.

Ich musste gehen.

Wahrscheinlich war der Safe ohnehin leer, redete ich mir ein. Silas Johnson war ein Chaot. Er ließ seine Sachen überall im Zimmer herumliegen. Er wirkte auf mich nicht wie jemand, der ausgefeilte Sicherheitsmaßnahmen ergreifen würde. Falls er irgendetwas besaß, musste es sich im Auto befinden.

Die Zimmertür schloss sich hinter mir. Ich ging den Flur entlang.

Am Aufzug angelangt, drückte ich die Nach-Unten-Pfeiltaste und wartete. Dabei versuchte ich, mir den Wagen, nach dem ich suchte, in Erinnerung zu rufen. In dieser Hotelgarage stand wahrscheinlich ein neuer Mercedes neben dem anderen. Silas' Wagen war silbern gewesen, ein Viertürer. Ich erinnerte mich an das gewölbte, stromlinienförmige Dach und das charakteristische Fünf-Speichen-Design der Felgen. Außerdem hatte er ein personalisiertes Kennzeichen gehabt. Ich dachte angestrengt nach. Wunschkennzeichen waren einprägsam. Allzu einprägsam. Ich hatte nie begriffen, warum die Leute dafür Geld hinblätterten. Ich hätte eher Geld dafür hingeblättert, keines zu bekommen. LAW irgendwas. Buchstaben und dann Zahlen. LAW 1981.

1981. Den Angaben in seinem Führerschein zufolge war

Silas Johnson 1956 geboren worden. Wenn man davon ausging, dass er mit zweiundzwanzig, also im Jahr 1978, das College abgeschlossen hatte und dann gleich auf die Juristische Fakultät gegangen war, musste er 1981 seine Abschlussprüfung gemacht und seine Anwaltsprüfung abgelegt haben. Silas Johnson mochte alles Mögliche sein, schien mir aber nicht der Typ, der durch Prüfungen rasselte. Was bedeutete, dass Silas Johnson auf jeden Fall – ob er nun sein Examen an der Juristischen Fakultät gemacht, die Zulassungsprüfung als Anwalt abgelegt oder sein juristisches Abschlussexamen bestanden hatte – seit 1981 als Anwalt arbeitete.

1981.

Vier Ziffern.

Die Aufzugtüren glitten auseinander.

Ich rührte mich nicht vom Fleck.

Ich drehte mich um und ging den gleichen Weg zurück, den ich gekommen war, während ich hörte, wie die Aufzugtüren sich hinter mir wieder schlossen. Wieder in der Suite angelangt, schaute ich nach Silas. Er lag lang ausgestreckt auf dem Bett und schnarchte mit offenem Mund laut wie ein Bär. Dann widmete ich mich wieder dem Safe und gab die vier Ziffern ein.

1981.

Diese Mal blinkte die Lampe grün.

Ich öffnete die Safetür. Als Erstes fiel mir ein Stapel Hundertdollarscheine ins Auge, sicher als Bezahlung der Callgirls gedacht. Darunter lag ein Stapel Dokumente im DIN-A4-Format. Dokumente, die perfekt in eine olivgrüne Dokumentenmappe passen würden. Auf dem Deckblatt prangten zwei Worte.

IN RETENTIS.

Nachdem ich die ersten zwei Seiten durchgelesen hatte, hielt ich inne, schnappte mir alle Seiten und legte sie auf den

Küchentresen. Ich schaltete die Deckenbeleuchtung ein und dimmte sie so hell, wie es möglich war, nahm meine Kamera und begann damit, Nahaufnahmen der Dokumente zu machen. Es waren mehr als hundert Seiten. Also machte ich mehr als hundert Aufnahmen. Dabei wurde mir allmählich klar, warum selbst ein chaotischer, betrunkener Anwalt bei dieser Sache einen solchen Wert auf Sicherheit und Geheimhaltung legte und die Dokumente nicht in seinem Büro herumgelegen oder in seiner Aktentasche gesteckt hatten. Allmählich begriff ich, warum Karen Li so verängstigt gewesen war und sich dermaßen Mühe gemacht hatte, die Fotos zu verstecken.

Allmählich ging mir ein Licht auf, was diese Fotos anging.

Als ich alles gesichtet hatte, wusste ich erheblich mehr über Care4, *In Retentis* und darüber, was am ersten November passieren würde. *Menschen werden sterben*, hatte Karen Li gesagt. Und sie hatte recht gehabt. Menschen würden sterben.

Aber bei der Frage, wer sterben würde, hatte ich völlig danebengelegen.

Mir blieben kaum noch zwei Tage.

Als ich fertig war, war es nach zwei Uhr nachts. Ich ließ jetzt noch mehr Sorgfalt dabei walten, alles genau dorthin zurückzulegen, wo ich es vorgefunden hatte. Denn nun wusste ich mehr. Ich klappte die Safetür zu und verriegelte den Safe, wobei ich wieder die gleichen vier Ziffern als Code einprogrammierte, 1981. Silas Johnson lag nach wie vor schnarchend auf seinem Doppelbett. Ich betrachtete ihn. In den letzten Tagen war er mir nicht gerade ans Herz gewachsen, aber ich hatte ihn nur für eine abgeschwächte Form eines Drecksacks gehalten. Nun hatte sich meine Meinung geändert. Aufgrund dessen, was ich jetzt wusste, hätte ich dem Mann, der da vor meinen Augen schnarchte, gern alles Mögliche angetan.

Aber ich durfte ihm kein Haar krümmen. Wenn Silas Johnson aufwachte, durfte er keinerlei Verdacht hegen. Was bedeutete, dass ihm das, was er eigentlich verdient hatte, erspart bleiben würde. Das Leben war nicht immer gerecht.

Ich zog ihm den Rest seiner Kleidung aus und warf sie kreuz und quer auf den Boden, so als wären sie ihm voller Leidenschaft vom Leib gerissen worden. Der Besitzer der ihm voller Leidenschaft vom Leib gerissenen Kleidung lag jetzt splitterfasernackt und schnarchend auf dem Rücken. Das war nun schon das zweite Mal, dass ich ihn entkleidet zu sehen bekam. Auf ein drittes Mal konnte ich gut und gern verzichten. Ich zog eines der Kondome aus seiner Brieftasche, riss die Verpackung auf und legte sie unübersehbar auf den Boden neben dem Bett. Das Kondom selbst spülte ich in der Toilette herunter. Um das Maß vollzumachen, wollte ich auch noch das zweite Kondom aus seiner Verpackung holen, unterließ dies jedoch. Sein Ego musste nicht noch zusätzlich Auftrieb erhalten. Ich steckte Brieftasche, Autoschlüssel und Chipkarte für das Hotelzimmer wieder in seine Hosentasche und hinterließ ihm rasch noch eine Zeile auf dem Hotelbriefpapier, das auf dem Nachttisch lag.

Letzte Nacht war so, wie ich sie mir erträumt hatte.
Du warst spitze.

Der Kugelschreiber gefiel mir. Ich steckte ihn ein. Dann schenkte ich mir ein Glas Champagner ein. Die Eiswürfel waren zwar größtenteils geschmolzen, aber die Flasche war nach wie vor kalt. Ich trat auf den Balkon hinaus und schaute auf die Stadt. Dabei dachte ich darüber nach, was ich als

Nächstes unternehmen würde. Und fragte mich, ob ich den nächsten Tag überhaupt überleben würde.

Ich schloss die Augen und sah wieder das Cottage vor mir, die zerborstene Fensterscheibe, die auf dem Fußboden liegende Frau. Ich hatte ihr keine Sicherheit geboten. Ich hatte sie nicht beschützt.

Meine Chancen standen nicht gut, aber ich begriff endlich, womit ich es zu tun hatte.

Nun konnte ich es, vielleicht, wiedergutmachen.

Ich machte die Augen auf.

All in.

41

Auf der Van Ness Avenue fand ich ein Restaurant, das die ganze Nacht hindurch geöffnet hatte. Dort trank ich Kaffee und aß Rühreier, und dabei fiel mir dieses andere Restaurant ein, in dem ich vor über einem Monat Ethan kennengelernt hatte. Ob er nach unserer Aussprache noch einmal angerufen hatte? Ich stand auf und hörte über das Telefon in dem Restaurant meinen Anrufbeantworter ab. Keine Nachricht von Ethan, wohl aber eine von Jess. Sie hatte sie vor einer Stunde hinterlassen und klang gestresst. »Nikki, es geht um deinen Bruder. Komm vorbei, sobald du Zeit hast.« Als ich auflegte, plagte mich ein schlechtes Gewissen. Ich hätte Jess nicht so lange Brandon aufhalsen dürfen, ich hätte vorbeischauen müssen. Der Care4-Fall nahm mich voll in Beschlag.

Es war so spät, dass auf den Straßen kaum Verkehr herrschte. Ich benötigte lediglich eine Viertelstunde, um zur East Bay zurückzukehren. Es wehte ein heftiger Wind, und während ich über die hell erleuchtete Bay Bridge brauste, spürte ich, wie die Böen an meinem Motorrad rüttelten. Das Hotel befand sich in Emeryville, einer unscheinbaren, zwischen Berkeley und Oakland eingeklemmten Stadt, und gehörte zu den allgegenwärtigen Ketten, deren Häuser an allen Freeways im ganzen Land zu finden waren. Kein Vergleich mit dem Fünf-Sterne-Schuppen, den ich ein paar

Stunden zuvor verlassen hatte. Keine prunkvolle, mit Marmorfliesen ausgelegte Lobby, kein Barkeeper, der Cocktails mixte. Ein junger Nachtportier in einem zerknitterten blauen Hemd saß zusammengesackt hinter einer Glasscheibe an einer Seite der menschenleeren Lobby, den Kopf auf ein Taschenbuch gelegt, die Augen geschlossen. Der Buchrücken lag ihm zugewandt, sodass ich den Titel nicht erkennen konnte. Neben einem schmutzigen Tisch mit einer Kaffeemaschine mit leerer Kanne stand ein Regal mit Hochglanzbroschüren, in denen beim Besuch lokaler Freizeitparks und Spukhäuser Ermäßigungen angeboten wurden. Ächzend und ungefähr halb so schnell, wie ich zu Fuß über die Treppe gebraucht hätte, beförderte mich der Aufzug ins Obergeschoss. Jess saß auf einem Stuhl neben dem Bett.

»Wie geht es ihm?«

Sie deutete mit dem Kopf zum Bett. Brandon lag auf dem zerknitterten Laken, bekleidet nur mit einer Boxershorts. Sein Körper war schweißnass, und er war hellwach. Jess' Stimme klang erschöpft. »Ich habe vorher noch nie jemanden auf Entzug gesehen und mich ständig gefragt, ob ich den Notruf wählen muss. Einmal die Stunde habe ich seine Temperatur gemessen – er hat zwar hohes Fieber, aber es steigt nicht mehr an. Gott sei Dank ist Linda Ärztin. Sie hat heute schon zwei Mal nach ihm geschaut, ihn untersucht und Blutdruck und Puls gemessen.«

»Jetzt übernehme ich«, erklärte ich. »Ich hätte dich nicht so lange mit ihm allein lassen dürfen.«

»Bist du dir sicher?« Sie konnte die Erleichterung, die in ihrer Stimme mitschwang, nicht verbergen.

»Natürlich. Ich bleibe heute Nacht bei ihm.«

»Okay.« Sie nahm ihre Jacke und ihre Tasche, hielt dann aber noch einmal inne. »Hast du noch was rausbekommen?

Der erste November – das ist übermorgen, Nikki.« Sie schaute auf die Uhr und registrierte, dass es schon weit nach Mitternacht war. »Genau genommen sogar schon morgen.«

Ich bemühte mich, angesichts dieser Mahnung nicht genervt zu klingen. »Ich weiß, ich weiß.«

»Solltest du nicht die Polizei informieren? Wenn wirklich etwas passiert und du die Leute nicht warnst, wo du doch ...« Sie brach mitten im Satz ab, brauchte ihn nicht zu beenden. Wir wussten beide, was das für mich bedeuten würde. Moralisch und möglicherweise auch von Rechts wegen.

»Ich habe die Sache unter Kontrolle. Mach dir keine Sorgen.« Diese Worte stellten meine Aversion gegenüber Verlogenheit auf eine harte Probe. Mir war klar, dass ich nicht hier im Hotelzimmer sein sollte. Gleich nachdem ich Silas Johnsons Hotel verlassen hatte, hätte ich mich schnurstracks auf den Weg zum FBI machen müssen. Ich redete mir ein, dass ich die FBI-Leute deswegen nicht eingeweiht hatte, weil ich mir mein Beweismaterial nicht gerade auf die Art und Weise beschafft hatte, die vor Gericht Bestand haben würde. Unabhängig davon, dass wir gemeinsame Ziele verfolgten, verspürte ich keine große Lust, Mr Jade und Mr Rubin zu beichten, dass ich einen Anwalt unter Drogen gesetzt hatte, um mir vertrauliche Mandantendokumente unter den Nagel zu reißen. Ich hatte auch keine Lust, im Nachklang ihrer Bemühungen, Care4 zur Strecke zu bringen, als Kollateralschaden zu enden. Außerdem war die Strafverfolgung Regeln unterworfen. Durchsuchungsbefehle, Vorladungen – es mussten alle möglichen juristischen Formalitäten eingehalten werden, die jedoch Zeit in Anspruch nahmen, die wir nicht hatten. Care4 am zweiten November dichtzumachen würde denjenigen, die am ersten sterben würden, nicht allzu viel bringen.

Allerdings gab es noch einen anderen Grund für meine

Entscheidung. Etwas, das ich nicht einmal mir selbst gegenüber eingestehen wollte. Etwas Düsteres. Etwas, von dem ich wusste, dass es ein Teil von mir war, auch wenn mir das nicht gefiel.

Sie hatten Karen Li ermordet. Hatten meinen Bruder umbringen wollen. Mich ins Jenseits befördern wollen.

Mein Kampf gegen Care4 war eine sehr persönliche Angelegenheit geworden.

Ich wollte nicht, dass das FBI ins Spiel kam und die Sache regelte.

Das wollte ich selbst übernehmen.

Mit diesem Teil von mir hatte ich schon fast mein ganzes Leben lang zu kämpfen. Mit dem Versuch, Reaktionen im Zaum zu halten, wo es manchmal doch so viel einfacher war, ihnen freien Lauf zu lassen. Was von beidem das Richtige war, wusste ich nicht, genauso wenig wie ich wusste, ob es normal war, mehr Angst vor sich selbst und davor, was man vielleicht anrichten würde, zu haben als vor sonst etwas. Ich wusste nicht, ob …

»… okay?«, fragte Jess in diesem Moment.

»Okay?« Ich hatte das Gros dessen, was sie gesagt hatte, nicht mitbekommen, ging aber davon aus, dass sie von meinem Bruder sprach. Doch als ich zu ihr aufschaute, lag ihr Blick auf mir. Ihre Miene war sorgenvoll, und sie beobachtete mich genau. »Bist du okay?«, wiederholte sie.

»Natürlich bin ich okay. Wieso fragst du?«

Geistesabwesend zupfte sie ein paar graue Katzenhaare von ihrer Jeans. »Ich kenne dich ziemlich gut, Nikki. Wir verbringen eine Menge Zeit miteinander. In letzter Zeit rennst du wie ein Zombie durch die Gegend, bist so platt, als trügst du das Gewicht der ganzen Welt auf deinen Schultern. Wie kannst du nur versuchen, alles selbst in die Hand zu nehmen? Du hast es mit einem großen Unternehmen aufgenommen, einer gewaltigen Verschwörung. Menschen werden *ermordet*. Das ist zu viel für einen einzelnen Menschen. Selbst für dich«, fügte sie spitz hinzu.

»Ich habe alles unter Kontrolle«, wiederholte ich. »Vertrau mir.«

Das klang selbst in meinen Ohren unglaubwürdig und künstlich.

»So verhältst du dich sonst nicht«, fuhr Jess fort. »Es ist eine Sache, so einem Arschloch von Schlägertyp nachzustellen, der seine Freundin verprügelt. Aber das hier ist ein ganz anderes Kaliber. Ich habe die Männer gesehen, die in den Buchladen kamen, als ich mich dort versteckt habe – und habe immer noch Albträume.«

»Ich brauche keine Hilfe«, sagte ich kurz angebunden.

»Triffst du wirklich die richtigen Entscheidungen? Bist du dir sicher, dass du nicht schon zu tief drin hängst, um überhaupt noch erkennen zu können, welche Entscheidungen richtig sind?«

»Mach dir keine Sorgen. Ich komme klar.«

Mir war bewusst, dass ich die gleichen gekünstelten Worte immer wieder aufs Neue wiederholte. Jess stand auf und warf mir einen letzten Blick zu. Dann ging sie. Die Tür fiel ins Schloss. Ich setzte mich neben Brandon aufs Bett. Auf seiner Haut hatte sich ein Schweißfilm gebildet, und in seinen Augen flackerte Rastlosigkeit. Ich sah, wie sich die Rippen unter der Haut seines Brustkorbs abzeichneten, und legte ihm eine Hand auf die Stirn. Seine Haut strahlte eine so feuchte Wärme aus, dass ich zusammenschreckte.

»Brandon«, sagte ich mit sanfter Stimme. »Kannst du mich hören?« Er fing meinen Blick auf. »Nikki? Nikki, du musst mich hier rausholen. Du musst mir was besorgen. *Sie* macht das nicht – aber du schon. Ich weiß, dass du es tun wirst. Du passt auf mich auf.«

»Wir bleiben hier«, sagte ich leise. »Ich bin hier, gleich bei dir.«

»*Nein!* Ich brauche was! Du verstehst das nicht – ich sterbe sonst!«

Bestürzt und alarmiert nahm ich die Überzeugung wahr, die in seiner Stimme mitschwang. Ich ging ins Bad und nahm mir dort ein sauberes Handtuch. Ich tauchte es in kaltes Wasser und legte es ihm anschließend sanft auf die Stirn. »Wir werden das hier gemeinsam durchstehen, Brandi.«

Er trommelte auf das Bett ein und tastete dann mit den Fingern nach meinem Arm. »Wenn du mich wirklich lieben würdest, dann würdest du mir helfen. Wenn es dir etwas ausmachen würde, dass ich so leide, dann würdest du mir helfen. Aber ich bin dir scheißegal, nicht wahr?«

Ich schwieg. Er krakeelte weiter herum, während ich nur stumm an seinem Bett saß, ihm mit dem Handtuch die von einem Schweißfilm überzogene Haut abtupfte und ihn festhielt. Ich schaute mich im Zimmer um und erblickte auf einer Kommode eine unangetastete Schüssel mit von Fettaugen bedeckter Suppe, Gatorade- und Wasserflaschen sowie neben dem Bett einen Plastikeimer. Derweil tobte und weinte Brandon in einem fort. Ich blieb dicht bei ihm, sagte nichts, fuhr ihm sanft über den Arm oder betupfte ihm immer wieder die Stirn mit kalten Handtüchern.

Endlich beruhigte er sich wieder. Als ich schon dachte, er wäre eingeschlafen, meldete er sich wieder, dieses Mal mit sanfterer und weniger gequält klingender Stimme. »Nik?«

»Ja?«

»Glaubst du, Mom und Dad können uns hier jetzt sehen?«

Ich setzte mich aufrecht. »Was?«

»Mom und Dad. Sehen die beiden uns jetzt hier? Oder sind sie einfach bloß weg?«

»Ich weiß es nicht«, erwiderte ich. »Ich habe keine Ahnung.«

»Warum sprechen wir nie von ihnen?« Er hatte den Blick seiner grünen Augen, in denen eine außergewöhnliche Klarheit lag, auf mich geheftet.

Die Offenheit, mit der er fragte, brachte mich aus dem Konzept. »Es reißt alte Wunden auf, wenn wir darüber sprechen«, erwiderte ich zögernd. »Und ich weiß, was du durchgemacht hast. Ich habe manchmal Angst davor, das Thema anzuschneiden, weil ich es nicht noch schlimmer für dich machen will. Vielleicht habe ich mich aber auch einfach nur daran gewöhnt, nicht mehr von ihnen zu sprechen.«

»Dad hat versucht, sie zu retten. Wusstest du das? Genützt hat es nichts, aber er hat es wenigstens versucht. Ich habe es nicht versucht. Ich habe nicht versucht, einen von ihnen zu retten. Ich habe mich bloß verkrochen.«

Meine Augen füllten sich mit Tränen. Ich drückte seine Hand. »Wenn sie dich auch erwischt hätten, hätte ich nicht weiterleben können. Ehrlich. Dass du überlebt hast, hat mich gerettet. Das war es immer, was mich gerettet hat.«

Draußen auf der Straße ließ der Fahrer eines Sattelzugs den Motor an. Das erste schwache Licht des Tages schimmerte zwischen den zugezogenen Vorhängen vor den Fenstern hindurch.

»Ich wollte sie umbringen«, sagte er. »Alle beide. Ich konnte lange Zeit an gar nichts anderes denken. Es war mein sehnlichster Wunsch, dass sie sterben. Ich habe mir ausgemalt, wie es geschehen würde – jeden Teil, jede Einzelheit. Wie ich *wollte*, dass es geschieht. In meiner Fantasie habe ich die beiden tausendmal getötet.«

Ich legte meine Hand auf die seine, aber das war mir nicht nah genug. Also legte ich mich neben ihn, schlang meine Arme um ihn, hielt ihn und ließ dabei zu, dass meine

Kleidung seinen Schweiß aufsaugte. »Das habe ich auch getan«, gestand ich. »Ich habe auch an nichts anderes gedacht. Es ist okay, so etwas zu denken.«

»Carson Peters. Den haben sie für immer eingesperrt. San Quentin, nicht wahr?«

»Richtig.«

»Meinst du, er kommt jemals wieder raus?«

»Ich hoffe es. Von ganzem Herzen. Denn dann …« Ich unterbrach mich, stockte, bevor ich fortfuhr: »Aber das wird er nicht.«

»Jordan Stone.«

»Ja.«

»Der andere.«

»Der andere.«

»Ich habe nicht gesehen, was sie Mom angetan haben. Ich hatte mich unter der Couch im Wohnzimmer verkrochen, und sie waren in der Küche. Ich konnte nichts sehen, habe aber alles gehört. Ich habe alles mitangehört.«

»Das hast du mir nie erzählt.«

»Sie wollte wissen, warum sie es getan haben. Das war das letzte Wort, das sie hervorgebracht hat. *Warum?* Sie haben ihr nicht darauf geantwortet. Die letzte Frage in ihrem Leben … und sie hat keine Antwort erhalten.«

»Das hast du mir nie erzählt«, wiederholte ich, schlang meine Arme noch fester um ihn und spürte, wie mir ein Kloß im Hals Atemnot verursachte.

»Wir haben nie darüber gesprochen. Aber Dinge, über die wir nicht gesprochen haben, sind trotzdem geschehen.«

»Ich weiß, dass sie geschehen sind.«

»Die haben ihn freigelassen, nicht wahr, Nik? Er wurde auf Bewährung entlassen, oder?«

Ich antwortete nicht sofort. »Ja, ich glaube schon.«

»Und dann?«

Es entstand eine längere Pause. »Ich vermute, er ist nach Hause zurückgekehrt.«

»Ich habe übrigens versucht, ihn aufzuspüren. Vor ein paar Jahren habe ich endlich den Mut dazu aufgebracht. Er stammte aus Hercules. Von hier bloß die Straße hoch. Ich weiß nicht, was ich getan hätte. Ich habe mir immer eingeredet, ich würde versuchen, ihn umzubringen ... aber ich weiß nicht, ob ich es gekonnt hätte. Ein Teil von mir hofft ja, ein anderer Teil nein. Vielleicht hätte ich ihn zusammengeschlagen oder versucht, ihn mit meinem Wagen zu überfahren. Vielleicht hätte ich ihn bloß angebrüllt. Vielleicht hätte ich auch nur geweint oder wäre verprügelt worden. Wer weiß? Aber er war weg, also spielt das keine Rolle.«

»Wohl nicht.«

»Aber es ist schon komisch«, fuhr mein Bruder mit der gleichen ruhigen, nachdenklichen Stimme fort. »Als ich versucht habe, ihn ausfindig zu machen, konnte ich keine Spur von Jordan Stone entdecken. Keiner schien irgendwas zu wissen. So, als wäre er nach Hause zurückgekehrt und hätte sich in Luft aufgelöst.«

Ich hielt meinen Bruder. Ich spürte seinen Schweiß, seinen Körper, seine Atmung. Ich fühlte mich ihm so nah, dass es den Anschein hatte, als wäre ich in seinem Körper und spürte in meinem eigenen Körper die permanente Übelkeit, die Entzugserscheinungen und als machte ich mir das Zittern und die Sensibilität seiner Gedanken zu eigen. Nie hatte ich mich ihm näher gefühlt als in diesem Moment. Wir hatten die gleichen Eltern. Von Milliarden Menschen auf dieser Welt, nur wir beide, sonst niemand.

»Nik?«

»Ja, Brandi?«

»Erzählst du mir eine Gutenachtgeschichte? So, wie du es getan hast, als wir noch Kinder waren?«

»Eine Geschichte.«

»Ja, eine Geschichte. Erzähl mir eine Geschichte.«

Ich atmete ganz ruhig, schloss die Augen und sprach mit leiser Stimme. »Wovon soll die Geschichte handeln?«

»Erzähl mir eine Geschichte darüber, was mit Jordan Stone geschah, nachdem er in sein Elternhaus zurückgekehrt war.«

Ich blieb eine ganze Weile stumm, lag einfach nur da, die Arme um ihn geschlungen, und beobachtete dabei, wie helle Streifen Sonnenlicht zwischen den Vorhängen hindurchsickerten und sie umrahmten. »Willst du das wirklich hören?«

»Wir sind unter uns, Nik. Nur du und ich. Niemand sonst. Also erzähl mir eine Geschichte. Erzähl mir diese Geschichte.«

Einige der wirren Gedanken, die mir durch den Kopf schossen, nahmen Gestalt an, verfestigten sich.

»Okay. Wenn du es willst, dann tue ich es.«

Als sie Jordan Stone im Frühjahr 2005 auf Bewährung entließen, zog er wieder im Haus seiner Eltern in Hercules ein, einer Kleinstadt mit etwa 25 000 Einwohnern an der San Pablo Bay, gleich nördlich von Berkeley. Er war gerade achtundzwanzig geworden und total abgebrannt. Nach Hause zurückzukehren war logisch. Nicht, dass Jordan Stone eine Wahl gehabt hätte. Bei seinen Eltern zu wohnen gehörte zu seinen Bewährungsauflagen. Viele Auflagen gab es allerdings nicht. Wenn man, sagen wir, ein Sexualstraftäter war, zeigten sich Bundes- und Staatsgesetze außerordentlich streng. Wäre Jordan eines Verbrechens wie beispielsweise Sex mit einer Siebzehnjährigen, als er achtzehn war, überführt worden, wären ihm alle möglichen strengen Bewährungsauflagen erteilt worden. Ein lebenslanger Eintrag als

Sexualstraftäter, Ummeldung bei der lokalen Polizeiwache bei jedem Wohnungswechsel, kein Wohnsitz in der Nähe von Schulen oder Parks. Sein Name und seine Adresse wären dauerhaft in einer öffentlich zugänglichen Datenbank vermerkt worden. Aber ein überführter Mörder? Da zeigte sich die Gesellschaft vertrauensseliger. Klar, er würde nie wieder wählen oder Schusswaffen erwerben dürfen, aber darüber hinaus bestand seine einzige wirkliche Auflage darin, einmal pro Woche seinen Bewährungshelfer zu treffen und jeglichen Ärger zu vermeiden.

Wieder daheim in Hercules, führte Jordan Stone ein ruhiges Leben. Schon seine Entlassung war unauffällig über die Bühne gegangen. Kein Medienrummel, keine Zeitungsartikel über die Heimkehr eines geläuterten Mörders, keine Pro-und-Kontra-Kolumnen, die lautstark für oder gegen seine Entlassung plädierten. Nichts.

Seine Familie gehörte der Mittelschicht an. Seinem Vater gehörte ein kleines Vertragsunternehmen. Er hatte zwei Geschwister, einen älteren Bruder und eine jüngere Schwester, beide mittlerweile verheiratet, beide mit eigenen Kindern. Die Schwester lebte in San Diego, der Bruder in Richmond. Beide schienen ihrem mittleren Bruder nicht nahezustehen.

Es gab nicht gerade viele Firmen, die Straftäter einstellten, schon gar nicht, wenn es sich um frisch aus der Haft entlassene Mörder handelte. Aber Jordan Stone hatte Glück. Sein Vater kannte den Chef einer Anstreicherkolonne, der entweder nicht allzu wählerisch war oder ihm eine Gefälligkeit erwies. Er bekam praktisch sofort eine feste Anstellung, arbeitete von Montag bis Freitag auf Baustellen und schrieb sich im Contra Costa College ein, einer örtlichen Bildungseinrichtung. Mit freundlicher Unterstützung des Staates Kalifornien, der bereits etwa 50 000 Dollar pro Jahr für seine

Inhaftierung gezahlt hatte, nahm Jordan Stone nun einen Collegeabschluss in Angriff.

Seine Wochen verliefen immer nach dem gleichen Muster. Arbeiten, sich bei seinem Bewährungshelfer melden, schlafen. Zu seinen Bewährungsauflagen gehörte auch, keinen Alkohol zu trinken. Also hing er weder in Bars noch in Clubs ab. Viele Freunde hatte er nicht. Gelegentlich traf er sich mit ein paar Typen, mit denen er wahrscheinlich gemeinsam die Highschool besucht hatte, spielte Billard oder ging bowlen. In der Regel besuchte er ein- oder zweimal die Woche eine Spielhalle in einer Einkaufspassage. Dort verbrachte er Stunde um Stunde im NASCAR-Simulator oder bekämpfte Zombies. Davon abgesehen, gab es da nicht viel in seinem Leben.

Mit einer Ausnahme. Jordan Stone liebte Comichefte.

In seiner Heimatstadt gab es einen Comicbuchladen. Dorthin verschlug es ihn mindestens drei-, viermal in der Woche. Die meisten Besucher dort waren Stammkunden, hingen ab, kannten einander. So gut wie alle waren Jungen oder Männer, von der Altersstufe neun bis hin zu Typen mittleren Alters. Eine Community. Es gab sogar ein Hinterzimmer, in dem an Freitagabenden *Magic: Die Zusammenkunft* gespielt wurde; es gab einen Bereich mit Dungeons & Dragons-Spielen sowie einen anderen für japanische Mangas und Animes. Aber vor allem gab es Comichefte. Jordan Stone hing stundenlang in dem Laden ab und blätterte alte Ausgaben durch. Die wenigen Momente, in denen er ein Lächeln zustande brachte, waren die, wenn er wie gebannt die quirligen Seiten eines Comicbuchs oder eines Bildromans verschlang.

Das alles wusste ich, weil ich ihm nach Hercules gefolgt war.

Der Bewährungsausschuss hatte entschieden, er sei rehabilitiert.

Sie fanden, er habe eine zweite Chance im Leben verdient.

Diese Meinung teilte ich nicht.

Ich mietete mir ein Zimmer in einer Wohngemeinschaft in Berkeley. Dort wohnte ich mit fünf oder sechs Studenten, die nur wenig jünger waren als ich. Sie machten Party, studierten, kochten und vergaßen den Abwasch. Sie kauften jede Menge billigen Wodka und Wein in Pappkartons, vergaßen beim Einkauf aber ständig Toilettenpapier und Geschirrspülmittel. Also der ganz normale Wahnsinn des Studentenlebens. Für mich war das okay, solange sie mich in Ruhe ließen. Berkeley lag günstig, nur zehn Meilen südlich von Hercules. Nah, aber nicht zu nah.

Nach ein paar Wochen kannte ich seine Tagesabläufe wahrscheinlich besser als er selbst. Anstreichen, Einkaufspassage, Comicbuchladen. Ich hatte vorher noch nie jemanden beschattet und musste es mir daher nach und nach selbst beibringen. Aber ich hatte einen Vorteil: Jordan Stone hatte keine Ahnung, wie ich aussah, und er rechnete auch nicht damit, beschattet zu werden. Also beobachtete ich ihn. Und lernte dazu.

Wenig später wusste ich, was ich zu tun hatte.

Ich arbeitete mich auf die Schnelle in die Welt der Comics ein.

Ich hatte geglaubt, das wäre schnell erledigt. Ein paar Grundkenntnisse über Spider-Man und Superman aufpolieren und dann an den Start gehen. Comics hatte ich nie besonders gemocht. In meiner Jugend waren das mehr oder weniger die einzigen Druckerzeugnisse gewesen, die ich nicht las. Superhelden, Superkräfte, Superschurken. Immer irgendwas mit super. Mir waren Menschen genug. Super brauchte ich nicht.

Zu meiner Überraschung stellte sich jedoch heraus, dass die Welt der Comicbücher überwältigend umfangreich und komplex war. Es gab Tausende Charaktere, Hunderte beliebter Autoren und Illustratoren, sich überkreuzende Handlungen, miteinander wetteifernde Comic-Universen wie DC und Marvel mit verschiedenen Ökosystemen; einige Charaktere und Welten vermischten sich dabei, verschmolzen miteinander; es war ein riesiges, miteinander verzahntes Universum. Ich war schockiert, als ich erfuhr, dass einige dieser dünnen Heftchen für irrsinnige Summen über den Tresen gingen. An den großen Jahrestreffen nahmen Zehntausende teil. Ich musste noch eine gewaltige Menge lernen.

Zum Glück war ich immer schon eine fleißige Schülerin gewesen.

Einen Monat lang las ich jeden Tag Comics. Hinterher wusste ich bei Weitem noch nicht alles, war keinesfalls so etwas wie eine diplomierte Expertin.

Aber es reichte, um loszulegen.

Als ich den Comicbuchladen zum ersten Mal aufsuchte, sprach ich mit niemandem ein Wort, sondern schmökerte lediglich zwei Stunden lang. Ich war die einzige Frau und erntete jede Menge Blicke. Einige schauten neugierig, andere sahen mich prüfend an, für die meisten galt beides.

Ich ignorierte sie alle. Las nur. Und beobachtete.

Eine Woche später betrat ich den Comicbuchladen erneut. Das war das zweite Mal. Dieses Mal suchte ich ihn eine halbe Stunde vor Jordan Stones Feierabend auf und spekulierte darauf, dass er hier aufkreuzen würde. Basierend auf seinen Gewohnheiten, hätte man sogar darauf wetten können, dass er es tun würde.

Und siehe da: Etwa eine halbe Stunde nach mir betrat auch er den Laden.

Da war dieses Klischee vom verurteilten Straftäter, der mit großen, primitiven Tätowierungen am ganzen Körper und mit massigen Muskelpaketen, die er sich im Knast antrainiert hatte, herumläuft – und dann war da Jordan Stone. Er war der lebende Gegenbeweis. Er trug eine Brille mit Drahtgestell, und sein weizenblondes Haar war schulterlang. Seine Statur glich der einer Bohnenstange. Zugleich zeichnete ihn eine jugendliche Schönheit aus, die verblühen würde, sobald er ins mittlere Alter käme.

Als er eintrat, setzte ich meine Lektüre der Comics noch eine Weile fort und ignorierte dabei wie immer sämtliche Blicke. Dann ging ich zum Tresen und fragte, ob sie das erste Heft aus der Reihe Marvel Feature von 1971 hätten, in dem erstmals die Defenders vorkamen. Der Kerl hinter dem Tresen war beeindruckt. Er trug eine Brille und roch nach Pot und Old Spice. »Du kennst dich aus«, konstatierte er. »Aber tut mir leid, das haben wir nicht. Das ist selten.«

»Ich weiß. Deswegen will ich es ja haben.« Auch bei diesem Besuch war ich das einzige weibliche Wesen im Laden. Ich hatte mir die Haare schwarz gefärbt, durchzogen mit violettfarbenen Strähnchen. Ich trug eine schwarze Brille und hatte pflaumenblauen Lippenstift sowie dunklen Lidschatten aufgetragen. In meinem eng anliegenden schwarzen Batman-T-Shirt, meiner schwarzen Jeans und meinen schwarzen Vans Sneakern sah ich vielleicht nicht vollends gruftimäßig aus, aber doch einigermaßen. Als ich spürte, dass Jordan Stone verstohlen zu mir herüberschielte, lief mir eine Gänsehaut über den Rücken.

Ich fühlte seinen Blick, und meine Wangen glühten.

Ein paar Tage später kreuzte ich erneut dort auf. Nun kannten sie mich schon ein wenig. Gut genug. Der mit dem Old Spice nickte mir zu. Auch ein anderer, ein älterer Mann, grüßte. Ich bedachte ihn mit einem misstrauischen Blick und verschränkte abweisend die Arme vor der Brust, während ich an ihm vorbeiging. Ich zog ein paar Comichefte aus den Regalen. Dann ging ich in eine Ecke und setzte mich im Schneidersitz auf den Boden. Hin und wieder spürte ich, dass Blicke auf mich gerichtet waren, sagte aber nichts und schaute auch kein einziges Mal hoch. Stattdessen blätterte ich nur mit vor Konzentration gerunzelter Stirn um.

Endlich stand ich auf und machte Anstalten, wieder zu gehen. Ganz zufällig ging ich genau in dem Moment quer durch den Laden, als Jordan Stone dort stand. Ich hielt inne und deutete mit dem Kopf auf den Comic, den er in der Hand hielt. Es war der neue *X-Men*.

»Der ist von Grant Morrison, stimmt's?«

Er schaute mich an und nickte. »Ja.«

Das waren die ersten Worte, die wir wechselten. Mir wurde so schwindelig, dass ich mich am liebsten hingesetzt hätte. Ich konnte das Pochen meines Pulses an den Schläfen spüren. »Der ist gut«, brachte ich lediglich hervor.

Jordan Stone nickte. »Ja. Echt gut.«

Das reichte. Ich ging hinaus.

Diese ganzen Stunden in dem Laden lehrten mich eine Menge über Comics. Und sie lehrten mich noch etwas anderes, etwas Grundlegenderes. Ich begriff allmählich, dass die Leute gern Fantasien nachhingen. Dass sie oft etwas so heftig begehrten, dass sie sich gar nicht allzu lange den Kopf über das Warum zerbrachen. Jordan Stone, der Mann hinter dem Tresen, diese ganzen schmökernden männlichen Kunden – sie wünschten sich alle, dass eine introvertierte, nicht auf sexy machende junge Frau in einem eng sitzenden Batman-T-Shirt neben ihnen in dem Laden saß. Eine junge Frau, die Ahnung von Comics hatte und diese liebte. Eine Männerfantasie.

Es gab so viele Situationen, in denen Menschen sich etwas herbeisehnten. Zum Beispiel einsame Männer, die alleine in Bars hockten, tranken und dabei die Frau herbeifantasierten, die hereinkommen, sich neben sie setzen und sich mit ihnen unterhalten würde. Sie auserwählen und sie verstehen würde. Sie vielleicht nach Hause begleiten würde. So wie der eine oder andere Soldat die sonnengebräunte Tussi in abgeschnittener kurzer Jeans herbeifantasierte, die den Unterschied zwischen Randfeuer und Zentralfeuer kannte und gern noch auf den Schießstand ging, bevor sie ein Sixpack aufriss. Oder der Alkoholiker auf Entzug oder der Gesundheitsfanatiker, der nach einer Frau schmachtete, die an Triathlon und Ironman-Wettbewerben teilnahm und ihre Freitagabende mit CrossFit verbrachte. Wieder andere verzehrten sich nach einer Frau, die eine deutliche Präferenz für Swift, C++ oder Python hatte. Männer, die eine Frau herbeiträumten, die einen Rembrandt von einem Rubens unterscheiden konnte.

Schlussendlich war ich ihnen allen schon begegnet. Allen Typen, die sich in ihrem Gegenüber wiederfinden wollten. Alle suchten etwas. Fantasien. Das war für gewöhnlich leicht zu erkennen, zu identifizieren, in körperliche Gestalt zu bringen. In verschiedenen Momenten meines Lebens hatte ich jede dieser Fantasien schon einmal erfüllt. Damals hatte ich noch nicht begriffen, dass es bei Täuschung nicht ums Lügen ging, sondern darum, für Menschen einfach das darzustellen, was sie sehen wollten. Ihnen das zu sagen, was sie hören wollten. Und sie dann ihre eigenen Vermutungen anstellen zu lassen.

Als ich in der folgenden Woche den Laden betrat, sagte Jordan Stone sofort »Hi!« zu mir und fragte mich, was ich gerade las. Ich zeigte es ihm: *Spawn #1*. Dann setzte ich mich im Schneidersitz auf meinen Stammplatz in der Ecke und las. Als er eine Stunde später zu mir kam, war er sichtlich nervös. »Hey«, sagte er.

Ich schaute zu ihm auf. »Hey.«

»Ich heiße Jordan.«

»Ich heiße Ashlee«, erwiderte ich nach kurzem Zögern.

Er scharrte nervös mit dem Fuß und kratzte sich am Kinn. »Hör zu ... ich dachte, wenn ... ich meine, möchtest du vielleicht mal einen Burger oder so etwas essen? Falls du Zeit hast, meine ich.«

»Mit dir, meinst du?«

Er verlagerte sein Gewicht. »Ja. Wenn du willst.«

Ich dachte kurz nach. »Wann denn?«

Mit dieser Frage erwischte ich ihn kalt. »Äh, ich meine, zum Beispiel heute Abend, wenn du Zeit hast«, druckste er herum. »Sonst irgendwann anders.«

Ich biss mir auf die Lippe und spielte mit einer Locke meines für mich ungewohnten schwarzen Haars herum. »Äh, ja. Ich glaube, das ginge. Aber ich muss früh zu Hause sein. Morgen habe ich Unterricht.«

Jordan Stone lächelte. Es war ein aufrichtiges, glückliches Lächeln. Er nickte. »Ja, ich auch.«

Er war schüchtern. Es war schon unser drittes Date, als er erstmals versuchte, mich zu küssen. Ich hatte mich dafür gewappnet. Wir hatten in der Spielhalle im Einkaufszentrum abgehangen und dort Skeeball und Videospiele gespielt und dabei lange Ketten roter Papiertickets gewonnen, die wir gegen kleine, wertlose Schmuckgegenstände einlösten, die in China wahrscheinlich zu Billionen produziert wurden. Wir schlenderten zusammen auf den Parkplatz und blieben dort vor dem alten Ford-Kastenwagen stehen, von dem ich zufällig wusste, dass er auf den Namen seines Vaters zugelassen war. Ich erkannte eine Mischung aus Begierde und Unsicherheit in seinem Gesicht, als er verkrampft hervorstieß: »Tja, dann bis bald.« Ich nickte, und während ich dies tat, beugte er sich zu mir herüber, legte seine Hand sanft auf meine Hüfte, und seine Lippen berührten die meinen.

Es verlangte mir das Äußerste ab. Das Blut pochte in meinem Kopf, und mir wurde schwindelig vor Übelkeit. Aber ich ließ ihn gewähren, ließ zu, dass er mich küsste, erwiderte seinen Kuss sogar, zumindest ansatzweise. Er trat näher. Ich spürte, wie er seine magere Gestalt an mich presste, spürte seinen Pulsschlag, spürte auch, dass er erregt war. Ich hatte geglaubt, schon beim Gedanken an diese Möglichkeit würde mir übel werden. Stattdessen verspürte ich jetzt bloß eine eigenartige Leidenschaftslosigkeit. Ich nahm ihn wahr, ohne etwas zu fühlen. Spürte ihn, ohne etwas zu empfinden.

Nach einem schier ewig währenden Moment zog ich mich zurück. »Ich sollte jetzt gehen.«

»Okay«, sagte er.

»Nacht.«

»Nacht, Ashlee.«

Ich musste bedacht vorgehen. Es war ein Balanceakt. Er musste mich mögen, musste mich begehren, musste mir vertrauen. Aber nicht in dem Ausmaß, dass er damit anfing, Leuten von diesem neuen schwarzhaarigen Comicbuch-Mädchen in seinem Leben zu erzählen. Nicht in dem Ausmaß, dass er mich bat, am Sonntag zum Abendessen vorbeizukommen, damit er mich seinen Eltern vorstellen konnte. Nicht in dem Ausmaß, dass er mich dazu einlud, mit seinen Freunden abzuhängen. Nicht in dem Ausmaß, dass wir beide im Bett landeten.

Daher entschied ich mich für die dritte Woche, gerechnet ab dem Tag, an dem er mich auf dem Parkplatz geküsst hatte. Die dritte Woche der gemeinsamen Besuche von Spielhalle oder Kinos. Einmal fuhren wir nach San Francisco und holten uns in North Beach Pizza, um danach in seinem Kastenwagen rumzumachen, wobei ich es zuließ, dass er mich mit wachsender Erregung befingerte. Mittlerweile mochte er mich sehr. Das spürte ich. Es war offenkundig.

Warum sollte er auch nicht?

Ich war perfekt für ihn.

»Wir sollten mal irgendwohin fahren«, schlug ich eines Abends vor, während ich neben ihm in seinem Wagen saß. Wir hatten an einer wenig befahrenen Überführung in den Hills geparkt. Es war ein klarer, kalter Herbstabend. Unter uns war entfernt das Rauschen des Verkehrs auf dem Freeway zu vernehmen. Die Fenster waren beschlagen. Wir hatten eine Weile herumgemacht, ohne dabei viele Worte zu verlieren.

»Wohin?«, fragte er.

»Meine Familie besitzt ein Haus, ein paar Stunden von hier. Zwischen Tahoe und Reno. In einem Skiort. Im Winter fahren sie dort hoch, aber jetzt steht es leer. Wir könnten dort abhängen«, fügte ich bedeutungsvoll hinzu.

Ich konnte es ihm an den Augen ablesen. Er dachte nach. Verzehrt von Begierde und Verlangen. »Wann?«

»Warum nicht gleich morgen? Ich habe den Tag frei, und Unterricht habe ich auch nicht.« Soweit er wusste, arbeitete ich nebenher als Kellnerin und hatte mich an der California State University East Bay unten in Hayward eingeschrieben.

Die Vorstellung schien ihm Angst einzuflößen. »Ich muss arbeiten.«

»Dann mach doch blau. Melde dich krank.«

Er verlagerte sein Gewicht, wich meinem Blick aus. Ihm war sichtlich unbehaglich zumute. »Hör zu, Ashlee – ich darf den Bundesstaat eigentlich nicht verlassen.«

Es war das erste Mal, dass er dies zur Sprache brachte.

Ich stellte die naheliegendste Frage. »Wovon sprichst du? Warum nicht?«

Er schüttelte den Kopf, wich meinem Blick dabei nach wie vor aus und schaute zum Fenster hinaus. »Ich habe mir mal vor langer Zeit etwas eingebrockt. Ich darf die Gegend nicht verlassen.«

»Oh!«, sagte ich. »Auch egal. War bloß so eine Idee. Wie dem auch sei, ich sollte jetzt nach Hause.«

Er ließ den Motor an und setzte zurück auf die Straße. Aber der Köder war ausgelegt.

Als wir uns am nächsten Tag trafen, war er gut gelaunt. Er lächelte und gab mir einen Kuss. »Weißt du was? Wir sollten es tun.«

»Bist du dir sicher? Kriegst du denn keinen Ärger?«

»Lass uns fahren. Es wird bestimmt toll. Wenn wir gleich aufbrechen, verpasse ich bloß morgen die Arbeit. Das ist kein großes Ding.«

Ich nahm seine Hand in die meine. »Cool. Dann lass uns keine Zeit verlieren. Ich fahre.«

Wir fuhren ein paar Stunden die Interstate 80 nach Osten entlang, vorbei an Sacramento, und der Verkehr wurde immer spärlicher. Wären wir noch weitere dreitausend Meilen auf ihr geblieben, wären wir irgendwo in New Jersey gelandet. Wir näherten uns dem Sierra Nevada Hochgebirge, und als wir dem berüchtigten Donner Pass näher kamen, schlängelte sich die Straße in die Berge hinein. Die Passstraße stieg erst an und fiel dann steil durch die bewaldeten Berge ab, die zum Lake Tahoe führten. Wir blieben auf der 80, die uns, während die Landschaft wieder flacher wurde, in die Wüste von Nevada führte, nichts als im Dunkel liegendes Buschland und Strauchwerk.

»Du bist so still«, sagte er. »Ist alles okay?«
»Ich schätze schon.«

»Nervös?«

Ich warf ihm einen Blick zu. »Ich weiß nicht genau.«

»Liegt aber nicht an mir, oder?«

»Kann ich dich was fragen?«

»Natürlich.«

»Diese Comicbücher: Warum magst du sie eigentlich so sehr? Wie bist du darauf gekommen?«

Er dachte darüber nach. »Ich schätze, weil ich sie als Kind so spannend fand. Spannender als das wirkliche Leben. Das echte Leben erschien mir langweilig.« Er dachte erneut nach. »Jetzt ist das anders. Jetzt faszinieren mich an den Comics die Abenteuer. Alles kann passieren. Irgendwie ist alles möglich. Die Charaktere schaffen es immer bis zur nächsten Seite, bis in die nächste Ausgabe. Ganz egal, wie gefährlich die Sache wird.«

Ich nickte.

»Und bei dir, Ash?«

Ich zuckte mit den Schultern. »Ich weiß nicht, was ich an ihnen mag.«

Als ich schließlich vom Highway abbog, war es kurz vor neun Uhr. Der klare Wüstenhimmel war von leuchtenden Sternen übersät, der Mond stand als Sichel am Firmament, und die karge Landschaft hüllte uns ein.

»Das Haus ist ziemlich weit draußen«, stellte er beiläufig fest, war aber hörbar nervös. »Du hast dich nicht verfahren oder so?«

»Ich habe mich nicht verfahren.«

»Sind wir bald da?«

Ich nickte. »Wir sind bald da.«

Ich bog erneut ab, und nun ging es auf einem schmalen, unbefestigten Weg weiter, der so schmal war, dass ich bei entgegenkommendem Verkehr hätte abbremsen und an die

Seite fahren müssen. Der Wagen holperte die unebene Strecke entlang, und die Reifen wirbelten kleine Kieselsteinchen auf, die mit lauten, klingelnden Geräuschen gegen den Unterboden prallten. »Und es ist eine Skihütte?«, fragte er unsicher. »Wo sind die Berge?«

»In Tahoe konnten sie sich nichts leisten. Deswegen haben sie sich etwas ausgesucht, das ein bisschen weiter draußen ist.«

»Oh.« Ich fuhr weiter. Ich scannte die Radiosender durch, um Musik zu suchen. Bei einem Countrysong blieb ich hängen, einer von statischem Rauschen begleiteten Baritonstimme.

»Wo sind wir, Ashlee?«, fragte er erneut. Weit und breit waren keine Häuser zu sehen, keine Fahrzeuge, gar nichts. Die Welt vor der Windschutzscheibe war pechschwarz, abgesehen vom Lichtkegel der Scheinwerfer, den Sternen und dem talgig-gelben diffusen Licht des Mondes.

Als wir uns einer schmalen Abzweigung näherten, bremste ich und bog ab.

Nun hatten wir das öffentliche Straßennetz endgültig verlassen und holperten einen Feldweg entlang.

Mittlerweile versuchte er gar nicht mehr, seine Nervosität zu verbergen. »Ashlee? Wo sind wir? Hier sind ja nicht einmal mehr Häuser.«

»Wir sind fast da«, wiederholte ich.

Wir rumpelten fünfzig Meter weiter. Dann hielt ich an.

Vor uns warfen die Scheinwerfer zwei Lichtkreise in die Buschlandschaft.

»Ashlee, ist das ein Streich? Komm, lass uns einfach umkehren. Das war eine schlechte Idee.«

Ich schaute Jordan Stone direkt in die Augen. »Jetzt ist es zu spät. Es ist zu spät zum Umkehren. Komm schon, ich zeige dir, wo wir sind.«

Er machte Anstalten, etwas zu erwidern, aber ich stieg bereits aus. Die Scheinwerfer ließ ich eingeschaltet. Nach kurzem Zögern stieg er ebenfalls aus und folgte mir. Wir stellten uns in die Lichtkegel der Scheinwerfer und schauten in die öde Landschaft. Sträucher und kleine Kakteen warfen seltsam geformte Schatten auf den Erdboden.

»Ashlee? Was soll das?«

Ich schaute Jordan Stone direkt an. »Die Schwierigkeiten, von denen du sprachst, wegen denen du den Bundesstaat nicht verlassen darfst – du hast mir nie erzählt, was es damit auf sich hat.«

Im grellen Licht der Scheinwerfer erbleichte er. »Wovon redest du?«

»Was hast du verbrochen? Weshalb darfst du die Staatsgrenzen nicht überschreiten?«

Er zuckte zusammen, als hätte ich ihm einen Schlag versetzt. »Nichts Besonderes. Bloß eine Dummheit. Das ist lange her«, murmelte er.

»Du willst es mir nicht erzählen?«

»Ich will nicht darüber sprechen. Ich will nur noch nach Hause, Ashlee. Ich friere. Ich habe Hunger. Ich weiß nicht, wo wir sind. Ich muss nach Hause.«

»Vielleicht ist mein Name gar nicht Ashlee.«

Er starrte mich an. »Was redest du da?«

Jetzt, da es endlich so weit war, wusste ich gar nicht so recht, wie mir zumute war. Aber es fehlte etwas. Das Gefühl des Triumphs, das ich mir immer ausgemalt hatte, stellte sich nicht ein. Alles fühlte sich bloß schal an. Leer. Wie das buschige und in Dunkel gehüllte Gelände um uns herum.

»Du erkennst mich nicht wieder, nicht wahr?«, fragte ich. »Du hast keine Ahnung, wer ich bin.«

Nun wurde er noch blasser. Er trat einen Schritt zurück. »Dich wiedererkennen? Wovon redest du?«

»Aber warum solltest du das auch? Obwohl die Leute mir immer versichert haben, ich hätte die Augen meiner Mutter.«

Nun war er vollends verwirrt. »Deine Mutter? Was hat das hier denn mit ihr zu tun?«

»Alles«, erwiderte ich. »Weißt du, Jordan, das hier hat alles mit ihr zu tun.«

Und dann, ganz allmählich, ging Jordan Stone ein Licht auf.

Mit einem Mal war es, als wäre sein Gesicht um Jahre gealtert, und er wich vor mir zurück. Langsam. So, als hätte er Bleikugeln an den Füßen. Schritt für Schritt wich er zurück zum Wagen.

Als er den Revolver erblickte, blieb er stehen.

»Ashlee«, bat er. »Bitte. Was immer du glaubst, dass ich getan hätte.«

»Ich glaube es nicht, ich weiß es.« Nach wie vor war nichts von der Genugtuung zu spüren, die ich mir ausgemalt hatte. Stattdessen waren da nur dumpfe Wut und eine kühle, sich ausbreitende Müdigkeit. Auch ich wollte nicht mehr hier sein. Ein Teil von mir wollte sich einfach wieder in den Wagen setzen, Jordan Stone in Hercules absetzen, eine heiße Dusche nehmen und ihn nie wieder sehen oder an ihn denken.

Aber das war nicht möglich. Dafür war ich schon zu weit gegangen. Außerdem wusste ich es besser. Ich hatte die letzten zehn Jahre versucht, nicht an Jordan Stone zu denken. Es funktionierte nicht. Er war immer in meinen Gedanken, würde immer präsent sein.

»Was hast du mit mir vor?« Er wich weiter vor mir zurück.

»Bleib stehen!«, befahl ich. »Wir sind nicht fertig miteinander. Noch nicht.«

Er erstarrte mitten in der Bewegung, machte ein nachdenkliches Gesicht. »Diese ganze Zeit, der letzte Monat, unsere Dates, die Treffen in der Spielhalle, das Knutschen und die Comics. Das war alles bloß ein Haufen Lügen.«

»Ich habe nicht gelogen.«

Er stieß ein bitteres Lachen aus. »Natürlich hast du das! Du hast bei allem gelogen – sogar bei deinem Namen.« Aufgebracht fuchtelte er mit den Armen herum. »Die Skihütte in der gottverdammten Wüste. Alles. Du hast immer nur gelogen. Bloß um mich hierherzulocken.«

»Ja«, räumte ich ein. »Um dich hierherzulocken.«

»Warum?«, fragte er hilflos.

»Warum hast du es getan?« Das war die Frage, die mir seit zehn Jahren unter den Nägeln brannte.

»Carson«, erwiderte er. »Er hat es geplant. Ich war noch ein Junge. Ich war dumm. Ich habe einfach nur mitgemacht.«

»Spar dir das fürs Gericht«, sagte ich, mit einmal wütend. »Klar doch, es war alles seine Schuld. Er hatte einen schlechten Einfluss auf dich. Blödsinn. Die Zeitungen haben das gierig aufgesogen. Die Jury hat es gierig aufgesogen. Und der Bewährungsausschuss auch. Aber ich nicht. Ich kaufe dir das nicht ab. Du hast mitgeholfen, meiner Mutter mit einem Fleischermesser die Kehle aufzuschlitzen. Das hättest du nicht tun müssen. Aber du hast es getan.«

Jordan Stone war es offenkundig übel geworden. Er kauerte sich nieder, schrumpfte förmlich zusammen. Sein Schatten wirkte monströs und fiel schwarz über den dunklen Erdboden. »Er sagte, er bringt mich um, wenn ich ihm nicht helfe. Er meinte es ernst. Er hätte es getan. Er meinte, wenn ich nicht mitmache, könne er mir nicht vertrauen.«

»Du hättest Nein sagen können. Du hättest ihn aufhalten können. Du hättest die beiden laufen lassen können. Du hättest die Cops rufen können. Du hättest irgendwas unternehmen können. Aber das hast du nicht.«

Er biss sich auf die Lippe und fing mit einem Mal an zu flennen. »Ich bete jeden Tag zu Gott, dass er mir vergibt.«

»*Ich* vergebe dir nicht. Und nur das zählt hier.«

»Ich habe viel durchgemacht. Du hast ja keine Vorstellung davon. Im Jugendgefängnis, im Zuchthaus. Weißt du, was die Gangs mit mir angestellt haben, einem schmächtigen kleinen jungen Weißen?«

»Ist mir egal.«

Zum ersten Mal in meinem Leben richtete ich eine Schusswaffe auf jemanden. Es war eine kleine schwarze Ruger .22 Halbautomatik. Ich hatte sie mir zu meinem einundzwanzigsten Geburtstag gekauft. Ein Geschenk an mich selbst.

Zu jenem Zeitpunkt war mir schon klar gewesen, was ich damit tun wollte.

Ich zog den Schlitten zurück, um eine Patrone in die Kammer zu befördern.

Sein ohnehin schon blasses Gesicht wurde weiß wie ein Laken. Mit bebender Stimme sagte er: »Du hast keine Ahnung. Du glaubst, das hättest du, aber das hast du nicht. Du glaubst, wenn du abdrückst, wäre die Sache beendet. Glaub mir, dann fängt alles erst an. Getötet zu haben belastet einen für immer. Meinst du vielleicht, ich hätte in den letzten zehn Jahren auch nur eine Nacht durchgeschlafen? Meinst du, es ist auch nur eine Nacht vergangen, in der ich nicht schreiend aufgewacht bin?«

Bei diesen Worten fing meine Hand an zu zittern. Ich wollte nicht länger mit Jordan Stone reden, wollte nichts mehr über ihn erfahren. »Darauf lasse ich es ankommen.«

»Die werden dich drankriegen«, prophezeite er. »Ich habe Freunden erzählt, dass ich mit dir zusammen bin. Ich habe ihnen von diesem Ausflug erzählt.«

»Das glaube ich nicht. Aber auch darauf lasse ich es ankommen.«

»Wünschst du dir wirklich, dass ich tot bin?«

»Ich weiß es nicht«, erwiderte ich wahrheitsgemäß. »Aber damit, dass du lebst, komme ich nicht zurecht.«

Seine Stimme klang nun laut und war angstverzerrt. »Wieso tötest du nicht Carson? Warum hat er es verdient zu leben – und ich nicht?«

Mein Finger umkrampfte den Abzug. »Ich denke jeden Tag an Carson Peters.«

»Du hast mich angelogen!«, wiederholte Jordan Stone zutiefst verbittert. »Wie alle anderen auch. Wie die ganze beschissene Welt. Du hast mich in eine Falle gelockt.«

»Das habe ich wohl.«

»Warum lässt du mich nicht einfach gehen? Ich habe mich bemüht, mein Leben zu verändern.«

»Warum sollte das etwas ändern? Nach dem, was du getan hast? Warum solltest du überhaupt diese Chance bekommen?«

»Glaubst du denn nicht an Gnade? An Wiedergutmachung? Wirklich nicht?«

»Nicht, wenn es dich betrifft, nein.«

Weinend sank er auf die Knie. Sein Gesicht hielt er nach oben gerichtet, keine dreißig Zentimeter von der Mündung entfernt. »Ich flehe dich an, Ashlee. Bitte. Ich habe dich *gemocht*. Ich glaube, ich war sogar dabei, mich in dich zu verlieben.«

Diese Vorstellung widerte mich mehr an als all das, was er bisher von sich gegeben hatte. »Halt den Mund. Du kennst mich überhaupt nicht. Du hast mich nie gekannt. Es war eine Fantasievorstellung, der du hinterhergelaufen bist. Ich existiere nur in deiner Fantasie. Du weißt überhaupt nichts von mir.«

»Bitte.«

Das Gejammer wurde mir zu viel. Je länger ich seine Stimme hörte, desto schwieriger wurde es für mich. Ich wünschte, ich hätte ihn in dem Moment erschossen, als wir aus dem Wagen gestiegen waren. Bevor er den Mund hatte aufmachen können. »Halt den Mund!«, wiederholte ich. »Sei wenigstens ein Mann und steh dazu.«

»Nein!« Plötzlich schwang in seiner Stimme eine unerwartete Heftigkeit mit. »Du kannst mich umbringen, aber du hast mir nicht zu befehlen, dass ich es wie ein Mann ertragen soll. Das haben mir die Wärter im Gefängnis auch immer gesagt. ›Sei einfach ein Mann.‹ Als wenn es dadurch irgendwie besser würde.« Er weinte, und dabei lief ihm Rotz aus der Nase bis auf die Lippen. Er rollte sich zu einem Ball zusammen und legte sich beide Arme vor die Augen, die Wange gegen den Erdboden gepresst.

Ich zielte mit dem Lauf auf die Stelle direkt oberhalb seines Ohrs. Dass ich eine kleinkalibrige Waffe in den Händen hielt, spielte keine Rolle. Der erste Schuss würde tödlich sein. Die .22er war bei Auftragskillern und Todeskommandos in aller Welt beliebt – effektiv und nicht so laut. Sein Tod würde rasch und unmittelbar eintreten. Ganz anders als der Tod meiner Eltern. Aber es ging hier nicht darum, irgendwelche Waagschalen exakt auszutarieren oder das Karma des Universums wiederherzustellen. Es ging darum, die Welt von Jordan Stone zu befreien.

Mehr wollte ich nicht.

Oder?

Auftragskiller. Todeskommandos.

Mir wurde bewusst, dass ich die Waffe nach wie vor mit dem Lauf genau auf die Spitze seines Ohrs gerichtet hielt. Es war ausgeschlossen, dass ich ihn verfehlen würde. Munition vom Kaliber .22 war billig. Ich hatte diese Waffe mehr als fünftausendmal abgefeuert und dabei auf Ziele gerichtet, die erheblich weiter entfernt gewesen waren als Jordan Stone in diesem Moment. Kimme und Korn bildeten eine perfekte Gerade, die unmittelbar oberhalb seines Ohrs endete. Es konnte nichts schiefgehen. Er würde tot sein, genau wie ich es mir wünschte.

Auftragskiller. Todeskommandos.
Mörder.

Aber das waren die anderen. *Sie.* Nicht ich.

Ich schaute auf den eingerollten, sich auf dem Boden krümmenden Körper. Selbst ohne die Waffe hätte ich mich vollkommen sicher gefühlt. Als ich die Highschool abschloss, hatte ich mehr als fünfzig Amateurboxkämpfe hinter mir und in der Halle über zweitausend Runden gespart. Die Waffe in meiner Hand spielte kaum eine Rolle. Ich hätte es auch ohne sie mühelos mit Jordan Stone aufgenommen.

Er hatte es verdient zu sterben. Damit musste ich mir nur noch eine einzige Frage beantworten. Wer wollte ich sein?

Ich schob alle Zweifel beiseite und traf eine Entscheidung.

Ich drückte ab.

Es gab keinen Rückstoß, bloß einen spröden Knall, der in der Nacht widerhallte.

Jordan Stone schrie auf, und sein Körper spannte sich an.

Das Echo hallte durch die Luft und verklang dann.

»Steh auf!«, befahl ich.

Ängstlich lugte er mit einem Auge unter seinem Arm hervor. »Du hast auf mich geschossen!«

»Steh auf!«, wiederholte ich, nun ungeduldig. Etwa dreißig Zentimeter von seinem Kopf entfernt war dort, wo die Kugel in die trockene Erde eingeschlagen war, ein fast nicht erkennbarer Fleck. »Du bist nicht verletzt.«

Seine Stimme klang leise und verängstigt. »Was hast du mit mir vor?«

»Wenn ich dich hätte erschießen wollen, hätte ich es gerade getan.«

Langsam erhob er sich. Dann schaute er mich an, die Arme vor der Brust verschränkt, die Hände dabei fast in Schulterhöhe. Er wirkte sehr klein. »Du bringst mich nicht um?«

Ich ignorierte seine Frage. »Du wirst jetzt verschwinden, egal wohin, nur nicht in Richtung Westen. Halte dich fern von Kalifornien, und komm nie wieder zurück. Das ist der Deal.«

»Aber mein Bewährungshelfer. Wenn ich mich bei ihm nicht melde, stellen die einen Haftbefehl gegen mich aus.«

»Das ist dein Problem.«

»Meine Freunde, meine Familie – alle, die ich kenne, leben in Hercules.«

»Du hast mir meine Familie geraubt«, entgegnete ich. »Für immer. Meinst du vielleicht, ich hätte deswegen jetzt ein schlechtes Gewissen?«

Ich wollte nicht länger bei diesem flennenden, flehenden Dämon sein, der mich in so vielen Träumen heimgesucht hatte. Mir war schlecht. Plötzlich holten mich die ganzen Lügenmärchen der vergangenen Monate ein. Die Rachegeschichten, die ich als Mädchen so geliebt hatte, hatten mich nicht auf diese Situation vorbereitet. In den Büchern war Rache immer spannend, berauschend. Davon spürte ich nichts. Ohne ein weiteres Wort zu verlieren, stieg ich wieder in den Wagen.

»Du kannst mich doch nicht einfach hier draußen alleine lassen!«, rief er mir hinterher. »Wir sind hier mitten im Nirgendwo!«

Doch genau das tat ich.

Ich ließ ihn stehen und fuhr davon. Und soweit ich es wusste, war das das letzte Mal, dass irgendwer irgendetwas von Jordan Stone hörte. Nie las ich seinen Namen in den Zeitungen. Er war einfach verschwunden. Aber etwas von dem, was er gesagt hatte, beschäftigte mich – sein Vorwurf, dass ich ihn angelogen hätte. Es passte mir nicht, dass er recht damit hatte. Ich hatte gelogen. »Also beschloss ich, nie wieder zu lügen, gegenüber niemandem. Jordan Stone habe ich nie wiedergesehen.«

Ich legte mich neben meinen Bruder ins Bett. Ich sah, wie die Sonnenstrahlen an den Vorhängen entlangkrochen. Die Sonne war mittlerweile aufgegangen. Die Stirn meines Bruders fühlte sich nicht mehr fiebrig an, sein Schweiß war jetzt kalt. Ich trieb noch ein paar Handtücher auf, ließ warmes Wasser aus dem Hahn laufen und wischte ihm mit den warmen Tüchern über Gesicht und Brust. Meine Haut und Kleidung waren nass von seinem Schweiß. Unangenehm fühlte sich das nicht an. Es war ja er. Mein Bruder. Es führte bloß dazu, dass ich ihn noch mehr liebte.

»Nik?«

»Ja?«

»Ich glaube, es geht mir besser.«

Ich umarmte ihn. »Gut.«

»Wer waren diese Männer, die da hinter dir her waren, Nik? Was wollten sie?«

»Etwas Böses.«

»Sind sie immer noch hinter dir her?«

»Ja, ich schätze schon.«

»Und was tun wir jetzt? Verstecken wir uns? Laufen wir weg?«

»Nein.« Ich sah zu, wie immer mehr Licht durch die Vorhänge fiel. Mir war bewusst, was für ein Tag mir bevorstand. »Wir verkriechen uns nicht vor ihnen.«

»Aber wenn man sich nicht versteckt, erwischen sie einen. So ist das nun mal.«

»Das ist okay«, beteuerte ich ihm. »Sie dürfen mich ruhig aufspüren. Sie dürfen mich kriegen.«

Verängstigt schaute er mich an. »Das verstehe ich nicht.«

Während ich ihm antwortete, hielt ich meinen Blick auf das Fenster gerichtet. Dabei kam mir wieder ein anderes Fenster in den Sinn, das im Cottage, dieser zerborstene, nutzlose Fluchtweg, der zu einem letzten schmalen Grat zwischen Leben und Tod geworden war. Karen Li, die versuchte, dem Unausweichlichen zu entweichen, und mit der Faust, wenn auch vergeblich, die Scheibe eingeschlagen hatte. *Die* waren in mein Leben eingedrungen. Nicht ich war an sie herangetreten. Die hatten mich ausfindig gemacht, Karen Li erledigt, meinen Bruder ins Jenseits befördern wollen. Mir alles nehmen wollen, was mir etwas bedeutete.

Das war mir schon einmal widerfahren. Menschen, die einem alles nahmen.

Ich würde nicht zulassen, dass es sich wiederholte.

Ich wollte, dass Brandon das begriff. »Es ist nicht bloß so, dass sie hinter mir her sind.«

»Was denn sonst?«

»Ich bin hinter *ihnen* her.«

42

Ich fuhr nach Hause, duschte und legte mich ein paar Stunden aufs Ohr. Nachdem ich kurz mit Charles Miller telefoniert hatte, schaute ich am späten Vormittag im Buchladen vorbei. Charles und ich hatten uns auf einen Kaffee am Nachmittag verabredet. Es gab da etwas, was ich ihm geben wollte. Dass ich an dem Tag, der wahrscheinlich der herausforderndste meines Lebens werden würde, völlig groggy war, versuchte ich auszublenden. Da Halloween vor der Tür stand, hatte Jess in der vergangenen Woche Kürbisse aufgestapelt, Hexen- und Teufelsfiguren an die Wände gehängt und eine spezielle Horror-Abteilung mit Titeln von Stephen King, Mary Shelley, Robert Bloch und Anne Rice eingerichtet.

Halloween. Der 31. Oktober.

Nur noch ein einziger Tag bis zum 1. November.

Was ich zu tun hatte, wusste ich jetzt. Ob ich es schaffen würde, stand auf einem ganz anderen Blatt.

Eigentlich hatte ich bloß auf einen Sprung im Laden vorbeischauen wollen, um kurz mit Jess zu reden. Aber es herrschte derartiger Hochbetrieb, dass wir uns lediglich zur Begrüßung zunicken konnten. Ein bulliger Typ in Tarnfarben-Shorts und mit einem Safarischlapphut war mit einem Rollwagen voller Kartons aufgekreuzt und wollte uns auf einen Schlag mehr als dreihundert Bücher verkaufen. Gleichzeitig musste ich einem ausländischen Studenten etwas über Altenglisch erklären, und ein Doktorand nervte mich wegen Büchern, die wir nicht im Bestand hatten.

Der Kerl mit dem Rollwagen schaute auf seine Uhr. »Wie lange dauert das noch?«

»Werde ich denn noch andere Bücher auf Altenglisch lesen müssen?«, wollte der Student wissen, ein großer schwarzhaariger Koreaner mit hellgrüner Brille und goldenen Sneakers.

»Welchen Kurs hast du belegt?«

Er faltete seinen Lehrplan auseinander. »Überblick über die englischsprachige Literatur ab 1500.«

»Dann liegt das sehr wohl im Bereich des Möglichen«, erklärte ich ihm, während ich eine Ausgabe von *Beowulf* aus dem Regal zog.

Er machte den Eindruck, als stünde er dicht davor, in Tränen auszubrechen. »Können Sie mir Privatunterricht geben?«

»Ich würde ja später noch mal wiederkommen, aber ich habe den Rollwagen auf Stundenbasis gemietet«, ließ derweil der Muskelprotz verlauten. Er trug ein Tanktop, das eine erstaunliche Fülle von Brust- und Rückenbehaarung erkennen ließ.

Ich spürte, wie es in meinen Schläfen zu pochen begann. »Bitte gedulden Sie sich noch ein wenig.« Das waren einfach zu viele Stimmen von zu vielen Leuten, die um etwas baten, etwas von mir wollten. Zu viel zu erledigen.

»Meine Dissertation handelt von Gibbon«, jammerte der Doktorand. »Wie soll ich das denn ohne den fünften Band von *Verfall und Untergang des Römischen Imperiums* hinkriegen?«

»Ich weiß nicht, wie ich dir dabei helfen kann.« Meine Kopfschmerzen wurden bohrend.

»Ich fände es nur fair, wenn Sie sich die Miete für den Rollwagen mit mir teilen würden.«

Dieser Tropfen brachte das Fass zum Überlaufen. »Nehmen Sie Ihren verdammten Rollwagen, und stecken Sie ihn sich …«

Noch während er anfing herumzugeifern, steuerte ich auf die Tür zu. Ich musste meine Müdigkeit überwinden und mich allmählich auf den kommenden Abend vorbereiten. Mit Jess würde ich mich später treffen.

Ich war schon halb aus der Tür, als ich von jemandem angerempelt wurde, der gerade hereinkam.

Zoe.

Damit nahm der Tag eine ganz neue Wendung.

Ich benötigte einen Moment, bis ich sie wiedererkannte, denn sie hatte ein Veilchen, blaue Flecken am Arm, und ihre Wimperntusche, die aussah, als stammte sie noch vom vergangenen Abend, war von Tränen verschmiert. Als ich sie das letzte Mal gesehen hatte, hatten Zoe und ich gemütlich auf den Sitzsäcken gehockt. Das schien nun ewig her. Jetzt zitterte sie am ganzen Körper, und ihre Stimme klang rau.

Ich führte sie zu einem Stuhl. »Was ist passiert?« Das war eine dieser überflüssigen Fragen, gerade so, als fragte man, warum sich ein Erdbeben ereignet hatte. Nicht immer waren die Gründe wichtig. Manchmal waren nur die Schäden von Belang.

Zwischen Schluchzern stieß sie hervor: »Ich war ausgegangen, in einen Club. Da waren so ein paar Typen, die haben mit uns getanzt, mehr war da nicht. Aber dann kam Luis mit seinen Freunden rein und wurde eifersüchtig. Es kam zu einer Schlägerei, und er wurde verhaftet. Heute Morgen ist er dann nach Hause gekommen und hat mir die Schuld an allem gegeben.«

Mittlerweile hatte sich Jess zu uns gesellt. »Ich fahre sie ins Krankenhaus.«

»Ich rede mal mit Luis«, erklärte ich Zoe. »Ich brauche deine Adresse.«

Sie ergriff meinen Arm. »Nein! Du begreifst nicht, was er dir antun würde.«

Ich registrierte kaum, was sie mir sagte. Da war so ein pfeifendes Geräusch in meinen Ohren, das alles übertönte, was die anderen zu mir sagten. Das Pfeifen trieb mich irgendwie voran, sodass ich über das, was ich tat, gar nicht nachdenken musste. Meine Müdigkeit war wie weggeblasen. Alle Zweifel, die mich in letzter Zeit geplagt hatten, waren vom Tisch gefegt. Sogar Care4 bedeutete nicht mehr so viel.

»Ich brauche deine Adresse«, wiederholte ich.

Zoe schaute erst mich, dann Jess und schließlich wieder mich an. Nach wie vor blieb sie stumm, war sich unsicher.

»Beim letzten Mal hat er dich verletzt«, erklärte ich. »Dieses Mal hat er dich übel zugerichtet. Beim nächsten Mal – und es wird ein nächstes Mal geben, weil es immer eines gibt – lässt sich nicht voraussagen, was er dir antun wird. Oder ob du in der Lage sein wirst zu fliehen. Also bitte, Zoe, gib mir jetzt deine Adresse.«

Sie hatte ihre Augen weit aufgerissen und blickte verängstigt. Sie schaute zu Boden und schwieg einen weiteren Moment.

Dann schaute sie wieder auf und gab mir zögernd ihre Adresse.

Ohne ein weiteres Wort zu verlieren, ging ich zur Tür.

»Nikki, tu das nicht, solange du so wütend bist!«, mahnte mich Jess. »Du sagst immer, Planung sei alles.«

»Du hast recht. Ich sollte noch abwarten«, gestand ich.

Jess entspannte sich ein wenig. »Gut.«

Ich machte mich trotzdem auf den Weg.

Dumpf trieb mich das pfeifende Geräusch an. Aber da war noch etwas anderes. In mir mischten sich Pragmatismus und Wut. Was mir am kommenden Abend widerfahren würde, wusste ich nicht. Ganz gleich, was es war, solange ich noch etwas unternehmen konnte, wollte ich diese eine, letzte Sache erledigen. Mir lag am Herzen, dass Zoe in Sicherheit war.

Zoe wohnte in Pittsburg, ungefähr dreißig Meilen nordöstlich von Berkeley. Das war ein raues Pflaster; die Stadt lag zu weit abseits, als dass sie etwas vom Geld der Tech-Unternehmen, das sich wie eine riesige Lache vom Epizentrum Silicon Valley und San Francisco ausbreitete, hätte abbekommen können. Das ganze Geld. Unendlich viel Geld. Es überschwemmte alles, wo früher einmal grünes, ebenes Ackerland, Obsthaine und rotbraune Hügel gewesen waren. Nun waren unzählige luxuriöse Reihenhäuser auf diesen Hügeln hochgezogen worden, Neubauten, die sich glichen wie ein Ei dem anderen und deren hochmoderne Baumaterialien und erlesene Ausstattungsmerkmale auf knallbunten Werbetafeln angepriesen wurden. Das Geld. An allen Ecken und Enden. In San Francisco gab es an jedem Karree fast ein halbes Dutzend Cafés, eines schicker und perfekter als das andere, und die ganze Stadt erstickte an Baukränen, die sich wie Kraken um sie wanden. Da gab es Leute wie Gregg Gunn, die schneller zu Geld kamen, als die Druckerpresse des Finanzministeriums es ausspucken konnte.

Wozu das auch immer gut sein mochte.

Vor einem einstöckigen Haus mit angebauter Garage hielt ich an. In der Einfahrt parkte ein schwarzer Cadillac Escalade mit glänzenden, sonderangefertigten Felgen und weit über die Grenzen des Erlaubten hinaus getönten Scheiben. Der kleine Vorgarten war in gleichem Maße mit Kinderspielzeug und leeren Bierdosen übersät. Ich stieg vom

Motorrad. Mir war bewusst, dass ich gerade alle meine Regeln brach. Egal. Das pfeifende Geräusch in den Ohren trieb mich nach wie vor an. Um meine Handschuhe kümmerte ich mich nicht, meine Handtasche ließ ich auf dem Sitz liegen, die Schlüssel im Zündschloss stecken. Ich würde nicht lange brauchen.

Ich hatte so viel gegrübelt, hatte mich bemüht, Puzzleteile zusammenzufügen, die nicht zusammenpassten.

Hier und jetzt musste ich nicht grübeln. Es musste nichts zusammenpassen.

Ich brauchte nur Luis.

Das Garagentor stand auf, doch es war zu hell draußen, als dass man drinnen etwas hätte erkennen können, also hätte es genauso gut geschlossen sein können. Es war so, als schaute man auf einen schwarzen Vorhang und fragte sich, was sich wohl dahinter abspielte.

Ich schritt mitten in das Dunkel hinein. Unter meinen Füßen befand sich ein rissiger Zementfußboden. Ein alter roter Mustang ohne Reifen stand zu meiner Linken auf Betonschalsteinen aufgebockt. Derart seiner Räder beraubt, wirkten die Achsen fast schon obszön. Die Verbindungstür zum Haus ganz hinten rechts war geschlossen. Abgesehen vom Sonnenlicht, das durch das offene Tor eindrang, ging das einzige Licht von einer nackten Glühbirne aus, die an einem dicken orangefarbenen Kabel von der Decke herabbaumelte. Aus einem Subwoofer dröhnte harte Rap-Musik. Es roch nach Schweiß, Motoröl und Marihuana. Vor mir stand eine Hantelbank. Ein Mann mit nacktem Oberkörper in Sneakers und Basketball Mesh Shorts war mit Bankdrücken beschäftigt. Er war kräftig gebaut und stöhnte vor Anstrengung, während er eine mit Guss-Hantelscheiben bestückte Eisenstange hochstemmte.

Es war Luis.

Ohne innezuhalten, ging ich auf ihn zu und trat mit dem Fuß auf die Stange, die er gerade hochgedrückt hielt. Aufgrund der lauten Musik hatte er mich nicht hereinkommen hören. Ein Rasseln und gleich darauf ein dumpfes Geräusch ertönten, als ihm knapp hundert Kilo Eisen auf die Brust plumpsten. Er stieß einen Laut des Erschreckens aus und rollte sich seitlich von der schmalen Bank auf den Zementfußboden. Gewichte purzelten hinab, und die Stange schlug scheppernd auf dem Boden auf.

»Hi, Luis!«, sagte ich. Dann trat ich einen weiteren Schritt vor und trat ihm gegen den Mund. Dabei verstärkte ich die Wucht des Trittes, indem ich die Spitzen meines bestiefelten rechten Fußes anspannte. Luis' Lippe platzte auf wie eine reife Frucht, doch Zähne flogen keine heraus. Ich verspürte eine vage Enttäuschung.

»Wer zur Hölle bist du?«, stieß er hervor und hob den Kopf.

»Wir sind uns schon mal begegnet. Gleich wirst du dich daran erinnern.« Ich hob den schweren Absatz meines Motorradstiefels und schmetterte ihn gegen sein linkes Ohr. Erneut war ein dumpfes Geräusch zu hören, als sein Kopf auf dem Zementboden aufprallte. Aus seinem Ohr tropfte Blut auf seine Wange und mischte sich mit dem aus seiner Lippe.

»Scheiße noch mal!« Er hielt sich den Schädel. »Was willst du?« Seine Worte klangen undeutlich. Mit gespaltener Lippe fiel das Sprechen schwerer.

»Alles.«

Trotz seines Schmerzes stand ihm Verwirrung ins Gesicht geschrieben. »Was?«

»Ich will, dass du alles selbst zu spüren bekommst. Alles, was du der jungen Frau in den letzten fünf Jahren an Schmerzen zugefügt hast, werde ich dir in den nächsten fünf Minuten auch zufügen.«

Er gelang ihm, sich auf einem Knie abzustützen. Er schaute zu mir auf. »Ich werde euch beide finden. Dich und diese Nutte. Ich hätte sie schon vor Jahren auf die Straße setzen sollen. Ich werde euch beide finden.«

»Mich finden. Mir scheint, im Moment wollen mich alle finden. Darüber, dass du mich findest, sprechen wir gleich noch. Jetzt im Moment aber habe ich *dich* erst mal gefunden.« Die Musik war einfach zu laut. Ich riss das Kabel des Subwoofers aus der Wand, worauf sich in der Garage Stille breitmachte. Luis war im Begriff aufzustehen, hatte seinen Blick auf mich geheftet. Seine massigen Brustmuskeln hoben und senkten sich beim Atmen, mit dem Handrücken wischte er sich das Blut aus dem Gesicht.

»Mach nur«, sagte ich. »Steh auf. Aufstehen darfst du.«

Er spannte seinen ganzen Körper an, verharrte jedoch auf einem Knie, da er eine List vermutete. Aber ich hatte keine List geplant. Ich wollte nur, dass er aufstand, damit wir vorankamen. Ich hatte da so eine Art Wunschliste mit allem, was ich Luis in unmittelbarer Zukunft antun wollte, vor Augen. Wahrscheinlich hatte auch er eine Liste für mich im Kopf. Wir würden sehen, wer seine Liste abarbeiten konnte.

»Steh auf!«, wiederholte ich.

Wir beobachteten einander, wappneten uns. Dann geschah dreierlei.

Die innere Verbindungstür zwischen Haus und Garage ging auf.

Zwei Männer betraten die Garage.

Und Luis stand auf.

»Was zur Hölle …?«, fragte der Typ links. Er wirkte genauso perplex, wie ich es war. Er hatte breite Schultern und schleppte knappe zehn Kilo Übergewicht als Hüftspeck mit sich herum. Mit seinen kleinen, arglistigen Augen in seinem teigigen Gesicht sah er erst Luis und dann mich an, als hätte er den Verdacht, wir spielten ihm einen Streich. Er trug ein schwarzes Muskelshirt und bunte Boardshorts und hielt ein Sixpack Corona Extra in der rechten Hand.

Ich wich in Richtung Garagentür zurück. Meine Wut war verraucht. Die Situation hatte sich verändert.

Der Kerl zu meiner Rechten hatte offenbar meine Gedanken gelesen. Er war kleiner als sein Freund, trug einen ungepflegten schwarzen Bart und schwere Stiefel. Während ich zurückwich, schnellte seine Hand vor und drückte einen Schalter an der Wand. Das Garagentor hinter mir begann sich zu schließen. Ich wich schneller zurück, wollte raus aus dieser Garage, weg von den dreien. Jetzt bekam ich die Quittung dafür, einfach wutentbrannt losgezogen zu sein.

Ich stoppte meinen Rückzug, als der Typ in den Boardshorts das Bier fallen ließ und einen Revolver aus der Gesäßtasche seiner ausgebeulten Hose hervorzog. Es war eine billige schwarze Halbautomatik. Mehr oder weniger im gleichen Moment, in dem die Bierflaschen auf dem Boden zerbarsten, hatte er den Lauf seiner Waffe auf mich gerichtet. »Keine Bewegung!«, zischte er. Der Adrenalinschub ließ die Hand, mit der er den Revolver hielt, zittern. Welche Patronen er geladen hatte oder ob der Revolver gesichert war, ließ sich beim besten Willen nicht sagen. Aus vier, fünf Metern Entfernung war ein Revolver auf mich gerichtet – mehr wusste ich nicht. Das war ziemlich nah. Wenn ich aus fünfzehn Metern Entfernung mit einer Handfeuerwaffe bedroht würde, würde ich wegrennen. Bei sieben, acht Metern käme ich in Versuchung. Bei allem, was näher war, verringerte sich die Chance, unversehrt davonzukommen, dramatisch. Aus vier, fünf Metern konnte selbst ein bekiffter, zittriger Schütze treffen.

Ich war kaum einen Meter vor dem Tor stehen geblieben und überlegte nun, ob ich versuchen sollte, mich unter dem sich schließenden Tor hindurchzuhechten. Das wäre eine elegante Art und Weise gewesen, mich aus der Garage zu verdünnisieren. Allerdings auch eine elegante Art und Weise, erschossen zu werden. Ich blieb, wo ich war. Das helle Tageslicht schmolz zu einem immer dünner werdenden Streifen und war im nächsten Moment gänzlich verschwunden. Das einzige Licht in der Garage stammte jetzt von der Glühbirne, die von der Decke baumelte. Schemen traten deutlich hervor. Nun, da das Tor geschlossen war, blieben mir nicht mehr viele Optionen – und keine von ihnen erschien mir gut.

Luis spuckte Blut und rieb sich das Ohr. Der Mann in den Boardshorts und der andere, der in den Stiefeln, kamen näher, sodass wir vereinfacht betrachtet ein ungleichseitiges Dreieck bildeten. Ich, Luis und, weiter entfernt, seine beiden Kumpane. »Du bist doch die aus diesem Buchladen«, sagte Luis. Er lachte, als ginge ihm auf, wie lächerlich sich das anhörte. »Hat sie dich geschickt?«, fügte er hinzu. »Um mir das anzutun?«

Er kam einen Schritt auf mich zu. Er war so wütend, dass ich damit rechnete, er würde auf der Stelle auf mich losgehen. Das würde Chaos bedeuten. Chaos war zwar nicht notwendigerweise schlecht, aber ich hatte noch keinen Schlachtplan. Genau in diesem Moment wollte ich kein Chaos. Ich wollte kurz nachdenken.

»Ich habe mich selbst beauftragt.« Ich bückte mich und ergriff die eiserne Hantelstange. Sie musste satte fünfzehn Kilo wiegen, war länger als ich, und ihre beiden Enden waren mit rauem Leder bezogen.

Sosehr Luis auch in Wut geraten war, so wenig gefiel ihm die Vorstellung, diese Hantelstange ins Gesicht zu bekommen. Er trat zurück, bis er außer Reichweite war, und blieb etwa zwei Meter von mir entfernt stehen. Verstohlen warf ich einen Blick auf seine beiden Kumpel. Sie waren zwar ausgeschwärmt, standen aber nach wie vor auf einer Linie, etwa drei Meter hinter Luis in einem schrägen Winkel von fünfundvierzig Grad. Hinter ihnen befand sich die Verbindungstür zum Haus. Der einzige Ausgang. Ich dachte erneut an das ungleichseitige Dreieck und dann, aus welchem Grund auch immer, an den Geometrieunterricht in der neunten Klasse. Die Summe aller Innenwinkel beträgt immer 180°. Die kürzeste Verbindung zwischen zwei Punkten ist eine Gerade. Solide, logische Grundlagen, auf denen die Welt aufbaut.

Ich wandte mich direkt an Luis' Freunde. »Das hier hat nichts mit euch zu tun. Macht euch davon, dann haben wir kein Problem.«

Der in den Boardshorts lachte und entsicherte seine Waffe. »*Wir* sind es nicht, die hier ein Problem haben.« Ich sah, dass er sich schwer damit tat, den Schlitten zurückzuziehen. Vielleicht war sie eingerostet. Auch auf dem Lauf konnte ich Rostflecken entdecken. Bei dem Revolver handelte es sich um einen Colt Cobra. Das war nicht gerade eine Firma, die für Qualitätsarbeit gerühmt wurde. Cobra stellte billige Schusswaffen her, die von Leuten erworben wurden, die kein Geld für bessere Fabrikate ausgeben wollten. Man konnte sie an jeder Straßenecke kaufen. Man nehme eine billige halb automatische Pistole und füge einen Besitzer hinzu, der keine Ahnung oder Lust hat, sie zu reinigen. Vielleicht auch ein paar Besitzer. Schusswaffen wie diese wechselten häufig den Eigentümer. Bei gebrauchten Revolvern war es wie bei Gebrauchtwagen – mal waren sie makellos, mal Schrott, oft genug etwas dazwischen. Was diesen hier anging, hatte er wahrscheinlich eine lange Vorgeschichte mit Eigentümern, die weder auf Qualität noch auf Pflege Wert gelegt hatten. Was bedeutete, dass durchaus die Chance bestand, dass die Waffe versagen würde. Ich legte diesen Gedanken zu den Akten.

»Warum hast du sie geschlagen?«, fragte ich Luis. Dabei hatte ich es nicht auf eine Antwort abgesehen, sondern nur darauf, ein wenig Zeit zu schinden.

»Die spinnt doch. Ich habe sie noch nie angefasst.«

Derlei Lügen kamen den Leuten immer kinderleicht über die Lippen, aber ich hörte nicht wirklich zu. Ich dachte nach, fügte eines zum anderen, wog die Möglichkeiten ab. Drei Männer. Der einzige Ausweg von zweien versperrt. Eine Schusswaffe. Die nackte Glühbirne, die fast direkt über meinem Kopf baumelte. Der dritte Mann direkt vor mir. Also kein Weg hinaus, es sei denn, ich rannte die beiden Männer, die zwischen mir und der Tür standen, über den Haufen. Wobei der in den Boardshorts dann wahrscheinlich seinen Revolver auf mich leer schießen würde.

»Lass die Hantelstange fallen!«, mahnte mich der in den Stiefeln. »Vielleicht sind wir dann ja nett zu dir.« Seine Stimme klang fröhlich und unbesorgt. Sein Kinn lief spitz zu, und er trug Koteletten, die sein Gesicht umgaben wie ein Rahmen ein Gemälde. Aus einer Ecke der Garage hatte er sich einen Baseballschläger aus Aluminium geschnappt, diesen hielt er nun lässig in der Hand, so als wolle er gleich bei einem sonntäglichen Softballspiel aufschlagen.

Ich fällte eine Entscheidung.

Ich bückte mich, ließ die Hantelstange jedoch nicht fallen.

Stattdessen schnallte ich meine Stiefel auf, zog sie aus und stellte sie neben mich. Dabei registrierte ich beiläufig, dass die Spitze des linken Stiefels mit Luis' Blut verschmiert war, von meinem Tritt. Das schien schon ewig her zu sein, dachte ich, während ich in Socken dastand.

Die drei Männer beäugten mich neugierig. So, als wäre ich übergeschnappt.

Luis' blutiger Mund verzog sich zu einem Grinsen, und er rieb sich das linke Ohr, als jucke es ihn. »Den Rest kannst du ruhig auch noch ausziehen«, sagte er. »Ich könnte dir aber auch dabei behilflich sein.«

Ich schaute mich noch einmal in der Garage um, in Gedanken erneut bei dem fast zwanzig Jahre zurückliegenden Geometrieunterricht. Mir fiel ein Name ein. Ms Irvine. Sie war meine Lehrerin gewesen. Sie würde sich darüber freuen, dass ich nach all diesen Jahren noch immer an ihren Unterricht dachte. Sie hatte uns immer gesagt, Geometrie sei der am ehesten praktisch einsetzbare Zweig der Mathematik.

»Wie hättest du es gern?«, fragte der Typ in Shorts. Seine Stimme klang ungeduldig. »Im Liegen oder ohne Licht?« Mit seiner bunten Hose und der Knarre sah er aus wie ein in die Jahre gekommener, mordlustiger Verbindungsstudent. Ausgelaufener Bierschaum und Glasscherben überzogen den Fußboden an der Stelle, an der er stand, was das Bild eines gescheiterten Partygängers noch unterstrich.

Ich spannte die Zehenspitzen auf dem Zementfußboden an und holte tief und gleichmäßig Luft. »Machen wir's ohne Licht.«

Ich trat einen halben Schritt vor und schwang die Stange in einem weit ausholenden Bogen nach oben.

Überrascht schauten die drei mir zu, machten sich jedoch nicht die Mühe zurückzuweichen, da sie sich nicht unmittelbar bedroht fühlten. Ihnen blieb keine Zeit, sich Gedanken darüber zu machen, warum ich die Stange nicht in ihre Richtung schwang, sondern nach oben. Zur Decke. Als die Stange die Glühbirne über mir zerschmetterte, war das Letzte, was ich sah, der Ausdruck von Überraschung auf ihren Gesichtern.

Glassplitter regneten herab, ich vernahm erschrockene

Ausrufe – und die Garage wurde in tiefste Finsternis getaucht.

Es gab eine Fülle von Spezies, die keinerlei Probleme mit Dunkelheit hatten, sich sogar wohl darin fühlten. Löwen, Wölfe, Waschbären, bestimmte Arten von Affen und Vögeln, Hauskatzen. Aber nicht Menschen. Unsere Spezies hat sich noch nie wohl in der Dunkelheit gefühlt. Wir sind biologisch auf Tag programmiert, nicht auf Nacht. Nichts zu sehen bedeutet, dass man gegen einen Baum rennen kann. Oder von einer Klippe stürzen. Man lässt in solchen Fällen Vorsicht walten, verharrt reglos, bis das Gehirn Informationen erfassen kann und man einen Schlachtplan entworfen hat. Deshalb wunderte ich mich nicht darüber, dass sich niemand sofort regte.

Ich selbst war jedoch schon unterwegs.

Vorsichtig trat ich zwei Schritte vor. Mit beiden überwand ich jeweils eine Strecke von einem halben Meter, die ich vor meinem inneren Auge bemaß.

Ich konnte Luis zwar nicht sehen, hatte aber auch nicht vernommen, dass er sich bewegt hätte. Das bedeutete, dass er in diesem Moment ungefähr einen Meter entfernt vor mir stehen musste. Ich umklammerte die Hantelstange fest mit beiden Händen, ging in die Hocke und schwang sie auf Höhe seiner Fußknöchel, wobei ich mit beiden Schultern herumwirbelte und mein ganzes Gewicht in die Drehung legte.

Ein Knacken ertönte, so als hätte ich als Hitter einen Fastball geschlagen. Ich spürte die Wucht des Aufpralls in beiden Armen.

Luis schrie auf. Der Schrei war nützlich für mich, denn er verschaffte mir weitere Informationen. Ich verlagerte meine Position und schwang die Hantelstange zurück in Richtung der Quelle des Geräuschs, und zwar schnell, noch bevor der Schrei überhaupt verklungen war. Ich spürte, wie die Stange von einem zweiten Aufprall erschüttert wurde. Der Schrei riss so so abrupt ab, wie er begonnen hatte. Ich vernahm das Geräusch eines in sich zusammensackenden Körpers.

Jemand, der sich anhörte wie der Typ in den Stiefeln, rief: »Luis? Alles okay? Was ist passiert?«

»Halt die Fresse, verdammt!«, zischte eine andere Stimme. Der in den Boardshorts. Das war eine schlauere Wortmeldung.

Ich hatte mich bereits wieder in Bewegung gesetzt. Die Stimmen erleichterten es mir zwar, aber ich benötigte sie eigentlich gar nicht. Zu versuchen, irgendetwas zu erkennen, war sinnlos. Stattdessen lauschte ich. Lauschte und zählte innerlich ab. *Eins, zwei. Eins, zwei.* Die gleichen vorsichtigen zwei Schritte von jeweils einem halben Meter. Dabei schritt ich die imaginäre Diagonale ab, die zu den beiden verbleibenden Männern führte. Ich setzte meine Füße sanft und mit größter Vorsicht auf. Mir war, als könnte ich die Linie, die ich mir eingeprägt hatte, beinahe vor mir sehen, leuchtend wie ein Drahtseil.

Die kürzeste Entfernung zwischen zwei Punkten. Grundlegende euklidische Geometrie.

Nur in Socken, verursachten meine Schritte keinerlei Geräusche auf dem Zementfußboden.

Auf keinen Fall konnten sie hören, dass ich auf sie zukam.

Plötzlich vernahm ich ein knirschendes Geräusch vor mir. Das Geräusch eines Stiefels, der auf Scherben trat. Das war hilfreich. Es hatte den gleichen Effekt, als befestigte jemand eine Zielscheibe auf einem Objekt. Ich zog die Hantelstange mit beiden Händen wieder an mich und machte dann einen Satz nach vorn, die Stange wie ein Speer nach vorne gerichtet. Dabei stieß ich sie etwa einen Meter oberhalb der Quelle des knirschenden Geräuschs nach vorn. Ich spürte, wie die Stangenspitze auf etwas Weiches, Nachgiebiges stieß. Magen oder Lunge, vielleicht auch Genitalien.

Ein schreckliches Stöhnen erklang und dann ein Scheppern, das sich exakt so anhörte wie ein Aluminiumschläger, der auf Zementfußboden fiel.

Wer einen Schlag in diese Körperregion abbekam, krümmte sich in aller Regel unwillkürlich zusammen. Ich hob die Stange etwa einen halben Meter an und rammte sie ein zweites Mal nach vorn. Diese Mal ertönte so etwas wie ein Gurgeln. Ich holte mit der Stange gerade ein drittes Mal aus, als die Stille von einer Serie von Explosionen durchbrochen wurde. Helles Mündungsfeuer zuckte auf, als mit der Halbautomatik geschossen wurde. In dem geschlossenen Raum war der Lärm ohrenbetäubend. Ich machte einen Satz zurück. Weg von dem Gurgeln, weg von der neuerlichen Geräuschquelle, für den Fall, dass der Typ in den Boardshorts das Gleiche tat, was ich getan hatte, nämlich sich an Geräuschen zu orientieren. Ich schloss die Augen, um mir das, was von meiner Nachtsicht übrig geblieben war, zu bewahren, und warf mich zu Boden. Also hatte die billige Cobra doch nicht blockiert.

Ich zählte drei Schüsse, von denen jeder dröhnend widerhallte. Ich hörte, wie die einzelnen Kugeln wie Billardkugeln von Gegenständen abprallten. Ich blieb flach liegen. Selbst durch meine geschlossenen Lider konnte ich das Mündungsfeuer erkennen. Er schoss wie verrückt um sich, so schnell er den Abzug betätigen konnte. Aber nicht in meine Richtung. Ich zählte die Knallgeräusche sorgfältig mit. Es war unwahrscheinlich, dass das volle Magazin mehr als zehn Patronen enthalten hatte, auf keinen Fall mehr als zwölf. Er hatte den Schlitten zurückgezogen, um eine Patrone in die

Kammer gleiten zu lassen, was bedeutete, dass in der Kammer keine zusätzliche Kugel gewesen war. Leute, die in einer Garage mit Freunden abhingen und Bier tranken, schleppten in der Regel keine zusätzlichen Magazine mit sich herum.

Zwölf Schuss, höchstens. Danach konnte ich mich wieder regen.

So weit kam es aber gar nicht.

Nach dem vierten Schuss ertönte ein Schmerzensschrei und dann ein Knall, der sich so anhörte, als sei jemand auf irgendwelche Metallgegenstände gefallen. Die Ballerei hörte auf.

Ein Wust von obszönen Flüchen drang aus Richtung des Krachs zu mir. Die Stimme war schmerzgeplagt.

Ich stand auf und blieb einen Moment reglos stehen. Dabei versuchte ich abzuschätzen, wie weit ich mich von meiner Ausgangsposition entfernt hatte. Meine Schritte daran ausrichtend, ging ich in Richtung der Stelle, wo sich, so hoffte ich, die Verbindungstür befand. Als sich mir eine spitze Scherbe in die Ferse bohrte, zuckte ich zusammen. Aber eigentlich war das mit der Scherbe gut, denn sie signalisierte mir, dass ich mehr oder weniger auf dem richtigen Weg war. Mein Fuß streifte eine Kante. Die Türschwelle. Ich tastete die Wand ab, bis meine Finger auf die Toröffnertaste stießen.

Ich drückte sie, und das Tor hob sich langsam an. Der normalste Anblick der Welt. Millionen Bewohner von Vorstädten im ganzen Land vertraut. Während das Tor sich hob, kroch helles Sonnenlicht herein. Ein Allerweltssignal für viele, jetzt mit dem Wagen zurückzufahren oder nachzuschauen, wo Golfschläger oder Harke lag oder sonst irgendwelche normalen Dinge, die man in normalen Garagen aufbewahrte.

Ich schaute mich genau um. Diese Garage sah jetzt anders aus als vorhin, als ich sie betreten hatte, ganz und gar nicht normal.

Luis lag auf dem Boden. Wäre ihm nicht Blut aus einer Kopfwunde geflossen, hätte man meinen können, er schliefe. Der Typ mit den Stiefeln hatte sich zu einer seltsamen, seepferdchenartigen Gestalt zusammengekrümmt. Seine Atmung hörte sich krächzend und abgehackt an, und er umklammerte mit beiden Händen seine Kehle. Wenn mich jemand gefragt hätte, hätte ich auf ein Problem mit der Luftröhre getippt. Angesichts der Tatsache, dass er noch atmete, war sie wohl eher *ge*quetscht als *zer*quetscht. Kein bleibender Schaden also, aber in den nächsten Minuten würde er keine großen Sprünge machen können. Mein Blick schwenkte auf den Typen in den Boardshorts. Er lag in der anderen Ecke auf dem Boden und hielt sich mit beiden Händen das Bein. Er war auf eine Reihe leerer Lackdosen gestürzt, die das Gescheppe verursacht hatten. Wie ein Irrer mit einer halb automatischen Waffe in einem geschlossenen Raum herumzuballern zahlte sich nicht immer aus. Wohin ein Querschläger sauste, ließ sich nie vorhersagen. Eine der Kugeln musste auf ihn selbst zurückgeprallt sein, und das heiße, spitze Projektil hatte sich mit aller Wucht in sein Fleisch gebohrt. Aus seinem Bein quoll Blut.

Ich ging zu ihm hinüber und kickte den Colt von ihm weg, obwohl der Kerl in keiner Weise den Eindruck erweckte, als wolle er sie nahe bei sich haben. Ich bückte mich und inspizierte sein Bein. »Heute ist dein Glückstag«, konstatierte ich. Die Kugel hatte ihm zwar eine klaffende Wunde am Bein beschert, aber es war kein Steckschuss. Es floss zu wenig Blut, als dass die Verletzung lebensbedrohlich sein konnte. Ich richtete mich auf. »Von der Waffe würde ich lieber nichts erzählen, wenn du dich nähen lässt. Das ist kein Steckschuss. Du kannst damit davonkommen.«

Er begriff und nickte.

»Benutze dein Hemd, um dir das Bein abzubinden«, riet ich dann dem Kerl in den Stiefeln. »Wenn du einen Krankenwagen rufst, wirst du denen eine Erklärung abgeben müssen, sobald sie hier aufkreuzen. An deiner Stelle würde ich mich also von deinem Kumpel einliefern lassen. Luis hat es nämlich gerade nicht so mit Autofahren.«

Er schaute sich in der Garage nach seinen Freunden um. »Wieso nicht?«

Ich antwortete ihm nicht, denn ich war bereits dabei, mir meine Stiefel anzuziehen, und sah wieder den Typ in Shorts an. »Und beim nächsten Mal, wenn du in eine Auseinandersetzung verwickelt wirst, benutze um Gottes willen keine Schusswaffe. Das ist einfach nicht dein Ding.« Ich sah, dass Luis sich rührte. Stöhnend öffnete und schloss er mehrmals vorsichtig die Finger. Sein rechter Fußknöchel war auf die Größe einer Gemüsezwiebel angeschwollen. Ich sah, wie sich seine Finger bewegten. Er breitete die Hände aus und stützte sich mit den Handflächen auf den Betonboden ab, um sich allmählich aufzurappeln. Er nuschelte etwas, das ich nicht verstehen konnte. Er wirkte ziemlich neben der Spur.

Ich wuchtete eines der kreisrunden Zwanzig-Kilogramm-Gewichte hoch, die Luis vorhin beim Drücken in Rückenlage heruntergefallen waren. Ich hatte Mühe, es zu tragen, doch ich trat damit zu Luis hinüber. Dort hob ich das Hantelgewicht mit beiden Händen an, wobei ich ein wenig in die Hocke gehen musste, um es aus dem Stand nach oben zu wuchten. Wieder einmal dachte ich einigermaßen erstaunt über den Geschlechtsunterschied bei physischer Kraft nach. Dass Männer wie Luis problemlos sechs oder acht dieser Hantelscheiben stemmen konnten. Und sich trotzdem wie jeder andere ausknocken ließen. Das erschien mir gerecht.

Mit einiger Mühe stemmte ich das Gewicht bis auf Schulterhöhe.

Die Metallscheibe schwebte direkt über den gespreizten Fingern seiner rechten Hand.

Ich ließ sie los.

Das Gewicht fiel.

Ein grässliches, knirschendes Geräusch erklang, und Luis stieß den gequältesten Schrei aus, den ich in diesem Raum bislang vernommen hatte. Das war keine schöne Art, wach zu werden. Mit der linken Hand presste er sich deren lädiertes Pendant fest an den Körper, und ich erkannte, dass ihm Tränen in die Augen schossen. Ich beugte mich zu ihm hinunter. »Luis«, sagte ich. »Hör mir zu.« Sein Gesicht war schweißnass und blutbefleckt. Wahrscheinlich hatte er eine Gehirnerschütterung davongetragen, und einen seiner Fußknöchel würde er lange Zeit nicht belasten können. Und jetzt auch noch die Hand. Die Finger. Ich erhaschte einen Blick auf sie, als Luis sie schützend wiegte. Sie waren gar nicht mehr richtig als Finger zu identifizieren. Seine Hand war nur noch eine platt gedrückte, blutige, fleischige Masse.

Nun hatte ich seine ganze Aufmerksamkeit. »Wir müssen über Zoe reden«, eröffnete ich ihm.

Er schaute mich mit schmerzverzerrtem Gesicht an. »Was ist mit ihr?«

Ich sprach langsam und deutlich, damit er mich auf jeden Fall verstand. »Sie wird hier vorbeikommen, um ihre Sachen abzuholen. Du wirst vorher Bescheid bekommen. Es ist äußerst wichtig, dass du nicht zu Hause bist, wenn sie kommt. Um genau zu sein, würde ich an deiner Stelle diesen Tag in einer anderen Stadt verbringen. Mach einen Ausflug irgendwohin. Hast du das verstanden?«

Er nickte.

»Danach ist es aus zwischen euch. Für immer. Du lässt sie in Ruhe.«

Er nickte abermals. Außer sich vor Schmerz. Aber er schien es begriffen zu haben.

Das Adrenalin, das meinen Körper geflutet hatte, verlor allmählich seine Wirkung. Stattdessen machte sich in mir diese seltsame depressive Stimmung breit, die sich nach Gewalt immer einstellte. Ich wollte nicht mehr reden, wollte nicht mehr in dieser Garage sein, nicht mehr in der Nähe von Menschen. Ich wollte mir ein ruhiges Plätzchen suchen, mich hinlegen und schlafen. Statt weiter zu verweilen, ging ich einfach hinaus. Schüsse konnten bewirken, dass die Polizei anrückte, ob Luis das nun wollte oder nicht.

Fünf Minuten später fuhr ich wieder den Freeway entlang. Ich hielt mich auf der ganz rechten Spur und ließ mich vom schneller fließenden Verkehr überholen. Ein Teil von mir fragte sich, weshalb Leute wie Luis taten, was sie taten. Darüber hatte ich mir immer schon den Kopf zerbrochen. Der andere Teil machte sich angesichts dessen, was ich über Menschen wusste, überhaupt nicht die Mühe, irgendwelche Antworten zu suchen. Mit derlei Verhalten wurde ich schon fast mein ganzes Leben lang konfrontiert.

Nach dem College hatte ich eine Menge davon gesehen.

Nachdem ich meinen Abschluss gemacht hatte, war ich ein paarmal in der Bay Area umgezogen, rastlos, unerfüllt. Schließlich war ich wieder in Berkeley gelandet, ohne jeden Plan, was ich tun wollte. Eines Nachmittags kam ich an einem Frauenhaus in Oakland vorbei und blieb davor stehen, da ich an die beiden langen Jahre zurückdenken musste, die ich in meiner ersten Pflegefamilie verbracht hatte. Eine Woche später belegte ich einen Zertifizierungskurs, und noch im gleichen Monat fing ich als Ersthelferin an. Wie der

Name schon andeutet, hieß das, sich unmittelbar nach einem Vorfall mit Frauen zu treffen, ganz gleich, wo sie sich gerade aufhielten, Trost und Hilfe anzubieten und gemeinsam mit ihnen einen Sicherheitsplan zu erarbeiten. Die Ausbildung legte besonderen Wert darauf, uns beizubringen, wie wir den betroffenen Frauen helfen konnten, ihre Wunden heilen zu lassen und sich das nötige Selbstbewusstsein für einen Neuanfang zuzulegen. Bei meinem Job ging es dann aber noch um ganz andere Dinge, zum Beispiel sie dabei zu unterstützen, eine Anstellung zu finden oder zum ersten Mal in ihrem Leben eine eigene Wohnung zu beziehen.

Oder ihnen dabei behilflich zu sein, am Leben zu bleiben.

Es gab da allerdings ein Problem: Viele von den Frauen, die das Frauenhaus seelisch wieder im Gleichgewicht verließen, kehrten bald wieder zurück. Bei ihrer Rückkehr waren sie nicht mehr im seelischen Gleichgewicht. Und da gab es eine formelhafte Wahrheit: Je häufiger sie wiederkehrten, desto schlimmer war ihre Verfassung. Ich gewann den Eindruck, dass, so schnell wir ihnen auch halfen, wieder Fuß zu fassen, dort draußen unsichtbare Kräfte walteten, die ihnen erneut den Boden unter den Füßen wegzogen. Genau genommen Menschen, und diese waren ganz und gar nicht unsichtbar.

Es war Clara, die bei mir das Fass zum Überlaufen brachte. Eine lebenslustige Haitianerin mit fröhlichem Lächeln und verängstigtem Blick. Als ich sie zum ersten Mal sah, hatte sie einen Bluterguss unter einem Auge. Beim zweiten Mal kam sie mit einem angeschlagenen Zahn, beim dritten Mal mit einem gebrochenen Handgelenk. Wie sich herausstellte, war ihr Mann Ex-Soldat. Wenn er betrunken war, wähnte er sich offenbar nach wie vor im Krieg und glaubte, der Feind wäre in erster Linie seine Frau. Nach dem dritten Vorfall konnte ich sie dazu bringen, ihn zu verlassen. Dafür fuhr ich sämtliche überzeugenden Argumente und rhetorischen Techniken auf, die ich in der Ausbildung gelernt hatte, brachte jedes noch so kleine Argument an, dass sie ihr Leben zurückfordern und ihre innere Stärke finden solle.

Sie war einverstanden. Ich war glücklich. Sie war glücklich.

Sie fand den nötigen Mut und verließ ihn. Ich war so stolz.

Doch etwas Wichtiges hatte ich dabei nicht bedacht: Auch wenn die eine Person sich dazu entschloss zu gehen, konnte die andere trotzdem losziehen und sie ausfindig machen. Ich hatte mir eingebildet, das Verlassen des Partners wäre der letzte Schritt. In Wirklichkeit war es bloß der erste. Und der gefährlichste. Allmählich erkannte ich, dass diejenigen Frauen, die den Mut hatten zu gehen, häufig diejenigen waren, die am schlechtesten wegkamen. Als wäre die Ausübung des freien Willens die größtmögliche Beleidigung. Vielleicht war es die Demütigung, vielleicht die Wut, bei manchen Männern vielleicht sogar nur eine nicht persönlich gemeinte Neigung, in dem Bereich ihres Lebens, der nicht funktionierte, Gewalt auszuüben. Manche schlugen auf einen Hund ein, eine Frau, ein Kind, einen Fernseher, alles mit der gleichen selbstverständlichen Brutalität. Andere waren einfach nur unergründlich depressiv. Das waren manchmal die gefährlichsten. Warum, wusste ich nicht, ich war keine Psychologin. Vielleicht erschien ein Mord nicht mehr als ganz so schreckliches Verbrechen, wenn fünf Sekunden nach ihm ein Selbstmord geplant war. Vielleicht war es auch nur ein allgemeiner Nihilismus oder eine Gleichgültigkeit dem Leben gegenüber.

Ich tat, was ich konnte, um dazuzulernen. Wie immer vergrub ich mich dafür in Büchern, verschlang alles Mögliche, von *The Gift of Fear* bis zu *Die Frau, die gegen Türen rannte*.

Ich las Artikel und soziologische Fachzeitschriften, Rechtsfälle und Berichte gemeinnütziger Organisationen. Ich erfuhr vom Syndrom der misshandelten Frau und dem Kreislauf der Gewalt, einem endlosen Verhaltensmuster aus Wut, Gewalt, Entschuldigung und Stille.

Es kam immer wieder zu Gewalt, wohin ich auch schaute.

Als ich Clara das vierte Mal sah, lag sie im Krankenhaus. Sie war in keinem guten Zustand. Andererseits hatte sie sich nicht das Genick gebrochen. Wenn man die Treppe hintergestoßen wurde, konnte das alle möglichen Folgen haben. Es war hart, in einem Krankenhaus neben einem Bett mit einer Frau zu stehen, die mit blauen Flecken übersät und verängstigt ist, und über den Begriff »glücklich« nachzudenken. Aber vielleicht war sie es gewesen. Ich beschloss dort und damals, dass ich ein fünftes Mal nicht zulassen würde. Der Kreislauf musste durchbrochen werden.

Als diese Entscheidung erst einmal getroffen worden war, folgte auf natürliche Weise ein Schritt dem nächsten. Wie beim Billardspielen. Ein Stoß bereitete den nächsten vor. Claras Mann ausfindig zu machen war einfach. Irgendwo leben und irgendwo arbeiten musste so ziemlich jeder. Die meisten Leute bezahlten Rechnungen, bekamen Post, besuchten Bars, Fitnessstudios und Lebensmittelgeschäfte, hatten Bekanntenkreise und Gewohnheiten.

Zunächst war da nur ein Name. Dann kam eine Adresse hinzu. Danach folgten Beobachten und Studieren. So, wie ich es bei Jordan Stone praktiziert hatte. Ich bekam heraus, wann Claras Mann ausging und wann er zu Bett ging. Ich bekam heraus, wer seine Freunde waren und was er in seiner Freizeit unternahm. Nach und nach begriff ich, dass viele kleine Fakten von Bedeutung werden konnten. Ob jemand Vegetarier war oder gern Brathähnchen aß, ob er jeden Abend seinen Hund Gassi führte oder sich die Mühe machte, morgens nach dem Aufstehen die Jalousien hochzuziehen. Ob jemand unter Spaß verstand, sich zu betrinken oder eine Wanderung zu unternehmen.

Alles spielte eine Rolle. Je weniger bedeutend ein Detail zu sein schien, desto wichtiger konnte es werden.

Eine Kugel versenken. Den Queue ausrichten. Erneut zielen.

Der nächste Schritt.

Was ich Claras Mann sagen wollte, wenn ich auf einen Plausch bei ihm reinschaute, hatte ich mir vorher gar nicht genau überlegt. Bevor ich michs versah, verfiel ich wieder in die Grundsätze meiner Ausbildung. Vernunft walten lassen, logisch handeln, Aussprachen führen. Ich konnte ganz gut reden, und ich gab mein Bestes. Ich legte Claras Mann viele gute Gründe dar, warum er es seiner Frau gestatten sollte, ihrer Wege zu ziehen.

Er machte es mir leicht, meinen nächsten Schritt zu gehen – er reagierte aggressiv.

Und dann machte es bei mir nur noch klick.

Treppen waren unvorhersehbar. Man konnte sie ein Dutzend Mal hinuntersteigen und auf ein Dutzend verschiedene Weisen ankommen. Claras Mann kam auf die harte Tour am unteren Treppenabsatz auf. Dass er getrunken hatte, war nicht förderlich für ihn gewesen. Später erfuhr ich, dass er sich die Hüfte gebrochen und die Schulter ausgekugelt hatte, und seit dem Moment, als er mit dem Gesicht vom Geländer abgeprallt war, hatte er zudem ein paar Zähne weniger.

Nichts sprach dafür, ihm nach seiner unsanften Landung auch noch das rechte Handgelenk zu brechen. Aber es fühlte sich gerecht an. Also tat ich es.

Er war Ex-Soldat. Er besaß Schusswaffen. Er schoss gern. Und er war ein Trunkenbold. Das war eine gefährliche Kombination. Als es ihm wieder besser ging, stattete ich ihm noch einmal einen Besuch ab. Frühmorgens, als er noch im Bett lag, höchstwahrscheinlich, um seinen Kater auszukurieren. Ich hielt ihm vor Augen, dass auch andere Leute Schusswaffen besaßen – ich zeigte ihm eine der meinen. Ich erklärte ihm, dass seine Frau nun Single sei und er die Wahl habe, ob sie eine geschiedene oder eine verwitwete Frau sein würde.

Den Kreislauf durchbrechen.

Er begriff meine Botschaft.

Noch in der gleichen Woche kündigte ich meine Anstellung im Frauenhaus. Ich hatte den Eindruck gewonnen, dass ich mit Reden wenig ausrichten konnte. Claras Mann half mir zu begreifen, dass es Menschen gab, die auf eine anomale Art und Weise programmiert waren. So, als gäbe es bei ihnen einen Schalter, der von Anfang an versehentlich auf »Aus« gestellt worden war, sodass ihre Standardeinstellung die war, nicht hören zu wollen. Mit ihnen zu reden war zwecklos. Sie hatten taube Ohren. Bei diesen Leuten war es wichtig, den Schalter auf »Ein« umzulegen, damit sie in der Lage waren, wichtige Informationen aufzunehmen.

Danach konnten sie wunderbar hören, und alles wurde viel leichter. Erst den Schalter umlegen, dann reden. Zwei Schritte.

Allein durch mein gutes Zureden nahm die Gefahr nicht ab. Im Lauf der Zeit war ich gut darin geworden, die Männer, mit denen ich sprach, zu ermahnen, neue Bekanntschaften zu schließen und ihr Verhalten zu ändern. Ihnen Hoffnungsschimmer am Horizont aufzuzeigen. Ich wollte nicht, dass sie in ein derart tiefes Loch fielen, dass ihnen selbst die schlimmsten Konsequenzen gleichgültig waren. Wie sich zeigte, fielen meine gut gemeinten Worte im Laufe der Jahre das eine oder andere Mal nicht auf fruchtbaren Boden. Das waren dann schreckliche Momente. Im Allgemeinen jedoch erreichte ich, was ich wollte.

Die Mund-zu-Mund-Propaganda funktionierte bestens. Schon bald bekam ich einen Anruf von einer Frau aus einem anderen Frauenhaus. Es folgte eine Frau nach der anderen. Später kamen auch andere Menschen auf mich zu, wegen anderer Aufträge. Dabei ging es darum, Informationen einzuholen oder Menschen ausfindig zu machen. Alles nicht besonders spannend. Meist beschattete ich jemanden, beobachtete, verweilte stundenlang am gleichen Ort. Aber ich mochte diese Arbeit. Ich war von Natur aus Einzelgängerin. Unregelmäßige Arbeitszeiten, allein sein, das passte mir alles gut. Ich war im Frieden mit dem, was ich tat.

Ich machte damit immer weiter und wurde immer besser.

43

Das Postleitzahlengebiet Woodside war angeblich eines der teuersten im ganzen Land. Es handelte sich um ein ruhiges Wohngebiet zwischen Palo Alto und San Francisco, bebaut mit versteckt liegenden Villen und Landsitzen. Ich kaufte mir in der kleinen Stadt einen Kaffee und ein Sandwich und fuhr dann ein paar Meilen hinaus, bis ich an eine Auffahrt gelangte, die sich kurvenreich zu einer Anhöhe hinaufwand und mit einem schwarzen Tor verschlossen war. Das Tor war ungefähr drei Meter hoch und bestand aus senkrechten Eisenstäben, die einen Abstand von etwa fünf Zentimetern hatten und von kleinen Dekorzacken gekrönt wurden. Es war so konstruiert, dass es beim Öffnen in zwei Hälften nach außen aufklappte. Ich fuhr am Tor vorbei, bog in eine Seitenstraße ein und wendete dort, damit ich die Hauptstraße im Blick hatte. Ich packte mein Sandwich aus und machte es mir bequem.

Eine Stunde später war die Sonne untergegangen, und ich kehrte zu der Auffahrt zurück. Die Sicherheitsvorkehrungen waren nicht zu übersehen. An beiden Seiten des Tors war eine Kamera montiert, hoch oben, damit sie auch die Umgebung erfassten. Neben jeder Kamera befand sich ein über Bewegungsmelder gesteuerter Scheinwerfer. Das System dahinter war klar: Jedwede nächtliche Bewegung würde bewirken, dass die Lichter aufflammten, die daraufhin das

Gelände für die Kameras beleuchteten. Die Aufnahmen der Kameras wiederum wurden wahrscheinlich in ein außerhalb des Geländes befindliches Sicherheitssystem gespeist. Einfach und effektiv.

Nur dass die Kameras ohne Licht, nachts, nicht viel nutzen würden.

Ich schoss mit einem Luftgewehr von der gegenüberliegenden Straßenseite aus, weit genug entfernt, um die Sensoren nicht auszulösen. Dabei zielte ich nicht auf die Lampen, sondern auf die darunter befindlichen Bewegungsmelder, die jeweils durch ein winziges rotes Lämpchen signalisierten, dass sie eingeschaltet waren und funktionierten. Sie leuchteten in der Dunkelheit wie ein Augenpaar. Schwierige Schüsse, ein sehr kleines Ziel, aber dank der beiden leuchtenden roten Punkte eine lösbare Aufgabe. Und der Mühe wert. Dass Sensoren zersplittert waren, würde nicht sofort auffallen. Die Scheinwerfer dienten dazu, die Kamera zu unterstützen, nicht andersherum. Was bedeutete, dass keine Kamera auf die Lampen gerichtet war. Zwei Schüsse genügten. Die beiden roten Lämpchen erloschen. Die senkrechten Stangen am Tor waren leicht zu packen. Ich hangelte mich an ihnen hinauf, schwang erst das eine, dann das andere Bein über die Zacken, und glitt an der anderen Seite wieder hinunter.

Gregg Gunns Haus thronte hoch oben auf einer Anhöhe und war erleuchtet wie ein Raumschiff. Es handelte sich um einen flachen, modernistischen Bau mit lang gezogener, klarer Linienführung und einer geschwungenen Glasfassade. Auf einem terrassierten Hang vor dem Haus befanden sich ein blau leuchtender Swimmingpool und ein smaragdgrüner Whirlpool. Wenn die geschlossenen Wohnanlagen von Woodside alle so aussahen, war es kein Wunder, dass der Ort auf einem der obersten Plätze rangierte, was die Pro-Kopf-Tabellen betraf oder was immer die Ökonomen benutzten, um so etwas zu bemessen.

Gunns Tesla parkte vor dem Haus und war das einzige Fahrzeug auf der ringförmigen Auffahrt. Ich bewegte mich flink. Mit Sicherheit waren hier weitere Kameras installiert. Ich versuchte es an der Eingangstür, doch sie war verschlossen. Daraufhin huschte ich an einer Seite des Hauses entlang und entdeckte dort eine weitere, kleinere Tür. Es handelte sich um die Art Nebeneingang, die ein Hausbesitzer im Alltag benutzen würde, wenn er mit Einkaufstüten beladen nach Hause kam.

Diese Tür war unverschlossen.

Ich betrat eine große, eiskalte Küche, die so steril eingerichtet war wie ein Labor. In die Decke eingelassene LED-Leuchten strahlten ihr kaltes Licht punktförmig nach unten. Der achtflammige Wolf-Edelstahlherd erweckte den Eindruck, als sei er noch nie benutzt worden. Die Fußbodenfliesen waren aus düsterem Grau, womöglich Travertin. Was die Arbeitsplatten anging, so musste jemand losgezogen sein und einen Granitsteinbruch geplündert haben, um seine Beute dann hier als Arbeitsflächen zu verwenden. Letztere schienen noch jungfräulich, so als wäre schon der kleinste Krümel eine traumatisierende neue Erfahrung. Ich durchquerte die Küche und gelangte in ein Wohnzimmer, dessen Einrichtung japanisch angehaucht war – weiche, erdfarbene Töne und Bambusfußboden, diverse Wandschirme aus Seide in den Ecken des Raums. Eine deckenhohe Fensterfront mit Schiebetürelementen eröffnete den Blick auf eine große Natursteinterrasse. Ich konnte das Blau des Pools und, weit unten, Lichtpunkte von anderen Häusern erblicken.

Ich fand ihn in seinem Arbeitszimmer, in dem sich allerdings kein einziges Buch befand. Stattdessen hing ein glänzendes Samuraischwert an einer Wand. Auch hier stand ein seidener, reich mit japanischen Schriftzeichen verzierter Wandschirm. Gunn saß hinter seinem Schreibtisch aus Nussbaumholz. Er war leger gekleidet, trug ein schwarzes T-Shirt und eine Yogahose. Auf dem Schreibtisch stand eine dieser Flaschen mit kalt gepresstem Saft. Gunns Miene war nachdenklich, so als sinniere er über die tiefgründigen Probleme auf der Welt und mache dabei erhebliche Fortschritte.

Das Einzige, was an dem Bild nicht stimmte, war das Loch in seiner Stirn.

Vorsichtig schaute ich mich um. Ich war allein. Schließlich trat ich zu ihm hinüber, um ihn näher in Augenschein zu nehmen. Ein einziger Schuss hatte ihm das Lebenslicht ausgeblasen. Aus der Wunde war ein Rinnsal Blut gelaufen, über das rechte Auge, über Wange und Kinn hinunter und schließlich bis auf sein Shirt. Sein Hinterkopf sah richtig übel aus, seine braunen Locken waren blutverklebt. Auf dem Schreibtisch lag ein Colt Revolver aus Edelstahl, so nah bei seiner rechten Hand, dass sich unmöglich sagen ließ, ob er ihm aus der Hand gefallen oder dort hingelegt worden war. Er mochte geladen sein oder auch nicht. Ich würde es nicht herausfinden. Auf keinen Fall würde ich diese Waffe in die Hand nehmen.

Ich registrierte, dass seine obere Gesichtshälfte von Flecken übersät war, wie Sommersprossen. Es waren Verbrennungen vom Schießpulver. Also war der Schuss aus nächster Distanz abgefeuert worden, was auf Selbstmord hindeutete. Genauso gut konnte es aber auch sein, dass jemand einfach auf ihn zugegangen war und ihm den Lauf der Waffe dicht vor das Gesicht gehalten hatte. Unmöglich zu sagen, ob er sich oder jemand ihn erschossen hatte.

Ich war mit einer langen Liste von Fragen hergekommen. Ich hatte mich auf ein langes Gespräch gefreut. Nun würden wir überhaupt nicht reden.

Im Haus herrschte Totenstille. Zeit zu gehen.

In der Stadt suchte ich mir ein Münztelefon. Als sich Mr Jade meldete, klang er zunächst deprimiert, doch als er meine Stimme erkannte, änderte sich sein Tonfall. »Nikki? Sind Sie das?«, fragte er gespannt. »Wir hatten uns schon gefragt, wann wir von Ihnen hören würden. Haben Sie etwas herausgefunden?«

»Das klingt jetzt nicht so, als hätten *Sie* etwas herausgefunden.« Für gewöhnlich rieb ich so etwas niemandem unter die Nase. Aber hier hatte ich es mit dem FBI zu tun und konnte der Versuchung daher nicht widerstehen. So eine Gelegenheit würde sich mir womöglich nie wieder bieten.

»Wir sind am Verzweifeln«, räumte er ein. »Wir haben keine Ahnung, was morgen geschehen wird, geschweige denn, wie wir es verhindern könnten. Wir haben alles versucht. Was immer Karen Li uns übergeben wollte, es ist unauffindbar.«

»Das liegt daran, dass Sie immer an der falschen Stelle gesucht haben.«

Mr Jade klang geradezu wehleidig. »Was wollen Sie damit sagen?«

»Ich habe Ihnen etwas mit der Post geschickt. Es wird Ihnen in den nächsten Tagen zugestellt. Nur für den Fall, dass wir keine Gelegenheit mehr bekommen werden, diese Unterhaltung später fortzuführen.«

Nun war er noch verwirrter. »Warum sollten wir nicht?«

»Weil es da noch etwas gibt, das ich heute Abend erledigen muss. Wenn ich kann.«

Er wollte etwas erwidern, doch ich war noch nicht fertig. »Bis dahin gebe ich Ihnen schon mal die Adresse eines gewissen CEO. Wäre keine schlechte Idee, wenn Sie ihm mal einen Besuch abstatten würden.«

Jetzt klang er frustriert. »Sie haben leicht reden. *Sie* haben auf dem kurzen Dienstweg womöglich etwas erreicht. Aber da gibt es Regeln. Für uns jedenfalls. Sie wissen, dass wir nicht einfach irgendwo aufkreuzen und ohne Haftbefehl hineinmarschieren können.«

»Können Sie wohl, wenn jemand Sie darüber informiert, dass ein Verbrechen begangen wurde.«

»Aber es hat nie ...«

Nun riss mir der Geduldsfaden. »*Ich* informiere Sie gerade darüber, okay? Als besorgte Bürgerin oder wie immer Sie das in Ihrem Bericht nennen wollen. Alles andere erzähle ich Ihnen später. Ich habe jetzt keine Zeit. Sorgen Sie dafür, dass Sie heute Abend erreichbar sind. Und falls Sie aus irgendeinem Grund bis morgen nichts von mir hören, vergessen Sie nicht, nach Ihrer Post zu schauen.«

»Warten Sie ... was haben Sie vor, Nikki? Und was meinen Sie damit, dass Sie noch etwas zu erledigen hätten?«

Ich ging nicht auf seine Fragen ein. »Wie gesagt, statten Sie ihm einen Besuch ab. An Ihrer Stelle würde ich das nicht auf die lange Bank schieben.«

Ich legte auf. Gleich darauf nahm ich den Hörer wieder ab, warf erneut ein paar Vierteldollarmünzen ein und wählte abermals eine Nummer. Dieses Mal hatte ich nicht viel zu erzählen. »Charles«, sagte ich. »Das, worüber wir gesprochen haben – jetzt ist es so weit.«

Ich drückte die Gabel nach unten, behielt den Hörer jedoch am Ohr, um ein drittes Telefonat zu führen. Vorläufig das letzte. Erneut klimperten Vierteldollarmünzen in den Münzschacht. Und wieder ertönte das Freizeichen. Die Stimme, die sich meldete, klang argwöhnisch. »Wer ist da?«

»Oliver«, sagte ich. »Wir müssen reden.«

»Wovon sprechen Sie? Warum rufen Sie mich an?«

»Unter vier Augen. Heute Abend.«

»Ein Treffen? Sind Sie verrückt geworden? Ich hatte Ihnen doch gesagt, Sie sollen mich nicht mehr kontaktieren. Da hat sich wohl jemand verwählt«, sagte er dann laut, so als lägen sowohl NSA als auch Pentagon mit ihm im Bett und als stupsten ihn die Mikrofone unter der Bettdecke an. »Auf Wiederhören! Ich lege jetzt auf!«

»Es ist wichtig«, beharrte ich.

Er zögerte. »Dann morgen.«

»Ich habe herausgefunden, was *In Retentis* ist. Ich glaube, das, was ich habe, wollen Sie sich anschauen. Im Übrigen könnte es morgen zu spät sein.«

Der Klang seiner Stimme veränderte sich. »Wirklich? Was ist es? Und was meinen Sie mit zu spät?«

»Zu spät für Sie, Oliver.«

»Was?«, brachte er perplex hervor.

»Die haben gerade bei Gregg Gunn vorbeigeschaut. Was bedeutet, dass sie wahrscheinlich vorhaben, als Nächstes Ihnen einen Besuch abzustatten.«

44

Das Hafengebiet von Oakland besaß gewaltige Dimensionen und breitete sich am östlichen Ufer der Bay aus. Die Anlagen waren groß genug, um die mehr als dreihundert Meter langen Containerschiffe abzufertigen, die in beide Richtungen durch den Pazifik pflügten, während sich auf ihren Decks rechteckige Transportcontainer haushoch auftürmten, Stapel neben Stapel vielfarbiger, gerippter Behälter, die den globalen Handel befeuerten. Wie die Silhouetten riesiger Fischreiher mit rhythmisch rot blinkenden Augen schwebten Hunderte von Schwergutkränen über den Schiffen, in der Bewegung erstarrt, scheinbar im Begriff, sich in das schwarze Gewässer hinabzustürzen.

Ich erreichte das Gewirr von Straßen, die das Hafengelände durchzogen. Dabei holperte ich mit dem Motorrad über Asphaltpisten, die von endlosen Kolonnen schwerer Lastkraftwagen in Mitleidenschaft gezogen und mit Schlaglöchern übersät waren. Ich bog mehrmals ab, bis ich schließlich auf eine einspurige Straße gelangte, an deren Anfang ein einziges Hinweisschild stand, nämlich die gelbe Raute für eine Sackgasse. Der einzige Hinweis auf menschliche Präsenz bestand aus Stahl und Asphalt. Ich hätte fünfhundert Jahre in der Zukunft hier gelandet sein können, um dann auf die verwaisten Ruinen einer anachronistischen Metropole zu schauen.

Die Nacht war ruhig, sah man von einem elektrischen Summen und dem fernen Rauschen des Autoverkehrs ab, das vom Freeway herüberdrang. Vor mir befand sich ein massives, breites Metalltor. Auf einem Schild stand EAST BAY E-Z STORE – NUR FÜR KUNDEN. Ich drückte einen Knopf auf einem Plastikanhänger, der an meinem Schlüsselring befestigt war, woraufhin das Tor aufglitt. Hinter dem Tor ging es auf einem Schotterweg weiter. Um mich herum erhoben sich Wände aus den allgegenwärtigen Schiffscontainern, allesamt sechs Meter lang und drei Meter hoch, jeder Stapel ein halbes Dutzend Container hoch. Wohl zu Hunderten säumten sie den Lagerplatz und bildeten ein eisernes Labyrinth. Die Lagerhalle selbst war ein quadratischer, flacher Bau, dessen dicke Wände in einem tristen Beigeton gestrichen worden waren.

Ich wartete.

Zwanzig Minuten später erblickte ich die Lichtkegel von Scheinwerfern. Ein kleines weißes Auto kam in Sicht, und als es abbremste, drückte ich auf den Knopf an meinem Schlüsselanhänger. Das Tor glitt auf, und der Wagen rollte langsam auf das Gelände des Lagerplatzes. Oliver ließ das Fahrerfenster fünf Zentimeter hinabsurren und schaute argwöhnisch und mit gerunzelter Stirn zu mir hoch. »Konnte das jetzt wirklich nicht bis morgen warten?«

»Kommen Sie schon. Wir haben nicht die ganze Nacht Zeit.«

Er stellte den Motor ab und stieg misstrauisch aus dem Wagen. Er war gekleidet, als hätte ich ihm eröffnet, wir müssten uns hinter den feindlichen Linien aus einem Hubschrauber abseilen – er trug ein schwarzes Sweatshirt mit Kapuze unter einer schwarzen Windjacke und einer schwarzen Skimütze. Die Skimütze hatte Quasten und Troddel. Als ich ihn in dieser Montur vor mir stehen sah, wirkte Oliver auf mich wie der erste Soldat einer Spezialeinheit in der Geschichte, auf dessen Windbreaker das Logo des Sierra Club prangte. Er rieb sich die Augen. »Was haben Sie gemeint, als Sie sagten, die hätten bei Greggory vorbeigeschaut?«

»Gunn ist tot.«

Er hörte auf, sich die Augen zu reiben, und blickte verständnislos drein. »Greggory? Tot? Was soll das heißen? Das ist unmöglich. Ich habe ihn heute schon gesehen.«

»Tja, ich habe ihn heute Abend gesehen.«

Oliver schaute mich an, als hätte ich ihm einen geschmacklosen Witz erzählt. »Das ist doch wohl nicht Ihr Ernst! Was ist passiert?«

»Entweder er hat sich erschossen, oder jemand hat ein wenig nachgeholfen.«

Oliver tastete nach seinem orangefarbenen Röhrchen mit den Beruhigungspillen und würgte ein paar von ihnen herunter. »Karen Li hat mit Ihnen geredet und ist jetzt tot. Greggory hat mit Ihnen geredet und ist nun ebenfalls tot.«

»Ich habe weder Gunn noch Karen etwas zuleide getan und habe das auch mit Ihnen nicht vor.«

»Warum sollte ich Ihnen glauben?«

»Kommen Sie. Wir reden drinnen weiter.«

Die meisten Leute benutzten Lagerhallen für stinknormale Gegenstände. Ein Paar, das die Wohnfläche verkleinerte, jemand, der in einem 40-Quadratmeter-Apartment festhing und mehr Luft zum Atmen brauchte. Lagerhallen zogen jedoch auch wirklich schräge Vögel an. Einzelgänger, die häufig nachtaktiv waren. Männer mittleren Alters lagerten Überlebensausrüstung ein, Sammler bunkerten zerbröselnde Zeitungen. Aus diesem Grund ermöglichten Lagerhallenbetreiber ihrer Kundschaft, wenn möglich, rund um die Uhr Zugang. Wenn ein Typ in Kampfstiefeln und Tarnanzug seine Jagdgewehre herauskramen wollte, war es womöglich vorteilhafter, wenn er das nicht unbedingt just in dem Moment tat, in dem eine Familie eine Couch hinausschleppte. Zeitlich uneingeschränkter Zugang war auch für mich optimal. Ich hatte es schon immer zu schätzen gewusst, ganz nach Belieben kommen und gehen zu können.

Ich benutzte einen Schlüssel an meinem Schlüsselring, um das Vorhängeschloss an der Eingangstür zu öffnen. Wir traten in ein düsteres Gewirr von Gängen, in die in festen Abständen Rolltore wie vor Garagen eingelassen waren. Die Neonbeleuchtung war lückenhaft; einige Leuchtstoffröhren flackerten, während andere stellenweise geradezu aggressiv blendeten, so als saugten sie auf kannibalistische Weise Wattleistung aus den defekten Röhren. Die Wände waren in einem hässlichen, an eine Anstalt erinnernden Grün gehalten und hatten wahrscheinlich zu Zeiten des ersten Golfkriegs zuletzt einen frischen Anstrich verpasst bekommen. Misstrauisch schaute sich Oliver um. »Was wollen Sie mir überhaupt zeigen? Haben Sie etwas Neues herausgefunden?«

Vor einem der Rolltore blieb ich stehen, sperrte es auf, und wir betraten einen etwa acht mal drei Meter großen Raum. Er war bis zur Decke mit Büchern vollgestopft. Sie standen in Dreierreihen in billigen Holzregalen, und auf dem jeweils obersten Regalbrett stapelten sich die Bücher bis dicht unter die Decke. Die Bücher sprengten das Platzangebot der Regalflächen bei Weitem, und die überlasteten Bücherregale neigten sich unter dem überbordenden Gewicht nach vorn. Auch auf dem Boden türmten sich Bücherstapel, teils bis in Hüfthöhe hinauf, wodurch man sich hier vorkam wie in einem überwucherten Dschungel.

»Was ist das hier?«, fragte Oliver verwundert.

Ich setzte mich auf einen mintfarbenen Rollcontainer, der an einer Wand stand, musste dafür jedoch erst einmal eine aufgeschlagene Ausgabe der *Ilias* beiseiteschieben. »Ich leite eine Buchhandlung, schon vergessen?« Dass sich außer mir noch jemand in diesem Raum befand, fühlte sich seltsam an. Ich war es gewohnt, allein hier drinnen zu sein. Und das war mir auch lieber so, befand ich.

Ungeduldig schüttelte Oliver den Kopf. »Das Letzte, worüber wir reden sollten, sind Bücher. Was haben Sie in Erfahrung gebracht? Was wird geplant? Ist es ein Anschlag, wie wir vermuteten? Gegen wen richtet er sich?«

»Richtig. Der Anschlag. Darüber hatten wir ja schon auf der Fähre gesprochen – dass die Leute auf den Fotos zu einer Terrorzelle gehören und irgendwo in Übersee ein Anschlag geplant ist. Ein Anschlag, der sich morgen ereignet, am ersten November. Kein Mensch wusste irgendetwas Konkretes, aber alle haben das Gleiche vermutet. Das hatte mir ehrlich gesagt nicht gefallen.«

Er war verwirrt. »Wie meinen Sie das, nicht gefallen?«

»Ich habe es mir zur Regel gemacht, etwas, das allzu offensichtlich zu sein scheint, nicht als gegeben hinzunehmen.«

»Ich verstehe nicht.«

»Jemand hat mich vor Kurzem an etwas erinnert, das ich einmal gesagt habe. Nämlich, dass jedermann Mutmaßungen anstellt und es nur darum geht, ob sie zutreffen oder nicht. Ich gebe Ihnen ein Beispiel. Wie es scheint, gehen alle davon aus, dass die Personen auf den Fotos nichts Gutes im Schilde führen, sondern Kriminelle sind, Extremisten, was auch immer. Sogar das FBI war davon überzeugt, dass es sich um eine Art Verschwörung handelte, und die haben ja die *In Retentis*-Fotos nicht einmal zu Gesicht bekommen. Die haben bloß versucht, sich einen Reim auf diese Bruchstücke von Informationen zu machen, die Karen Li ihnen anvertraut hatte, und haben daher eine Verbindung zum Terrorismus vermutet – Mutmaßungen allein auf Grundlage der Destinationen, die Gunn bereist hat, und aufgrund dessen, dass sie ihnen erzählt hatte, am ersten November würde etwas Schreckliches passieren.«

»FBI?« Er schreckte sichtlich auf. »Was? Seit wann reden Sie mit dem FBI?«

»Nun kommen Sie, Oliver. Jetzt zieren Sie sich doch nicht noch auf den letzten Metern. Ihnen muss doch klar sein, dass das FBI Ihre Firma gerade unter die Lupe nimmt.«

»Na schön«, räumte er ein. »Mir sind Gerüchte zu Ohren gekommen. Aber hatten wir denn nicht richtiggelegen?«

Ich dachte an den ägyptischen Blogger mit der Zahnlücke, der vom Dach gesprungen war und eine Frau und Kinder hinterlassen hatte. »Vielleicht. Vielleicht auch nicht.«

»Was soll das heißen?«

»Die Regierungen, die mit Care4 Geschäfte tätigen – die Gegenden, in die Gunn geflogen ist, die Orte auf den Fotos. Saudi-Arabien, Tschetschenien, Ägypten, Irak … klar, das sind Brutstätten des Extremismus und Terrorismus. Sie haben aber noch etwas anderes gemeinsam.«

»Und das wäre?«

»In all diesen Ländern werden Menschenrechte mit Füßen getreten.«

Oliver nahm seine Mütze ab, setzte sich auf einen Stapel Bücher und rutschte ein paarmal hin und her, um es sich bequem zu machen. »Was hat das mit den Fotos zu tun?«

»Ich fing an, mir Fragen zu stellen. Was, wenn wir die Sache aus dem genau entgegengesetzten Blickwinkel betrachten würden statt aus dem, aus dem wir sie eigentlich betrachten sollten? Was also, wenn keiner derjenigen, die auf diesen Fotos zu sehen sind, zu den Bösen gehört? Stellen wir stattdessen doch einmal die umgekehrte Mutmaßung an: Was, wenn die Bösen hinter *ihnen* her sind?«

Nun wirkte er vollends verwirrt. »Warum sollten sie?«

»Als Menschenrechtler oder LGBT-Aktivist, Antikorruptions-Blogger oder Journalist riskiert man in den Vereinigten Staaten vielleicht, dass ein paar hässliche Tweets gegen einen abgesetzt werden. Aber in diesen Ländern?« Erneut dachte ich an den Mann mit der Zahnlücke. »Dort wird man von einem Dach gestoßen.«

»Aber wenn es kein Anschlag ist, der bevorsteht, was ist es dann?«

»Der eigentliche Geschäftszweig von Care4 sind doch nicht diese Kameras oder Babymonitore, die von euren PR-Leuten hochgejazzt werden. Das ist firmenintern allgemein bekannt. So gut wie jeder dürfte wissen, dass ihr eure Brötchen mit den Überwachungssystemen verdient.«

Auf Olivers Gesicht konnte ich kein Anzeichen von Widerspruch entdecken. »Wie Sie schon sagten, das ist allgemein bekannt. Aber was hat Überwachung mit dem ersten November zu tun?«

»Darauf komme ich noch. Die Firma hat jahrelang Geld in die Erforschung tiefer neuronaler Netze gepumpt. Care4 wollte als erstes Unternehmen auf der Welt ein Überwachungssystem anbieten, das nicht nur ohne jede menschliche Kontrolle auskommt, sondern *sich sogar selbsttätig beibringen kann, das Aufspüren von Menschen zu optimieren.*«

»Ich glaube, auf diesem Gebiet kenne ich mich ein wenig besser aus als Sie«, sagte Oliver gnädig. In seiner Hosentasche piepte sein Mobiltelefon. Er zog es hervor, gab rasch eine Antwort ein und steckte es dann wieder weg.

»Absolut«, pflichtete ich ihm bei. »Was weiß ich denn schon? Ich besitze ja nicht einmal ein Smartphone. Wie dem auch sei, Care4 verkauft schon seit Jahren eine einfachere Version seines Systems, überall auf der Welt, ein Beweis der hohen Nachfrage nach seinen Produkten. Irgendwann hat das Unternehmen beschlossen, bei Überwachungssoftware, die von künstlicher Intelligenz gesteuert wird, aufs Ganze zu gehen. Ihre Firma hat praktisch rund um die Uhr daran gearbeitet, dieses Update zu entwickeln und zum intern vorgegebenen Starttermin in Betrieb zu nehmen – dem ersten November. *In Retentis* ist im Grunde genommen ein Softwareprojekt.«

Oliver wirkte nicht überzeugt. »Wir haben jedes Jahr etliche interne Einführungstermine. Die gibt es bei jedem Unternehmen. Wen außerhalb von Care4 interessiert das? Und was hat das mit Terrorismus zu tun?«

»Um den geht es gar nicht. Es ging nie um Terrorismus. Bring einem Computer bei, ein Gesicht wiederzuerkennen, eine Person aus einer Menschenmenge herauszupicken, dann ist es ihm egal, ob er Bin Laden oder Mutter Teresa identifiziert. Man kann ihn für alles einsetzen, für Gutes wie Schlechtes.«

»Und?«

»Karen hat uns gewarnt, es würden Menschen sterben. Und das hat das FBI prompt auf die falsche Fährte gelenkt. Denn so sind die ausgebildet. Das ist das, wonach sie ihrer Ausbildung entsprechend suchen sollen. Ein Flieger fällt vom Himmel, ein Lastwagen rast in eine Menschenmenge. Nach dem elften September hat sich das FBI ganz auf den Terrorismus fokussiert. Die sind dermaßen damit beschäftigt, Anschläge zu verhindern, dass diese Bedrohung hier perfekt in ihr Weltbild passt und sie diese nie wirklich hinterfragt haben. Mutmaßungen, wieder mal. Sie haben das gesehen, was sie sehen wollten. Sie dachten, Care4 würde aus Habgier wichtige Informationen über einen Anschlag zurückhalten, um keinen internationalen Kunden zu vergraulen. Das hat Karen aber gar nicht gemeint.«

»Was *hat* sie denn gemeint?«

»Diese Menschen – die auf den Fotos –, *das* sind die Opfer. Oder werden es noch sein.«

»Wieso?«

»Es war nicht so, als wäre Care4 zufällig in den Besitz von Informationen über einen bevorstehenden Terroranschlag gekommen. Die Firma stand kurz davor, ein hochmodernes AI-System zu verkaufen, das es totalitären Regierungen und Diktaturen in aller Welt ermöglichen würde, genau die Menschen zu lokalisieren und zu überwachen, die sie am meisten hassen und fürchten; Männer und Frauen, die ihr Leben riskieren, um Ungerechtigkeit und Korruption an den Pranger zu stellen. Die physischen Kameras wurden bereits entwickelt und sind in Betrieb – Gott weiß, dass es an diesen Orten an allen Ecken und Enden Kameras gibt. Alle haben nur noch darauf gewartet, dass das Netzwerk in den Echtbetrieb geht, damit die Computer damit beginnen können, Menschen zu identifizieren und in Echtzeit auf sie zu deuten. Dann wären Sicherheitskräfte und Geheimpolizei in der Lage, diese Leute einfach von der Straße zu holen. In diesen ganzen Ländern würde es gewaltige Razzien geben, beginnend an dem Tag, an dem das System in den Echtbetrieb geht. Kein Mensch hätte einen Schimmer, wieso plötzlich in aller Welt Journalisten und Aktivisten verschwinden. Und mit der Zeit würde das Care4-System lawinenartig anwachsen, weil es sich ständig selbst beibringt, präziser zu arbeiten, und Metadaten und soziale Netzwerke scannt, um Freunde, Familien, Unterstützer und Quellen ausfindig zu machen. Überall auf der Welt würde die politische Opposition, die kritische Presse, jeder und alle, die sich diesen Regierungen entgegenstellen, ausgespäht, lokalisiert und nach und nach aus dem Verkehr gezogen werden.«

Olivers Stimme klang schleppend und verwirrt. »Warum sollte Care4 so etwas tun? Was bringt das der Firma? Warum Konflikte mit dem Gesetz riskieren?«

»Was für ein Gesetz? Die verkaufen doch nur ein Produkt, nicht die Anleitung, wie man es einzusetzen hat. Die vernunftmäßige Erklärung ist die gleiche wie bei so ziemlich jeder anderen Firma – Profit. Die Moral steht auf einem anderen Blatt. Verstehen Sie mich nicht falsch, Oliver, ich glaube nicht, dass Care4 *will*, dass Menschen zu Tode kommen. Aber die Firma war auch nicht bereit, lukrative Verträge in aller Welt in den Wind zu schlagen, um es zu verhindern.«

»Das sind eine Menge Mutmaßungen.« Er klang skeptisch.

»Mag sein.« Ich verstummte und dachte nach. »So wie ich es sehe, hat Care4 im Prinzip die gleiche Einstellung vertreten wie die US-amerikanische Waffenlobby. Das Einzige, was zählt, ist, so viele Waffen wie nur möglich zu verkaufen. Für das, was die Käufer damit anstellen, fühlen die sich nicht verantwortlich. Halte einen Bankräuber auf oder raube eine Bank aus – es bleibt alles dem Einzelnen überlassen.« Ich sann nach. »Bestimmt würden manche Länder das Überwachungssystem dazu benutzen, um Terroristen Einhalt zu gebieten, oder für die Verbrechensbekämpfung. Soweit ich es beurteilen kann, gehört unseres dazu.«

»Wer behauptet denn, dass diesen Menschen, von denen Sie da sprechen, überhaupt etwas Schlimmes zustoßen wird?«

»Einer der Männer auf den Fotos, die Karen in die Hände gefallen sind, war ein ägyptischer Blogger, der angeblich von einem Dach gesprungen ist«, erwiderte ich, ohne zu zögern. »Die Polizei spricht von Selbstmord, die Familie von Mord. Raten Sie mal, wer recht hat! In diesen Ländern wartet man nicht einfach bloß auf Care4, natürlich nicht, die verfolgen dort auch so schon jeden, den sie ausfindig machen können. Diesen armen Teufel haben sie zufällig erwischt, ohne dafür das *In Retentis*-Netzwerk in Anspruch zu nehmen. Wenn es nicht ›Selbstmord‹ ist, dann brandmarken sie in diesen Ländern jeden, den sie ausschalten, als Terrorist oder Sicherheitsrisiko. Man sollte meinen, die hätten noch nie einen Unschuldigen getötet, keiner von ihnen, niemals.«

Oliver stand auf und warf mir einen skeptischen Blick zu. »Und wie erklären Sie sich dann Karen Lis Tod? Das leuchtet mir immer noch nicht ein. Wenn meine Firma nicht bewusst versucht, jemandem etwas zuleide zu tun, wie konnte sie dann in das verwickelt werden, was Karen zugestoßen ist, was immer es war?«

Ich nickte ernst. »Das konnte ich mir am Anfang auch nicht zusammenreimen. Selbst wenn die Firma moralischen Bankrott erklären würde und kein grundsätzliches Problem damit hätte, dass jemand getötet wird – warum sollte sie sich dem erhöhten Risiko aussetzen, das mit einer Leiche einhergeht? Vor allem angesichts dessen, dass es sich hier um eine amerikanische Staatsbürgerin handelt, die auf amerikanischem Boden getötet wurde.«

»Und? Warum?«

»Aus einem menschlichen Beweggrund, mit dem man es immer wieder zu tun bekommt: Die hatten das Gefühl, keine andere Wahl zu haben.«

»Was meinen Sie mit ›keine Wahl‹?«

»Was wissen Sie über Karen Li?«, fragte ich.

Mit dieser Frage erwischte ich ihn offenkundig auf dem falschen Fuß. »Ich weiß nicht ... ich meine, ich habe mit ihr gearbeitet, ich habe ihren Lebenslauf gelesen, sie war sehr gut in ihrem Job …«

»Wissen Sie etwas über ihre Eltern? Darüber, unter welchen Umständen sie ins Land gekommen ist?«

Ungeduldig schüttelte Oliver den Kopf. »Natürlich nicht. Warum sollte ich? Ich bin nicht mit der Frau ausgegangen. Ich war ihr Kollege. Mich interessierte ihre Programmierfähigkeit, nicht ihr Stammbaum.«

Ich dachte an den chronologischen Ablauf. An das Foto im Cottage. An das kleine Mädchen auf den Armen seiner Mutter. An die GPS-Daten, welche auf die gemeinnützige Organisation hinweisen, für die Karen ehrenamtlich tätig gewesen war: Tiananmen Lives. »Sie reiste 1990 aus China in die Staaten ein. Die amerikanische Staatsbürgerschaft hat sie erst später erlangt. Zur gleichen Zeit ist ihren Eltern etwas zugestoßen, wahrscheinlich in dem Jahr zuvor. 1989, in Peking. Und nun raten Sie mal, wo genau?«

Er begriff praktisch sofort, worauf ich hinauswollte. »Das Tian'anmen-Massaker?«

»Es steht so gut wie fest, dass die beiden unter den protestierenden Studenten waren. Wahrscheinlich sind sie Seite an Seite in den Tod gegangen. Anschließend kam Karen in die Staaten und ist hier bei Verwandten aufgewachsen. Die Frau hegte ihr Leben lang Hass auf alle Regierungen, die keine Skrupel haben, ihre eigenen Bürger zu töten, wenn diese gegen Machtmissbrauch auf die Straße gehen. Für sie war das weit wichtiger als Geld oder Karriere. Wichtiger als alles andere. Als sie herausgefunden hatte, worum es bei *In Retentis* geht, war sie nicht bereit, einfach wegzusehen und andere Menschen ans Messer zu liefern.«

»Also hatte Care4 keine Wahl? Ist es das, was Sie sagen wollen?«

»Ich bin mir sicher, dass der Firma jede andere Option

weitaus lieber gewesen wäre als ein Mord. Wahrscheinlich wurden alle Möglichkeiten in Erwägung gezogen. Karen feuern? Dann hätte sie Klage erheben, zum Whistleblower werden oder sich an die Presse wenden können. Sie abfinden, sie bestechen? Tja, für Karen gab es Dinge, die man nicht mit Geld aufwiegen konnte. Sie bedrohen oder einschüchtern? Das haben sie weiß Gott versucht. Von der Einschüchterung seitens deren Anwälte bis hin zu ihrer Beschattung durch mich. Der Druck hat zweifellos seinen Tribut gefordert. Wäre es Care4 gelungen, sie so zu stressen, dass sie einen Nervenzusammenbruch erleidet, hätten die sich sicher die Hände gerieben. Aber Karen war zäh, und die Frau wurde von etwas angetrieben, das ihr sogar noch wichtiger war als ihre körperliche Unversehrtheit. Sie war nicht bereit, sich aus dem Staub zu machen. Und wenn sie sie einfach ignoriert hätten? Dann ...«

»... lässt sie dem FBI Informationen zukommen, die *In Retentis* den Garaus machen«, beendete Oliver den Gedanken.

»Genau.«

»So betrachtet, hatte die Firma wirklich keine Wahl«, sagte Oliver nachdenklich.

»Falsch«, korrigierte ich ihn scharf. »Natürlich hatten die Verantwortlichen das. Die hätten sich dafür entscheiden können, das Leben unschuldiger Menschen höher zu bewerten als Profit, hätten Nein zu dem Blutgeld sagen können. Sie hätten sich weigern können, ihre Technologie zu verkaufen, ohne irgendwelche Auflagen zu ihrer Verwendung zu machen, selbst wenn jene ihren Profit geschmälert hätten. Vor allem hätten sie beschließen können, sich den Konsequenzen zu stellen oder es auf sich zu nehmen, ihre Angestellte vor Gericht zu zerren, wenn sie der Meinung waren, Karen habe unrecht. Sie hätten alles Mögliche tun können –

alles, außer sich dafür zu entscheiden, Karen kaltblütig ermorden zu lassen.« Ich warf Oliver einen prüfenden Blick zu. »Die hatten eine Wahl, logisch. Sie haben bloß die falsche Wahl getroffen.«

Er wich meinem Blick aus. »Diese Spekulationen sind ja beeindruckend, aber woher wollen Sie das alles so genau wissen? Haben Sie Beweise?«

Ich stand auf und öffnete die oberste Schublade des Rollcontainers, den ich als Sitzgelegenheit benutzt hatte. Ich zog einen versiegelten braunen Umschlag hervor, schlitzte ihn mit einem Taschenmesser auf, das ich auf dem Rollcontainer neben dem aufgeschlagenen Taschenbuch liegen lassen hatte, und zog einen Stapel Fotos hervor. Es waren alles Seiten aus Silas Johnsons Aktenordner aus dem Hotel. »Werfen Sie mal einen Blick drauf«, sagte ich, während ich ihm die Unterlagen reichte. »Das Anwaltsgeheimnis geht ziemlich weit, aber nach meinem Empfinden sollte es nicht auch noch Beihilfe zum Mord abdecken. Die Anwälte, die Care4 beauftragt hat, haben daran mitgewirkt, die *In Retentis*-Vertragsverhandlungen mit ausländischen Regierungen zu führen. Mit Sicherheit wurden sie für ihre Bemühungen fürstlich belohnt.«

Oliver schaute sich die ersten Fotos sorgfältig an. Dann warf er mir einen nervösen Blick zu. »Sie wissen schon, dass die Sie allein dafür, dass Sie diese Unterlagen haben, verklagen und um Ihr letztes Hemd bringen könnten?«

»Darauf lasse ich es ankommen.«

Er zog einen Schokoriegel aus seiner Tasche, riss die Verpackung auf und aß ihn dann mit kleinen, raschen Bissen. »Und was soll ich jetzt für Sie tun?«

»Helfen Sie mir, mich ins System von Care4 einzuloggen. Heute Abend noch, bevor es zu spät ist. Wir verhindern, dass das System in den Echtbetrieb geht, fahren *In Retentis* runter und retten damit diesen Menschen und noch Hunderten oder Tausenden anderen das Leben.«

Oliver erbleichte. »Das ist unmöglich.«

»Sie haben mitgeholfen, deren Firewall aufzubauen. Wenn das überhaupt irgendwer hinkriegt, dann Sie.«

»Und wenn die mich erwischen?«

»Richtige Seite, falsche Seite, Oliver. Das haben Sie selbst gesagt. Auf welcher möchten Sie am Ende stehen?«

»Gibt es denn keine andere Möglichkeit?«

Ich schüttelte den Kopf. »Dieses Mal nicht.«

Erneut dachte er nach. »Das ist nicht so, als würden Sie mich bitten, mal eben ein ungeschütztes Netzwerk zu hacken.«

Allmählich wurde ich ungeduldig. Ungeduldig und gereizt. Es blieben nur noch wenige Stunden. »Ich werde mich nicht die ganze Nacht mit Ihnen streiten. Entweder Sie helfen mir, oder Sie sagen Nein, dann suche ich mir jemand anderen, der bereit ist, mir zu helfen. Wir müssen uns beeilen.«

Verunsichert schaute er sich um. »Das ist sehr riskant. Ich muss darüber nachdenken.«

»Wir haben keine Zeit. Ja oder nein? Entscheiden Sie sich!«

Ich trat auf ihn zu, erstarrte dann jedoch mitten der Bewegung.

In der Tür stand Joseph.

Er war ähnlich gekleidet wie bei unserer letzten Begegnung in der Wohnung meines Bruders. Dunkler Anzug, dunkles Hemd, auf Hochglanz polierte schwarze Schuhe. Der einzige Unterschied war die Schlinge, in der sein rechter Arm hing. Die Schussverletzung durch die .45er. Wo genau er die Kugel abbekommen hatte, ließ sich unmöglich sagen, doch der Stoff seines maßgeschneiderten Anzugs spannte sich in Höhe des Oberarms ein wenig. Es war die Art Ausbuchtung, die durch einen dicken Verband entstehen konnte. In der rechten Hand hielt er seinen Revolver, in der linken einen schweren Bolzenschneider.

Ich wich rasch zurück. Als Joseph das letzte Mal mit mir in einem Raum gewesen war, waren seine blassen Augen nichtssagend und leer gewesen. Sie hatten zum Ausdruck gebracht, dass ihm mein Schicksal vollkommen gleichgültig war. Das war nun nicht mehr so. In diesem Moment funkelten seine Augen vor Hass. »Du«, zischte er. »Ich habe mir viele Gedanken darüber gemacht, was ich alles mit dir anstellen werde.« Er machte eine bedeutungsvolle Geste mit dem Bolzenschneider und hob dabei die schwarzen Edelstahl-Spannbacken in meine Richtung. »Ich werde dafür sorgen, dass es eine sehr lange Nacht wird. Und ich werde dich bis ganz zum Schluss am Leben lassen.«

45

»Wie bist du hier reingekommen, Joseph?«, fragte ich ganz ruhig aber mit Nachdruck.

Seine Stimme triefte vor Feindseligkeit. »Glaubst du, ich bin nicht in der Lage, ein Schloss mit nur einem Arm zu knacken?«

»Ich hoffe, das steht auch in deinem Lebenslauf.«

Er schleuderte mir eine Tirade von Schimpfworten entgegen, die keine Zeitung des Landes abgedruckt hätte. Obwohl sein rechter Arm in einer Schlinge steckte, hielt er den Revolver in der rechten Hand. Ich fragte mich, was Joseph machen würde, wenn er beschloss, ihn zu benutzen. Würde er die Waffe in die andere Hand nehmen, um besser zielen zu können? Oder würde er mit der rechten Hand aus der Hüfte schießen? Womöglich war er trotz seines Handicaps immer noch ein guter Schütze. Oder auch nicht. »Ich kann dich umbringen und bin längst außer Landes, bevor man deine Leiche findet«, schloss er.

»Natürlich«, sagte ich. Dann deutete ich mit dem Kopf auf Oliver. »Und *er*?«

Vielleicht lag es daran, dass seine Beruhigungsmittel zu wirken begannen, jedenfalls schien Oliver nicht mehr ganz so nervös zu sein. Auch wirkte er nicht besonders überrascht darüber, Joseph hier zu sehen. Genau genommen schien er sich nicht einmal zu fragen, wer Joseph eigentlich war. »Ich dachte, Sie würden mir helfen, Oliver«, sagte ich. »Jetzt bin ich aber enttäuscht.«

»Wovon sprechen Sie?«, fragte er.

»Schon gut. Das mit dem Schutzengel können Sie sich schenken. Den Part haben wir jetzt hinter uns.«

»Ich helfe Ihnen doch, Nikki«, beteuerte er. »Natürlich tue ich das.«

Ich deutete mit dem Kopf auf Joseph. »Sie wollen mir weismachen, dass er bloß falsch abgebogen und dann zufällig hier gelandet ist? Kommen Sie, warum weiter lügen? Was soll das bringen?«

Mit gesenktem Blick dachte Oliver schweigend darüber nach. »Am Anfang *habe* ich Ihnen geholfen«, sagte er schließlich und schaute auf. »Aber Sie waren zu gut. Sie haben zu viel herausbekommen.«

»Warum haben Sie mir überhaupt geholfen?«

»Eine Versicherungspolice«, erwiderte er, ohne zu zögern.

»Versicherung?«

»Greggory hatte eine ziemlich schlechte Meinung von Ihren Fähigkeiten. Er glaubte nicht, dass Sie überhaupt irgendetwas rauskriegen würden – außer dem, was wir wollten, dass Sie es rauskriegen. Von uns beiden war ich es von Anfang an, der zur Vorsicht mahnte. Ich war mir nämlich nicht so sicher, dass Sie scheitern würden, und dachte, es wäre besser, über Ihre Fortschritte auf dem Laufenden zu bleiben. Ich habe Ihnen weder Informationen gegeben noch Sie auf Ideen gebracht, auf die Sie nicht auch allein hätten kommen können. Ob Sie jemals auf *In Retentis* stoßen würden, wussten wir nicht, aber falls ja, wollten wir darüber informiert sein. Und je überzeugter Sie davon waren, dass es dabei um Terrorismus ging, desto unwahrscheinlicher war es, dass Sie es für etwas anderes halten würden.«

Erneut setzte ich mich auf den Rollcontainer, nahm gleich neben dem mit dem Rücken nach oben aufgeklappt liegenden Buch Platz. »Warum ich?« In der obersten Schublade lag eine Waffe. Ein .357 Edelstahlrevolver mit einem großen, zehn Zentimeter langen Lauf. Ich hatte ihn dort geladen und mit gespanntem Hahn hingelegt. »Warum sind Sie überhaupt auf mich zugekommen? Warum sind Sie das Risiko eingegangen, jemanden von außen in die Sache einzubeziehen?«

Er zuckte mit den Schultern. »Wir brauchten jemanden wie Sie. Sie waren perfekt.«

»Perfekt wofür?«

»Wir brauchten jemanden, der diese Tätigkeit wirklich ausübte, damit die Sache glaubwürdig daherkam. Die wirkliche Idealbesetzung war aber eine Einzelgängerin mit nachweislich antisozialem Verhalten. Jemand ohne gute Freunde oder Familie, ohne nennenswertes Netzwerk von Leuten, die Fragen stellen würden, falls ihr etwas zustieße. Und was Ihre amtlich dokumentierte Gewaltbereitschaft, die Anti-Aggressions-Therapie, die Festnahme wegen Körperverletzung angeht – tja, etwas Besseres hätten wir uns gar nicht vorstellen können. *Jemand* Besseren. Wir haben viel Zeit damit verbracht, nach potenziellen Kandidaten Ausschau zu halten, und Sie, Nikki, waren die Idealbesetzung.«

Das zu hören versetzte mich nicht gerade in Hochstimmung. »Der Plan war es, mir den Mord an Karen in die Schuhe zu schieben?«

»Wir mussten einen kausalen Zusammenhang herstellen: Wir hatten Sie zwar damit beauftragt, die Frau zu beschatten, aber Sie wurden dann besessen davon, gerieten außer Kontrolle. Als sie mitbekam, dass Sie sie beschattet haben, und verlangte, Sie sollten sie in Ruhe lassen, sind Sie wütend geworden und haben ihr gedroht. Sie wurden paranoid, besessen von der Vorstellung, sie vor unbekannten Feinden zu schützen. Und als sie sich dann weigerte, Ihre Hilfe anzunehmen, waren Sie so frustriert, dass Sie die Beherrschung verloren haben.«

Ich erinnerte mich an die blutbefleckte Brechstange, die Joseph in der Wohnung meines Bruders dabeigehabt hatte, und nickte. »Da mir die Polizei dicht auf den Fersen war, hätten die mich, die Mordwaffe gleich neben meiner Leiche, als Selbstmörderin verzeichnet; alles hätte fein säuberlich zusammengepasst. Und Karen zu töten, statt …«

Ich brauchte den Satz nicht zu beenden. »Sie hatten recht«, stimmte er bereitwillig zu. »Mit dieser Entscheidung haben wir uns herumgequält. Das war ein radikaler, neuer Schritt für uns und das Letzte, was wir im Sinn gehabt hatten. Na ja, *fast* das Letzte«, korrigierte er sich. »Hätte es irgendeine andere Möglichkeit gegeben, die Frau dazu zu bringen, sich entweder bedeckt zu halten oder einfach abzuhauen, hätten wir sie gern wahrgenommen. Wir waren schockiert von ihrer Hartnäckigkeit, von ihrer Weigerung, vernünftig mit uns zu reden. Das konnten wir nicht verstehen – aber natürlich wussten wir ja auch das von ihren Eltern nicht. Dadurch war sie offensichtlich weniger kompromissbereit. Also musste Karen Li aus dem Verkehr gezogen werden, aber wir durften auch nicht zulassen, dass die Polizei in einem Mordfall ermittelt, dessen Ausgang völlig offen war, schon gar nicht, da das FBI schon misstrauisch geworden war. Wir brauchten ein Motiv, und vor allem brauchten wir einen *Täter*.«

Ich dachte darüber nach. »Deshalb setzte Gunn mich genau an diesem Tag als Beschatterin auf Karen Li an. Ihr wusstet, dass Karen Kontakt mit dem FBI aufgenommen hatte. Euch ging es gar nicht darum, dass ich sie beschatte, euch ging es darum, dass die vom FBI mitbekamen, dass ich sie beschattete. Um mir später den Mord anhängen zu können.«

Er nickte. »Überwachung, Nikki, war das Letzte, wofür wir Sie benötigten.«

»Warum setzt ihr eure Firma einem solchen Risiko aus? Warum verdient ihr nicht einfach Geld mit dem Verkauf eures Systems in Ländern, die es tatsächlich dafür einsetzen würden, das Leben ihrer Bevölkerung sicherer zu gestalten? Warum treibt ihr mit den Schlimmsten der Schlimmen Handel?« Um die .357er aus dem Rollcontainer zu ziehen und Joseph zu töten, würde ich nicht einmal eine Sekunde benötigen. Falls er sich die Schuhe band. Falls er sich die Nase schnäuzte. Falls er eine Wimper ins Auge bekam. Aber nichts davon geschah. Josephs Blick blieb starr auf mich gerichtet.

Ungeduldig trommelte Oliver mit den Fingern auf seinen Oberschenkel. »Kapieren Sie es immer noch nicht? Sie haben sich Ihre Frage doch mehr oder weniger schon selbst beantwortet. Begreifen Sie nicht, dass meine Firma einen außergewöhnlichen, nie da gewesenen technologischen Durchbruch erzielt hat? Unser System wird die Art, wie wir *leben*, grundlegend verändern. Wie kann Ihnen das entgehen?« Seine sonst so monoton klingende Stimme hatte eine neue Qualität bekommen, und seine Augen leuchteten. »Zu wissen, wo Menschen sind, in der Lage zu sein, sie überall zu lokalisieren – begreifen Sie denn nicht, wie unerschöpflich dieses Potenzial ist? Ein Kind verirrt sich immer mal – speise ein Foto von seinem Gesicht in das System ein, und das Kind wird gefunden, wahrscheinlich binnen weniger Sekunden. Ein Krimineller randaliert – die Polizei spürt ihn augenblicklich auf. Ein Kinderschänder treibt sich in der Nähe eines Spielplatzes herum, ein verurteilter Bankräuber in der Nähe einer Bank, und schon wird in Echtzeit Alarm ausgelöst. Und das System wird ständig intelligenter, lernt, Neues einzuordnen, schult sich exponentiell selbst, letztendlich viel schneller, als ein Mensch je lernen könnte. Kriminalität könnte praktisch ausgerottet werden – aber es geht hier nicht nur um Kriminalität. Denken Sie doch nur an die Vorteile für das Gesundheitswesen! Ein Grippekranker läuft durch die Gegend, ein anderer weist Symptome irgendeiner hoch ansteckenden Krankheit auf – solche Leute können zur Behandlung oder in Quarantäne gebracht werden, bevor sie andere infizieren. Ein betrunkener Autofahrer könnte als solcher erkannt und aufgehalten werden, bevor er sich überhaupt erst hinters Steuer setzt. Das ganze Chaos, die ganzen Unzulänglichkeiten der Menschen auf der Welt könnten in Angriff genommen und beseitigt werden.« Er holte Luft. »Verstehen Sie jetzt, was ich meine, Nikki?«

»Was hat das mit einer Diktatur zu tun, in der ein Journalist ermordet wird?«

Olivers Stimme wurde weicher und klang nun geduldig, so als erklärte er einem kleinen Kind etwas. »Wir packen Probleme auf *globaler Ebene* an. Damit das funktioniert, dürfen wir nicht wählerisch sein. Das liegt auf der Hand. Wir müssen unser Netzwerk überall installieren, auf der ganzen Welt. Wenn wir nur hier und da Augen haben, bringt das nichts. Je mehr es sieht, desto mehr lernt es und desto schneller bringt es sich selbst Dinge bei. Den Luxus, uns bei der Wahl unserer Geschäftspartner die Rosinen herauszupicken, besitzen wir nicht. Meinen Sie etwa, wir wollen, dass unsere Kunden unser System missbrauchen? Natürlich nicht! Aber was wir erschaffen haben, muss Wurzeln schlagen können, und wenn man eine winzige Anzahl von Menschen Kinderkrankheit nennen will, dann ist das eben so.«

»Unschuldige Menschen«, warf ich ein.

»Wissen Sie, wie viele Menschenleben wir bereits gerettet haben?«, entgegnete Oliver erregt. »Weit mehr als die Zahl derer, die bedroht werden, das kann ich Ihnen versichern. Und in unserer eigenen Regierung und unserem eigenen Militär gibt es sehr hochrangige Vertreter, die gegenüber dem, was wir tun, äußerst empfänglich sind und sich als förderlich erwiesen haben.«

»Arschlöcher in der Regierung, was für eine schockierende Erkenntnis«, kommentierte ich trocken.

»Nun kommen Sie schon, Nikki! Wir verschließen Tag für Tag gegenüber weit Schlimmerem die Augen! Wissen Sie, bei wie vielen Diktaturen, wie vielen Menschenrechtsverletzungen unser Land im Interesse der nationalen Sicherheit beide Augen zudrückt, wegschaut, jeden Tag?«

Ich lehnte mich bequem zurück und benutzte das Taschenmesser dazu, einen Niednagel abzuschneiden. »Es fühlt sich ja so toll an, recht zu haben.«

Er war noch nicht fertig. »Wie gesagt, Sie waren zu gut. Wir hätten nie gedacht, dass Sie so schnell so viel herausbekommen würden. Das war das Einzige, was uns überrascht hat – nun ja, das und die Tatsache, wie persönlich Sie den Tod von Karen Li genommen haben. Das haben wir nicht verstanden. Sie kannten sie doch kaum. Sie hat keine Rolle gespielt – gerade für Sie mit Sicherheit nicht.«

»Hat sie doch. Das ist es ja gerade. Sie hat mir eine Menge bedeutet.«

Olivers Gesicht verlor seinen lebendigen Ausdruck, und Desinteresse machte sich darauf breit. »Es bringt nichts, Haarspalterei zu betreiben. Wir müssen die Sache unter Dach und Fach bringen. Die größte Überraschung für mich war eigentlich, dass Sie so dumm waren, sich heute Abend hier in die Falle locken zu lassen. Was für ein Anfängerfehler, und das auch noch in einem so entscheidenden Moment. Ehrlich gesagt hatte ich fast schon Gefallen daran gefunden,

Ihren Einfallsreichtum in Echtzeit mitzuerleben. Ich hätte mehr von Ihnen erwartet. Ich kann es immer noch nicht fassen, warum Sie sich erlaubt haben, so fahrlässig vorzugehen, und das in einem Moment, in dem es am meisten darauf ankam.«

»Vielleicht hätten Sie sich das vor einer Stunde fragen sollen.«

»Hä?« Er sah mich verdutzt an. »Das spielt keine Rolle. Wir sind hier.«

»Genau. Wir sind hier.« Langsam fasste ich nach dem aufgeschlagenen Buch auf dem Rollcontainer. »Keine Sorge, ist bloß ein Buch!«, rief ich zu Joseph hinüber, als dieser seinen Revolver ein Stück anhob. »Das kann dir nicht wehtun.«

Ich schob das Buch beiseite, woraufhin ein kleiner weißer Gegenstand zum Vorschein kam, der aussah wie ein Golfball.

»Kommt Ihnen das Ding bekannt vor?«

Olivers Gesichtsausdruck veränderte sich. »Das ist jetzt aber nicht …«

»Als Gunn es mir geschenkt hat, an dem Tag, als er mich angeheuert hat, wusste ich nicht, was ich damit anfangen sollte. Also ließ ich es einfach in meinem Büro liegen. Später gab es dann so eine Sache, auf die ich mir erst keinen Reim machen konnte: Als Joseph und seine Freunde mich im Buchladen geschnappt haben, sind sie nicht einfach so hereingeschneit. Sie warteten, bis ich nach oben gegangen war und mich dort niedergelassen hatte. Das Timing erschien mir zu perfekt. Andererseits ahnten sie nicht, dass sich unten in dem Laden noch jemand versteckt hielt. Es war so, als hätten sie nur in meinem Büro im Obergeschoss Augen. Und auf der Fähre wirkten Sie zwar überrascht, dass ich die Fotos von Karen hatte, aber auch nicht *so* überrascht. Nicht so sehr, wie Sie es meiner Meinung nach hätten sein müssen. Und das lag daran, dass ich mir die Fotos in meinem Büro angeschaut hatte – ich begriff, dass dieses kleine Ding hier die ganze Zeit über live Videostreaming geliefert hatte. Gunn hatte mir ein Trojanisches Pferd geschenkt. Der älteste Trick der Welt, und ich bin darauf reingefallen.«

Sein Gesicht war kreidebleich. »Nikki, das ist jetzt doch nicht ...«

»An? Auf Aufnahme gestellt? In diesem Moment?« Unbekümmert zuckte ich mit den Schultern. »Sie kennen mich doch, Oliver. Ich habe es nicht so mit diesem ganzen Hightech-Zeugs. Keine Ahnung, wie man dieses Ding abstellt.« Ich hielt die kleine Kamera hoch und wiegte sie gelassen in meiner Handfläche. »Allerdings bat ich einen Freund, mal einen Blick darauf zu werfen. Wie sich herausstellt, lässt sich der Live-Stream mühelos auch zu einer anderen Stelle senden. Dorthin, wo es, sagen wir mal, sicher ist, wo Leute Zugriff auf unser ganzes Gespräch haben, ganz gleich, was heute Abend hier geschieht.«

Ich stellte mir vor, wie Charles Miller, wahrscheinlich mit einem Becher Kaffee in der Hand, vor seinem Rechner kauerte und aufmerksam zuschaute und zuhörte. In Anbetracht der vielen unappetitlichen Dinge, die den Menschen in diesem Raum heute Abend widerfahren konnten, wollte ich nicht, dass Mr Jade und Mr Rubin mich in Echtzeit beobachteten. Nicht angesichts dessen, was ich vorhatte. Zwar halfen wir einander, aber die beiden hatten ja einen Eid darauf abgelegt, *sämtliche* Gesetze einzuhalten. Mir hingegen schwebte ein wenig mehr Flexibilität vor. Nichtsdestotrotz hatte ich Charles die Kontaktdaten der beiden Agenten gegeben. Im schlimmsten Fall würde er wissen, wohin er die Aufnahmen der Geschehnisse des heutigen Abends senden musste. »Wärt ihr beide heute nicht so emsig mit der Planung des Mords an eurem Boss beschäftigt gewesen«, schloss ich, »dann wäre euch vielleicht aufgefallen, dass ihr gar nicht mehr mein Büro überwacht.«

Oliver schaute sich argwöhnisch in dem Raum um. »Sie haben mich hierhergelockt, um mich reinzulegen?«

Ich machte mir nicht die Mühe, darauf zu antworten.

Er lief puterrot an, ging kurz in sich und traf dann eine Entscheidung. »Ich wusste nicht, dass ich aufgenommen wurde. Das alles ist vor Gericht nicht zulässig. Händigen Sie mir die Kamera aus! Sofort.«

»Nein.«

»Geben Sie sie mir!«, verlangte er.

»Kommen Sie doch und holen Sie sich.«

»Nehmen Sie ihr die Kamera ab, Joseph«, befahl er.

Auf genau diese Worte schien der nur gewartet zu haben. Ohne zu zögern, kam er mit energischen Schritten auf mich zu. In seinen blassen Augen lag Mordlust. »Mir ist jeder Vorwand recht«, sagte er, während er den Lauf der Waffe direkt auf mich richtete und den stählernen Bolzenschneider locker in seiner linken Hand schwang wie ein Kriegsbeil.

Ich erhob mich langsam und stellte mich direkt neben eines der übervollen Bücherregale, das auf dem unebenen Boden ohnehin nicht ganz sicher stand.

»Was haben Sie vor? Wollen Sie ein bisschen lesen?«, höhnte er.

Statt auf seine Frage einzugehen, ließ ich meine Hand vorschnellen und gab dem Regal einen kräftigen Stoß, mehr brauchte es gar nicht.

Mit einem dumpfen Geräusch prallte ein Hardcover, das vom obersten Bord des Bücherregals gerutscht war, auf Josephs Schulter und plumpste vor seine Füße.

Verblüfft schaute er erst auf das Buch hinab, dann nach oben, zu dem Stapel auf dem obersten Regalbrett, von dem jetzt noch mehr Bücher auf ihn hinabregneten. Im nächsten

Moment geriet das gesamte Bücherregal ins Wanken und Hunderte Bücher prasselten gleichzeitig auf ihn nieder. Er versuchte noch, sich in Sicherheit zu bringen, stolperte jedoch über eine vorstehende Bodenfliese und fiel der Länge nach hin, kurz bevor das Holzregal in voller Breite auf ihn stürzte und seine untere Körperhälfte unter sich begrub.

Mittlerweile hielt ich die .357er in der Hand. Schluss mit dem Geplänkel. Nun ging es zur Sache.

Mit dem Gesichtsausdruck von jemandem, der gerade zuschaut, wie ein Tiger im Zoo über den Zaun seines Geheges springt, und sich nun sehnlichst wünscht, er hätte ihn zuvor nicht durch die Gitterstäbe hindurch gepikst, starrte mich Oliver an. Jetzt wieder ängstlich, wich er vor mir zurück. Ich sah, dass sich Joseph unter dem Berg der Bücher rührte, und hielt meinen Blick auf ihn gerichtet. Während ich an Oliver vorbeiging, verpasste ich ihm einen heftigen Ellenbogenstoß gegen den Nasenrücken. Ihn zu schlagen fühlte sich ausgesprochen befriedigend an. Er hatte es sich schon lange verdient.

Oliver griff sich mit beiden Händen an die Nase, stieß einen Schmerzenslaut aus und dann, als ich ihm seitlich kräftig gegen das Knie trat, noch einen. Aus dem Augenwinkel heraus nahm ich wahr, dass er zu Boden fiel, und sah zugleich, dass Joseph seinen unverletzten Arm in dem Bemühen anspannte, sich nach oben zu drücken. »Joseph!«, bellte ich. »Zeig mir deine Hände, sonst schieße ich sie dir von deinen verdammten Handgelenken. Steh auf!«

Ich sah zu, wie sich Joseph mit zerzaustem Haar mühsam aufrappelte. »Immer diese dummen Tricks!«, stieß er wütend hervor.

Joseph den Lauf der .357er ins Gesicht zu schlagen fühlte sich sogar noch befriedigender an, als Oliver zu schlagen. Er sank auf ein Knie, und aus einer klaffenden Wunde an der

Stirn lief ihm Blut über das Gesicht. Der Lauf der .357er bildete eine schöne gerade Linie zwischen meinen Händen und Josephs Kopf. »Hoch mit dir.«

»Stopp, Nikki, sofort!«

Ich drehte meinen Kopf minimal, um einen raschen Blick auf Oliver zu erhaschen, ohne dabei Joseph aus den Augen zu lassen. Der Stoß meines Ellbogens hatte nicht bewirkt, dass Oliver hübscher geworden wäre. Blut hatte sich über seine untere Gesichtshälfte und das Kinn verteilt, und er schnappte heftig nach Luft. Doch seine Hände, in denen er eine halb automatische Pistole hielt, waren verhältnismäßig ruhig.

»Ich hatte nicht vor, Sie zu erschießen, Oliver«, sagte ich, meinen Blick nach wie vor auf Joseph gerichtet. »Ich wollte dafür sorgen, dass Sie sich Ihrer Verantwortung stellen müssen. Aber erschießen wollte ich Sie nicht.«

»Das lässt sich leicht behaupten, wenn ich eine Waffe auf Sie richte.«

»Sie verstehen nicht, was ich sagen will. Sie haben die Situation gerade verändert, nicht ich. Aber gleich werde ich es womöglich.«

Er nahm die kleine weiße Kamera und warf sie, so fest er konnte, auf den Boden, nur um sie dann, um auf Nummer sicher zu gehen, noch mit dem Absatz zu zermalmen. »Nehmen Sie die Waffe runter, sofort!«

Ich musste schnell eine Entscheidung treffen. Falls ich herumwirbeln und auf ihn schießen würde, blieb ihm wahrscheinlich keine Zeit zu reagieren. Er hatte keinerlei Erfahrung mit derlei Situationen. Er würde kurzzeitig unter Schock stehen, wenn er begriff, dass er den Abzug betätigen musste, während eine reale Person vor ihm stand, und das würde seine Reaktion verzögern. Aber angesichts mehrerer Schusswaffen in einem kleinen Raum konnte alles Mögliche passieren. Sobald ich den Lauf meiner Waffe herumschwenken würde, würde Joseph sich auf mich werfen. Er glitt ohnehin immer näher auf mich zu – mit Sicherheit erahnte er meine Gedanken. Wenn ich Oliver erschoss, würde ihm das nichts ausmachen. Nicht, wenn es ihm ermöglichte, dadurch meiner habhaft zu werden. Er hasste mich abgrundtief. Ich dachte an den Mann in den Boardshorts, der sich in der Garage einen Querschläger eingefangen hatte, und stellte mir uns drei hier vor, während Kugeln in dem kleinen, geschlossenen Raum vom Beton abprallten und unberechenbar in alle Richtungen sausten.

Mir gefielen die Wahrscheinlichkeiten nicht.

»Legen Sie die Waffe hin!«, wiederholte Oliver. Seiner Stimme war anzuhören, wie angespannt er war. Seine Hände, mit denen er den Griff des Revolvers fest umklammert hielt, zitterten. Es schien, als geriete er allmählich in Panik. Ich stellte mir vor, wie sich zu dem Schmerz in seiner Nase noch eine Mischung aus Stress und Adrenalin gesellte. Das war eine brisante Mischung.

Er konnte mich erschießen, ohne überhaupt zu begreifen, dass er den Abzug betätigt hatte.

Ich traf eine Entscheidung.

»Na schön.«

Ich legte die .357er auf den Boden.

Als ich mich wieder aufgerichtet hatte, hatte Joseph wieder seine Waffe auf mich gerichtet. Genau wie vorher.

Nur, dass ich dieses Mal keinen Plan B hatte.

46

Wir gingen im Gänsemarsch. Ich vorneweg, Joseph und Oliver folgten mir. Joseph war Profi, ließ sich so weit zurückfallen, dass er für mich außer Reichweite war, aber auch nicht so weit, dass ich geduckt um eine Ecke hätte huschen und die Flucht ergreifen können. Oliver hatte sich den Umschlag mit den Care4-Dokumenten unter den Arm geklemmt. Die Nacht war warm. Der Mond stand sichelförmig am Himmel, verziert von dem orangefarbenen Schein, den die Lichter der Hafenanlage zu ihm hinaufstrahlten.

»Warum musste Gunn sterben?«, fragte ich.

»Was kümmert Sie das?«, ertönte Olivers Stimme hinter mir.

»Tut es gar nicht. Reine Neugier. Ihr beide habt doch jahrelang zusammengearbeitet. Warum ihn ermorden lassen?«

»Wenn Sie es unbedingt wissen wollen: Der Druck durch die Ermittlungen des FBI ist Greggory an die Nieren gegangen. Er hat zum schlechtestmöglichen Zeitpunkt die Nerven verloren.«

Ein Piepen ertönte, als er per Fernbedienung die Türen seines Wagens entriegelte. Wie zur Begrüßung flammten Scheinwerfer auf. Auf der anderen Seite des Tors erspähte ich eine unscheinbare schwarze Limousine. Sie stand so dicht vor dem Tor, dass die Stoßstange es fast berührte und jemand ohne Weiteres hätte auf das Wagendach steigen und von dort die Gitterstangen erklimmen können.

»Wohin fahren wir?«

»Halt's Maul!«, blaffte Joseph mich an. »Steig einfach in den gottverdammten Wagen. Nach vorn, auf den Beifahrersitz.«

»Okay.« Ich öffnete die Beifahrertür von Olivers Wagen, hielt dann aber inne. »Ach, das hätte ich jetzt beinahe vergessen.« In meiner ausgestreckten Hand lag mein Schlüsselring. »Um das Tor zu öffnen.«

»Her damit!«, verlangte Joseph.

»Bitte sehr«, erwiderte ich.

Und warf den Schlüsselring, so weit ich konnte, über seinen Kopf hinweg.

Er segelte in die Dunkelheit des verwaisten Geländes hinein und verschwand aus dem Blickfeld.

Es dauerte einen kleinen Moment, bis die beiden das, was ich gerade getan hatte, registrierten. Glücklich darüber wirkten sie nicht. Joseph hätte mich am liebsten an Ort und Stelle über den Haufen geschossen. Schon aus persönlicher Feindseligkeit, aber noch aus einem anderen Grund: Ich hatte nun schon zum wiederholten Mal etwas unternommen, womit er nicht gerechnet und das zu Ergebnissen geführt hatte, die ihm ganz und gar nicht gefielen. Mochte Joseph es auch nicht explizit aussprechen, so musste er doch allmählich den Eindruck gewinnen, dass, solange ich lebte, ein Risiko für seine persönliche Sicherheit bestand.

Natürlich beruhten diese Gefühle auf Gegenseitigkeit.

Oliver ließ ihn jedoch nicht gewähren. Das Letzte, was Oliver jetzt wollte, war, mit seinem Auto auf der falschen Seite des Tors festzusitzen, während gleich daneben und für alle sichtbar eine Leiche herumlag. Schließlich gelangten die beiden zu der naheliegenden Schlussfolgerung: Die einzige Option war die, sich auf die Suche nach meinen Schlüsseln zu machen.

»In welche Richtung hat sie sie geworfen?«, fragte Oliver.

Joseph machte eine vage Geste, die knapp einen Hektar Fläche umfasste. »Ich hatte auf sie geachtet.«

»Ich glaube, ich habe es gesehen«, bot ich meine Hilfe an.

Sie ließen mich vorgehen. Das war eine logische Entscheidung. Allein lassen konnten sie mich nicht; sie konnten mir nicht über den Weg trauen, wenn ich hinter ihnen herging, und neben sich wollten sie mich ebenfalls nicht gehen lassen – was das betraf, blieb Joseph eisern. Immerhin hatte er erlebt, wie Victor mit mir in einen Raum gegangen war – und nur ich ihn wieder verlassen hatte. Wenn er es vermeiden konnte, würde Joseph mich nicht näher als eine Armlänge an sich heranlassen. Wir setzten uns in Bewegung. Dabei ließen uns die turmhohen Reihen mit Schiffscontainern wie Zwerge erscheinen. »Ohne Licht bringt das nicht wirklich was«, konstatierte ich und hielt dabei die LED-Taschenlampe hoch, die ich schon in Silas Johnsons Büro benutzt hatte. »Dann würden wir die ganze Nacht hier herumsuchen.«

»Ich hoffe, du versuchst abzuhauen«, zischte Joseph. »Das hoffe ich wirklich.«

»Wann habe ich jemals etwas getan, das du dir wünschst, Joseph?«

Joseph fluchte. Ich lachte. Wir gingen weiter.

Oliver und Joseph hatten auf mich geachtet, als ich die Schlüssel geworfen hatte. Ich hingegen hatte die Flugbahn der Schlüssel verfolgt. Daher hatte ich nun eine ziemlich genaue Vorstellung davon, wo sie gelandet waren, und schlug zunächst bewusst eine Richtung ein, die uns vom Schlüssel wegführte. Es bestand schließlich kein Grund zur Eile. Dann führte ich uns peu à peu in die Richtung, in der ich die Schlüssel tatsächlich wähnte.

»Wann haben Sie mich zum ersten Mal verdächtigt?«, wollte Oliver wissen.

»Ich hatte Sie gleich bei unserem ersten Treffen in Verdacht. Als Sie auf dem Parkplatz des Fitnessstudios auf mich zukamen. Natürlich habe ich Sie schon in diesem Moment verdächtigt.«

Er wirkte verärgert. »Was sind Sie doch für ein Sherlock. Immer allen anderen um eine Million Schritte voraus.« Seine Stimme triefte vor Sarkasmus. »Sicher ist Ihnen aufgefallen, dass ein Härchen nicht an der richtigen Stelle war oder an meinem Auto ein winziger Lackfleck war. Und schon wussten Sie urplötzlich auf alles eine Antwort.«

»So habe ich das nicht gemeint. Ich habe nicht bloß *Sie* verdächtigt. Von dem Moment an, als Gunn mich anheuerte, war jede Person, der ich zum ersten Mal begegnete, für mich verdächtig. So funktioniert das eben. Aber natürlich wollte ich den Kreis der Verdächtigen einschränken. Daher habe ich Ihnen auf der Fähre erzählt, ich spielte mit dem Gedanken, mich mit Karens Fotos an die Polizei zu wenden.«

»Und?«

»Tatsache war, dass, *bevor* ich Ihnen das mitteilte, niemand versucht hat, mich umzubringen. Am Tag darauf hingegen standen dann Joseph und Co. bei mir vor der Tür. Ich hatte gedacht, sie hätten es darauf abgesehen, mich zu beobachten, dann hätte ich sie aus ihrem Versteck aufgescheucht. Aber dass sie so schäbig sein würden, sich meinen Bruder vorzuknöpfen, damit hatte ich nicht gerechnet. Das war ein Fehler.« Ich suchte aufmerksam den Boden ab, redete dabei jedoch weiter. Je mehr die Leute redeten und zuhörten, desto schwerer fiel es ihnen, dabei ihre grauen Zellen zu strapazieren.« »Aber *wirklich wissen* tue ich es erst seit heute Abend.«

»Was ist denn heute Abend geschehen?«

Ich warf einen Blick über meine Schulter. Sie gingen einige Schritte hinter mir, nach wie vor darauf bedacht, eine Armeslänge Abstand zu halten. »Sie sind hier aufgekreuzt.«

»Was soll das schon zu bedeuten haben? Sie haben mir doch gesagt, ich soll hier aufkreuzen.«

»Genau. Ein Unschuldiger hätte dieser Aufforderung niemals Folge geleistet. Schon gar nicht, nachdem ihm erzählt worden war, er schwebe in Lebensgefahr. Er würde vielleicht die Polizei rufen, sich womöglich verstecken oder sich zu Hause verbarrikadieren. Das Einzige, was er ganz sicher nicht tun würde, wäre, mitten in der Nacht in einer seltsamen Lagerhalle aufzukreuzen, und das einzig und allein auf das Wort von jemandem hin, den er kaum kennt.« Ich ließ den Lichtstrahl hin und her über den Boden huschen. »Sie sind hierhergekommen, weil Sie in Erfahrung bringen mussten, was ich in der Hand hatte.«

»Warum haben Sie uns nicht einfach vom FBI hier in Empfang nehmen lassen? Warum sind Sie das Risiko eingegangen, uns allein zu treffen?«

Während ich mich zu ihnen umschaute, deutete ich mit dem Kopf auf Joseph. »Dafür können Sie sich bei ihm bedanken.«

»Was soll das heißen?«

»Joseph ist vorsichtig«, sagte ich. »Ist man das in seiner Branche nicht, feiert man für gewöhnlich seinen dreißigsten Geburtstag nicht. Ich konnte nicht riskieren, dass er eine Falle wittern oder die Kerle vom FBI sehen und es dann mit der Angst zu tun bekommen würde. Für mich war es wichtig, dass Sie heute Abend hier aufkreuzen. Aber ich wollte auch, dass *er* hier ist. Letzteres war mir wichtig.«

»Wieso?«, fragte jetzt Joseph und klang dabei ehrlich verwundert. »Dir muss doch klar sein, was ich mit dir anstellen werde.«

»Du hattest vor, meinen Bruder umzubringen«, erwiderte ich unverhohlen. »Und du bist genauso verantwortlich für Karen Lis Tod wie Gunn, Oliver oder Victor. Meinst du etwa, du kommst damit davon?«

»Und ob ich das werde!«, erwiderte Joseph. »Gleich nachdem ich dich erledigt habe. Und bevor ich mich danach in den Flieger setze, werde ich noch zweierlei erledigen. Ich schnappe mir noch einmal deinen Junkiebruder, und dann lege ich ihn in deinem gottverdammten Buchladen in Fesseln, tränke ihn in Benzin und brenne die ganze Bude nieder.«

Ich ignorierte seine Worte. Wenn er es vorzog, an das zu denken, was vor ihm lag, war das sein Problem. Ich hingegen konzentrierte mich auf das, was unmittelbar vor mir auf dem Boden lag – nämlich etwas metallisch Glitzerndes.

»Gefunden!«

Ich hob den Schlüsselring auf und hielt ihn brav in die Höhe. Die Taschenlampe in meiner Hand wendete sich dabei vorübergehend in ihrer beider Richtung. Der auf sie gerichtete Lichtstrahl blendete Joseph und Oliver und erschwerte es ihnen, mich zu sehen, während es mir entsprechend leichtfiel, sie zu sehen. Ich trat einen Schritt auf die beiden zu, die Hände weit ausgebreitet und daher nicht bedrohlich – und sprühte Joseph das Pfefferspray aus der Dose, die an meinem Schlüsselring hing, voll ins Gesicht. Er krümmte sich mit einem Schmerzensschrei zusammen und sackte zu Boden. Dann warf auch ich mich zu Boden, nach links, dicht neben seine rechte Schulter. Durch die Schlinge wurde sein rechter Arm an seinen Körper gedrückt. Um auf mich anlegen zu können, würde er sich mit dem ganzen Körper zu mir umdrehen müssen.

Während Joseph sich mit der Hand über die Augen fuhr, feuerte er gleichzeitig zwei Schüsse dorthin, wo ich noch einen Moment zuvor gestanden hatte. Er wusste noch nicht, dass ich mittlerweile genau dort war, wo er mich nicht hatte haben wollen – neben ihm.

Er versuchte gleichzeitig, sich die Augen zu reiben, sich umzudrehen und zu schießen. Ich versetzte ihm mit der Linken einen Aufwärtshaken aus der Drehung und schlug ihn, so fest ich konnte. Nicht ins Gesicht oder in den Unterleib oder auf eine andere Stelle, die ich normalerweise favorisiert hätte. Stattdessen schlug ich Joseph direkt unterhalb der rechten Schulter auf seinen Verband. Die Schusswunde war erst wenige Tage alt. Er brüllte vor Schmerz auf, und die Finger seiner rechten Hand lockerten sich. Sein Revolver fiel zu Boden.

Wir hechteten beide danach. Ich spürte eine große Hand in meinem Gesicht und biss heftig in den fleischigen Teil des Handtellers. Joseph jaulte erneut auf und rammte mir das Knie in den Magen, während er mit seiner malträtierten Hand in mein Haar griff. Ich meinerseits packte ihn zwischen den Beinen und verdrehte meine Hand heftig. Er stieß einen unappetitlichen Laut aus und rammte mir seinen gesunden Ellbogen gegen die Stirn. Ich spürte, dass die Haut aufplatzte, packte ihn mit zwei Fingern am Ohrläppchen und tat mein Bestes, um es vom Rest des Körpers abzutrennen. Erneut stieß er mir ein Knie in den Magen und krallte einen Finger in mein Nasenloch. Dabei gelang es mir erneut, meine Zähne in seine Hand zu versenken. So verlief unsere Auseinandersetzung. Unschön. Ohne Regeln. Nicht gerade eine Veranstaltung, bei der Damen aus Kentucky mit Blumen bestickte Hüte aufgesetzt hätten.

Ich bekam den Revolver mit einer Hand zu fassen, spürte jedoch, dass Joseph im Begriff war, seine Hand auf die meine zu pressen. Selbst mit nur einer Hand war er wesentlich stärker als ich. Es gelang ihm, den Revolver erst aufwärts und dann auf mich zu richten. Ich versetzte ihm einen Kopfstoß, doch in meiner Rückenlage konnte ich kein Gewicht dahinterlegen. Ich spürte, wie der Lauf des Revolvers sich in meinen Körper bohrte, und versuchte verzweifelt, ihn beiseitezuschieben. Doch Joseph war zu kräftig. Er hatte mich in der Falle, das wussten wir beide. Der Lauf der Waffe stieß mir in den Magen, und in einem verzweifelten Versuch, ihn mir vom Leib zu halten, bäumte ich mich auf.

Ein schneidender Knall ertönte, und der stechende Geruch von Schießpulver drang mir in die Nase.

Etwas stimmte nicht.

Ich spürte keinen Schmerz.

Ich benötigte einen Moment, um zu begreifen, dass der Schuss von oben gekommen war. Josephs Hand löste sich von dem Revolver. Sein Körper erschlaffte und glitt seitlich von mir herunter. Oliver stand über uns. Dieses allerletzte Aufbäumen von mir hatte Joseph in die Flugbahn der Kugel bugsiert, die Oliver auf uns abgefeuert hatte. Olivers Hände zitterten, und sein Gesicht war blutverkrustet, doch er hielt seine Waffe weiter auf mich gerichtet.

»Weg von dem Revolver!«, sagte er. »Schön langsam.«

Ich rollte mich weg. Erst einmal, dann noch einmal. Dabei blinzelte ich heftig, um sie von dem Blut zu befreien, das mir nach Josephs Ellbogenstoß die Stirn hinablief. »Sie haben gerade Joseph erschossen. Ich vermute, das war ein Versehen.«

Olivers Atmung ging stoßweise, und er blickte grimmig und entschlossen. »Er war entbehrlich.«

»Das sagen Sie über eine Menge Leute.«

»Dann sind es eine Menge Leute wohl auch.«

Ich hatte mich nach wie vor schützend zu einem Ball zusammengerollt. Während Olivers Blick zu Josephs Leiche schweifte, ließ ich eine Hand in Richtung meines Stiefels gleiten, doch als er seinen Blick wieder auf mich richtete, zog ich sie zurück. »Wie wollen Sie diese Schweinerei erklären?«, wollte ich von ihm wissen. »Haben Sie die Kamera vergessen? Ich habe diesbezüglich keine Witze gemacht. Eine Kopie geht ans FBI. Die werden erfahren, dass Sie heute Abend hier waren.«

Allzu besorgt wirkte Oliver nicht. »Sicher, Sie haben dafür gesorgt, dass die Sache unangenehm wird, das schon, aber es ist nicht so, als könnten wir das nicht in den Griff bekommen. *Das* hier jetzt wird jedenfalls nicht aufgenommen, und …« – er deutete mit dem Kopf auf Josephs Leiche – »mir wird gerade klar, dass ein Toter einen ausgezeichneten Sündenbock abgibt. Was die Konsequenzen angeht: Ich habe mächtige Freunde, die begreifen, wie wichtig es ist, dass wir ungehindert in den Echtbetrieb gehen. Von morgen an wird unser Netzwerk US-amerikanischen Nachrichtendiensten ein unbezahlbares Schaufenster in die Welt liefern. Meinen Sie etwa, so eine Dienstleistung würde nicht gebührend gewürdigt? Wenn die nationale Sicherheit auf dem Spiel steht, schreckt selbst das FBI zurück.« Er fuhr sich mit der Hand über die Nase, aus der immer noch Blut lief. »So verwundbar wie jetzt werden wir nie mehr sein. Nach dem morgigen Tag werden wir nie wieder derart bedroht werden.«

»Da gibt es noch eine Sache, die mich nicht mehr loslässt«, sagte ich.

Er klang nur milde interessiert. »Ach ja? Und was wäre das?«

»Sie.«

»Ich? Was soll mit mir sein?«

»Wer Sie sind, Oliver. Beziehungsweise Martin Gilman, sollte ich wohl eher sagen.«

»Woher kennen Sie meinen Namen?«, fragte er alarmiert.

»Vermissen Sie eine Clipper-Card?«

Nun fiel ihm wieder unsere Überfahrt mit der Fähre ein, und er kniff die Augen zusammen. »Sie waren das? Sie haben auf einen so billigen Taschenspielertrick zurückgegriffen? Ich hätte gedacht, so etwas wäre unter Ihrer Würde.«

»Ich wollte Ihren Namen wissen. Technisch einfache Lösungen funktionieren immer noch, auch im Silicon Valley.« Clipper-Cards waren mit einer individuellen Nummer gekennzeichnet, sodass sie elektronisch über ein persönliches Konto wieder aufgeladen werden konnten. Olivers persönliche Daten auszukundschaften hatte Charles Miller weniger Zeit gekostet, als ich brauchte, um eine Tasse Kaffee zu schlürfen.

Er zuckte mit den Schultern. »Na schön. Dann haben Sie eben meinen Namen. Na und?«

»Ich konnte mir keinen Reim darauf machen, warum Sie in alles verwickelt waren, wenn Sie doch bloß ein Gehaltsempfänger bei Care4 waren. Es leuchtete mir nicht ein, dass Sie dann derartige Risiken eingehen würden. Schauen Sie sich doch an. Sie zeigen mehr Engagement, als es Gunn jemals tat, und der war der verdammte CEO. Ich stellte alle möglichen Vermutungen an: Erpressung, ein Machtgerangel zwischen Ihnen beiden, bei dem Sie unterschiedliche Ziele verfolgten. Aber nichts davon traf zu.«

»Und zu welchem Ergebnis sind Sie gekommen?«

»Ich kam immer wieder auf die einzige Antwort, die mir einleuchtete: Care4 ist in Wirklichkeit gar nicht Gunns Unternehmen. Nicht wahr?«

Oliver schaute mich an, gab jedoch eine ganze Weile

keine Antwort. »Was meinen Sie damit?«, erwiderte er schließlich.

»Auf dem Papier las sich das mit Gregg Gunn wie eine klassische Erfolgsgeschichte aus dem Valley: Studienabbrecher in Stanford, bekommt an der Wall Street einen Vorgeschmack auf die Finanzwirtschaft, handelt sich Ärger ein, macht einen Neubeginn in der Welt der Start-ups. Aber mir fiel auf, dass an diesem Narrativ etwas nicht stimmte. Er war nicht wirklich sehr *gut* bei irgendwas. Er hat nicht abgebrochen, sondern fiel wegen schlechter Noten durch. In New York wäre er wegen Insiderhandel beinahe hinter Gitter gewandert. Seine Geldstrafe war mit Sicherheit um ein Vielfaches höher als alles, was er vorher verdient hatte. Und jedes Unternehmen, das er anschließend gründete, verlor sein Geld und machte dicht. Drei insgesamt, glaube ich.«

Olivers Gesicht blieb ausdruckslos. »Interessante Einschätzung.«

»Interessant? Na klar. Was *ich* interessant fand, war die Tatsache, dass ich nicht die Einzige bin, die diese Einschätzung vorgenommen hat.«

»Wie meinen Sie das?«

»*Sie* haben es ebenfalls getan«, sagte ich. »Und zwar schon vor Jahren. Ich kam vor Kurzem zu dem gleichen Schluss: Gunn war pleite. Er hat Geld von Investoren in den Sand gesetzt, jedes Mal aufs Neue. Kein Mensch hätte ihm noch einmal frisches Geld in die Hand gegeben. Care4 war *Ihre* Idee, nicht die seine. Aber Sie haben bereits an die Zukunft gedacht. Vielleicht mochten Sie es nicht, im Scheinwerferlicht zu stehen, oder fanden, es würde nur ablenken. Vielleicht wollten Sie jemanden, der nach außen hin das Gesicht des Unternehmens war und, falls nötig, als Blitzableiter fungieren konnte, während Sie im Hintergrund ungestört die Fäden in der Hand hielten. Und Sie wollten jemanden, den Sie in die ganze Welt hinausschicken konnten – beziehungsweise jemanden, den Sie losschicken konnten, um eine Privatdetektivin anzuheuern, während Sie ein doppeltes Spiel betrieben, um dann, falls sie zu viel herausfinden würde, die Seiten wechseln zu können. Es war schlau von Ihnen, sich als Mitarbeiter einer langweiligen Abteilung wie der Sicherheitsabteilung auszugeben. Damit konnten Sie glaubhaft darüber informiert sein, was vor sich ging, ohne Verdacht zu erregen. Und Gunn war die ideale Besetzung als CEO für Sie. Ein charismatischer, extrovertierter Strohmann. Jemand, der gierig genug war, um Gesetze zu umgehen, schlau genug, um seine Rolle zu spielen, und gleichzeitig dumm oder kurzsichtig genug, um bei allem mitzumachen, was Sie wollten, ohne zu viele Fragen zu stellen.«

»Und wie genau soll ich diese ideale Person kennengelernt haben? An einer Bushaltestelle vielleicht?«

»Nein.« Ich dachte an die Kopie, die Charles Miller mir auf dem Angelpier in Berkeley gegeben hatte. »Gregg Gunn war Ihr Mitbewohner in Stanford. Dann fiel er durch. Vielleicht haben Sie den Kontakt gehalten, vielleicht auch nicht. Aber später – lange nachdem Sie Ihren Abschluss gemacht hatten und beschlossen, Care4 zu gründen – hatten Sie die ideale Person für Ihre Zwecke in petto. Sie haben Ihren vom Glück verlassenen alten Mitbewohner aus Collegezeiten aus der Versenkung geholt und ihm ein unwiderstehliches Angebot gemacht, nämlich das zu tun, was er immer schon hatte tun wollen – ein erfolgreiches Unternehmen leiten.«

Martin Gilman starrte mich an. Dann nickte er leise. »Im Nachhinein betrachtet, hätten wir uns das Leben wesentlich leichter machen können, wenn wir jemanden ausgesucht hätten, der weniger gut in seinem Job ist«, sagte er. »Man lernt wohl nie aus. Schade, dass ich Sie töten muss. Andernfalls hätte ich Ihnen eine Festanstellung angeboten.« In seiner Tasche ertönte ein Piepton. Sein Blick schnellte nach unten, und er griff in seine Tasche, um sein Mobiltelefon stumm zu schalten.

Dieses Mal gelangte meine Hand bis ganz hinunter an meinen Stiefel.

»Wie dem auch sei«, sagte er. »Wir wollen uns hier nicht die ganze Nacht die Beine in den Bauch stehen.« Erneut umklammerte er seine Pistole mit beiden Händen. »Care4 ist ein Unternehmen mit grenzenlosem Potenzial, Nikki. Wir pflegen zahlreiche bedeutende Partnerschaften, global und in D. C. Wenn etwas wie das hier noch einmal passiert, werden wir unantastbar sein.«

Die winzige .32 Deringer war nur auf kurze Distanz präzise, aber der Mann vor mir stand nah genug. Ich riss die Arme hoch und feuerte nach oben. Es gab einen kleinen Knall, kaum lauter als bei einer Kinderpistole. Die Kugel traf ihn in die Kehle, und binnen eines Sekundenbruchteils verringerte sich seine Lebenserwartung von etwa weiteren vierzig Jahren auf etwa vierzig Sekunden. Er ließ den Revolver fallen, setzte sich auf den Boden und umklammerte seine blutende Kehle mit beiden Händen. Die Deringer war eine doppelläufige Pistole, sodass ich noch einmal hätte auf ihn schießen können. Doch das tat ich nicht. Nicht, weil ich sein Ableben in die Länge ziehen wollte, sondern weil ich es einfach leid war, auf Menschen zu schießen. Wenn es nach mir ging, wollte ich nie wieder eine Schusswaffe in meiner Nähe haben. Mich überwältigte eine dieser trägen, unglücklichen Stimmungen, bei denen einem das ganze Leben sinnlos erscheint.

Der Mann, der sich Oliver genannt hatte, wollte etwas sagen, brachte aber aufgrund seiner Verletzung nichts über die Lippen. Er gab unangenehme Geräusche von sich und schob sich dabei aus seiner sitzenden Position in die Rückenlage, langsam, so als lehnte er sich auf einem Zahnarztstuhl zurück.

Er benötigte einen Moment, bis er begriff, dass er sterben würde, aber dann war es so weit.

Als ich Sirenen vernahm, war ich nicht sonderlich überrascht. Wie viele andere Gegenden von Oakland waren auch die Hafenanlagen mit einem Netzwerk von ShotSpotter-Mikrofonen ausgestattet, die Schießereien lokalisierten und den jeweiligen Standort an die nächste Polizeiwache durchgaben. Sobald irgendwo im Freien geschossen wurde, bestand eine große Chance, dass die Polizei wenig später den Ort des Geschehens ansteuern würde.

Ich stand zwischen zwei Leichen, und einer der Toten war durch einen Schuss aus einer auf mich zugelassenen Waffe zu einer solchen geworden.

Ganz egal, was gleich passieren würde, man würde mir auf keinen Fall erlauben, einfach davonzuspazieren.

Ich griff in Martin Gilmans Tasche und zog das iPhone hervor, das ihn auf so verhängnisvolle Weise abgelenkt hatte. Um den Bildschirm zu entriegeln, drückte ich seinen schlaffen rechten Daumen auf den Fingerabdruck-Sensor. Dann wählte ich eine Nummer, die ich auswendig kannte.
»Ich bin's«, meldete ich mich.

»Nikki? Wir sind in Gunns Haus und haben seine Leiche gefunden.« Der Adrenalinschub ließ Mr Jades Stimme angespannt klingen. »Wo sind Sie?«

»An der nächsten Station.«

»Was soll das heißen?«

»Ich bin im Besitz der Unterlagen, die Karen Li Ihnen hatte zukommen lassen wollen. Aber ich brauche Ihre Hilfe. Die Server in den Büroräumen von Care4 müssen noch heute heruntergefahren werden. Morgen ist es zu spät.«

Besonders beunruhigt klang er nicht. »Das wäre nicht das

erste Mal, dass ich einen Richter aus dem Bett hole. Wenn Sie Beweismaterial haben, warum wir dort reinmüssen, kümmern wir uns darum.«

»Da wäre noch etwas: Heute Abend haben ein paar Leute versucht, mich aufzuhalten.«

»Versucht?« Er registrierte meinen Tonfall und begriff. »Ich verstehe. Versucht. Geht es Ihnen gut?« Besorgnis schwang in seiner Stimme mit. Ohne jede sentimentale Anwandlung fragte ich mich, ob diese Sorge mir galt oder der Tatsache, dass er Gefahr lief, das besagte Beweismaterial zum zweiten Mal zu verlieren. Ich gab ihm einen Vertrauensvorschuss und ging davon aus, dass es ein wenig von beidem war.

»Oaklands Freunde und Helfer kreuzen hier gleich auf. Sie müssen herkommen und denen die Situation erklären. Damit die begreifen, dass ich mit Ihnen zusammengearbeitet habe. Ich habe zu Hause eine äußerst bequeme Queensize-Matratze. Schaumteil mit Formgedächtnis, ohne Federkern, das ganze Luxusprogramm. Ich habe mich an sie gewöhnt, ich schlafe gern darauf. Um genau zu sein, habe ich keine große Lust, die Nacht irgendwo anders zu verbringen.«

Er verstand. »Geben Sie mir die Adresse. Wir fahren sofort los.«

Ich gab ihm die Adresse durch.

»Ach, und Nikki?«

Ich war schon im Begriff gewesen, die Verbindung zu beenden, hielt das iPhone nun aber wieder an mein Ohr. »Ja?«

»Wenn wir mit allem danebenlagen, wie Sie es sagten, um was ging es denn dann eigentlich? Waren Menschen in Gefahr?«

Obwohl er mich nicht sehen konnte, nickte ich. »Schon.

Bloß nicht die Leute, an die wir gedacht hatten. Wenn Sie hier sind, erkläre ich Ihnen alles. Aber beeilen Sie sich. Die Menschen sind erst in Sicherheit, wenn Sie das System von Care4 abgeschaltet haben.«

Ich legte das Telefon auf den Boden, ging zu einer Reihe von Schiffscontainern hinüber und setzte mich hin. Während ich vernahm, wie die Sirenen lauter wurden, sackte ich mit dem Rücken an der welligen Metallwand zusammen. Ich war so hundemüde, dass ich auch auf einem Bett aus Glasscherben hätte einschlafen können. Mein Gesicht tat weh. Mein Körper tat weh. Mir tat alles weh. Ich sah die blauen Lichter auf der anderen Seite des Tors. Sah zu, wie die Lichter näher kamen.

WOCHE FÜNF

47

»Du meine Güte, Nikki. Als ich Sie das letzte Mal gesehen habe, sahen Sie mitgenommen aus. Aber jetzt sehen Sie ... schlechter aus.«

»Danke, ich kann's mir vorstellen.«

»Ihre Verschlossenheit macht es manchmal wirklich extrem schwierig, mit Ihnen zu arbeiten. Ich sage das jetzt gleichermaßen aus Frust wie aus Zuneigung.«

»Herausforderungen reizen jeden.«

»Herausforderung – das ist wohl Ihre Art, es auszudrücken. Sie haben jetzt all Ihre Sitzungen absolviert. Heute ist die letzte. Ich werde meine Unterlagen dem Gericht zukommen lassen, dann ist bei Ihnen wieder alles im grünen Bereich. Aber es steht Ihnen frei wiederzukommen, auf freiwilliger Basis.«

»Auswahlmöglichkeiten.«

»Genau, Auswahlmöglichkeiten.«

»Kann ich Sie noch etwas fragen, bevor ich gehe?«

»Natürlich.«

»Glauben Sie, wir werden durch das geprägt, was wir tun?«

»Geprägt?«

»Ich meine, wird jemand ein schlechter Mensch, wenn er Schlechtes tut?«

»Ich weiß nicht recht, wie ich darauf antworten soll.

Ich glaube, es hängt davon ab, was getan wird und warum. Diese Frage kann ein spiritueller oder religiöser Berater Ihnen womöglich besser beantworten. Wenn Sie mich fragen, Nikki, dann scheinen Sie mir alles Mögliche zu sein, aber schlecht gehört nicht dazu.«

»Aber Sie kennen mich gar nicht.«

»Ich weiß nicht, was Sie getan haben, und werde es wohl auch nicht erfahren. Das stimmt. Aber selbst wenn ich es wüsste, könnte ich womöglich Ihre Frage nicht beantworten.«

»Ich hatte immer Angst, so zu werden wie Becky Sharp aus *Jahrmarkt der Eitelkeiten*. Jemand, der denken kann, für sich sorgen kann, tough und einfallsreich ist, aber im Inneren ... nichts ist ihr wichtiger als ihr eigenes Wohlbefinden. Manchmal denke ich, das wäre noch schlimmer als ... schlimmer als vieles andere.«

»Nikki, Sie haben diesbezüglich nie Klartext geredet. Aber ich habe den starken Eindruck, dass Sie sich nicht scheuen, sich in Gefahr zu begeben, um andere zu retten. Worüber auch immer Sie sich Sorgen machen, über einen Mangel an Empathie müssen Sie sich keine machen.«

»Mag sein. Ich tue es aber trotzdem.«

»Diejenigen, die sich keine Sorgen darüber machen, sind die, die es tun sollten, würde ich behaupten. Ich sage Ihnen mal was: Ich halte Ihnen für nächste Woche einen Termin zur gleichen Zeit frei. Gleicher Tag, gleiche Uhrzeit. Nur für den Fall.«

»Klar doch. Nur für den Fall.«

»Also gut. Dann sehen wir uns nächste Woche. Vielleicht.«

»Vielleicht, genau.«

48

Der Friedhof befand sich in Monterey. Ich bockte mein Motorrad vor der Toreinfahrt neben einem kleinen Büro auf. In diesem stieß ich auf eine Art Friedhofswärter in Jeans und Arbeitsstiefeln, der eine Zeitung vom heutigen Tag las, dem zweiten November. Als er sie auf seinen Schreibtisch legte und aufstand, sprangen mir die fett gedruckten Schlagzeilen auf der Titelseite ins Auge: *CEO von Tech-Unternehmen tot, mitternächtliche FBI-Razzia, Chaos.* Eine weitere, kleinere Schlagzeile gab bekannt, dass auch eine Anwaltskanzlei aus San Francisco in die Sache verwickelt war. Auf einem Foto war Silas Johnson zu sehen. Er schaute nicht mehr so hochnäsig drein wie beim letzten Mal, als ich ihn in der Hotelbar gesehen hatte. Es mochte an den Handschellen liegen.

Vor seinem Büro wies mir der Friedhofswärter die entsprechende Richtung und widmete sich dann wieder seiner Lektüre. Langsam schlenderte ich einen gepflasterten Weg entlang. Dabei verspürte ich dieses sonderbare Nebeneinander von Friedlichkeit und Trostlosigkeit, das bei Friedhöfen immer in der Luft liegt. Es war ein kühler, angenehmer Morgen. Das Gelände fiel in Richtung eines dunkelgrünen Weihers voller Lilien ab. Gruppen großer weißer Gänse stolzierten selbstzufrieden zwischen polierten Granit- und Marmorsteinen entlang. Auf der anderen Seite der Straße befand sich ein Spielplatz, auf dem die Spitze einer gelben Rutsche gerade noch zu sehen war, während fröhliche Kinderstimmen sachte vom Wind herübergetragen wurden.

Nachdem ich ein paar Minuten gesucht hatte, fand ich ihr Grab. Es war so frisch, dass noch kein Grabstein vorhanden und das Rechteck Erde noch unbepflanzt war. Allerdings lagen zahlreiche Blumensträuße darauf, und jemand hatte ein Foto von ihr gegen einen kleinen Haufen von der Meeresbrandung abgerundeter Strandkiesel gelehnt. Ich hatte selbst einen Blumenstrauß dabei und legte ihn nun sorgfältig auf das Gras. Ich stand ein paar Minuten stumm in der Sonne, um mich dann mit Blick auf das Foto im Schneidersitz hinzusetzen. Dass meine Jeans durch das taufrische Gras nass wurde, machte mir nichts aus. »Wir haben sie gerettet, Karen«, sagte ich laut. »Tut mir leid, dass du nicht hier sein kannst. Tut mir leid, dass ich keine Gelegenheit bekam, dich besser kennenzulernen. Und vor allem tut es mir leid, dass ich zugelassen habe, dass sie dich erwischt haben. Aber wir haben viele Menschen gerettet.«

Ganz in der Nähe, in Sichtweite des Grabs, stand eine einfache Steinbank.

Dort saß ich noch eine ganze Weile, bevor ich wieder aufbrach.

49 Das Restaurant war ein winziger Laden an der San Pablo Avenue. Es gab nur wenige Tische, die alle ein wenig zu dicht nebeneinanderstanden, sodass man sich hindurchzwängen musste, um an einem von ihnen Platz nehmen zu können. An einer Seite des Raumes befand sich eine offene Pantryküche, auf deren uraltem und heruntergekommenem Gasherd riesige Kochtöpfe standen. Das Restaurant wurde von einem vietnamesischen Paar geführt. Er kochte, und sie, eine winzige Frau mit schwarzem Haar und runzligen Wangen, begrüßte mich herzlich und wies mir umgehend einen Sitzplatz zu.

Fragend schaute sie auf das zweite Gedeck.

»Ich erwarte noch jemanden. Und hätten Sie etwas dagegen, wenn ich Ihr Telefon benutze?«, fügte ich hastig hinzu, bevor sie weggehen konnte.

»Kein Mobiltelefon?« Sie wirkte überrascht.

»Leider nein«, erwiderte ich. »Kein Mobiltelefon.«

Das fand sie offenbar sehr komisch und brach in schallendes Gelächter aus. »Ich dachte, jeder hat ein Handy. Meine Mutter ist zweiundneunzig. Ihr Dorf ist erst vor fünfzehn Jahren ans Stromnetz angeschlossen worden, aber selbst sie besitzt ein Mobiltelefon.« Nach wie vor kichernd, führte sie mich in den vorderen Bereich des kleinen Restaurants, wo ein Telefonapparat an der Wand hing.

Jess hob nach dem zweiten Läuten ab. »Hallo?«

»Ich bin's.«

Ich hörte die große Erleichterung, die in ihrer Stimme lag. »Alles okay bei dir? Ich habe die Zeitungen gelesen.«

»Ich bin okay, ja. Wie geht es ihm?«

»Besser mittlerweile. Viel besser.«

»Kann ich ihn mal sprechen?«

»Natürlich.«

Eine Pause entstand, und dann war Brandons Stimme zu vernehmen. Sie klang so klar und wach wie schon lange nicht mehr. »Nik? Bist du okay?«

»Ich bin okay. Wie geht es dir?«

»Ich habe über das, was du gesagt hast, nachgedacht«, erwiderte mein Bruder. »Vielleicht ist es wirklich Zeit, dass ich aus meiner jetzigen Wohnung ausziehe. Vielleicht könnte ich ja wirklich in deine Nähe ziehen. Wäre das immer noch okay?«

Ich schluckte. »Das wäre immer noch okay, ja.«

»Danke, Nik. Für alles.«

Zurück am Tisch, nahm ich einen Umschlag aus meiner Tasche. Ich öffnete ihn, zog eine Handvoll Fotos heraus und schaute sie mir an. Gesichter. Erst eines, dann noch eines. Eine junge Frau mit braunen Augen und resolutem Ausdruck in ihrem sommersprossigen Gesicht. Ein orientalisch wirkender Mann Mitte vierzig, der ungezwungen lächelnd auf etwas deutete, das sich außerhalb des Bildes befand. Eine Schwarze ungefähr in meinem Alter, die einen farbenprächtigen Seidenschal um ihren Kopf geschlungen hatte, während sie ein Kleinkind in den Armen wiegte. Menschen. Menschen, die am Leben waren. Menschen, die nicht in Gefängniszellen geworfen wurden, zusammengeschlagen oder an die Wand gestellt und erschossen wurden. Ich wünschte, Karen würde jetzt hier bei mir sitzen. Es waren ihre Fotos.

Sie war in ihren Besitz gekommen. Ich wünschte, die Leute auf den Fotos hätten von Karen Li gewusst.

»Was schaust du dir da an?« Ethan.

Ich schob die Fotos wieder in den Umschlag. »Das erzähle ich dir ein anderes Mal.«

Ich stand auf, um ihm einen Kuss zu geben, woraufhin er mich schockiert anschaute. So, wie Viktor und Joseph mich zugerichtet hatten, würde ich ein Weilchen keine Blicke mehr auf mich ziehen. Jedenfalls nicht im positiven Sinne.

»Was ist passiert?«, fragte er zögernd, so als würde mich allein schon die Frage irritieren und mir neuerlichen Schmerz bereiten können. »Alles okay mit dir?«

»Das fragen mich alle.«

»Tja, warum wohl? Du siehst aus, als hättest du Streit mit Mike Tyson gehabt.«

»Mike Tyson hat die Boxhandschuhe an den Nagel gehängt.«

»Vielleicht ist er jetzt anderweitig unterwegs.«

Ich schüttelte den Kopf. »Ich spiele nicht Golf, und ich angele auch nicht.«

»Vielleicht solltest du mit Stricken anfangen. Irgendwas Ungefährliches.«

Auf diese Weise setzte sich unsere Unterhaltung noch ein Weilchen fort. Wir gingen es locker an. Es war, als lernten wir einander neu kennen. Wir bestellten, und es dauerte nicht lange, bis das Essen serviert wurde. Mit den gefüllten Schüsseln vor uns fühlte sich alles noch angenehmer an. Wenig später schlürften wir unsere Pho Bo. Ich benutzte Stäbchen, um die Rindfleischstücke in die scharfe Soße auf einem Beilagenteller zu tunken, und löffelte dann die heiße Brühe auf. Essen fühlte sich gut an. Hier mit Ethan zu sitzen fühlte sich gut an.

Schließlich schob er seine Schüssel von sich. »Kann ich dich mal etwas fragen?«

»Klar.«

»Es klingt bestimmt wie aus dem Mund einer Achtklässlerin.«

Nun schob auch ich meine Schüssel beiseite. »Also exakt das, was ich mir von einer Beziehung immer erträumt habe.«

Er lächelte mich an. Dabei lugte eine Nudel aus seinem Mundwinkel hervor, und ich musste lachen. Prompt lief er rot an und wischte sich den Mund ab. »Ernsthaft, Nikki. Die letzten Wochen habe ich mir Sorgen gemacht, mir aber eingeredet, dass ich überreagiere. Aber wenn ich dich jetzt so ansehe, dann ... dann werde ich den Gedanken nicht los, dass ich mir nicht zu viel, sondern eher zu wenig Sorgen gemacht habe.«

»Das war jetzt keine Frage.«

»Ich schätze, meine Frage lautet: Ist das normal in deinem Leben?«

Da mir die scharfe Soße ein Brennen im Mund beschert hatte, nahm ich einen Schluck Wasser. »Der letzte war einer der am wenigsten normale Monate meines Lebens.«

»Oh.« Darüber dachte er nach. »Das ist gut. Denn falls es, na ja, etwas wäre, was dir jede Woche ...«

Ich lachte. »Wenn so etwas jede Woche vorkommen würde, würde ich mich wirklich zur Ruhe setzen.«

Er bestand darauf, die Rechnung zu übernehmen. Wir gingen hinaus und blieben eine Weile Arm in Arm stehen. Die Luft war kühl, der Herbst endgültig vorbei. Es hatte am Nachmittag einen kurzen Regenschauer gegeben, und die Neonleuchtschilder einer Bar nebenan warfen einen blauen Schimmer auf eine Pfütze auf dem Bürgersteig. Autos glitten an uns vorbei, doch der Verkehr war eher spärlich. »Bist du noch verabredet?«, fragte er.

»Nein.«

»Ich auch nicht.«

Ich zögerte erst, rückte dann aber damit heraus. »Wir könnten eine Spritztour machen. Wenn du Lust hast.«

»Eine Spritztour?«

Ich deutete mit dem Kopf auf das rote Motorrad, das jenseits des Mittelstreifens auf der gegenüberliegenden Straßenseite parkte. »Ich habe einen zweiten Helm. Wir würden also nicht gegen irgendwelche Gesetze verstoßen.«

»Wohin?«

»Da gibt es einen Ort, an den ich manchmal fahre. Ein Städtchen oben an der Küste. Dort steht ein Haus, das ich manchmal aufsuche.«

Er begriff sofort. »In Bolinas? Wo du aufgewachsen bist?«

»Ich hätte nie gedacht, dass ich mal jemanden dorthin mitnehmen würde. Aber ich habe dir ja schon ein bisschen davon erzählt, und wenn wir dort sind, können wir uns weiter darüber unterhalten. Vielleicht können wir uns ans Meer setzen und uns den Sonnenaufgang anschauen. Wenn du Lust hast.«

Seine Hand fand die meine. »Das fände ich schön.«

Wir überquerten die Straße und stiegen auf das Motorrad. Ich spürte seinen Körper hinter mir, spürte, wie er seine Arme um mich schlang. Schon ewig war ich nicht mehr mit einem Sozius gefahren. Zu zweit fühlte es sich anders an. Aber auf die gute Art anders. Selbst zu zweit war nach wie vor alles im Gleichgewicht. Bei Motorrädern war das mit dem Gleichgewicht von entscheidender Bedeutung.

Ich ließ den Motor an, stieß leicht mit dem linken Fuß nach unten und legte einen Gang ein. Dann glitten wir die ruhige Straße entlang.

Wenig später waren wir auf dem Freeway und fuhren nach Norden, auf die Brücke und auf den Schatten von San

Quentin zu. Doch jenseits dieser Furcht einflößenden Mauern setzte sich die Straße fort, stieg an und schlängelte sich über den Mount Tamalpai, bevor sie letztendlich zum offenen Meer führte. Der Mond am Himmel, das Gewässer der Bay, die verstreuten Lichter der sich an die Hänge der East Bay schmiegenden Häuser – das alles nahm ich bewusst wahr. Die Dunkelheit vor uns zog sich zurück, wurde verdrängt von den Scheinwerfern, während wir dahinbrausten.

DANK

Ich fühle mich meiner Agentin Victoria Skurnick zu großem Dank verpflichtet. Sie entschied sich dazu, ein Risiko mit einem Autor einzugehen, dem sie noch nie begegnet war, und mit einer Figur, die sie kaum kannte. Vielen Dank dafür, dass sie ihre Begeisterung, ihre redaktionelle Kompetenz, ihre umfassenden Kenntnisse der Verlagswelt sowie ein erstklassiges Lasagne-Rezept mit mir teilte. Dank auch an James Levine und alle anderen bei LGR Literacy Agency. Ich bin meinen fantastischen Lektorinnen Amy Einhorn und Christine Kopprasch bei Flatiron Books dafür zu Dank verpflichtet, dass sie seit dem ersten Tag an Nikki glaubten und mich mit ihren Überarbeitungen herausforderten, durch die dieses Buch weit überzeugender wurde als zu dem Zeitpunkt, als es auf ihrem Tisch gelandet war. Dankbar bin ich auch Bob Miller und allen Mitarbeitern von Flatiron, die sich so sehr dafür engagiert haben, dieses Buch zu publizieren.

Viele Menschen geben Möchtegernschriftstellern durch die Blume zu verstehen, sie sollten lieber einen anderen beruflichen Weg einschlagen. Daher möchte ich den wenigen in meinem Leben, die genau dies nicht taten, dafür danken. Bill Pritchard, David Sofiel und Lisa Raskin vom Amherst College blieben alle noch lange nach meinen Collegejahren Leser, Lehrer und Freunde, und ich bin Don Peas vom Dartmouth College zutiefst dankbar für seine unermüdliche Unterstützung. Dank auch an Dick Todd, Tom Powers und Dan Weaver für wertvolle Ratschläge und Feedback zu meiner Arbeit als Schriftsteller sowie an das Master of Arts in Liberal Studies-Programm am Dartmouth College, das mich auf die richtige Schiene gebracht hat. Tim Colla war klaglos bereit, alles zu lesen, was ich ihm vorgesetzt habe, und Dank an Catherine Plato dafür, dass sie immer dann, wenn ich es bei der Überarbeitung dieses Buches brauchte, einen kritischen Blick darauf geworfen hat.

Mein Bruder Daniel hat mich schon mein ganzes Leben lang uneingeschränkt bei meiner schriftstellerischen Tätigkeit unterstützt. Er war wortwörtlich vom ersten Tag an, als ich dieses Buch in Angriff nahm, für mich da, bot mir seine Unterstützung an, stellte Fragen und munterte mich, sobald ich ins Stocken geriet, unbeirrbar auf. Vor allem aber danke ich meinen Eltern Alan und Barbara, die immer meine ersten Leser sind. Wollte ich versuchen, alles aufzuführen, was sie für mich getan haben, nähme dies weit mehr Seiten in Anspruch, als mir zu Verfügung stehen. Daher möge der Hinweis genügen, dass mich ihr Glaube an mich als Schriftsteller geprägt hat.